《中国家庭基本藏书》

荣 获

新闻出版总署优秀畅销书奖
全国优秀古籍图书普及读物奖
第十七届山西省优秀图书一等奖
第 二 届 山 西 出 版 政 府 奖
山西出版集团2008年度十种好书

全套藏书累计销售500万册

中国家庭基本藏书（修订版）

诸子百家卷

《诗经》《尚书》《礼记》《楚辞》《论语·大学·中庸》《孟子》
《老子》《庄子》《荀子》《韩非子》《孙子兵法·尉缭子·鬼谷子》
《墨子》《周易》《山海经》《吕氏春秋》《三十六计》

名家选集卷

《三曹诗集》《陶渊明集》《王勃集》《王维集》《孟浩然集》
《高适集》《岑参集》《李白集》《杜甫集》《白居易集》
《刘禹锡集》《元稹集》《李商隐集》《李贺集》《杜牧集》
《韩愈集》《柳宗元集》《李煜集》《欧阳修集》《王安石集》
《苏轼集》《黄庭坚集》《柳永集》《秦观集》《周邦彦集》
《李清照集》《辛弃疾集》《陆游集》《范成大集》《杨万里集》
《姜夔集》《文天祥集》《元好问集》《唐寅集》《张岱集》
《三袁集》《李贽集》《傅山集》《纳兰性德集》《袁枚集》
《郑板桥集》《龚自珍集》

史著选集卷

《左传》《国语》《战国策》《史记》《汉书》《后汉书》《三国志》
《资治通鉴》

综合选集卷

《唐诗三百首》《宋词三百首》《元曲三百首》《千家诗》《古文观止》
《汉魏六朝小赋骈文选》《唐宋八大家文选》《明清小品文选》

笔记杂著卷

《蒙学六种——三字经·百家姓·千字文·增广贤文·幼学琼林·格言联璧》
《颜氏家训·朱子家训》《世说新语》《金刚经·坛经·心经·地藏经》
《曾国藩家书》《菜根谭·小窗幽记·幽梦影》《浮生六记》《闲情偶寄》
《近思录》《徐霞客游记》《古代书信精选》

戏曲小说卷

《元杂剧精选》《西厢记》《牡丹亭》《长生殿》《桃花扇》《今古奇观》
《三国演义》《水浒传》《西游记》《红楼梦》《聊斋志异》《儒林外史》
《封神演义》《话本小说选》《文言小说选》

中国家庭基本藏书 戏曲小说卷

今古奇观（上）

〔明〕抱瓮老人 辑
徐翠兰 艾洪涛 注析

山西出版集团
三晋出版社

博学工作室

说部菁华
曲苑妙裁

黄竹三题

·山西师范大学黄竹三教授为《中国家庭基本藏书》题词

前言

伴随着中国文学传统体裁诗、词、曲、文、小说等的发展和传播，各种普及性的选本也应运而生。近代以来最为盛行的诗、词、曲、文选本，当数清代蘅塘退士所选《唐诗三百首》、近代朱孝彊所选《宋词三百首》、吴讷所选《元曲三百首》以及清代吴楚材、吴调侯编选的《古文观止》。而产生于明代的白话短篇小说选本《今古奇观》，则被视为拟话本小说的不二选本。

按照鲁迅先生的观点，"唐人始有意为小说"，然而唐人所作的唐传奇与白话小说尚有一定距离。宋代的话本一般被认为是通俗小说的源头，它继承和发展了此前的说唱文学形式，确立了白话小说这一新兴的文体，用广大人民喜闻乐见的风格和形式，为后代通俗小说的进一步发展，开了先河。宋元的拟话本在此基础上更进一步。所谓拟话本，即文人参与创作或整理的案头形式的话本。其中的《京本通俗小说》、《五代史平话》、《大宋宣和遗事》可视为代表。明朝末年的冯梦龙和凌濛初，对于白话小说的发展发挥了非常关键的作用。冯梦龙所著"三言"(《喻世明言》、《警世通言》、

《醒世恒言》)、凌濛初所著“二拍”(《拍案惊奇初刻》、《拍案惊奇二刻》),在白话短篇小说的发展史上,是一个里程碑。“三言”、“二拍”共计二百篇,其取材主要有三个来源:一是收编宋元话本,加工整理;二是采择历代史传、笔记及戏曲故事改编成篇;三是冯、凌自行创作的故事。“三言”、“二拍”反映了当时白话小说的最高成就,然而由于“罗辑取盈,安得事事皆奇”,所以一般读者迫切需要有一个精选本。

正是看中了这一市场需求,抱瓮老人适时选出四十篇,命名为《今古奇观》。其中选自冯梦龙的《喻世明言》中的共计八篇,《警世通言》中的共计十篇,《醒世恒言》中的共计十一篇,选自凌濛初的《拍案惊奇初刻》中的共计八篇,《拍案惊奇二刻》中的共计三篇。

《今古奇观》于明代崇祯年间印行后,获得了巨大的成功。几百年来,这个选本与“三言”、“二拍”并行不悖,其印行的频率甚至超过前者。究其原因,不外乎以下几个方面。其一,如果说“三言”、“二拍”代表了当时通俗文学的最高成就,那么从这些高水平的佳作中精选出的精品,首先保证了其质量的上乘。这与编者的编选思想分不开。在“原序”中,笑花主人表达了通过发生在平常人中的平常故事,劝导善者更善,使不善者有所惭愧和警惕的编辑思想,也即注重作品的社会教化功能。其二,所选四十篇作品,全方位地反映了当时的社会形态,有男婚女嫁、夫妻恩爱的恋爱婚姻题材,并且反映了婚姻自主,双方以爱情为基础而结合的先进的观念;有以科举功名、发迹变泰为题材的,谆谆告诫人们“书中自有颜如玉,书中自有黄金屋”等道理;有以忠孝节义为题材的,劝导人们恪守儒家的伦理道德;有以用色相、妙术骗取钱财为题材的,告诫人们保持平常心态,不要相信天上会掉下馅饼;有的篇章也描写了官僚、地主对人民的压迫,但大部分所涉及的是市民阶层的衣食住行。总之,明代手工业、商业发展所造成的经济繁荣,都市繁盛的盛况,全都呈现于小说篇章之中。研究明代社会、政治、经济等方面的学者,往往能从中找出生动的例证。其三,本书的诞生与成功,导致了有清一代选编拟话本小说的热潮,反过来促进了文人的创作,为古代白话小说的繁荣与普及,做出了巨大的贡献。尤其是在“二拍”一度濒于失传 的情况下,长期以来用《今古奇观》所收其中的作品加以补齐仅有的残卷,出现了“反哺还吐”的现象。

《今古奇观》的主要版本,有明末吴郡宝翰楼刊本,现藏于法国巴黎图书馆;有明版清印的上海图书馆藏本(24册),学者认为系国内今存的最早版本;有清代光绪戊子(1888年)秋月上海书局刊本(题为《绘图今古奇观》,有插图八十幅)等。此次整理,以明刊本为底本,参校国内能见到的其他版本及“三言”、“二拍”中有关篇目的其他版本,择优而从,因是面向普通读者的普及读物,故未出校记。每一卷末的“注释”,力求解释疑难字词、典故以及一些官职、地名等;“短评”则从今日的阅读情境重新审视全篇,仅代表评注者一己之得,当然也希望抛砖引玉,有助于读者理解全篇。其中的不当之处,请方家不吝赐教。

评注者

2008年6月

原序

小说者，正史之馀也。《庄》、《列》所载化人[1]、伛偻丈人昔事[2]，不列于史。《穆天子》、《四公传》、《吴越春秋》，皆小说之类也。《开元遗事》、《红线》、《无双》、《香丸》、《隐娘》诸传，《睽车》、《夷坚》各志，名为小说，而其文雅训，闾阎罕能道之[3]。优人黄缁绰、敬新磨等[4]，搬演杂剧，隐讽时事，事属乌有，虽通于俗，其本不传。至有宋，孝皇以天下养太上，命侍从访民间奇事，日进一回，谓之说话人；而通俗演义一种，乃始盛行。然事多鄙俚，加以忌讳，读之嚼蜡，殊不足观。元施、罗二公，大畅斯道，《水浒》、《三国》，奇奇正正，河汉无极，论者以二集配《伯喈》[5]、《西厢》传奇，号“四大书”，厥观伟矣[6]。迄于皇明[7]，文治聿新[8]，作者竞爽。勿论廊庙鸿编，即稗官野史，卓然夐绝千古，说书一家，亦有专门。然《金瓶》书丽，贻讥于诲淫；《西游》、《西洋》[9]，逞臆于画鬼[10]。无关风化[11]，奚取连篇？

墨憨斋增补《平妖》[12]，穷工极变，不失本末，其技在《水浒》、《三国》之间。至所纂《喻世》、《警世》、《醒世》三言，极摹人情世态之歧，备写悲欢离合之致，可谓钦异拔新，洞心骇目，而曲终奏雅，归于厚俗。即空观主人壶矢代兴[13]，爰有《拍案惊奇》两刻，颇费搜获，足供谈麈[14]。合之共二百种。卷帙浩繁，观览难周[15]，且罗辑取盈，安得事事皆奇？譬如印累累、绶若若[16]，虽公选之世，宁无一二具臣充位[17]？余拟拔其尤百回[18]，重加绣梓[19]，以成巨览；而抱瓮老人先得我心，选刻四十种，名为《今古奇观》。

夫蜃楼海市，焰山火井，观非不奇，然非耳目经见之事，未免为疑冰之虫。故夫天下之真奇，在未有不出于庸常者也。仁义礼智，谓之常心；忠孝节烈，谓之常行；善恶果报，谓之常理；圣贤豪杰，谓之常人。然常心不多葆，常行不多修，常理不多显，常人不多见：则相与惊而道之，闻者或悲或叹，或喜或愕。其善者知劝，而不善者亦有所惭恧悚惕[20]，以共成风化之美，则夫动人以至奇者，乃训人以至常者也。吾安知闾阎之务不通于廊庙，稗秕之语不符于正史[21]？若作吞刀吐火、冬雷夏冰例观，是引人云雾，全无是处。

吾以望之善读小说者。

姑苏笑花主人漫题

注释

[1]化人：会幻术的人。《列子·周穆王》："西极之国，有化人来。入水火，贯金石……千变万化，不可穷极。"

[2]伛偻(yǔlǚ)丈人：驼背老头。《庄子·达生》："仲尼适楚，出于林中，见佝偻者承蜩，犹掇之也。……孔子顾谓弟子曰：'用志不分，乃凝于神，其佝偻丈人之谓乎！"

[3]闾阎：本指里巷中的门，代指平民百姓。

[4]优人：又叫俳优、优伶，古代以乐舞戏谑为业的艺人的统称。

[5]伯喈：此处是指《琵琶记》。蔡邕字伯喈，东汉人，著名学者、书法家。明代高则诚所撰《琵琶记》，写蔡伯喈中状元后，招赘于牛丞相家，其妻赵五娘独立养家，父母饿死后，抱琵琶卖唱，赴京寻夫，终得团圆。

[6]厥：其。

[7]皇明：即明代。

[8]聿(yù)新：崭新。聿，助词，无义。

[9]《西洋》：全称《三宝太监西洋记通俗演义》，题二南里人编次，前有万历丁酉罗懋登序，即为本书作者。

[10]逞臆：一味凭空臆造。 画鬼：指所写鬼怪，别人不曾见过，所以易于描写。

[11]风化：指劝导教化的社会功能。

[12]墨憨斋：冯梦龙(1574—1646)号墨憨斋主人，著有"三言"，曾增补改编长篇小说《平妖传》、《新列国志》。

[13]空观主人：凌濛初(1580—1644)别号空观主人，著有"二拍"。 壶矢：古代宴客时，宾主相互娱乐的器具，以矢投壶中，叫投壶。这里是指轮流之意。

[14]谈麈(zhǔ)：谈讲时所执的麈尾。古代以驼鹿尾为拂尘，因称拂尘为麈尾，或省作麈。这里指谈话的资料。

[15]周：周全，全部。

[16]印累累、绶若若：指官印和绶带繁多。

[17]具臣：备位充数，不称职守之臣。

[18]尤：突出的、优秀的。

[19]绣梓：绣像、印刷。犹如今天所说的插图本印刷物。

[20]惭恧(nǜ)：惭愧。

[21]稗秕(bàibǐ)之语：指那些记述遗闻琐事的话。稗是稻田杂草，似禾；秕是中空的谷粒。

目录

第一卷　三孝廉让产立高名

紫荆枝下还家日，花萼楼中合被时。

同气从来兄与弟，千秋羞咏豆萁诗。

这首诗为劝人兄弟和顺而作，用着三个故事，看官听在下一一分剖。

第一句说："紫荆枝下还家日。"昔时有田氏兄弟三人，从小同居合爨[1]。长的娶妻，叫田大嫂；次的娶妻，叫田二嫂。妯娌和睦，并无间言。惟第三的年小，随着哥嫂过日。后来长大，娶妻叫田三嫂。那田三嫂为人不贤，恃着自己有些妆奁，看见夫家一锅里煮饭，一桌上吃食，不用私钱，不动私秤，便私房要吃些东西也不方便，日夜在丈夫面前撺掇[2]："公室钱库田产，都是伯伯们掌管，一出一入，你全不知道。他是亮里，你是暗里，用一说十，用十说百，那里晓得！目今虽说同居，到底有个散场。若还家道消乏下来，只苦得你年幼的。依我说，不如早早分析，将财产三分拨开，各人自去营运，不好么？"田三一时被妻言所惑，认为有理，央亲戚对哥哥说要分析而居。田大、田二初时不肯，被田三夫妇内外连连催逼，只得依允，将所有房产钱谷之类，三分拨开，分毫不多，分毫不少。只有庭前一棵大紫荆树，积祖传下[3]，极其茂盛；既要析居，这树归着那一个？可惜正在开花之际，也说不得了。田大至公无私，议将此树砍倒，将粗本分为三截，每人各得一截，其馀零枝碎叶，论秤分开。商议已妥，只待来日动手。

次日天明，田大唤了两个兄弟，同去砍树。到得树边看时，枝枯叶萎，全无生气。田大把手一推，其树应手而倒，根芽俱露。田大住手，向树大哭。两个兄弟道："此树值得甚么，兄长何必如此痛惜？"田大道："吾非哭此树也。思我兄弟三人，产于一姓，同爷合母，比这树枝枝叶叶，连根而生，分开不得。根生本，本生枝，枝生叶，所以荣盛。昨日议将此树分为三截，那树不忍活活分离，一夜自家枯死。我兄弟三人若分离了，亦如此树枯死，岂有荣盛之日？吾所以悲哀耳！"田二、田三闻哥哥所言，至情感动："可以人而不如树乎？"遂相抱做一堆，痛哭不已。大家不忍分析，情愿依旧同居合爨。三房妻子听得堂前哭声，出来看时，方知其故。大嫂二嫂，各各欢喜。惟三嫂不愿，口出怨言。田三要将妻逐出，两个哥哥再三劝住。三嫂羞惭，归房自缢而死。此乃"自作孽不可活"。这话阁过不题。

再说田大可惜那棵紫荆树，再来看时，其树无人整理，自然端正，枝枯再活，花萎重新，比前更加烂熳。田大唤两个兄弟来看了，各人嗟讶不已。自此田氏累世同居。有诗为证：

紫荆花下说三田，人合人离花亦然。

同气连枝原不解，家中莫听妇人言。

第二句说："花萼楼中合被时。"那花萼楼在陕西长安城中，大唐玄宗皇帝所建。玄宗皇帝就是唐明皇。他原是唐家宗室，因为韦氏乱政，武三思专权，明皇起兵诛之，遂即帝位。有五个兄弟，皆封王爵，时号"五王"。明皇友爱甚笃，起一座大楼，取《诗经·棠棣》之义，名曰"花萼"。时时召五王登楼欢宴。又制成大幔，名为"五王帐"。帐中长枕大被，明皇和五王时常同寝其中。有诗为证：

羯鼓频敲玉笛催，朱楼宴罢夕阳微。

宫人秉烛通宵坐，不信君王夜不归。

第四句说："千秋羞咏豆萁诗。"后汉魏王曹操长子曹丕，篡汉称帝。有弟曹植，字子建，聪明绝世。操生时最所宠爱，几遍欲立为嗣而不果。曹丕衔其旧恨，欲寻事故杀之。一日，召子建问曰："先帝每夸汝诗才敏捷，朕未曾面试。今限汝七步之内，成诗一首。如若不成，当坐汝欺诳之罪[4]。"子建未及七步，其诗已成。中寓规讽之意。诗曰：

煮豆燃豆萁，豆在釜中泣。

本是同根生，相煎何太急！

曹丕见诗感泣，遂释前恨。后人有诗为证：

从来宠贵起猜疑，七步诗成亦可为。

堪叹釜萁仇未已，六朝骨肉尽诛夷。

说话的，为何今日讲这两三个故事？只为自家要说那《三孝廉让产立高名》。这段话文，不比曹丕忌刻，也没子建风流，胜如紫荆花下三田，花萼楼中诸李，随你不和顺的弟兄，听着在下讲这节故事，都要学好起来。正是：

要知天下事，须读古人书。

这故事出在东汉光武年间。那时天下乂安[5]，万民乐业，朝有梧凤之鸣[6]，野无谷驹之叹[7]。原来汉朝取士之法，不比今时。他不以科目取士，惟凭州郡选举。虽则有"博学宏词"[8]，"贤良方正"等科，惟以"孝廉"为重。孝者，孝弟；廉者，廉洁。孝则忠君，廉则爱民。但是举了孝廉，便得出身做官。若依了今日的事势[9]，州县考个童生，还有几十封荐书。若是举孝廉时，不知多少分上钻刺[10]，依旧是富贵子弟钻去了。孤寒的便有曾参之孝，伯夷之廉，休想扬名显姓。只是汉时法度甚妙：但是举过某人孝廉，其人若果然有才有德，不拘资格，骤然升擢，连举主俱纪录受赏；若所举不得其人，后日或贪财坏法，轻则罪黜，重则抄没，连举主一同受罪。那荐人的与所荐之人休戚相关，不敢胡乱；所以公道大明，朝班清肃。不在话下。

且说会稽郡阳羡县，有一人姓许名武，字长文，十五岁上，父母双亡。虽然遗下些田产僮仆，奈门户单微，无人帮助。更兼有两个兄弟，一名许晏，年方九岁，一名许普，年方七岁，都则幼小无知，终日赶着哥哥啼哭。那许武日则躬率僮仆耕田种圃，夜则挑灯读书。但是耕种时，二弟虽未胜耰锄，必使从旁观看；但是读书时，把两个小兄弟，坐于案旁，将句读亲口传授，细细讲解，教以礼让之节，成人之道。稍不率教，辄跪于家庙之前，痛自督责，说自己德行不足，不能化诲，愿父母有灵，启牖二弟[11]，涕泣不已。直待兄弟号泣请罪，方才起身，并不以疾言倨色相加也。室中只用铺陈一副，兄弟三人同睡。如此数年，二弟俱已长成，家事亦渐丰盛。有人劝许武娶妻。许武答道："若娶妻，便当与二弟别居。笃夫妇之爱而忘手足之情，吾不忍也。"由是昼则同耕，夜则同读，食必同器，宿必同床。乡里传出个大名，都称为"孝弟许武"。又传出几句口号，正是：

阳羡许季长，耕读昼夜忙。

教诲二弟俱成行，不是长兄是父娘。

时州牧郡守，俱闻其名，交章荐举。朝廷征为议郎，下诏会稽郡。太守奉旨，檄下县令，刻日劝驾[12]。许武迫于君命，料难推阻，分付两个兄弟："在家躬耕力学，一如我在家之时，不可懈惰废业，有负先人遗训。"又嘱付奴仆："俱要小心安分，听两个家主役使，早起夜眠，共扶家业。"嘱付已毕，收拾行装。不用官府车辆，自己雇了脚力登车，只带一个童儿，望长安进发。不一日，到京朝见受职。长安城中，闻得"孝弟许武"之名，争来拜访识荆。此时望重朝班，名闻四野。朝中大臣探听得许武尚未婚娶，多欲以女妻之者。许武心下想道："我兄弟三人，年皆强壮，皆未有妻。我若先娶，殊非为兄之道。况我家世耕读，侥幸备员朝署，便与缙绅大家为婚，那女子自恃家门，未免骄贵之气。不惟坏了我儒素门风，异日我两个兄弟娶了贫贱人家女子，妯娌之间，怎生相处？从来兄弟不睦，多因妇人而起，我不可不防其渐也。"腹中虽如此踌论[13]，却是说不出的话。只得权辞以对，说家中已定下糟糠之妇，不敢停妻再娶，恐被宋弘所笑[14]。众人闻之，愈加敬重。况许武精于经术，朝廷有大政事，公卿不能决，往往来请教他。他引古证今，议论悉中窾要[15]。但是许武所议，众人皆以为确不可易，公卿倚之为重。不数年间，累迁至御史大夫之职。

忽一日，思想二弟在家，力学多年，不见州郡荐举，诚恐怠荒失业，意欲还家省视。遂上疏，其略云：

臣以菲才，遭逢圣代，致位通显，未谋报称，敢图暇逸？古语有云："人生百行，孝弟为先。""不孝有三，无后为大。"先父母早背[16]，域兆未修[17]。臣弟二人，学业未立。臣三十未娶。五伦之中，乃缺其三。愿赐臣假，暂归乡里。倘念臣犬马之力，尚可鞭笞，奔驰有日。

天子览奏，准给假暂归，命乘传衣锦还乡[18]，复赐黄金二十斤，为婚礼之费。许武谢恩辞朝，百官俱于郊外送行。正是：

报道锦衣归故里，争夸白屋出公卿。

许武既归，省视先茔已毕，便乃纳还官诰，只推有病，不愿为官。过了些时，从容召二弟至前，询其学业之进退。许晏、许普应答如流，理明词畅。许武心中大喜。再稽查田宅之数，比前恢廓数倍，皆二弟勤俭之所积也。武于是遍访里中良家女子，先与两个兄弟定亲，自己方才娶妻，续又与二弟婚配。约莫数月，忽然对二弟说道："吾闻兄弟有析居之义。今吾与汝，皆已娶妇，田产不薄，理宜各立门户。"二弟唯唯惟命。乃择日治酒，遍召里中父老。三爵已过，乃告以析居之事。因悉召僮仆至前，将所有家财，一一分剖。首取广宅自予，说道："吾位为贵臣，门宜棨戟[19]，体面不可不肃。汝辈力田耕作，得竹庐茅舍足矣。"又阅田地之籍，凡良田悉归之己，将硗薄者量给二弟[20]。说道："我宾客众盛，交游日广，非此不足以供吾用。汝辈数口之家，但能力作，只此可无冻馁。吾不欲汝多财以损德也。"又悉取奴仆之壮健伶俐者，说道："吾出入跟随，非此不足以给使令。汝辈合力耕作，正须此愚蠢者作伴，老弱馈食足矣，不须多人费汝衣食也。"众父老一向知许武是个孝弟之人，这番分财，定然辞多就少。不想他般般件件，自占便宜，两个小兄弟所得，不及他十分之五，全无谦让之心，大有欺凌之意。众人心中甚是不平。有几个刚直老人气忿不过，竟自去了。有个心直口快的，便想要开口说公道话，与两个小兄弟做乔主张[21]。其中又有个老成的，背地里捏手捏脚，教他莫说。就以此罢了。那教他莫说的，也有些见识。他道："富贵的人与贫贱的人，不是一般肚肠。许武已做了显官，比不得当初了。常言道：'疏不间亲。'你我终是外人，怎管得他家事？就是好言相劝，料未必听从，枉费了唇舌，到挑拨他兄弟不和。倘或做兄弟的肯让哥哥，十分之美，你我又呕这闲气则甚！若做兄弟的心上不甘，必然争论。等他争论时节，我们替他做个主张，却不是好？"正是：

事非干己休多管，话不投机莫强言。

原来许晏、许普，自从蒙哥哥教诲，知书达礼，全以孝弟为重。见哥哥如此分析，以为理之当然，绝无几微不平的意思。许武分拨已定，众人皆散。许武居中住了正房，其左右小房，许晏、许普各住一边。每日率领家奴下田耕种，暇则读书，时时将疑义叩问哥哥，以此为常。妯娌之间，也学他兄弟三人一般和顺。从此里中父老，人人薄许武之所为，都可怜他两个兄弟，私下议论道："许武是个假孝廉，许晏、许普才是个真孝廉。他思念父母面上，一体同气，听其教诲，唯唯诺诺，并不违拗，岂不是'孝'？他又重义轻财，任分多分少，全不争论，岂不是'廉'？"起初里中传个好名，叫做"孝弟许武"，如今抹落了武字，改做"孝弟许家"：把许晏、许普弄出一个大名来。那汉朝清议极重，又传出几句口号，道是：

假孝廉，做官员；真孝廉，出口钱。假孝廉，据高轩；真孝廉，守茅檐。假孝廉，富田园；真孝廉，执锄镰。真为玉，假为瓦；瓦登厦，玉抛野。不宜真，只宜假!

那时明帝即位，下诏求贤，令有司访问笃行有学之士，登门礼聘，传驿至京。诏书到会稽郡，郡守分谕各县。县令平昔已知许晏、许普让产不争之事，又值父老公举他真孝真廉，行过其兄，就把二人申报本郡。郡守和州牧，皆素闻其名，一同举荐。县令亲到其门，下车投谒，手捧玄纁束帛，备陈天子求贤之意。许晏、许普谦让不已。许武道:“幼学壮行，君子本分之事。吾弟不可固辞。”二人只得应诏，别了哥嫂，乘传到于长安，朝见天子。拜舞已毕，天子金口玉言，问道:“卿是许武之弟乎?”晏、普叩头应诏。天子又道:“闻卿家有孝弟之名。卿之廉让，有过于兄，朕心嘉悦。”晏、普叩头道:“圣运龙兴，辟门访落，此乃帝王盛典。郡县不以臣晏臣普为不肖，有溷圣聪。臣幼失怙恃[22]，承兄武教训，兢兢自守，耕耘诵读之外，别无他长。弟等不能及兄武之万一。”天子闻对，嘉其谦德，即日俱拜为内史。不五年间，皆至九卿之位。居官虽不如乃兄赫赫之名，然满朝称为廉让。

忽一日，许武致家书于二弟。二弟拆开看之，书曰:

匹夫而膺辟召，仕宦而至九卿，此亦人生之极荣也。二疏有言[23]:“知足不辱，知止不殆。”既无出类拔萃之才，宜急流勇退，以避贤路。

晏、普得书，即日同上疏辞官。天子不许。疏三上。天子问宰相宋均道:“许晏、许普壮年入仕，备位九卿，朕待之不薄，而屡屡求退，何也?”宋均奏道:“晏、普兄弟三人，天性孝友。今许武久居林下，而晏、普并驾天衢，其心或有未安。”天子道:“朕并召许武，使兄弟三人同朝辅政何如?”宋均道:“臣察晏、普之意，出于至诚。陛下不若姑从所请，以遂其高。异日更下诏征之。或访先朝故事，就近与一大郡，以展其未尽之才，因使便道归省:则陛下好贤之诚，与晏、普友爱之意，两得之矣。”天子准奏，即拜许晏为丹阳郡太守，许普为吴郡太守，各赐黄金二十斤，宽假三月，以尽兄弟之情。许晏、许普谢恩辞朝，公卿俱出郭，到十里长亭，相饯而别。晏、普二人，星夜回到阳羡，拜见了哥哥，将朝廷所赐黄金，尽数献出。许武道:“这是圣上恩赐，吾何敢当!”教二弟各自收去。

次日，许武备下三牲祭礼，率领二弟到父母坟茔，拜奠了毕，随即设宴，遍召里中父老。许氏三兄弟都做了大官，虽然他不以富贵骄人，自然声势赫奕，闻他呼唤，那个敢不来?况且加个请字。那时众父老来得愈加整齐。许武手捧酒卮，亲自劝酒。众人都道:“长文公与二哥三哥接风之酒，老汉辈安敢僭先!”——比时风俗淳厚，乡党序齿[24]，许武出仕已久，还叫一句“长文公”，那两个兄弟，又下一辈了，虽是九卿之贵，乡尊故旧，依旧称“哥”。——许武道:“下官此席，专屈诸乡亲下降，有句肺腑之言奉告。必须满饮三杯，方敢奉闻。”众人被劝，依次饮讫。许武教两个兄弟次第把盏，各敬一杯。众人饮罢，齐声道:“老汉辈承贤昆玉厚爱，借花献佛，也要奉敬。”许武等三人，亦各饮讫。众人道:“适才长文公所谕金玉之言，老汉辈拱听已久，愿得示下。”许武叠两个指头，说将出来。言无数句，使听者毛骨耸然。正是：

斥鷃不知大鹏，河伯不知海若。

圣贤一段苦心，庸夫岂能测度。

许武当时未曾开谈，先流下泪来，吓得众人惊惶无措。两个兄弟慌忙跪下，问道：“哥哥何故悲伤？”许武道：“我的心事，藏之数年，今日不得不言。”指着晏、普道：“只因为你两个名誉未成，使我作违心之事，冒不韪之名[25]，有玷于祖宗，贻笑于乡里：所以流泪。”遂取出一卷册籍，把与众人观看。原来是田地屋宅及历年收敛米粟布帛之数。众人还未晓其意。许武又道：“我当初教育两个兄弟，原要他立身行道，扬名显亲。不想我虚名早著，遂先显达。二弟在家，躬耕力学，不得州郡征辟。我欲效古人祁大夫内举不避亲，诚恐不知二弟之学行者，说他因兄而得官，误了终身名节。我故倡为析居之议，将大宅良田，强奴健婢，悉据为已有。度吾弟素敦爱敬，决不争竞。吾暂冒贪饕之迹，吾弟方有廉让之名。果蒙乡里公评，荣膺征聘。今位列公卿，官方无玷，吾志已遂矣。这些田房奴婢，都是公共之物，吾岂可一人独享！这几年以来，所收米谷布帛，分毫不敢妄用，尽数开载在那册籍上。今日交付二弟，表为兄的向来心迹，也教众乡尊得知。”众父老到此，方知许武先年析产一片苦心。自愧见识低微，不能窥测，齐声称叹不已。只有许晏、许普哭倒在地，道：“做兄弟的，蒙哥哥教训成人，侥幸得有今日。谁知哥哥如此用心！是弟辈不肖，不能自致青云之上，有累兄长。今日若非兄长自说，弟辈都在梦中。兄长盛德，从古未有。只是弟辈不肖之罪，万分难赎。这些小家财，原是兄长苦挣来的，合该兄长管业。弟辈衣食自足，不消兄长挂念。”许武道：“做哥的力田有年，颇知生殖。况且宦情已淡，便当老于耰锄，以终天年。二弟年富力强，方司民社，宜资庄产，以终廉节。”晏、普又道：“哥哥为弟辈而自污。弟辈既得名，又欲得利，是天下第一等贪夫了。不惟玷辱了祖宗，亦且玷辱了哥哥。万望哥哥收回册籍，聊减弟辈万一之罪。”众父老见他兄弟三人交相推让，你不收，我不受，一齐向前劝道：“贤昆玉所言，都则一般道理。长文公若独得了这田产，不见得向来成全两位这一段苦心。两位若径受了，又负了令兄长文公这一段美意。依老汉辈愚见，宜作三股均分，无厚无薄，这才见兄友弟恭，各尽其道。”他三个兀自你推我让[26]。那父老中有前番那几个刚直的，挺身向前，厉声说道：“吾等适才分处，甚得中正之道。若再推逊，便是矫情沽誉了。把这册籍来，待老汉与你分剖。”许武弟兄三人，更不敢多言，只得凭他主张。当时将田产配搭三股分开，各自管业。中间大宅，仍旧许武居住。左右屋宇窄狭，以所在粟帛之数补偿晏、普，他日自行改造。其童婢亦皆分派。众父老都称为公平。许武等三人施礼作谢，邀入正席饮酒，尽欢而散。许武心中终以前番析产之事为歉，欲将所得良田之半，立为义庄，以赡乡里。许晏、许普闻知，亦各出己产相助。里中人人叹服。又传出几句口号来，道是：

真孝廉，惟许武；谁继之？晏与普。弟不争，兄不取。作义庄，赡乡里。呜呼孝廉谁可比！

晏、普感兄之义，又将朝廷所赐黄金，大市牛酒，日日邀里中父老与哥哥会饮。如此三月，假期已满，晏、普不忍与哥哥分别，各要纳还官诰。许武再三劝谕，责以大义。二人只得听从，各携妻小赴任。

却说里中父老，将许武一门孝弟之事，备细申闻郡县。郡县为之奏闻。圣旨命有司旌表其门，称其里为“孝弟里”。后来三公九卿，交章荐许武德行绝伦，不宜逸之田野。累诏起用，许武只不奉诏。有人问其缘故。许武道：“两弟在朝居位之时，吾曾讽以知足知止。我若今日复出应诏，是自食其言了。况近闻朝廷之上，是非相激，势利相倾，恐非缙绅之福；不如躬耕乐道之为愈耳。”人皆服其高见。

再说晏、普到任，守其乃兄之教，各以清节自励，大有政声。后闻其兄高致，不肯出仕。弟兄相约，各将印绶纳还，奔回田里，日奉其兄为山水之游，尽老百年而终。许氏子孙昌茂，累代衣冠不绝，至今称为“孝弟许家”云。后人作歌叹道：

今人兄弟多分产，古人兄弟亦分产。
古人分产成弟名，今人分产但嚣争。
古人自污为孝义，今人自污争微利。
孝义名高身并荣，微利相争家共倾。
安得尽居孝弟里，却把阋墙人愧死[27]。

注释

[1]合爨(cuàn)：共用一个灶烧火煮饭。

[2]撺掇(cuānduó)：劝诱；怂恿。

[3]积祖：累世累代，时间久远。

[4]坐：因某事而获罪名。

[5]乂(yì)安：平安。

[6]朝有梧凤之鸣：朝廷中有凤凰栖于梧桐树上鸣叫，寓意天下太平。古人认为天下太平时，凤凰才出现。《诗经·大雅·卷阿》：“凤凰鸣矣，于彼高冈。梧桐生矣，于彼朝阳。”

[7]野无谷驹之叹：朝廷外没有贤才不为所用的感叹。野，相对于朝廷，即“在野”。谷驹，《诗经·小雅·白驹》：“皎皎白驹，在彼空谷。”意为：很好的一匹白马，却放在山谷中不去使用，暗讽君王不能任用贤能之士。

[8]博学宏词：汉代郡国取士，并无“博学宏词”一科，只有孝廉和贤良方正两科。唐代之后方有此科。

[9]事势：情形，形势。

[10]钻刺：钻营取巧。

[11]启牖(yǒu)：启发，启迪。

[12]劝驾：劝行。

[13]踌论：筹划，盘算。

[14]宋弘：东汉人。光武帝刘秀想让他的姐姐嫁给宋弘，暗示宋弘同原妻离婚。宋弘回复说："贫贱之交不可忘，糟糠之妻不下堂。"糟糠本为一种粗粝之食，后代指同甘共苦的妻子。

[15]中窾(kuǎn)要：切中要害、要点。窾，空隙。

[16]早背：早亡。

[17]域兆：墓地。

[18]传：官府所备的车马。

[19]棨(qǐ)戟：本为武器，后来演变为仪仗，为古代达官的随从、卫队所持。

[20]硗(qiāo)薄：贫瘠的(土地)。

[21]做乔主张：胡乱替人作主。乔，假。

[22]失怙(hù)恃：失去父母，无所依凭。

[23]二疏：西汉疏广、疏受叔侄二人同在朝为官，疏广对疏受说："吾闻知足不辱，知止不殆，功遂身退，天之道也。"于是叔侄二人一同辞官回乡。

[24]序齿：以年龄大小排次序。

[25]不韪(wěi)：不是。

[26]兀自：尚且，仍然。

[27]阋(xì)墙：在家中吵架打闹。《诗经·小雅·常棣》："兄弟阋于墙，外御其务(侮)。"

新评

在儒家传统文化中，"孝悌"占有极其重要的位置。"孝"是指子女对父母孝敬、顺从；"悌"则是弟弟对兄长应持有的尊重态度。尤其是在汉代，孝悌已不只是一种伦理道德修养，而直接关乎一个人的仕宦前程。《三孝廉让产立高名》就形象地反映了这一历史时期的特殊现象。

许武是这一事件的总导演兼主要演员。为了成全两个弟弟的"孝悌"之名，他先是辞官，接着故意在分家时多贪多占，用自己的"贪婪"衬托弟弟的谦让，终于让两个弟弟名声在外，达到被朝廷征召的目的。最后许武将真相说出，造成大家先是瞠目结舌，然后刮目相看，于是兄弟三人一齐登上道德的高台，导演和演员在赞誉声中谢幕。

第二卷　两县令竞义婚孤女

风水人间不可无，也须阴骘两相扶。

时人不解苍天意，枉使身心着意图。

话说近代浙江衢州府，有一人姓王名奉，哥哥名唤王春。弟兄各生一女：王春的女儿名唤琼英，王奉的叫做琼真。琼英许配本郡一个富家潘百万之子潘华。琼真许配本郡萧别驾之子萧雅。都是自小聘定的。琼英年方十岁，母亲先丧，父亲继殁。那王春临终之时，将女儿琼英托与其弟，嘱付道："我并无子嗣，只有此女。你可做嫡女看成。待其长成，好好嫁去潘家。你嫂嫂所遗房奁衣饰之类，尽数与之。有潘家原聘财礼置下庄田，就把与他做脂粉之费。莫负吾言！"嘱罢气绝。殡葬事毕，王奉将侄女琼英接回家中，与女儿琼真作伴。

忽一年元旦，潘华和萧雅不约而同到王奉家来拜年。那潘华生得粉脸朱唇，如美女一般，人都称"玉孩童"。萧雅一脸麻子，眼眍齿龅[1]，好似飞天夜叉模样。一美一丑，相形起来，那标致的越觉美玉增辉，那丑陋的越觉泥涂无色。况且潘华衣服炫丽，有心卖富，脱一套换一套。那萧雅是老实人家，不以穿着为事。常言道："佛是金装，人是衣装。"世人眼孔浅的多，只有皮相，没有骨相。王家若男若女，若大若小，那一个不欣羡潘小官人美貌，如潘安再出；暗暗地颠唇簸嘴，批点那飞天夜叉之丑。王奉自己也看不过，心上好不快活。

不一日，萧别驾卒于任所。萧雅奔丧，扶柩而回。他虽是个世家，累代清官，家无馀积。自别驾死后，日渐消索[2]。潘百万是个暴富，家事日盛一日。王奉忽起一个不良之心，想道："萧家甚穷，女婿又丑。潘家又富，女婿又标致。何不把琼英、琼真暗地兑转，谁人知道。也不教亲生女儿在穷汉家受苦。"主意已定，到临嫁之时，将琼真充做侄女嫁与潘家，哥哥所遗衣饰庄田之类，都把他去。却将琼英反为己女，嫁与那飞天夜叉为配。自己薄薄备些妆奁嫁送。琼英但凭叔叔做主，敢怒而不敢言。谁知嫁后，那潘华自恃家富，不习诗书，不务生理，专一嫖赌为事。父亲累训不从，气愤而亡。潘华益无顾忌，日逐与无赖小人酒食游戏。不上十年，把百万家资败得罄尽，寸土俱无。丈人屡次周给他，如炭中沃雪，全然不济。结末迫于冻馁，瞒着丈人，要引浑家去投靠人家为奴[3]。王奉闻知此信，将女儿琼真接回家中养老，不许女婿上门。潘华流落他乡，不知下落。那萧雅勤苦攻书，后来一举成名，直做到尚书地位，琼英封一品夫人。有诗为证：

目前贫富非为准，久后穷通未可知。

颠倒任君瞒昧做，鬼神昭鉴定无私。

看官，你道为何说这王奉嫁女这一事？只为世人只顾眼前，不思日后；只要损人利己，岂知人有百算，天只有一算。你心下想得滑碌碌的一条路，天未必随你走哩。还是平日行善为高。

今日说一段话本，正与王奉相反，唤做《两县令竞义婚孤女》。这桩故事，出在梁、唐、晋、汉、周五代之季。其时周太祖郭威在位，改元广顺。虽居正统之尊，未就混一之势。四方割据称雄者，还有几处，共是五国三镇。那五国？

周郭威，南汉刘晟，北汉刘旻，南唐李昪，蜀孟知祥。

那三镇？

吴越钱镠，湖南周行逢，荆南高季昌。

单说南唐李氏有国，辖下江州地方，内中单表江州德化县一个知县，姓石名璧，原是抚州临川县人氏，流寓建康。四旬之外，丧了夫人，又无儿子，止有八岁亲女月香，和一个养娘随任。那官人为官清正，单吃德化县中一口水。又且听讼明决，雪冤理滞，果然政简刑清，民安盗息。退堂之暇，就抱月香坐于膝上，教他识字，又或叫养娘和他下棋蹴踘，百般玩耍，他从旁教导。只为无娘之女，十分爱惜。一日，养娘和月香在庭中蹴那小小球儿为戏。养娘一脚踢起，去得势重了，那球击地而起，连跳几跳，的溜溜滚去，滚入一个地穴里。那地穴约有二三尺深，原是埋缸贮水的所在。养娘手短，揽他不着，正待跳下穴中去拾取球儿，石璧道："且住！"问女儿月香道："你有甚计较，使球儿自走出来么？"月香想了一想，便道："有计了！"即教养娘去提过一桶水来，倾在穴内。那球便浮在水面。再倾一桶，穴中水满，其球随水而出。石璧本是要试女孩儿的聪明，见其取水出球，智意过人，不胜之喜。

闲话休叙。那官人在任不上二年，谁知命里官星不现，飞祸相侵。忽一夜仓中失火，急去救时，已烧损官粮千馀石。那时米贵，一石值一贯五百。乱离之际，军粮最重。南唐法度，凡官府破耗军粮至三百石者，即行处斩。只为石璧是个清官，又且火灾天数，非关本官私弊，上官都替他分解保奏。唐主怒犹未息，将本官削职，要他赔偿。估价共该一千五百馀两。把家私变卖，未尽其半。石璧被本府软监，追逼不过，郁成一病，数日而死。遗下女儿和养娘二口，少不得着落牙婆官卖[4]，取价偿官。这等苦楚，分明是：

屋漏更遭连夜雨，船迟又遇打头风。

却说本县有个百姓，叫做贾昌。昔年被人诬诌，坐假人命事问成死罪在狱。亏石知县到任，审出冤情，将他释放。贾昌衔保家活命之恩，无从报效。一向在外为商，近日方回。正值石知县身死，即往抚尸恸哭，备办衣衾棺木，与他殡殓。合家挂孝，买地茔葬。又闻得所欠官粮尚多，欲待替他赔补了，又怕钱粮干系，不敢开端惹祸。见说小姐和养娘发出，着落牙婆官卖，慌忙带了银子，到李牙婆家，问他多少身价。李牙婆取出朱批的官票来看：养娘十六岁，只判得三十两；月香十岁，倒判了五十两。却是为何？月香虽然年小，容貌秀美可爱；养娘不过粗使之婢，故此判价不等。贾昌并无吝色，身边取出银包，兑足了八十两纹银，交付牙婆，又谢他五两银子，即时领取二人回家。李牙婆把两个身价，交纳官库。地方呈明：石知县家财人口变卖都尽。上官只得在别项那移赔补[5]，不在话下。

却说月香自从父亲死后，没一刻不啼啼哭哭。今日又不认得贾昌是什么人，买他归去，必然落于下贱，一路痛哭不已。养娘道："小姐，你今番到人家去，不比在老爷身边，只管啼哭，必遭打骂。"月香听说，愈觉悲伤。谁知贾昌一片仁义之心，领到家中，与妻子相见，对妻子说："此乃恩人石相公的小姐，那一个就是伏侍小姐的养娘。我当初若没有恩人，此身死于缧绁。今日见他小姐，如见恩人之面。你可另收拾一间香房，与他两个住下，好茶好饭供待他，不可怠慢。后来倘有亲族来访，那时送还，也尽我一点报效之心。不然之时，待他长成，就本县择个门当户对的人家，一夫一妇，嫁他出去，恩人坟墓也有个亲人看觑。那个养娘依旧叫他伏侍小姐，替他两个作伴，做些女工，不要他在外答应。"

月香生成伶俐，见贾昌如此分付妻子，慌忙上前万福道[6]："奴家卖身在此，为奴为婢，理之当然。蒙恩人抬举，此乃再生之恩。乞受奴一拜，收为义女。"说罢，即忙下跪。慌得那贾昌连忙也跪在地下，忙教妻子扶起道："小人是老相公的子民，这蝼蚁之命，都出老相公所赐。就是这位养娘，小人也不敢怠慢，何况小姐！小人怎敢妄自尊大？暂时屈在寒家，权当宾客相待。望小姐勿责怠慢，小人夫妻有幸。"月香再三称谢。贾昌又分付家中男女，都称为"石小姐"。那小姐称贾昌夫妇，但呼"贾公""贾婆"，不在话下。

原来贾昌的妻子，素性不甚贤慧。初时看上月香生得清秀乖巧，自己无男无女，有心要收他做个螟蛉女儿[7]，心下甚是欢喜；听说宾客相待，先有三分不耐烦了。却灭不得石知县的恩，没奈何依着丈夫言语，勉强奉承。后来贾昌在外为商，每得好绸好绢，先尽上好的寄与石小姐做衣服穿。比及回家[8]，先问石小姐安否。妻子心下渐渐不平。又过些时，把马脚露出来了：但是贾昌在家，朝饔夕餐，也还成个规矩，口中假意奉承几句；但背了贾昌时，茶不茶，饭不饭，另是一样光景了。养娘常叫出外边杂差杂使，不容他一刻空闲。又每日间限定石小姐要做若干女工针指还他[9]，倘手迟脚慢，便去捉鸡骂狗，口里好不干净哩！正是：

人无千日好，花无百日红。

养娘受气不过，禀知小姐，欲待等贾公回家，告诉他一番。月香断然不肯。说道："当初他用钱买我，原不指望他抬举。今日贾婆虽有不到之处，却与贾公无干。你若说他，把贾公这段美情都没了。我与你命薄之人，只索忍耐为上[10]。"

忽一日，贾公做客回家，正撞着养娘在外汲水，面上比前甚是黑瘦了。贾公道:“养娘,我只叫你伏侍小姐,谁要你汲水?且放着水桶,另叫人来担罢。”养娘放了水桶,动了个感伤之念,不觉滴下几点泪来。贾公要盘问时,他把手拭泪,忙忙的奔进去了。贾公心中甚疑。见了妻子,问道:“石小姐和养娘没有甚事么?”妻子回言:“没有。”初归之际,事体多头,也就阁过一边。又过了几日,贾公偶然到近处人家走动,回来不见妻子在房,自往厨下去寻他说话。正撞见养娘从厨下来,也没有托盘,右手拿一大碗饭,左手一只空碗,碗上顶一碟腌菜叶儿。贾公有心,闪在隐处看时,养娘走进石小姐房中去了。贾公不省得这饭是谁吃的,一些荤腥也没有。那时不往厨下,竟悄悄的走在石小姐房前,向门缝里张时[11],只见石小姐将这碟腌菜叶儿过饭。心中大怒,便与妻子闹将起来。妻子道:“荤腥尽有,我又不是不舍得与他吃。那丫头自不来担[12],难道要老娘送进房去不成?”贾公道:“我原说过来,石家的养娘,只教他在房中与小姐作伴。我家厨下走使的又不少,谁要他出房担饭!前日那养娘噙着两眼泪在外街汲水,我已疑心,是必家中把他难为了。只为匆忙,不曾细问得。原来你恁地无恩无义[13]!连石小姐都怠慢。见放着许多荤菜,却教他吃白饭,是甚道理?我在家尚然如此,我出外时,可知连饭也没得与他们吃饱。我这番回来,见他们着实黑瘦了。”妻子道:“别人家丫头,那要你恁般疼他。养得白白壮壮,你可收用他做小老婆么?”贾公道:“放屁!说的是什么话!你这样不通理的人,我不与你讲嘴。自明日为始,我叫当直的每日另买一分肉菜[14],供给他两口;不要在家火中算账,省得夺了你的口食,你又不欢喜。”妻子自家觉得有些不是,口里也含含糊糊的哼了几句,便不言语了。从此贾公分付当直的,每日肉菜分做两分,却叫厨下丫头们各自安排送饭。这几时,好不齐整。正是:

人情若比初相识,到底终无怨恨心。

贾昌因奉养石小姐,有一年多不出外经营。妻子却也做意修好,相忘于无言。月香在贾公家,一住五年,看看长成。贾昌意思,要密访个好主儿,嫁他出去了,方才放心,自家好出门做生理[15]。这也是贾公的心事,背地里自去勾当,晓得妻子不贤,又与他商量怎的。若是凑巧,赔些妆奁嫁出去了,可不干净。何期姻缘不偶。内中也有缘故:但是出身低微的,贾公又怕辱抹了石知县,不肯俯就;但是略有些名目的,那个肯要百姓人家的养娘为妇?所以好事难成。贾公见姻事不就,妻子又和顺了,家中供给又立了常规,舍不得担阁生意,只得又出外为商。未行数日之前,预先叮咛妻子有十来次,只叫好生看待石小姐和养娘两口。又请石小姐出来,再三安慰,连养娘都用许多好言安放。又分付妻子说:“他骨气也比你重几百分哩。你切莫慢他。若是不依我言语,我回家时,就不与你认夫妻了。”又唤当直的和厨下丫头,都分付遍了,方才出门。正是:

临岐费尽叮咛语,只为当初受德深。

却说贾昌的妻子,一向被老公在家作兴石小姐和养娘,心下好生不乐。没奈何,只得由他。受了一肚子的腌臜昏闷之气[16]。一等老公出门,三日之后,就使起家主母的势来。寻个茶迟饭晏小小不是的题目[17],先将厨下丫头试法,连打几个巴掌,骂道:“贱人!你是我手内用钱讨的,如何恁地托大!你恃了那个小主母的势头,却不用心伏侍我?家长在家日纵容了你,如今他出去了,少不得要还老娘的规矩。除却老娘外,那个该伏侍的?要饭吃时,等他自担,不要你们献勤,却担误老娘的差使!”骂了一回,就乘着热闹中唤过当直的,分付将贾公派下另一份肉菜钱,干折进来,不要买了。当直的不敢不依。且喜月香能甘淡薄,全不介意。又过了些时,忽一日,养娘担洗脸水迟了些,水已凉了。养娘不合哼了一句[18],那婆娘听得了,特地叫来发作道:“这水不是你担的,别人烧着汤,你便胡乱用些罢。当初在牙婆家,那个烧汤与你洗脸?”养娘耐嘴不住,便回了几句言语道:“谁要他们担水烧汤!我又不是不曾担水过的,两只手也会烧火。下次我自担水自烧,不费厨下姐姐们力气便了。”那婆娘提醒了他当初曾担水过这句话,便骂道:“小贱人!你当先担得几桶水,便在外面做身做分,哭与家长知道,连累老娘受了百般呕气!今日老娘要讨个账儿。你既说会担水,会烧火,把两件事都交在你身上。今每日常用的水,都要你担,不许躲懒。是火,都是你烧。若是难为了柴,老娘却要计较。且等你知心知意的家长回家时,你再啼啼哭哭告诉他便了。也不怕他赶了老娘出去。”

月香在房中,听得贾婆发作自家的丫头,慌忙移步上前,万福谢罪,招称许多不是,叫贾婆莫怪。养娘道:“果是婢子不是了!只求看小姐面上,不要计较。”那老婆愈加忿怒,便道:“什么小姐,小姐!是小姐,不到我家来了。我是个百姓人家,不晓得小姐是什么品级,你动不动把来压老娘。老娘骨气虽轻,不受人压量的。今日要说个明白。就是小姐,也说不得费了大钱讨的,少不得老娘是个主母。‘贾婆’也不是你叫的。”月香听得话不投机,含着眼泪,自进房去了。那婆娘分付厨中,不许叫“石小姐”,只叫他“月香”名字。又分付养娘,只在厨下专管担水烧火,不许进月香房中。月香若要饭吃时,待他自到厨房来取。其夜,又叫丫头搬了养娘的被窝到自己房中去。月香坐个更深,不见养娘进来,只得自己闭门而睡。又过几日,那婆娘唤月香出房,却教丫头把他的房门锁了。月香没了房,只得在外面盘旋。夜间就同养娘一铺睡。睡起时,就叫他拿东拿西,役使他起来。在他矮檐下,怎敢不低头!月香无可奈何,只得伏低伏小。那婆娘见月香随顺了,心中暗喜,蓦地开了他房门的锁,把他房中搬得一空。凡丈夫一向寄来的好绸好缎,曾做不曾做的,都迁入自己箱笼,被窝也收起了不还他。月香暗暗叫苦,不敢则声[19]。

忽一日,贾公书信回来,又寄许多东西与石小姐。书中嘱付妻子:“好生看待,不久我便回来。”那婆娘把东西收起,思想道:“我把石家两个丫头作贱勾了。丈夫回来,必然厮闹。难道我惧怕老公,重新奉承他起来不成?那老亡八把这两个瘦马养着,不知作何结束!他临行之时,说道:‘若不依他言语,就不与我做夫妻了。’一定他起了什么不良之心。那月香好副嘴脸，年已长成。倘或有意留他，也不见得。那时我争风吃醋便迟了。人无远虑，必有近忧。一不做，二不休，索性把他两个卖去他方，老亡八回来也只一怪。拚得厮闹一场罢了，难道又去赎他回来不成？好计，好计！”正是：

眼孔浅时无大量，心田偏处有奸谋。

当下那婆娘分付当直的：“与我唤那张牙婆到来，我有话说。”不一时，当直的将张婆引到。贾婆教月香和养娘都相见了，却发付他开去。对张婆说道：“我家六年前，讨下这两个丫头。如今大的忒大了，小的又娇娇的，做不得生活，都要卖他出去。你与我快寻个主儿。”原来当先官卖之事，是李牙婆经手。此时李婆已死，官私做媒，又推张婆出尖了。张婆道：“那年纪小的，正有个好主儿在此，只怕大娘不肯。”贾婆道：“有甚不肯？”张婆道：“就是本县大尹老爷覆姓钟离，名义，寿春人氏，亲生一位小姐，许配德安县高大尹的长公子，在任上行聘的，不日就要来娶亲了。本县嫁妆都已备得十全，只是缺少一个随嫁的养娘。昨日大尹老爷唤老媳妇当面分付过了。老媳妇正没处寻。宅上这位小娘子，正中其选。只是异乡之人，怕大娘不舍得与他。”贾婆想道：“我正要寻个远方的主顾，来得正好！况且知县相公要了人去，丈夫回来，料也不敢则声。”便道：“做官府家的陪嫁，胜似在我家十倍，我有什么不舍得？只是不要亏了我的原价便好。”张婆道：“原价许多？”贾婆道：“十来岁时，就是五十两讨的。如今饭钱又弄一主在身上了。”张婆道：“吃的饭是算不得账。这五十两银子在老媳妇身上。”贾婆道：“那一个老丫头，也替我觅个人家便好。他两个是一伙儿来的，去了一个，那一个也养不家了。况且年纪一二十之外，又是要老公的时候，留他甚么！”张婆道：“那个要多少身价？”贾婆道：“原是三十两银子讨的。”牙婆道：“粗货儿，直不得这许多。若是减得一半，老媳妇倒有个外甥在身边，三十岁了，老媳妇原许下与他娶一房妻小的。因手头不宽展，捱下去。这倒是雌雄一对儿。”贾婆道：“既是你的外甥，便让你五两银子。”张婆道：“连这小娘子的媒礼在内，让我十两罢。”贾婆道：“也不为大事。你且说合起来。”张婆道：“老媳妇如今先去回覆知县相公。若讲得成时，一手交钱，一手就要交货的。”贾婆道：“你今晚还来否？”张婆道：“今晚还要与外甥商量，来不及了。明日早来回话。多分两个都要成的[20]。”说罢，别去，不在话下。

却说大尹钟离义到任有一年零三个月了。前任马公，是顶那石大尹的缺。马公升任去后，钟离义又是顶马公的缺。钟离大尹与德安高大尹原是个同乡。高大尹生下二子：长曰高登，年十八岁；次曰高升，年十六岁。这高登便是钟离公的女婿。原来钟离公未曾有子，止生此女，小字瑞枝，年方一十七岁，选定本年十月望日出嫁。此时九月下旬，吉期将近。钟离公分付张婆，急切要寻个陪嫁。张婆得了贾家这头门路，就去回覆大尹。大尹道：“若是人物好时，就是五十两也不多。明日库上来领价，晚上就要过门的。”张婆道：“领相公钧旨。”当晚回家，与外甥赵二商议，有这相应的亲事，要与他完婚。赵二先欢喜了一夜。次早，赵二便去整理衣衫，准备做新郎。张婆在家中，先凑足了二十两身价，随即到县取知县相公钧帖，到库上兑了五十两银子，来到贾家，把这两项银子交付与贾婆，分疏得明明白白。贾婆都收下了。

少顷，县中差两名皂隶，两个轿夫，抬着一顶小轿，到贾家门首停下。贾家初时都不通月香晓得，临期竟打发他上轿。月香正不知叫他那里去，和养娘两个，叫天叫地，放声大哭。贾婆不管三七二十一，和张婆两个，你一推，我一㧐[21]，㧐他出了大门。张婆方才说明：“小娘子不要啼哭了！你家主母，将你卖与本县知县相公处，做小姐的陪嫁。此去好不富贵！官府衙门，不是要处，事到其间，哭也无益。”月香只得收泪，上轿而去。轿夫抬进后堂。月香见了钟离公，还只万福。张婆在旁道：“这就是老爷了，须下个大礼！”月香只得磕头。立起身来，不觉泪珠满面。张婆教他拭干了泪眼，引入私衙，见了夫人和瑞枝小姐。问其小名，告以“月香”。夫人道：“好个‘月香’二字！不必更换，就发他伏侍小姐。”钟离公厚赏张婆，不在话下。

可怜宦室娇香女，权作闺中使令人。

张婆出衙，已是酉牌时分[22]。再到贾家，只见那养娘正思想小姐，在厨下痛哭。贾婆对他说道：“我今把你嫁与张妈妈的外甥，一夫一妇，比月香倒胜几分。莫要悲伤了！”张婆也劝慰他一番。赵二在混堂内洗了个净浴[23]，打扮得帽儿光光，衣衫簇簇，自家提了一碗灯笼，前来接亲。张婆就叫养娘拜别贾婆。那养娘原是个大脚，张婆扶着步行到家，与外甥成亲。

话休絮烦。再说月香小姐自那日进了钟离相公衙内，次日，夫人分付新来婢子，将中堂打扫。月香领命，携帚而去。钟离义梳洗已毕，打点早衙理事，步出中堂，只见新来婢子呆呆的把着一把扫帚，立于庭中。钟离公暗暗称怪。悄地上前看时，原来庭中有一个土穴，月香对了那穴，汪汪流泪。钟离公不解其故。走入中堂，唤月香上来，问其缘故。月香愈加哀泣，口称不敢。钟离公再三诘问，月香方才收泪而言道：“贱妾幼时，父亲曾于此地教妾蹴球为戏，误落球于此穴。父亲问妾道：‘你可有计较，使球自出于穴，不须拾取？’贱妾言云：‘有计。’即遣养娘取水灌之。水满球浮，自出穴外。父亲谓妾聪明，不胜之喜。今虽年久，尚然记忆。睹物伤情，不觉哀泣。愿相公俯赐矜怜，勿加罪责！”钟离公大惊道：“汝父姓甚名谁？你幼时如何得到此地？须细细说与我知。”月香道：“妾父姓石名璧，六年前在此作县尹。只为天火烧仓，朝廷将父革职，勒令赔偿。父亲病郁而死。有司将妾和养娘官卖到本县贾公家。贾公向被冤系，感我父活命之恩，故将贱妾甚相看待，抚养至今。因贾公出外为商，其妻不能相容，将妾转卖于此。只此实情，并无欺隐。”

今朝诉出衷肠事，铁石人知也泪垂。

钟离公听罢，正是兔死狐悲，物伤其类："我与石璧一般是个县尹。他只为遭时不幸，遇了天灾，亲生女儿就沦于下贱。我若不闻不见，倒也罢了。天教他到我衙里，我若不扶持他，同官体面何存！石公在九泉之下，以我为何如人！"当下请夫人上堂，就把月香的来历细细叙明。夫人道："似这等说，他也是个县令之女，岂可贱婢相看。目今女孩儿嫁期又逼，相公何以处之？"钟离公道："今后不要月香服役，可与女孩儿姊妹相称。下官自有处置。"即时修书一封，差人送到亲家高大尹处。高大尹拆书观看，原来是求宽嫁娶之期。书上写道：

婚男嫁女，虽父母之心；舍己成人，乃高明之事。近因小女出阁，预置媵婢月香。见其颜色端丽，举止安详，心窃异之。细访来历，乃知即两任前石县令之女。石公廉吏，因仓火失官丧躯，女亦官卖，转展售于寒家。同官之女，犹吾女也。此女年已及笄，不惟不可屈为媵婢，且不可使吾女先此女而嫁。仆今急为此女择婿，将以小女薄奁嫁之。令郎姻期，少待改卜。特此拜恳，伏惟情谅。钟离义顿首。

高大尹看了，道："原来如此！此长者之事，吾奈何使钟离公独擅其美！"即时回书云：

鸾凤之配，虽有佳期；狐兔之悲，岂无同志。在亲翁既以同官之女为女，在不佞宁不以亲翁之心为心？三复示言，令人悲恻。此女廉吏血胤[24]，无惭阀阅[25]。愿亲家即赐为儿妇，以践始期。令爱别选高门，庶几两便。昔蘧伯玉耻独为君子，仆今者愿分亲翁之谊。高原顿首。

使者将回书呈与钟离公看了。钟离公道："高亲家愿娶孤女，虽然义举；但吾女他儿，久已聘定，岂可更改？还是从容待我嫁了石家小姐，然后另备妆奁，以完吾女之事。"当下又写书一封，差人再达高亲家。高公开书读道：

娶无依之女，虽属高情；更已定之婚，终乖正道。小女与令郎，久谐凤卜，准拟鸾鸣。在令郎停妻而娶妻，已违古礼；使小女舍婿而求婿，难免人非。请君三思，必从前议。义惶恐再拜。

高公读毕，叹道："我一时思之不熟。今闻钟离公之言，惭愧无地。我如今有个两尽之道，使钟离公得行其志，而吾亦同享其名；万世而下，以为美谈。"即时覆书云：

以女易女，仆之慕谊虽殷；停妻娶妻，君之引礼甚正。仆之次男高升，年方十七，尚未缔姻。令爱归我长儿，石女属我次子。佳儿佳妇，两对良姻；一死一生，千秋高谊。妆奁不须求备，时日且喜和同。伏冀俯从，不须改卜。原惶恐再拜。

钟离公得书，大喜道："如此分处，方为双美。高公义气，真不愧古人。吾当拜其下风矣。"当下即与夫人说知，将一副妆奁，剖为两分，衣服首饰，稍稍增添。二女一般，并无厚薄。

到十月望前两日，高公安排两乘花花细轿，笙箫鼓吹，迎接两位新人。钟离公先发了嫁妆去后，随唤出瑞枝、月香两个女儿，教夫人分付他为妇之道。二女拜别而行。月香感念钟离公夫妇恩德，十分难舍，号哭上轿。一路趱行，自不必说。到了县中，恰好凑着吉日良时，两对小夫妻，如花如锦，拜堂合卺[26]。高公夫妇欢喜无限。正是：

百年好事从今定，一对姻缘天上来。

再说钟离公嫁女三日之后，夜间忽得一梦，梦见一位官人，幞头象简[27]，立于面前，说道："吾乃月香之父石璧是也。生前为此县大尹，因仓粮失火，赔偿无措，郁郁而亡。上帝察其清廉，悯其无罪，敕封吾为本县城隍之神。月香，吾之爱女，蒙君高谊，拔之泥中，成其美眷，此乃阴德之事；吾已奏闻上帝。君命中本无子嗣，上帝以公行善，赐公一子，昌大其门。君当致身高位，安享遐龄。邻县高公与君同心，愿娶孤女，上帝嘉悦，亦赐二子高官厚禄，以酬其德。君当传与世人，广行方便，切不可凌弱暴寡，利己损人。天道昭昭，纤毫洞察。"说罢，再拜。钟离公答拜，起身，忽然踏了衣服前幅，跌了一交，猛然惊醒，乃是一梦。即时说与夫人知道。夫人亦嗟讶不已。待等天明，钟离公打轿到城隍庙中焚香作礼，捐出俸资百两，命道士重新庙宇，将此事勒碑，广谕众人。又将此梦备细写书报与高公知道。高公把书与两个儿子看了，各各惊讶。钟离夫人年过四十，忽然得孕生子，取名天赐。后来钟离义归宋，仕至龙图阁大学士，寿享九旬。子天赐，为大宋状元。高登、高升俱仕宋朝，官至卿宰。此是后话。

且说贾昌在客中，不久回来，不见了月香小姐和那养娘。询知其故，与婆娘大闹几场。后来知得钟离相公将月香为女，一同小姐嫁与高门。贾昌无处用情，把银二十两，要赎养娘送还石小姐。那赵二恩爱夫妻，不忍分拆，情愿做一对投靠。张婆也禁他不住。贾昌领了赵二夫妇，直到德安县，禀知大尹高公。高公问了备细，进衙又问媳妇月香，所言相同。遂将赵二夫妇收留，以金帛厚酬贾昌。贾昌不受而归。从此贾昌恼恨妻子无义，立誓不与他相处。另招一婢，生下两男。——此亦作善之报也。后人有诗叹云：

人家嫁娶择高门，谁肯周全孤女婚？
试看两公阴德报，皇天不负好心人。

注释

[1]眼眍(kōu)齿齙(bà)：眼窝深陷，牙齿外露。

[2]消索：消散，耗尽。

[3]投靠：指穷苦的人丧失职业后，投向官员人家，卖身为奴。

[4]牙婆：也叫官媒、媒婆，靠介绍买卖妇女，且从中抽取佣金的妇人。

[5]那移：同“挪移”，这里是指将一种款项用在另一种用途上。

[6]万福：旧时妇女的一种行礼动作，行礼时对人用双手在左衣襟前拂一拂，口称“万福”。

[7]螟蛉：鳞翅目昆虫的幼虫。蜾蠃蜂捕螟蛉为食，并以产卵管刺入螟蛉体内，注射蜂毒使其麻痹，然后负之置于蜂窠内，作蜾蠃蜂的幼虫的食料。古人误认为蜾蠃蜂养螟蛉为子，因此用“螟蛉”或“螟蛉子”作为养子的代称。

[8]比及：等到。

[9]女工：指缝纫、刺绣等活计。

[10]只索：只得，只须。

[11]张：张望，看。

[12]担：拿，取。

[13]恁(nèn)地：如此，这样。

[14]当直的：即“当值的”，值日管事之人。

[15]生理：生意。

[16]腌臜(āzā)：肮脏，不干净。

[17]茶迟饭晏：茶送迟了，饭做晚了。晏，晚。

[18]不合：不该。

[19]则声：做声，吭气。

[20]多分：多半，很大程度上。

[21]搬(sǒng)：推。

[22]酉牌：酉时。酉为地支的第十位，古人用十二地支记时，酉时即下午5至7时。

[23]混堂：澡堂。

[24]血胤：后人，后代。

[25]阀阅：本为古代官宦人家门前所树的两根大柱子，后为名门大户的代称，也指门第。

[26]合卺(jǐn)：古代结婚仪式之一，后代指结婚。卺是古代行婚礼用的酒器，以瓢为之。

[27]幞头象简：幞头是旧时官员所戴的冠帻；象简是官员上朝时所执的用于记事的手板，用象牙做成。

新评

中国自古崇尚“义”，从孟子的“舍生取义”，到关羽的“忠义双全”，从《左传》中石碏的“大义灭亲”，到伯夷、叔齐的“义不食周粟”，“义”已经成为一种民族积淀，贯穿于华夏历史的各个方面。本卷《两县令竞义婚孤女》，截取的就是生活中关于“义”的一个片段。

什么是“义”？义就是贾昌对石县令活命之恩的报效，就是钟离公的“先人后己”，就是高大尹的“周全孤女”。为了说明“义”的伟大，作者对行义之人都给予回报：贾昌“另招一婢，生下两男”；钟离“命中本无子嗣”，行义之后，“钟离夫人年过四十，忽然得孕生子”，此子成为宋朝的状元；高大尹的两个儿子也双双仕于宋朝，官至卿宰。

第三卷　滕大尹鬼断家私

玉树庭前诸谢[1]，紫荆花下三田[2]。埙篪和好弟兄贤[3]，父母心中欢忭。

多少争财竞产，同根苦自相煎。相持鹬蚌枉垂涎[4]，落得渔人取便！

这首词名为《西江月》，是劝人家兄弟和睦的。

且说如今三教经典，都是教人为善的。儒教有《十三经》、《六经》、《五经》[5]；释教有诸品《大藏》金经；道教有《南华冲虚经》及诸品藏经[6]：盈箱满案，千言万语，看来都是赘疣。依我说，要做好人，只消个"两字经"，是"孝""弟"两个字。那"两字经"中，又只消理会一个字，是个"孝"字。假如孝顺父母的，见父母所爱者亦爱之，父母所敬者亦敬之：何况兄弟行中，同气连枝？想到父母身上去，那有不和不睦之理？就是家私田产，总是父母挣来的，分什么尔我？较什么肥瘠？假如你生于穷汉之家，分文没得承受，少不得自家挽起眉毛，挣扎过活。现成有田有地，兀自争多嫌寡，动不动推说爹娘偏爱，分受不均。那爹娘在九泉之下，他心上必然不乐。此岂是孝子所为？所以古人说得好，道是："难得者兄弟，易得者田地。"怎么是"难得者兄弟"？且说人生在世，至亲的莫如爹娘。爹娘养下我来时节，极早已是壮年了；况且爹娘怎守得我同去，也只好半世相处。再说至爱的莫如夫妇，白头相守，极是长久的了，然未做亲以前，你张我李，各门各户，也空着幼年一段。只有兄弟们，生于一家，从幼相随到老，有事共商，有难共救，真像手足一般，何等情谊！譬如良田美产，今日弃了，明日又可挣得来的；若失了个兄弟，分明割了一手，折了一足，乃终身缺陷。说到此地，岂不是"难得者兄弟，易得者田地"？若是为田地上坏了手足亲情，到不如穷汉赤光光没得承受，反为干净，省了许多是非口舌。

如今在下说一节国朝的故事[7]，乃是《滕大尹鬼断家私》。这节故事，是劝人重义轻财，休忘了"孝""弟""两字经"。看官们或是有弟兄，没弟兄，都不关在下之事；各人自去摸着心头，学好做人便了。正是：

善人听说心中刺，恶人听说耳边风。

话说国朝永乐年间，北直顺天府香河县，有个倪太守，双名守谦，字益之，家累千金，肥田美宅。夫人陈氏，单生一子，名曰善继。长大婚娶之后，陈夫人身故。倪太守罢官鳏居，虽然年老，只落得精神健旺，凡收租放债之事，件件关心，不肯安闲享用。其年七十九岁。倪善继对老子说道："人生七十古来稀，父亲今年七十九，明年八十齐头了，何不把家事交卸与孩儿掌管，吃些现成茶饭，岂不为美？"老子摇着头，说出几句道：

在一日，管一日。替你心，替你力。挣些利钱穿共吃。直待两脚壁立直，那时不关我事得。

每年十月间，倪太守亲往庄上收租，整月的住下。庄户人家，肥鸡美酒，尽他受用。

那一年又去住了几日。偶然一日，午后无事，绕庄闲步，观看野景。忽然见一个女子，同着一个白发婆婆，向溪边石上捣衣。那女子虽然村庄打扮，颇有几分姿色：

发同漆黑，眼若波明。纤纤十指似栽葱，曲曲双眉如抹黛。随常布帛，俏身躯赛着绫罗；点景野花，美丰仪不须钗钿。五短身材偏有趣，二八年纪正当时。

倪太守老兴勃发，看得呆了。那女子捣衣已毕，随着老婆婆而走。那老儿留心观看，只见他走过数家，进一个小小白篱笆门内去了。倪太守连忙转身，唤管庄的来对他说，如此如此，教他访那女子跟脚[8]，曾否许人；"若是没有人家时，我要娶他为妾，未知他肯否？"管庄的巴不得奉承家主，领命便去。原来那女子姓梅，父亲也是个府学秀才，因幼年父母双亡，在外婆身边居住，年一十七岁，尚未许人。管庄的访得的实了，就与那老婆婆说："我家老爷见你孙女儿生得齐整，意欲聘为偏房。虽说是做小，老奶奶去世已久，上面并无人拘管。嫁得成时，丰衣足食，自不须说；连你老人家年常衣服茶米，都是我家照顾，临终还得个好断送[9]。只怕你老人家没福。"老婆婆听得花锦似一片说话，即时依允。也是姻缘前定，一说便成。管庄的回覆了倪太守，太守大喜，讲定财礼，讨皇历看过吉日。又恐儿子阻挡，就在庄上行聘，庄上做亲。成亲之夜，一老一少，端的好看！真个是：

恩爱莫忘今夜好，风光不减少年时。

过了三朝，唤乘轿子，抬那梅氏回宅，与儿子媳妇相见。阖家男女都来磕头，称为小奶奶。倪太守把些布帛赏与众人，各各欢喜。只有那倪善继心中不美，面前虽不言语，背后夫妻两口儿议说道："这老人忒没正经！一把年纪，风灯之烛，做事也须料个前后。知道五年十年在世？却去干这样不了不当的事！讨这花枝般的女儿，自家也得精神对付他！终不然担误他在那里，有名无实。还有一件，多少人家老汉身边有了少妇，支持不过，那少妇熬不得，走了野路，出乖露丑，为家门之玷。还有一件，那少妇跟随老汉，分明似出外度荒年一般，等得年时成熟，他便去了。平时偷短偷长，做下私房，东三西四的寄开；又撒娇撒痴，要汉子制办衣饰与他；到得树倒鸟飞时节，他便颠倒嫁人，一包儿收拾去受用。这是木中之蠹，米中之虫！人家有了这般人，最损元气的！"又说道："这女子娇模娇样，好像个妓女，全没有良家体段。看来是个做声分的头儿，擒老公的太岁。在咱爹身边，只该半妾半婢，叫声'姨姐'，后日还有个退步；可笑咱爹不明，就叫众人唤他做'小奶奶'。难道要咱们叫他'娘'不成？咱们只不作准他，莫要奉承透了，讨他做大起来，明日咱们颠倒受他呕气。”夫妻二人唧唧哝哝说个不了。早有多嘴的传话出来。倪太守知道了，虽然不乐，却也藏在肚里。幸得那梅氏秉性温良，事上接下，一团和气，众人也都相安。

过了两个月，梅氏得了身孕，瞒着众人，只有老公知道。一日三，三日九，挨到十月满足，生下一个小孩儿出来，举家大惊。这日正是九月九日，乳名取做重阳儿。到十一日，就是倪太守生日，这年恰好八十岁了，贺客盈门。倪太守开筵管待，一来为寿诞，二来小孩子三朝，就当个汤饼之会。众宾客道："老先生高年，又新添个小令郎，足见血气不衰，乃上寿之征也。"倪太守大喜。倪善继背后又说道："男子六十而精绝，况是八十岁了，那见枯树上生出花来？这孩子不知那里来的杂种，决不是咱爹嫡血。我断然不认他做兄弟！"老子又晓得了，也藏在肚里。

光阴似箭，不觉又是一年。重阳儿周岁，整备做晬盘故事[10]。里亲外眷，又来作贺，倪善继倒走了出门，不来陪客。老子已知其意，也不去寻他回来，自己陪着诸亲，吃了一日酒。虽然口中不语，心内未免有些不足之意。自古道："子孝父心宽。"那倪善继平日做人，又贪又狠，一心只怕小孩子长大起来，分了他一股家私；所以不肯认做兄弟，预先捏恶话谣言，日后好摆布他母子。那倪太守是读书做官的人，这个关窍怎不明白？只恨自家老了，等不及重阳儿成人长大，日后少不得要在大儿子手里讨针线，今日与他结不得冤家，只索忍耐。看了这点小孩子，好生痛他；又看了梅氏小小年纪，好生怜他：常时想一会，闷一会，恼一会，又懊悔一会。

再过四年，小孩子长成五岁，老子见他伶俐，又忒会顽耍，要送他馆中上学，取个学名，哥哥叫善继，他就叫善述。拣个好日，备了果酒，领他去拜师父。那师父就是倪太守请在家里教孙儿的，小叔侄两个同馆上学，两得其便。谁知倪善继与做爹的不是一条心肠。他见那孩子取名善述，与已排行，先自不像意了[11]，又与他儿子同学读书，倒要儿子叫他"叔叔"，从小叫惯了，后来就被他欺压；不如唤了儿子出来，另从个师父罢。当日将儿子唤出，只推有病，连日不到馆中。倪太守初时只道是真病。过了几日，只听得师父说："大令郎另聘了个先生，分做两个学堂，不知何意？"倪太守不听犹可，听了此言，不觉大怒，就要寻大儿子问其缘故；又想道："天生恁般逆种，与他说也没干，由他罢了！"含了一口闷气，回到房中，偶然脚慢，绊着门槛一跌。梅氏慌忙扶起，搀到醉翁床上坐下，已自不省人事。急请医生来看，医生说是中风，忙取姜汤灌醒，扶他上床。虽然心下清爽，却满身麻木，动弹不得。梅氏坐在床头，煎汤煎药，殷勤伏侍，连进几服，全无功效。医生切脉道："只好延挨日子，不能全愈了。"倪善继闻知，也来看觑了几遍；见老子病势沉重，料是不起，便呼幺喝六，打僮骂仆，预先装出家主公的架子来。老子听得，愈加烦恼。梅氏只是啼哭。连小学生也不去上学，留在房中相伴老子。

倪太守自知病笃，唤大儿子到面前，取出簿子一本，家中田地屋宅，以及人头帐目总数，都在上面，分付道："善述年方五岁，衣服尚要人照管。梅氏又年少，也未必能管家，若分家私与他，也是枉然。如今尽数交付与你。倘或善述日后长大成人，你可看做爹的面上，替他娶房媳妇，分他小屋一所，良田五六十亩，勿令饥寒足矣。这段话，我都写绝在家私簿上，就当分家，把与你做个执照。梅氏若愿嫁人，听从其便；倘肯守着儿子度日，也莫强他。我死之后，你一一依我言语，这便是孝子。我在九泉，亦得瞑目！"倪善继把簿子揭开一看，果然开得细，写得明，满脸堆下笑来，连声应道："爹休忧虑，恁儿一一依爹分付便了。"抱了家私簿子，欣然而去。梅氏见他去得远了，两眼垂泪，指着那孩子道："这个小冤家，难道不是你嫡血？你却和盘托出，都把与大儿子了，教我母子两口，异日把什么过活？"倪太守道："你有所不知：我看善继不是个良善之人，若将家私平分了，连这小孩子的性命也难保，不如都把与他，像了他意，再无妒忌。"梅氏又哭道："虽然如此，自古道：'子无嫡庶。'忒杀厚薄不均，被人笑话。"倪太守道："我也顾他不得了。你年纪正小，趁我未死，将孩子嘱付善继；待我去世后，多则一年，少则半载，尽你心中拣择个好头脑，自去图下半世受用，莫要在他们身边讨气吃。"梅氏道："说那里话！奴家也是儒门之女，妇人从一而终，况又有了这小孩儿，怎割舍得抛他？好歹要守在这孩子身边的。"倪太守道："你果然肯守志终身么？莫要日久生悔。"梅氏就发起大誓来。倪太守道："你若立志果坚，莫愁母子没得过活。"便向枕边摸出一件东西来，交与梅氏。梅氏初时只道又是一个家私簿子，却原来是一尺阔、三尺长的一个小轴子。梅氏道："要这小轴儿何用？"倪太守道："这是我的行乐图，其中自有奥妙。你可悄地收藏，休露人目。直待孩子年长，善继不肯看顾他，你也只含藏于心，等得个贤明有司官来，你却将此轴去诉理，述我遗命，求他细细推详。他自然有个处分，尽够你母子二人受用。"梅氏收了轴子。话休絮烦。倪太守又延了数日，一夜痰厥，叫唤不醒，呜呼哀哉死了，享年八十四岁。正是：

三寸气在千般用，一旦无常万事休。

早知九泉将不去，作家辛苦着何由？

且说倪善继得了家私簿子，又讨了各仓各库钥匙，每日只去查点家财什物，那有功夫走到父亲房里问安。直等呜呼之后，梅氏差丫鬟去报知凶信，夫妻两口方才跑来，也哭了几声老爹爹，没一个时辰就抽身去了，倒委着梅氏守尸。幸得衣衾棺椁诸事都是预办下的，不要倪善继费心。殡殓成服后，梅氏和小孩子两口守着孝堂，早暮啼哭，寸步不离。善继只是点名应客，全无哀痛之意。七中便择日安葬。回丧之夜，就把梅氏房中倾箱倒箧，只怕父亲存下些私房银两在内。梅氏乖巧，恐怕他收去了他的行乐图，把自己原嫁来的两只箱笼，倒先开了，提出几件旧衣裳，教他夫妻两口检看。善继见他大意，到不来看了。夫妻两口儿乱了一回自去了。梅氏思量苦切，放声大哭。那小孩子见亲娘如此，也哀哀哭个不住，恁般光景：

任是泥人应堕泪，从教铁汉也酸心。

次早，倪善继又唤个做屋匠来，看这房子，要行重新改造，与自家儿子做亲。将梅氏母子搬到后园三间杂屋内栖身，只与他四脚小床一张，和几件粗台粗凳，连好家伙都没一件。原在房中伏侍有两个丫鬟，只拣大些的又唤去了，只留下十一二岁的小使女，每日是他厨下取饭，有菜没菜，都不照管。梅氏见不方便，索性讨些饭米，堆个土灶，自炊来吃，早晚做些针凿，买些小菜，将就度日。小学生倒附在邻家上学，束脩都是梅氏自出[12]。善继又屡次叫妻子劝梅氏嫁人，又寻媒妪与他说亲；见梅氏誓死不从，只得罢了。因梅氏十分忍耐，凡事不言不语，所以善继虽然凶狠，也不将他母子放在心上。

光阴似箭，善述不觉长成一十四岁。原来梅氏平生谨慎，从前之事，在儿子面前一字也不提，只怕娃子家口滑，引出是非，无益有损。守得一十四岁时，他胸中渐渐泾渭分明，瞒他不得了。一日，向母亲讨件新绢衣穿。梅氏回他没钱买得。善述道："我爹做过太守，止生我弟兄两人，见今哥哥恁般富贵，我要一件衣服就不能够了，是怎地？既娘没钱时，我自与哥哥要去。"说罢就走。梅氏一把扯住道："我儿，一件绢衣，值甚大事，也去开口求人。常言道：'惜福积福'；'小来穿线，大来穿绢'。若小时穿了绢，到大来线也没得穿了。再过两年，等你读书进步，做娘的情愿卖身来做衣服与你穿着。你那哥哥不是好惹的，缠他什么？"善述道："娘说得是。"口虽答应，心下不以为然，想着："我父亲万贯家私，少不得兄弟两个大家分受。我又不是随娘晚嫁拖来的油瓶[13]，怎么我哥哥全不看顾？娘又是恁般说？终不然一匹绢儿没有我分，直待娘卖身来做与我穿着？这话好生奇怪！哥哥又不是吃人的虎，怕他怎的？"心生一计，瞒了母亲，径到大宅里去寻见了哥哥，叫声"作揖"。善继倒吃了一惊，问他来做什么。善述道："我是个缙绅子弟，身上褴褛，被人耻笑，特来寻哥哥讨匹绢去做衣服穿。"善继道："你如要衣服穿，自与娘讨。"善述道："老爹爹家私是哥哥管，不是娘管。"善继听说"家私"二字，题目来得大了，便红着脸问道："这句话是那个教你说的？今日来讨衣服穿，还是来争家私？"善述道："家私少不得有日分析，今日先要件衣服装装体面。"善继道："你这般野种，要什么体面！老爹爹纵有万贯家私，自有嫡子、嫡孙，干你野种屁事！你今日是听了甚人撺掇，到此讨野火吃？莫要惹着我性子，叫你母子二人无安身之处。"善述道："一般是老爹爹所生，怎么我是野种？惹着你性子便怎地？难道谋害了我娘儿两个，你就独占了家私不成？"善继大怒，骂道："小畜生，敢挺撞我！"牵住他衣袖儿，捻起拳头，一连七八个栗暴，打得头皮都青肿了。善述挣脱了，一道烟走脱，哀哀的哭到母亲面前来，一五一十，备细述与母亲知道。梅氏抱怨道："我教你莫去惹事，你不听教训，打得你好！"口里虽如此说，扯着青布衫，替他摩那顶上肿处，不觉两泪交流。有诗为证：

少年嫠妇拥遗孤，食薄衣单百事无。

只为家庭缺孝友，同枝一树判荣枯。

梅氏左思右量，恐怕善继藏怒，倒遣使女进去致意，说："小学生不晓世事，冲撞长兄。"招个不是，善继兀自怒气不息。次日侵早，邀几个族人在家，取出父亲亲笔分关[14]，请梅氏母子到来，公同看了，便道："尊亲长在上，不是善继不肯养他母子，要撵他出去，只因善述昨日与我争取家私，发许多说话，诚恐日后长大，说话一发多了，今日分析他母子出外居住。东庄住房一所，田五十八亩，都是遵依老爹爹遗命，毫不敢自专。伏乞尊亲长作证。"这伙亲族，平昔晓得善继做人利害；又且父亲亲笔遗嘱，那个还肯多嘴做闲冤家，都将好看的话儿来说。那奉承善继的说道："'千金难买亡人笔。'照依分关，再没说了。"就是那可怜善述母子的，也只说道："'男子不吃分时饭，女子不着嫁时衣。'多少白手成家的！如今有屋住，有田种，不算没根基了，只要自去挣持，得粥莫嫌薄，各人自有个命在。"梅氏料道在园屋居住，不是了日，也只得听凭分析，同孩儿谢了众亲长，拜别了祠堂，辞了善继夫妇，教人搬了几件旧家伙，和那原嫁来的两只箱笼，雇了牲口骑坐，来到东庄屋内。

只见荒草满地，屋瓦稀疏，是多年不修整的。上漏下湿，怎生住得，将就打扫一两间，安顿床铺。唤庄户来问时，道："这五十八亩田，都是最下不堪的。大熟之年，一半收成还不能够；若荒年，只好赔粮。"梅氏只叫得苦。倒是小学生有智，对母亲道："我弟兄两个，都是老爹爹亲生，为何分关上如此偏向？其中必有缘故。莫非不是老爹爹亲笔？自古道：'家私不论尊卑。'母亲何不告官申理？厚薄凭官府判断，倒无怨心。"梅氏被孩儿提起线索，便将十年来隐下衷情，都说出来，道："我儿休疑分关之语。这正是你父亲之笔。他道你年小，恐怕被做哥哥的暗算，所以把家私都判与他，以安其心。临终之日，只与我行乐图一轴，再三嘱付：'其中含藏着哑谜，直待贤明有司在任，送他详审，包你母子两口有得过活，不致贫苦。'"善述道："既有此事，何不早说？行乐图在那里？快取来与孩儿一看。"梅氏开了箱儿，取出一个布包来，解开包袱，里面又有一重油纸封裹着。拆了封，展开那一尺阔、三尺长的小轴儿，挂在椅上，母子一齐下拜。梅氏通陈道："村庄香烛不便，乞恕亵慢。"善述拜罢，起来仔细看时，乃是一个坐像，乌纱白发，画得丰采如生，怀中抱着婴儿，一只手指着地下。揣摩了半晌，全然不解，只得依旧收卷包藏，心下好生烦闷。

过了数日，善述到前村要访个师父讲解，偶从关王庙前经过，只见一伙村人，抬着猪羊大礼，祭赛关圣。善述立住脚头看时，又见一个过路的老者，拄了一根竹杖，也来闲看，问着众人道："你们今日为甚赛神？"众人道："我们遭了屈官司，幸赖官府明白，断明了这公事。向日许下神道愿心，今日特来拜偿。"老者道："甚么屈官司?怎生断的?”内中一人道:“本县向奉上司明文,十家为甲。小人是甲首,叫做成大。同甲中有个赵裁,是第一手针线,常在人家做夜作,整几日不归家的;忽一日出去了,月馀不归。老婆刘氏央人四下寻觅,并无踪迹。又过了数日,河内浯出一个尸首[15],头都打破的。地方报与官府,有人认出衣服,正是那赵裁。赵裁出门前一日,曾与小人酒后争句闲话,一时发怒,打到他家,毁了他几件家伙,这是有的。谁知他老婆把这桩人命,告了小人。前任漆知县听信了一面之词,将小人问成死罪。同甲不行举首,连累他们都有了罪名。小人无处伸冤,在狱三载。幸遇新任滕爷,他虽乡科出身,甚是明白。小人因他熟审时节,哭诉其冤。他也疑惑道:‘酒后争嚷,不是深仇,怎的就谋他一命?’准了小人状词,出牌拘人覆审。滕爷一眼看着赵裁的老婆,千不说,万不说,开口便问他:‘曾否再醮?’刘氏道:‘家贫难守,已嫁人了。’又问:‘嫁的甚人?’刘氏道:‘是班辈的裁缝[16],叫沈八汉。’滕爷当时飞拿沈八汉来,问道:‘你几时娶这妇人?’八汉道:‘他丈夫死了一个多月,小人方才娶回。’滕爷道:‘何人为媒?用何聘礼?’八汉道:‘赵裁存日,曾借用过小人七八两银子。小人闻得赵裁死信,走到他家探问,就便取讨这银子。那刘氏没得抵偿,情愿将身许嫁小人,准折这银两,其实不曾央媒。’滕爷又问道:‘你做手艺的人,那里来这七八两银子?’八汉道:‘是陆续凑与他的。’滕爷把纸笔教他细开逐次借银数目。八汉开了出来,或米,或银,共十三次,凑成七两八钱之数。滕爷看罢,大喝道:‘赵裁是你打死的,如何妄陷平人!’便用夹棍夹起。八汉还不肯认。滕爷道:‘我说出情弊,教你心服!既然放本盘利,难道再没第二个人托得?恰好都借与赵裁?必是平昔间与他妻子有奸,赵裁贪你东西,知情故纵。以后想做长久夫妻,便谋死了赵裁,却又教导那妇人告状,捻在成大身上。今日你开帐的字,与旧时状纸笔迹相同,这人命不是你是谁?’再教把妇人拶起,要他承招。刘氏听见滕爷言语,句句合拍,分明鬼谷先师一般[17],魂都惊散了,怎敢抵赖?拶子套上,便承认了。八汉只得也招了。——原来八汉起初与刘氏密地相好,人都不知;后来往来勤了,赵裁怕人眼目,渐有隔绝之意。八汉私与刘氏商量,要谋死赵裁,与他做夫妻,刘氏不肯。八汉趁赵裁在人家做生活回来,哄他店上吃得烂醉,行到河边,将他推倒,用石块打破脑门,沉尸河底,只等事冷,便娶那妇人回去。后因尸骸浮起,被人认出。八汉闻得小人有争嚷之隙,却去唆那妇人告状。那妇人直待嫁后,方知丈夫是八汉谋死的;既做了夫妻,便不言语。却被滕爷审出真情,将他夫妻抵罪,释放小人宁家[18]。多承列位亲邻斗出公分,替小人赛神。——老翁,你道有这般冤事么?”老者道:“恁般贤明官府,真个难遇!本县百姓有幸了!”

倪善述听在肚里,便回家说与母亲知道,如此如此,这般这般,“有恁地好官府,不将行乐图去告诉,更待何时?”母子商议已定,打听了放告日期。梅氏起个黑早,领着十四岁的儿子,带了轴儿,来到县中叫喊。大尹见没有状词,只有一个小小轴儿,甚是奇怪,问其缘故。梅氏将倪善继平昔所为,及老子临终遗嘱,备细说了。滕知县收了轴子,教他且去,“待我进衙细看。”正是:

一幅画图藏哑谜,千金家事仗搜寻。

只因嫠妇孤儿苦,费尽神明大尹心。

不题梅氏母子回家。且说滕大尹放告已毕,退归私衙,取那一尺阔、三尺长的小轴,看是倪太守行乐图:一手抱个婴孩,一手指着地下。推详了半日,想道:“这个婴孩就是倪善述,不消说了;那一手指地,莫非要有司官念他地下之情,替他出力么?”又想道:“他既有亲笔分关,官府也难做主了。他说轴中含藏哑谜,必然还有个道理。若我断不出此事,枉自聪明一世!”每日退堂,便将画图展玩,千思万想,如此数日,只是不解。

也是这事合当明白,自然生出机会来。一日午饭后,又去看那轴子时,丫鬟送茶来吃,将一手去接茶瓯,偶然失挫,泼了些茶,把轴子沾湿了。滕大尹放了茶瓯,走向阶前,双手扯开轴子,就日色晒干,忽然日光中照见轴子里面有些字影。滕知县心疑,揭开看时,乃是一幅字纸,托在画上,正是倪太守遗笔。上面写道:

老夫官居五马[19],寿逾八旬,死在旦夕,亦无所恨。但孽子善述,年方周岁,急未成立,嫡善继,素缺孝友,日后恐为所戕。新置大宅二所及一切田产,悉以授继。惟左偏旧小屋,可分与述。此屋虽小,室中左壁埋银五千,作五坛;右壁埋银五千,金一千,作六坛,可以准田园之额。后有贤明有司主断者,述儿奉酬白金三百两。八十一翁倪守谦亲笔。年月日押。

原来这行乐图是倪太守八十一岁上,与小孩子做周岁时,预先做下的。古人云:“知子莫若父。”信不虚也。滕大尹最有机变的人,看见开着许多金银,未免垂涎之意;眉头一皱,计上心来:“差人密拿倪善继来见我,自有话说。”

却说倪善继独占家私,心满意足,日日在家中快乐。忽见县差奉着手批拘唤,时刻不容停留。善继推阻不得,只得相随到县。正值大尹升堂理事,差人禀道:“倪善继已拿到了。”大尹唤到案前,问道:“你就是倪太守的长子么?”善继应道:“小人正是。”大尹道:“你庶母梅氏有状告你,说你逐母逐弟,占产占房,此事真么?”倪善继道:“庶弟善述,在小人身边,从幼抚养大的;近日他母子自要分居,小人并不曾逐他。其家财一节,原是父亲临终亲笔分析定的,小人并不敢有违。”大尹道:“你父亲亲笔在那里?”善继道:“见在家中,容小人取来呈览。”大尹道:“他状词内告有家财万贯,非同小可。遗笔真伪,也未可知。念你是缙绅之后,且不难为你。明日可唤齐梅氏母子,我亲到你家,查阅家私。若厚薄果然不均,自有公道,难以私情而论。”喝教皂快押出善继,就去拘集梅氏母子,明日一同听审。公差得了善继的东道,放他回家去讫,自往东庄拘人去了。

再说善继听见官府口气利害,好生惊恐:“论起家私,其实全未分析,单单恃着父亲分关执照；千钧之力，须要亲族见证方好。”连夜将银两分送三党亲长[20]，嘱托他次早都到家来，若官府问及遗笔一事，求他同声相助。这伙三党之亲，自从倪太守亡后，从不曾见善继一盘一盒，岁时也不曾杯酒相及；今日大块银子送来，正是“闲时不烧香，急来抱佛脚”。各各暗笑，落得受了买东西吃，明日见官，旁观动静，再作区处。时人有诗云：

休嫌庶母妄兴词，自是为兄意太私。
今日将银买三党，何如匹绢赠孤儿？

且说梅氏见县差拘唤，已知县主与他作主。过了一夜，次日侵早，母子二人先到县中去见滕大尹。大尹道：“怜你孤儿寡妇，自然该替你设法；但闻得善继执得有亡父亲笔分关，这怎么处？”梅氏道：“分关虽写得有，却是保全儿子之计，非出亡夫本心。恩官只看家私簿上数目，便知明白。”大尹道：“‘清官难断家事’。我如今管你母子一生衣食充足，你也休做十分大望。”梅氏谢道：“若得免于饥寒，足矣，岂望与善继同作富家郎乎？”滕大尹分付梅氏母子先到善继家伺候。倪善继早已打扫厅堂，堂上设一把虎皮交椅，焚起一炉好香；一面催请亲族早来守候。梅氏和善述到来，见十亲九眷，都在眼前，一一相见了，也不免说几句求情的话儿。善继虽然一肚子恼怒，此时也不好发泄，各各暗自打点见官的说话。

等不多时，只听得远远喝道之声，料是县主来了。善继整顿衣帽迎接。亲族中年长知事的，准备上前见官；其幼辈怕事的，都站在照壁背后张望，打探消耗[21]。只见一对对执事，两边排立；后面青罗伞下，盖着有才有智的滕大尹。到得倪家门首，执事跪下，吆喝一声。梅氏和倪家兄弟，都一齐跪下来迎接。门子喝声：“起去！”轿夫停了五山屏风轿子。滕大尹不慌不忙，踱下轿来。将欲进门，忽然对着空中，连连打恭，口里应对，恰像有主人相迎的一般。家人都吃惊，看他做甚模样。只见滕大尹一路揖让，直到堂中，连作数揖，口中叙许多寒温的言语，先向朝南的虎皮交椅上打个恭，恰像有人看坐的一般，连忙转身，就拖一把交椅，朝北主位排下；又向空再三谦让，方才上坐。众人看他见神见鬼的模样，不敢上前，都两旁站立呆看。只见滕大尹在上坐，拱揖开谈道：“令夫人将家产事告到晚生手里，此事端的如何？”说罢，便作倾听之状。良久，乃摇首吐舌道：“长公子太不良了！”静听一会，又自说道：“教次公子何以存活？”停一会，又说道：“右偏小房有何活计？”又连声道：“领教，领教。”又停一时，说道：“这项也交付次公子，晚生都领命了。”少停，又拱揖道：“晚生怎敢当此厚惠！”推逊了多时，又道：“既承尊命恳切，晚生勉领。便给批照与次公子收执。”乃起身又连作数揖，口称：“晚生便去。”众人都看得呆了。

只见滕大尹立起身来，东看西看，问道：“倪爷那里去了？”门子禀道：“没见什么倪爷。”滕大尹道：“有此怪事！”唤善继问道：“方才令尊老先生亲在门外相迎，与我对坐了，讲这半日说话，你们谅必都听见的。”善继道：“小人不曾听见。”滕大尹道：“方才长长的身儿，瘦瘦的脸儿，高颧骨，细眼睛，长眉大耳，朗朗的三牙须，银也似白的；纱帽皂靴，红袍金带——可是倪老先生模样么？”唬得众人一身冷汗，都跪下道：“正是他生前模样。”大尹道：“如何忽然不见了？他说家中有两处大厅堂，又东边旧存下一所小屋，可是有的？”善继也不敢隐瞒，只得承认道：“有的。”大尹道：“且到东边小屋去一看，自有话说。”众人见大尹半日自言自语，说得活龙活现，分明是倪太守模样，都信道倪太守真个出现了，人人吐舌，个个惊心。谁知都是滕大尹的巧计。他是看了行乐图，照依小像说来，何曾有半句是真话！有诗为证：

圣贤自有空题目，惟有鬼神不敢触。
若非大尹假装词，逆子如何肯心服？

倪善继引路，众人随着大尹来到东边旧屋内。这旧屋是倪太守未得第时所居，自从造了大厅大堂，把旧屋空著，只做个仓厅，堆积些零碎米麦在内，留下一房家人看守。大尹前后走了一遍，到正屋中坐下，向善继道：“你父亲果是有灵，家中事体，备细与我说了，教我主张。这所旧宅子与善述。你意下如何？”善继叩头道：“但凭恩台明断。”大尹讨家私簿子，细细看了，连声道：“也好个大家事！”看到后面遗笔分关，大笑道：“你家老先生自家写定的，方才却又在我面前说善继许多不是，这个老先生也是没主意的。——唤倪善继过来。——既然分关写定，这些田园帐目，一一给你，善述不许妄争。”梅氏暗暗叫苦。方欲上前哀求，只见大尹又道：“这旧屋判与善述。此屋中之所有，善继也不许妄争。”善继想道：“这屋内破家破火，不直甚事，便堆下些米麦，一月前都粜得七八了，存不多儿，我也够便宜了。”便连连答应道：“恩台所断极明。”大尹道：“你两人一言为定，各无翻悔。众人既是亲族，都来做个证见。方才倪老先生当面嘱付说：‘此屋左壁下埋银五千两，作五坛，当与次儿。’”善继不信，禀道：“若果然有此，即使万金，亦是兄弟的，小人并不敢争执。”大尹道：“你就争执时，我也不准。”便教手下讨锄头铁锹等器。梅氏母子作眼[22]，率领民壮往东壁下掘开墙基，果然埋下五个大坛；发起来时，坛中满满的都是光银子；把一坛银子上秤称时，算来该是六十二斤半，刚刚一千两足数。众人看见，无不惊讶。善继益发信真了：“若非父亲阴灵出现，面诉县主，这个藏银，我们尚且不知，县主那里知道？”只见滕大尹教把五坛银子，一字儿摆在自家面前，又分付梅氏道：“右壁还有五坛，亦是五千之数。更有一坛金子，方才倪老先生有命：送我作酬谢之意，我不敢当。他再三相强，我只得领了。”梅氏同善述叩头说道：“左壁五千，已出望外；若右壁更有，敢不依先人之命！”大尹道：“我何以知之？据你家老先生是恁般说，想不是虚话。”再教人发掘西壁，果然六个大坛，五坛是银，一坛是金。善继看着许多黄白之物，眼中都放出火来，恨不得抢他一锭；只是有言在前，一字也不敢开口。滕大尹写个照帖，给与善述为照，就将这房家人，判与善述母子。梅氏同善述不胜之喜，一同叩头拜谢。善继满肚不乐，也只得磕几个头，勉强说句“多谢恩台主张”。大尹判几条封皮，将一坛金子封了，放在自己轿前，抬回衙内，落得受用。众人都认道真个倪太守许下酬谢他的，反以为理之当然，那个敢道个“不”字！这正叫做“鹬蚌相持，渔人得利”。若是倪善继存心忠厚，兄弟和睦，肯将家私平等分析，这千两黄金，弟兄大家该五百两，怎到得滕大尹之手？白白里作成了别人，自己还讨得气闷，又加个不孝不弟之名。千算万计，何曾算计得他人，只算计得自家而已！

闲话休题。再说梅氏母子，次日又到县拜谢滕大尹。大尹已将行乐图取去遗笔，重新裱过，给还梅氏收领。梅氏母子方悟行乐图上一手指地，乃指地下所藏之金银也。此时有了这十坛银子，一般置买田园，遂成富室。后来善述娶妻，连生三子，读书成名。倪氏门中只有这一枝极盛。善继两个儿子，都好游荡，家业耗废。善继死后，两所大宅子，都卖与叔叔善述管业。里中凡晓得倪家之事本末的，无不以为天报云。诗曰：

从来天道有何私，堪笑倪郎心太痴！
忍以嫡兄欺庶母，却教死父算生儿。
轴中藏字非无意，壁下埋金属有司。
何似存些公道好，不生争竞不兴词。

注释

[1]玉树庭前诸谢：典出《晋书·谢玄传》：“(玄)与兄朗俱为叔父安所器重。安尝戒约子侄，因曰：‘子弟亦何豫人事，而正欲使其佳？’玄曰：‘譬如芝兰玉树，欲使其生于庭阶耳。’”比喻后代子弟个个出众，犹如生长于庭院中的玉树一般。

[2]紫荆花下三田：即第一卷《三孝廉让产立高名》中田氏三兄弟有感于紫荆树因分家而枯死，不再分家的故事。

[3]埙(xūn)篪(chí)：两种古乐器，一齐吹奏时声音和谐，因而比喻兄弟和睦。

[4]相持鹬蚌枉垂涎：典出《战国策·燕策二》：一只鹬鸟将长嘴啄入蚌壳，蚌紧闭外壳，夹住了鹬的嘴。鹬和蚌相持不下，谁也不肯让步，结果被路过的渔翁一起捕获。

[5]《十三经》、《六经》、《五经》：儒家经典著作的总称。《五经》指《易》、《书》、《诗》、《礼》、《春秋》；《六经》是指《五经》加上《乐经》(已佚)；《十三经》是指《易》、《书》、《诗》、《周礼》、《仪礼》、《礼记》、《春秋左氏传》、《春秋公羊传》、《春秋谷梁传》、《论语》、《孝经》、《孟子》、《尔雅》。

[6]《南华冲虚经》：即《庄子》。

[7]国朝：作者或说书人对所处朝代的敬称。这里指的是明朝。

[8]跟脚：根底，底细。

[9]断送：送死后的丧葬用品。

[10]做晬(zuì)盘故事：俗名“抓周”，小孩满周岁时，将弓、箭、纸、笔、刀、尺、针、线、食品、玩具等置于盘中，让小孩去抓，以此预测其智愚及前途。

[11]像意：满意。

[12]束脩：束指一捆；脩指干肉。束脩本为古人初次拜见尊长时所持的礼物，后称学生送给老师的学费为束脩。

[13]拖来的油瓶：妇女改嫁时将与前夫的子女带到后夫家中养育，叫“拖油瓶”。

[14]分关：指分家的字据等。

[15]氽(tǔn)：同“余”。漂浮。

[16]班辈：同辈分、年龄相仿。

[17]鬼谷先师：即鬼谷子，著有《鬼谷子》一书，相传为苏秦、张仪之师。

[18]宁家：回家看望父母。

[19]官居五马：古时一车四马，唯独太守的车子用五匹马，因而“五马”成为太守官职的代称。

[20]三党：指父党、母党、妻党。

[21]消耗：消息。

[22]作眼：即作眼线，带领人去办事。

新评

占有欲是人与生俱来的天性，但如果超过一定的度，则成为“贪婪”了。本卷中的倪善继即为贪婪之辈，他也为自己的贪婪付出了代价。

滕大尹也有占有欲，但他没有超过“度”，所以显得合情合理。他装神弄鬼的表演，实为可笑，但不如此，不足以让“逆子”倪善继心服口服。

倪太守深知大儿子的品性与为人，所以未雨绸缪，临死之前主动交出家私簿子，却将留给幼子的“家私”用特别的方式隐藏于“行乐图”中。倪太守的良苦用心没有白费，倪善述与母亲梅氏赖此遗产，得以生存。

第四卷 裴晋公义还原配

官居极品富千金，享用无多白发侵。

惟有存仁并积善，千秋不朽在人心。

当初汉文帝朝中，有个宠臣，叫做邓通，出则随辇，寝则同榻，恩幸无比。其时有神相许负，相那邓通之面，有纵理纹入口[1]，必当穷饿而死。文帝闻之，怒曰："富贵由我，谁人穷得邓通！"遂将蜀道铜山赐之，使得自铸钱。当时邓氏之钱，布满天下，其富敌国。一日，文帝偶然生下个痈疽，脓血迸流，疼痛难忍。邓通跪而吮之。文帝觉得爽快，便问道："天下至爱者何人？"邓通答道："莫如父子。"恰好皇太子入宫问疾，文帝也教他吮那痈疽。太子推辞道："臣方食鲜脍，恐不宜近圣恙。"太子出宫去了。文帝叹道："至爱莫如父子，尚且不肯为我吮疽；邓通爱我，胜如吾子！"由是恩宠转加。皇太子闻知此语，深恨邓通吮疽之事。后来文帝驾崩，太子即位，是为景帝，遂治邓通之罪，说他吮疽献媚，坏乱钱法，籍其家产[2]，闭于空室之中，绝其饮食。邓通果然饿死。又汉景帝时，丞相周亚夫，也有纵理纹在口。景帝忌他威名，寻他罪过，下之于廷尉狱中。亚夫怨恨，不食而死。——这两个极富极贵，犯了饿死之相，果然不得善终。然虽如此，又有一说，道是面相不如心相。假如上等贵相之人，也有做下亏心事，损了阴德，反不得好结果；又有犯着恶相的，却因心地端正，肯积阴功，反祸为福：此是人定胜天，非相法之不灵也。

如今说唐朝有个裴度，少年时贫落未遇。有人相他纵理入口，法当饿死。后游香山寺中，于井亭栏杆上拾得三条宝带，裴度自思："此乃他人遗失之物，我岂可损人利己，坏了心术？"乃坐而守之。少顷间，只见有个妇人啼哭而来，说道："老父陷狱，借得三条宝带，要去赎罪，偶到寺中盥手烧香，遗失在此；如有人拾取，可怜见还，全了老父之命！"裴度将三条宝带即时交还妇人。妇人拜谢而去。他日又遇了那相士，相士大惊道："足下骨法全改，非复向日饿莩之相[3]，得非有阴德乎？"裴度辞以"没有"。相士云："足下试自思之，必有拯溺救焚之事。"裴度乃言还带一节。相士云："此乃大阴功，他日富贵两全，可预贺也。"后来裴度果然进身及第，位至宰相，寿登耄耋。正是：

面相不如心相准，为人须是积阴功。

假饶方寸难移相，饿莩焉能享万钟？

说话的，你只道裴晋公是阴德上积来的富贵，谁知他富贵以后，阴德更多。如今听我说"义还原配"这节故事，却也十分难得。

话说唐宪宗皇帝元和十三年，裴度领兵削平了淮西反贼吴元济，还朝拜为首相，进爵晋国公。又有两处积久负固的藩镇，都惧怕裴度威名，上表献地赎罪：恒冀节度使王承宗，愿献德、隶二州；淄青节度使李师道，愿献沂、密、海三州。宪宗皇帝看见外寇渐平，天下无事，乃修龙德殿，浚龙首池，起承晖殿，大兴土木；又听山人柳泌合长生之药。裴度屡次切谏，都不听。佞臣皇甫镈判度支，程异掌盐铁，专一刻剥百姓财物，名为"羡馀"[4]，以供无事之费，由是投了宪宗皇帝之意。两个佞臣，并同平章事。裴度羞与同列，上表求退。宪宗皇帝不许，反说裴度好立朋党，渐有疑忌之心。裴度自念功名太盛，惟恐得罪，乃口不谈朝事，终日纵情酒色，以乐馀年。四方郡牧，往往访觅歌儿舞女，献于相府，不一而足。论起裴晋公，那里要人来献！只是这班阿谀谄媚的要博相国欢喜，自然重价购求，也有用强逼取的。鲜衣美饰，或假作家妓，或伪称侍儿，遣人殷殷勤勤的送来。裴晋公来者不拒，也只得纳了。

再说晋州万泉县有一人，姓唐名璧，字国宝，曾举孝廉科，初任括州龙宗县尉，再任越州会稽丞。先在乡时，聘定同乡黄太学之女小娥为妻，因小娥尚在稚龄，待年未嫁。比及长成，唐璧两任游宦，都在南方，以此两下蹉跎，不曾婚配。那小娥年方二九，生得脸似堆花，体如琢玉；又且通于音律，凡箫管琵琶之类，无所不工。晋州刺史奉承裴晋公，要在所属地方选取美貌歌姬一队进奉，已有了五人，还少一个出色掌班的。闻得黄小娥之名，又道太学之女，不可轻得，乃捐钱三十万，嘱托万泉县令求之。那县令又奉承刺史，遣人到黄太学家致意。黄太学回道："已经受聘，不敢从命。"县令再三强求，黄太学只是不允。时值清明，黄太学举家扫墓，独留小娥在家。县令打听得实，乃亲到黄家，搜出小娥，用肩舆抬去，着两个稳婆相伴，立刻送到晋州刺史处交割；硬将三十万钱撇在他家，以为身价。比及黄太学回来，晓得女儿被县令劫去，急往县中，知已送去州里；再到晋州，将情哀求刺史。刺史道："你女儿才色过人，一入相府，必然擅宠，岂不胜作他人箕帚乎？况已受我聘财六十万钱，何不赠与汝婿，别图配偶？"黄太学道："县主趁某扫墓，将钱委置，某未尝面受；况止三十万，今悉持在此。某只愿领女，不愿领钱也！"刺史拍案大怒道："你得财卖女，却又瞒过三十万，强来絮聒，是何道理！汝女已送至晋国公府中矣。汝自往相府取索，在此无益！"黄太学看见刺史发怒，出言图赖，再不敢开口，两眼含泪而出。在晋州守了数日，欲得女儿一见，寂然无信，叹了口气，只得回县去了。

却说刺史将千金置买异样服饰，宝珠璎珞，妆扮那六个女子如天仙相似；全副乐器，整日在衙中操演。直待晋国公生日将近，遣人送去，以作贺礼。那刺史费了许多心机，破了许多钱钞，要博相国一个大欢喜。谁知相国府中歌舞成行，各镇所献美女也不计其数。这六个人只凑得闹热，相国那里便看在眼里，留在心里！从来奉承尽有折本的，都似此类。有诗为证：

割肉剜肤买上欢，千金不吝备吹弹。

相公见惯浑闲事，羞杀州官与县官。

话分两头。再说唐璧在会稽任满，该得升迁，想黄小娥今已长成，且回家毕姻，然后赴京未迟。当下收拾宦囊，望万泉县进发。到家次日，就去谒见岳丈黄太学。黄太学已知为着姻事，不等开口，便将女儿被夺情节，一五一十备细的告诉了。唐璧听罢，呆了半晌，咬牙切齿恨道："大丈夫浮沉薄宦，至一妻之不能保，何以生为！"黄太学劝道："贤婿英年才望，自有好姻缘相凑。吾女儿自没福相从，遭此强暴；休得过伤怀抱，有误前程。"唐璧怒气不息，要到州官县官处与他争论。黄太学又劝道："人已去矣，争论何益？况干碍裴相国。方今一人之下，万人之上；倘失其欢心，恐于贤婿前程不便。"乃将县令所留三十万钱抬出，交付唐璧道："以此为图婚之费。当初宅上有碧玉玲珑为聘，在小女身边，不得奉还矣。贤婿须念前程为重，休为小挫，以误大事。"唐璧两泪交流，答道："某年近三旬，又失此佳偶，琴瑟之事，终身已矣！蜗名微利，误人之本，从此亦不复思进取也！"言讫，不觉大恸。黄太学也还痛哭起来。大家哭了一场方罢。唐璧那里肯收这钱去，径自空身回了。

次日，黄太学亲到唐璧家，再三解劝，撺掇他早往京师听调，得了官职，然后徐议良姻。唐璧初时不肯，被丈人一连数日，强逼不过，思量在家气闷，且到长安走遭，也好排遣。勉强择日，买舟起程。丈人将三十万钱暗地放在舟中，私下嘱咐从人道："开船两日后，方可禀知主人，拿去京中好做使用，讨个美缺。"唐璧见了这钱，又感伤了一场，分付苍头："此是黄家卖女之物，一文不可动用。"在路不一日，来到长安，雇人挑了行李，就裴相国府中左近处下个店房，早晚府前行走，好打探小娥信息。过了一夜，次早到吏部报名，送历任文簿查验过了，回寓吃了饭，又到相府门前守候。一日最少也踅过十来遍[5]。住了月馀，那里通得半个字。这些官吏们一出一入，如蚂蚁相似，谁敢上前把这没头脑的事问他一声？正是：

侯门一入深如海，从此萧郎是路人！

一日，吏部挂榜，唐璧授湖州录事参军。这湖州又在南方，是熟游之地，唐璧倒也欢喜。等有了诰敕，收拾行李，雇唤船只出京。行到潼津地方，遇了一伙强人。自古道："慢藏诲盗。"只为这三十万钱带来带去，露了小人眼目，惹起贪心，就结伙做出这事来。这伙强人从京城外直跟至潼津，背地通同了船家，等待夜静，一齐下手。也是唐璧命不该绝，正在船头上登东[6]，看见声势不好，急忙跳水，上岸逃命。只听得这伙强人乱了一回，连船都撑去。苍头的性命，也不知死活；舟中一应行李，尽被劫去，光光剩个身子。正是：

屋漏更遭连夜雨，船迟又被打头风！

那三十万钱和行囊还是小事，却有历任文簿和那诰敕，是赴任的执照，也失去了,连官也做不成。唐璧那一时真个是控天无路,诉地无门,思量:“我直恁时乖运蹇,一事无成!欲待回乡,有何面目?欲待再往京师,向吏部衙门投诉,奈身畔并无分文盘费,怎生是好?这里又无相识借贷,难道求乞不成?”欲待投河而死,又想堂堂一躯,终不然如此结果?坐在路旁想了又哭,哭了又想,左算右算,无计可施。从半夜直哭到天明。

喜得绝处逢生,遇着一个老者,携杖而来。问道:“官人为何哀泣?”唐璧将赴任被劫之事,告诉了一遍。老者道:“原来是一位大人,失敬了。舍下不远,请挪步则个。”老者引唐璧约行一里,到于家中,重复叙礼。老者道:“老汉姓苏,儿子唤做苏凤华,见做湖州武源县尉,正是大人属下。大人往京,老汉愿少助资斧[7]。”即忙备酒饭管待;取出新衣一套,与唐璧换了,捧出白金二十两,权充路费。唐璧再三称谢,别了苏老,独自一个上路,再往京师旧店中安下。店主人听说路上吃亏,好生凄惨。唐璧到吏部门上,将情由哀禀。那吏部官道是:“诰敕文簿尽空,毫无巴鼻[8],难辨真伪。”一连求了五日,并不作准。身边银两,都在衙门使费去了。回到店中,只叫得苦,两泪汪汪的坐着纳闷。

只见外面一人,约莫半老年纪,头戴软翅纱帽,身穿紫裤衫,挺带,皂靴,好是押衙官模样,踱进店来;见了唐璧,作了揖,对面而坐,问道:“足下何方人氏?到此贵干?”唐璧道:“官人不问犹可,问我时,教我一时诉不尽心中苦情!”说未绝声,扑簌簌掉下泪来。紫衫人道:“尊意有何不美,可细话之,或者可共商量也。”唐璧道:“某姓唐名璧,晋州万泉县人氏,近除湖州录事参军。不期行至潼津,忽遇盗劫,资斧一空,历任文簿和诰敕都失了,难以之任。”紫衫人道:“中途被劫,非关足下之事,何不以此情诉知吏部,重给告身[9],有何妨碍?”唐璧道:“几次哀求,不蒙怜准,教我去住两难,无门恳告。”紫衫人道:“当朝裴晋公每怀恻隐,极肯周旋落难之人,足下何不去求见他?”唐璧听说,愈加悲泣,道:“官人休提起裴晋公三字,使某心肠如割!”紫衫人大惊道:“足下何故而出此言?”唐璧道:“某幼年定下一房亲事,因屡任南方,未成婚配;却被知州和县尹用强夺去,凑成一班女乐,献与晋公,使某壮年无室。此事虽不由晋公,然晋公受人谄媚,以致府县争先献纳,分明是他拆散我夫妻一般。我今日何忍复往见之?”紫衫人问道:“足下所定之室,何姓何名?当初有何为聘?”唐璧道:“姓黄名小娥。聘物碧玉玲珑,见在彼处。”紫衫人道:“某即晋公亲校,得出入内室,当为足下访之。”唐璧道:“侯门一入,无复相见之期。但愿官人为我传一信息,使他知我心事,死亦瞑目。”紫衫人道:“明日此时,定有好音奉报。”说罢,拱一拱手,踱出门去了。

唐璧展转思想,懊悔起来:“那紫衫押衙,必是晋公亲信之人,遣他出外探事的。我方才不合议论了他几句,颇有怨望之词。倘或述与晋公知道,激怒了他,降祸不小!”心下好生不安,一夜不曾合眼。巴到天明,梳洗罢,便到裴府窥望。只听说令公给假在府，不出外堂。虽然如此，仍有许多文书来往，内外奔走不绝，只不见昨日这紫衫人。等了许久，回店去吃了些午饭，又来守候，绝无动静。看看天晚，眼见得紫衫人已是谬言失信了，嗟叹了数声，凄凄凉凉的回到店中。方欲点灯，忽见外面两个人似令史妆扮，慌慌忙忙的走入店来，问道："那一位是唐璧参军？"唬得唐璧躲在一边，不敢答应。店主人走来问道："二位何人？"那两个人答道："我等乃裴府中堂吏，奉令公之命，来请唐参军到府讲话。"店主人指道："这位就是。"唐璧只得出来相见，说道："某与令公素未通谒，何缘见召？且身穿亵服，岂敢唐突！"堂吏道："令公立等，参军休得推阻。"两个左右腋扶着，飞也似跑进府来。到了堂上，教"参军少坐，容某等禀过令公，却来相请"。两个堂吏进去了。不多时，只听得飞奔出来，覆道："令公给假在内，请进去相见。"一路转弯抹角，都点得灯烛辉煌，照耀如白日一般。两个堂吏前后引路。到一个小小厅堂中，只见两行纱灯排列，令公角巾便服，拱立而待。唐璧慌忙拜伏在地，流汗浃背，不敢仰视。令公传命扶起，道："私室相延，何劳过礼。"便教看坐。唐璧谦让了一回，坐于旁侧，偷眼看着令公，正是昨日店中所遇紫衫之人！愈加惶惧，捏着两把汗，低了眉头，鼻息也不敢出来。

原来裴令公闲时常在外面私行，体访民情；昨日偶到店中，遇了唐璧，回府去就查黄小娥名字，唤来相见，果然十分颜色。令公问其来历，与唐璧说话相同；又讨他碧玉玲珑看时，只见他紧紧的带在臂上。令公甚是怜悯，问道："你丈夫在此，愿一见乎？"小娥流泪道："红颜薄命，自分永绝，见与不见，权在令公，贱妾安敢自专。"令公点头，教他且去。密地分付堂候官，备下资装千贯；又将空头诰敕一道，填写唐璧名字，差人到吏部去查他前任履历，及新授湖州参军文凭，要得重新补给。件件完备，才请唐璧到府。唐璧满肚慌张，那知令公一团美意。

当日令公开谈道："昨见所话，诚心恻然。老夫不能杜绝馈遗，以致足下久旷琴瑟之乐，老夫之罪也。"唐璧离席下拜道："鄙人身遭颠沛，心神颠倒，昨日语言冒犯，自知死罪，伏惟相公海涵！"令公请起道："今日颇吉，老夫权为主婚，便与足下完婚。薄有行资千贯奉助，聊表赎罪之意。成亲之后，便可于飞赴任[10]。"唐璧只是拜谢，也不敢再问赴任之事。只听得宅内一派乐声嘹亮，红灯数对，女乐一队前导，几个押班老妈和养娘辈簇拥出如花如玉的黄小娥来。唐璧慌欲躲避。老妈道："请二位新人就此见礼。"养娘铺下红毡，黄小娥和唐璧做一对儿立了，朝上拜了四拜。令公在旁答揖。早有肩舆在厅堂外伺候，小娥登舆，一径抬到店房中去了。令公分付唐璧速归逆旅，勿误良期。唐璧跑回店中，只听见人言鼎沸，举眼看时，摆列得绢帛盈箱，金钱满箧，就是起初那两个堂吏看守着，专等唐璧到来，亲自交割。又有个小小箧儿，令公亲判封的。拆开看时，乃官诰在内，复除湖州司户参军。唐璧喜不自胜，当夜与黄小娥就在店中，权作洞房花烛。这一夜欢情，比着寻常毕姻的更自得意。正是：

运去雷轰荐福碑[11]，时来风送滕王阁[12]。

今朝婚宦两称心，不似从前情绪恶。

唐璧此时有婚有宦，又有了千贯资装，分明是十八层地狱的苦鬼，直升至三十三天去了。若非裴令公仁心慷慨，怎肯周旋得人十分满足！次日，唐璧又到裴府谒谢。令公预先分付门吏辞回，不劳再见。唐璧回寓，重理冠带，再整行装，在京中买了几个僮仆跟随，两口儿回到家乡，见了岳丈黄太学，好似枯木逢春，断弦再续，欢喜无限。过了几日，夫妇双双往湖州赴任。感激裴令公之恩，将沉香雕成小像，朝夕拜祷，愿其福寿绵延。后来裴令公寿过八旬，子孙蕃衍，人皆以为阴德所致。诗云：

无室无官苦莫论，周旋好事赖洪恩。

人能步步存阴德，福禄绵绵及子孙。

注释

[1]有纵理纹入口：星相迷信认为，人的鼻下左右两条纹叫“螣蛇纹”，纹的尾端如果通入口边，就叫纵理纹入口，预示此人将会饿死。

[2]籍：抄没家产时登记。

[3]饿莩(piǎo)：饿死者。

[4]羡馀：正常赋税之外，另收钱物进贡皇帝。

[5]踅(xué)：来回走动。

[6]登东：上厕所。古时厕所多建于东边。

[7]资斧：资金，盘缠。

[8]巴鼻：证据，凭证。

[9]告身：委任官员的任命书。

[10]于飞：指婚姻美满。《左传·庄公二十二年》：“凤皇于飞，和鸣锵锵。”

[11]运去雷轰荐福碑：据《冷斋夜话》载，宋代范仲淹在鄱阳作官，有个穷书生曾献诗给他。当时唐代大书法家欧阳询书写的荐福寺碑文的拓印本很珍贵，范仲淹计划让人拓印一些送给穷书生做盘缠，可当天夜晚荐福寺碑就被雷电击碎。后用来比喻倒霉之极。

[12]时来风送滕王阁：据《唐摭言》载，唐代文学家王勃乘船到九江去，本来已赶不上南昌滕王阁的胜会。经过马当时，据说得神风之助，一夜之间即达目的地，并写出了著名的《滕王阁序》。后用来比喻非常有运气。

新评

本篇是唐代宰相裴度的传奇故事。裴度(765—839)，字中立，河东闻喜(今山西闻喜东北)人。贞元进士，累迁司封员外郎，知制诰。唐宪宗时淮蔡作乱，王师数次出击不利，群臣争请罢兵，裴度则力请讨贼，擒吴元济，抚定其人，封晋国公。正色立朝，言无不尽，为程异、皇甫镈所忌，罢为河东节度使。穆宗即位，入为中书侍郎，平章事，不久又为李逢吉所间，罢为山南西道节度使。宝历中复入朝辅政。穆宗崩，定策诛刘克明等。迎立唐文宗后，牛僧孺、李宗闵因裴度功高而忌妒他，罢为山南东道节度使，徙东都留守。当时阉竖擅权，搢绅道丧，裴度不再热衷仕宦，乃治第于东都，作别墅绿野堂，与白居易、刘禹锡等觞咏其间。卒谥文忠。纵观裴度一生，三起三落，起伏不定。然因其操守坚正，名震四夷，以其用不用为天下重轻，是历史上有名的贤相。

本篇为正史之外的传奇故事，从一个小小的侧面反映了裴度的为人处世，可补正史之缺。

第五卷　杜十娘怒沉百宝箱

扫荡残胡立帝畿[1]，龙翔凤舞势崔嵬。
左环沧海天一带，右拥太行山万围。
戈戟九边雄绝塞，衣冠万国仰垂衣。
太平人乐华胥世[2]，永永金瓯共日辉[3]。

这首诗，单夸我朝燕京建都之盛。说起燕都的形势，北倚雄关，南压区夏[4]，真乃金城天府，万年不拔之基。当先洪武爷扫荡胡尘，定鼎金陵，是为南京。到永乐爷从北平起兵靖难，迁于燕都，是为北京。只因这一迁，把个苦寒地面，变作花锦世界。自永乐爷九传至于万历爷，此乃我朝第十一代的天子。这位天子，聪明神武，德福兼全，十岁登基，在位四十八年，削平了三处寇乱。那三处？

日本关白平秀吉，西夏哱承恩，播州杨应龙。

平秀吉侵犯朝鲜，哱承恩、杨应龙是土官谋叛，先后削平。远夷莫不畏服，争来朝贡。真个是：

一人有庆民安乐，四海无虞国太平。

话中单表万历二十年间，日本国关白作乱，侵犯朝鲜。朝鲜国王上表告急，天朝发兵泛海往救。有户部官奏准：目今兵兴之际，粮饷未充，暂开纳粟入监之例[5]。原来纳粟入监的，有几般便宜：好读书，好科举，好中[6]，结末来又有个小小前程结果。以此宦家公子，富室子弟，倒不愿做秀才，都去援例做太学生。自开了这例，两京太学生，各添至千人之外。

内中有一人，姓李名甲，字干先，浙江绍兴府人氏。父亲李布政，所生三儿，惟甲居长。自幼读书在庠，未得登科，援例入于北雍。因在京坐监，与同乡柳遇春监生同游教坊司院内，与一个名姬相遇。那名姬姓杜名媺，排行第十，院中都称为杜十娘。生得：

浑身雅艳，遍体娇香。两弯眉画远山青，一对眼明秋水润。脸如莲萼，分明卓氏文君[7]；唇似樱桃，何减白家樊素[8]。可怜一片无瑕玉，误落风尘花柳中。

那杜十娘自十三岁破瓜[9]，今一十九岁，七年之内，不知历过了多少公子王孙，一个个情迷意荡，破家荡产而不惜。院中传出四句口号来，道是：

坐中若有杜十娘，斗筲之量饮千觞[10]；
院中若识杜老媺，千家粉面都如鬼。

却说李公子风流年少，未逢美色。自遇了杜十娘，喜出望外，把花柳情怀，一担儿挑在他身上。那公子俊俏的庞儿，温存的性儿，又是撒漫的手儿[11]，帮衬的勤儿，与十娘一双两好，情投意合。十娘因见鸨儿贪财无义[12]，久有从良之志；又见李公子忠厚志诚，甚有心向他。奈李公子惧怕父亲，不敢应承。虽则如此，两下情好愈密，朝欢暮乐，终日相守，如夫妇一般；海誓山盟，各无他志。真个：

恩深似海恩无底，义重如山义更高。

再说杜妈妈女儿被李公子占住，别的富家巨室，闻名上门，求一见而不可得。初时李公子撒漫用钱，大差大使，妈妈胁肩谄笑，奉承不暇。日往月来，不觉一年有馀，李公子囊箧渐渐稍虚，手不应心，妈妈也就怠慢了。老布政在家闻知儿子嫖院，几遍书来唤他回家去。他迷恋十娘颜色，终日延挨。后来闻知布政在家发怒，越不敢回。古人云："以利相交者，利尽而疏。"那杜十娘与李公子真情相好，见他手头愈短，心头愈热。妈妈几遍教女儿打发李甲出院，见女儿不统口[13]，又几遍将言语触突李公子，要激怒他起身。公子性本温克，词气愈和。妈妈没奈何，日逐只将十娘叱骂，道："我们行户人家，吃客穿客，前门送旧，后门迎新；门庭闹如火，钱帛堆成垛。自从那李甲在此，混帐一年有馀，莫说新客，连旧主顾都断了。分明接了个钟馗老，连小鬼也没得上门。弄得老娘一家人家，有气无烟，成什么模样！"杜十娘被骂，耐性不住，便回答道："那李公子不是空手上门的，也曾费过大钱来。"妈妈道："彼一时，此一时。你只教他今日费些小钱儿，把与老娘办些柴米，养你两口也好。别人家养的儿女便是摇钱树，千生万活；偏我家晦气，养了个退财白虎。开了大门七件事，般般都在老身心上。倒替你这小贱人白白养着穷汉，教我衣食从何处来？你对那穷汉说：有本事出几两银子与我，到得你跟了他去，我别讨个丫头过活，却不两便！"十娘道："妈妈，这话是真是假？"妈妈晓得李甲囊无一钱，衣衫都典尽了，料他没处设法，便应道："老娘从不说谎，当真哩。"十娘道："娘，你要他许多银子？"妈妈道："若是别人，千把银子也讨了；可怜那穷汉出不起，只要他三百两，我自去讨一个粉头代替。只一件，须是三日内交付与我。左手交银，右手交人。若三日没有来时，老身也不管三七二十一，公子不公子，一顿孤拐[14]，打那光棍出去。那时莫怪老身！"十娘道："公子虽在客边乏钞，谅三百金还措办得来。只是三日忒近，限他十日便好。"妈妈想道："这穷汉一双赤手，便限他一百日，他那里来银子。没有银子，便铁皮包脸，料也无颜上门。那时重整家风，媺儿也没得话讲。"答应道："看你面，便宽到十日，第十日没有银子，不干老娘之事。"十娘道："若十日内无银，料他也无颜再见了。只怕有了三百两银子，妈妈又翻悔起来。"妈妈道："老身年五十一岁了，又奉十斋，怎敢说谎？不信时，与你拍掌为定。若翻悔时，做猪做狗。"

从来海水斗难量，可笑虔婆意不良。
料定穷儒囊底竭，故将财礼难娇娘。

是夜，十娘与公子在枕边议及终身之事。公子道："我非无此心。但教坊落籍[15]，其费甚多，非千金不可。我囊空如洗，如之奈何！"十娘道："妾已与妈妈议定，只要三百金，但须十日内措办。郎君游资虽罄，然都中岂无亲友可以借贷。倘得如数，妾身遂为君之所有，省受虔婆之气。"公子道："亲友中为我留恋行院，都不相顾。明日只做束装起身，各家告辞，就开口假贷路费，凑聚将来，或可满得此数。"起身梳洗，别了十娘出门。十娘道："用心作速，专听佳音。"公子道："不须分付。"

公子出了院门，来到三亲四友处，假说起身告别，众人倒也欢喜。后来叙到路费欠缺，意欲借贷。常言道："说着钱，便无缘。"亲友们就不招架。他们也见得是，道李公子是风流浪子，迷恋烟花，年许不归，父亲都为他气坏在家。他今日陡然要回，未知真假。倘或说骗盘缠到手，又去还脂粉钱，父亲知道，将好意翻成恶意，始终只是一怪，不如辞了干净。便回道："目今正值空乏，不能相济，惭愧！惭愧！"人人如此，个个皆然，并没有个慷慨丈夫，肯统口许他一十二十两。李公子一连奔走了三日，分毫无获，又不敢回决十娘，权且含糊答应。到第四日，又没想头，就羞回院中。平日间有了杜家，连下处也没有了，今日就无处投宿。只得往同乡柳监生寓所借歇。柳遇春见公子愁容可掬，问其来历。公子将杜十娘愿嫁之情，备细说了。遇春摇首道："未必，未必。那杜媺院中第一名姬，要从良时，怕没有十斛明珠，千金聘礼，那鸨儿如何只要三百两？想鸨儿怪你无钱使用，白白占住他的女儿，设计打发你出门。那妇人与你相处已久，又碍却面皮，不好明言。明知你手内空虚，故意将三百两卖个人情，限你十日。若十日没有，你也不好上门。便上门时，他会说你笑你，落得一场亵渎，自然安身不牢：此乃烟花逐客之计。足下三思，休被其惑。据弟愚意，不如早早开交为上[16]。"公子听说，半晌无言，心中疑惑不定。遇春又道："足下莫要错了主意。你若真个还乡，不多几两盘费，还有人搭救。若是要三百两时，莫说十日，就是十个月也难。如今的世情，那肯顾缓急二字的。那烟花也算定你没处告债，故意设法难你。"公子道："仁兄所见的是。"口里虽如此说，心中割舍不下。依旧又往外边东央西告，只是夜里不进院门了。

公子在柳监生寓中，一连住了三日，共是六日了。杜十娘连日不见公子进院，十分着紧，就教小厮四儿街上去寻。四儿寻到大街，恰好遇见公子。四儿叫道："李姐夫，娘在家里望你。"公子自觉无颜，回复道："今日不得工夫，明日来罢。"四儿奉了十娘之命，一把扯住，死也不放，道："娘叫咱寻你，是必同去走一遭。"李公子心上也牵挂着十娘，没奈何，只得随四儿进院。见了十娘，默默无言。十娘问道："所谋之事如何？"公子眼中流下泪来。十娘道："莫非人情淡薄，不能足三百之数么？"公子含泪而言，道出二句："不信上山擒虎易，果然开口告人难。一连奔走六日，并无铢两，一双空手，羞见芳卿，故此这几日不敢进院。今日承命呼唤，忍耻而来，非某不用心，实是世情如此。"十娘道："此言休使虔婆知道。郎君今夜且住，妾别有商议。”十娘自备酒肴，与公子欢饮。睡至半夜，十娘对公子道：“郎君果不能办一钱耶？妾终身之事，当如何也？”公子只是流涕，不能答一语。渐渐五更天晓，十娘道：“妾所卧絮褥内，藏有碎银一百五十两。此妾私蓄，郎君可持去。三百金，妾任其半，郎君亦谋其半，庶易为力。限只四日，万勿迟误。”十娘起身将褥付公子，公子惊喜过望，唤童儿持褥而去。竟到柳遇春寓中，又把夜来之情与遇春说了。将褥拆开看时，絮中都裹着零碎银子，取出兑时，果是一百五十两。遇春大惊道：“此妇真有心人也！既系真情，不可相负。吾当代为足下谋之。”公子道：“倘得玉成，决不有负。”当下柳遇春留李公子在寓，自出头各处去借贷。两日之内，凑足一百五十两，交付公子道：“吾代为足下告债，非为足下，实怜杜十娘之情也。”李甲拿了三百两银子，喜从天降，笑逐颜开，欣欣然来见十娘。刚是第九日，还不足十日。十娘问道：“前日分毫难借，今日如何就有一百五十两？”公子将柳监生事情，又述了一遍。十娘以手加额道：“使吾二人得遂其愿者，柳君之力也。”两个欢天喜地，又在院中过了一晚。次日十娘早起，对李甲道：“此银一交，便当随郎君去矣。舟车之类，合当预备。妾昨日于姊妹中借得白银二十两，郎君可收下以做行资。”公子正愁路费无出，但不敢开口，得银甚喜。

说犹未了，鸨儿恰来敲门，叫道：“媺儿，今日是第十日了。”公子闻叫，启户相迎道：“承妈妈厚意，正欲相请。”便将银三百两放在桌上。鸨儿不料公子有银，默然变色，似有悔意。十娘道：“儿在妈妈家中多年，所致金帛，不下数千金矣。今日从良美事，又妈妈亲口所许，三百金不欠分毫，又不曾过期。倘若妈妈失信不许，郎君持银去，儿即刻自尽。恐那时人财两失，悔之无及也。”鸨儿无词以对。腹内筹画了半晌，只得取天平兑准了银子，说道：“事已如此，料留你不住了。只是你要去时，即今就去。平时穿戴衣饰之类，毫厘休想。”说罢，将公子和十娘推出房门，讨锁来就落了锁。那时九月天气。十娘才下床，尚未梳洗，随身旧衣，就拜了妈妈两拜。李公子也作了一揖。一夫一妇，离了虔婆大门。你看二人，好似：

鲤鱼脱却金钩去，摆尾摇头再不来。

公子教十娘：“且住片时。我去唤乘小轿抬你，权往柳荣卿寓所去，再作道理。”十娘道：“院中诸姊妹平昔相厚，理宜话别。况前日又承他借贷路费，不可不一谢也。”乃同公子到各姊妹处谢别。姊妹中惟谢月朗、徐素素与杜家相近，尤与十娘亲厚。十娘先到谢月朗家。月朗见十娘秃髻旧衫，惊问其故。十娘备述来因，又引李甲相见。十娘指月朗道：“前日路资，是此位姐姐所贷，郎君可致谢。”李甲连连作揖。月朗便教十娘梳洗，一面去请徐素素来家相会。十娘梳洗已毕，谢、徐二美人各出所有，翠钿金钏，瑶簪宝珥，锦袖花裙，鸾带绣履，把杜十娘装扮得焕然一新。备酒作庆贺筵席。月朗让卧房与李甲、杜媺二人过宿。次日，又大排筵席，遍请院中姊妹，凡十娘相厚者，无不毕集，都与他夫妇把盏称喜。吹弹歌舞，各逞其长，务要尽欢，直饮至夜分。十娘向众姊妹一一称谢。众姊妹道："十姊为风流领袖，今从郎君去，我等相见无日。何日长行，姊妹们尚当奉送。"月朗道："候有定期，小妹当来相报。但阿姊千里间关[17]，同郎君远去，囊箧萧条，曾无约束，此乃吾等之事。当相与共谋之，勿令姊有穷途之虑也。"众姊妹各唯唯而散。

那日晚，公子和十娘仍宿谢家。至五鼓，十娘对公子道："吾等此去，何处安身？郎君亦曾计议有定着否？"公子道："老父盛怒之下，若知娶妓而归，必然加以不堪，反致相累。展转寻思，尚未有万全之策。"十娘道："父子天性，岂能终绝。既然仓卒难犯，不若与郎君于苏杭胜地，权作浮居。郎君先回，求亲友于尊大人面前劝解和顺，然后携妾于归，彼此安妥。"公子道："此言甚当。"次日，二人起身辞了谢月朗，暂往柳监生寓中，整顿行装。杜十娘见了柳遇春，倒身下拜，谢其周全之德："异日我夫妇必当重报。"遇春慌忙答礼道："十娘钟情所欢，不以贫窭易心，此乃女中豪杰。仆因风吹火，谅区区何足挂齿！"三人又饮了一日酒。次早，择了出行吉日，雇倩轿马停当。十娘又遣童儿寄信，别谢月朗。临行之际，只见肩舆纷纷而至，乃谢月朗与徐素素拉众姊妹来送行。月朗道："十姊从郎君千里间关，囊中消索，吾等甚不能忘情。今合具薄赆，十姊可检收，或长途空乏，亦可少助。"说罢，命从人挈一描金文具至前，封锁甚固，正不知什么东西在里面。十娘也不开看，也不推辞，但殷勤作谢而已。须臾，舆马齐集，仆夫催促起身。柳监生三杯别酒，和众美人送出崇文门外，各各垂泪而别。正是：

他日重逢难预必，此时分手最堪怜。

再说李公子同杜十娘行至潞河，舍陆从舟，却好有瓜洲差使船转回之便，讲定船钱，包了舱口。比及下船时，李公子囊中并无分文馀剩。你道杜十娘把二十两银子与公子，如何就没了？公子在院中嫖得衣衫褴褛，银子到手，未免在解库中取赎几件穿着，又制办了铺盖，剩来只够轿马之费。公子正当愁闷，十娘道："郎君勿忧，众姊妹合赠，必有所济。"乃取钥开箱。公子在旁，自觉惭愧，也不敢窥觑箱中虚实。只见十娘在箱里取出一个红绢袋来，掷于桌上道："郎君可开看之。"公子提在手中，觉得沉重。启而观之，皆是白银，计数整五十两。十娘仍将箱子下锁，亦不言箱中更有何物。但对公子道："承众姊妹高情，不惟途路不乏，即他日浮寓吴越间，亦可稍佐吾夫妻山水之费矣。"公子且惊且喜，道："若不遇恩卿，我李甲流落他乡，死无葬身之地矣。此情此德，白头不敢忘也。"自此每谈及往事，公子必感激流涕。十娘亦曲意抚慰，一路无话。不几日，路至瓜洲，大船停泊岸口。公子别雇了民船，安放行李。约明日侵晨，剪江而渡。其时仲冬中旬，月明如水。公子和十娘坐于舟首。公子道："自出都门，困守一舱之中，四顾有人，未得畅语。今日独据一舟，更无避忌。且已离塞北，初近江南，宜开怀畅饮，以舒向来抑郁之气，恩卿以为何如？"十娘道："妾久疏谈笑，亦有此心，郎君言及，足见同志。"公子乃携酒具于船首，与十娘铺毡并坐，传杯交盏。饮至半酣，公子执卮对十娘道："恩卿妙音，六院推首。某相遇之初，每闻绝调，辄不禁神魂之飞动。心事多违，彼此郁郁，鸾鸣凤奏，久矣不闻。今清江明月，深夜无人，肯为我一歌否？"十娘兴亦勃发，遂开喉顿嗓，取扇按拍，呜呜咽咽，歌出元人施君美《拜月亭》杂剧上"状元执盏与婵娟"一曲，名《小桃红》。真个：

声飞霄汉云皆驻，响入深泉鱼出游。

却说他舟有一少年，姓孙名富，字善赉，徽州新安人氏。家资巨万，积祖扬州种盐[18]。年方二十，也是南雍中朋友。生性风流，惯向青楼买笑，红粉追欢；若嘲风弄月，倒是个轻薄的头儿。事有偶然，其夜亦泊舟瓜洲渡口，独酌无聊。忽听得歌声嘹亮，凤吟鸾吹，不足喻其美。起立船头，伫听半晌，方知声出邻舟。正欲相访，音响倏已寂然。乃遣仆者潜窥踪迹，访于舟人。但晓得是李相公雇的船，并不知歌者来历。孙富想道："此歌者必非良家，怎生得他一见？"展转寻思，通宵不寐。挨至五更，忽闻江风大作。及晓，彤云密布，狂雪飞舞。怎见得？有诗为证：

千山云树灭，万径人踪绝。

扁舟蓑笠翁，独钓寒江雪。

因这风雪阻渡，舟不得开。孙富命艄公移船，泊于李家舟之傍。孙富貂帽狐裘，推窗假作看雪。恰值十娘梳洗方毕，纤纤玉手，揭起舟傍短帘，自泼盂中残水，粉容微露，却被孙富窥见了，果是国色天香。魂摇心荡，迎眸注目，等候再见一面，杳不可得。沉思久之，乃倚窗高吟高学士《梅花诗》二句，道：

雪满山中高士卧，月明林下美人来。

李甲听得邻舟吟诗，舒头出舱，看是何人。只因这一看，正中了孙富之计。孙富吟诗，正要引李公子出头，他好乘机攀话。当下慌忙举手，就问："老兄尊姓何讳？"李公子叙了姓名乡贯，少不得也问那孙富。孙富也叙过了。又叙了些太学中的闲话，渐渐亲热。孙富便道："风雪阻舟，乃天遣与尊兄相会，实小弟之幸也。舟次无聊，欲同尊兄上岸，就酒肆中一酌，少领清诲，万望不拒。"公子道："萍水相逢，何当厚扰？"孙富道："说那里话！'四海之内，皆兄弟也'。"即教艄公打跳，童儿张伞，迎接公子过船，就于船头作揖。然后让公子先行，自己随后，各各登跳上涯。行不数步，就有个酒楼。二人上楼，拣一副洁净座头，靠窗而坐。酒保列上酒肴。孙富举杯相劝，二人赏雪饮酒。先说些斯文中套话，渐渐引入花柳之事。二人都是过来之人，志同道合，说得入港[19]，一发成相知了。

孙富屏去左右，低低问道："昨夜尊舟清歌者，何人也？"李甲正要卖弄在行，遂实说道："此乃北京名姬杜十娘也。"孙富道："既系曲中姊妹，何以归兄？"公子遂将初遇杜十娘，如何相好，后来如何要嫁，如何借银讨他，始末根由，备细述了一遍。孙富道："兄携丽人而归，固是快事；但不知尊府中能相容否？"公子道："贱室不足虑。所虑者，老父性严，尚费踌躇耳！"孙富将机就机，便问道："既是尊大人未必相容，兄所携丽人，何处安顿？亦曾通知丽人，共作计较否？"公子攒眉而答道："此事曾与小妾议之。"孙富欣然问道："尊宠必有妙策。"公子道："他意欲侨居苏杭，流连山水。使小弟先回，求亲友宛转于家君之前。俟家君回嗔作喜，然后图归。高明以为何如？"孙富沉吟半晌，故作愀然之色，道："小弟乍会之间，交浅言深，诚恐见怪。"公子道："正赖高明指教，何必谦逊？"孙富道："尊大人位居方面[20]，必严帷薄之嫌。平时既怪兄游非礼之地，今日岂容兄娶不节之人？况且贤亲贵友，谁不迎合尊大人之意者？兄枉去求他，必然相拒。就有个不识时务的进言于尊大人之前，见尊大人意思不允，他就转口了。兄进不能和睦家庭，退无词以回覆尊宠。即使留连山水，亦非长久之计。万一资斧困竭，岂不进退两难！"公子自知手中只有五十金，此时费去大半，说到资斧困竭，进退两难，不觉点头道是。孙富又道："小弟还有句心腹之谈，兄肯俯听否？"公子道："承兄过爱，更求尽言。"孙富道："疏不间亲，还是莫说罢。"公子道："但说何妨。"孙富道："自古道：'妇人水性无常。'况烟花之辈，少真多假。他既系六院名姝，相识定满天下；或者南边原有旧约，借兄之力，挈带而来，以为他适之地。"公子道："这个恐未必然。"孙富道："即不然，江南子弟，最工轻薄，只留丽人独居，难保无逾墙钻穴之事。若挈之同归，愈增尊大人之怒。为兄之计，未有善策。况父子天伦，必不可绝。若为妾而触父，因妓而弃家，海内必以兄为浮浪不经之人。异日妻不以为夫，弟不以为兄，同袍不以为友，兄何以立于天地之间？兄今日不可不熟思也！"公子闻言，茫然自失，移席问计："据高明之见，何以教我？"孙富道："仆有一计，于兄甚便。只恐兄溺枕席之爱，未必能行，使仆空费词说耳！"公子道："兄诚有良策，使弟再睹家园之乐，乃弟之恩人也。又何惮而不言耶？"孙富道："兄飘零岁馀，严亲怀怒，闺阁离心，设身以处兄之地，诚寝食不安之时也。然尊大人所以怒兄者，不过为迷花恋柳，挥金如土，异日必为弃家荡产之人，不堪承继家业耳！兄今日空手而归，正触其怒。兄倘能割衽席之爱，见机而作，仆愿以千金相赠。兄得千金，以报尊大人，只说在京授馆，并不曾浪费分毫，尊大人必然相信。从此家庭和睦，当无间言。须臾之间，转祸为福。兄请三思，仆非贪丽人之色，实为兄效忠于万一也！"李甲原是没主意的人，本心惧怕老子，被孙富一席话，说透胸中之疑，起身作揖道："闻兄大教，顿开茅塞。但小妾千里相从，义难顿绝，容归与商之。得其心肯，当奉复耳。"孙富道："说话之间，宜放婉曲。彼既忠心为兄，必不忍使兄父子分离，定然玉成兄还乡之事矣。"二人饮了一回酒，风停雪止，天色已晚。孙富教家僮算还了酒钱，与公子携手下船。正是：

逢人且说三分话，未可全抛一片心。

却说杜十娘在舟中，摆设酒果，欲与公子小酌，竟日未回，挑灯以待。公子下船，十娘起迎。见公子颜色匆匆，似有不乐之意，乃满斟热酒劝之。公子摇首不饮，一言不发，竟自床上睡了。十娘心中不悦，乃收拾杯盘，为公子解衣就枕，问道："今日有何见闻，而怀抱郁郁如此？"公子叹息而已，终不启口。问了三四次，公子已睡去了。十娘委决不下，坐于床头而不能寐。到夜半，公子醒来，又叹一口气。十娘道："郎君有何难言之事，频频叹息？"公子拥被而起，欲言不语者几次，扑簌簌掉下泪来。十娘抱持公子于怀间，软言抚慰道："妾与郎君情好，已及二载，千辛万苦，历尽艰难，得有今日。然相从数千里，未曾哀戚。今将渡江，方图百年欢笑，如何反起悲伤？必有其故。夫妇之间，死生相共，有事尽可商量，万勿讳也。"公子再四被逼不过，只得含泪而言道："仆天涯穷困，蒙恩卿不弃，委曲相从，诚乃莫大之德也。但反复思之，老父位居方面，拘于礼法，况素性方严，恐添嗔怒，必加黜逐。你我流荡，将何底止？夫妇之欢难保，父子之伦又绝。日间蒙新安孙友邀饮，为我筹及此事，寸心如割。"十娘大惊道："郎君意将如何？"公子道："仆事内之人，当局而迷。孙友为我画一计颇善，但恐恩卿不从耳！"十娘道："孙友者何人？计如果善，何不可从？"公子道："孙友名富，新安盐商，少年风流之士也。夜间闻子清歌，因而问及。仆告以来历，并谈及难归之故。渠意欲以千金聘汝。我得千金，可藉口以见吾父母；而恩卿亦得所矣。但情不能舍，是以悲泣。"说罢，泪如雨下。十娘放开两手，冷笑一声，道："为郎君画此计者，此人乃大英雄也。郎君千金之资既得恢复，而妾归他姓，又不致为行李之累：发乎情，止乎礼，诚两便之策也。那千金在那里？"公子收泪道："未得恩卿之诺，金尚留彼处，未曾过手。"十娘道："明早快快应承了他，不可错过机会。但千金重事，须得兑足交付郎君之手，妾始过舟，勿为贾竖子所欺[21]。"

时已四鼓，十娘即起身挑灯梳洗，道："今日之妆，乃迎新送旧，非比寻常。"于是脂粉香泽，用意修饰；花钿绣袄，极其华艳；香风拂拂，光采照人。装束方完，天色已晓。孙富差家童到船头候信。十娘微窥公子欣欣似有喜色，乃催公子快去回话，及早兑足银子。公子亲到孙富船中，回覆依允。孙富道："兑银易事，须得丽人妆台为信。"公子又回覆了十娘。十娘即指描金文具道："可使抬去。"孙富喜甚。即将白银一千两，送到公子船中。十娘亲自检看，足色足数，分毫无爽。乃手把船舷，以手招孙富。孙富一见，魂不附体。十娘启朱唇，开皓齿，道："方才箱子可暂发来，内有李郎路引一纸[22]，可检还之也。"孙富视十娘已为瓮中之鳖，即命家童送那描金文具，安放船头之上。

十娘取钥开锁，内皆抽替小箱[23]。十娘叫公子抽第一层来看，只见翠羽明珰，瑶簪宝珥，充牣于中[24]，约值数百金。十娘遽投之江中。李甲与孙富及两船之人，无不惊诧。又命公子再抽一箱，乃玉箫金管。又抽一箱，尽古玉紫金玩器，约值数千金。十娘尽投之于水。舟中岸上之人，观者如堵。齐声道："可惜，可惜！"正不知什么缘故。最后又抽一箱，箱中复有一匣，开匣视之，夜明之珠，约有盈把。其他祖母绿，猫儿眼，诸般异宝，目所未睹，莫能定其价之多少。众人齐声喝采，喧声如雷。十娘又欲投之于江。李甲不觉大悔，抱持十娘恸哭。那孙富也来劝解。十娘推开公子在一边，向孙富骂道："我与李郎备尝艰苦，不是容易到此。汝以奸淫之意，巧为谗说，一旦破人姻缘，断人恩爱，乃我之仇人。我死而有知，必当诉之神明——尚妄想枕席之欢乎！"又对李甲道："妾风尘数年，私有所积，本为终身之计。自遇郎君，山盟海誓，白首不渝。前出都之际，假托众姊妹相赠，箱中韫藏百宝，不下万金。将润色郎君之装，归见父母，或怜妾有心，收佐中馈，得终委托，生死无憾。谁知郎君相信不深，惑于浮议，中道见弃，负妾一片真心！今日当众目之前，开箱出视，使郎君知区区千金，未为难事。妾椟中有玉，恨郎眼内无珠。命之不辰，风尘困瘁，甫得脱离，又遭弃捐。今众人各有耳目，共作证明：妾不负郎君，郎君自负妾耳！"于是众人聚观者，无不流涕，都唾骂李公子负心薄幸。公子又羞又苦，且悔且泣，方欲向十娘谢罪，十娘抱持宝匣，向江心一跳。众人急呼捞救。但见云暗江心，波涛滚滚，杳无踪影。可惜一个如花似玉的名姬，一旦葬于江鱼之腹：

三魂渺渺归水府，七魄悠悠入冥途。

当时旁观之人，皆咬牙切齿，争欲拳殴李甲和那孙富。慌得李孙二人，手足无措，急叫开船，分途遁去。李甲在舟中，看了千金，转忆十娘，终日愧悔，郁成狂疾，终身不痊。孙富自那日受惊，得病卧床月馀，终日见杜十娘在旁诟骂，奄奄而逝。人以为江中之报也。

却说柳遇春在京坐监完满，束装回乡，停舟瓜步。偶临江净脸，失坠铜盆于水，觅渔人打捞。及至捞起，乃是个小匣儿。遇春启匣观看，内皆明珠异宝，无价之珍。遇春厚赏渔人，留于床头把玩。是夜，梦见江中一女子，凌波而来，视之，乃杜十娘也。近前万福，诉以李郎薄幸之事。又道："向承君家慷慨，以一百五十金相助，本意息肩之后，徐图报答；不意事无终始。然每怀盛情，悒悒未忘。早间曾以小匣托渔人奉致，聊表寸心，从此不复相见矣。"言讫，猛然惊醒，方知十娘已死，叹息累日。

后人评论此事，以为孙富谋夺美色，轻掷千金，固非良士；李甲不识杜十娘一片苦心，碌碌蠢才，无足道者。独谓十娘千古女侠，岂不能觅一佳侣，共跨秦楼之凤[25]？乃错认李公子，明珠美玉，投于盲人，以致恩变为仇，万种恩情化为流水，深可惜也！有诗叹云：

不会风流莫妄谈，单单情字费人参。

若将情字能参透，唤作风流也不惭。

注释

[1]残胡：指元朝蒙古族统治者。

[2]华胥：传说中的国名。《列子·黄帝》："(黄帝)昼寝而梦，游于华胥氏之国。华胥氏之国在弇州之西，台州之北，不知斯齐国几千万里。盖非舟车足力之所及，神游而已。"后因用华胥作为梦境的代称。这里的华胥是指太平快乐的理想国家。

[3]金瓯：比喻国土完整巩固。

[4]区夏：中原。

[5]纳粟：向政府捐纳粟米或银两。 入监：进入国子监。国子监是官方教育机构，按规定之法进入国子监读书的称为"监生"；通过捐纳粟米或银两的方法取得入学资格者，叫"纳粟监生"。有了此资格，即可去考举人。下文中所说的"北雍"和"南雍"，是指设在北京和南京的国子监。

[6]好中(zhòng)：容易被录取。

[7]卓氏文君：汉代文学家司马相如之妻。卓文君新寡在家，司马相如用琴声求爱，互引为知己，于是携手远走。

[8]白家樊素：唐代大诗人白居易有妾名樊素，善于歌舞，美貌异常，白居易写有"樱桃樊素口，杨柳小蛮腰"之诗句。

[9]破瓜：原指女子十六岁("瓜"字可一破为两个"八"字)，此处指女子破身。

[10]斗筲(shāo)之量：比喻度量狭窄。此处是指酒量少。一斗容十升，一筲容一斗二升。

[11]撒漫：出手大方，惯于挥霍。

[12]鸨(bǎo)儿：又叫老鸨，鸨母，旧时老妓及妓女养母。

[13]统口：改口。

[14]孤拐：即脚踝(huái)骨，此处是敲打踝骨之意。

[15]落籍：从乐籍册上除掉名字，此处指妓女从良。

[16]开交：放手，结束关系。

[17]间关：行程艰难、辗转。

[18]种盐：经营盐业，做盐商。

[19]入港：说话投机。

[20]位居方面：担任一省的最高长官。

[21]贾(gǔ)竖子：做买卖的小子，是对商人的轻蔑称呼。

[22]路引：路途中所用的介绍信。

[23]抽替：即抽屉。

[24]充牣(rèn)：充满。

[25]共跨秦楼之凤：据《列仙传》载，萧史善吹箫，能以箫作鸾凤之音。秦穆公的女儿弄玉也好吹箫，穆公就将弄玉嫁给萧史，并筑凤台让他们居住。若干年后，弄玉乘凤，萧史乘龙，夫妇升天而去。这里是指像萧史和弄玉一样，结为夫妇。

新评

《杜十娘怒沉百宝箱》是明代话本中的名篇，作者是冯梦龙。作者通过名妓杜十娘因被官僚子弟李甲抛弃，转卖他人，从而投江自杀的悲剧故事，塑造了杜十娘善良而刚强，自尊自爱的性格，表现了杜十娘的理想、抱负和追求幸福生活的勇气和决心，以及一旦理想破灭，又敢于殉身明志的英雄气魄，揭露了旧制度对妇女的迫害。小说从头至尾，娓娓道来，在儿女情长中塑造刻画了杜十娘、李甲、鸨儿、孙富、柳遇春等众多人物，赋予每个人物以个性，将抨击封建伦理的锋芒，隐含于艺术形象的塑造之中。

杜十娘与李甲的爱情悲剧，根源不在主观方面（两人“一双两好，情投意合”），也不在经济方面（三百两的赎金尽管使李甲为难，但终究解决了），而在于当时的封建制度。孙富为达到占有杜十娘之目的，摆出的正是令李甲“进退两难”的封建制度：“若为妾而触父，因妓而弃家，海内必以兄为浮浪不经之人。异日妻不以为夫，弟不以为兄，同袍不以为友，兄何以立于天地之间？”于是，李甲迫于强大的制度，为一千金所诱惑，将杜十娘的深情真意抛之脑后。至此，杜、李二人的价值取向泾渭分明，杜十娘的心彻底死了。杜十娘临终前的话语将这一点交待得非常清楚：“今日当众目之前，开箱出视，使郎君知区区千金，未为难事。妾椟中有玉，恨郎眼内无珠。……妾不负郎君，郎君自负妾耳！”

作者对杜十娘这块“明珠美玉，投于盲人”，表达了深深的惋惜之情，也正是由于这种将美好的东西毁灭给人看的悲剧因素，才使历代读者感动不已。

第六卷　李谪仙醉草吓蛮书

堪羡当年李谪仙，吟诗斗酒有连篇。
蟠胸锦绣欺时彦，落笔风云迈古贤。
书草和番威远塞，词歌倾国媚新弦。
莫言才子风流尽，明月长悬采石边。

话说唐玄宗皇帝朝，有个才子，姓李名白，字太白，乃西凉武昭兴圣皇帝李暠九世孙，西川绵州人也。其母梦长庚入怀而生。那长庚星又名太白星，所以名字俱用之。那李白生得姿容美秀，骨格清奇，有飘然出世之表。十岁时，便精通书史，出口成章，人都夸他锦心绣口。又说他是神仙降生，以此又呼为李谪仙。有杜工部赠诗为证：

昔年有狂客，号尔谪仙人。
笔落惊风雨，诗成泣鬼神！
声名从此大，汩没一朝伸。
文采承殊渥，流传必绝伦。

李白又自称青莲居士。一生好酒，不求仕进；志欲遨游四海，看尽天下名山，尝遍天下美酒。先登峨眉，次居云梦，复隐于徂徕山竹溪，与孔巢父等六人，日夕酣饮，号为“竹溪六逸”[1]。有人说：“湖州乌程酒甚佳。”白不远千里而往，到酒肆中，开怀畅饮，旁若无人。时有迦叶司马经过，闻白狂歌之声，遣从者问其何人？白随口答诗四句：

青莲居士谪仙人，酒肆逃名三十春。
湖州司马何须问，金粟如来是后身。

迦叶司马大惊，问道：“莫非蜀中李谪仙么？闻名久矣。”遂请相见。留饮十日，厚有所赠。临别问道：“以青莲高才，取青紫如拾芥[2]，何不游长安应举？”李白道：“目今朝政紊乱，公道全无，请托者登高第，纳贿者获科名。非此二者，虽有孔孟之贤，晁董之才[3]，无由自达。白所以流连诗酒，免受盲试官之气耳。”迦叶司马道：“虽则如此，足下谁人不知，一到长安，必有人荐拔。”李白从其言，乃游长安。

一日到紫极宫游玩，遇了翰林学士贺知章，通姓道名，彼此相慕。知章遂邀李白于酒肆中，解下金貂，当酒同饮。至夜不舍，遂留李白于家中下榻，结为兄弟。次日，李白将行李搬至贺内翰宅，每日谈诗饮酒，宾主甚是相得。时光荏苒，不觉试期已迫。贺内翰道：“今春南省试官，正是杨贵妃兄杨国忠太师，监视官乃太尉高力士。二人都是爱财之人。贤弟却无金银买嘱他，便有冲天学问，见不得圣天子。

此二人与下官皆有相识。下官写一封札子去，预先嘱托，或者看薄面一二。”李白虽则才大气高，遇了这等时势，况且内翰高情，不好违阻。贺内翰写了柬帖，投与杨太师、高力士。二人拆开看了，冷笑道：“贺内翰受了李白金银，却写封空书在我这里讨白人情。到那日专记，如有李白名字卷子，不问好歹，即时批落。”时值三月三日，大开南省，会天下才人，尽呈卷子。李白才思有馀，一笔挥就，第一个交卷。杨国忠见卷子上有李白名字，也不看文字，乱笔涂抹道：“这样书生，只好与我磨墨。”高力士道：“磨墨也不中，只好与我着袜脱靴。”喝令将李白推抢出去。正是：

不愿文章中天下，只愿文章中试官！

李白被试官屈批卷子，怨气冲天，回至内翰宅中，立誓：“久后吾若得志，定教杨国忠磨墨，高力士与我脱靴，方才满愿。”贺内翰劝白：“且休烦恼，权在舍下安歇，待三年再开试场，别换试官，必然登第。”终日共李白饮酒赋诗。日往月来，不觉一载。

忽一日，有番使赍国书到。朝廷差使命急宣贺内翰陪接番使，在馆驿安下。次日，阁门舍人接得番使国书一道。玄宗敕宣翰林学士拆开番书，全然不识一字，拜伏金阶，启奏：“此书皆是鸟兽之迹，臣等学识浅短，不识一字。”天子闻奏，将与南省试官杨国忠开读。杨国忠开看，双目如盲，亦不晓得。天子宣问满朝文武，并无一人晓得，不知书上有何吉凶言语。龙颜大怒，喝骂朝臣：“枉有许多文武，并无一个饱学之士，与朕分忧。此书识不得，将何回答，发落番使？却被番邦笑耻，欺侮南朝，必动干戈，来侵边界，如之奈何！敕限三日，若无人识此番书，一概停俸；六日无人，一概停职；九日无人，一概问罪。别选贤良，共扶社稷。”圣旨一出，诸官默默无言，再无一人敢奏。天子转添烦恼。

贺内翰朝散回家，将此事述于李白。白微微冷笑：“可惜我李某去年不曾及第为官，不得与天子分忧。”贺内翰大惊道：“想必贤弟博学多能，辨识番书，下官当于驾前保奏。”次日，贺知章入朝，越班奏道：“臣启陛下：臣家有一秀才，姓李名白，博学多能。要辨番书，非此人不可。”天子准奏，即遣使命，赍诏前去内翰宅中，宣取李白。李白告天使道：“臣乃远方布衣，无才无识。今朝中有许多官僚，都是饱学之儒，何必问及草莽？臣不敢奉诏，恐得罪于朝贵。”说这句“恐得罪于朝贵”，隐隐刺着杨、高二人。使命回奏。天子便问贺知章：“李白不肯奉诏，其意云何？”知章奏道：“臣知李白文章盖世，学问惊人。只为去年试场中，被试官屈批了卷子，羞抢出门；今日教他白衣入朝，有愧于心。乞陛下赐以恩典，遣一位大臣再往，必然奉诏。”玄宗道：“依卿所奏。钦赐李白进士及第，着紫袍金带，纱帽象简见驾。就烦卿自往迎取，卿不可辞！”贺知章领旨回家，请李白开读，备述天子惓惓求贤之意。李白穿了御赐袍服，望阙拜谢。遂骑马随贺内翰入朝。

玄宗于御座专待李白。李白至金阶拜舞山呼谢恩，躬身而立。天子一见李白，如贫得宝，如暗得灯，如饥得食，如旱得云，开金口，动玉音，道："今有番国赍书，无人能晓，特宣卿至，为朕分忧。"白躬身奏道："臣因学浅，被太师批卷不中，高太尉将臣推抢出门。今有番书，何不令试官回答？却乃久滞番官在此！臣是批黜秀才，不能称试官之意，怎能称皇上之意？"天子道："朕自知卿，卿其勿辞！"遂命侍臣捧番书赐李白观看。李白看了一遍，微微冷笑，对御座前将唐音译出，宣读如流。番书云：

渤海国大可毒书达唐朝官家[4]：自你占了高丽，与俺国逼近，边兵屡屡侵犯吾界，想出自官家之意。俺如今不可耐者，差官来讲，可将高丽一百七十六城，让与俺国。俺有好物事相送：太白山之菟，南海之昆布，栅城之鼓，扶馀之鹿，鄚颉之豕，率宾之马，沃州之绵，滹沱河之鲫，九都之李，乐游之梨：你官家都有分。若还不肯，俺起兵来厮杀，且看那家胜败！

众官听得读罢番书，不觉失惊，面面相觑，尽称"难得"。天子听了番书，龙颜不悦。沉吟良久，方问两班文武："今被番家要兴兵抢占高丽，有何策可以应敌？"两班文武，如泥塑木雕，无人敢应。贺知章启奏道："自太宗皇帝三征高丽，不知杀了多少生灵，不能取胜，府库为之虚耗。天幸盖苏文死了，其子男生兄弟争权，为我向导。高宗皇帝遣老将李勣、薛仁贵统百万雄兵，大小百战，方才殄灭。今承平日久，无将无兵，倘干戈复动，难保必胜。兵连祸结，不知何时而止。愿吾皇圣鉴！"天子道："似此如何回答他？"知章道："陛下试问李白，必然善于辞命。"天子乃召白问之。李白奏道："臣启陛下：此事不劳圣虑，来日宣番使入朝，臣当面回答番书，与他一般字迹，书中言语，羞辱番家，须要番国可毒拱手来降。"天子问："可毒何人也？"李白奏道："渤海风俗，称其王曰可毒。犹回纥称可汗，吐番称赞普，六诏称诏，诃陵称悉莫威，各从其俗。"天子见其应对不穷，圣心大悦，即日拜为翰林学士。遂设宴于金銮殿，宫商迭奏，琴瑟喧阗，嫔妃进酒，彩女传杯。御音传示："李卿可开怀畅饮，休拘礼法。"李白尽量而饮，不觉酒浓身软。天子令内官扶于殿侧安寝。

次日五鼓，天子升殿。

净鞭三下响，文武两班齐。

李白宿醒犹未醒，内官催促进朝。百官朝见已毕，天子召李白上殿，见其面尚带酒容，两眼兀自有矇眬之意。天子分付内侍，教御厨中造三分醒酒酸鱼羹来。须臾，内侍将金盘捧到鱼羹一碗。天子见羹气太热，御手取牙箸调之良久，赐与李学士。李白跪而食之，顿觉爽快。是时，百官见天子恩幸李白，且惊且喜：惊者怪其破格，喜者喜其得人。惟杨国忠、高力士愀然有不乐之色。圣旨宣番使入朝，番使山呼见圣已毕。李白紫衣纱帽，飘飘然有神仙凌云之态，手捧番书立于左侧柱下，朗声而读，一字无差。番使大骇。李白道："小邦失礼，圣上洪度如天，置而不较；有诏批答，汝宜静听！"番官战战兢兢，跪于阶下。天子命设七宝床于御座之傍，取于阗白玉砚，象管兔毫笔，独草龙香墨，五色金花笺，排列停当。赐李白近御榻前，坐锦墩草诏。李白奏道："臣靴不净，有污前席，望皇上宽恩，赐臣脱靴结袜而登。"天子准奏，命一小内侍："与李学士脱靴。"李白又奏道："臣有一言，乞陛下赦臣狂妄，臣方敢奏。"天子道："任卿失言，朕亦不罪。"李白奏道："臣前入试春闱，被杨太师批落，高太尉赶逐，今日见二人押班[5]，臣之神气不旺。乞玉音分付杨国忠与臣捧砚磨墨，高力士与臣脱靴结袜：臣意气始得自豪；举笔草诏，口代天言，方可不辱君命。"天子用人之际，恐拂其意，只得传旨，教杨国忠捧砚，高力士脱靴。二人心里暗暗自揣："前日科场中轻薄了他——'这样书生，只好与我磨墨脱靴。'——今日恃了天子一时宠幸，就来还话，报复前仇。"出于无奈，不敢违背圣旨，正是敢怒而不敢言。常言道：

冤家不可结，结了无休歇。
侮人还自侮，说人还自说。

李白此时昂昂得意，蹑袜登褥，坐于锦墩。杨国忠磨得墨浓，捧砚侍立。论来爵位不同，怎么李学士坐了，杨太师倒侍立？因李白口代天言，天子宠以殊礼。杨太师奉旨磨墨，不曾赐坐，只得侍立。李白左手将须一拂，右手举起中山兔颖，向五花笺上，手不停挥，须臾草就"吓蛮书"。字画齐整，并无差落，献于龙案之上。天子看了大惊，都是照样番书，一字不识。传与百官看了，各各骇然。天子命李白诵之。李白就御座前朗诵一遍：

大唐开元皇帝，诏谕渤海可毒：自昔石卵不敌，蛇龙不斗。本朝应运开天，抚有四海，将勇卒精，甲坚兵锐。颉利背盟而被擒，弄赞铸鹅而纳誓。新罗奏织锦之颂，天竺致能言之鸟。波斯献捕鼠之蛇，拂菻进曳马之狗。白鹦鹉来自诃陵，夜光珠贡于林邑。骨利干有名马之纳，泥婆罗有良酢之献。无非畏威怀德，买静求安。高丽拒命，天讨再加，传世九百，一朝殄灭：岂非逆天之咎征，衡大之明鉴与！况尔海外小邦，高丽附国，比之中国，不过一郡，士马刍粮，万分不及。若螳怒是逞，鹅骄不逊，天兵一下，千里流血，君同颉利之俘，国为高丽之续。方今圣度汪洋，恕尔狂悖，急宜悔祸，勤修岁事；毋取诛僇，为四夷笑。尔其三思哉！故谕。

天子闻之大喜，再命李白对番官面宣一通，然后用宝入函。李白仍叫高太尉着靴，方才下殿，唤番官听诏。李白重读一遍，读得声韵铿锵，番使不敢则声，面如土色，不免山呼拜舞辞朝。贺内翰送出都门，番官私问道："适才读诏者何人？"内翰道："姓李名白，官拜翰林学士。"番使道："多大的官？使太师捧砚，太尉脱靴！"内翰道："太师大臣，太尉亲臣，不过人间之极贵。那李学士乃天上神仙下降，赞助天朝，更有何人可及？"番使点头而别，归至本国，与国王述之。国王看了国书，大惊，与国人商议："天朝有神仙赞助，如何敌得！"写了降表，愿年年进贡，岁岁来朝。此是后话。

话分两头。却说天子深敬李白，欲重加官职。李白启奏："臣不愿受职，愿得逍遥散诞，供奉御前，如汉东方朔故事。"天子道："卿既不受职，朕所有黄金白璧，奇珍异宝，惟卿所好。"李白奏道："臣亦不愿受金玉，愿得从陛下游幸，日饮美酒三千觞，足矣！"天子知李白清高，不忍相强。从此时时赐宴，留宿于金銮殿中，访以政事，恩幸日隆。

一日，李白乘马游长安街，忽听得锣鼓齐鸣，见一簇刀斧手，拥着一辆囚车行来。白停骖问之，乃是并州解到失机将官，今押赴东市处斩。那囚车中，囚着个美丈夫，生得甚是英伟。叩其姓名，声如洪钟，答道："姓郭，名子仪。"李白相他容貌非凡，他日必为国家柱石，遂喝住刀斧手："待我亲往驾前保奏。"众人知是李谪仙学士——御手调羹的——谁敢不依。李白当时回马，直叩宫门，求见天子，讨了一道赦敕，亲往东市开读，打开囚车，放出子仪，许他带罪立功。子仪拜谢李白活命之恩，异日衔环结草，不敢忘报。此事阁过不题。

是时，宫中最重木芍药，是扬州贡来的。——如今叫做牡丹花，唐时谓之木芍药。——宫中种得四本，开出四样颜色。那四样？

大红，深紫，浅红，通白。

玄宗天子移植于沉香亭前，与杨贵妃娘娘赏玩，诏梨园子弟奏乐。天子道："对妃子，赏名花，新花安用旧曲？"遽命梨园长李龟年召李学士入宫。有内侍说道："李学士往长安市上酒肆中去了。"龟年不往九街，不走三市，一径寻到长安市去。只听得一个大酒楼上，有人歌云：

三杯通大道，一斗合天然。
但得酒中趣，勿为醒者传。

李龟年道："这歌的不是李学士是谁？"大踏步上楼梯来，只见李白独占一个小小座头，桌上花瓶内供一枝碧桃花，独自对花而酌，已吃得酩酊大醉，手执巨觥，兀自不放。龟年上前道："圣上在沉香亭宣召学士，快去！"众酒客闻得有圣旨，一时惊骇，都站起来观看。李白全然不理，张开醉眼，向龟年念一句陶渊明的诗，道是：

我醉欲眠君且去。

念了这句诗，就瞑然欲睡。李龟年也有三分主意，向楼窗往下一招，七八个从者，一齐上楼，不由分说，手忙脚乱，抬李学士到于门前，上了玉花骢。众人左扶右持，龟年策马在后相随，直跑到五凤楼前。天子又遣内侍来催促了，敕赐"走马入宫"。龟年遂不扶李白下马，同内侍帮扶，直至后宫，过了兴庆池，来到沉香亭。天子见李白在马上双眸紧闭，兀自未醒，命内侍铺紫氍毹于亭侧[6]，扶白下马少卧。亲往省视，见白口流涎沫，天子亲以龙袖拭之。贵妃奏道："妾闻冷水沃面，可以解醒。"乃命内侍汲兴庆池水，使宫女含而喷之。白梦中惊醒，见御驾，大惊，俯伏道："臣该万死！臣乃酒中之仙，幸陛下恕臣！"天子御手搀起道："今日同妃子赏名花，不可无新词，所以召卿，可作《清平调》三章。"李龟年取金花笺授白。白带醉一挥，立成三首。其一曰：

云想衣裳花想容，春风拂槛露华浓。
若非群玉山头见，会向瑶台月下逢。

其二曰：

一枝红艳露凝香，云雨巫山枉断肠。
借问汉宫谁得似？可怜飞燕倚新妆。

其三曰：

名花倾国两相欢，长得君王带笑看。
解释春风无限恨，沉香亭北倚栏杆。

天子览词，称美不已："似此天才，岂不压倒翰林院许多学士。"即命龟年按调而歌，梨园众子弟丝竹并进，天子自吹玉笛以和之。歌毕，贵妃敛绣巾，再拜称谢。天子道："莫谢朕，可谢学士也！"贵妃持玻璃七宝杯，亲酌西凉葡萄酒，命宫女赐李学士饮。天子敕赐李白遍游内苑，令内侍以美酒随后，恣其酣饮。自是宫中内宴，李白每每被召，连贵妃亦爱而重之。

高力士深恨脱靴之事，无可奈何。一日，贵妃重吟前所制《清平调》三首，倚栏叹羡。高力士见四下无人，乘间奏道："奴婢初意娘娘闻李白此词，怨入骨髓，何反拳拳如是？"贵妃道："有何可怨？"力士奏道："'可怜飞燕倚新妆。'那飞燕姓赵，乃西汉成帝之后。则今画图中，画着一个武士，手托金盘，盘中有一女子，举袖而舞，那个便是赵飞燕。生得腰肢细软，行步轻盈，若人手执花枝颤颤然，成帝宠幸无比。谁知飞燕私与燕赤凤相通，匿于复壁之中。成帝入宫，闻壁衣内有人咳嗽声，搜得赤凤杀之。欲废赵后，赖其妹合德力救而止，遂终身不入正宫。今日李白以飞燕比娘娘，此乃谤毁之语，娘娘何不熟思？"原来贵妃那时以胡人安禄山为养子，出入宫禁，与之私通，满宫皆知，只瞒得玄宗一人。高力士说飞燕一事，正刺其心。贵妃于是心下怀恨，每于天子前说李白轻狂使酒，无人臣之礼。天子见贵妃不乐李白，遂不召他内宴，亦不留宿殿中。李白情知被高力士中伤，天子有疏远之意，屡次告辞求去，天子不允。乃益纵酒自废，与贺知章、李适之、汝阳王琎、崔宗之、苏晋、张旭、焦遂为酒友，时人呼为"饮中八仙"。

却说玄宗天子心下实是爱重李白，只为宫中不甚相得，所以疏了些儿。见李白屡次乞归，无心恋阙，乃向李白道："卿雅志高蹈，许卿暂还，不日再来相召。但卿有大功于朕，岂可白手还山？卿有所需，朕当一一给与。"李白奏道："臣一无所需，但得杖头有钱，日沽一醉足矣。"天子乃赐金牌一面，牌上御书："敕赐李白为天下无忧学士，逍遥落托秀才，逢坊吃酒，遇库支钱，府给千贯，县给五百贯。文武官员军民人等，有失敬者，以违诏论。"又赐黄金千两，锦袍玉带，金鞍龙马，从者二十人。白叩头谢恩。天子又赐金花二朵，御酒三杯，于驾前上马出朝。百官俱给假，携酒送行，自长安街直接到十里长亭，樽罍不绝。只有杨太师、高太尉二人怀恨不送。内中惟贺内翰等酒友七人，直送至百里之外，流连三日而别。李白集中有《还山别金门知己》诗，略云：

恭承丹凤诏，欻起烟萝中[7]。
一朝去金马，飘落成飞蓬。
闲来东武吟，曲尽情未终。
书此谢知己，扁舟寻钓翁。

李白锦衣纱帽，上马登程，一路只称锦衣公子。果然逢坊饮酒，遇库支钱。不一日，回至绵州，与许氏夫人相见。官府闻李学士回家，都来拜贺，无日不醉。日往月来，不觉半载。一日，白对许氏说，要出外游玩山水。打扮做秀才模样，身边藏了御赐金牌，带一个小仆，骑一健驴，任意而行。府县酒资，照牌供给。忽一日，行到华阴界上，听得人言华阴县知县贪财害民。李白生计，要去治他。来到县前，令小仆退去。独自倒骑着驴子，于县门首连打三回。那知县在厅上取问公事，观见了，连声："可恶，可恶！怎敢调戏父母官！"速令公吏人等拿至厅前取问。李白微微诈醉，连问不答。知县令狱卒押入牢中："待他酒醒，着他好生供状，来日决断。"狱卒将李白领入牢中，见了狱官，掀髯长笑。狱官道："想此人是风颠的？"李白道："也不风，也不颠。"狱官道："既不风颠，好生供状。你是何人？为何到此骑驴，搪突县主？"李白道："要我供状，取纸笔来。"狱卒将纸笔置于案上，李白扯狱官在一边，说道："让开一步，待我写。"狱官笑道："且看这风汉写出甚么来？"李白写道：

供状绵州人，姓李单名白。弱冠广文章，挥毫神鬼泣。长安列八仙，竹溪称六逸。曾草《吓蛮书》，声名播绝域。玉辇每趋陪，金銮为寝室。啜羹御手调，流涎御袍拭。高太尉脱靴，杨太师磨墨。天子殿前，尚容吾乘马行；华阴县里，不许我骑驴入！请验金牌，便知来历。

写毕，递与狱官看了。狱官吓得魂惊魄散，低头下拜，道："学士老爷，可怜小人蒙官发遣，身不由己，万望海涵赦罪！"李白道："不干你事，只要你对知县说：我奉金牌圣旨而来，所得何罪，拘我在此？"狱官拜谢了，即忙将供状呈与知县，并述有金牌圣旨。知县此时如小儿初闻霹雳，无孔可钻；只得同狱官到牢中参见李学士，叩头哀告道："小官有眼不识泰山，一时冒犯，乞赐怜悯！"在职诸官，闻知此事，都来拜求，请学士到厅上正面坐下，众官庭参已毕。李白取出金牌与众官看，牌上写道："学士所到，文武官员军民人等有不敬者，以违诏论。"——"汝等当得何罪？"众官看罢圣旨，一齐低头礼拜："我等都该万死！"李白见众官苦苦哀求，笑道："你等受国家爵禄，如何又去贪财害民？如若改过前非，方免汝罪。”众官听说，人人拱手，个个遵依，不敢再犯。就在厅上大排筵宴，管待学士饮酒三日方散。自是知县洗心涤虑，遂为良牧。此事闻于他郡，都猜道朝廷差李学士出外私行，观风考政[8]；无不化贪为廉，化残为善。

李白遍历赵、魏、燕、晋、齐、梁、吴、楚，无不流连山水，极诗酒之趣。后因安禄山反叛，明皇车驾幸蜀，诛国忠于军中，缢贵妃于佛寺。白避乱隐于庐山。永王璘时为东南节度使[9]，阴有乘机自立之志。闻白大才，强逼下山，欲授伪职，李白不从，拘留于幕府。未几，肃宗即位于灵武，拜郭子仪为天下兵马大元帅，克复两京。有人告永王璘谋叛，肃宗即遣子仪移兵讨之。永王兵败，李白方得脱身，逃至浔阳江口，被守江把总擒拿，把做叛党，解到郭元帅军前。子仪见是李学士，即喝退军士，亲解其缚，置于上位，纳头便拜，道：“昔日长安东市，若非恩人相救，焉有今日？”即命治酒压惊，连夜修本，奏上天子，为李白辨冤；且追叙其《吓蛮书》之功，荐其才可以大用。——此乃施恩而得报也。正是：

两叶浮萍归大海，人生何处不相逢。

时杨国忠已死，高力士亦远贬他方；玄宗皇帝自蜀迎归，为太上皇，亦对肃宗称李白奇才。肃宗乃征白为左拾遗。白叹宦海沉迷，不得逍遥自在，辞而不受。别了郭子仪，遂泛舟游洞庭岳阳，再过金陵，泊舟于采石江边。是夜，月明如昼。李白在江头畅饮，忽闻天际乐声嘹亮，渐近舟次，舟人都不闻，只有李白听得。忽然江中风浪大作，有鲸鱼数丈，奋鬣而起；仙童二人，手持旌节，到李白面前，口称：“上帝奉迎星主还位。”舟人都惊倒。须臾苏醒，只见李学士坐于鲸背，音乐前导，腾空而去。明日将此事告于当涂县令李阳冰，阳冰具表奏闻。天子敕建李谪仙祠于采石山上，春秋二祭。

到宋太平兴国年间，有书生于月夜渡采石江，见锦帆西来，船头上有白牌一面，写“诗伯”二字。书生遂朗吟二句道：

谁人江上称“诗伯”？锦绣文章借一观。

舟中有人和云：

夜静不堪题绝句，恐惊星斗落江寒。

书生大惊，正欲傍舟相访，那船泊于采石之下。舟中人紫衣纱帽，飘然若仙，径投李谪仙祠中。书生随后求之，祠中并无人迹——方知和诗者即李白也。至今人称“酒仙”、“诗伯”，皆推李白为第一云。

《吓蛮书》草见天才，天子调羹亲赐来。
一自骑鲸天上去，江流采石有馀哀。

注释

[1]竹溪六逸:孔巢父、李白、韩准、裴政、张叔明、陶沔等六人,于天宝年间在徂徕山竹溪结社,常常作诗畅饮,时人称为“竹溪六逸”。

[2]青紫:汉代御史大夫的官印是银印、青绶;丞相和太尉的官印是金印、紫绶。后用“青紫”借指高官显爵。

[3]晁董:指西汉时的晁错和董仲舒,二人都很有才华,是有名的政论家。

[4]渤海国:唐时东北方的一个小国家。 可毒:渤海国对国王的称呼。 官家:渤海国对唐朝皇帝的称呼。

[5]押班:旧时百官上朝,依官职的大小次序排列,官职最高者列在最前,叫押班。

[6]氍毹(qúshū):地毯。

[7]歘(xū):迅疾的样子。

[8]观风考政:观察民风,考察政治。

[9]永王璘:唐玄宗李隆基之子,唐肃宗李亨之弟。

新评

李白(701—762),字太白,号青莲居士,唐代伟大诗人。他的诗表现出蔑视封建权贵的傲岸精神,对当时的政治腐败作了尖锐的批判,对人民的疾苦表示同情。又善于描绘壮丽的自然景色,表达了对祖国山河的无比热爱之情。诗风雄奇豪放,想象丰富,语言流转自然,音律和谐多变。其《蜀道难》、《行路难》、《静夜思》、《早发白帝城》等诗篇,广为传诵。

本篇以“李谪仙醉草吓蛮书”为题,截取了李白一生中的一个片段加以渲染,传奇的色彩十分浓厚。有的地方与正史有出入,是小说自身之需要,也无可厚非。

第七卷　卖油郎独占花魁

年少争夸风月，场中波浪偏多。有钱无貌意难和。有貌无钱不可。
就是有钱有貌，还须着意揣摩。知情识趣俏哥哥。此道谁人赛我？

这首词名为《西江月》，是风月机关中最要之论。常言道："妓爱俏，妈爱钞。"所以子弟行中[1]，有了潘安般貌，邓通般钱，自然上和下睦，做得烟花寨内的大王，鸳鸯会上的主盟。然虽如此，还有个两字经儿，叫做"帮衬"。帮者，如鞋之有帮；衬者，如衣之有衬。但凡做小娘的[2]，有一分所长，得人衬贴，就当十分；若有短处，曲意替他遮护，更兼低声下气，送暖偷寒，逢其所喜，避其所嫌，以情度情，岂有不爱之理？——这叫做帮衬。风月场中，只有会帮衬的最讨便宜，无貌而有貌，无钱而有钱。假如郑元和在卑田院做了乞儿[3]，此时囊箧俱空，容颜非旧，李亚仙于雪天遇之，便动了一个恻隐之心，将绣襦包裹，美食供养，与他做了夫妻。这岂是爱他之钱，恋他之貌？只为郑元和识趣知情，善于帮衬，所以亚仙心中舍他不得。你只看亚仙病中想马板肠汤吃，郑元和就把个五花马杀了，取肠煮汤奉之。只这一节上，亚仙如何不念其情！后来郑元和中了状元，李亚仙封为汧国夫人。《莲花落》打出万言策，卑田院变做了白玉楼。一床锦被遮盖，风月场中反为美谈。这是：

运退黄金失色，时来黑铁生光。

话说大宋自太祖开基，太宗嗣位，历传真、仁、英、神、哲，共是七代帝王，都则偃武修文，民安国泰。到了徽宗道君皇帝，信任蔡京、高俅、杨戬、朱勔之徒，大兴苑囿，专务游乐，不以朝政为事。以致万民嗟怨，金虏乘之而起，把花锦般一个世界，弄得七零八落。直至二帝蒙尘，高宗泥马渡江，偏安一隅，天下分为南北，方得休息。其中数十年，百姓受了多少苦楚。正是：

甲马丛中立命，刀枪队里为家。
杀戮如同戏耍，抢夺便是生涯。

内中单表一人，乃汴梁城外安乐村居住，姓莘，名善，浑家阮氏。夫妻两口，开个粮食铺儿。虽则粜米为生，一应柴炭茶酒油盐杂货，无所不备，家道颇颇得过。年过四旬，止生一女，小名叫做瑶琴。自小生得清秀，更且资性聪明，七岁上送在村学中读书，日诵千言。十岁时便能吟诗作赋。曾有《闺情》一绝，为人传诵。诗云：

朱帘寂寂下金钩，香鸭沉沉冷画楼。
移枕怕惊鸳并宿，挑灯偏恨蕊双头。

到十二岁，琴棋书画，无所不通。若题起女工之事，飞针走线，出人意表。此乃天生伶俐，非教习之所能也。莘善因为自家无子，要寻个养女婿，来家靠老。只因女儿灵巧多能，难乎其配，所以求亲者颇多，都不曾许。不幸遇了金虏猖獗，把汴梁城围困，四方勤王之师虽多，宰相主了和议，不许厮杀，以致虏势愈甚，打破了京城，劫迁了二帝。那时城外百姓，一个个亡魂丧胆，携老扶幼，弃家逃命。

却说莘善领着浑家阮氏和十二岁的女儿，同一般逃难的，背着包裹，结队而走。忙忙如丧家之犬，急急如漏网之鱼。担渴担饥担劳苦，此行谁是家乡；叫天叫地叫祖宗，惟愿不逢鞑虏。正是宁为太平犬，莫作乱离人！

正行之间，谁想鞑子倒不曾遇见，却逢着一队败残的官兵。看见许多逃难的百姓，多背得有包裹，假意呐喊道："鞑子来了！"沿路放起一把火来。此时天色将晚，吓得众百姓落荒乱窜，你我不相顾。败兵就乘机抢掠。若不肯与他，就杀害了。这是乱中生乱，苦上加苦。却说莘氏瑶琴，被乱军冲突，跌了一交，爬起来，不见了爹娘。不敢叫唤，躲在道傍古墓之中，过了一夜。到天明出外看时，但见满目风沙，死尸横路。昨日同时避难之人，都不知所往。瑶琴思念父母，痛哭不已。欲待寻访，又不认得路径。只得望南而行。哭一步，挨一步，约莫走了二里之程，心上又苦，腹中又饥，望见土房一所，想必其中有人，欲待求乞些汤饮。及至向前，却是破败的空屋，人口俱逃难去了。瑶琴坐于土墙之下，哀哀而哭。

自古道，无巧不成话。恰好有一人从墙下而过。那人姓卜，名乔，正是莘善的近邻，平昔是个游手游食，不守本分，惯吃白食、用白钱的主儿。人都称他是卜大郎。也是被官军冲散了同伙，今日独自而行。听得啼哭之声，慌忙来看。瑶琴自小相认，今日患难之际，举目无亲，见了近邻，分明见了亲人一般，即忙收泪，起身相见。问道："卜大叔，可曾见我爹妈么？"卜乔心中暗想："昨日被官军抢去包裹，正没盘缠。天生这碗衣饭，送来与我，正是奇货可居。"便扯个谎，道："你爹和妈寻你不见，好生痛苦。如今前面去了。分付我道：'倘或见我女儿，千万带了他来，送还了我。'许我厚谢。"瑶琴虽是聪明，正当无可奈何之际，君子可欺以其方，遂全然不疑，随着卜乔便走。正是：

情知不是伴，事急且相随。

卜乔将随身带的干粮，把些与他吃了，分付道："你爹妈连夜走的。若路上不能相遇，直要过江到建康府，方可相会。一路上同行，我权把你当女儿，你权叫我做爹。不然，只道我收留迷失子女，不当稳便。"瑶琴依允。从此陆路同步，水路同舟，爹女相称。到了建康府，路上又闻得金兀术四太子，引兵渡江。眼见得建康不得宁息。又闻得康王即位，已在杭州驻跸[4]，改名临安，遂趁船到润州，过了苏、常、嘉、湖，直到临安地面，暂且饭店中居住。也亏卜乔自汴京至临安，三千馀里，带那莘瑶琴下来。身边藏下些散碎银两，都用尽了，连身上外盖衣服，脱下准了店钱，止剩得莘瑶琴一件活货，欲行出脱。访得西湖上烟花王九妈家要讨养女，遂引九妈到店中，看货还钱。九妈见瑶琴生得标致，讲了财礼五十两。卜乔兑足了银子，将瑶琴送到王家。原来卜乔有智，在王九妈前，只说："瑶琴是我亲生之女，不幸到你门户人家，须是软款的教训，他自然从顺，不要性急。"在瑶琴面前，又只说："九妈是我至亲，权时把你寄顿他家。待我从容访知你爹妈下落，再来领你。"以此，瑶琴欣然而去。

可怜绝世聪明女，堕落烟花罗网中。

王九妈新讨了瑶琴，将他浑身衣服，换个新鲜，藏于曲楼深处；终日好茶好饭，去将息他，好言好语，去温暖他。瑶琴既来之，则安之。住了几日，不见卜乔回信。思量爹妈，噙着两行珠泪，问九妈道："卜大叔怎不来看我?"九妈道："那个卜大叔?"瑶琴道："便是引我到你家的那个卜大郎。"九妈道："他说是你的亲爹。"瑶琴道："他姓卜，我姓莘。"遂把汴梁逃难，失散了爹妈，中途遇见了卜乔，引到临安，并卜乔哄他的说话，细述一遍。九妈道："原来恁地，你是个孤身女儿，无脚蟹。我索性与你说了罢：那姓卜的把你卖在我家，得银五十两去了。我们是门户人家，靠着粉头过活。家中虽有三四个养女，并没个出色的。爱你生得齐整，把做个亲女儿相待。待你长成之时，包你穿好吃好，一生受用。"瑶琴听说，方知被卜乔所骗，放声大哭。九妈劝解，良久方止。

自此九妈将瑶琴改做王美，一家都称为美娘，教他吹弹歌舞，无不尽善。长成一十四岁，娇艳非常。临安城中这些富豪公子，慕其容貌，都备着厚礼求见。也有爱清标的，闻得他写作俱高，求诗求字的，日不离门。弄出天大的名声出来，不叫他美娘，叫他做"花魁娘子"。西湖上子弟编出一只《挂枝儿》，单道那花魁娘子的好处：

小娘中，谁似得王美儿的标致，又会写，又会画，又会做诗，吹弹歌舞都馀事。常把西湖比西子，就是西子比他也还不如！那个有福的汤着他身儿[5]，也情愿一个死。

只因王美有了个盛名，十四岁上就有人来讲梳弄[6]。一来王美不肯，二来王九妈把女儿做金子看成，见他心中不允，分明奉了一道圣旨，并不敢违拗。

又过了一年，王美年方十五。原来门户中梳弄也有个规矩：十三岁太早，谓之"试花"，皆因鸨儿爱财，不顾痛苦，那子弟也只博个盛名，不得十分畅快取乐；十四岁谓之"开花"，此时天癸已至[7]，男施女受也算当时了；到十五谓之"摘花"，在平常人家还算年小，唯有门户人家，以为过时。王美此时未曾疏弄，西湖上子弟又编出一只《挂枝儿》来：

王美儿，似木瓜空好看，十五岁，还不曾与人汤一汤。有名无实成何干？便不是石女，也是二杆子的娘。若还有个好好的羞羞也，如何熬得这些时痒？

王九妈听得这些风声，怕坏了门面，来劝女儿接客。王美执意不肯，说道："要我会客时，除非见了亲生爹妈。他肯做主时，方才使得。”王九妈心里又恼他，又不舍得难为他。捱了好些时，偶然有个金二员外，大富之家，情愿出三百两银子，梳弄美娘。九妈得了这主大财，心生一计，与金二员外商议，若要他成就，除非如此如此。金二员外意会了。其日八月十五日，只说请王美湖上看潮。请至舟中，三四个帮闲，俱是会中之人，猜拳行令，做好做歉，将美娘灌得烂醉如泥。扶到王九妈家楼中，卧于床上，不省人事。此时天气和暖，又没几层衣服。妈儿亲手伏侍，剥得他赤条条，任凭金二员外行事。比及美娘梦中觉痛醒将转来，已被金二员外耍得够了。欲待挣扎，争奈手足俱软，由他轻薄了一回。直待绿暗红飞，方始雨收云散。正是：

雨中花蕊方开罢，镜里蛾眉不似前。

五鼓时，美娘酒醒，已知鸨儿用计，破了身子。自怜红颜命薄，遭此强横，起来解手，穿了衣服，自向床边一个斑竹榻上，朝着里壁睡了，暗暗垂泪。金二员外又走来亲近，被他劈头劈脸，抓有几个血痕。金二员外好生没趣。捱得天明，对妈儿说声：“我去也。”妈儿要留他时，已自出门去了。从来梳弄的子弟，早起时，妈儿进房贺喜，行户中都来称庆，还要吃几日喜酒。那子弟多则住一二月，最少也住半月、二十日。只有金二员外侵早出门，是从来未有之事。王九妈连叫诧异，披衣起身上楼，只见美娘卧于榻上，满眼流泪。九妈要哄他上行，连声招许多不是，美娘只不开口。九妈只得下楼去了。美娘哭了一日，茶饭不沾。从此托病，不肯下楼，连客也不肯会面了。

九妈心下焦燥。欲待把他凌虐，又恐他烈性不从，反冷了他的心肠。欲待由他，本是要他赚钱，若不接客时，就养到一百岁也没用。踌蹰数日，无计可施。忽然想起，有个结义妹子，叫做刘四妈，时常往来。他能言快语，与美娘甚说得着。何不接取他来，下个说词。若得他回心转意，大大的烧个利市[8]。当下叫保儿去请刘四妈到前楼坐下，诉以衷情。刘四妈道：“老身是个女随何，雌陆贾[9]，说得罗汉思情，嫦娥想嫁。这件事都在老身身上。”九妈道：“若得如此，做姐的情愿与你磕头。你多吃杯茶去，省得说话时口干。”刘四妈道：“老身天生这副海口，便说到明日，还不干哩。”

刘四妈吃了几杯茶，转到后楼，只见楼门紧闭。刘四妈轻轻的叩了一下，叫声：“侄女！”美娘听得是四妈声音，便来开门。两下相见了。四妈靠桌朝下而坐，美娘傍坐相陪。四妈看他桌上铺着一幅细绢，才画得个美人的脸儿，还未曾着色。四妈称赞道：“画得好！真是巧手！九阿姐不知怎生样造化，偏生遇着你这一个伶俐女儿。又好人物，又好技艺，就是堆上几千两黄金，满临安走遍，可寻出个对儿么？”美娘道：“休得见笑！今日甚风吹得姨娘到来？”刘四妈道：“老身时常要来看你，只为家务在身，不得空闲。闻得你恭喜梳弄了，今日偷空而来，特特与九阿姐叫喜。”美儿听得提起“梳弄”二字，满脸通红，低着头不来答应。刘四妈知他害羞，便把椅儿掇上一步，将美娘的手儿牵着，叫声：“我儿！做小娘的，不是个软壳鸡蛋，怎的这般嫩得紧？似你恁地怕羞，如何赚得大主银子？”美娘道：“我要银子做甚？”四妈道：“我儿，你便不要银子，做娘的看得你长大成人，难道不要出本？自古道，靠山吃山，靠水吃水。九阿姐家有几个粉头，那一个赶得上你的脚跟来？一园瓜，只看得你是个瓜种。九阿姐待你也不比其他。你是聪明伶俐的人，也须识些轻重。闻得你自梳弄之后，一个客也不肯相接，是甚么意儿？都像你的意时，一家人口，似蚕一般，那个把桑叶喂他？做娘的抬举你一分，你也要与他争口气儿，莫要反讨众丫头们批点。”美娘道：“由他批点，怕怎的！”刘四妈道：“阿呀！批点是个小事，你可晓得门户中的行径么？”美娘道：“行径便怎的？”刘四妈道：“我们门户人家，吃着女儿，穿着女儿，用着女儿，侥幸讨得一个像样的，分明是大户人家置了一所良田美产。年纪幼小时，巴不得风吹得大。到得梳弄过后，便是田产成熟，日日指望花利到手受用。前门迎新，后门送旧，张郎送米，李郎送柴，往来热闹，才是个出名的姊妹行家。”美娘道：“羞答答，我不做这样事！”刘四妈掩着口，格的笑了一声，道：“不做这样事，可是由得你的？一家之中，有妈妈做主。做小娘的若不依他教训，动不动一顿皮鞭，打得你不生不死。那时不怕你不走他的路儿。九阿姐一向不难为你，只可惜你聪明标致，从小娇养的，要惜你的廉耻，存你的体面。方才告诉我许多话，说你不识好歹，放着鹅毛不知轻，顶着磨子不知重，心下好生不悦。教老身来劝你。你若执意不从，惹他性起，一时翻过脸来，骂一顿，打一顿，你待走上天去！凡事只怕个起头。若打破了头时，朝一顿，暮一顿，那时熬这些痛苦不过，只得接客，却不把千金声价弄得低微了？还要被姊妹中笑话。依我说，吊桶已自落在他井里，挣不起了。不如千欢万喜，倒在娘的怀里，落得自己快活。”

美娘道：“奴是好人家儿女，误落风尘。倘得姨娘主张从良，胜造七级浮图。若要我倚门献笑，送旧迎新，宁甘一死，决不情愿。”刘四妈道：“我儿，从良是个有志气的事，怎么说道不该！只是从良也有几等不同。”美娘道：“从良有甚不同之处？”刘四妈道：“有个真从良，有个假从良。有个苦从良，有个乐从良。有个趁好的从良，有个没奈何的从良。有个了从良，有个不了的从良。我儿耐心听我分说。如何叫做真从良？大凡才子必须佳人，佳人必须才子，方成佳配。然而好事多磨，往往求之不得。幸然两下相逢，你贪我爱，割舍不下。一个愿讨，一个愿嫁，好像捉对的蚕蛾，死也不放。这个谓之真从良。怎么叫做假从良？有等子弟爱着小娘，小娘却不爱那子弟。本心不愿嫁他，只把个嫁字儿哄他心热，撒漫使钱。比及成交，却又推故不就。又有一等痴心子弟，明晓得小娘心肠不对他，偏要娶他回去。拚着一主大钱，动了妈儿的火，不怕小娘不肯。勉强进门，心中不顺，故意不守家规。小则撒泼放肆，大则公然偷汉。人家容留不得，多则一年，少则半载，依旧放他出来，为娼接客。把从良二字，只当个撰钱的题目[10]。这个谓之假从良。如何叫做苦从良？一般样子弟爱小娘，小娘不爱那子弟，却被他以势凌之。妈儿惧祸，已自许了。做小娘的，身不由主，含泪而行。一入侯门，如海之深，家法又严，抬头不得。半妾半婢，忍死度日。这个谓之苦从良。如何叫做乐从良？做小娘的，正当择人之际，偶然相交个子弟，见他情性温和，家道富足，又且大娘子乐善，无男无女，指望他日过门，与他生育，就有主母之分。以此嫁他，图个日前安逸，日后出身。这个谓之乐从良。如何叫做趁好的从良？做小娘的，风花雪月，受用已够，趁这盛名之下，求之者众，任我拣择个十分满意的嫁他，急流勇退，及早回头，不致受人怠慢。这个谓之趁好的从良。如何叫做没奈何的从良？做小娘的，原无从良之意，或因官司逼迫，或因强横欺瞒，又或因债负太多，将来赔偿不起，别口气，不论好歹，得嫁便嫁，买静求安，藏身之法，这谓之没奈何的从良。如何叫做了从良？小娘半老之际，风波历尽，刚好遇个老成的孤老[11]，两下志同道合，收绳卷索，白头到老，这个谓之了从良。如何叫做不了的从良？一般你贪我爱，火热的跟他，却是一时之兴，没有个长算。或者尊长不容，或者大娘妒忌，闹了几场，发回妈家，追取原价。又有个家道凋零，养他不活，苦守不过，依旧出来赶趁，这谓之不了的从良。"美娘道："如今奴家要从良，还是怎样好？"刘四妈道："我儿，老身教你个万全之策。"美娘道："若蒙教导，死不忘恩。"刘四妈道："从良一事，入门为净。况且你身子已被人捉弄过了，就是今夜嫁人，叫不得个黄花女儿。千错万错，不该落于此地。这就是你命中所招了。做娘的费了一片心机，若不帮他几年，趁过千把银子，怎肯放你出门？还有一件，你便要从良，也须拣个好主儿。这些臭嘴臭脸的，难道就跟他不成？你如今一个客也不接，晓得那个该从，那个不该从？假如你执意不肯接客，做娘的没奈何，寻个肯出钱的主儿，卖你去做妾，这也叫做从良。那主儿或是年老的，或是貌丑的，或是一字不识的村牛，你却不肮脏了一世！比着把你料在水里，还有扑通的一声响，讨得傍人叫一声可惜。依着老身愚见，还是俯从人愿，凭着做娘的接客。似你恁般才貌，等闲的料也不敢相攀。无非是王孙公子，贵客豪门，也不辱莫了你。一来风花雪月，趁着年少受用，二来作成妈儿起个家事，三来使自己也积趱些私房，免得日后求人。过了十年五载，遇个知心着意的，说得来，话得着，那时老身与你做媒，好模好样的嫁去，做娘的也放得你下了。可不两得其便？"美娘听说，微笑而不言。刘四妈已知美娘心中活动了，便道："老身句句是好话。你依着老身的话时，后来还当感激我哩。"说罢，起身。

王九妈立在楼门之外，一句句都听得的。美娘送刘四妈出房门，劈面撞着了九妈，满面羞惭，缩身进去。王九妈随着刘四妈，再到前楼坐下。刘四妈道："侄女十分执意，被老身右说左说，一块硬铁看看溶做热汁。你如今快快寻个覆账的主儿[12]，他必然肯就。那时做妹子的再来贺喜。"王九妈连连称谢。是日备饭相待，

尽醉而别。后来西湖上子弟们又有只《挂枝儿》,单说那刘四妈说词一节:

刘四妈,你的嘴舌儿好不利害!便是女随何,雌陆贾,不信有这大才!说着长,道着短,全没些破败。就是醉梦中,被你说得醒;就是聪明的,被你说得呆。好个烈性的姑娘,被你说得他心地改。

再说王美娘自听了刘四妈一席话儿,思之有理。以后有客求见,欣然相接。覆帐之后,宾客如市。挨三顶五,不得空闲,声价愈重。每一晚白银十两,兀自你争我夺。王九妈趁了若干钱钞,欢喜无限。美娘也留心要拣个心满意足,才貌兼全的。时日存心,急切难得。正是:

易求无价宝,难得有情郎。

话分两头。却说临安城清波门里,有个开油店的朱十老,三年前过继一个小厮,也是汴京逃难来的,姓秦名重,母亲早丧,父亲秦良,十三岁上将他卖了,自己在上天竺去做香火。朱十老因年老无嗣,又新死了妈妈,把秦重做亲子看成,改名朱重,在店中学做卖油生理。初时父子坐店甚好。后因十老得了腰痛的病,十眠九坐,劳碌不得,另招个伙计,叫做邢权,在店相帮。光阴似箭,不觉四年有馀。朱重长成一十七岁,生得一表人才,虽然已冠,尚未娶妻。那朱十老家有个使女,叫做兰花,年已二十之外,有心看上了朱小官人,几遍的倒下钩子去勾搭他。谁知朱重是个老实人,又且兰花龌龊丑陋,朱重也看不上眼。以此落花有意,流水无情。

那兰花见勾搭朱小官人不上,别寻主顾,就去勾搭那伙计邢权。邢权是望四之人,没有老婆,一拍就上。两个暗地偷情,不止一次。反怪朱小官人碍眼,思量寻事赶他出门。邢权与兰花两个,里应外合,使心设计。兰花便在朱十老面前,假意撇清说:"小官人几番调戏,好不老实!"朱十老平时与兰花也有一手,未免有拈酸之意。邢权又将店中卖下的银子藏过,在朱十老面前说道:"朱小官在外赌博,不长进,柜里银子,几次短少,都是他偷去了。"初次朱十老还不信,接连几次,朱十老年老糊涂,没有主意,就唤朱重过来,责骂了一场。朱重是个聪明的孩子,已知邢权与兰花的计较,欲待分辩,惹起是非不小。万一老者不听,枉做恶人。心生一计,对朱十老说道:"店中生意淡薄,不消得二人。如今让邢主管坐店,孩儿情愿挑担子出去卖油。卖得多少,每日纳还,可不是两重生意?"朱十老心下也有许可之意。又被邢权说道:"他不是要挑担出去,几年上偷银子做私房,身边积趱有馀了,又怪你不与他定亲,心下怨怅,不愿在此相帮,要讨个出场,自去娶老婆,做人家去。"朱十老叹口气,道:"我把他做亲儿看成,他却如此歹意!皇天不祐!罢,罢!不是自身骨血,到底粘连不上,由他去罢!"遂将三两银子,把与朱重,打发出门。寒夏衣服和被窝都教他拿去。这也是朱十老好处。朱重料他不肯收留,拜了四拜,大哭而别。正是:

孝己杀身因谤语[13],申生丧命为谗言[14]。

亲生儿子犹如此，何怪螟蛉受枉冤。

原来秦良上天竺做香火，不曾对儿子说知。朱重出了朱十老之门，在众安桥下赁了一间小小房儿，放下被窝等件，买巨锁儿锁了门，便往长街短巷，访求父亲。连走几日，全没消息。没奈何，只得放下。在朱十老家四年，赤心忠良，并无一毫私蓄。只有临行时打发这三两银子，不够本钱，做什么生意好？左思右量，只有油行买卖是熟间[15]。这些油坊多曾与他识熟，还去挑个卖油担子，是个稳实的道路。当下置办了油担家伙，剩下的银两，都交付与油坊取油。那油坊里认得朱小官是个老实好人，况且小小年纪，当初坐店，今朝挑担上街，都因邢伙计挑拨他出来，心中甚是不平，有心扶持他，只拣窨清的上好净油与他，签子上又明让他些。朱重得了这些便宜，自己转卖与人，也放些宽，所以他的油比别人分外容易出脱，每日尽有些利息。又且俭吃俭用，积下东西来，置办些日用家业，及身上衣服之类，并无妄废。心中只有一件事未了，牵挂着父亲，思想："向来叫做朱重，谁知我是姓秦？倘或父亲来寻访之时，也没有个因由。"遂复姓为秦。说话的，假如上一等人，有前程的，要复本姓，或具札子奏过朝廷，或关白礼部、太学、国学等衙门，将册籍改正，众所共知。一个卖油的，复姓之时，谁人晓得？他有个道理，把盛油的桶儿，一面大大写个"秦"字，一面写"汴梁"二字，将油桶做个标识，使人一览而知。以此临安市上，晓得他本姓，都呼他为"秦卖油"。

时值二月天气，不暖不寒，秦重闻知昭庆寺僧人要起个九昼夜功德，用油必多，遂挑了油担来寺中卖油。那些和尚们也闻知秦卖油之名，他的油比别人又好又贱，单单作成他。所以一连这九日，秦重只在昭庆寺走动。正是：

刻薄不赚钱，忠厚不折本。

这一日是第九日了。秦重在寺出脱了油，挑了空担出寺。其日天气晴明，游人如蚁。秦重绕河而行，遥望十景塘桃红柳绿，湖内画船箫鼓，往来游玩，观之不足，玩之有馀。走了一回，身子困倦，转到昭庆寺右边，至个宽处，将担儿放下，坐在一块石上歇脚。近侧有个人家，面湖而住，金漆篱门，里面朱栏内，一丛细竹。未知堂室何如，先见门庭清整。只见里面三四个戴巾的从内而出，一个女娘后面相送。到了门首，两下把手一拱，说声"请了"，那女娘竟进去了。秦重定睛觑之，此女容颜娇丽，体态轻盈，目所未睹，准准的呆了半晌，身子都酥麻了。他原是个老实小官，不知有烟花行径，心中疑惑，正不知是什么人家。方在凝思之际，只见门内又走出个中年的妈妈，同着一个垂髫的丫鬟，倚门闲看。那妈妈一眼瞧着油担，便道："啊呀！方才要去买油，正好有油担子在这里，何不与他买些？"那丫鬟取了油瓶出来，走到油担子边，叫声："卖油的！"秦重方才知觉，回言道："没有油了。妈妈若要油，我明日送来。"那丫鬟也识得几个字，看见油桶上写个秦字，就对妈妈道："卖油的姓秦。"妈妈也听得人闲讲，有个秦卖油，做生意甚是忠厚。遂分付秦重道："我家每日要油用,你肯挑来时,与你做个主顾。”秦重道:“承妈妈作成,不敢有误。”那妈妈与丫鬟进去了。秦重心中想道:“这妈妈不知是那女娘的什么人?我每日到他家卖油,莫说赚他利息,图个饱看那女娘一回,也是前生福分。”正欲挑担起身,只见两个轿夫,抬着一顶青绢幔的轿子,后边跟着两个小厮,飞也似跑来。到了其家门首,歇下轿子。那小厮走进里面去了。秦重道:“却又作怪!着他接什么人?”少顷之间,只见两个丫鬟,一个捧着猩红的毡包,一个拿着湘妃竹攒花的拜匣,都交付与轿夫,放在轿座之下。那两个小厮手中,一个抱着琴囊,一个捧着几个手卷,腕上挂碧玉箫一枝,跟着起初的女娘出来。女娘上了轿,轿夫抬起望旧路而去。丫鬟小厮,俱随轿步行。秦重又得细觑一番,心中愈加疑惑。挑了油担子,洋洋的去。

不过几步,只见临河有一个酒馆。秦重每常不吃酒,今日见了这女娘,心下又欢喜,又气闷,将担子放下,走进酒馆,拣个小座头坐了。酒保问道:“客人还是请客,还是独酌?”秦重道:“有上好的酒,拿来独饮三杯。时新果子一两碟,不用荤菜。”酒保斟酒时,秦重问道:“那边金漆篱门内是什么人家?”酒保道:“这是齐衙内的花园。如今王九妈住下。”秦重道:“方才看见有个小娘子上轿,是什么人?”酒保道:“这是有名的粉头,叫做王美娘,人都称为花魁娘子。他原是汴京人,流落在此。吹弹歌舞,琴棋书画,件件皆精。来往的都是大头儿,要十两放光,才宿一夜哩。可知小可的也近他不得。当初住在涌金门外,因楼房狭窄,齐舍人与他相厚,半载之前,把这花园借与他住。”秦重听得说是汴京人,触了个乡里之念,心中更有一倍光景。吃了数杯,还了酒钱,挑了担子,一路走,一路的肚中打稿道:“世间有这样美貌的女子,落于娼家,岂不可惜!”又自家暗笑道:“若不落于娼家,我卖油的怎生得见!”又想一回,越发痴起来了,道:“人生一世,草生一秋。若得这等美人搂抱了睡一夜,死也甘心。”又想一回道:“呸!我终日挑这油担子,不过日进分文,怎么想这等非分之事!正是癞虾蟆在阴沟里想着天鹅肉吃,如何到口!”又想一回道:“他相交的,都是公子王孙。我卖油的,纵有了银子,料他也不肯接我。”又想一回道:“我闻得做老鸨的,专要钱钞。就是个乞儿,有了银子,他也就肯接了。何况我做生意的,清清白白之人,若有了银子,怕他不接!只是那里来得这几两银子?”一路上胡思乱想,自言自语。你道天地间有这等痴人,一个做小经纪的,本钱只有三两,却要把十两银子去嫖那名妓,可不是个春梦!自古道:“有志者事竟成。”被他千思万想,想出一个计策来。他道:“从明日为始,逐日将本钱扣出,馀下的积攒上去。一日积得一分,一年也有三两六钱之数。只消三年,这事便成了。若一日积得二分,只消得年半。若再多得些,一年也差不多了。”想来想去,不觉走到家里,开锁进门。只因一路上想着许多闲事,回来看了自家的床铺,惨然无欢,连夜饭也不要吃,便上了床。这一夜翻来覆去,牵挂着美人,那里睡得着?正是:

只因月貌花容,引起心猿意马。

挨到天明，爬起来，就装了油担，煮早饭吃了，锁了门，挑着油担子，一径走到王九妈家去。进了门，却不敢直入，舒着头往里面张望。王九妈恰才起床，还蓬着头，正分付保儿买饭菜。秦重识得声音，叫声："王妈妈。"九妈往外一张，见是秦卖油，笑道："好忠厚人！果然不失信。"便叫他挑担进来，称了一瓶，约有五斤多重，公道还钱。秦重并不争论。王九妈甚是欢喜，道："这瓶油，只够我家两日用。但隔一日，你便送来，我不往别处去买了。"秦重应诺，挑担而出。只恨不曾遇见花魁娘子。"且喜攀下主顾，少不得一次不见二次见，二次不见三次见。只是一件，特为王九妈一家挑这许多路来，不是做生意的勾当。这昭庆寺是顺路，今日寺中虽然不做功德，难道寻常不用油的？我且挑担去问他。若攀得各房头做个主顾，只消走钱塘门这一路，那一担油尽够出脱了。"秦重挑担到寺内问时，原来各房和尚也正想着秦卖油。来得正好，多少不等，各各买他的油。秦重与各房约定，也是间一日便送油来用。这一日是个双日。自此日为始，但是单日，秦重别街道上做买卖；但是双日，就走钱塘门这一路。一出钱塘门，先到王九妈家里，以卖油为名，去看花魁娘子。有一日会见，也有一日不会见。不见时费了一场思想，便见时也只添了一层思想。正是：

天长地久有时尽，此恨此情无尽期。

再说秦重到了王九妈家多次，家中大大小小，没一个不认得是秦卖油。时光迅速，不觉一年有馀。日大日小，只拣足色细丝，或积三分，或积二分，再少也积下一分。凑得几钱，又打换大块头。日积月累，有了一大包银子，零星凑集，连自己也不知多少。其日是单日，又值大雨，秦重不出去做买卖。积了这一大包银子，心中也自喜欢。"趁今日空闲，我把他上一上天平，见个数目。"打个油伞，走到对门倾银铺里，借天平兑银。那银匠好不轻薄，想着："卖油的多少银子，要架天平？只把个五两头等子与他，还怕用不着头纽哩。"秦重把银子包解开，都是散碎银两。大凡成锭的见少，散碎的就见多。银匠是小辈，眼孔极浅，见了许多银子，别是一番面目，想道："人不可貌相，海水不可斗量。"慌忙架起天平，搬出若大若小许多法马。秦重尽包而兑，一厘不多，一厘不少，刚刚一十六两之数，上秤便是一斤。秦重心下想道："除去了三两本钱，馀下的做一夜花柳之费，还是有馀。"又想道："这样散碎银子，怎好出手！拿出来也被人看低了！见成倾银店中方便，何不倾成锭儿，还觉冠冕[16]。"当下兑足十两，倾成一个足色大锭，再把一两八钱，倾成水丝一小锭。剩下四两二钱之数，拈一小块，还了火钱，又将几钱银子，置下镶鞋净袜，新褶了一顶万字头巾。回到家中，把衣服浆洗得干干净净，买几枝安息香，熏了又熏。拣个晴明好日，侵早打扮起来。

虽非富贵豪华客，也是风流好后生。

秦重打扮得齐齐整整，取银两藏于袖中，把房门锁了，一径望王九妈家而来。那一时好不高兴。及至到了门首，愧心复萌，想道："时常挑了担子在他家卖油，今日忽地去做嫖客，如何开口？"正在踌躇之际，只听得呀的一声门响，王九妈走将出来。见了秦重，便道："秦小官今日怎的不做生意，打扮得恁般齐楚，往那里去贵干？"事到其间，秦重只得老着脸，上前作揖。妈妈也不免还礼。秦重道："小可并无别事，特来拜望妈妈。"那鸨儿是老积年，见貌辨色，见秦重恁般装束，又说拜望，"一定是看上了我家那个丫头，要嫖一夜，或是会一个房[17]。虽然不是个大势主菩萨，搭在篮里便是菜，捉在篮里便是蟹，赚他钱把银子买葱菜，也是好的。"便满脸堆下笑来，道："秦小官拜望老身，必有好处。"秦重道："小可有句不识进退的言语，只是不好启齿。"王九妈道："但说何妨。且请到里面客坐中细讲。"

秦重为卖油虽曾到王家准百次，这客坐里交椅，还不曾与他屁股做个相识。今日是个会面之始。王九妈到了客坐，不免分宾而坐，对着内里唤茶。少顷，丫鬟托出茶来，看时却是秦卖油，正不知什么缘故，妈妈恁般相待，格格低了头只管笑。王九妈看见，喝道："有甚好笑！对客全没些规矩！"丫鬟止住笑，收了茶杯自去。王九妈方才开言问道："秦小官有甚话要对老身说？"秦重道："没有别话，要在妈妈宅上请一位姐姐吃杯酒儿。"九妈道："难道吃寡酒？一定要嫖了。你是个老实人，几时动这风流之兴？"秦重道："小可的积诚，也非止一日。"九妈道："我家这几个姐姐，都是你认得的。不知你中意那一位？"秦重道："别个都不要，单单要与花魁娘子相处一宵。"九妈只道取笑他，就变了脸道："你出言无度！莫非奚落老娘么？"秦重道："小可是个老实人，岂有虚情？"九妈道："粪桶也有两个耳朵，你岂不晓得我家美儿的身价！倒了你卖油的灶，还不够半夜歇钱哩。不如将就拣一个适兴罢。"秦重把头一缩，舌头一伸，道："恁的好卖弄！不敢动问，你家花魁娘子一夜歇钱要几千两？"九妈见他说耍话，却又回嗔作喜，带笑而言道："那要许多！只要得十两敲丝。其他东道杂费，不在其内。"秦重道："原来如此，不为大事。"袖中摸出这秃秃里一大锭放光细丝银子，递与鸨儿道："这一锭十两重，足色足数，请妈妈收着。"又摸出一小锭来，也递与鸨儿，又道："这一小锭，重有二两，相烦备个小东。望妈妈成就小可这件好事，生死不忘，日后再有孝顺。"

九妈见了这锭大银，已自不忍放手，又恐怕他一时高兴，日后没了本钱，心中懊悔，也要尽他一句才好。便道："这十两银子，你做经纪的人，积趱不易，还要三思而行。"秦重道："小可主意已定，不要你老人家费心。"

九妈把这两锭银子收于袖中，道："是便是了。还有许多烦难哩！"秦重道："妈妈是一家之主，有甚烦难？"九妈道："我家美儿，往来的都是王孙公子，富室豪家，真个是'谈笑有鸿儒，往来无白丁'。他岂不认得你是做经纪的秦小官，如何肯接你？"秦重道："但凭妈妈怎的委曲宛转，成全其事，大恩不敢有忘！"九妈见他十分坚心，眉头一皱，计上心来，扯开笑口道："老身已替你排下计策，只看你缘法如何。做得成，不要喜；做不成，不要怪。美儿昨日在李学士家陪酒，还未曾回。今日是黄衙内约下游湖。明日是张山人一班清客，邀他做诗社。后日是韩尚书的公子，数日前送下东道在这里。你且到大后日来看。还有句话，这几日你且不要来我家卖油，预先留下个体面。又有句话，你穿着一身的布衣布裳，不像个上等嫖客。再来时，换件绸缎衣服，教这些丫鬟们认不出你是秦小官。老娘也好与你装谎。"秦重道："小可一一理会得。"说罢，作别出门，且歇这三日生理，不去卖油。到典铺里买了一件现成半新半旧的衣服，穿在身上，到街坊闲走，演习斯文模样。正是：

未识花院行藏，先习孔门规矩。

丢过那三日不题。到第四日，起个清早，便到王九妈家去。去得太早，门还未开。意欲转一转再来，这番装扮希奇，不敢到昭庆寺去，恐怕和尚们批点，且到十景塘散步。良久又踅转来，王九妈家门已开了。那门前却安顿得有轿马，门内有许多仆从，在那里闲坐。秦重虽然老实，心下倒也乖巧，且不进门，悄悄的招那马夫问道："这轿马是谁家的？"马夫道："韩府里来接公子的。"秦重已知韩公子夜来留宿，此时还未曾别。重复转身，到一个饭店之中，吃了些现成茶饭，又坐了一回，方才到王家探信。只见门前轿马已自去了。进得门时，王九妈迎着，便道："老身得罪，今日又不得工夫了。恰才韩公子拉去东庄赏早梅。他是个长嫖，老身不好违拗。闻得说，来日还要到灵隐寺，访个棋师赌棋哩。齐衙内又来约过两三次了。这是我家房主，又是辞不得的。他来时，或三日五日的住了去，连老身也定不得个日子。秦小官，你真个要嫖，只要耐心再等几时。不然，前日的尊赐，分毫不动，要便奉还。"秦重道："只怕妈妈不作成。若还迟，终无失，就是一万年，小可也情愿等着。"九妈道："恁地时，老身便好张主[18]！"秦重作别，方欲起身，九妈又道："秦小官人，老身还有句话。你下次若来讨信，不要早了。约莫申牌时分，有客没客，老身把个实信与你。倒是越晏些越好。这是老身的妙用，你休错怪。"秦重连声道："不敢，不敢！"这一日秦重不曾做买卖。次日，整理油担，挑往别处去生理，不走钱塘门一路。每日生意做完，傍晚时分就打扮齐整，到王九妈家探信，只是不得工夫。又空走了一月有馀。

那一日是十二月十五，大雪方霁，西风过后，积雪成冰，好不寒冷。却喜地下干燥。秦重做了大半日买卖，如前妆扮，又去探信。王九妈笑容可掬，迎着道："今日你造化，已是九分九厘了。"秦重道："这一厘是欠着什么？"九妈道："这一厘么，正主儿还不在家。"秦重道："可回来么？"九妈道："今日是俞太尉家赏雪，筵席就备在湖船之内。俞太尉是七十岁的老人家，风月之事，已自没分。原说过黄昏送来。你且到新人房里，吃杯烫风酒，慢慢的等他。"秦重道："烦妈妈引路。"王九妈引着秦重，弯弯曲曲，走过许多房头，到一个所在，不是楼房，却是个平屋三间，甚是高爽。左一间是丫鬟的空房，一般有床榻桌椅之类，却是备官铺的；右一间是花魁娘子卧室，锁着在那里。两旁又有耳房。中间客坐上面，挂一幅名人山水，香几上博山古铜炉，烧着龙涎香饼，两旁书桌，摆设些古玩，壁上贴许多诗稿。秦重愧非文人，不敢细看。心下想道："外房如此整齐，内室铺陈，必然华丽。今夜尽我受用。十两一夜，也不为多。"九妈让秦小官坐于客位，自己主位相陪。少顷之间，丫鬟掌灯过来，抬下一张八仙桌儿，六碗时新果子，一架攒盒，佳肴美酝，未曾到口，香气扑人。九妈执盏相劝道："今日众小女都有客，老身只得自陪，请开怀畅饮几杯。"秦重酒量本不高，况兼正事在心，只吃半杯。吃了一会，便推不饮。九妈道："秦小官想饿了，且用些饭再吃酒。"丫鬟捧着雪花白米饭，一吃一添，放于秦重面前，就是一盏杂和汤。鸨儿量高，不用饭，以酒相陪。秦重吃了一碗，就放箸。九妈道："夜长哩，再请些。"秦重又添了半碗。丫鬟提个行灯来，说："浴汤热了，请客官洗浴。"秦重原是洗过澡来的，不敢推托，只得又到浴堂，肥皂香汤，洗了一遍。重复穿衣入坐。九妈命撤去肴盒，用暖锅下酒。此时黄昏已绝，昭庆寺里的钟都撞过了，美娘尚未回来。

玉人何处贪欢耍？等得情郎望眼穿！

常言道：等人心急。秦重不见美娘回来，好生气闷。却被鸨儿夹七夹八，说些风话劝酒。不觉又过了一更天气。只听外面热闹闹的，却是花魁娘子回家。丫鬟先来报了。九妈连忙起身出迎。秦重也离坐而立。只见美娘吃得大醉，侍女扶将进来。到于门首，醉眼矇胧，看见房中灯烛辉煌，杯盘狼藉，立住脚问道："谁在这里吃酒？"九妈道："我儿，便是我向日与你说的那秦小官人。他心中慕你多时了，送过礼来，因你不得工夫，担阁他一月有馀了。你今日幸而得空，做娘的留他在此伴你。"美娘道："临安郡中，并不闻说起有什么秦小官人！我不去接他。"转身便走。九妈双手托开，即忙拦住道："他是个至诚好人，娘不误你。"美娘只得转身，才跨进房门，抬头一看那人，有些面善，一时醉了，急切叫不出来，便道："娘，这个人我认得他的，不是有名称的子弟。接了他，被人笑话。"九妈道："我儿，这是涌金门内开缎铺的秦小官人。当初我们住在涌金门时，想你也曾会过，故此面善。你莫识认错了。做娘的见他来意志诚，一时许了他，不好失信。你看做娘的面上，胡乱留他一晚。做娘的晓得不是了，明日却与你陪礼。"一头说，一头推着美娘的肩头向前。美娘拗妈妈不过，只得进房相见。正是：

千般难出虔婆口，万般难脱虔婆手。
饶君纵有万千般，不如跟着虔婆走。

这些言语，秦重一句句都听得，佯为不闻。美娘万福过了，坐于侧首，仔细看着秦重，好生疑惑，心里甚是不悦，默默无言。唤丫鬟将热酒来，斟着大钟。鸨儿只道他敬客，却自家一饮而尽。九妈道："我儿醉了，少吃些罢！"美娘那里依他，答应道："我不醉！"一连吃上十来杯。这是酒后之酒，醉中之醉，自觉立脚不住。唤丫鬟开了卧房，点上银缸，也不卸头，也不解带，踻脱了绣鞋[19]，和衣上床，倒身而卧。鸨儿见女儿如此做作，甚不过意，对秦重道："小女平日惯了，他专会使性。今日他心中不知为什么有些不自在，却不干你事，休得见怪！"秦重道："小可岂敢！"鸨儿又劝了秦重几杯酒。秦重再三告止。鸨儿送入卧房，向耳傍分付道："那人醉了，放温存些。"又叫道："我儿起来，脱了衣服，好好的睡。"美娘已在梦中，全不答应。鸨儿只得去了。丫鬟收拾了杯盘之类，抹了桌子，叫声："秦小官人，安置罢。"秦重道："有热茶要一壶。"丫鬟泡了一壶浓茶，送进房里，带转房门，自去耳房中安歇。

秦重看美娘时，面对里床，睡得正熟，把锦被压在身下。秦重想酒醉之人，必然怕冷，又不敢惊醒他。忽见栏杆上又放着一床大红纻丝的锦被，轻轻的取下，盖在美娘身上。把银灯挑得亮亮的，取了这壶热茶，脱鞋上床，挨在美娘身边，左手抱着茶壶在怀，右手搭在美娘身上，眼也不敢闭一闭。正是：

未曾握雨携云，也算偎香倚玉。

却说美娘睡到半夜，醒将转来，自觉酒力不胜，胸中似有满溢之状。爬起来，坐在被窝中，垂着头，只管打干哕[20]。秦重慌忙也坐起来，知他要吐，放下茶壶，用手抚摩其背。良久，美娘喉间忍不住了，说时迟，那时快，美娘放开喉咙便吐。秦重怕污了被窝，把自己的道袍袖子张开，罩在他嘴上。美娘不知所以，尽情一呕，呕毕，还闭着眼，讨茶漱口。秦重下床，将道袍轻轻脱下，放在地平之上，摸茶壶还是暖的。斟上一瓯香喷喷的浓茶，递与美娘。美娘连吃了二碗，胸中虽然略觉豪燥，身子兀自倦怠。仍旧倒下，向里睡去了。秦重脱下道袍，将吐下一袖的腌臜，重重裹着，放于床侧，依然上床，拥抱似初。美娘那一觉直睡到天明方醒。覆身转来，见傍边睡着一人，问道："你是那个？"秦重答道："小可姓秦。"美娘想起夜来之事，恍恍惚惚，不甚记得真了，便道："我夜来好醉！"秦重道："也不甚醉。"又问："可曾吐么？"秦重道："不曾。"美娘道："这样还好。"又想一想道："我记得曾吐过的，又记得曾吃过茶来，难道做梦不成？"秦重方才说道："是曾吐来。小可见小娘子多了杯酒，也防着要吐，把茶壶暖在怀里。小娘子果然吐后讨茶，小可斟上，蒙小娘子不弃，饮了两瓯。"美娘大惊道："脏巴巴的，吐在那里？"秦重道："恐怕小娘子污了被褥，是小可把袖子盛了。"美娘道："如今在那里？"秦重道："连衣服裹着，藏过在那里。"美娘道："可惜坏了你一件衣服。"秦重道："这是小可的衣服，有幸得沾小娘子的馀沥。"美娘听说，心下想道："有这般识趣的人！"心里已有四五分欢喜了。

此时天色大明，美娘起身，下床小解。看着秦重，猛然想起是秦卖油，遂问道："你实对我说，是什么样人？为何昨夜在此？"秦重道："承花魁娘子下问，小子怎敢妄言。小可实是常来宅上卖油的秦重。"遂将初次看见送客，又看见上轿，心下想慕之极，及积趱嫖钱之事，备细述了一遍。"夜来得亲近小娘子一夜，三生有幸，心满意足。"美娘听说，愈加可怜，道："我昨夜酒醉，不曾招接得你。你干折了许多银子，莫不懊悔？"秦重道："小娘子天上神仙，小可惟恐伏侍不周，但不见责，已为万幸。况敢有非意之望！"美娘道："你做经纪的人，积下些银两，何不留下养家？此地不是你来往的。"秦重道："小可单只一身，并无妻小。"美娘顿了一顿，便道："你今日去了，他日还来么？"秦重道："只这昨宵相亲一夜，已慰生平，岂敢又作痴想！"美娘想道："难得这好人，又忠厚，又老实，又且知情识趣，隐恶扬善，千百中难遇此一人。可惜是市井之辈。若是衣冠子弟，情愿委身事之。"正在沉吟之际，丫鬟捧洗脸水进来，又是两碗姜汤。秦重洗了脸，因夜来未曾脱帻，不用梳头，呷了几口姜汤，便要告别。美娘道："少住不妨，还有话说。"秦重道："小可仰慕花魁娘子，在傍多站一刻，也是好的。但为人岂不自揣！夜来在此，实是大胆。惟恐他人知道，有玷芳名。还是早些去了安稳。"美娘点了一点头，打发丫鬟出房，忙忙的开了减妆[21]，取出二十两银子，送与秦重道："昨夜难为了你，这银两权奉为资本，莫对人说。"秦重那里肯受。美娘道："我的银子，来路容易。这些须酬你一宵之情，休得固逊。若本钱缺少，异日还有助你之处。那件污秽的衣服，我叫丫鬟湔洗干净了还你罢。"秦重道："粗衣不烦小娘子费心，小可自会湔洗。只是领赐不当。"美娘道："说那里话！"将银子挜在秦重袖内[22]，推他转身。秦重料难推却，只得受了，深深作揖，卷了脱下这件龌龊道袍，走出房门。打从鸨儿房前经过，保儿看见，叫声："妈妈！秦小官去了。"王九妈正在净桶上解手，口中叫道："秦小官，如何去得恁早？"秦重道："有些贱事，改日特来称谢。"

不说秦重去了。且说美娘与秦重虽然没点相干，见他一片诚心，去后好不过意。这一日因害酒，辞了客在家将息。千个万个孤老都不想，倒把秦重整整的想了一日。有《挂枝儿》为证：

> 俏冤家，须不是串花家的子弟，你是个做经纪本分人儿。那匡你会温存，能软款，知心知意。料你不是个使性的，料你不是个薄情的。几番待放下思量也，又不觉思量起。

话分两头。再说邢权在朱十老家，与兰花情热，见朱十老病废在床，全无顾忌。十老发作了几场。两个商量出一条计策来，俟夜静更深，将店中资本席卷，双双的"桃之夭夭"，不知去向。次日天明，十老方知。央及邻里，出了个失单，寻访数日，并无动静。深悔当日不合为邢权所惑，逐了朱重。如今日久见人心。闻说朱重赁居众安桥下，挑担卖油，不如仍旧收了他回来，老死有靠。只怕他记恨在心。教邻舍好生劝他回家，但记好，莫记恶。秦重一闻此言，即日收拾了家伙，搬回十老家里。相见之间，痛哭了一场。十老将所存囊橐，尽数交付秦重。秦重自家又有二十馀两本钱，重整店面，坐柜卖油。因在朱家，仍称朱重，不用秦字。不上一月，十老病重，医治不痊，呜呼哀哉。朱重捶胸大恸，如亲父一般，殡殓成服，七七做了些好事。朱家祖坟在清波门外,朱重举丧安葬,事事成礼。邻里皆称其厚德。

事定之后,仍先开铺。原来这油铺是个老店,从来生意原好;却被邢权刻剥存私,将主顾弄断了多少。今见朱小官在店,谁家不来作成。所以生理比前越盛。朱重单身独自,急切要寻个老成帮手。有个惯做中人的,叫做金中,忽一日引着一个五十馀岁的人来。原来那人正是莘善,在汴梁城外安乐村居住。因那年避乱南奔,被官兵冲散了那女儿瑶琴,夫妻两口,凄凄惶惶,东逃西窜,胡乱的过了几年。今日闻临安兴旺,南渡人民,大半安插在彼,诚恐女儿流落此地,特来寻访,又没消息。身边盘缠用尽,欠了饭钱,被饭店中终日赶逐,无可奈何。偶然听见金中说起朱家油铺要寻个卖油帮手,自己曾开过粮食铺子,卖油之事,都也在行。况朱小官原是汴京人,又是乡里,故此央金中引荐到来。朱重问了备细,乡人见乡人,不觉感伤。"既然没处投奔,你老夫妻两口,只住在我身边,只当个乡亲相处,慢慢的访着令爱消息,再作区处。"当下取两贯钱把与莘善,去还了饭钱,连浑家阮氏也领将来,与朱重相见了。收拾一间空房,安顿他老夫妻在内。两口儿也尽心竭力,内外相帮。朱重甚是欢喜。

光阴似箭,不觉一年有馀。多有人见朱小官年长未娶,家道又好,做人又志诚,情愿白白把女儿送他为妻。朱重因见了花魁娘子十分容貌,等闲的不看在眼,立心要求个出色的好女子,方才肯成亲。以此日复一日,担搁下去。正是:

曾观沧海难为水,除却巫山不是云。

再说王美娘在九妈家,盛名之下,朝欢暮乐,真个口厌肥甘,身嫌锦绣。然虽如此,每遇不如意之处,或是子弟们任情使性,吃醋跳槽,或自己病中醉后,半夜三更,没人疼热,就想起秦小官人的好处来。只恨无缘再会。也是他桃花运尽,合当变更。一年之后,生出一段事端来。

却说临安城中,有个吴八公子父亲吴岳,见为福州太守。这吴八公子,打从父亲任上回来,广有金银。平昔间也喜赌钱吃酒,三瓦两舍走动。闻得花魁娘子之名,未曾识面,屡屡遣人来约,欲要嫖他。美娘闻他气质不好,不愿相接,托故推辞,非止一次。那吴八公子也曾和着闲汉们亲到王九妈家,几番都不曾会。其时清明节届,家家扫墓,处处踏青。美娘因连日游春困倦,且是积下许多诗画之债,未曾完得,分付家中:"一应客来,都与我辞去。"闭了房门,焚起一炉好香,摆设文房四宝,方欲举笔,只听得外面沸腾,却是吴八公子,领着十馀个狠仆,来接美娘游湖。因见鸨儿每次回他,在中堂行凶,打家打伙,直闹到美娘房前。只见房门锁闭。原来妓家有个回客法儿,小娘躲在房内,却把房门反锁,支吾客人,只推不在。那老实的就被他哄过了。吴公子是惯家,这些套子,怎地瞒得?分付家人扭断了锁,把房门一脚踢开。美娘躲身不迭,被公子看见,不由分说,教两个家人,左右牵手,从房内直拖出房外来,口中兀自乱嚷乱骂。王九妈欲待上前陪礼解劝,看见势头不好，只得闪过。家中大小，躲得没半个影儿。吴家狠仆牵着美娘，出了王家大门，不管他弓鞋窄小，望街上飞跑。八公子在后，扬扬得意。直到西湖口，将美娘㧐下了湖船，方才放下。美娘十二岁到王家，锦绣中养成，珍宝般供养，何曾受这般凌贱！下了船，对着船头，掩面大哭。吴八公子全不放下面皮，气忿忿的像关云长单刀赴会，一把交椅，朝外而坐，狠仆侍立于傍。一面分付开船，一面数一数二的发作一个不住："小贱人，小娼根，不受人抬举！再哭时，就讨打了！"美娘那里怕他，哭之不已。

船至湖心亭，吴八公子分付摆盒在亭子内，自己先上去了，却分付家人："叫那小贱人来陪酒。"美娘抱住了栏杆，那里肯去，只是嚎哭。吴八公子也觉没兴。自己吃了几杯淡酒，收拾下船，自来扯美娘。美娘双脚乱跳，哭声愈高。八公子大怒，教狠仆拔去簪珥。美娘蓬着头，跑到船头上，就要投水，被家童们扶住。公子道："你撒赖便怕你不成！就是死了，也只费得我几两银子，不为大事。只是送你一条性命，也是罪过。你住了啼哭时，我就放你回去，不难为你。"美娘听说放他回去，真个住了哭。八公子分付移船到清波门外僻静之处，将美娘绣鞋脱下，去其裹脚，露出一对金莲，如两条玉笋相似。教狠仆扶他上岸，骂道："小贱人！你有本事，自走回家，我却没人相送。"说罢，一篙子撑开，再向湖中而去。正是：

焚琴煮鹤从来有，惜玉怜香几个知！

美娘赤了脚，寸步难行。思想："自己才貌两全，只为落于风尘，受此轻贱。平昔枉自结识许多王孙贵客，急切用他不着。受了这般凌辱，就是回去，如何做人？倒不如一死为高。只是死得没些名目，枉自享个盛名，到此地位，看着村庄妇人，也胜我十二分。这都是刘四妈这个花嘴，哄我落坑堕堑，致有今日！自古红颜薄命，亦未必如我之甚！"越思越苦，放声大哭。

事有偶然，却好朱重那日到清波门外朱十老的坟上，祭扫过了，打发祭物下船，自己步回，从此经过。闻得哭声，上前看时，虽然蓬头垢面，那玉貌花容，从来无两，如何不认得！吃了一惊，道："花魁娘子，如何这般模样？"美娘哀哭之际，听得声音厮熟，止啼而看，原来正是知情识趣的秦小官。美娘当此之际，如见亲人，不觉倾心吐胆，告诉他一番。朱重心中十分疼痛，亦为之流泪。袖中带得有白绫汗巾一条，约有五尺多长，取出劈半扯开，奉与美娘裹脚，亲手与他拭泪。又与他挽起青丝，再三把好言宽解。等待美娘哭定，忙去唤个暖轿，请美娘坐了，自己步送，直到王九妈家。

九妈不得女儿消息，在四处打探，慌迫之际，见秦小官送女儿回来，分明送一颗夜明珠还他，如何不喜！况且鸨儿一向不见秦重挑油上门，多曾听得人说，他承受了朱家的店业，手头活动，体面又比前不同，自然刮目相待。又见女儿这等模样，问其缘故，已知女儿吃了大苦，全亏了秦小官。深深拜谢，设酒相待。日已向晡，秦重略饮数杯，起身作别。美娘如何肯放，道："我一向有心于你，恨不得你见面。今日定然不放你空去。"鸨儿也来攀留。秦重喜出望外。是夜，美娘吹弹歌舞，曲尽生平之技，奉承秦重。秦重如做了一个游仙好梦，喜得魄荡魂消，手舞足蹈。

夜深酒阑，二人相挽就寝。云雨已罢，美娘道："我有句心腹之言与你说，你休得推托。"秦重道："小娘子若用得着小可时，就赴汤蹈火，亦所不辞，岂有推托之理？"美娘道："我要嫁你。"秦重笑道："小娘子就嫁一万个，也还数不到小可头上，休得取笑，枉自折了小可的食料。"美娘道："这话实是真心，怎说取笑二字！我自十四岁被妈妈灌醉，梳弄过了，此时便要从良。只为未曾相处得人，不辨好歹，恐误了终身大事。以后相处的虽多，都是豪华之辈，酒色之徒，但知买笑追欢的乐意，那有怜香惜玉的真心。看来看去，只有你是个志诚君子。况闻你尚未娶亲，若不嫌我烟花贱质，情愿举案齐眉，白头奉侍。你若不允之时，我就将三尺白罗，死于君前，表白我这片诚心，也强如昨日死于村郎之手，没名没目，惹人笑话。"说罢，呜呜的哭将起来。秦重道："小娘子休得悲伤。小可承小娘子错爱，将天就地，求之不得，岂敢推托！只是小娘子千金声价，小可家贫力薄，如何摆布？也是力不从心了。"美娘道："这却不妨。不瞒你说，我只为从良一事，预先积趱些东西，寄顿在外。赎身之费，一毫不费你心力。"秦重道："就是小娘子自己赎身，平昔住惯了高堂大厦，享用了锦衣玉食，在小可家，如何过活？"美娘道："布衣蔬食，死而无怨。"秦重道："小娘子虽然——只怕妈妈不从。"美娘道："我自有道理。"如此如此，这般这般。两个直说到天明。

原来黄翰林的衙内，韩尚书的公子，齐太尉的舍人，这几个相知的人家，美娘都寄顿得有箱笼。美娘只推要用，陆续取到密地，约下秦重，教他收置在家。然后一乘轿子，抬到刘四妈家，诉以从良之事。刘四妈道："此事老身前日原说过的。只是年纪还早，又不知你要从那一个？"美娘道："姨娘，你莫管是甚人，少不得依着姨娘的言语，是个真从良，乐从良，了从良；不是那不真、不假、不了、不绝的勾当。只要姨娘肯开口时，不愁妈妈不允。做侄女的没别孝顺，只有十两金子，奉与姨娘，随便打些钗子；在我妈妈前做个方便。事成之时，媒礼在外。"刘四妈看见这金子，笑得眼儿没缝，便道："自家儿女，又是美事，如何要你的东西！这金子权且领下，只当与你收藏。此事都在老身身上。只是你的娘，把你当个摇钱之树，他也未必轻放你出去，怕不要千把银子。那主儿可是肯出手的么？也得老身见他一见，与他讲道方好。"美娘道："姨娘莫管闲事，只当你侄女自家赎身便了。"刘四妈道："妈妈可晓得你到我家来？"美娘道："不晓得。"四妈道："你且在我家便饭。待老身先到你家，与妈妈讲。讲得通时，然后来报你。"

刘四妈雇乘轿子，抬到王九妈家。九妈相迎入内。刘四妈问起吴八公子之事，九妈告诉了一遍。四妈道："我们行户人家，倒是养成个半低不高的丫头，尽可赚钱,又且安稳。不论什么客就接了,倒是日日不空的。侄女只为声名大了,好似一块鲞鱼落地[23],马蚁儿都要钻他。虽然热闹,却也不得自在。说便十两一夜,也只是个虚名。那些王孙公子来一遍,动不动有几个帮闲,连宵达旦,好不费事。跟随的人又不少,个个要奉承得他到。一些不到之处,口里就出粗,哩嗹罗嗹的骂人,还要暗损你家伙,又不好告诉他家主,受了若干闷气。况且山人墨客,诗社棋社,少不得一月之内,又有几日官身。这些富贵子弟,你争我夺,依了张家,违了李家,一边喜,少不得一边怪了。就是吴八公子这一个风波,吓杀人的,万一失蹉,却不连本送了?官宦人家,和他打官司不成!只索忍气吞声。今日还亏着你家时运高,太平没事,一个霹雳空中过去了。倘然山高水低,悔之无及。妹子闻得吴八公子不怀好意,还要与你家索闹。侄女的性气又不好,不肯奉承人。第一是这件,乃是个惹祸之本。"九妈道:"便是这件,老身好不担忧!就是这八公子,也是有名有称的人,又不是下品之辈。这丫头抵死不肯接他,惹出这场寡气。当初他年纪小时,还听人教训。如今有了个虚名,被这些富贵子弟夸他奖他,惯了他性情,骄了他气质,动不动自作自主。逢着客来,他要接便接。他若不情愿时,便是九牛也休想牵得他转。"刘四妈道:"做小娘的略有些身分,都是如此。"王九妈道:"我如今与你商议。倘若有个肯出钱的,不如卖了他去,倒得干净。省得终身担着鬼胎过日。"刘四妈道:"此言甚妙。卖了他一个,就讨得五六个。若凑巧撞得着相应的,十来个也讨得的。这等便宜事,如何不做!"王九妈道:"老身也曾算计过来。那些有势有力的不肯出钱,专要讨人便宜。及至肯出几两银子的,女儿又嫌好道歉,做张做智的不肯[24]。若有好主儿,妹子做媒,作成则个。倘若这丫头不肯时节,还求你撺掇。这丫头,做娘的话也不听,只你说得他信,话得他转。"刘四妈呵呵大笑道:"做妹子的此来,正为与侄女做媒。你要许多银子便肯放他出门?"九妈道:"妹子,你是明理的人。我们这行户中,只有贱买,那有贱卖?况且美儿数年盛名满临安,谁不知他是花魁娘子。难道三百四百,就容他走动?少不得要足千金。"刘四妈道:"待妹子去讲。若肯出这个数目,做妹子的便来多口。若合不着时,就不来了。"临行时,又故意问道:"侄女今日在那里?"王九妈道:"不要说起,自从那日吃了吴八公子的亏,怕他还来淘气,终日里抬个轿子,各宅去分诉。前日在齐太尉家,昨日在黄翰林家,今日又不知在那家去了。"刘四妈道:"有了你老人家做主,按定了坐盘星,也不容侄女不肯。万一不肯时,做妹子自会劝他。只是寻个主儿来,你却莫要捉班做势。"九妈道:"一言既出,并无他说。"九妈送至门首。刘四妈叫声聒噪,上轿去了。这才是:

数黑论黄雌陆贾,说长话短女随何。
若还都像虔婆口,尺水能兴万丈波。

刘四妈回到家中,与美娘说道:"我对你妈妈如此说,这般讲,你妈妈已自肯了。只要银子见面，这事立地便成。”美娘道：“银子已曾办下了，明日姨娘千万到我家来，玉成其事。不要冷了场，改日又费讲。”四妈道：“既然约定，老身自然到宅。”美娘别了刘四妈，回家一字不题。

次日午牌时分，刘四妈果然来了。王九妈问道：“所事如何？”四妈道：“十有八九，只不曾与侄女说过。”四妈来到美娘房中，两下相叫了，讲了一回说话。四妈道：“你的主儿到了不曾？那话儿在那里[25]？”美娘指着床头道：“在这几只皮箱里。”美娘把五六只皮箱一时都开了，五十两一封，搬出十三四封来，又把些金珠宝玉算价，足够千金之数。把个刘四妈惊得眼中出火，口内流涎，想道：“小小年纪，这等有肚肠！不知如何设法，积下许多东西。我家这几个粉头，一般接客，赶得着他那里！不要说不会生发，就是有几文钱在荷包里，闲时买瓜子嗑，买糖儿吃，两条脚布破了，还要做妈的与他买布哩。偏生九阿姐造化，讨得着，年时赚了若干钱钞，临出门还有这一主大财，又是取诸宫中，不劳馀力。”这是心中暗想之语，却不曾说出来。美娘见刘四妈沉吟，只道他作难索谢，慌忙又取出四匹潞绸，两股宝钗，一对凤头玉簪，放在桌上，道：“这几件东西，奉与姨娘为伐柯之敬[26]。”刘四妈欢天喜地，对王九妈说道：“侄女情愿自家赎身，一般身价，并不短少分毫。比着孤老赎身更好。省得闲汉们从中说合，费酒费浆，还要加一加二的谢他。”

王九妈听得说女儿皮箱内有许多东西，倒有个怫然之色[27]。你道却是为何？世间只有鸨儿最狠，做小娘的设法些东西，都送到他手里，才是快活。也有做些私房在箱笼内，鸨儿晓得些风声，专等女儿出门，抻开锁钥[28]，翻箱倒笼，取个罄空。只为美娘盛名之下，相交都是大头儿，替做娘的挣得钱钞，又且性格有些古怪，等闲不敢触他。故此卧房里面，鸨儿的脚也不搠进去。谁知他如此有钱。刘四妈见九妈颜色不善，便猜着了，连忙道：“九阿姐，你休得三心两意。这些东西，就是侄女自家积下的，也不是你本分之钱。他若肯花费时，也花费了。或是他不长进，把来津贴了得意的孤老，你也那里知道！这还是他做家的好处。况且小娘自己手中没有钱钞，临到从良之际，难道赤身赶他出门？少不得头上脚下都要收拾得光鲜，等他好去别人家做人。如今他自家拿得出这些东西，料然一丝一线不费你的心。这一主银子，是你完完全全鳖在腰胯里的。他就赎身出去，怕不是你女儿？倘然他挣得好时，时朝月节，怕他不来孝顺你？就是嫁了人时，他又没有亲爹亲娘，你也还去做得着他的外婆，受用处正有哩。”只这一套话，说得王九妈心中爽然，当下应允。刘四妈就去搬出银子，一封封兑过，交付与九妈。又把这些金珠宝玉，逐件指物作价。对九妈说道：“这都是做妹子的故意估下他些价钱。若换与人，还便宜得几十两银子。”王九妈虽同是个鸨儿，倒是个老实头，但凭刘四妈说话，无有不纳。

刘四妈见王九妈收了这注东西，便叫亡八写了婚书[29]，交付与美儿。美儿道：

“趁姨娘在此，奴家就拜别了爹妈出门，权借姨娘家住一两日，择吉从良，未知姨娘允否？”刘四妈得了美娘许多谢礼，生怕九妈翻悔，巴不得美娘出了他门，完成一事，便道：“正该如此。”当下美娘收拾了房中自己的梳台、拜匣、皮箱、铺盖之类，但是鸨儿家中之物，一毫不动。收拾已完，随着四妈出房，拜别了假爹假妈，和那姨娘行中，都相叫了。王九妈一般哭了几声。美娘唤人挑了行李，欣然上轿，同刘四妈到他家去。四妈出一间幽静的好房，顿下美娘行李。众小娘都来与美娘叫喜。

是晚，朱重差莘善到刘四妈家讨信，已知美娘赎身出来。择了吉日，笙箫鼓乐娶亲。刘四妈就做大媒送亲。朱重与花魁娘子花烛洞房，欢喜无限。

虽然旧事风流，不减新婚佳趣。

次日，莘善老夫妇请新人相见，各各相认，吃了一惊。问起根由，至亲三口，抱头而哭。朱重方才认得是丈人丈母，请他上坐，夫妻二人，重新拜见。亲邻闻知，无不骇然。是日，整备筵席，庆贺两重之喜，饮酒尽欢而散。

三朝之后，美娘教丈夫备下几副厚礼，分送旧相知各宅，以酬其寄顿箱笼之恩，并报他从良信息。此是美娘有始有终处。王九妈、刘四妈家，各有礼物相送，无不感激。满月之后，美娘将箱笼打开，内中都是黄白之资，吴绫蜀锦，何止百计，共有三千馀金。都将匙钥交付丈夫，慢慢的买房置产，整顿家当。油铺生理，都是丈人莘公管理。不上一年，把家业挣得花锦般相似，呼奴使婢，甚有气象。

朱重感谢天地神明保佑之德，发心于各寺庙喜舍合殿香烛一套，供琉璃灯油三个月；斋戒沐浴，亲往拈香礼拜。先从昭庆寺起，其他灵隐、法相、净慈、天竺等寺，依次而行。就中单说天竺寺，是观音大士的香火，有上天竺、中天竺、下天竺，三处香火俱盛，却是山路，不通舟楫。朱重叫从人挑了一担香烛，三担清油，自己乘轿而往。先到上天竺来。寺僧迎接上殿。老香火秦公点烛添香。此时朱重居移气，养移体，仪容魁岸，非复幼时面目，秦公那里认得他是儿子。只因油桶上有个大大的秦字，又有汴梁二字，心中甚以为奇。也是天然凑巧，刚刚到上天竺，偏用着这两只油桶。朱重拈香已毕，秦公托出茶盘，主僧奉茶。秦公问道：“不敢动问施主，这油桶上为何有此三字？”朱重听得问声，带着汴梁人的土音，忙问道：“老香火，你问他怎么？莫非也是汴梁人么？”秦公道：“正是。”朱重道：“你姓甚名谁？为何在此出家？共有几年了？”秦公把自己姓名乡里，细细告诉：“某年上避兵来此，因无活计，将十三岁的儿子秦重，过继与朱家。如今有八年之远。一向为年老多病，不曾下山问得信息。”朱重一把抱住，放声大哭道：“孩儿便是秦重！向在朱家挑油买卖。正为要访求父亲下落，故此于油桶上，写‘汴梁秦’三字，做个标识，谁知此地相逢！真乃天与其便！”众僧见他父子别了八年，今朝重会，各各称奇。

朱重这一日就歇在上天竺，与父亲同宿，各叙情节。次日，取出中天竺、下天竺两个疏头换过[30]，内中“朱重”，仍改做“秦重”，复了本姓。两处烧香礼拜已毕，转到上天竺，要请父亲回家，安乐供养。秦公出家已久，吃素持斋，不愿随儿子回家。秦重道：“父亲别了八年，孩儿有缺侍奉。况孩儿新娶媳妇，也得他拜见公公方是。”秦公只得依允。秦重将轿子让与父亲乘坐，自己步行，直到家中。秦重取出一套新衣，与父亲换了，中堂设坐，同妻莘氏双双参拜。亲家莘公、亲母阮氏，齐来见礼。此日大排筵席。秦公不肯开荤，素酒素食。次日，邻里敛钱称贺：一则新婚，二则新娘子家眷团圆，三则父子重逢，四则秦小官归宗复姓：共是四重大喜。一连又吃了几日喜酒。

秦公不愿家居，思想上天竺故处清净出家。秦重不敢违亲之志，将银二百两，于上天竺另造净室一所，送父亲到彼居住。其日用供给，按月送去。每十日亲往候问一次，每一季同莘氏往候一次。那秦公活到八十馀，端坐而化。遗命葬于本山。此是后话。

却说秦重和莘氏，夫妻偕老，生下两个孩儿，俱读书成名。至今风月中市语，凡夸人善于帮衬，都叫做“秦小官”，又叫“卖油郎”。故后人有诗为证：

春来处处百花新，蜂蝶纷纷竞采春。
堪爱豪家多子弟，风流不及卖油人。

注释

[1]子弟：指嫖客。

[2]小娘：此处是指妓女。

[3]郑元和：唐代传奇《李娃传》中的主角，他因热恋妓女李妓而钱财耗尽，穷困乞讨。后李娃于冰天雪地救助已快冻死的郑元和，终成大业。　卑田院：乞丐聚居之地。佛教称贫穷为“悲田”，“卑田院”即“悲田院”。

[4]驻跸：皇帝外出期间临时停留叫。

[5]汤：接触。

[6]梳弄：旧时妓女第一次接客叫梳弄。未接客之前头上只梳辫子。接客之后则梳髻。

[7]天癸：中医学名词，指女子月经。

[8]烧个利市：商铺等开张时，要烧纸敬献神明，叫“烧利市”。此处是指王美同意接客。

[9]随何、陆贾：均为秦末汉初著名的说客。

[10]攒钱：即赚钱。

[11]孤老：此处是指妓女比较固定的客人。

[12]覆账：妓女梳弄后，接待第二个客人。

[13]孝己：传说为殷高宗武丁之太子，本来很孝顺父母，因父亲听信后母谗言，被放逐致死。

[14]申生：春秋时晋献公之子，受献公宠姬骊姬陷害，自杀身亡。

[15]熟间：熟悉的行当。

[16]冠冕：体面，风光。

[17]会一个房：与妓女发生一次性关系。

[18]张主:作主张。
[19]踊(xǐ):穿鞋不正,趿着鞋走。这里是指蹭掉鞋。
[20]哕(yuě):呕吐。
[21]减妆:指盛化妆品的盒子。
[22]挜:硬给别人东西。
[23]鲞(xiǎng)鱼:干鱼,腊鱼。
[24]做张做智:装腔作势。
[25]那话儿:这里指银子。
[26]伐柯:指做媒。
[27]怫(fú)然之色:不认可、不愿意的样子。
[28]抻(chēn):用手把物拉长或扯平。
[29]亡八:旧时指开妓院的人。
[30]疏头:道士或和尚在祈祷诵经之前,在神前所焚化的祷词。

新评

一个凭三两银子做本钱,沿街挑担的卖油郎,却与临安城中第一名妓"花魁娘子"结为伉俪,初看似太悬殊,但经过作者的妙笔绾结,则这一桩美满婚姻在一波三折之馀,又充满了合理性。其中贯穿全篇的主线,是以人为本的志诚心,用作者的词语,叫做"帮衬"。作者没有因为王美娘沦落风尘而戴着有色眼镜去观察她、刻画她,而是首先将她作为一个人,一个多才多艺,有个性的人加以赞美。卖油郎对王美娘一见钟情,起初的奢望是借卖油,"饱看"一眼,而后产生了与她相处一宿的"宏大"计划。为了实现这一计划,他省吃俭用,日积月累,而当付诸实施时,却恰遇王美娘酒醉。卖油郎认为能服侍花魁娘子是他的造化,所以才一晚上守着她,端茶递水,接取秽物,并无半点怨言——这是发自真心的至爱,它是双方关系得以发展的基础。日后的危难相救,只不过是顺理成章的一笔。作者赞扬了卖油郎这种真诚的感情,是王实甫"愿天下有情人终成眷属"理想的一种延续。

第八卷　灌园叟晚逢仙女

连宵风雨闭柴门，落尽深红只柳存。
欲扫苍苔且停帚，阶前点点是花痕。

这首诗为惜花而作。昔唐时有一处士姓崔，名玄微，平昔好道，不娶妻室，隐于洛东。所居庭院宽敞，遍植花卉竹木。构一室在万花之中，独处于内。童仆都居苑外，无故不得辄入。如此三十馀年，足迹不出园门。

时值春日，院中花木盛开，玄微日夕徜徉其间。一夜，风清月朗，不忍舍花而睡。乘着月色，独步花丛中。忽见月影下一青衣冉冉而来。玄微惊讶道："这时节，那得有女子到此行动？"心下虽然怪异，又想道："且看他到何处去？"那青衣不往东，不往西，径至玄微面前，深深道个万福。玄微还了礼，问道："女郎是谁家宅眷？因何深夜至此？"那青衣启一点朱唇，露两行碎玉[1]，道："儿家与处士相近。今与女伴过上东门访表姨，欲借处士院中暂憩，不知可否？"玄微见来得奇异，欣然许之。青衣称谢，原从旧路转去。不一时，引一队女子，分花约柳而来，与玄微一一相见。玄微就月下仔细看时，一个个姿容媚丽，体态轻盈，或浓或淡，妆束不一。随从女郎，尽皆妖艳。正不知从那里来的。相见毕，玄微邀进室中，分宾主坐下。开言道："请问诸位女娘姓氏。今访何姻戚，乃得光降敝园？"一衣绿裳者答道："妾乃杨氏。"指一穿白的道："此位李氏。"又指一衣绛服的道："此位陶氏。"遂逐一指示。最后到一绯衣小女，乃道："此位姓石，名阿措。我等虽则异姓，俱是同行姊妹。因封家十八姨数日云欲来相看，不见其至。今夕月色甚佳，故与姊妹们同往候之。二来素蒙处士爱重，妾等顺便相谢。"玄微方待酬答，青衣报道："封家姨至。"众皆惊喜出迎。玄微闪过半边观看。众女子相见毕，说道："正要来看十八姨，为主人留坐，不意姨至，足见同心。"各向前致礼。十八姨道："屡欲来看卿等，俱为使命所阻。今乘间至此。"众女道："如此良夜，请姨宽坐，当以一尊为寿。"遂授旨青衣去取。十八姨问道："此地可坐否？"杨氏道："主人甚贤，地极清雅。"十八姨道："主人安在？"玄微趋出相见。举目看十八姨，体态飘逸，言词泠泠有林下风气[2]。近其傍，不觉寒气侵肌，毛骨竦然。逊入堂中，侍女将桌椅已是安排停当。请十八姨居于上席，众女挨次而坐。玄微末位相陪。不一时，众青衣取到酒肴，摆设上来。佳肴异果，罗列满案。酒味醇酞，其甘如饴，俱非人世所有。此时月色倍明，室中照耀如同白日。满坐芳香，馥馥袭人。宾主酬酢，杯觥交杂。酒至半酣，一红衣女子满斟大觥，送与十八姨道："儿有一歌，请为歌之。"歌云：

绛衣披拂露盈盈，淡染胭脂一朵轻。

自恨红颜留不住，莫怨春风道薄情。

歌声清婉，闻者皆凄然。又一白衣女子送酒道："儿亦有一歌。"歌云：

皎洁玉颜胜白雪，况乃当年对芳月。

沉吟不敢怨春风，自叹容华暗消歇。

其音更觉惨切。那十八姨性颇轻佻，却又好酒。多了几杯，渐渐狂放。听了二歌，乃道："值此芳辰美景，宾主正欢，何遽作伤心语！歌旨又深刺干[3]，殊为慢客。须各罚以大觥，当另歌之。"遂手斟一杯递来。酒醉手软，持不甚牢，杯才举起，不想袖在箸上一兜，扑碌的连杯打翻。这酒若翻在别个身上，却也罢了，恰恰里尽泼在阿措身上。阿措年娇貌美，性爱整齐，穿的却是一件大红簇花绯衣。那红衣最忌的是酒，才沾滴点，其色便改，怎经得这一大杯酒！况且阿措也有七八分酒意，见污了衣服，作色道："诸姊妹有所求，吾不畏尔！"即起身往外就走。十八姨也怒道："小女弄酒，敢与吾为抗耶？"亦拂衣而起。众女子留之不住，齐劝道："阿措年幼，醉后无状，望勿记怀。明日当率来请罪！"相送下阶。十八姨忿忿向东而去。众女子与玄微作别，向花丛中四散而走。玄微欲观其踪迹，随后送之。步急苔滑，一交跌倒。挣起身来看时[4]，众女子俱不见了。心中想道："是梦，却又未曾睡卧。若是鬼，又衣裳楚楚，言语历历。是人，如何又倏然无影[5]？"胡猜乱想，惊疑不定。回入堂中，桌椅依然，摆设杯盘，一毫已无；惟觉馀馨满室。虽异其事，料非祸祟，却也无惧。

到次晚，又往花中步玩。见诸女子已在，正劝阿措往十八姨处请罪。阿措怒道："何必更恳此老妪？有事只求处士足矣。"众皆喜道："妹言甚善。"齐向玄微道："吾姊妹皆住处士苑中，每岁多被恶风所挠，居止不安，常求十八姨相庇。昨阿措误触之，此后应难取力。处士倘肯庇护，当有微报耳。"玄微道："某有何力，得庇诸女？"阿措道："只求处士每岁元旦，作一朱幡，上图日月五星之文，立于苑东，吾辈则安然无恙矣。今岁已过，请于此月二十一日平旦，微有东风，即立之，可免本日之难。"玄微道："此乃易事，敢不如命？"齐声谢道："得蒙处士慨允，必不忘德。"言讫而别，其行甚疾。玄微随之不及。忽一阵香风过处，各失所在。

玄微欲验其事，次日即制办朱幡。候至廿一日，清早起来，果然东风微拂。急将幡竖立苑东。少顷，狂风振地，飞沙走石，自洛南一路，摧林折树；惟苑中繁花不动。玄微方悟：诸女皆众花之精也；绯衣名阿措，即安石榴也；封十八姨，乃风神也。到次晚，众女各裹桃李花数斗来谢道："承处士脱某等大难，无以为报。饵此花英，可延年却老。愿长如此卫护，某等亦可收长生。"玄微依其言服之，果然容颜转少，如三十许人。后得道仙去。有诗为证：

洛中处士爱栽花，岁岁朱幡绘采荼。

学得餐英堪不老，何须更觅枣如瓜[6]。

列位莫道小子说风神与花精往来，乃是荒唐之语。那九州四海之中，目所未见，耳所未闻，不载史册，不见经传，奇奇怪怪，跷跷蹊蹊的事，不知有多多少少。就是张华的《博物志》，也不过志其一二；虞世南的行书厨[7]，也包藏不得许多。此等事甚是平常，不足为异。然虽如此，又道是子不语怪[8]，且阁过一边。只那惜花致福，损花折寿，乃见在功德，须不是乱道。

列位若不信时，还有一段《灌园叟晚逢仙女》的故事，待小子说与列位看官们听。若平日爱花的，听了自然将花分外珍重。内中或有不惜花的，小子就将这话劝他，惜花起来；虽不能得道成仙，亦可以消闲遣闷。

你道这段话文出在那个朝代？何处地方？就在大宋仁宗年间，江南平江府东门外长乐村中。这村离城只有二里之远。村上有个老者，姓秋名先，原是庄家出身，有数亩田地，一所草房。妈妈水氏已故，别无儿女。那秋先从幼酷好栽花种果，把田业都撇弃了，专于其事。若偶觅得种异花，就是拾着珍宝，也没有这般欢喜。随你极紧要的事出外，路上逢着人家有树花儿，不管他家容不容，便陪着笑脸，挨进去求玩。若平常花木，或家里也在正开，还转身得快。倘然是一种名花，家中没有的，虽或有，已开过了，便将正事撇在半边，依依不舍，永日忘归。人都叫他是花痴。或遇见卖花的有株好花，不论身边有钱无钱，一定要买。无钱时，便脱身上衣服去解当。也有卖花的知他僻性，故高其价，也只得忍贵买回。又有那破落户晓得他是爱花的，各处寻觅好花折来，把泥假捏个根儿哄他，少不得也买。有恁般奇事：将来种下[9]，依然肯活。日积月累，遂成了一个大园。那园周围编竹为篱，篱上交缠蔷薇、荼蘼、木香、刺梅、木槿、棣棠、金雀，篱边撒下蜀葵、凤仙、鸡冠、秋葵莺粟等种。更有那金萱、百合、剪春罗、剪秋罗、满地娇、十样锦、美人蓼、山踯躅、高良姜、白蛱蝶、夜落金钱、缠枝牡丹等类，不可枚举。遇开放之时，烂如锦屏。远篱数步，尽植名花异卉。一花未谢，一花又开。向阳设两扇柴门，门内一条竹径，两边都结柏屏遮护。转过柏屏，便是三间草堂。房虽草覆，却高爽宽敞，窗槅明亮。堂中挂一幅无名小画，设一张白木卧榻。桌凳之类，色色洁净。打扫得地下无纤毫尘垢。堂后精舍数间，卧室在内。那花卉无所不有，十分繁茂。真个四时不谢，八节长春。但见：

梅标清骨，兰挺幽芳。茶呈雅韵，李谢浓妆。杏娇疏雨，菊傲严霜。水仙冰肌玉骨，牡丹国色天香。玉树亭亭阶砌，金莲冉冉池塘。芍药芳姿少比，石榴丽质无双。丹桂飘香月窟，芙蓉冷艳寒江。梨花溶溶夜月，桃花灼灼朝阳。山茶花宝珠称贵，腊梅花磬口方香。海棠花西府为上，瑞香花金边最良。玫瑰杜鹃，烂如云锦；绣球郁李，点缀风光。说不尽千般花卉，数不了万种芬芳。

篱门外，正对着一个大湖，名为朝天湖，俗名荷花荡。这湖东连吴淞江，西通震泽，南接庞山湖。湖中景致，四时晴雨皆宜。秋先于岸傍堆土作堤，广植桃柳。每至春时，红绿间发，宛似西湖胜景。沿湖遍插芙蓉，湖中种五色莲花。盛开之日，满湖锦云烂熳，香气袭人，小舟荡桨采菱，歌声泠泠。遇斜风微起，偎船竞渡，纵横如飞。柳下渔人，舣船晒网[10]。也有戏鱼的，结网的，醉卧船头的，泅水赌胜的[11]，欢笑之音不绝。那赏莲游人，画船箫管鳞集，至黄昏回棹，灯火万点，间以星影萤光，错落难辨。深秋时，霜风初起，枫林渐染黄碧，野岸衰柳芙蓉，杂间白苹红蓼，掩映水际；芦苇中鸿雁群集，嘹呖干云[12]，哀声动人。隆冬天气，彤云密布，六花飞舞[13]，上下一色。那四时景致，言之不尽。有诗为证：

朝天湖畔水连天，不唱《渔歌》即《采莲》。
小小茅堂花万种，主人日日对花眠。

按下散言，且说秋先每日清晨起来，扫净花底落叶，汲水逐一灌溉。到晚上又浇一番。若有一花将开，不胜欢跃。或暖壶酒儿，或烹瓯茶儿，向花深深作揖，先行浇奠，口称花万岁三声，然后坐于其下，浅斟细嚼。酒酣兴到，随意歌啸。身子倦时，就以石为枕，卧在根傍。自半含至盛开，未尝暂离。如见日色烘烈，乃把棕拂蘸水沃之。遇着月夜，便连宵不寐。倘值了狂风暴雨，即披蓑顶笠，周行花间检视。遇有攲枝，以竹扶之。虽夜间，还起来巡看几次。若花到谢时，则累日叹息，常至堕泪。又不舍得那些落花，以棕拂轻轻拂来，置于盘中，时常观玩。直至干枯，装入净瓮。满瓮之日，再用茶酒浇奠，惨然若不忍释。然后亲捧其瓮，深埋长堤之下，谓之“葬花”。倘有花片被雨打泥污的，必以清水再四涤净，然后送入湖中，谓之“浴花”。

平昔最恨的是攀枝折朵。他也有一段议论，道：“凡花一年只开得一度，四时中只占得一时，一时中又只占得数日。他熬过了三时的冷淡，才讨得这数日的风光。看他随风而舞，迎人而笑，如人正当得意之境，忽被摧残，巴此数日甚难，一朝折损甚易。花若能言，岂不嗟叹！况就此数日间，先犹含蕊，后复零残，盛开之时更无多了。又有蝶攒蜂采，鸟啄虫钻，日炙风吹，雾迷雨打，全仗人去护惜他；却反恣意拗折，于心何忍！且说此花自芽生根，自根生本，强者为干，弱者为枝。一干一枝，不知养成了多少年月。及候至花开，供人清玩，有何不美，定要折他？花一离枝，再不能上枝，枝一去干，再不能附干，如人死不可复生，刑不可复赎，花若能言，岂不悲泣！又想他折花的，不过择其巧干，爱其繁枝，插之瓶中，置之席上，或供宾客片时侑酒之欢，或助婢妾一日梳妆之饰；不思客觞可饱玩于花下，闺妆可借巧于人工。手中折了一枝，树上就少了一枝。今年伐了此干，明年便少了此干。何如延其性命，年年岁岁，玩之无穷乎？还有未开之蕊，随花而去，此蕊竟槁灭枝头，与人之童夭何异？又有原非爱玩，趁兴攀折，既折之后，拣择好歹，逢人取讨，即便与之，或随路弃掷，略不顾惜。如人横祸枉死，无处申冤。花若能言，岂不痛恨！”他有了这段议论，所以生平不折一枝，不伤一蕊。就是别人家园上，他心爱着那一种花儿，宁可终日看玩。假饶那花主人要取一枝一朵来赠他，他连称罪过，决然不要。若有傍人要来折花者，只除他不看见罢了；他若见时，就把言语再三劝止。人若不从其言，他情愿低头下拜，代花乞命。人虽叫他是花痴，多有可怜他一片诚心，因而住手者。他又深深作揖称谢。又有小厮们要折花卖钱的，他便将钱与之，不教折损。或他不在时，被人折损，他来见有损处，必凄然伤感，取泥封之，谓之“医花”。为这件上，所以自己园中不轻易放人游玩。偶有亲戚邻友要看，难好回时，先将此话讲过，才放进去。又恐秽气触花，只许远观，不容亲近。倘有不达时务的，捉空摘了一花一蕊，那老儿便要面红颈赤，大发喉急[14]。下次就打骂他，也不容进去看了。后来人都晓得了他的性子，就一叶儿也不敢摘动。

大凡茂林深树，便是禽鸟的巢穴。有花果处，越发千百为群。如单食果实，到还是小事，偏偏只拣花蕊啄伤。惟有秋先却将米谷置于空处饲之，又向禽鸟祈祝。那禽鸟却也有知觉，每日食饱，在花间低飞轻舞，宛啭娇啼，并不损一朵花蕊，也不食一个果实。故此产的果品最多，却又大而甘美。每熟时就先望空祭了花神，然后敢尝。又遍送左近邻家试新，馀下的方鬻[15]。一年到有若干利息。那老者因得了花中之趣，自少至老，五十馀年，略无倦怠，筋骨愈觉强健。粗衣淡饭，悠悠自得。有得赢馀，就把来周济村中贫乏。自此合村无不敬仰，又呼为秋公。他自称为灌园叟。有诗为证：

朝灌园兮暮灌园，灌成园上百花鲜。
花开每恨看不足，为爱看园不肯眠。

话分两头。却说城中有一人姓张，名委，原是个宦家子弟，为人奸狡诡谲，残忍刻薄。恃了势力，专一欺邻吓舍，扎害良善。触着他的，风波立至，必要弄得那人破家荡产，方才罢手。手下用一班如狼似虎的奴仆，又有几个助恶的无赖子弟，日夜合做一块，到处闯祸生灾，受其害者无数。不想却遇了一个又狠似他的，轻轻捉去，打得个臭死。及至告到官司，又被那人弄了些手脚[16]，反问输了。因妆了幌子[17]，自觉无颜，带了四五个家人，同那一班恶少，暂在庄上遣闷。

那庄正在长乐村中，离秋公家不远。一日早饭后，吃得半酣光景，向村中闲走，不觉来到秋公门首。只见篱上花枝鲜媚，四围树木繁翳，齐道：“这所在倒也幽雅！是那家的？”家人道：“此是种花秋公园上，有名叫做花痴。”张委道：“我常闻得说庄边有什么秋老儿，种得异样好花。原来就住在此。我们何不进去看看？”家人道：“这老儿有些古怪，不许人看的。”张委道：“别人或者不肯，难道我也是这般？快去敲门！”那时园中牡丹盛开，秋公刚刚浇灌完了，正将着一壶酒儿，两碟果品，在花下独酌，自取其乐。饮不上三杯，只听得砰砰的敲门响，放下酒杯，走出来开门一看，见站着五六个人，酒气直冲。秋公料道必是要看花的，便拦住门口，问道：“列位有甚事到此？”张委道：“你这老儿不认得我么？我乃城里有名的张衙内。那边张家庄便是我家的。闻得你园中好花甚多，特来游玩。”秋公道：“告衙内，老汉也没种甚好花，不过是桃杏之类，都已谢了。如今并没别样花卉。”张委睁起双眼道："这老儿恁般可恶！看看花儿打甚紧，却便回我没有。难道吃了你的？"秋公道："不是老汉说谎，果然没有。"张委那里肯听，向前叉开手，当胸一扠，秋公站立不牢，踉踉跄跄，直撞过半边。众人一齐拥进。秋公见势头凶恶，只得让他进去，把篱门掩上，随着进来，向花下取过酒果，站在傍边。众人看那四边花草甚多，惟有牡丹最盛。那花不是寻常玉楼春之类，乃五种有名异品。那五种？

黄楼子，绿蝴蝶，西瓜穰，舞青猊，大红狮头。

这牡丹乃花中之王，惟洛阳为天下第一。有"姚黄""魏紫"名色，一本价值五千。你道因何独盛于洛阳？只为昔日唐朝有个武则天皇后，淫乱无道，宠幸两个官儿，名唤张易之、张昌宗。于冬月之间，要游后苑，写出四句诏来，道：

来朝游上苑，火速报春知。

百花连夜发，莫待晓风吹。

不想武则天原是应运之主，百花不敢违旨，一夜发蕊开花。次日驾幸后苑，只见千红万紫，芳菲满目。单有牡丹花有些志气，不肯奉承女主幸臣，要一根叶儿也没有。则天大怒，遂贬于洛阳。故此洛阳牡丹冠于天下。有一只《玉楼春》词，单赞牡丹花的好处。词云：

名花绰约东风里，占断韶华都在此。芳心一片可人怜，春色三分愁雨洗。　玉人尽日恹恹地，乍被笙歌惊破睡。起临妆镜似娇羞，近日伤春输与你。

那花正种在草堂对面，周围以湖石拦之，四边竖个木架子，上覆布幔，遮蔽日色。花本高有丈许，最低亦有六七尺，其花大如丹盘，五色灿烂，光华夺目。众人齐赞："好花！"张委便踏上湖石去嗅那香气。秋先极怪的是这节。乃道："衙内站远些看，莫要上去。"张委恼他不容进来，心下正要寻事，又听了这话，喝道："你那老儿住在我庄边，难道不晓得张衙内名头么？有恁样好花，故意回说没有。不计较就够了，还要多言！那见得闻一闻就坏了花？你便这般说，我偏要闻！"遂把花逐朵攀下来，一个鼻子凑在花上去嗅。那秋老在傍，气得敢怒而不敢言。也还道略看一回就去，谁知这厮故意卖弄道："有恁样好花，如何空过？须把酒来赏玩。"分付家人快去取。秋公见要取酒来赏，更加烦恼，向前道："所在蜗窄[18]，没有坐处。衙内止看看花儿，酒还到贵庄上去吃。"张委指着地上道："这地下尽好坐。"秋公道："地上龌龊，衙内如何坐得？"张委道："不打紧，少不得有毡条遮衬。"不一时酒肴取到，铺下毡条，众人团团围坐，猜拳行令，大呼小叫，十分得意。只有秋公骨笃了嘴[19]，坐在一边。

那张委看见花木茂盛，就起个不良之念，思想要吞占他的。斜着醉眼，向秋公道："看你这蠢老儿不出，倒会种花，却也可取。赏你一杯酒。"秋公那有好气答他，气忿忿的道："老汉天性不会饮酒。衙内自请。"张委又道："你这园可卖么？"秋公见口声来得不好，老大惊讶，答道："这园是老汉的性命，如何舍得卖？"张委道："什么性命不性命！卖与我罢了。你若没去处，一发连身归在我家。又不要做别事，单单替我种些花木，可不好么？"众人齐道："你这老儿好造化，难得衙内恁般看顾。还不快些谢恩？"秋公看见逐步欺负上来，一发气得手足麻软，也不去睬他。张委道："这老儿可恶！肯不肯，如何不答应我？"秋公道："说过不卖了，怎的只管问？"张委道："放屁！你若再说句不卖，就写帖儿，送到县里去。"秋公气不过，欲要抢白几句，又想一想，他是有势力的人，却又醉了，怎与他一般样见识？且哄了去再处。忍着气答道："衙内总要买，必须从容一日，岂是一时急骤的事。"众人道："这话也说得是，就在明日罢。"此时都已烂醉，齐立起身。家人收拾家伙先去。秋公恐怕折花，预先在花边防护。那张委真个走向前，便要踹上湖石去采。秋先扯住道："衙内，这花虽是微物，但一年间不知废多少工夫，才开得这几朵。不争折损了[20]，深为可惜。况折去不过一二日就谢了，何苦作这样罪过！"张委喝道："胡说！有甚罪过！你明日卖了，便是我家之物。就都折尽，与你何干！"把手去推开。秋公揪住，死也不放，道："衙内便杀了老汉，这花决不与你摘的！"众人道："这老儿其实可恶！衙内采朵花儿，值什么大事，妆出许多模样！难道怕你就不摘了？"遂齐走上前乱摘。把那老儿急得叫屈连天，舍了张委，拚命去拦阻。扯了东边，顾不得西首。顷刻间摘下许多。秋老心疼肉痛，骂道："你这班贼男女，无事登门，将我欺负，要这性命何用！"赶向张委身边，撞个满怀。去得势猛，张委又多了几杯酒，把脚不住，翻筋斗跌倒。众人都道："不好了！衙内打坏也！"齐将花撇下，便赶过来，要打秋公。内中有一个老成些的，见秋公年纪已老，恐打出事来，劝住众人，扶起张委。张委因跌了这交，心中转恼。赶上前打得个只蕊不留，撒作遍地，意犹未足，又向花中践踏一回。可惜好花，正是：

老拳毒手交加下，翠叶娇花一旦休。
好似一番风雨恶，乱红零落没人收。

当下只气得个秋公怆地呼天，满地乱滚。邻家听得秋公园中喧嚷，齐跑进来。看见花枝满地狼藉，众人正在行凶，邻里尽吃一惊，上前劝住。问知其故，内中倒有两三个是张委的租户，齐替秋公陪个不是，虚心冷气，送出篱门。张委道："你们对那老贼说，好好把园送我，便饶了他。若说半个不字，须教他仔细着。"恨恨而去。邻里们见张委醉了，只道酒话，不在心上。覆身转来，将秋公扶起，坐在阶沿上。那老儿放声号恸。众邻里劝慰了一番，作别出去，与他带上篱门，一路行走。内中也有怪秋公平日不容看花的，便道："这老官儿真个忒煞古怪，所以有这样事，也得他经一遭儿，警戒下次。"内中又有直道的道："莫说这没天理的话！自古道：种花一年，看花十日。那看的但觉好看，赞声好花罢了，怎得知种花的烦难。只这几朵花，正不知费了许多辛苦，才培植得恁般茂盛。如何怪得他爱惜！"

不题众人。且说秋公不舍得这些残花,走向前将手去捡起来看,见践踏得凋残零落,尘垢沾污,心中凄惨,又哭道:"花阿!我一生爱护,从不曾损坏一瓣一叶,那知今日遭此大难!"正哭之间,只听得背后有人叫道:"秋公为何恁般痛哭?"秋公回头看时,乃是一个女子,年约二八,姿容美丽,雅淡梳妆,却不认得是谁家之女。乃收泪问道:"小娘子是那家?至此何干?"那女子道:"我家住在左近。因闻你园中牡丹花茂盛,特来游玩,不想都已谢了。"秋公题起牡丹二字,不觉又哭起来。女子道:"你且说有甚苦情,如此啼哭?"秋公将张委打花之事说出。那女子笑道:"原来为此缘故。你可要这花原上枝头么?"秋公道:"小娘子休得取笑!那有落花返枝的理?"女子道:"我祖上传得个落花返枝的法术,屡试屡验。"秋公听说,化悲为喜道:"小娘子真个有这法术么?"女子道:"怎的不真?"秋公倒身下拜道:"若得小娘子施此妙术,老汉无以为报,但每一种花开,便来相请赏玩。"女子道:"你且莫拜,去取一碗水来。"秋公慌忙跳起去取水,心下又转道:"如何有这样妙法?莫不是见我哭泣,故意取笑?"又想道:"这小娘子从不相认,岂有要我之理。还是真的。"急舀了一碗清水出来。抬头不见了女子,只见那花都已在枝头,地下并无一瓣遗存。起初每本一色,如今却变做红中间紫,淡内添浓,一本五色俱全,比先更觉鲜妍。有诗为证:

曾闻湘子将花染[21],又见仙姬会返枝。
信是至诚能动物,愚夫犹自笑花痴。

当下秋公又惊又喜,道:"不想这小娘子果然有此妙法。"只道还在花丛中,放下水,前来作谢。园中团团寻遍,并不见影。乃道:"这小娘子如何就去了?"又想道:"必定还在门口。须上去求他,传了这个法儿。"一径赶至门边,那门却又掩着。拽开看时,门首坐着两个老者,就是左近邻家,一个唤做虞公,一个叫做单老,在那里看渔人晒网。见秋公出来,齐立起身拱手道:"闻得张衙内在此无理,我们恰往田头,没有来问得。"秋公道:"不要说起,受了这班泼男女的呕气。亏着一位小娘子走来,用个妙法,救起许多花朵,不曾谢得他一声,径出来了,二位可看见往那一边去的?"二老闻言,惊讶道:"花坏了,有甚法儿救得?这女子去几时了?"秋公道:"刚才出来。"二老道:"我们坐在此好一回,并没个人走动,那见什么女子?"秋公听说,心下恍悟道:"恁般说,莫不这位小娘子是神仙下降?"二老问道:"你且说怎的救起花儿?"秋公将女子之事叙了一遍。二老道:"有如此奇事!待我们去看看。"秋公将门拴上,一齐走至花下,看了连声称异道:"这定然是个神仙。凡人那有此法力!"秋公即焚起一炉好香,对天叩谢。二老道:"这也是你平日爱花心诚,所以感动神仙下降。明日索性倒教张衙内这几个泼男女看看,羞杀了他。"秋公道:"莫要!莫要!此等人即如恶犬,远远见了就该避之,岂可还引他来。"二老道:"这话也有理。"秋公此时非常欢喜,将先前那瓶酒热将起来,留二老在花下玩赏，至晚而别。

二老回去一传，合村人都晓得，明日俱要来看，还恐秋公不许。谁知秋公原是有意思的人，因见神仙下降，遂有出世之念，一夜不寐，坐在花下存想。想至张委这事，忽地开悟道："此皆是我平日心胸褊窄，故外侮得至。若神仙汪洋度量，无所不容，安得有此！"至次早，将园门大开，任人来看。先有几个进来打探，见秋公对花而坐，但分付道："任凭列位观看，切莫要采便了。"众人得了这话，互相传开。那村中男子妇女，无有不至。

按下此处，且说张委至次早，对众人道："昨日反被那老贼撞了一交，难道轻恕了不成？如今再去要他这园。不肯时，多教些人从，将花木尽打个希烂，方出这气。"众人道："这园在衙内庄边，不怕他不肯。只是昨日不该把花都打坏，还留几枝后日看看，便是。"张委道："这也罢了。少不得来年又发。我们快去，莫要使他停留长智。"众人一齐起身，出得庄门，就有人说："秋公园上神仙下降，落下的花，原都上了枝头，却又变做五色。"张委不信道："这老贼有何好处，能感神仙下降？况且不前不后，刚刚我们打坏，神仙就来？难道这神仙是养家的不成？一定是怕我们又去，故此诌这话来央人传说，见得他有神仙护卫，使我们不摆布他。"众人道："衙内之言极是。"顷刻，到了园门口，见两扇柴门大开，往来男女络绎不绝，都是一般说话。众人道："原来真有这等事！"张委道："莫管他，就是神仙见坐着，这园少不得要的。"弯弯曲曲转到草堂前看时，果然话不虚传。这花却也奇怪，见人来看，姿态愈艳，光采倍生，如对人笑的一般。张委心中虽十分惊讶，那吞占念头，全然不改。

看了一回，忽地又起一个恶念，对众人道："我们且去。"齐出了园门。众人问道："衙内如何不与他要园？"张委道："我想得个好计在此，不消与他说得，这园明日就归于我。"众人道："衙内有何妙策？"张委道："见今贝州王则谋反[22]，专行妖术。枢密府行下文书来，天下军州严禁左道，捕缉妖人。本府见出三千贯赏钱，募人出首。我明日就将落花上枝为由，教张霸到府，首他以妖术惑人[23]。这个老儿熬刑不过，自然招承下狱。这园必定官卖。那时谁个敢买他的？少不得让与我。还有三千贯赏钱哩！"众人道："衙内好计！事不宜迟，就去打点起来。"当时即进城，写下首状。次早，教张霸到平江府出首。这张霸是张委手下第一出尖的人，衙门情熟，故此用他。大尹正在缉访妖人，听说此事，合村男女都见的，不由不信。即差缉捕使臣带领几个做公的，押张霸作眼，前去捕获。张委将银布置停当，让张霸与缉捕使臣先行，自己与众子弟随后也来。缉捕使臣一径到秋公园上。那老儿还道是看花的，不以为意。众人发一声喊，赶上前一索捆翻。秋公吃这一吓不小，问道："老汉有何罪犯？望列位说个明白。"众人口口声声，骂做妖人反贼，不由分诉，拥出门来。邻里看见，无不失惊，齐上前询问。缉捕使臣道："你们还要问么？他所犯的事也不小，只怕连村上人都有分哩。”那些愚民被这大话一吓，心中害怕，尽皆洋洋走开，惟恐累及。只有虞公、单老，同几个平日与秋公相厚的，远远跟来观看。

且说张委俟秋公去后，便与众子弟来锁园门。恐还有人在内，又检点一遍，将门锁上。随后赶至府前。缉捕使臣已将秋公解进，跪在月台上，见傍边又跪着一人，却不认得是谁。那些狱卒都得了张委银子，已备下诸般刑具伺候。大尹喝道：“你是何处妖人，敢在此地方上将妖术煽惑百姓？有几多党羽？从实招来！”秋公闻言，恰如黑暗中闻个火炮，正不知从何处起的。禀道：“小人家世住于长乐村中，并非别处妖人，也不晓得什么妖术。”大尹道：“前日你用妖术使落花上枝，还敢抵赖！”秋公见说到花上，情知是张委的缘故。即将张委要占园打花，并仙女下降之事，细诉一遍。不想那大尹性是偏执的，那里肯信？乃笑道：“多少慕仙的，修行至老，尚不能得遇神仙；岂有因你哭，花仙就肯来？既来了，必定也留个名儿，使人晓得，如何又不别而去？这样话哄那个！不消说得，定然是个妖人。快夹起来！”狱卒们齐声答应，如狼虎一般，蜂拥上来，揪翻秋公，扯腿拽脚，刚要上刑，不想大尹忽然一个头晕，险些儿跌下公座。自觉头目森森，坐身不住。分付：“上了枷杻，发下狱中监禁，明日再审。”狱卒押着，秋公一路哭泣出来。看见张委，道：“张衙内，我与你前日无怨，往日无仇，如何下此毒手，害我性命！”张委也不答应，同了张霸，和那一班恶少，转身就走。虞公、单老，接着秋公，问知其细，乃道：“有这等冤枉的事！不打紧，明日同合村人具张连名保结，管你无事。”秋公哭道：“但愿得如此，便好。”狱卒喝道：“这死囚还不走！只管哭什么！”秋公含着眼泪进狱。邻里又寻些酒食，送至门上。那狱卒谁个拿与他吃，竟接来自己受用。到夜间，将他上了囚床，就如活死人一般，手足不能少展。心中苦楚，想道：“不知那位神仙救了这花，却又被那厮借此陷害。神仙呵！你若怜我秋先，亦来救拔性命，情愿弃家入道。”一头正想，只见前日那仙女，冉冉而至。秋公急叫道：“大仙救拔弟子秋先则个！”仙女笑道：“汝欲脱离苦厄么？”上前把手一指，那枷杻纷纷自落。秋先爬起来，向前叩头道：“请问大仙姓氏。”仙女道：“吾乃瑶池王母座下司花女，怜汝惜花志诚，故令诸花返本，不意反资奸人谗口。然亦汝命中合有此灾，明日当脱。张委损花害人，花神奏闻上帝，已夺其算。助恶党羽，俱降大灾。汝宜笃志修行，数年之后，吾当度汝。”秋先又叩首道：“请问上仙修行之道。”仙女道：“修仙径路甚多，须认本源。汝原以惜花有功，今亦当以花成道。汝但饵百花，自能身轻飞举。”遂教其服食之法。秋先稽首叩谢，起来，便不见了仙子。抬头观看，却在狱墙之上，以手招道：“汝亦上来，随我出去。”秋先便向前攀援了一大回，还只到得半墙，甚觉吃力。渐渐至顶，忽听得下边一棒锣声，喊道：“妖人走了，快拿下！”秋公心下惊慌，手酥脚软，倒撞下来，撒然惊觉，原在囚床之上。想起梦中言语，历历分明，料必无事，心中稍宽。正是：

但存方寸无私曲，料得神明有主张。

且说张委见大尹已认做妖人，不胜欢喜。乃道："这老儿许多清奇古怪，今夜且请在囚床上受用一夜，让这园儿与我们乐罢。"众人都道："前日还是那老儿之物，未曾尽兴。今日是大爷的了，须要尽情欢赏。"张委道："言之有理！"遂一齐出城，教家人整备酒肴，径至秋公园上，开门进去。那邻里看见是张委，心下虽然不平，却又惧怕，谁敢多口？

且说张委同众子弟走至草堂前，只见牡丹枝头一朵不存，原如前日打下时一般，纵横满地。众人都称奇怪。张委道："看起来，这老贼果系有妖法的。不然，如何半日上倏尔又变了？难道也是神仙打的？"有一个子弟道："他晓得衙内要赏花，故意弄这法儿来羞我们。"张委道："他便弄这法儿，我们就赏落花。"当下依原铺设毡条，席地而坐，放开怀抱恣饮。也把两瓶酒赏张霸到一边去吃。看看饮至月色矬西[24]，俱有半酣之意，忽地起一阵大风。那风好利害！

善聚庭前草，能开水上萍。

腥闻群虎啸，响合万声松。

那阵风却把地下这些花朵吹得都直竖起来，眨眼间俱变做一尺来长的女子。众人大惊，齐叫道："怪哉！"言还未毕，那些女子迎风一幌，尽已长大，一个个姿容美丽，衣服华艳，团团立做一大堆。众人因见恁般标致，通看呆了[25]。内中一个红衣女子，却又说起话来，道："吾姊妹居此数十馀年，深蒙秋公珍重护惜。何意蓦遭狂奴，俗气熏炽，毒手摧残，复又诬陷秋公，谋吞此地。今仇在目前，吾姊妹曷不戮力击之！上报知己之恩，下雪摧残之耻，不亦可乎？"众女郎齐声道："阿妹之言有理！须速下手，毋使潜遁！"说罢，一齐举袖扑来。那袖似有数尺之长，如风翻乱飘，冷气入骨。众人齐叫："有鬼！"撇了家伙，望外乱跑。彼此各不相顾。也有被石块打脚的，也有被树枝抓面的，也有跌而复起，起而复跌的，乱了多时，方才收脚。点检人数都在，单不见了张委、张霸二人。

此时风已定了，天色已昏。这班子弟各自回家，恰像捡得性命一般，抱头鼠窜而去。家人们喘息定了，方唤几个生力庄客，打起火把，覆身去找寻。直到园上，只听得大梅树下有呻吟之声。举火看时，却是张霸被梅根绊倒，跌破了头，挣扎不起。庄客着两个先扶张霸归去。众人周围走了一遍，但见静悄悄的，万籁无声。牡丹棚下，繁花如故，并无零落。草堂中杯盘狼藉，残酒淋漓。众人莫不吐舌称奇。一面收拾家伙，一面重复照看。这园子又不多大，三回五转，毫无踪影。——难道是大风吹去了？女鬼吃去了？正不知躲在那里。延挨了一会，无可奈何，只索回去，过夜再作计较。

方欲出门，只见门外又有一伙人，提着行灯进来。不是别人，却是虞公、单老，闻知众人遇鬼之事，又闻说不见了张委，在园上找寻，不知是真是假；合着三邻四舍，进园观看。问明了众庄客，方知此事果真，二老惊诧不已。教众庄客："且莫回去，老汉们同列位还去找寻一遍。"众人又细细照看了一下，正是兴尽而归，叹了口气，齐出园门。二老道："列位今晚不来了么？老汉们告过，要把园门落锁。没人看守得，也是我们邻里的干系。"此时庄客们蛇无头而不行，已不似先前声势了，答应道："但凭，但凭。"两边人犹未散，只见一个庄客在东边墙角下叫道："大爷有了！"众人蜂拥而前。庄客指道："那槐枝上挂的，不是大爷的软翅纱巾么？"众人道："既有了巾儿，人也只在左近。"沿墙照去，不多几步，只叫得声："苦也！"原来东角转弯处，有个粪窖，窖中一人，两脚朝天，不歪不斜，刚刚倒插在内。庄客认得鞋袜衣服，正是张委。顾不得臭秽，只得上前打捞起来。虞、单二老暗暗念佛，和邻舍们自回。众庄客抬了张委，在湖边洗净。先有人报去庄上。合家大小，哭哭啼啼，置备棺衣入殓，不在话下。其夜，张霸破头伤重，五更时亦死。此乃作恶的见报。正是：

两个凶人离世界，一双恶鬼赴阴司。

次日，大尹病愈升堂，正欲吊审秋公之事，只见公差禀道："原告张霸同家长张委，昨晚都死了。"如此如此，这般这般。大尹大惊，不信有此异事。须臾间，又见里老乡民，共有百十人连名，具呈前事。诉说秋公平日惜花行善，并非妖人；张委设谋陷害，神道报应。前后事情，细细分剖。大尹因昨日头晕一事，亦疑其枉。到此心下豁然。还喜得不曾用刑。即于狱中吊出秋公，当堂释放。又给印信告示，与他园门张挂，不许闲人侵损他花木。众人叩谢出府。秋公向邻里作谢，一路同了虞、单二老，开了园门，同秋公进去。秋公见牡丹繁盛如初，伤感不已。众人治酒，与秋公压惊。秋公又答席，一连吃了数日酒席。闲话休题。

自此之后，秋公日饵百花，渐渐习惯，遂谢绝了烟火之物。所鬻果实钱钞，悉皆布施。不数年间，发白更黑，颜色转如童子。一日正值八月十五，丽日当天，万里无瑕。秋公正在房中趺坐[26]，忽然祥风微拂，彩云如蒸，空中音乐嘹亮，异香扑鼻，青鸾白鹤，盘旋翔舞，渐至庭前。云中正立着司花女，两边幢幡宝盖，仙女数人，各奏乐器。秋公看见，扑翻身便拜。司花女道："秋先，汝功行圆满，吾已申奏上帝，有旨封汝为护花使者，专管人间百花。令汝拔宅上升。但有爱花惜花的，加之以福；残花毁花的，降之以灾。"秋公向空叩首谢恩讫，随着众仙登云，草堂花木，一齐冉冉升起，向南而去。虞公、单老和那邻里之人都看见的，一齐下拜。还见秋公在云中举手谢众人，良久方没。此地遂改名升仙里，又谓之百花村云。

园公一片惜花心，得感仙姬下界临。
草木同升随汝宅，淮南不用炼黄金[27]。

注释

[1]碎玉：指洁白的牙齿。

[2]林下风气：指妇女气度不凡，举止优美。

[3]刺干：讽刺、干犯。

[4]挣：挣扎。

[5]倏(shū)然：忽然。

[6]枣如瓜：据《史记·封禅书》载，海上的仙人安期生所食之枣，如瓜一样大。

[7]虞世南的行书厨：比喻博学多闻。传说唐太宗要出行，有人建议带上书同行，太宗道，不用带书，虞世南在，就是“行秘书”(流动图书馆)。虞世南(558—638)，唐初书法家、文学家，字伯施，越州馀姚(今属浙江)人。官至秘书监。

[8]子不语怪：出自《论语·述而》，全句为：“子不语怪力乱神。”意思是孔子平时不讲怪异神奇之类的事。

[9]将来：取来，拿来。

[10]舣(yǐ)：停船靠岸。

[11]泅(qiú)：游水。

[12]嘹呖干云：鸿雁的叫声嘹亮，直彻云霄。

[13]六花：指雪花。雪花为六瓣。

[14]喉急：焦急，慎怒。

[15]鬻(yù)：卖。

[16]弄了些手脚：暗中耍手段。

[17]妆了幌子：“幌子”是商店门外所树的表示所卖货物的招牌或标志性东西。“妆了幌子”意思是造成了负面影响。

[18]蜗窄：比喻所居住之处如同蜗牛壳一样狭窄。

[19]骨笃了嘴：噘起嘴，表示生气。

[20]不争：假如。

[21]湘子将花染：神仙故事记载，八仙之一的韩湘子会在顷刻之间用土堆变出花来。

[22]见今：现今。　贝州王则谋反：宋仁宋庆历七年(1047)冬，汤州人王则据贝州起义，自称“东市郑王”，国号“安阳”，年号“得胜”，前后66日，失败被擒。贝州在今河北清河县。

[23]首：告发他人的罪行。

[24]矬(cuó)西：偏西。矬，矮小。此处是接近之意。

[25]通：都。

[26]趺坐：和尚盘起两腿而坐的姿势。

[27]淮南：汉代淮南王刘安，古代传说他服食求仙，全家升天。

新评

这是一篇典型的“善有善报，恶有恶报”的小说。人世中有许多苦难，处于水深火热之中的芸芸众生，当苦难无法承受时，便幻想有神仙之类出面，济善惩恶。这是因果报应思想的世俗基础。这种思想经过文艺作品的宣传，又反过来加强了人们对此的信服。其实这从头至尾都是一个美丽的谎言。险恶的现实是：为恶的亨通发达，行善的往往倒霉。不过，本卷中爱花如命的秋公，其行为还是值得称道的。他的爱花理论和护花、惜花行为，与时下所倡导的热爱自然、环境保护有吻合之处，让这样一位花痴得道升天，读者该不会不同意吧。

第九卷　转运汉巧遇洞庭红

日日深杯酒满，朝朝小圃花开。自歌自舞自开怀。且喜无拘无碍。
青史几番春梦，红尘多少奇材。不须计较与安排。领取而今见在。

这首《西江月》词，乃宋朱希真所作，单道着人生功名富贵，总有天数；不如图一个见前快活。试看往古来今，一部十七史中[1]，多少英雄豪杰，该富的不得富，该贵的不得贵。能文的倚马千言，用不着时，几张纸盖不完酱瓿[2]。能武的穿杨百步，用不着时，几簳箭煮不熟饭锅[3]。极至那痴呆懵懂、生来有福分的，随他文学低浅，也会发科发甲；随他武艺庸常，也会大请大受。真所谓"时也运也命也！"俗语有两句道得好："命若穷，掘着黄金化做铜；命若富，拾着白纸变成布。"总来只听掌命司颠之倒之[4]。所以吴彦高又有词云："造化小儿无定据，翻来覆去，倒横直竖，眼见都如许！"僧晦庵亦有词云："谁不愿，黄金屋？谁不愿，千钟粟？算五行不是这般题目！枉使心机闲计较，儿孙自有儿孙福。"苏东坡亦有词云："蜗角虚名，蝇头微利，算来着甚干忙？事皆前定，谁弱又谁强？"——这几位名人，说来说去，都是一个意思，总不如古语云："万事分已定，浮生空自忙。"

说话的，依你说来，不许能文善武，懒惰的也只消天掉下前程；不须经商立业，败坏的也只消天挣与家缘：却不把人间向上的心都冷了？看官有所不知，假如人家出了懒惰的人，也就是命中该贱；出了败坏的人，也就是命中该穷：自是常理。却又自有转眼贫富，出人意外，把眼前事分毫算不得准的哩！

且听说一人，乃是宋朝汴京人氏，姓金，双名维厚，乃是经纪行中人。少不得朝晨起早，晚夕迟眠；睡醒来千思想，万算计，拣有便宜的才做。后来家事挣得从容了，他便思想一个久远方法：手头用来用去的，只是那散碎银子；若是大块头好银水，便存着不动，约得百两，便熔成一大锭。把一综红线结成一绦系在锭腰，放在枕边，夜来摩弄一番，方才睡下。积了一生，整整熔了八锭。以后也就随来随去，再积不成百两，他也罢了。

金老生有四子，一日是他七十寿旦，四子置酒上寿。金老见了四子跻跻跄跄，心中喜欢，便对四子说道："我靠皇天覆庇，虽则劳碌一生，家事尽可度日。况我平日留心，有熔成八大锭银子，永不动用的。在我枕边，见将绒线做对儿结着。今将拣个好日子，分与尔等，每人一对，做个镇家之宝。"四子喜谢，尽欢而散。

是夜，金老带些酒意，点灯上床，醉眼模糊望去，八个大锭白晃晃排在枕边。摸了几摸，哈哈地笑了一声，睡下去了。睡未安稳，只听得床前有人行走脚步响，心疑有贼，又细听看，恰像欲前不前相让一般。床前灯火微明，揭帐一看，只见八个大汉，身穿白衣，腰系红带，曲躬而前曰："某等兄弟，天数派定，宜在君家听令。今蒙我翁过爱，抬举成人，不烦役使，珍重多年，冥数将满。待翁归天后，再觅去向。今闻我翁目下将以我等分役与郎君。我等与郎君辈原无前缘，故此先来告别，往某县某村王姓某者投托。后缘未尽，还可一面。"语毕，向后便走。金老不知何事，吃了一惊，翻身下床，不及穿鞋，赤脚赶去。远远见八人出了房门，金老赶得性急，绊了房槛，扑的跌倒，飘然惊醒，乃是南柯一梦。急起挑灯明亮，点照枕边，已不见了八个大锭。细思梦中所言，句句是实。叹了一口气，哽咽了一会，道："不信我苦积一世，却没分与儿子每受用[5]，倒是别人家的！明明说有地方、姓名，且慢慢跟寻下落则个。"一夜没睡。

次早起来，与儿子每说知，儿子中也有惊骇的，也有疑惑的。惊骇的道："不该是我们手里东西，眼见得作怪。"疑惑的道："老人家欢喜中说话失许了我们，回想转来，一时间就不割舍得分散了。造此鬼话，也不见得。"金老看见儿子们疑信不等，急急要验个实话。遂访至某县某村，果有王姓某者。叩门进去，只见堂前灯烛荧煌，三牲福物，正在那里献神。金老便开口问道："宅上有何事如此？"家人报知，请主人出来。主人王老见金老，揖坐了，问其来因。金老道："老汉有一疑事，特造上宅来问消息。今见上宅正在此献神，必有所谓，敢乞明示。"王老道："老拙偶因寒荆小恙[6]，问卜，先生道：'移床即好。'昨寒荆病中恍惚，见八个白衣大汉，腰系红束，对寒荆道：'我等本在金家，今在彼缘尽，来投身宅上。'言毕，俱钻入床下。寒荆惊出了一身冷汗，身体爽快了。及至移床，灰尘中得银八大锭，多用红绒系腰。不知是那里来的。此皆神天福佑，故此买福物酬谢。今我丈来问，莫非晓得些来历么？"金老跌跌脚道[7]："此老汉一生所积。因前日也做了一梦，就不见了。梦中也道出老丈姓名居址的确，故得访寻到此。可见天数已定，老汉也无怨处。但只求取出一看，也完了老汉心事。"王老道："容易。"笑嘻嘻的走进去，叫安童四人，托出四个盘来；每盘两锭，多是红绒系束——正是金家之物。金老看了，眼睁睁无计所奈，不觉扑簌簌吊下泪来。抚摩一番，道："老汉直如此命薄，消受不得！"王老虽然叫安童仍旧拿了进去，心中见金老如此，老大不忍；另取三两零银封了，送与金老作别。金老道："自家的东西，尚在无福；何须尊惠！"再三谦让，必不肯受。王老纳在金老袖中。金老欲待摸出还了，一时摸个不着，面儿通红；又被王老央不过，只得作揖别了。

直至家中，对儿子们一一把前事说了，大家叹息了一回。因言王老好处，临行送银三两，满袖摸遍，并不见有。只说路中掉了；却元来金老推逊时[8]，王老往袖里乱塞，落在着外面一层袖中。袖有断线处，在王家摸时，已自在脱线处落在门槛边了。客去扫门，仍旧是王老拾得。可见一饮一啄，莫非前定。不该是他的东西，不要说八百两，就是三两也得不去。该是他的东西，不要说八百两，就是三两也推不出。原有的倒无了,原无的倒有了,并不由人计较。

而今说一个人,在实地立行,步步不着,极贫极苦的,却在渺渺茫茫做梦不到的去处,得了一主没头没脑钱财,变成巨富。从来希有,亘古新闻。有诗为证:

分内功名匣里财,不关聪慧不关呆。
果然命是财官格,海外犹能送宝来。

话说国朝成化年间,苏州阊门外,有一人姓文,名实,字若虚,生来心思灵巧,做着便能,学着便会,琴棋书画,吹弹歌舞,件件粗通。幼年间,曾有人相他有巨万之富,他亦自恃才能,不十分去营求生产,坐吃山空,将祖上遗下千金家事,看看滑下来。以后晓得家业有限,看见别人经商图利的,时常获利几倍,便也思量做些生意,却又百做百不着。一日,见人说北京扇子好卖,他便合了一个伙计,置办扇子起来。上等金面精巧的,先将礼物求了名人诗画,免不得是沈石田、文衡山、祝枝山[9],拓了几笔,便值上两数银子。中等的自有一样乔人[10],一只手学写了这几家字画,也就哄得人过,将假当真的卖了,他自家也兀自做得来的。下等的无金无字画,将就卖几十文,也有对合利钱[11],是看得见的。拣个日子,装了箱儿,到了北京。岂知北京那年自交夏来,日日淋雨不晴,并无毫厘暑气,发市甚迟,交秋早凉,虽不见及时,幸喜天色却晴,有妆晃子弟,要买把苏做的扇子,袖中笼着摇摆。来买时,开箱一看,只叫得苦!元来北京霉沴却在七八月[12],更加日前雨湿之气,斗着扇上胶墨之性,弄做了个“合而言之”,揭不开了!用力揭开,东粘一层,西缺一片,但是有字有画值价钱者,一毫无用;止剩下等没字白扇,是不坏的,能值几何!将就卖了,做盘费回家,本钱一空。频年做事,大概如此。不但自己折本,但是搭他做伴,连伙计也弄坏了。故此人起他一个混名,叫做“倒运汉”。不数年,把个家事干圆洁净了,连妻子也不曾娶得,终日间靠着些东涂西抹,东挨西撞,也济不得甚事。但只是嘴头子谄得来,会说会笑,朋友家喜欢他有趣,游耍去处,少他不得,也只好趁口,不能够做家。况且他是大模大样过来的,帮闲行里,又不十分入得队。有怜他的,要荐他坐馆教学,又有诚实人家,嫌他是个杂班令,高不凑,低不就,打从帮闲的、处馆的两项人,见了他也就做鬼脸,把“倒运”两字笑他。不在话下。

一日,有几个走海贩货的邻近,做头的无非是张大李二赵甲钱乙一班人,共四十余人,合了伙将行。他晓得了,自家思忖道:“一身落魄,生计皆无,便附了他们航海,看看海外风光,也不枉人生一世。况且他们定然不却我的,省得在家忧柴忧米,也是快活。”正计较间,恰好张大踱将来。元来这个张大名唤张乘运,专一做海外生意,眼里认得奇珍异宝,又且秉性爽慨,肯扶持好人,所以乡里起他一个混名叫“张识货”。文若虚见了,便把此意一一与他说了。张大道:“好,好。我们在海船里头,不耐烦寂寞;若得兄去,在船中说说笑笑,有甚难过的日子?我们众兄弟料想多是喜欢的。只是一件:我们都有货物将去,兄并无所有,觉得空了一番往返，也可惜了。待我们大家计较，多少凑些出来助你，将就置些东西去也好。”文若虚便道：“多谢厚情。只怕没人如兄肯周全小弟。”张大道：“且说说看。”一竟自去了。恰遇一个瞽目先生，敲着“报君知”走将来[13]。文若虚伸手顺袋里摸了一个钱，扯住占一卦，问问财气。先生道：“此卦非凡，有百十分财气，不是小可。”文若虚自想道：“我只要搭去海外耍耍，混过日子罢了，那里是我做得着的生意！就是他们资助些，也能有多少，便直恁地财爻动[14]？这先生也是混帐！”只见张大气忿忿的走来，说道：“‘说着钱，便无缘。’这些人好笑！说道你去，无不喜欢；说到助银，没一个则声。今我同两个好的弟兄，拼凑得一两银子在此，也办不成甚货，凭你买些果子船里吃罢。口食之类，是在我们身上。”若虚称谢不尽，接了银子。张大先行，道：“快些收拾，就要开船了。”若虚道：“我没甚收拾，随后就来。”手中拿了银子，看了又笑，笑了又看，道：“置得甚货么！”信步走去，只见满街上筐篮内，盛着卖的：

> 红如喷火，巨若悬星。皮未皱，尚有馀酸；霜未降，不可多得。元殊苏井诸家树[15]，亦非李氏千头奴[16]。较广似曰“难兄”，比福亦云“具体”。

乃是太湖中东西洞庭山，地暖土肥，与闽广无异。广橘福橘，名播天下。洞庭有一样橘树绝与他相似。颜色正同，香气亦同。只是初出时味略少酸，后来熟了，却也甜美，比福橘之价，十分之一，名曰“洞庭红”。若虚看见了，便思想道：“我一两银子买得百斤有馀，在船可以解渴，又可分送一二，答众人助我之意。”买成装上竹篓，雇人并行李挑了下船。众人都拍手笑道：“文先生宝货来了！”文若虚羞惭无地，只得吞声上船，再也不敢提起买橘的事。

开得船来，渐渐出了海口，只见银涛卷雪，雪浪翻银。湍转则日月似浮，浪动则星河如覆。三五日间，随风飘去，也不觉过了多少路程。忽至一个地方，舟中望去，人烟凑集，城郭巍峨，晓得是到了甚么国都了。舟人把船撑入藏风避浪的小港内，钉了桩橛，下了铁锚，缆好了。船中人多上岸打一看。元来是来过的所在，名曰吉零国。元来这边中国货物拿到那边，一倍就有三倍价，换了那边货物，带到中国，也是如此，一往一回，却不便有八九倍利息，所以人都拚死走这条路。众人都是做过交易的，各有熟识经纪、歇家、通事人等，各自上岸找寻发货去了，只留文若虚在船中看船。路径不熟，也无走处。正闷坐间，猛可想起道：“我那一篓红橘，自从到船中不曾开看，莫不人气蒸烂了？趁着众人不在，看看则个。”叫那水手在舱板底下翻将起来，打开了篓看时，面上多是好好的，放心不下，索性搬将出来，都摆在舱板上面。

也是合该发迹，时来福凑，摆得满船红焰焰的，远远望来，就是万点火光，一天星斗。岸上人望见，都走将拢来问道：“是甚么好东西呀？”文若虚只不答应，看见中间有个把白点头的，拣了出来，拍开就吃。岸上看的一发多了，惊笑道：“元来是吃得的！”就中有个好事的，便来问价：“多少一个？”文若虚不省得他们说话，船上人却晓得，就扯个谎哄他，竖起一个指头，说要一钱一颗。那问的人，揭开长衣，露出那兜罗绵红裹肚来，一手摸出一个银钱来道：“买一个尝尝。”文若虚接了银钱，手中等等看，约有两把重，心下想道：“不知这些银子，要买多少？也不见秤秤。且先把一个与他看样。”拣个极大红得可爱的，递一个上去。只见那个人接上手，撕了一撕，道：“好东西呀！”扑的就拍开来，香气扑鼻，连旁边闻着的许多人，大家喝一声采。那买的不知好歹，看见船上吃法，也学他去了皮，却不分囊，一块塞在口里，甘水满咽喉，连核都不吐，吞下去了，哈哈大笑，道：“妙哉！妙哉！”又伸手到裹肚里摸出十个银钱来，说：“我要买十个进奉去。”文若虚喜出望外，拣十个与他去了。那看的人见那人如此买去了，也有买一个的，也有买两个三个的，都是一般银钱；买了的都千欢万喜去了。元来彼国以银为钱，上有文采，有等龙凤文的最贵重，其次人物，其次禽兽，又次树木，最下通用的是水草，却都是银铸的，分两不异。适才买橘的都是一样水草纹的，他道是把下等钱买了好东西去了，所以欢喜，也只是要小便宜肚肠，与中国人一样。须臾之间，三分中卖了两分。内有不带钱在身边的，老大懊悔，急忙取了钱转来。文若虚已是剩不多了，就拿班道[17]：“而今要留着自家用，不卖了！”其人情愿再增一个钱，四个钱买了两颗，口中哓哓说[18]：“晦气！来得迟了！”旁边人见他增了价，就埋怨道：“我们还要买哩，如何把价钱增长了他的？”买的人道：“你不听得他方才说，兀自不卖了。”正在议论间，只见首先买十颗的那一个人，骑了一匹青骢马，飞也似奔到船边，下了马，分开人丛，对船上大喝道：“不要零卖！不要零卖！是有的俺多要买。俺家头目要买去进可汗哩。”看的人听见这话，便远远走开，站住了看。

文若虚是个伶俐的人，看见来势，早已瞧在眼里，晓得是个好主顾了。连忙把篓中的尽数倾出来，止剩五十馀颗，数了一数，又拿班起来，说道：“适间讲过，要留着自用，不得卖了，今肯加些价钱，再让几颗去罢。适间已卖出两个钱一颗了。”其人在马背上拖下一大囊，摸出钱来，另是一样树木纹的，说道：“如此钱一个罢了。”文若虚道：“不情愿，只照前样罢了。”那人笑了一笑，又把手去摸出一个龙凤纹的来道：“这样的一个如何？”文若虚又道：“不情愿，只要前样的。”那人又笑道：“此钱一个抵百个，料也没得与你。只是与你耍。你不要俺这一个，却要那等的，是个傻子。你那东西肯都与俺了，俺再加你一个那等的也不打紧。”文若虚数了一数，有五十二颗，准准的要了他一百五十六个水草银钱。那人连竹篓都要了，又丢了一个钱，把篓拴在马上，笑吟吟的一鞭去了。看的人见没得卖了，一哄而散。

文若虚见人散了，到舱里把一个钱秤一秤，有八钱七分多重；秤过数个，也是一般；总数一数，共有一千个差不多。把两个赏了船家，其馀收拾在包里了，笑一声道：“那瞎子好灵卦也！”欢喜不尽，只等同船人来，对他说笑则个。

说话的，你说错了。那国里银子，这样不值钱，如此做买卖，那久惯飘洋的带去多是绫罗缎匹，何不多卖了些银钱回来？一发百倍了。看官有所不知。那国里见了绫罗等物，都是以货交兑。我这里人，也只是要他货物，才有利钱；若是卖他银钱时，他都把龙凤、人物的来交易，作了好价钱，分两也只得如此，反不便宜。如今是买吃口东西，他只认做把低钱交易，我却只管分两，所以得利了。说话的，你又说错了。依你说来，那航海的何不只买吃口东西，换他的低钱，岂不有利？却用着重本钱置他货物怎地？看官，又不是这话。也是此人偶然有此横财，带去着了手；若是有心第二遭再带去，三五日不遇巧，便要稀烂。那文若虚运未通时，卖扇子就是榜样。扇子还是放得起的，尚且如此，何况果品？是这样执一论不得的。

闲话休题。且说众人寻了经纪主人，到船发货。文若虚把上项事说了一遍。众人都惊喜道："造化！造化！我们同来，倒是你没本钱的先得了手也。"张大便拍手道："人都道他倒运，而今想是运转了。"便对文若虚道："你这些银钱，此间置货，作价不多，除是对发在伙伴中[19]，回他几百两中国货物上去，打换些土产珍奇，带转去，有大利钱，也强如虚藏此银钱在身边，无个用处。"文若虚道："我是倒运的，将本求财，从无一遭不连本送的。今承诸公挈带，做此无本钱生意，偶然侥幸一番，真是天大造化了，如何还要生利钱？妄想甚么！万一如前又做折了，难道再有'洞庭红'这样买卖不成？"众人多道："我们用得着的是银子，有的是货物，彼此通融，大家有利，有何不可？"文若虚道："'一年吃蛇咬，三年怕草索。'说着货物，我就没胆气了，只是守了这些银钱回去罢。"众人齐拍手道："放着几倍利钱不取，可惜！可惜！"随同众人一齐上去。到了店家，交还明白，彼此兑换。约有半月光景，文若虚眼中看过了若干好东好西，他已自志得意满，不放在心上。众人事体完了，一齐上船，烧了神福，吃了酒，开船。行了数日，忽然间天变起来。但见：

乌云蔽日，白浪掀天。蛇龙戏舞起长空，鱼鳖惊惶潜水底。艨艟泛泛，只如栖不定的数点寒鸦；岛屿浮浮，便似没不煞的几双水鹈。舟中是方扬的米簸，船外是正熟的饭锅。总因风伯太无情，以致篙师多失色。

那船上人见风起了，扯起半帆，不问东西南北，随风势漂去。隐隐望见一岛，便带住篷脚，只看着岛边驶来。看看渐近，恰是一个无人的空岛。但见：

树木参天，草莱遍地。荒凉境界，无非些兔迹狐踪；坦迤土壤，料不是龙潭虎窟。混茫内，未识应归何国辖；开辟来，不知曾否有人登。

船上人把船后抛了铁锚，将桩橛泥犁上岸去钉停当了，对舱里道："且安心坐一坐，候风势则个。"

那文若虚身边有了银子，恨不得插翅飞到家里，巴不得行路，却如此守风呆坐，心里焦躁，对众人道："我且上岸去，岛上望望则个。"众人道："一个荒岛，有何好看！"文若虚道："总是闲着，何碍？"众人都被风颠得头晕，个个是呵欠连天的，不肯同去。文若虚便自一个抖擞精神，跳上岸来。只因此一去，有分教：

千年败壳精灵显，一介穷神富贵来。

若是说话的同年生，并时长，有个未卜先知的法儿，便双脚走不动，也拄个拐儿随他同去一番，也不枉的。谁知没有恁般福分，一个个心慵步懒。那文若虚见众人不去，偏要发个狠，攀藤附葛，直去到岛上绝顶。那岛也苦不甚高，不费甚大力，只是荒草蔓延，无好路径。到得上边，打一看时，四望漫漫，身如一叶，不觉凄然，掉下泪来。心里想道："我如此聪明，一生命蹇[20]，家业消亡，剩得只身，直到海外。虽然侥幸，有得千来个银钱在囊中，知道命里该是我的，不是我的？今在绝岛中间，未到实地，性命也还是与海龙王合着的哩！"正在感怆，只见望去，远远草丛中一物突高。移步往前一看，却是床大一个败龟壳。大惊道："不信天下有如此大龟！世上人那里曾看见！说也不信的！我自到海外一番，未曾置得一件海外物事，我今带了此物去，也是一件希罕的东西，与人看看，省得空口说着，道是苏州人会调谎。又且一件：锯将开来，一盖一板，各置四足，便是两张床，却不奇怪？"遂脱下两只裹脚，接了，穿在龟壳中间，打个扣儿，拖着便走。

走至船边，船里人见他这等模样，都笑道："文先生那里又跎了纤来。"文若虚道："好教列位得知，这就是我海外的货了。"众人抬头一看，却便似一张无柱有底的硬脚床，吃惊道："好大龟壳！你拖来何干？"文若虚道："也是罕见的，带了他去。"众人笑道："好货不置一件，要此何用？"有的道："也有用处。有甚么天大的疑心事，灼他一卦，只没有这样大龟药。"又有的道是："医家要煎龟膏，拿去打碎了，煎起来，也当得几百个小龟壳。"文若虚道："不要管有用没用，只是希罕，又不费本钱，便带了回去。"当时叫个船上水手，一同抬下舱来。初时山下空阔，还只如此；舱中看来，一发大了。若不是海船，也着不得这样狼犺东西[21]。众人大家笑了一回，说道："到家时，有人问，只说文先生做了偌大的乌龟买卖来了。"文若虚道："不要笑我，好歹有一个用处，决不是弃物。"随他众人取笑，文若虚只是得意，取些水来，内外洗一洗净，抹干了。却把自己钱包、行李，都塞在龟壳里面，两头把绳一绊，却当了一个大皮箱子，自笑道："兀的不眼前就有用处了！"众人都笑将起来，道："好算计！好算计！文先生到底是个聪明人！"当夜无话。

次日风息了，便开船一走。不数日，又到了一个去处，却是福建地方了。才住定了船，就有一伙惯伺候接海客的小经纪牙人，攒将拢来，你说张家好，我说李家好，拉的拉，扯的扯，嚷个不住。海船上众人拣一个一向熟识的跟了去，其馀的也就住了。众人到了一个波斯胡大店中坐定。里面主人见说海客到了，连忙先发银子，唤厨户包办酒席几十桌，分付停当，然后踱将出来。这主人是个波斯国里人，姓个古怪姓，是玛瑙的玛字，名叫玛宝哈，专一与海客兑换珍宝货物，不知有多少万数本钱。众人走海过的，都是熟主熟客，只有文若虚不曾认得。抬眼看时，元来波斯胡住得在中华久了，衣帽言动，都与中华不大分别，只是剃眉剪须，深目高鼻，有些古怪。出来见了众人，行宾主礼坐定了，两杯茶罢，站起身来，请到一个大厅上，只见酒筵多完备了，且是摆得齐楚。元来旧规，海船一到，主人家先折过这一番款待，然后发货讲价的。主人家手执着一付珐琅菊花盘盏，拱一拱手，道："请列位货单一看，好定坐席。"看官，你道这是何意？——元来波斯胡以利为重，只看货单上有奇珍异宝，值得上万者，就送在首席；馀者，看货轻重，挨次坐去，不论年纪，不论尊卑，一向做下的规矩。船上众人，货物贵的贱的，多的少的，你知我知，各自心照，差不多领了酒杯，各自坐了。单单剩得文若虚一个，呆呆站在那里。主人道："这位老客长，不曾会面，想是新出海外的，置货不多了？"众人大家说道："这是我们好朋友，到海外耍去的。身边有银子，却不曾肯置货，今日没奈何，只得屈他在末席坐了。"文若虚满面羞惭，坐了末座。主人坐在横头。饮酒中间，这一个说道，我有猫儿眼多少；那一个说道，我有祖母绿多少。你夸我逞。文若虚一发默默无言，自心里也微微有些懊悔，道："我前日该听他们劝，置些货来的是。今枉有几百银子在囊中，说不得一句说话。"又自叹了口气，道："我原是一些本钱没有的，今已大幸，不可不知足。"自思自忖，无心发兴吃酒。众人却猜拳行令，吃得狼藉。主人是个积年，看出文若虚不快活的意思来，不好说破，虚劝了他几杯酒。众人都起身道："酒够了。天晚了，趁早上船去，明日发货罢。"别了主人去了。

主人撤了酒席，收拾睡了，明日起个清早，先走到海岸船边来拜这伙客人。主人登舟，一眼瞅去，那舱里狼狼犺犺这件东西，早先看见了，吃了一惊，道："这是那一位客人的宝货？昨日席上，并不曾见说起。莫不是不要卖的？"众人都笑指道："此敝友文兄的宝货。"中有一人衬道："又是滞货！"主人看了文若虚一看，满面挣得通红，带了怒色，埋怨众人道："我与诸公相处多年，如何恁地作弄我？教我得罪于新客，把一个末座屈了他，是何道理！"一把扯住文若虚，对众客道："且慢发货，容我上岸谢过罪着。"众人不知其故。有几个与文若虚相知些的，又有几个喜事的，觉得有些古怪，共十馀人，随了上来，重到店中，看是如何。

只见主人拉了文若虚，把交椅整一整，不管众人好歹，纳他头一位坐下了，道："适间得罪，得罪。且请坐一坐。"文若虚也心中镬铎[22]，忖道："不信此物是宝贝，这等造化不成！"主人走了进去，须臾出来，又拱众人到先前吃酒去处，又早摆下几桌酒；为首一桌，比前更齐整；把盏向文若虚一揖，就对众人道："此公正该坐第一席。你每枉自一船的货，也还赶他不来。先前失敬！失敬！"众人看见，又好笑，又好怪，半信不信的，一带儿坐了。酒过三杯，主人就开口道："敢问客长，适间此宝可肯卖否？"文若虚是个乖人，趁口答应道："只要有好价钱，为甚不卖？"那主人听得肯卖，不觉喜从天降，笑逐颜开，起身道："果然肯卖，但凭分付价钱，不敢吝惜。"文若虚其实不知值多少，讨少了，怕不在行；讨多了；怕吃笑；忖了一忖，面红耳热，颠倒讨不出价钱来。张大便与文若虚丢个眼色，将手放在椅子背后，竖着三个指头，再把第二个指空中一撇道："索性讨他这些。"文若虚摇头，竖一指道："这些我还讨不出口在这里。"却被主人看见，道："果是多少价钱？"张大捣一个鬼，道："依文先生手势，敢像要一万哩。"主人呵呵大笑道："这是不要卖，哄我而已！此等宝物，岂止此价钱！"众人见说，大家目睁口呆，都立起了身来，扯文若虚去商议道："造化！造化！想是值得多哩！我们实实不知如何定价。文先生不如开个大口，凭他还罢。"文若虚终是碍口识羞，待说又止。众人道："不要不老气。"主人又催道："实说说何妨？"文若虚只得讨了五万两。主人还摇头道："罪过！罪过！没有此话！"扯着张大，私问他道："老客长们海外往来，不是一番了，人都叫你是张识货，岂有不知此物就里的？必是无心卖他，奚落小子罢了。"张大道："实不瞒你说，这个是我的好朋友，同来海外玩耍的，故此不曾置货。适间此物，乃是避风海岛，偶然得来，不是出价置办的，故此不识得价目。若果有这五万与他，够他富贵一生，他也心满意足了。"主人道："如此说，要你做个大大保人，当有重谢。万万不可翻悔。"忙叫店小二拿出文房四宝来。主人家将一张供单绵料纸折了一折，拿笔递与张大道："有烦老客长做主，写个合同文书，好成交易。"张大指着同来一人道："此位客人褚中颖写得好。"把纸笔让与他。褚客磨得墨浓，展开纸，提起笔来写道：

> 立合同议单张乘运等。今有苏州客人文实，海外带来大龟壳一个，投至波斯玛宝哈店，愿出银五万两买成。议定立契之后，一家交货，一家交银，各无翻悔。有翻悔者，罚契上加一。合同为照。

一样两纸，后边写了年月日，下写张乘运为头，一连把在坐客人十来个写去。褚中颖因自己执笔，写了落末，年月前边空行中间，将两纸凑着，写了骑缝一行，两边各半，乃是"合同议约"四字，下写客人文实，主人玛宝哈，各押了花押。单上有名的，从头写起。写到张乘运道："我们押字钱重些，这买卖才弄得成。"主人笑道："不敢轻，不敢轻。"写毕，主人进内，先将银一箱抬出来，道："我先交明白了用钱[23]，还有说话。"众人攒将拢来。主人开箱，却是五十两一包，共总二十包，整整一千两，双手交与张乘运道："凭着客长收明，分与众位罢。"众人骤然吃酒，写合同，大家撺哄鸟乱，心下还有些不信的意思；如今见他拿出精晃晃白银来做用钱，方知是实。文若虚恰像梦里醉里，话都说不出来，呆呆地看。张大扯他一把道："这用钱如何分散？也要文兄主张。"文若虚方说一句道："且完了正事慢处。"

只见主人笑嘻嘻的对文若虚说道："有一事要与客长商议。价银现在里面阁儿上，都是向来兑过的，一毫不少，只消请客长一两位进去，将一包过一过目，兑一兑为准，其馀都不消兑得。却又一说：此银数不少，搬动也不是一时功夫；况且文客官是个单身，如何好将下船去？又要泛海回还，有许多不便处。"文若虚想了一想，道："见教得极是。而今却待怎么？"主人道："依着愚见，文客官目下回去未得。小弟此间有一个缎匹铺，有本三千两在内，其前后大小厅屋楼房，共百馀间，也是个大所在，价值二千两。离此半里之地。愚见就把本店货物及房屋文契，作了五千两，尽行交与文客官，就留文客官在此住下了，做此生意。其银也做几遭搬了过去，不知不觉。日后文客官要回去，这里可以托心腹伙计看守，便可轻身往来；不然，小店交出不难，文客官收贮却难也。愚意如此。"说了一遍，说得文若虚与张大跌足道："果然是'客纲客纪，句句有理'！"文若虚想道："我家里元无家小，况且家业已尽了，就带了许多银子回去，没处安顿。依了此说，我就在这里立起个家缘来，有何不可？此番造化，一缘一会，都是上天作成的。只索随缘做去。便是货物房产价钱，未必有五千，总是落得的。"便对主人说："适间所言，诚是万全之算，小弟无不从命。"主人便领文若虚进去阁上看，又叫张、褚二人一同来看看，"其馀列位不必了，请略坐一坐。"他四人去了。

众人不进去的，个个伸头缩颈，你三我四，说道："有此异事！有此造化！早知这样，懊悔岛边泊船时节，也不去走走，或者还有宝贝，也不见得。"有的道："这是天大的福气，撞将来的，如何强得！"正欣羡间，文若虚已同张、褚二客出来了。众人都问："进去如何了？"张大道："里边高阁是个土库，放银两的所在，都是桶子盛着。适间进去看了十个大桶，每桶四千，又五个小匣，每个一千，共是四万五千。已将文兄的封皮记号封好了。只等交了货，就是文兄的了。"主人出来道："房屋文书、缎匹帐目，俱已在此，凑足五万之数了。且到船上取货去。"一拥都到海船来。文若虚于路对众人说："船上人多，切勿明言。小弟自有厚报。"众人也只怕船上人知道，要分用钱去，各各心照。文若虚到了船上，先向龟壳中把自己包裹被囊取出了，手摸一摸壳，口里暗道："侥幸！侥幸！"主人便叫店内后生二人来抬此壳，分付道："好生抬进去，不要放在外边。"船上人见抬了此壳去，便道："这个滞货，也脱手了！不知卖了多少？"文若虚只不做声，一手提了包裹，往岸上就走。这起初同上来的几个，又赶到岸上，将龟壳从头至尾细细看了一遍，又向壳内张了一张，捽了一捽[24]，面面相觑道："好处在那里？"主人仍拉了这十来个，一同上去，到店里，说道："而今且同文客官看了房屋铺面来。"众人与主人一同走到一处，正是闹市中间，一所好大房子，门前正中是个铺子；旁有一弄，走进转个湾，是两扇大石板门；门内大天井，上面一所大厅；厅上有一匾，题曰"来琛堂"；堂旁有两楹侧屋；屋内三面有橱；橱内都是绫罗各色缎匹；以后内房楼房甚多。文若虚暗道："得此为住居，王侯之家不过如此矣！况又有缎铺营生，利息无尽，便做了这里客人罢了，还思想家里甚么！"就对主人道："好却好，只是小弟是个孤身，毕竟还要寻几房使唤的人才住得。"主人道："这个不难，都在小店身上。"文若虚满心欢喜，同众人走归本店来。主人讨茶来吃了，说道："文客官，今晚不消船上去，就在铺中住下。使唤的人,铺中现有,逐渐再讨便是。"

众客人多道:"交易事已成,不必说了,只是我们毕竟有些疑心。此壳有何好处,值价如此?还要主人见教一个明白。"文若虚道:"正是,正是。"主人笑道:"诸公往来海上走了多年,这些也不识得。列位岂不闻说'龙有九子'?子内有一种是鼍龙,其皮可以幔鼓,声闻百里,所以谓之鼍鼓。鼍龙万岁,到底蜕下此壳成龙。此壳有二十四肋,按天上二十四气,每肋中间节内,有大珠一颗。若是肋未完全时节,成不得龙,蜕不得壳。也有生捉得他来,只好将皮幔鼓,其肋中也未有东西。直待二十四肋,肋肋完全,节节珠满,然后蜕了此壳,变龙而去。故此是天然蜕下,气候俱到,肋节俱完的,与生擒活捉,寿数未满的不同,所以有如此之大。这个东西,我们肚中虽晓得;知他几时蜕下?又在何处地方守得他着?壳不值钱,其珠皆有夜光,乃无价宝也。今天幸遇巧,得之无心耳!"众人听罢,似信不信。只见主人走将进去了一会,笑嘻嘻的走出来,袖中取出一西洋布的包来,说道:"请诸公看看。"解开时,只见一团线,裹着寸许大一颗夜明珠,光彩夺目。讨个黑漆盘儿,放在暗处,其珠滚一个不定,闪闪烁烁,约有尺馀亮处。众人看了,惊得目睁口呆,伸了舌头,缩不进去。主人回身转来,对众逐个致谢道:"多蒙列位作成了。只这一颗,拿到咱国中,就值方才的价钱了。其馀多是尊惠。"众人个个心惊,却是说过的话,又不好翻悔得。主人见众人有些变色,收了珠子,急急走到里边,又叫抬出一个缎箱来,除了文若虚,每人送与缎子二端,说道:"烦劳了列位,做两件道袍穿穿,也见小肆中薄意。"袖中又摸出细珠十数串,各送一串,道:"轻鲜[25],轻鲜,备归途一茶罢了。"文若虚处,另是粗些的珠子四串,缎子八匹,道是"权且做几件衣服"。文若虚同众人欢喜作谢了。

主人就同众人送了文若虚到缎铺中,叫铺里伙计后生们都来相见,说道:"今番是此位主人了。"主人自别了去,道:"再到小店中去去来。"只见须臾间,数十个脚夫,扛了好些杠来,把先前文若虚封记的十桶五匣,都发来了。文若虚搬在一个深密谨慎的卧房里头去处,出来对众人道:"多承列位挈带,有此一套意外富贵,感谢不尽。"走进去,把自家包裹内所卖"洞庭红"的银钱,倒将出来,每人送他十个。止有张大与先前出银助他的两三人,分外又是十个,道:"聊表谢意。"此时文若虚把这些银钱看得不在眼里了,众人却是快活,称谢不尽。文若虚又拿出几十个来,对张大说道:"有烦老兄,将此分与船上同行的人,每位一个,聊当一茶。小弟住在此间,有了头绪,慢慢到本乡来。此时不得同行,就此为别了。"张大道:"还有一千两用钱,未曾分得,却是如何?须得文兄分开,方没得说。"文若虚道:"这倒忘了。"就与众人商议,将一百两分与船上众人;馀九百两,照现在人数,另外添出两股,派了股数,各得一股。张大为头的,褚中颖执笔的,多分一股。众人千欢万喜,没有说话。内中一人道:"只是便宜了这回回[26]。文先生还该起个风,要他些不敷才是[27]。”文若虚道：“不要不知足。看我一个倒运汉，做着便折本的，造化到来，平空地有此一注财爻，可见人生分定，不必强求。我们若非这主人识货，也只当废物罢了；还亏他指点晓得，如何还好昧心争论？”众人都道：“文先生说得是。存心忠厚，所以该有此富贵。”大家千恩万谢，各各赍了所得东西，自到船上发货。

从此文若虚做了闽中一个富商，就在那边娶了妻小，立起家业；数年之间，才到苏州走一遭，会会旧相识，依旧去了。至今子孙繁衍，家道殷富不绝。正是：

运退黄金失色，时来顽铁生辉。

莫与痴人说梦，思量海外寻龟。

注释

[1]十七史：古代的十七部正史，分别是：《史记》、《汉书》、《后汉书》、《三国志》、《晋书》、《宋书》、《南齐书》、《梁书》、《陈书》、《魏书》、《北齐书》、《周书》、《隋书》、《南史》、《北史》、《新唐书》、《新五代史》。

[2]酱瓿（bù，旧读 fǒu）：盛放酱的容器，青铜或陶制，圆口、深腹、圈足。

[3]簳（gǎn）：小竹，可作箭杆。

[4]掌命司：迷信认为掌管命运的神灵。

[5]儿子每：即“儿子们”。

[6]寒荆：又称“拙荆”，对自己妻子的谦称。

[7]跌跌脚：跺脚。

[8]元来：同“原来”。　推逊：推挡，谦让。

[9]沈石田、文衡山、祝枝山：即沈周（字启南，号石田），文徵明（号衡山）、祝允明（号枝山），均为明代长洲（今江苏吴县）的大画家。

[10]乔人：造假者。

[11]对合：对半。

[12]霉沴（lì）：雨季因潮湿而长霉。沴，指气不和而生的灾害。

[13]“报君知”：打卦算命者所用的一种东西，用金属薄片做成，敲击时叮当作响，吸引人的注意力。

[14]财爻（yáo）：打卦算命者指主发财的卦象。

[15]苏井诸家树：相传汉代的苏耽曾种橘树，凿水井。他替人治病，让病人用井水服用一片橘叶即可除病。

[16]李氏千头奴：三国时吴国丹阳太守李衡曾种橘千树，号“千头木奴”。

[17]拿班：拿架子。此处的意思是抬高物价。

[18]哓哓（xiāo）：争辩声。

[19]对发：兑换。

[20]命蹇（jiǎn）：命运不顺，多磨难。

[21]狼犺（kàng）：又大又笨。

[22]镬铎（huò duó）：本指声音杂乱，此处指心神不定，犹豫不决。

[23]用钱：也作“佣钱”，旧时商业用语，指付给经纪人的酬金。

[24]捞（láo）：用力去抚摸。

[25]轻鲜:微薄不足道。客气话,自谦礼物不够贵重。
[26]回回:俗称回民。这里是指波斯人玛宝哈。
[27]起个风,要他些不敷:指找个由头,声称要价低,让买主再加一笔钱。

新评

这篇小说宣扬的是“生死由命,富贵在天”的唯心主义,尤其是前面的“楔子”,将功名富贵归于“天数”,所谓“分内功名匣里财,不关聪慧不关呆”。这是不值得提倡的。但全篇在写作技巧上,还是颇引人入胜的。作者先举一个具体的例子,即文若虚到北京贩卖扇子而折本,来具体说明这个绰号“倒运汉”的人是如何“倒运的”。而后笔锋一转,通过算命先生的“有百十分财气,不是小可”的卦语,向读者暗示文若虚要时来运转,由“倒运汉”变成“转运汉”。接着,买橘,上船,行船,上岸,用意想不到的价钱出脱橘子——至此,读者以为文若虚的好运到此为止了。谁知重头戏还在后面!在一个不该到达的荒岛上,文若虚不经意间拾回一个大龟壳,众人都道是“滞货”,没用处,文若虚本人也并未寄龟壳以太大的期望。可是就是这个大龟壳,却藏着无价之宝!当波斯人识得这个宝贝,提出要购买时,大家仍半信半疑。而当五万银子的天价在买主看来仍不到位时,所有的人包括读者都震惊了。在详细描写了成交的过程后,作者才让买主道出这个大龟壳的价值所在:原来天大的要价只不过相当于其总价的二十四分之一!直到此时,作者才满足了读者的好奇要求,才将“转运汉”的运气全交待出来。

第十卷　看财奴刁买冤家主

从来欠债要还钱，冥府于斯倍灼然。
若使得来非分内，终须有日复还原。

却说人生财物皆有定分，若不是你的东西，纵然勉强哄得到手，原要一分一毫填还别人的。从来因果报应的说话，其事非一，难以尽述。在下先拣一桩希罕些的说来，做个得胜头回[1]。

晋州古城县有一人，名唤张善友，平日看经念佛，是个好善的长者。浑家李氏，却有些短见薄识，要做些小便宜勾当。夫妻两个过活，不曾生男育女，家道尽从容好过。其时本县有个赵廷玉，是个贫难的人，平日也守本分；只因一时母亲亡故，无钱葬埋，晓得张善友家私有馀，起心要去偷些来用。算计了两日，果然被他挖个墙洞，偷了五六十两财物，将母亲殡葬讫。自想道："我本不是没行止的，只因家贫无钱葬母，做出这个短头的事来[2]，扰了这一家人家。今生今世还不的他，来生来世，是必填还他则个。"

张善友次日起来，见了壁洞，晓得失了贼，查点家财，箱笼里没了五六十两银子。张善友是个富家，也不十分放在心上，道是命该失脱，叹口气罢了。唯有李氏切切于心，道："有此一项银子，做许多事，生许多利息，怎舍得白白被盗了去！"正在纳闷间，忽然外边有一个和尚来寻张善友。张善友出去相见了，问道："师父何来？"和尚道："老僧是五台山僧人，为因佛殿坍损，下山来抄化修造。抄化了多时，积得有百来两银子，还少些个。又有那上了疏未曾勾销的，今要往别处去走走，讨这些布施。身边所有银子，不便携带，恐有所失，要寻个寄放的去处，一时无有。一路访来，闻知长者好善，是个有名的檀越[3]，特来寄放这一项银子，待别处讨足了，就来取回本山去也。"张善友道："这是胜事。师父只管寄放在舍下，万无一误。只等师父事毕来取便是。"当下把银子看验明白，点计件数，拿进去交付与浑家了，出来留和尚吃斋。和尚道："不劳檀越费斋。老僧心忙，要去募化。"善友道："师父银子，弟子交付浑家收好在里面；倘若师父来取时，弟子出外，必预先分付停当，交还师父便了。"和尚别了，自去抄化。那李氏接得和尚银子在手，满心欢喜，想道："我才失得五六十两，这和尚倒送将一百两来，岂不是补还了我的缺还有得多哩！"就起一点心，打帐要赖他的[4]。

一日，张善友要到东岳庙里烧香求子去，对浑家道："我去则去，有那五台山的僧所寄银两，前日是你收着。若他来取时，不论我在不在，你便与他去。他若要斋吃，你便整理些蔬菜，斋他一斋，也是你的功德。"李氏道："我晓得。"张善友自烧香去了。去后，那五台山和尚抄化完了，却来问张善友取这项银子。李氏便白赖道："张善友也不在家，我家也没有人寄甚么银子。师父敢是错认了人家了？"和尚道："我前日亲自交付与张长者，长者收拾进来，交付孺人的[5]，怎么说此话？"李氏便赌咒道："我若见你的，我眼里出血！"和尚道："这等说，要赖我的了？"李氏又道："我赖了你的，我堕十八层地狱！"和尚见他赌咒，明知白赖了，争奈是个女人家，又不好与他争论得。和尚没计奈何，合着掌，念声佛道："阿弥陀佛！我是十方抄化来的布施，要修理佛殿的，寄放在你这里，你怎么要赖我的？你今生今世赖了我这银子，到那生那世，少不得要填还我。"带着悲恨而去。过了几时，张善友回来，问起和尚银子。李氏哄丈夫道："刚你去了，那和尚就来取，我双手还他去了。"张善友道："好，好，也完了一宗事。"

过得两年，李氏生下一子。自生此子之后，家私火焰也似长将起来。再过了五年，又生一个。共是两个儿子了：大的小名叫做乞僧，次的小名叫做福僧。那乞僧大来，极会做人家，披星戴月，早起晚眠；又且生性悭吝，一文不使，两文不用，不肯轻费着一个钱，把家私挣得偌大。可又作怪，一般两个弟兄，同胞共乳，生性绝是相反。那福僧每日只是吃酒赌钱，养婆娘，做子弟[6]，把钱钞不着疼热的使用。乞僧旁看了是他辛苦挣来的，老大的心疼。福僧每日有人来讨债，多是瞒着家里，外边借来花费的。张善友要做好汉的人，怎肯叫儿子被人逼迫，门户不清的，只得一主一主填还了。那乞僧只叫得苦。张善友疼着大孩儿苦挣，恨着小孩儿荡费，偏吃亏了，立个主意，把家私匀做三分分开，他兄弟们各一分，老夫妻留一分，等做家的自做家，破败的自破败，省得歹的累了好的，一总凋零了。那福僧是个不成器的肚肠，倒要分了自由自在，别无拘束，正中下怀，家私到手，正如：

汤泼瑞雪，风卷残云。

不上一年，使得光光荡荡了，又要分了爹妈的这半分，也自没有了，便去打搅哥哥，不由他不应手，连哥哥的也摆布不来。他是个做家的人，怎生受得过，气得成病，一卧不起，求医无效，看看至死。张善友道："成家的倒有病，败家的倒无病，五行中如何这样颠倒？"恨不得把小的替了大的，苦在心头，说不出来。那乞僧气蛊已成[7]，毕竟不痊，死了。张善友夫妻大痛失声。那福僧见哥哥死了，还有剩下家私，落得是他受用，一毫不在心上。李氏妈妈见如此光景，一发舍不得大的，终日啼哭，哭得眼中出血而死。福僧也没有一些苦楚，带着母丧，只在花街柳陌，逐日混帐，淘虚了身子，害了痨瘵之病[8]，又看看死来。张善友此时急得无法可施，便是败家的，留得个种也好，论不得成器不成器了。正是：

前生注定今生案，天数难逃大限催。

福僧是个一丝两气的病，时节到来，如三更油尽的灯，不觉的息了。张善友虽是平日不像意他的，而今自念两儿皆死，妈妈亦亡，单单剩得老身，怎由得不苦痛哀切。自道："不知作了什么罪业，今朝如此果报得没下梢！"[9]一头愤恨，一头想道："我这两个业种，是东岳求来的，不争被你阎君勾去了，东岳敢不知道？我如今到东岳大帝面前，告苦一番，大帝有灵，勾将阎神来，或者还了我个把儿子，也不见得。"也是他苦痛无聊，痴心想到此，果然到东岳跟前哭诉，道："老汉张善友，一生修善，便是俺那两个孩儿和妈妈，也不曾做甚么罪过，却被阎神屈屈勾将去，单剩得老夫。只望神明将阎神追来，与老汉折证一个明白。若果然该受这业报，老汉死也得瞑目！"诉罢，哭倒在地，一阵昏沉，晕了去。

朦胧之间，见个鬼使来对他道："阎君有勾。"张善友道："我正要见阎君问他去。"随了鬼使，竟到阎君面前。阎君道："张善友，你如何在东岳告我？"张善友道："只为我妈妈和两个孩儿不曾犯下什么罪过，一时都勾了去，有此苦痛，故此哀告大帝做主。"阎王道："你要见你两个孩儿么？"张善友道："怎不要见？"阎王命鬼使召将来。只见乞僧、福僧，两个齐到。张善友喜之不胜，先对乞僧道："大哥，我与你家去来。"乞僧道："我不是你什么大哥！我当初是赵廷玉，不合偷了你家五十多两银子，如今加上几百倍利钱还了你家，俺和你不亲了。"张善友见大的如此说了，只得对福僧说："既如此，二哥随我家去了也罢。"福僧道："我不是你家什么二哥！我前身是五台山和尚。你少了我的。你如今也加百倍还得我够了，与你没相干了。"张善友吃了一惊，道："如何我少五台山和尚的？怎生得妈妈来一问便好。"阎王已知其意，说道："张善友，你要见浑家不难。"叫鬼卒："与我开了酆都城，拿出张善友妻李氏来。"鬼卒应声去了。只见押了李氏，披枷带锁，到殿前来。张善友道："妈妈，你为何事如此受罪？"李氏哭道："我生前不合混赖了五台和尚百两银子，死后叫我历遍十八层地狱。我好苦也！"张善友道："那银子，我只道还他去了，怎知赖了他的！这是自作自受。"李氏道："你怎生救我！"扯着张善友大哭。阎王震怒，拍案大喝。张善友不觉惊醒，乃是睡倒在神案前作的梦，明明白白，才省悟多是宿世的冤家债主。住了悲哭，出家修行去了：

方信道暗室亏心，难逃他神目如电。
今日个显报无私，怎倒把阎君埋怨？

在下为何先说此一段因果？只因有个贫人，把富人的银子借了去，替他看守了几多年，一钱不破，后来不知不觉双手交还了本主。这事更奇，听在下表白一遍。

宋时汴梁曹州曹南村周家庄上，有个秀才，姓周，名荣祖，字伯成，浑家张氏。那周家先世广有家财，祖公公周奉敬重释门，起盖一所佛院，每日看经念佛。到他父亲手里，一心只做人家。为因修理宅舍，不舍得另办木石砖瓦，就将那所佛院尽拆毁来用了。比及宅舍功完，得病不起，人皆道是不信佛之报。父亲既死，家私里外，通是荣祖一个掌把。那荣祖学成满腹文章，要上朝应举。他与张氏生得一子,尚在襁褓,乳名叫做长寿。只因妻娇子幼,不舍得抛撇[10],商量三口儿同去。他把祖上遗下那些金银成锭的,做一窖儿埋在后面墙下,怕路上不好携带,只把零碎的细软的带些随身。房廊屋舍,着个当值的看守。他自去了。

话分两头。曹州有一个穷汉,叫做贾仁,真是衣不遮身,食不充口,吃了早起的,无那晚夕的;又不会做什么营生,则是与人家挑土筑墙,和泥托坯,担水运柴,做坌工生活度日[11],晚间在破窑中安身。外人见他十分过的艰难,都唤他做"穷贾儿"。却是这个人秉性古怪拗别,常道:"总是一般的人,别人那等富贵奢华,偏我这般穷苦!"心中恨毒。有诗为证:

又无房舍又无田,每日城南窑内眠。

一般带眼安眉汉,何事囊中偏没钱?

说那贾仁心中不伏气,每日得闲空,便走到东岳庙中,告诉神灵道:"小人贾仁,特来祷告。小人想有那等骑鞍压马,穿罗着锦,吃好的,用好的,他也是一世人。我贾仁也是一世人,偏我衣不遮身,食不充口,烧地眠,炙地卧,兀的不穷杀了小人!小人但有些小富贵,也为斋僧布施,盖寺建塔,修桥补路,惜孤念寡,敬老怜贫。上圣可怜见咱!"日日如此。真是精诚之极,有感必通,果然被他哀告不过,感动起来。一日祷告毕,睡倒在廊檐下,一霎儿被殿前灵派侯摄去,问他终日埋天怨地的缘故。贾仁把前言再述一遍,哀求不已。灵派侯也有些怜他,唤那增福神查他衣禄食禄有无多寡之数。增福神查了,回覆道:"此人前生不敬天地,不孝父母,毁僧谤佛,杀生害命,抛撇净水,作践五谷。今世当受冻饿而死。"贾仁听说,慌了,一发哀求不止,道:"上圣可怜见!但与我些小衣禄食禄,我是必做个好人。我爷娘在时,也是尽力奉养的;亡化之后,不知甚么缘故,颠倒一日穷一日了。我也在爷娘坟上烧钱裂纸,浇茶奠酒,泪珠儿至今不曾干。我也是个行孝的人。"灵派侯道:"吾神试点检他平日所为,虽是不见别的善事,却是穷养父母,也是有的。今日据着他埋天怨地,正当冻饿;念他一点小孝,可又道天不生无禄之人,地不长无根之草。吾等体上帝好生之德,权且看有别家无碍的福力,借与他些;与他一个假子,奉养至死:偿他这一点孝心罢。"增福神道:"小圣查得有曹州曹南周家庄上,他家福力所积,阴功三辈。为他拆毁佛地,一念差池,合受一时折罚。如今把那家的福力,权借与他二十年,待到限期已足,着他双手交还本主。这个可不两便?"灵派侯道:"这个使得。"唤过贾仁,把前话分付他明白,叫他牢牢记取:"比及你去做财主时,索还的早在那里等了。"贾仁叩头,谢了上圣济拔之恩,心里道:"已是财主了。"出得门来,骑了高头骏马,放个辔头,那马见了鞭影,飞也似的跑,把他一交攧翻,大喊一声,却是南柯一梦[12],身子还睡在庙檐下。想一想,道:"恰才上圣分明的对我说,那一家的福力,借与我二十年。我如今该做财主。一觉醒来,财主在那里?'梦是心头想',信他则甚!昨日大户人家要打墙,叫我寻泥坯,我不免去寻问一家则个。”出了庙门去。

真是时来福凑：恰好周秀才家里看家当直的，因家主出久未归，正缺少盘缠；又晚间睡着，被贼偷得精光，家里别无可卖的，止有后园中这一垛旧坍墙，想是要他没用，不如把泥坯卖了，且将就做盘缠度日。走到街上，正撞着贾仁，晓得他是惯与人家打墙的，就把这话央他去卖。贾仁道：“我这家正要泥坯，讲倒价钱，吾自来挑也。”果然走去说定了价，挑得一担算一担。开了后门，一凭贾仁自掘自挑。

贾仁带了铁锹、锄头、土筐之类来动手[13]，刚扒倒得一堵，只见墙脚之下，拱开石头，那泥簌簌的落将下去，恰像底下是空的。把泥拨开，泥下一片石板，撬起石板，乃是盖下一个石槽，满槽多是土墼块一般大的金银[14]，不计其数。旁边又有小块零星楔着。吃了一惊，道：“神明如此有灵！已应着昨梦！惭愧！今日有分做财主了！”心生一计，就把金银放些在土筐中，上边覆着泥土，装了一担，且把在地中挑未尽的，仍用泥土遮盖，以待再挑。他挑着担，竟往栖身的破窑中权且埋着，神鬼不知；运了一两日，都运完了。他是极穷人，有了这许多银子，也是他时运到来，且会摆拨：先把些零碎小锞买了一所房子，住下了，逐渐把窑里埋的又搬将过去，安顿好了。先假做些小买卖，慢慢演将大来。不上几年，盖起房廊屋舍，开了解典库、粉房、磨房、油房、酒房，做的生意，就如水也似长将起来。

“旱路上有田，水路上有船，人头上有钱。”平日叫他做“穷贾儿”的，多改口叫他是“员外”了。又娶了一房浑家，却是寸男尺女皆无，空有那鸦飞不过的田宅，也没一个承领。又有一件作怪：虽有了这样大家私，生性悭吝苦刻，一文也不使，半文也不用，要他一贯钞，就如挑他一条筋。别人的，恨不得劈手夺将来；若要他把与人，就心疼的了不得：所以又有人叫他做“悭贾儿”。请着一个老学究，叫做陈德甫，在家里处馆。那馆不是教学的馆，无过在解铺里上些帐目，管些收钱举债的勾当。贾员外日常与陈德甫说：“我枉有家私，无个后人承领。自己生不出，街市上但遇着卖的，或是肯过继的，是男是女，寻一个来，与我两口儿喂眼也好[15]。”说了不则一番。陈德甫又转分付了开酒务的店小二[16]：“倘有相应的，可来先对我说。”这里一面寻螟蛉之子，不在话下。

却说那周荣祖秀才，自从同了浑家张氏、孩儿长寿，三口儿应举去后，怎奈命运未通，功名不达。这也罢了。岂知到得家里，家私一空，止留下一所房子，去寻寻墙下所埋祖遗之物，但见墙倒泥开，刚剩得一个空石槽。从此衣食艰难，索性把这所房子卖了，三口儿复又去洛阳探亲。偏生这等时运。正是：

时来风送滕王阁，运退雷轰荐福碑。

那亲眷久已出外，弄做个“满船空载月明归”，身边盘缠用尽。到得曹南地方，正是暮冬天道，下着连日大雪，三口儿身上俱各单寒，好生行走不得。有一篇《正宫调·滚绣球》为证：

是谁人碾就琼瑶往下筛?是谁人剪冰花迷眼界?恰便是玉琢成六街三陌,恰便似粉妆就殿阁楼台。便有那韩退之,蓝关前冷怎当?便有那孟浩然,驴背上也跌下来。便有那剡溪中,禁回他子猷访戴。则这三口儿兀的不冻倒尘埃!眼见得一家受尽千般苦,可甚么十谒朱门九不开。委实难挨!

当下张氏道:"似这般风又大,雪又紧,怎生行去?且在那里避一避也好。"周秀才道:"我们到酒务里避雪去。"两口儿带了小孩子,踅到一个店里来[17]。店小二接着道:"可是要买酒吃的?"周秀才道:"可怜我那得钱来买酒吃!"店小二道:"不吃酒,到我店里做甚?"秀才道:"小生是个穷秀才,三口儿探亲回来,不想遇着一天大雪,身上无衣,肚里无食,来这里避一避。"店小二道:"避避不妨,那一个顶着房子走哩。"秀才道:"多谢哥哥。"叫浑家领了孩儿,同进店来,身子扢抖抖的寒颤不住。店小二道:"秀才官人,你每受了寒了,吃杯酒不妨。"秀才叹道:"我才说没有钱在身边。"小二道:"可怜!可怜!那里不是积福处,我舍你一杯烧酒吃,不要你钱。"就在"招财利市"面前那供养的三杯酒内,取一杯递过来。周秀才吃了,觉道和暖了好些。浑家在旁,闻得酒香,也要杯儿敌寒,不好开得口,正与周秀才说话,店小二晓得意思,想道:"有心做人情,便再与他一杯。"又取那第二杯递过来,道:"娘子也吃一杯。"秀才谢了,接过与浑家吃。那小孩子长寿,不知好歹,也嚷道要吃。秀才簌簌的掉下泪来道:"我两个也是这哥哥好意,与我每吃的,怎生又有得到你!"小孩子便哭将起来。小二问知缘故,一发把那第三杯与他吃了。就问秀才道:"看你这样艰难,你把这小的儿子与了人家,可不好?"秀才道:"一时撞不着人家要。"小二道:"有个人要。你与娘子商量去。"秀才对浑家道:"娘子,你听么?卖酒的哥哥说:'你们这等饥寒,何不把小孩子与了人?'他有个人家要。"浑家道:"若与了人家,倒也强似冻饿死了。只要那人养的活,便与他去罢。"秀才把浑家的话对小二说。小二道:"好教你们喜欢,这里有个大财主,不曾生得一个儿女,正要一个小的。我如今领你去。你且在此坐一坐,我寻将一个人来。"小二三脚两步,走到对门,与陈德甫说了这个缘故。陈德甫踱到店里,问小二道:"在那里?"小二叫周秀才与他相见了。陈德甫一眼看去,见了小孩子长寿,便道:"好个有福相的孩儿!"就问周秀才道:"先生那里人氏?姓甚名谁?因何就肯卖了这孩子?"周秀才道:"小生本处人氏,姓周,名荣祖。因家业凋零,无钱使用,将自己亲儿,情愿过继与人为子。先生,你敢是要么?"陈德甫道:"我不要。这里有个贾老员外,他有泼天也似家私,寸男尺女皆无。若是要了这孩儿,久后家缘家计,都是你这孩儿的。"秀才道:"既如此,先生作成小生则个!"陈德甫道:"你跟着我来。"

周秀才叫浑家领了孩儿,一同跟了陈德甫到这家门首。陈德甫先进去,见了贾员外。员外问道:"一向所托寻孩子的怎么了?"陈德甫道:"员外,且喜有一个小的了。"员外道:"在那里?"陈德甫道:"现在门首。"员外道:"是个甚么人的?"陈德甫道："是个穷秀才。"员外道："秀才倒好，可惜是穷的。"陈德甫道："员外说得好笑，那有富的来卖儿女！"员外道："叫他进来我看看。"陈德甫出来，与周秀才说了，领他同儿子进去。秀才先与员外叙了礼，然后叫儿子过来与他看。员外看了一看，见他生得青头白脸，心上喜欢，道："果然好个孩子！"就问了周秀才姓名，转对陈德甫道："我要他这个小的，须要他立纸文书。"陈德甫道："员外要怎么样写？"员外道："无过写道：'立文书人某人，因口食不敷，情愿将自己亲儿某，过继与财主贾老员外为儿。'"陈德甫道："只叫员外够了，又要那财主两字做甚？"员外道："我不是财主，难道叫我穷汉？"陈德甫晓得是有钱的心性，只顺着道："是，是，只依着写财主罢。"员外道："还有一件要紧。后面须写道：'立约之后，两边不许翻悔；若有翻悔之人，罚钞一千贯，与不悔之人用。'"陈德甫大笑道："这等，那正钱可是多少？"员外道："你莫管我，只依我写着。他要得我多少，我财主家心性，指甲里弹出来的，可也吃不了！"陈德甫把这些话一一与周秀才说了。周秀才只得依着口里念的写去。写到"罚一千贯"，周秀才停了笔，道："这等，我正钱可是多少？"陈德甫道："知他是多少。我恰才也是这等说。他道：我是个巨富的财主，他要得多少，他指甲里弹出来的，着你吃不了哩。"周秀才也道："说得是。"依他写了。却把正经的卖价竟不曾填得明白。他与陈德甫也多是迂儒，不晓得这些圈套，只道口里说得好听，料必不轻的；岂知做财主的专一苦克算人，讨着小便宜，口里便甜如蜜，原听不得的。当下周秀才写了文书，陈德甫递与员外收了。员外就领了进去与妈妈看了。妈妈也喜欢。此时长寿已有七岁，心里晓得了。员外教他道："此后有人问你姓什么，你便道：'我姓贾。'"长寿道："我自姓周。"那贾妈妈道："好儿子，明日与你做花花袄子穿；有人问你姓，只说姓贾。"长寿道："便做大红袍与我穿，我也只是姓周！"员外心里不快，竟不来打发周秀才。秀才催促陈德甫。德甫转催员外。员外道："他把儿子留在我家，他自去罢了。"陈德甫道："他怎么肯去？还不曾与他恩养钱哩[18]。"员外就起个赖皮心，只做不省得，道："甚么恩养钱？随他与我些罢。"陈德甫道："这个，员外休要人；他为无钱，才要卖这个小的，怎么倒要他恩养钱？"员外道："他因为无饭养活儿子，才过继与我。如今要在我家吃饭，我不问他要恩养钱，他倒问我要恩养钱！"陈德甫道："他辛辛苦苦养这小的与了员外为儿，专等员外与他些恩养钱，回家做盘缠，怎这等要他？"员外道："立过文书，不怕他不肯了。他若有说话，便是翻悔之人，教他罚一千贯还我，领了这儿子去。"陈德甫道："员外怎如此斗人要？你只是与他些恩养钱去是正理。"员外道："陈德甫，看你面上，与他一贯钞。"陈德甫道："这等一个孩儿，与他一贯钞忒少。"员外道："一贯钞许多宝字哩！我富人使一贯钞，似挑着一条筋！你是穷人，怎倒看得这样容易？你且与他去。他是读书人，见儿子落了好处，敢不要钱也不见得。"陈德甫道："那有这事！不要钱不卖儿子了。"再三说不听，只得拿了一贯钞与周秀才。

秀才正走在门外，与浑家说话，安慰他道："且喜这家果然富厚，已立了文书。这事多分可成。长寿儿也落了好地了。"浑家正要问道："讲倒多少钱钞?"只见陈德甫拿得一贯出来。浑家道："我几杯儿水洗的孩儿偌大，怎生只与我一贯钞! 便买个泥娃娃也买不得!"陈德甫把这话又进去与员外说。员外道："那泥娃娃须不会吃饭。常言道：'有钱不买张口货。'因他养活不过，才卖与人。等我肯要就够了，如何还要我钱?既是陈德甫再三说，我再添他一贯。如今再不添了。他若不肯，白纸上写着黑字，教他拿一千贯来，领了孩子去。"陈德甫道："他有得这一千贯时，倒不卖儿子了。"员外发作道："你有得添添他，我却没有!"陈德甫叹口气道："是我领来的不是了! 员外又不肯添，那秀才又怎肯两贯钱就住? 我中间做人也难。也是我在门下多年，今日得过继儿子，是个美事，做我不着，成全他两家罢。"就对员外道："在我馆钱内支两贯，凑成四贯，打发那秀才罢。"员外道："大家两贯，孩子是谁的?"陈德甫道："孩子是员外的。"员外笑逐颜开道："你出了一半钞，孩子还是我的。这等，你是个好人。"依他又支了两贯钞，帐簿上要他亲笔注明白了。共成四贯，拿出来与周秀才，道："这员外是这样悭吝苦克的，出了两贯再不肯添了。小生只得自支两月的馆钱，凑成四贯，送与先生。先生，你只要儿子落了好处，不要计论多少罢。"周秀才道："甚道理，倒难为着先生!"陈德甫道："只要久后记得我陈德甫。"周秀才道："贾员外只是两贯，先生替他出了一半，这倒是先生赍发了小生。这恩德怎敢有忘! 唤孩儿出来，叮嘱他两句，我每去罢。"陈德甫叫出长寿来，三个并头哭个不住，分付道："爹娘无奈，卖了你，你在此，可也免了些饥寒冻馁。只要晓得些人事，敢这家不亏你。我们得便来看你就是。"小孩子不舍得爹娘，吊住了只是哭。陈德甫只得去买些果子来，哄住了他，骗了他进去。周秀才夫妻自去了。

那贾员外过继了个儿子，又且放着刁勒买的，不费大钱，自得其乐，就叫他做了贾长寿。晓得他已有知觉，不许人在他面前提起一句旧话，也不许着周秀才通消息往来，古古怪怪，防得水泄不通。岂知暗地移花接木，已自双手把人家交还他。那长寿大来，也看看把小时的事忘怀了，只认贾员外是自己的父亲。可又作怪：他父亲一文不使，半文不用；他却心性阔大，看那钱钞，便是土块般相似。人道是他有钱，多顺口叫他为"钱舍"。那时妈妈亡故，贾员外得病不起，长寿要到东岳烧香，保佑父亲。与父亲讨得一贯钞，他便背地与家僮兴儿，开了库，带了好些金银宝钞去了，到得庙上来。此时正是三月二十七日，明日是东岳圣帝诞辰。那庙上的人好不来的多! 天色已晚，拣着一个廊下干净处所歇息，可先有一对儿夫妻在那里。但见：

仪容黄瘦，衣服单寒。男人头上儒巾，大半是尘埃堆积；女子脚跟罗袜，两边泥土粘连。定然终日道途间，不似安居闺阁内。

你道这两个是甚人？原来正是卖儿子的周荣祖秀才夫妻两个。只因儿子卖了，家事已空，又往各处投人不着，流落在他方十来年，乞化回家，思量要来贾家探取儿子消息。路经泰安州，恰遇圣帝生日，晓得有人要写疏头[19]，思量赚他几文，来央庙官。庙官此时也用得他着，留他在左廊下住。因他也是个穷秀才，庙官好意拣这搭干净地与他。岂知贾长寿见这带地好，叫兴儿赶他开去。兴儿狐假虎威，喝道："穷弟子快走开去，让我们！"周秀才问："你们是什么人？"兴儿就打他一下，道："钱舍也不认得，问是什么人！"周秀才道："我须是问了庙官，在这里住的，什么钱舍来赶得我？"长寿见他不肯让，喝教打他。兴儿正在厮扭，周秀才大喊，惊动了庙官，走来道："甚么人，如此无理！"兴儿道："俺家钱舍，要这搭儿安歇。"庙官道："家有家主，庙有庙主。是我留在这里的秀才，你如何强夺他的宿处？"兴儿道："俺家钱舍，有的是钱，与你一贯钱，借这埚儿田地歇息[20]。"庙官见有了钱，就改了口，道："我便叫他让你罢。劝他两个另换个所在。"周秀才好生不服气，没奈他何，只得依了。明日烧罢香，各自散去。长寿到得家里，贾员外已死了。他就做了小员外，掌把了偌大家私，不在话下。

且说周秀才自东岳下来，到了曹南村，正要去查问贾家消息，一向不回家，把巷陌多生疏了。在街上一路慢访问，忽然浑家害起急心疼来，望去一个药铺，牌上写着"施药"，急走去求得些来，吃下好了。夫妻两口走到铺中，谢那先生。先生道："不劳谢得，只要与我扬名。"指着招牌上的字道："须记我是陈德甫。"周秀才点点头，念了两声陈德甫，对浑家道："这陈德甫名儿好熟，我那里曾会过来。你可记得？"浑家道："俺卖孩儿时做保人的不是陈德甫？"周秀才道："是，是！我正好问他。"又走去叫道："陈德甫先生，可认得学生么？"德甫相了一相，道："有些面善。"周秀才道："先生也这般老了。则我便是卖儿子的周秀才。"陈德甫道："还记得我赍发你两贯钱？"周秀才道："此恩无日敢忘！只不知而今我那儿子好么？"陈德甫道："好教你欢喜，你孩儿贾长寿如今长立成人了。"周秀才道："老员外呢？"陈德甫道："近日死了。"周秀才道："好一个悭刻的人！"陈德甫道："如今你孩子做了小员外，不比当初老的了，且是仗义疏财。我这施药的本钱，也是他的。"周秀才道："陈先生，怎生着我见他一面？"陈德甫道："先生，你同嫂子在铺中坐一坐，我去寻将他来。"

陈德甫走来，寻着贾长寿，把前话一五一十的对他说了。那贾长寿虽是多年没人题破，见说了，转想幼年间事，还自隐隐记得。急忙跑到铺中来，要认爹娘。陈德甫领他拜见。长寿看了模样，吃了一惊，道："泰安州打的就是他，怎么了！"周秀才道："这不是泰安州夺我两口儿宿处的么？"浑家道："正是，叫做甚么钱舍！"秀才道："我那时受他主仆的气不过，那知即是我儿子！"长寿道："孩儿其实不认得爹娘，一时冲撞，望爹娘恕罪！"两口儿见了儿子，心里老大喜欢，终久乍会之间，有些生煞煞。长寿过意不去,道是:“莫非还记着泰安州的气来?”忙叫兴儿,到家取了一匣金银来,对陈德甫道:“小侄在庙中,不认得父母,冲撞了些个,今先将此一匣金银陪个不是。”陈德甫对周秀才说了。周秀才道:“自家儿子,如何好受他金银陪礼?”长寿跪下道:“若爹娘不受,儿子心里不安。望爹娘将就包容。”周秀才见他如此说,只得收了,开来一看,吃了一惊。原来这银子上凿着“周奉记”。周秀才道:“可不原是我家的!”陈德甫道:“怎生是你家的?”周秀才道:“我祖公叫做周奉,是他凿字记下的。先生,你看那字便明白。”陈德甫接过手看了,道:“是倒是了;既是你家的,如何却在贾家?”周秀才道:“学生二十年前,带了家小上朝取应去,把家里祖上之物藏埋在地下。已后归来,尽数都不见了,以致赤贫,卖了儿子。”陈德甫道:“贾老员外原系穷鬼,与人脱土坯的,以后忽然暴富起来。想是你家原物,被他挖着了,所以如此。他不生儿女,就过继着你家儿子,承领了这家私。物归旧主,岂非天意?怪道他平日一文不使,两文不用,不舍得浪费一些。元来不是他的东西。只当在此替你家看守罢了!”周秀才夫妻感叹不已。长寿也自惊异。

周秀才就在匣中取出两锭银子,送与陈德甫,答他昔年两贯之费。陈德甫推辞了两番,只得受了。周秀才又念着店小二三杯酒,就在对门叫他过来,也赏了他一锭。那店小二因是小事,也忘记多时了,谁知出于不意,得此重赏,欢天喜地去了。长寿就接了父母,到家去住。周秀才把适才匣中所剩的交还儿子,叫他明日把来散与那贫难无倚的,须念着贫时二十年中苦楚。又叫儿子照依祖公公时节,盖所佛堂,夫妻两个在内双修。贾长寿仍旧复了周姓。贾仁空做了二十年财主,只落得一文不使,仍旧与他没账。可见物有定主如此,世间人枉使坏了心机!有口号四句为证:

想为人禀命生于世,但做事不可瞒天地。
贫与富一定不可移,笑愚民枉使欺心计。

注释

[1]得胜回头:旧时说书人的专业术语,意思是在叙述主要情节之前,先讲一个类似的小故事,引出主题,称为“得胜回头”,含有吉利之意。

[2]短头:缺德。

[3]檀越:和尚对施主之尊称。

[4]打帐:计划,打算。

[5]孺人:宋代用为通直郎以上之母或妻的封号,明清则为七品官之母或妻的封号。这里是对妇人的尊称。

[6]做子弟:宋元俗语,指当嫖客。

[7]气蛊(gǔ):因生气而导致的疾病。

[8]痨瘵(láo zhài):中医病名,又叫肺痨,即肺结核病。

[9]没下梢:意思是没有好的下场。

[10]抛撇:抛开,舍弃。

[11]坌(bèn)工:吴地方言,指翻土的工作。

[12]南柯一梦:典出唐代李公佐《南柯记》。其中写淳于棼梦见到了大槐安国,当了南柯太守,夫荣妻贵,富足无比。醒后才知是在做梦。

[13]土筐:盛土的竹筐一类。

[14]土墼(jī):即砖坯。

[15]喂眼:抚养他人的孩子,使自己得到安慰,称作"喂眼"。

[16]酒务:酒店。

[17]踅(xué):来回走动。

[18]恩养钱:指卖孩子的钱。

[19]疏头:僧道拜忏时所焚化的祝告文。

[20]这埚(guō)儿:这一带地盘。

新评

本篇所宣扬的,仍是"生死由命,富贵在天"的主题,但其中所刻画的看财奴贾员外的形象,颇具特色。他的吝啬、小气,为省钱财而耍无赖的行径,与古今中外的吝啬鬼有相通之处,如清代吴敬梓《儒林外史》中的严监生,法国巴尔扎克《欧也妮·葛朗台》中的葛朗台,法国莫里哀《吝啬鬼》中的阿巴公。可惜的是,作者将这一形象放在"命中注定为他人守财"的前提下描写,所以无论是人物形象本身,还是整个故事的结局,都笼罩在已设定的命运之中,思想性、艺术性存在局限,难与上述的吝啬鬼相媲美。

第十一卷　吴保安弃家赎友

古人结交须结心，今人结交惟结面。结心可以同生死，结面那堪共贫贱！九衢鞍马日纷纭，追攀送谒无晨昏。座中慷慨出妻子，酒边拜舞犹弟兄。一关微利已交恶，况复大难肯相亲？君不见当年羊、左称死友，至今史传高其人！

这篇词名为《结交行》，是叹末世人心险薄，结交最难。平时酒杯来往，如兄若弟；一遇虱大的事[1]，才有些利害相关，便尔我不相顾了。真个是"酒肉兄弟千个有，落难之中无一人"。还有朝兄弟，暮仇敌，才放下酒杯，出门便弯弓相向的。所以陶渊明欲息交，嵇叔夜欲绝交，刘孝标又做下《广绝交论》：都是感慨世情，故为忿激之谈耳。

如今我说的两个朋友，却是从无一面的；只因一点意气上相许，后来患难之中，死生相救，这才算做心交至友。正是：

说来贡禹冠尘动，道破荆卿剑气寒。

话说大唐开元年间，宰相代国公郭震，字元振，河北武阳人氏。有侄儿郭仲翔，才兼文武，一生豪侠尚气，不拘绳墨，因此没人举荐他。父亲见他年长无成，写了一封书，教他到京参见伯父，求个出身之地。元振谓曰："大丈夫不能掇巍科，登上第[2]，致身青云，亦当如班超、傅介子，立功异域，以取富贵。若但借门第为阶梯，所就岂能远大乎？"仲翔唯唯。适边报到京，南中洞蛮作乱。原来武则天娘娘革命之日，要买嘱人心归顺，只这九溪十八洞蛮夷，每年一小犒赏，三年一大犒赏。到玄宗皇帝登极，把这犒赏常规都裁革了，为此群蛮一时造反，侵扰州县。朝廷差李蒙为姚州都督，调兵进讨。李蒙领了圣旨，临行之际，特往相府辞别，因而请教。郭元振曰："昔诸葛武侯七擒孟获，但服其心，不服其力。将军宜以慎重行之，必当制胜。舍侄郭仲翔颇有才干，今遣与将军同行，俟破贼立功，庶可附骥尾以成名耳。"即呼仲翔出，与李蒙相见。李蒙见仲翔一表非俗，又且当朝宰相之侄，亲口嘱托，怎敢推委？即署仲翔为行军判官之职。仲翔别了伯父，跟随李蒙起程。行至剑南地方，有同乡一人，姓吴名保安，字永固，见任东川遂州方义尉。虽与仲翔从未识面，然素知其为人义气深重，肯扶持济救人的；乃修书一封，特遣人驰送于仲翔。仲翔拆书读之。书曰：

不肖保安，幸与足下生同乡里，虽缺展拜，而慕仰有日。以足下大才，辅李将军以平小寇，成功在旦夕耳。保安力学多年，微官一尉，僻在剑外，乡关梦绝；况此官已满，后任难期，恐厄选曹之格限也。稔闻足下分忧急难，有古人风。今大军征进，正在用人之际，倘垂念乡曲，录及细微，使保安得执鞭从事，树尺寸于幕府：足下丘山之恩，敢忘衔结！

仲翔玩其书意，叹曰："此人与我素昧平生，而骤以缓急相委，乃深知我者。大丈夫遇知己而不能与之出力，宁不负愧乎？"遂向李蒙夸奖吴保安之才，乞征来军中效用。李都督听了，便行下文帖到遂州去，要取方义尉吴保安为营记。

才打发差人起身，探马报蛮贼猖獗，逼近内地。李都督传令星夜趱行。来到姚州，正遇着蛮兵抢掳财物，不做准备，被大军一掩，都四散乱窜，不成队伍，杀得他大败全输。李都督恃勇，招引大军，乘势追逐五十里。天晚下寨。郭仲翔谏曰："蛮人贪诈无比，今兵败远遁，将军之威已立矣，宜班师回州，遣人先播威德，招使内附，不可深入其地，恐堕诈谋之中。"李蒙大喝道："群蛮今已丧胆，不乘此机扫清溪洞，更待何时？汝勿多言，看我破贼。"

次日，拔寨都起。行了数日，直到乌蛮界上，只见万山叠翠，草木蒙茸，正不知那一条是去路。李蒙心中大疑，传令暂退平衍处屯扎[3]，一面寻觅土人，访问路径。忽然，山谷之中金鼓之声四起，蛮兵满山遍野而来。洞主姓蒙名细奴逻，手执木弓药矢，百发百中，驱率各洞蛮酋，穿林渡岭，分明似鸟飞兽奔，全不费力。唐兵陷于谷中，又且路生力倦，如何抵敌？李都督虽然骁勇，奈英雄无用武之地，手下爪牙，看看将尽。叹曰："悔不听郭判官之言，乃为犬羊所侮！"拔出靴中短刀，自刺其喉而死。全军皆没于蛮中。后人有诗云：

马援铜柱标千古，诸葛旗台镇九溪。
何事唐师皆覆没？将军姓李数偏奇。

又有一诗，专咎李都督不听郭仲翔之言，以自取败。诗云：

不是将军数独奇，悬军深入总堪危。
当时若听还师策，总有群蛮谁敢窥？

其时郭仲翔也被掳去。细奴逻见他丰神不凡，叩问之，方知是郭元振之侄，遂给与本洞头目乌罗部下。原来南蛮从无大志，只贪图中国财物。掳掠得汉人，都分给与各洞头目，功多的分得多，功少的分得少。其分得人口，不问贤愚，只如奴仆一般，供他驱使，斫柴削草，饲马牧羊。若是人口多的，又可转相买卖。汉人到此，十个九个只愿死，不愿生。却又有蛮人看守，求死不得，有恁般苦楚。这一阵厮杀，掳得汉人甚多。其中多有有职位的。蛮酋一一审出，许他寄信到中国去，要他亲戚来赎，获其厚利。你想被掳的人，那一个不思想还乡的？一闻此事，不论富家贫家，都寄信到家乡来了。就是各人家属，十分没法处置的，只得罢了；若还有亲有眷，挪移补凑得来，那一家不想借贷去取赎！那蛮酋忍心贪利，随你孤身穷汉，也要勒取好绢三十匹，方准赎回；若上一等的，凭他索诈。乌罗闻知郭仲翔是当朝宰相之侄，高其赎价，索绢一千匹。仲翔想道："若要千绢，除非伯父处可办。只是关山迢递，怎得寄个信去？"忽然想着："吴保安是我知己，我与他从未会面，只为见他数行之字，便力荐于李都督，召为营记，我之用情，他必谅之。幸他行迟，不与此难。此际多应已到姚州，诚央他附信于长安，岂不便乎？”乃修成一书，径致保安。书中具道苦情，及乌罗索价详细：“倘永固不见遗弃，传语伯父，早来见赎，尚可生还；不然，生为俘囚，死为蛮鬼。永固其忍之乎！”永固者，保安之字也。书后附一诗云：

箕子为奴仍异域，苏卿受困在初年。

知君义气深相悯，愿脱征骖学古贤。

仲翔修书已毕，恰好有个姚州解粮官被赎放回。仲翔乘便就将此书付之，眼睁睁看着他人去了，自己不能奋飞，万箭攒心，不觉泪如雨下。正是：

眼看他鸟高飞去，身在笼中怎出头？

不题郭仲翔蛮中之事。且说吴保安奉了李都督文帖，已知郭仲翔所荐，留妻房张氏和那新生下未周岁的孩儿，在遂州住下。一主一仆，飞身上路，赶来姚州赴任。闻知李都督阵亡消息，吃了一惊；尚未知仲翔生死下落，不免留心打探。恰好解粮官从蛮地放回，带得有仲翔书信。吴保安拆开看了，好生凄惨，便写回书一纸，书中许他取赎；留在解粮官处，嘱他觑便寄到蛮中[4]，以慰仲翔之心。忙整行囊，便望长安进发。这姚州到长安三千馀里，东川正是个顺路。保安径不回家，直到京都求见郭元振相公。谁知一月前，元振已薨，家小都扶柩而回了。吴保安大失所望，盘缠罄尽，只得将仆马卖去，将来使用，覆身回到遂州。见了妻儿，放声大哭。张氏问其缘故。保安将郭仲翔失陷南中之事，说了一遍，“如今要去赎他，争奈自家无力。使他在穷乡悬望，我心何安！”说罢又哭。张氏劝止之，曰：“常言‘巧媳妇煮不得没米粥’。你如今力不从心，只索付之无奈了。”保安摇首曰：“吾向者偶寄尺书，即蒙郭君垂情荐拔；今彼在死生之际，以性命托我，我何忍负之？不得郭回，誓不独生也！”于是倾家所有，估计来也值得绢二百匹，遂撇了妻儿，欲出外为商。又怕蛮中不时有信寄来，只在姚州左近营运。朝驰暮走，东趁西奔，身穿破衣，口吃粗粝，虽一钱一粟，不敢妄费，都积来为买绢之用。得一望十，得十望百；满了百匹，就寄放姚州府库。眠里梦里，只想着“郭仲翔”三字，连妻子都忘记了。整整的在外过了十个年头，刚刚的凑得七百匹绢，还未足千匹之数。正是：

离家千里逐锥刀[5]，只为相知意气饶。

十载未偿蛮洞债，不知何日慰心交？

话分两头。却说吴保安妻张氏，同那幼年孩子，孤孤恓恓的住在遂州。初时还有人看县尉面上，小意儿周济他；一连几年不通音耗，就没人理他了。家中又无积蓄，挨到十年之外，衣单食缺，万难存济[6]，只得并这几件破家火，变卖盘缠，领了十一岁的孩儿，亲自问路，欲往姚州寻取丈夫吴保安。夜宿朝行，一日只走得三四十里。比到得戎州界上，盘费已尽，计无所出，欲待求乞前去，又含羞不惯。思量薄命，不如死休；看了十一岁的孩儿，又割舍不下：左思右想。看看天晚，坐在乌蒙山下，放声大哭，惊动了过往的官人。那官人姓杨名安居，新任姚州都督，正顶着李蒙的缺，从长安驰驿到任。打从乌蒙山下经过，听得哭声哀切，又是个妇人，停了车马，召而问之。张氏手搀着十一岁的孩儿，上前哭诉曰："妾乃遂州方义尉吴保安之妻。此孩儿即妾之子也。妾夫因友人郭仲翔陷没蛮中，欲营求千匹绢往赎，弃妾母子，独住姚州，十年不通音信。妾贫苦无依，亲往寻取，粮尽路长，是以悲泣耳。"安居暗暗叹异道："此人真义士！恨我无缘识之！"乃谓张氏曰："夫人休忧。下官忝任姚州都督，一到彼郡，即差人寻访尊夫。夫人行李之费，都在下官身上。请到前途驿馆中，当与夫人设处。"张氏收泪拜谢，虽然如此，心下尚怀惶惑。杨都督车马如飞去了。张氏母子相扶，一步步捱到驿前。杨都督早已分付驿官伺候，问了来历，请到空房，饭食安置。次日五鼓，杨都督起马先行。驿官传杨都督之命，将十千钱赠为路费，又备下一辆车儿，差人夫送至姚州普淜驿中居住。张氏心中感激不尽。正是：

好人还遇好人救，恶人自有恶人磨。

且说杨安居一到姚州，便差人四下寻访吴保安下落，不三四日便寻着了。安居请到都督府中，降级迎接，亲执其手，登堂慰劳。因谓保安曰："下官尝闻古人有死生之交，今亲见之足下矣。尊夫人同令嗣远来相觅，见在驿舍，足下且往暂叙十年之别。所需绢匹若干，吾当为足下图之。"保安曰："仆为友尽心，固其分内，奈何累及明公乎？"安居曰："慕公之义，欲成公之志耳。"保安叩首曰："既蒙明公高谊，仆不敢固辞。所少尚三分之一，如数即付，仆当亲往蛮中，赎取吾友，然后与妻孥相见，未为晚也。"时安居初到任，乃于库中撮借官绢四百匹，赠与保安；又赠他全副鞍马。保安大喜，领了这四百匹绢，并库上七百匹，共一千一百之数，骑马直到南蛮界口，寻个熟蛮，往蛮中通话。将所馀百匹绢，尽数把他使费，只要仲翔回归，心满意足。正是：

应时还得见，胜是岳阳金。

却说郭仲翔在乌罗部下，乌罗指望他重价取赎，初时好生看待，饮食不缺。过了一年有馀，不见中国人来讲话，乌罗心中不悦，把他饮食都裁减了，每日一餐，着他看养战象。仲翔打熬不过，思乡念切，乘乌罗出外打围，拽开脚步，往北而走。那蛮中都是险峻的山路，仲翔走了一日一夜，脚底都破了，被一般看象的蛮子，飞也似赶来，捉了回去。乌罗大怒，将他转卖与南洞主新丁蛮为奴，离乌罗部二百里之外。那新丁最恶，差使小不遂意，整百皮鞭，鞭得满身青肿。如此已非一次。仲翔熬不得痛苦，捉个空，又想逃走。争奈路径不熟，只在山凹内盘旋，又被本洞蛮子追着了，拿去献与新丁。新丁不用了，又卖到南方一洞，去一步远一步了。那洞主号菩萨蛮，更是利害：晓得郭仲翔屡次逃走，乃取木板两片，各长五六尺，厚三四寸，叫仲翔把两只脚立在板上，用铁钉钉其脚面，直透板内。日常带着两板行动，夜间纳土洞中，洞口用厚木板门遮盖，本洞蛮子就睡在板上看守，一毫转动不得。两脚被钉处，常流脓血，分明是地狱受罪一般。有诗为证：

身卖南蛮南更南，土牢木锁苦难堪。
十年不达中原信，梦想心交不敢谈。

却说熟蛮领了保安言语，来见乌罗，说知求赎郭仲翔之事。乌罗晓得绢足千匹，不胜之喜，便差人往南洞转赎郭仲翔回来。南洞主新丁，又引至菩萨蛮洞中交割了身价，将仲翔两脚钉板，用铁钳取出钉来。那钉头入肉已久，脓水干后，如生成一般；今番重复取出，这疼痛比初钉时更自难忍，血流满地。仲翔登时闷绝，良久方醒。寸步难移，只得用皮袋盛了，两个蛮子扛抬着，直送到乌罗帐下。乌罗收足了绢匹，不管死活，把仲翔交付了熟蛮，转送吴保安收领。保安接着，如见亲骨肉一般。这两个朋友，到今日方才识面。未暇叙话，各睁眼看了一看，抱头而哭，皆疑以为梦中相逢也。郭仲翔感谢吴保安，自不必说。保安见仲翔形容憔悴，半人半鬼，两脚又动掸不得，好生凄惨，让马与他骑坐，自己步行随后，同到姚州城内，回覆杨都督。原来杨安居曾在郭元振门下做个幕僚，与郭仲翔虽未厮认，却有通家之谊；又且他是个正人君子，不以存亡易心：一见仲翔，不胜之喜。教他洗沐过了，将新衣与他更换；又教随军医生，医他两脚疮口，好饮好食将息。不够一月，平复如故。

且说保安从蛮界回来，方才到普淜驿中，与妻儿相见。初时分别，儿子尚在襁褓，如今十一岁了，光阴迅速，未免伤感于怀。杨安居为吴保安义气上，十分敬重，每每对人夸奖。又写书与长安贵要，称他弃家赎友之事；又厚赠资粮，送他往京师补官。凡姚州一郡官府，见都督如此用情，无不厚赠。仲翔仍留为都督府判官。保安将众人所赠，分一半留下与仲翔使用。仲翔再三推辞，保安那里肯依，只得受了。吴保安谢了杨都督，同家小往长安进发。仲翔送出姚州界外，痛哭而别。保安仍留家小在遂州，单身到京，升补嘉州彭山丞之职。那嘉州乃是西蜀地方，迎接家小又方便，保安欢喜，赴任去讫，不在话下。

再说郭仲翔在蛮中日久，深知款曲，蛮中妇女，尽有姿色，价反在男子之下。仲翔在任三年，陆续差人到蛮洞购求年少美女，共有十人，自己教成歌舞，鲜衣美饰，特献与杨安居伏侍，以报其德。安居笑曰："吾重生高义，故乐成其美耳。言及相报，得毋以市井见待耶[7]！"仲翔曰："荷明公仁德，微躯再造，特求此蛮口奉献，以表区区。明公若见辞，仲翔死不瞑目矣！"安居见他诚恳，乃曰："仆有幼女，最所钟爱，勉受一小口为伴，馀则不敢如命。"仲翔把那九个美女，赠与杨都督帐下九个心腹将校，以显杨公之德。

时朝廷正追念代国公军功，要擢用其子侄。杨安居表奏：

故相郭震嫡侄仲翔，始进谏于李蒙，预知胜败；继陷身于蛮洞，备著坚贞。十年复返于故乡，三载效劳于幕府。荫既可叙，功亦宜酬。

于是郭仲翔得授蔚州录事参军。自从离家到今，共一十五年了。他父亲和妻子在家，闻得仲翔陷没蛮中，杳无音信，只道身故已久；忽见亲笔家书，迎接家小临蔚州任所，举家欢喜无限。仲翔在蔚州做官两年，大有声誉，升迁代州户曹参军。又经三载，父亲一病而亡，仲翔扶柩回归河北。丧葬已毕，忽然叹曰："吾赖吴公见赎，得有馀生。因老亲在堂，方谋奉养，未暇图报私恩。今亲没服除，岂可置恩人于度外乎？"访知吴保安在宦所未回，乃亲到嘉州彭山县看之。不期保安任满家贫，无力赴京听调，就便在彭山居住。六年之前，患了疫症，夫妇双亡，藁葬在黄龙寺后隙地。儿子吴天祐，从幼母亲教训读书识字，就在本县训蒙度日。仲翔一闻此信，悲啼不已。因制缞麻之服[8]，腰绖执杖[9]，步至黄龙寺内，向冢号泣，具礼祭奠。奠毕，寻吴天祐相见，即将自己衣服，脱与他穿了，呼之为弟，商议归葬之事。乃为文以告于保安之灵，发开土堆，止存枯骨二具，仲翔痛哭不已。旁观之人，莫不堕泪。仲翔预制下练囊二个[10]，以装保安夫妇骸骨。又恐失了次第，殓葬时一时难认，逐节用墨记下，装入练囊，总贮一竹笼之内，亲自背负而行。吴天祐道是他父母的骸骨，理合他驮，来夺那竹笼。仲翔那肯放下，哭曰："永固为我奔走十年，今我暂时为之负骨，少尽我心而已！"一路且行且哭，每到旅店，必置竹笼于上座，将酒饭浇奠过了，然后与天祐同食。夜间亦安置竹笼停当，方敢就寝。自嘉州到魏郡，凡数千里，都是步行。他两脚曾经钉板，虽然好了，终是血脉受伤，一连走了几日，脚面都紫肿起来，内中作痛。看看行走不动，又立心不要别人替力，勉强挨去。有诗为证：

酬恩无地只奔丧，负骨徒行日夜忙。
遥望阳平数千里，不知何日到家乡！

仲翔思想："前路正长，如何是好？"天晚就店安宿，乃设酒饭于竹笼之前，含泪再拜，虔诚哀恳："愿吴永固夫妇显灵，保佑仲翔脚患顿除，步履方便，早到武阳，经营葬事。"吴天祐也从旁再三拜祷。到次日起身，仲翔便觉两脚轻健，直到武阳县中，全不疼痛。此乃神天护佑吉人，不但吴保安之灵也。

再说仲翔到家，就留吴天祐同居，打扫中堂，设立吴保安夫妇神位，买办衣衾棺椁，重新殡殓，自己戴孝，一同吴天祐守墓祭吊。雇匠造坟，凡一切葬具，照依先葬父亲一般。又立一道石碑，详记保安弃家赎友之事，使往来读碑者，尽知其善。又同吴天祐庐墓三年。那三年中教训天祐经书，得他学问精通，方好出仕。三年后，要到长安补官；念吴天祐无家未娶，择宗族中侄女有贤德者，替他纳聘，割东边宅院子让他居住成亲。又将一半家财，分给天祐过活。正是：

昔年为友抛妻子，今日孤儿转受恩。
正是投瓜还有报，善人不负善心人。

仲翔起服到京[11]，补岚州长史，又加朝散大夫。仲翔思念保安不已，乃上疏。其略曰：

臣闻有善必劝者，固国家之典；有恩必酬者，亦匹夫之义。臣向从故姚州都督李蒙进御蛮寇，一战奏捷。臣谓深入非宜，尚当持重，主帅不听，全军覆没。臣以中华世族，为绝域穷囚。蛮贼贪利，责绢还俘，谓臣宰臣之侄，索至千匹，而臣家绝万里，无信可通。十年之间，备尝艰苦，肌肤毁剔，靡刻不泪。牧羊有志，射雁无期。而遂州方义尉吴保安，适至姚州，与臣虽系同乡，从无一面；徒以意气相慕，遂谋赎臣：经营百端，撇家数载，形容憔悴，妻子饥寒，救臣于垂死之中，赐臣以再生之路。大恩未报，遽尔淹殁[12]。臣今幸沾朱绂[13]，而保安子天祐，食藿悬鹑[14]，臣窃愧之。且天祐年富学深，足堪任使。愿以臣官让之天祐，庶几国家劝善之典，与下臣酬恩之义，一举两得。臣甘就退闲，没齿无怨。谨昧死披沥以闻！

时天宝十二年也。疏入，下礼部详议。此一事，哄动了举朝官员。虽然保安施恩在前，也难得郭仲翔义气，真不愧死友者矣。礼部为此覆奏，盛夸郭仲翔之品，宜破格俯从，以励浇俗。吴天祐可试岚谷县尉，仲翔原官如故。这岚谷县与岚州相邻，使他两个朝夕相见，以慰其情。这是礼部官的用情处。朝廷依允。

仲翔领了吴天祐告身一道，谢恩出京，回到武阳县，将告身付与天祐。备下祭奠，拜告两家坟墓。择了吉日，两家宅眷，同日起程，向西京到任。那时做一件奇事，远近传说，都道吴、郭交情，虽古之管鲍羊左[15]，不能及也。后来郭仲翔在岚州，吴天祐在岚谷县，皆有政绩，各升迁去。岚州人追慕其事，为立"双义祠"，祀吴保安、郭仲翔。里中凡有约誓，都在庙中祷告，香火至今不绝。有诗为证：

频频握手未为亲，临难方知意气真。
试看郭吴真义气，原非平日结交人。

注释

[1]虱(shī)大的事：极言事情之小。虱子是寄生于人和猪、牛等身上的昆虫，靠吸食血液为生。

[2]掇巍科，登上第：指取得科举功名。

[3]平衍处：平整开旷的地方。

[4]觑(qù)便：乘机，等待时机。

[5]锥刀：代指钱财。

[6]存济：存活、生活。

[7]得毋：难道不是。

[8]縗(cuī)麻：用粗麻布制成的丧服。

[9]绖(dié)：古时丧服上的麻布带子。

[10]练囊：用熟绢制成的口袋。练，指洁白的熟绢。

[11]起服：古时官员服丧期满，除去丧服，再去做官，叫起服。

[12]遽(jù)尔:形容极快。

[13]幸沾朱绂(fú):有幸列入官员的行列。朱绂,红色的系官印的丝带。

[14]食藿悬鹑:吃野菜,穿破衣。

[15] 管鲍羊左: 管鲍指管仲与鲍叔牙。羊左指羊角哀与左伯桃(详见本书第十二卷《羊角哀舍命全交》)。

新评

《吴保安弃家赎友》为我们讲述了一个关于友情的可歌可泣的故事。一般说来,友情需建立在彼此相知、互相引为知己之基础上。为朋友而两肋插刀的侠义故事也很多。而本篇中的吴保安和郭仲翔,仅凭“一点意气上相许,后来患难之中,死生相救”,而他们却从未见过面。这就具有传奇色彩了。吴、郭的友情,分三部曲展开。第一部,互通书信,引为知己,郭仲翔推荐吴保安“为营记”。第二部,郭仲翔在作战中不幸被蛮人俘虏后,将自己的生死托付给吴保安,吴为了筹足赎资千匹绢,弃官弃家,“整整的在外过了十个年头”,他“朝驰暮走,东趁西奔,身穿破衣,口吃粗粝,虽一钱一粟,不敢妄费,都积来为买绢之用”。为了一个未曾谋面的朋友,吴保安的所作所为的确令人感动。第三部,在好心人的帮助之下,吴保安终于将郭仲翔赎回,完成了自己的夙愿。吴保安夫妇去世后,郭仲翔亲自背负其骸骨回乡安葬,“庐墓三年”。又向朝廷上疏,愿将自己的官职让给吴保安之子。如果说吴保安不辜负生时的郭仲翔,那么,郭仲翔也绝对对得起死后的吴保安。

现实生活中为了一言半语而伤了和气的朋友,因为蝇头微利而断交的朋友,应该好好读一读此卷。

第十二卷　羊角哀舍命全交

翻手为云覆手雨，纷纷轻薄何须数？
君看管鲍贫时交，此道今人弃如土。

昔时齐国有管仲，字夷吾；鲍叔，字宣子。两个自幼时以贫贱结交。后来鲍叔先在齐桓公门下信用显达，举荐管仲为首相，位在己上。两人同心辅政，始终如一。管仲曾有几句言语道："吾尝三战三北，鲍叔不以我为怯，知我有老母也。吾尝三仕三见逐，鲍叔不以我为不肖，知我不遇时也。吾尝与鲍叔谈论，鲍叔不以我为愚，知时有利有不利也。吾尝与鲍叔为贾，分利多，鲍叔不以我为贪，知我贫也。生我者父母，知我者鲍叔！"所以古人说知心结交，必曰管鲍。

今日说两个朋友，偶然相见，结为兄弟。各舍其命，留名万古。

春秋时，楚元王崇儒重道，招贤纳士，天下之人闻其风而归者，不可胜计。西羌积石山有一贤士，姓左，双名伯桃，幼亡父母，勉力攻书，养成济世之才，学就安民之业。年近四旬，因中国诸侯互相吞并，行仁政者少，恃强霸者多，未尝出仕。后闻得楚元王慕仁好义，遍求贤士，乃携书一囊，辞别乡中邻友，径奔楚国而来。迤逦来到雍地[1]，时值隆冬，风雨交作。有一篇《西江月》词，单道冬天雨景：

习习悲风割面，蒙蒙细雨侵衣。催冰酿雪逞寒威。不比他时和气。
山色不明常暗，日光偶露还微。天涯游子尽思归。路上行人应悔。

左伯桃冒雨荡风，行了一日，衣裳都沾湿了。看看天色黄昏，走向村间，欲觅一宵宿处。远远望见竹林之中，破窗透出灯光，径奔那个去处。见矮矮篱笆，围着一间草屋。乃推开篱障，轻叩柴门。中有一人，启户而出。左伯桃立在檐下，慌忙施礼曰："小人西羌人氏，姓左，双名伯桃。欲往楚国，不期中途遇雨，无觅旅邸之处，求借一宵，来早便行。未知尊意肯容否？"那人闻言，慌忙答礼，邀入屋内。伯桃视之，止有一榻，榻上堆积书卷，别无他物。伯桃已知亦是儒人，便欲下拜。那人云："且未可讲礼，容取火烘干衣服，却当会话。"当下烧竹为火，伯桃烘衣。那人炊办酒食，以供伯桃，意甚勤厚。伯桃乃问姓名，其人曰："小生姓羊，双名角哀，幼亡父母，独居于此。平生酷爱读书，农业尽废。今幸遇贤士远来，但恨家寒乏物为款，伏乞恕罪。"伯桃曰："阴雨之中，得蒙遮蔽，更兼一饮一食，感佩何忘！"当夜二人抵足而眠，共话胸中学问，终夕不寐。比及天晓，淋雨不止，角哀留伯桃在家，尽其所有相待，结为昆仲。伯桃年长角哀五岁，角哀拜伯桃为兄。

一住三日，雨止道干。伯桃曰："贤弟有王佐之才，抱经纶之志[2]，不图竹帛[3]，甘老林泉，深为可惜。"角哀道："非不欲仕，奈未得其便耳。"伯桃曰："今楚王虚心求士，贤弟既有此心，何不同往？”角哀曰：“愿从兄长之命。”遂收拾些小路费粮米，弃其茅屋，二人同望南方而进。

行不两日，又值阴雨，羁身旅店中，盘费罄尽，止有行粮一包，二人轮换负之，冒雨而走。其雨未止，风又大作，变为一天大雪。怎见得？你看：

风添雪冷，雪趁风威。纷纷柳絮狂飘，片片鹅毛乱舞。斗空搅阵，不分南北西东；遮地漫天，变尽青黄赤黑。探梅诗客多清趣，路上行人欲断魂。

二人行过岐阳，道经梁山路，问及樵夫，皆说：“从此去百馀里，并无人烟，尽是深山旷野，狼虎成群，只好休去！”伯桃与角哀曰：“贤弟心下如何？”角哀曰：“自古道：‘生死有命。’既然到此，只顾前途，休生退悔。”

又行了一日，夜宿古墓中，衣服单薄，寒风透骨。次日，雪越下得紧，山中仿佛盈尺。伯桃受冻不过，曰：“我思此去百馀里，绝无人家，行粮不敷，衣单食缺。若一人独往，可到楚国，二人俱去，纵然不冻死，亦必饿死于途中，与草木同朽，何益之有？我将身上衣服脱与贤弟穿了，贤弟可独赍此粮[4]，于途强挣而去。我委的行不动了，宁可死于此地。待贤弟见了楚王，必当重用，那时却来葬我未迟。”角哀曰：“焉有此理！我二人虽非一父母所生，义气过于骨肉。我安忍独去而求进身耶？”遂不许，扶伯桃而行。行不十里，伯桃曰：“风雪越紧，如何去得？且于道旁寻个歇处。”见一株枯桑，颇可避雪，那桑下止容得一人，角哀遂扶伯桃入去坐下。伯桃命角哀敲石取火，爇些枯枝[5]，以御寒气。比及角哀取了些火到来，只见伯桃脱得赤条条的，浑身衣服，都脱做一堆放着。角哀大惊，曰：“吾兄何为如此？”伯桃曰：“吾寻思无计，贤弟勿自误了。速穿此衣服，负粮前去。我只在此守死。”角哀抱持大哭，曰：“吾二人死生同处，安可分离？”伯桃曰：“若皆饿死，白骨谁埋？”角哀曰：“若如此，弟情愿解衣与兄穿了，兄可赍粮去，弟宁死于此。”伯桃曰：“我平生多病，贤弟少壮，比我甚强；更兼胸中之学，我所不及。若见楚君，必登显宦，我死何足道哉！弟勿久滞，可宜速往。”角哀曰：“今兄饿死桑中，弟独取功名，此大不义之人也，我不为之。”伯桃曰：“我自离积石山至弟家中，一见如故，知弟胸次不凡，以此劝弟求进；不幸风雪所阻，此吾天命当尽。若使弟亦亡于此，乃我之罪也。”言讫，欲跳前溪觅死。角哀抱住痛哭，将衣拥护，再扶至桑中。伯桃把衣服推开。角哀再欲上前劝解时，但见伯桃神色已变，四肢厥冷，口不能言，以手挥令去。角哀再将衣服拥护，伯桃已是寒入腠理[6]，手直足挺，气息奄奄，渐渐欲绝。角哀寻思：“我若久恋，亦冻死矣；死后谁葬吾兄？”乃于雪中再拜伯桃而哭曰：“不肖弟此去，望兄阴力相助。但得微名，必当厚葬。”伯桃点头半答，少顷气绝。角哀只得取了衣粮，一步一回顾，悲哀哭泣而去。伯桃死于桑中。后人有诗赞云：

寒来雪三尺，人去途千里。
长途苦雪寒，何况囊无米？

并粮一人生，同行两人死。

两死诚何益？一生尚有恃。

贤哉左伯桃，陨命成人美。

角哀挨着寒冷，半饥半饱，来至楚国，于旅邸中歇定。次日入城，问人曰："楚君招贤，何由而进？"人曰："宫门外设一宾馆，令上大夫裴仲接纳天下之士。"角哀径投宾馆前来。正值上大夫下车，角哀乃向前而揖。裴仲见角哀衣虽褴褛，器宇不凡，慌忙答礼。问曰："贤士何来？"角哀曰："小生姓羊，双名角哀，雍州人也。闻上国招贤，特来归投。"裴仲邀入宾馆，具酒食以进，宿于馆中。次日，裴仲到馆中探望，将胸中疑义盘问角哀，试他学问如何。角哀百问百答，谈论如流。裴仲大喜，入奏元王。

王即时召见，问富国强兵之道。角哀首陈十策，皆切当世之急务。元王大喜，设御宴以待之，拜为中大夫，赐黄金百两，彩缎百匹。角哀再拜流涕。元王大惊而问曰："卿痛哭者，何也？"角哀将左伯桃脱衣并粮之事，一一奏知。元王闻其言，为之感伤。诸大臣皆为痛惜。元王曰："卿欲如何？"角哀曰："臣乞告假，到彼处安葬伯桃已毕，却回来事大王。"元王遂赠已死伯桃为中大夫，厚赐葬资，仍差人跟随角哀车骑同去。角哀辞了元王，径奔梁山地面，寻旧日枯桑之处，果见伯桃死尸尚在，颜貌如生前一般。角哀乃再拜而哭，呼左右唤集乡中父老，卜地于蒲塘之原，前临大溪，后靠高崖，左右诸峰环抱，风水甚好。遂以香汤沐浴伯桃之尸，穿戴大夫衣冠，置内棺外椁，安葬起坟。四围筑墙栽树，离坟三十步，建享堂，塑伯桃仪容，立华表柱，上建牌额，墙侧盖瓦屋，令人看守。造毕，设祭于享堂，哭泣甚切。乡老从人，无不下泪。祭罢各自散去。

角哀是夜明灯燃烛而坐，感叹不已。忽然一阵阴风飒飒，烛灭复明。角哀视之，见一人于灯影中，或进或退，隐隐有哭声。角哀叱曰："何人也？辄敢夤夜而入[7]！"其人不言。角哀起而视之，乃伯桃也。角哀大惊，问曰："兄阴灵不远，今来见弟，必有事故。"伯桃曰："感贤弟记忆，初登仕路，奏请葬我，更赠重爵，并棺椁衣衾之美，凡事十全。但坟地与荆轲墓相连近。此人在世时，为刺秦王不中被戮，高渐离以其尸葬于此处。神极威猛，每夜仗剑来骂吾曰：'汝是冻死饿杀之人，安敢建坟居吾上肩，夺吾风水！若不迁移他处，吾发墓取尸，掷之野外！'有此危难，特告贤弟，望改葬于他处，以免此祸。"角哀再欲问之，风起，忽然不见。

角哀在享堂中一梦惊觉，尽记其事。天明，再唤乡老，问："此处有坟相近否？"乡老曰："松阴中有荆轲墓，墓前有庙。"角哀曰："此人昔刺秦王不中被戮，缘何有坟在此？"乡老曰："高渐离乃此间人，知荆轲被害，弃尸野外，乃盗其尸，葬于此地。每每显灵，土人建庙于此，四时享祭，以求福利。"角哀闻其言，遂信梦中之事，引从者径奔荆轲庙，指其神而骂曰："汝乃燕邦一匹夫，受燕太子奉养，名姬重宝，尽汝受用。不思良策，以副重托，入秦行事，丧身误国；却来此处惊惑乡民，而求祭祀！吾兄左伯桃当代名儒，仁义廉节之士，汝安敢逼之！再如此，吾当毁其庙而发其冢，永绝汝之根本！”骂讫，却来伯桃墓前祝曰：“如荆轲今夜再来，兄当报我。”归至享堂，是夜秉烛以待。果见伯桃哽咽而来，告曰：“感贤弟如此，奈荆轲从人极多，皆土人所献。贤弟可束草为人，以彩为衣，手执器械，焚于墓前。吾得其助，使荆轲不能侵害。”言罢不见。角哀连夜使人束草为人，以彩为衣，各执刀枪器械，建数十于墓侧，以火焚之。祝曰：“如其无事，亦望回报。”归至享堂，是夜闻风雨之声，如人战敌。角哀出户观之，见伯桃奔走而来，言曰：“弟所焚之人，不得其用。荆轲又有高渐离相助。不久，吾尸必出墓矣。望贤弟早与迁移他处殡葬，免受此祸。”角哀曰：“此人安敢如此欺凌吾兄！弟当力助以战之！”伯桃曰：“弟阳人也，我皆阴鬼。阳人虽有勇烈，尘世相隔，焉能战阴鬼也？虽刍草之人，但能助喊，不能退此强魂。”角哀曰：“兄且去，弟来日自有区处。”

次日，角哀再到荆轲庙中大骂，打毁神像。方欲取火焚庙，只见乡老数人再四哀求曰：“此乃一村香火，若触犯之，恐贻祸于百姓。”须臾之间，土人聚集，都来求告。角哀拗他不过，只得罢了。回到享堂，修一道表章，上谢楚王，言：“昔日伯桃并粮与臣，因此得活，以遇圣主。重蒙厚爵，平生足矣。容臣后世尽心图报。”词意甚切。表付从人，然后到伯桃墓前大哭一场，对从者曰：“吾兄被荆轲强魂所逼，去往无所，我所不忍。欲焚庙掘坟，又恐拗土人之意。宁死为泉下之鬼，力助吾兄，战此强魂。汝等可将吾尸葬于此墓之右，生死共处，以报吾兄并粮之义。回奏楚君，万乞听纳臣言，永保山河社稷。”言讫，掣取佩剑，自刎而死。从者急救不及，速具衣棺殡殓，埋于伯桃墓侧。

是夜二更，风雨大作，雷电交加，喊杀之声，闻数十里。清晓视之，荆轲墓上震裂如焚，白骨散于墓前，墓边松柏和根拔起，庙中忽然起火，烧做白地。乡老大惊，都往羊、左二墓前焚香展拜。从者回楚国，将此事上奏元王。元王感其义重，差官往墓前建庙，加封上大夫，敕赐庙额曰“忠义之祠”，就立碑以记其事。至今香火不断。荆轲之灵，自此绝矣。土人四时祭祀，祈祷甚灵。有古诗云：

古来仁义包天地，只在人心方寸间。
二士庙前秋日净，英魂常伴月光寒。

注释

[1]迤逦(yǐ lǐ)：曲折连绵。

[2]经纶：本意为整理过的蚕丝，比喻政治规划和抱负。

[3]不图竹帛：不贪图在典籍上留下自己的名字。竹帛本指竹简和绢，古时用以写字，所以也用竹帛指典籍。

[4]赍(jī)：抱着。

[5]爇(ruò):点燃。

[6]腠(còu)理:中医学名词。指人体肌肤之间的空隙纹理,是气血津液流通灌注之处。腠理外连皮肤,为卫气散布和汁液等渗泄的通路。

[7]夤(yín)夜:深夜。

新评

曾有这么一个故事:一个人独行于深山老林之中,迷失方向,生命受到严重威胁。突然,他看见道旁有一人,昏倒在地。此时,为了自身的生命,他本可以自私地走开,但他动了恻隐之心,将那人扶起,二人互相搀扶,互相温暖,互相鼓励,最终走出深山。而如果他只身一人前行,则极有可能命丧黄泉。这是一个在危难之中起死回生的"双赢"故事。而本篇中的两位患难之交,则在二人不能共存的境遇中,其中的羊角哀果断地舍生,成全朋友左伯桃的生命。这种理性的决择,伟大的精神,令人肃然起敬。末尾左伯桃为助羊角哀的阴魂战胜荆轲的阴魂而自杀的一段,虽不乏迷信的色彩,但却是左伯桃对羊角哀以死相报的一种回应。

第十三卷　沈小霞相会出师表

闲向书斋阅古今，偶逢奇事感人心。
忠臣反受奸臣制，肮脏英雄泪满襟[1]。
休解绶，慢投簪，从来日月岂常阴？
到头祸福终须应，天道还分贞与淫。

话说国朝嘉靖年间，圣人在位，风调雨顺，国泰民安，只为用错了一个奸臣，浊乱了朝政，险些儿不得太平。那奸臣是谁？姓严，名嵩，号介溪，江西分宜人氏。以柔媚得幸，交通宦官，先意迎合，精勤斋醮，供奉青词[2]，缘此骤致贵显。为人外装曲谨，内实猜刻，谗害了大学士夏言，自己代为首相，权尊势重，朝野侧目。儿子严世蕃，由官生直做到工部侍郎。他为人更狠，因有些小人之才，博闻强记，能思善算，介溪公最听他的说话。凡疑难大事，必须与他商量。朝中有"大丞相"、"小丞相"之称。他父子济恶，招权纳贿，卖官鬻爵。官员求富贵者，以重赂献之，拜他门下做干儿子，即得升迁显位。由是不肖之人，奔走如市，科道衙门[3]，皆其心腹牙爪。但有与他作对的，立见奇祸——轻则杖谪，重则杀戮，好不利害！除非不要性命的，才敢开口说他句公道话儿。若不是真正关龙逢、比干十二分忠君爱国的[4]，宁可误了朝廷，岂敢得罪宰相！其时有无名子感慨时事[5]，将《神童诗》改成四句云：

少小休勤学，钱财可立身。
君看严宰相，必用有钱人。

又改四句，道是：

天子重权豪，开言惹祸苗。
万般皆下品，只有奉承高。

只为严嵩父子恃宠贪虐，罪恶如山，引出一个忠臣来，做出一段奇奇怪怪的事迹，留下一段轰轰烈烈的话柄，一时身死，万古名扬。正是：

家多孝子亲安乐，国有忠臣世太平。

那人姓沈，名炼，别号青霞，浙江绍兴人氏。其人有文经武纬之才，济世安民之志。从幼慕诸葛孔明之为人。孔明文集上有《前出师表》、《后出师表》，沈炼平日爱诵之，手自抄录数百篇，室中到处粘壁。每逢酒后，便高声背诵，念到"鞠躬尽瘁，死而后已"，往往长叹数声，大哭而罢，以此为常。人都叫他是狂生。嘉靖戊戌年中了进士，除授知县之职。他共做了三处知县。那三处？溧阳，茌平，清丰。这三任官做得好。真个是：

吏肃惟遵法，官清不爱钱。

豪强皆敛手，百姓尽安眠。

因他生性伉直，不肯阿奉上官，左迁锦衣卫经历。一到京师，看见严家赃秽狼藉，心中甚怒。忽一日值公宴，见严世蕃倨傲之状，已是九分不乐。饮至中间，只见严世蕃狂呼乱叫，旁若无人，索巨觥飞酒，饮不尽者罚之。这巨觥约容十馀两，坐客惧世蕃威势，无人敢不吃。只有一个马给事，天性绝饮；世蕃故意将巨觥飞到他面前。马给事再三告免，世蕃不许。马给事略沾唇，面便发赤，眉头打结，愁苦不胜。世蕃自走下席，亲手揪了他的耳朵，将巨觥灌之。那给事出于无奈，闷着气，一连几口吃尽。不吃也罢，才吃下时，觉得天在下，地在上，墙壁都团团转动，头重脚轻，站立不住。世蕃拍手呵呵大笑。沈炼一肚不平之气，忽然揎袖而起，抢那只巨觥在手，斟得满满的，走到世蕃面前，说道："马司谏承老先生赐酒，已沾醉不能为礼。下官代他酬老先生一杯。"世蕃愕然，方欲举手推辞，只见沈炼声色俱厉道："此杯别人吃得，你也吃得！别人怕着你，我沈炼不怕你！"也揪了世蕃的耳朵灌去，世蕃一饮而尽。沈炼掷杯于案，一般拍手呵呵大笑。吓得众官员面如土色，一个个低着头，不敢则声[6]。世蕃假醉，先辞去了。沈炼也不送，坐在椅上，叹道："咳！'汉贼不两立！汉贼不两立！'"一连念了七八句。这句书也是《出师表》上的说话，他把严家比着曹操父子。众人只怕世蕃听见，倒替他捏两把汗。沈炼全不为意，又取酒连饮几杯，尽醉方散。睡到五更醒来，想道："严世蕃这厮，被我使气逼他饮酒，他必然记恨来暗算我。一不做，二不休，有心只是一怪，不如先下手为强。我想严嵩父子之恶，神人怨怒，只因朝廷宠信甚固，我官卑职小，言而无益。欲待觑个机会，方才下手，如今等不及了。只当张子房在博浪沙中椎击秦始皇，虽然击他不中，也好与众人做个榜样。"就枕上思想疏稿[7]，想到天明已就，起身焚香盥手，写起奏疏。疏中备说严嵩父子招权纳贿，穷凶极恶，欺君误国十大罪，乞诛之以谢天下。圣旨下道："沈炼谤讪大臣，沽名钓誉，着锦衣卫重打一百，发去口外为民。"严世蕃差人分付锦衣卫官校，定要将沈炼打死。亏得堂上官是个有主意的人。那人姓陆，名炳，平时极敬重沈公气节，况且又是属官，相处得好的，因此反加周全，好生打个出头棍儿，不甚利害。户部注籍保安州为民。

沈炼带着棍疮，即日收拾行李，带领妻子，雇着一乘车儿，出了国门，望保安进发。原来沈公夫人徐氏所生四个儿子：长子沈襄，本府廪膳秀才，一向留家；次子沈衮、沈褒，随任读书；幼子沈衮，年方周岁。嫡亲五口儿上路。满朝文武，惧怕严家，没一个敢来送行。有诗为证：

一纸封章忤庙廊，萧然行李入遐荒。
但知不敢攀鞍送，恐触权奸惹祸殃。

一路上辛苦，自不必说。且喜到了保安地方。那保安州属宣府，是个边远地方，不比内地繁华，异乡风景，举目凄凉。况兼连日阴雨，天昏地黑，倍加惨戚。欲赁间民房居住，又无相识指引，不知何处安身是好。正在徬徨之际，只见一人，打着小伞前来，看见路旁行李，又见沈炼一表非俗，立住了脚，相了一回，问道："官人尊姓？何处来的？"沈炼道："姓沈，从京师来。"那人道："小人闻得京中有个沈经历，上本要杀严嵩父子，莫非官人就是他么？"沈炼道："正是。"那人道："仰慕多时，幸得相会。此非说话之处，寒家离此不远，便请携宝眷同行，到寒家权下，再作区处。"沈炼见他十分殷勤，只得从命。行不多路，便到了。看那人家，虽不是个大人宅院，却也精雅。那人揖沈炼至于中堂，纳头便拜。沈炼慌忙答礼，问道："足下是谁？何故如此相爱？"那人道："小人姓贾，名石，是宣府卫一个舍人。哥哥是本卫千户，先年身故无子，小人应袭。为严贼当权，袭职者都要重赂，小人不愿为官。托赖祖荫，有数亩薄田，务农度日。数日前闻阁下弹劾严氏，此乃天下忠臣义士也。又闻编管在此，小人渴欲一见，不意天遣相遇，三生有幸。"说罢又拜下去。沈公再三扶起，便教沈衮、沈褒与贾石相见。贾石教老婆迎接沈奶奶到内宅安置。交卸了行李，打发车夫等去了。分付庄客，宰猪整酒，款待沈公一家。贾石道："这等雨天，料阁下也无处去，只好在寒家安歇了。请安心多饮几杯，以宽劳顿。"沈炼谢道："萍水相逢，便承款宿，何以当此？"贾石道："农庄粗粝，休嫌简慢。"当日宾主酬酢，无非说些感慨时事的说话。两边说得情投意合，只恨相见之晚。

过了一宿，次早沈炼起身，向贾石说道："我要寻所房子安顿老小，有烦舍人指引。"贾石道："要什么样子的房子？"沈炼道："只像宅上这一所，十分足意了。租价但凭尊教。"贾石道："不妨事。"出去踅了一回，转来道："赁房尽多，只是龌龊低洼，急切难得中意。阁下不若就在草舍权住几时，小人领着家小，自到外家去住。等阁下还朝，小人回来，可不稳便？"沈炼道："虽承厚爱，岂敢占舍人之宅？此事决不可。"贾石道："小人虽是村农，颇识好歹。慕阁下忠义之士，想要执鞭随镫，尚且不能。今日天幸降临，权让这几间草房与阁下作寓，也表我小人一点敬贤之心，不须推逊。"话毕，慌忙分付庄客，推个车儿，牵个马儿，带个驴儿，一伙子将细软家私搬去。其馀家常动使家火，都留与沈公日用。沈炼见他慨爽，甚不过意，愿与他结义为兄弟。贾石道："小人一介村农，怎敢僭攀贵宦？"沈炼道："大丈夫意气相投，那有贵贱？"贾石小沈炼五岁，就拜沈炼为兄。沈炼教两个儿子拜贾石为义叔。贾石也唤妻子出来，都相见了，做了一家儿亲戚。贾石陪过沈炼吃饭已毕，便引着妻子到外舅李家去讫。自此沈炼只在贾石宅子内居住。时人有诗叹贾舍人借宅之事。诗曰：

倾盖相逢意气真，移家借宅表情亲。
世间多少亲和友，竞产争财愧死人。

却说保安州父老闻知沈经历为上本参严阁老，贬斥到此，人人敬仰，都来拜望，争识其面。也有运柴运米相助的，也有携酒肴来请沈公吃的，又有遣子弟拜于门下听教的。沈炼每日间与地方人等，讲论忠孝大节，及古来忠臣义士的故事。说到伤心处，有时毛发倒竖，拍案大叫；有时悲歌长叹，涕泪交流。地方若老若少，无不耸听欢喜。或时唾骂严贼，地方人等齐声附和。其中若有不开口的，众人就骂他是不忠不义。一时高兴，以后率以为常。又闻得沈经历文武全材，都来合他去射箭。沈炼教把稻草扎成三个偶人，用布包裹，一写"唐奸相李林甫"，一写"宋奸相秦桧"，一写"明奸相严嵩"，把那三个偶人做个射鹄。假如要射李林甫的，便高声骂道："李贼看箭！"秦贼、严贼都是如此。北方人性直，被沈经历聒得热闹了，全不虑及严家知道。

自古道："若要人不知，除非己莫为。"世间只有权势之家，报新闻的极多。早有人将此事报知严嵩父子。严嵩父子深以为恨，商议要寻个事头，杀却沈炼，方免其患。适值宣大总督员缺，严阁老分付吏部，教把这缺与他门人、干儿子杨顺做去。吏部依言，就把那侍郎杨顺差往宣大总督。杨顺往严府拜辞，严世蕃置酒送行。席间屏人而语，托他要查沈炼过失。杨顺领命，唯唯而去。正是：

合成毒药惟需酒，铸就钢刀待举手。

可怜忠义沈经历，还向偶人夸大口！

却说杨顺到任不多时，适遇大同鞑虏俺答引众入寇，应州地方，连破了四十馀堡，掳去男妇无算。杨顺不敢出兵救援，直待鞑虏去后，方才遣兵调将，为追袭之计。一般筛锣击鼓，扬旗放炮，鬼混一场，那曾看见半个鞑子的影儿！杨顺情知失机惧罪，密谕将士，拿获避兵的平民，将他剃头斩首，充做鞑虏首级，解往兵部报功。那一时，不知杀死了多少无辜的百姓。沈炼闻知其事，心中大怒，写书一封，教中军官送与杨顺。中军官晓得沈经历是个惹祸的太岁，书中不知写甚么说话，那里肯与他送进。沈炼就穿了青衣小帽，在军门伺候杨顺出来，亲自投递。杨顺接来看时，书中大略说道：

一人功名事极小，百姓性命事极大。杀平民以冒功，于心何忍？况且遇鞑贼止于掳掠，遇我兵反加杀戮，是将帅之恶，更甚于鞑虏矣！

书后又附诗一首。诗云：

杀生报主意何如？解道功成万骨枯！

试听沙场风雨夜，冤魂相唤觅头颅。

杨顺见书大怒，扯得粉碎。

却说沈炼又做了一篇祭文，率领门下子弟，备了祭礼，望空祭奠那些冤死之鬼。又作《塞下吟》云：

云中一片虏烽高，出塞将军已著劳。

不斩单于诛百姓，可怜冤血染霜刀！

又诗云：

本为求生来避虏，谁知避虏反戕生。
早知虏首将民假，悔不当时随虏行！

杨总督标下有个心腹指挥，姓罗名铠，抄得此诗并祭文，密献于杨顺。杨顺看了，愈加怨恨，遂将第一首诗改窜数字，诗曰：

云中一片虏烽高，出塞将军枉著劳。
何似借他除佞贼？不须奏请上方刀。

写就密书，连改诗封固，就差罗铠送与严世蕃。书中说沈炼恨着相国父子，阴结死士剑客，要乘机报仇。前番鞑虏入寇，他吟诗四句，诗中有借虏除佞之语，意在不轨。世蕃见书大惊，即请心腹御史路楷商议。路楷曰："不才若往按彼处，当为相国了当这件大事。"世蕃大喜，即分付都察院，便差路楷巡按宣大。临行，世蕃治酒款别，说道："烦寄语杨公，同心协力；若能除却这心腹之患，当以侯伯世爵相酬，决不失信于二公也。"路楷领诺。不一日，奉了钦差敕命，来到宣府到任，与杨总督相见了。路楷遂将世蕃所托之语，一一对杨顺说知。杨顺道："学生为此事朝思暮想，废寝忘餐，恨无良策以置此人于死地。"路楷道："彼此留心，一来休负了严公父子的付托，二来自家富贵的机会，不可挫过[8]。"杨顺道："说得是。倘有可下手处，彼此相报。"当日相别去了。

杨顺思想路楷之言，一夜不睡。次早坐堂，只见中军官报道："今有蔚州卫拿获妖贼二名，解到辕门外，伏听钧旨。"杨顺道："唤进来。"解官磕了头，递上文书。杨顺拆开看了，呵呵大笑。这二名妖贼，叫做阎浩、杨胤夔，系妖人萧芹之党。——原来萧芹是白莲教的头儿，向来出入虏地，惯以焚香惑众，哄骗虏酋俺答，说自家有奇术，能咒人使人立死，喝城使城立颓。虏酋愚甚，被他哄动，尊为国师。其党数百人，自为一营。俺答几次入寇，都是萧芹等为之向导，中国屡受其害。先前史侍郎做总督时，遣通事重赂虏中头目脱脱，对他说道："天朝情愿与你通好，将俺家布粟，换你家马，名为'马市'，两下息兵罢战，各享安乐，此是美事。只怕萧芹等在内作梗，和好不终。那萧芹原是中国一个无赖小人，全无术法，只是狡伪，哄诱你家抢掠地方，他于中取事。郎主若不信，可要萧芹试其术法。委的喝得城颓[9]，咒得人死，那时合当重用；若咒人人不死，喝城城不颓，显是欺诳。何不缚送天朝？天朝感郎主之德，必有重赏。马市一成，岁岁享无穷之利，煞强如抢掠的勾当。"脱脱点头道是，对郎主俺答说了。俺答大喜，约会萧芹，要将千骑随之，从右卫而入，试其喝城之技。萧芹自知必败，改换服色，连夜脱身逃走，被居庸关守将盘诘，并其党乔源、张攀隆等拿住，解到史侍郎处。招称妖党甚众，山西畿南，处处俱有。一向分头缉捕。今日阎浩、杨胤夔，亦是数内有名妖犯。

杨总督看见获解到来，一者也算他上任一功，二者要借这个题目牵害沈炼，如何不喜？当晚就请路御史来后堂商议，道："别个题目摆布沈炼不了，只有个白莲教通虏一事,圣上所最怒。如今将妖贼阎浩、杨胤夔招中,窜入沈炼名字,只说浩等平日师事沈炼,沈炼因失职怨望,教浩等煽妖作幻,勾虏谋逆。天幸今日被擒,乞赐天诛,以绝后患。先用密禀,禀知严家,教他叮嘱刑部,作速覆本。料这番沈炼之命,必无逃矣。"路楷拍手道:"妙哉!妙哉!"两个当时就商量了本稿,约齐同时发本。严嵩先见了本稿及禀帖,便教严世蕃传话刑部。那刑部尚书许论,是个罢软没用的老儿[10],听见严府分付,不敢怠慢,连忙覆本,一依杨、路二人之议。圣旨倒下:妖犯着本处巡按御史即时斩决;杨顺荫一子锦衣卫千户;路楷纪功升迁三级,俟京堂缺推用。

话分两头。却说杨顺自发本之后,便差人密地里拿沈炼下于狱中,慌得徐夫人和沈衮、沈褒没做理会,急寻义叔贾石商议。贾石道:"此必杨、路二贼为严家报仇之意。既然下狱,必然诬陷以重罪。两位公子及今逃窜远方,待等严家势败,方可以出头。若住在此处,杨、路二贼,决不干休。"沈衮道:"未曾看得父亲下落,如何好去?"贾石道:"尊大人犯了对头,决无保全之理。公子以宗祀为重,岂可拘于小孝,自取灭绝之祸?可劝令堂老夫人,早为远害全身之计。尊大人处,贾某自当央人看觑,不烦悬念。"二沈便将贾石之言对徐夫人说知。徐夫人道:"你父亲无罪陷狱,何忍弃之而去?贾叔叔虽然相厚,终是个外人。我料杨、路二贼,奉承严氏,不过与你爹爹作对,终不然累及妻子。你若畏罪而逃,父亲倘然身死,骸骨无收,万世骂你做不孝之子,何颜在世为人乎!"说罢,大哭不止。沈衮、沈褒齐声恸哭。贾石闻知徐夫人不允,叹息而去。

过了数日,贾石打听的实,果然扭入白莲教之党,问成死罪。沈炼在狱中大骂不止。杨顺自知理亏,只恐临时处决,怕他在众人面前毒骂,不好看相;预先问狱官责取病状,将沈炼结果了性命。贾石将此话报与徐夫人知道。母子痛哭,自不必说。又亏贾石多有识熟人情,买出尸首,嘱咐狱卒:"若官府要枭示时,把个假的答应。"却瞒着沈衮兄弟,私下备棺盛殓,埋于隙地。事毕,方才同沈衮说道:"尊大人遗体已得保全,直待事平之后,方好指点与你知道,今犹未可泄漏。"沈衮兄弟感谢不已。贾石又苦口劝他兄弟二人逃走。沈衮道:"极知久占叔叔高居,心上不安;奈家母之意,欲待是非稍定,搬回灵柩。以此迟延不决。"贾石怒道:"我贾某生平,为人谋而尽忠。今日之言,全是为你家门户,岂因久占住房,说发你们起身之理?既嫂嫂老夫人之意已定,我亦不敢相强。但我有一小事,即欲远出,有一年半载不回。你母子自小心安住便了。"觑着壁上贴得有前后《出师表》各一张,乃是沈炼亲笔楷书。贾石道:"这两幅字可揭来送我,一路上做个记念。他日相逢,以此为信。"沈衮就揭下二纸,双手摺叠,递与贾石。贾石藏于袖中,流泪而别。原来贾石算定杨、路二贼设心不善[11],虽然杀了沈炼,未肯干休。自己与沈炼相厚,必然累及;所以预先逃走,在河南地方宗族家权时居住,不在话下。

却说路楷见刑部覆本，有了圣旨，便于狱中取出阎浩、杨胤夔斩讫。并要割沈炼之首，一同枭示。谁知沈炼真尸已被贾石买去了，官府也那里辨验得出。不在话下。

再说杨顺看见止于荫子，心中不满，便向路楷说道："当初严东楼许我事成之日，以侯伯爵相酬。今日失信，不知何故？"路楷沉思半晌，答道："沈炼是严家紧对头，今止诛其身，不曾波及其子，斩草不除根，萌芽复发。相国不足我们之意，想在于此。"杨顺道："若如此，何难之有？如今再上个本，说沈炼虽诛，其子亦宜知情，还该坐罪，抄没家私，庶国法可伸，人心知惧。再访他同射草人的几个狂徒，并借屋与他住的，一齐拿来治罪，出了严家父子之气。那时却将前言取偿，看他有何推托。"路楷道："此计大妙。事不宜迟，乘他家属在此，一网打尽，岂不快哉！——只怕他儿子知风逃避，却又费力。"杨顺道："高见甚明。"一面写表申奏朝廷，再写禀帖到严府知会，自述孝顺之意。一面预先行牌保安州知州，着用心看守犯属，勿容逃逸。只候旨意批下，便去行事。诗曰：

破巢完卵从来少，削草除根势或然。
可惜忠良遭屈死，又将家属媚当权。

再过数日，圣旨下了。州官奉着宪牌，差人来拿沈炼家属；并查平素往来诸人姓名，一一挨拿。只有贾石名字，先经出外，只得将在逃开报。此见贾石见几之明也。时人有诗赞云：

义气能如贾石稀，全身远避更知几。
任他罗网空中布，争奈仙禽天外飞。

却说杨顺见拿到沈衮、沈褒，亲自鞫问[12]，要他招承通虏实迹。二沈高声叫屈，那里肯招？被杨总督严刑拷打，打得体无完肤，沈衮、沈褒熬炼不过，双双死于杖下。可怜少年公子，都入枉死城中！其同时拿到犯人，都坐个同谋之罪，累死者何止数十人！幼子沈袠尚在襁褓，免罪，随着母徐氏，另徙在云州极边，不许在保安居住。路楷又与杨顺商议道："沈炼长子沈襄，是绍兴有名秀才。他时得第，必然衔恨于我辈。不若一并除之，永绝后患。亦要相国知我用心。"杨顺依言，便行文书到浙江，把做钦犯，严提沈襄来问罪。又分付心腹经历金绍，择取有才干的差人，赍文前去；嘱他中途伺便，便行谋害，就所在地方讨个病状回缴。事成之日，差人重赏，金绍许他荐本超迁。金绍领了台旨，汲汲而回[13]，着意的选两名积年干事的公差，无过是张千、李万。金绍唤他到私衙，赏了他酒饭，取出私财二十两相赠。张千、李万道："小人安敢无功受赐？"金绍道："这银两不是我送你的，是总督杨爷赏你的。叫你赍文到绍兴去拿沈襄，一路不要放松他，须要如此如此，这般这般，回来还有重赏。若是怠慢，总督老爷衙门不是取笑的，你两个自去回话。"张千、李万道："莫说总督老爷钧旨，就是老爷分付，小人怎敢有违！"收了银子，谢了金经历，在本府领下公文，疾忙上路，往南进发。

却说沈襄号小霞，是绍兴府学廪膳秀才。他在家久闻得父亲以言事获罪，发去口外为民，甚是挂怀，欲亲到保安州一看，因家中无人主管，行止两难。忽一日，本府差人到来，不由分说，将沈襄锁缚，解到府堂。知府教把文书与沈襄看了备细，就将回文和犯人交付原差，嘱他一路小心。沈襄此时方知父亲及二弟俱已死于非命，母亲又远徙极边，放声大哭，哭出府门，只见一家老小，都在那里搅做一团的啼哭。原来文书上有奉旨抄没的话，本府已差县尉封锁了家私，将人口尽皆逐出。沈小霞听说，真是苦上加苦，哭得咽喉无气。霎时间，亲戚都来与小霞话别；明知此去多凶少吉，少不得说几句劝解的言语。小霞的丈人孟春元，取出一包银子，送与二位公差，求他路上看顾女婿。公差嫌少不受。孟氏娘子又添上金簪子一对，方才收了。沈小霞带着哭，分付孟氏道："我此去死多生少，你休为我忧念，只当我已死一般，在爷娘家过活。你是书礼之家，谅无再醮之事，我也放心得下。"指着小妻闻淑女说道："只这女子，年纪幼小，又无处着落，合该叫他改嫁。奈我三十无子，他却有两个半月的身孕，他日倘生得一男，也不绝了沈氏香烟[14]。娘子，你看我平日夫妻面上，一发带他到丈人家去住几时。等待十月满足，生下或男或女，那时凭你发遣他去便了。"话声未绝，只见闻氏淑女说道："官人说那里话！你去数千里之外，没个亲人朝夕看觑，怎生放下？大娘自到孟家去，奴家情愿蓬首垢面，一路伏侍官人前行。一来官人免致寂寞，二来也替大娘分得些忧念。"沈小霞道："得个亲人做伴，我非不欲。但此去多分不幸，累你同死他乡何益？"闻氏道："老爷在朝为官，官人一向在家，谁人不知？便诬陷老爷有些不是的勾当，家乡隔绝，岂是同谋？妾帮着官人到官申辩，决然罪不至死。就使官人下狱，还留贱妾在外，尚好照管。"孟氏也放丈夫不下，听得闻氏说得有理，极力撺掇丈夫带淑女同去。沈小霞平日素爱淑女有才有智，又见孟氏苦劝，只得依允。当晚众人齐到孟春元家歇了一夜。次早，张千、李万催促上路。闻氏换了一身布衣，将青布裹头，别了孟氏，背着行李，跟着沈小霞便走。那时分别之苦，自不必说。

一路行来，闻氏与沈小霞寸步不离，茶汤饭食，都亲自搬取。张千、李万初时还好言好语，过了扬子江，到徐州起旱，料得家乡已远，就做出嘴脸来，呼幺喝六，渐渐难为他夫妻两个来了。闻氏看在眼里，私对丈夫说道："看那两个泼差人，不怀好意。奴家女流之辈，不识路径；若前途有荒僻旷野的所在，须是用心提防。"沈小霞虽然点头，心中还只是半疑不信。又行了几日，看见两个差人不住的交头接耳，私下商量说话；又见他包裹中有倭刀一口，其白如霜：忽然心动，害怕起来，对闻氏说道："你说这泼差人其心不善，我也觉得有七八分了。明日是济宁府界上，过了府去，便是太行山梁山泊，一路荒野，都是响马出入之所[15]。倘到彼处，他们行凶起来，你也救不得我，我也救不得你，如何是好？"闻氏道："既然如此，官人有何脱身之计，请自方便；留奴家在此，不怕那两个泼差人生吞了我。"沈小霞道：

“济宁府东门内有个冯主事，丁忧在家。此人最有侠气，是我父亲极相厚的同年。我明日去投奔他，他必然相纳。只怕你妇人家，没志量打发这两个泼差人[16]。累你受苦，于心何安？你若有力量支持他，我去也放胆。不然，与你同生同死，也是天命当然，死而无怨。”闻氏道：“官人有路尽走，奴家自会摆布，不劳挂念。”这里夫妻暗地商量。那张千、李万辛苦了一日，吃了一肚酒，齁齁的熟睡，全然不觉。

次日，早起上路，沈小霞问张千道：“前去济宁还有多少路？”张千道：“只有四十里，半日就到了。”沈小霞道：“济宁东门内冯主事，是我年伯。他先前在京师时，借过我父亲二百两银子，有文契在此。他管过北新关，正有银子在家。我若去取讨前欠，他见我是落难之人，必然慨付。取得这项银两，一路上盘缠，也得宽裕，免致吃苦。”张千意思有些作难。李万随口应承了，向张千耳边说道：“我看这沈公子是忠厚之人；况爱妾行李都在此处，料无他故。放他去走一遭，取得银两，都是你我二人的造化，有何不可？”张千道：“虽然如此，到饭店安歇行李，我守住小娘子在店上，你紧跟着同去，万无一失。”话休絮烦。看看巳牌时分，早到济宁城外，捡个洁净店儿，安放了行李。沈小霞便道：“那一位同我到东门走遭，转来吃饭未迟。”李万道：“我同你去。或者他家留酒饭也不见得。”闻氏故意对丈夫道：“常言道：‘人面逐高低，世情看冷暖。’冯主事虽然欠下老爷银两，见老爷死了，你又在难中，谁肯唾手交还？枉自讨个厌贱。不如吃了饭，赶路为上。”沈小霞道：“这里进城到东门不多路，好歹去走一遭，不折了什么便宜。”李万贪了这二百两银子，一力撺掇该去。沈小霞分付闻氏道：“耐心坐坐。若转得快时，便是没想头了。他若好意留款，必然有些赍发[17]。明日雇个轿儿抬你去。这几日在牲口上坐，看你好生不惯。”闻氏觑个空，向丈夫丢个眼色，又道：“官人早回，休教奴久待则个。”李万笑道：“去多少时？有许多说话！好不老气！”闻氏见丈夫去了，故意招李万转来，嘱咐道：“若冯家留饭，坐得久时，千万劳你催促一声。”李万答应道：“不消分付。”比及李万下阶时，沈小霞已走去一段路了。李万托着大意，又且济宁是他惯走的熟路，东门冯主事家他也认得，全不疑惑。走了几步，又里急起来[18]，觑个毛坑上自在方便了，慢慢的望东门而去。

却说沈小霞回头看时，不见了李万，做一口气急急的跑到冯主事家。也是小霞合当有救，正值冯主事独自在厅。两人京中旧时熟识，此时相见，吃了一惊。沈襄也不作揖，扯冯主事衣袂道：“借一步说话。”冯主事已会意了，便引到书房里面。沈小霞放声大哭。冯主事道：“年侄有话快说，休得悲伤，误其大事。”沈小霞哭诉道：“父亲被严贼诬陷，已不必说了。两个舍弟随任的，都被杨顺、路楷杀害，只有小侄在家，又行文本府提去问罪。一家宗祀，眼见灭绝！又两个差人心怀不善，只怕他受了杨、路二贼之嘱，到前边太行、梁山等处暗算了性命，寻思一计，脱身来投老年伯。老年伯若有计相庇，我亡父在天之灵，必然感激！若老年伯不能遮护，小侄便就此触阶而死。死在老年伯面前，强似死于奸贼之手！”冯主事道：“贤侄不妨。我家卧室之后，有一层复壁，尽可藏身，他人搜检不到之处。今送你在内，权住数日。我自有道理。”沈襄拜谢道：“老年伯便是重生父母！”冯主事亲执沈襄之手，引入卧房之后，揭开地板一块，有个地道，从此而下，约走五六十步，便有亮光，有小小廊屋三间，四面皆楼墙围裹，果是人迹不到之处。每日茶饭，都是冯主事亲自送入。他家法极严，谁人敢泄漏半个字！正是：

深山堪隐豹，密柳可藏鸦。

不须愁汉吏，自有鲁朱家[19]。

且说这一日，李万上了毛坑，望东门冯家而来。到于门首，问老门公道：“你老爷在家么？”老门公道：“在家里。”又问道：“有个穿白的官人来见你老爷，可曾相会？”老门公道：“正在书房里留饭哩。”李万听说，一发放心。看看等到未牌，果然厅上走一个穿白的官人出来。李万急走上前看时，不是沈襄。那官人径自出门去了。李万等得不耐烦，肚里又饥，不免问老门公道：“你说老爷留饭的官人，如何只管坐了去，不见出来？”老门公道：“方才出去的不是？”李万道：“老爷书房中还有客没有？”老门公道：“这倒不知。”李万道：“方才那穿白的是甚人？”老门公道：“是老爷的小舅，常常来的。”李万道：“老爷如今在那里？”老门公道：“老爷每常饭后，定要睡一觉；此时正好睡哩。”李万听得话不投机，心下早有二分慌了，便道：“不瞒大伯说，在下是宣大总督老爷差来的。今有绍兴沈公子，名唤沈襄，号沈小霞，系钦提人犯，小人提押到于贵府。他说与你老爷有同年叔侄之谊，要来拜望。在下同他到宅，他进去了，在下等候多时，不见出来，想必还在书房中。大伯，你还不知道，烦你去催促一声，教他快快出来，要赶路哩。”老门公故意道：“你说的是甚么说话？我一些不懂。”李万耐了气，又细细的说了一遍。老门公当面的一啐，骂道：“见鬼！何尝有什么沈公子到来！老爷在丧中，一概不接外客。这门上是我的干系，出入都是我通禀。你却说这等鬼话！你莫非是白日撞么[20]？强装什么公差名色，掏摸东西的[21]！快快请退，休缠你爷的帐！”李万听说，愈加着急，便发作起来，道：“这沈襄是朝廷要紧的人犯，不是当要的。请你老爷出来，我自有话说！”老门公道：“老爷正瞌睡，没甚事，谁敢去禀！你这獠子好不达时务[22]！”说罢，洋洋的自去了。李万道：“这个门上老儿好不知事！央他传一句话，甚作难。想沈襄定然在内。我奉军门钧帖，不是私事，便闯进去，怕怎的！”李万一时粗莽，直撞入厅来，将照壁拍了一拍，大叫道：“沈公子，好走动了！”不见答应。一连叫唤了数声，只见里头走出一个年少的家童，出来问道：“管门的在那里？放谁在厅上喧嚷？”李万正要叫住他说话，那家童在照壁后张了张儿，向西边走去了。李万道：“莫非书房在那西边？我且自去看看，怕怎的！”从厅后转西走去。原来是一带长廊。李万看见无人，只顾望前而行。只见屋宇深邃，门户错杂，颇有妇人走动。李万不敢纵步，依旧退回厅上，听得外面乱嚷。李万到门首看时，却是张千来寻李万不见，正和门公在那里斗口。张千一见了李万，不由分说，便怒道："好伙计！只贪图酒食，不干正事！巳牌时分进城，如今申牌将尽，还在此闲荡，不催趱犯人出城去，待怎么？"李万道："呸！那有什么酒食，连人也不见个影儿！"张千道："是你同他进城的。"李万道："我只登了个东[23]，被蛮子上前了几步，跟他不上，一直赶到这里，门上说有个穿白的官人，在书房中留饭，我说定是他了。等到如今，不见出来。门上人又不肯通报，清水也讨不得一杯吃。老哥，烦你在此等候等候，替我到下处医了肚皮再来。"张千道："有你这样不干事的人！是甚么样犯人，却放他独自行走！就是书房中，少不得也随他进去。如今知他在里头不在里头，还亏你放慢线儿讲话！这是你的干系，不关我事！"说罢，便走。李万赶上扯住道："人是在里头，料没处去。大家在此帮说句话儿，催他出来，也是个道理。你是吃饱的人，如何去得这等要紧？"张千道："他的小老婆在下处，方才虽然嘱咐店主人看守，只是放心不下。这是沈襄穿鼻的索儿，有他在，不怕沈襄不来。"李万道："老哥说得是。"当下张千先去了。

李万忍着肚饥，守到晚，并无消息。看看日没黄昏，李万腹中饿极了，看见间壁有个点心店儿，不免脱下衣衫，抵当几文钱的火烧来吃。去不多时，只听得扛门声响；急跑来看，冯家大门已闭上了。李万道："我做了一世的公人，不曾受这般呕气。主事是多大的官儿，门上直恁作威作势！也有那沈公子好笑，老婆行李都在下处，既然这里留宿，信也该寄一个出来。事已如此，只得在房檐下胡乱过一夜，天明等个知事的管家出来，与他说话。"此时十月天气，虽不甚冷，半夜里起一阵风，簌簌的下几点微雨，衣服都沾湿了，好生凄楚。挨到天明雨止，只见张千又来了。却是闻氏再三再四催逼他来的。张千身边带了公文解批[24]，和李万商议，只等开门，一拥而入，在厅上大惊小怪，高声发话。老门公阻拦不住。一时间，家中大小都聚集来，七张八嘴，好不热闹。街上人听得宅里闹吵，也聚拢来围住大门外闲看。惊动了冯主事，从里面踱将出来。且说冯主事怎生模样：

头戴栀子花匾摺孝头巾，身穿反摺缝稀眼粗麻衫。腰系麻绳，足着草履。

众家人听得咳嗽响，道一声"老爷来了！"都分立在两边。主事出厅问道："为甚事喧嚷？"张千、李万向前施礼道："冯爷在上，小的是奉宣大总督爷公文来的，到绍兴拿得钦犯沈襄。经由贵府，他说是冯爷的年侄，要来拜望。小的不敢阻挡，容他进见。自昨日上午到宅，至今不见出来，有误程限。管家们又不肯代禀。伏乞老爷天恩，快些打发上路。"张千便在胸前取出解批和官文呈上。冯主事看了，问道："那沈襄可是沈经历沈炼的儿子么？"李万道："正是。"冯主事掩着两耳，把舌头一伸，说道："你这班配军，好不知利害！那沈襄是朝廷钦犯，尚犹自可；他是严相国的仇人，那个敢容纳他在家！他昨日何曾到我家来！你却乱话！官府闻知，传说到严府去，我可当得起他怪的？你两个配军自不小心，不知得了多少钱财，买放了要紧人犯,却来图赖我!”叫家童:“与我乱打那配军出去!把大门闭了!不要惹这闲是非!严府知道,不是当耍!”冯主事一头骂,一头走进宅去了。大小家人奉了主人之命,推的推,扱的扱,霎时间被众人拥出大门之外。闭了门,兀自听得嘈嘈的乱骂。张千、李万面面相觑,开了口,合不得;伸了舌,缩不进。张千埋怨李万道:“昨日是你一力撺掇,教放他进城;如今你自去寻他!”李万道:“且不要埋怨。和你去问他老婆,或者晓得他的路数,再来抓寻便了。”张千道:“说得是。他是恩爱的夫妻。昨夜汉子不回,那婆娘暗地流泪,巴巴的独坐了两三个更次。他汉子的行藏,老婆岂有不知?”两个一头说话,飞奔出城,复到饭店中来。

却说闻氏在店房里面,听得差人声音,慌忙移步出来,问道:“我官人如何不来?”张千指李万道:“你只问他就是。”李万将昨日往毛厕出恭,走慢了一步,到冯主事家,起先如此如此,以后这般这般,备细说了。张千道:“今早空肚皮进城,就吃了这一肚寡气。你丈夫想是真个不在他家了,必然还有个去处,难道不对小娘子说的?小娘子,你早说来,我们好去抓寻。”说犹未了,只见闻氏噙着眼泪,一双手扯住两个公人,叫道:“好,好!还我丈夫来!”张千、李万道:“你丈夫自要去拜什么年伯,我们好意容他去走走,不知走向那里去了,连累我们在此着急,没处找寻;你倒问我要丈夫!难道我们藏过了他?说得好笑!”将衣袂掣开,气忿忿的对虎一般坐下。闻氏倒走在外面,拦住出路,双足顿地,放声大哭,叫起屈来。老店主听得,慌忙解劝。闻氏道:“公公有所不知。我丈夫三十无子,娶奴为妾。奴家跟了他二年了,幸有三个多月身孕。我丈夫割舍不下,因此奴家千里相从,一路上寸步不离。昨日为盘缠缺少,要去见那年伯,是李牌头同去的。昨晚一夜不回,奴家已自疑心。今早他两个自回,一定将我丈夫谋害了。你老人家替我做主,还我丈夫便罢休!”老店主道:“小娘子休得性急。那牌头与你丈夫,平日无怨,往日无仇,着甚来由,要坏他性命?”闻氏哭声转哀,道:“公公,你不知道。我丈夫是严阁老的仇人。他两个必定受了严府的嘱托来的,或是他要去严府请功。公公,你详情[25]:他千乡万里,带着奴家到此,岂有没半句说话,突然去了?就是他要走时,那同去的李牌头,怎肯放他?你要奉承严府,害了我丈夫不打紧;叫奴家孤身妇女,看着何人?公公,这两个杀人的贼徒,烦公公带着奴家,同他去官府里叫冤。”张千、李万被这妇人一哭一诉,就要分析几句,没处插嘴。老店主听见闻氏说得有理,也不免有些疑心,倒可怜那妇人起来。只得劝道:“小娘子,说便是这般说,你丈夫未曾死也不见得,好歹再等候他一日。”闻氏道:“依公公等候他一日不打紧,那两个杀人的凶身,乘机走脱了,这干系却是谁当?”张千道:“若果然谋害了你丈夫要走脱时,我弟兄两个又到这里则甚?”闻氏道:“你欺负我妇人家没张智[26],又要指望奸骗我。好好的说,我丈夫的尸首在那里?少不得当官也要还我个明白!”老店官见妇人口嘴利害,再不敢言语。店中闲看的,一时间聚下四五十人。闻说妇人如此苦切,人人恼恨那两个差人，都道："小娘子要去叫冤，我们引你到兵备道去。"闻氏向着众人深深拜福，哭道："多承列位路见不平，可怜我落难孤身，指引则个。这两个凶徒，相烦列位替奴家拿他同去，莫放他走了。"众人道："不妨事，在我们身上！"张千、李万欲向众人分剖时，未说得一言半字，众人便道："两个牌长不消辨得。虚则虚，实则实；若是没有此情，随着小娘子到官，怕他则甚？"妇人一头哭，一头走。众人拥着张千、李万，搅做一阵的都到兵备道前。道里尚未开门。

那一日正是放告日期[27]。闻氏束了一条白布裙，径抢进栅门，看见大门上架着那大鼓，鼓架上悬着个槌儿。闻氏抢槌在手，向鼓上乱挝，挝得那鼓振天的响。唬得中军官失了三魂，把门吏丧了七魄，一齐跑来，将绳缚住，喝道："这妇人好大胆！"闻氏哭倒在地，口称："泼天冤枉！"只见门内吆喝之声，开了大门，王兵备坐堂，问击鼓者何人。中军官将妇人带进。闻氏且哭且诉，将家门不幸遭变，一家父子三口死于非命；只剩得丈夫沈襄，昨日又被公差中途谋害，有枝有叶的，细说了一遍。王兵备喝张千、李万上来，问其缘故。张千、李万说一句，妇人就剪一句[28]。妇人说得句句有理，张千、李万抵搪不过。王兵备思想道："那严府势大，私谋杀人之事，往往有之，此情难保其无。"便差中军官，押了三人，发去本州勘审。那知州姓贺，奉了这项公事，不敢怠慢，即时扣了店主人到来，听四人的口词。妇人一口咬定二人谋害他丈夫。李万招称为出恭慢了一步，因而相失。张千、店主人都据实说了一遍。知州委决不下："那妇人又十分哀切，像个真情；张千、李万又不肯招认。"想了一回，将四人闭于空房，打轿去拜冯主事，看他口气若何。冯主事见知州来拜，急忙迎接归厅。茶罢，贺知州提起沈襄之事，才说得"沈襄"二字，冯主事便掩着两耳道："此乃严相公仇家，学生虽有年谊，平素实无交情。老公祖休得下问，恐严府知道，有累学生。"说罢，站起身来，道："老公祖既有公事，不敢留坐了。"贺知州一场没趣，只得作别。在轿上想道："据冯公如此惧怕严府，沈襄必然不在他家。或者被公人所害，也不见得。或者去投冯公，见拒不纳，别走个相识人家去了，亦未可知。"回到州中，又取出四人来，问闻氏道："你丈夫除了冯主事，州中还认得有何人？"闻氏道："此地并无相识。"知州道："你丈夫是甚么时候去的？那张千、李万几时来回覆你的说话？"闻氏道："丈夫是昨日未吃午饭前就去的，却是李万同出店门。到申牌时分，张千假说催趱上路，也到城中去了，天晚方回来。张千兀自向小妇人说道：'我李家兄弟跟着你丈夫，冯主事家歇了。明日我早去催他出城。'今早张千去了一个早晨，两人双双而回，单不见了丈夫。不是他谋害了是谁？若是我丈夫不在冯家，昨日李万就该追寻了；张千也该着忙，如何将好言语稳住小妇人？其情可知。一定张千、李万两个在路上预先约定，却叫李万乘夜下手。今早张千进城，两个乘早将尸首埋藏停当，却来回覆小妇人。望青天爷爷明鉴！"贺知州道："说得是。"张千、李万正要分辩，知州相公说道："你做公差，所干何事？若非用计谋死，必然得财卖放。有何理说？"喝叫手下将那张、李重责三十。打得皮开肉绽，鲜血迸流，张千、李万只是不招。妇人在旁，只顾哀哀的痛哭。知州相公不忍，便讨夹棍，将两个公差夹起。那公差其实不曾谋死，虽然负痛，怎生招得？一连上了两夹，只是不招。知州相公再要夹时，张、李受苦不过，再三哀求，道："沈襄实未曾死，乞爷爷立个限期，差人押小的找寻沈襄，还那闻氏便了。"知州也没有定见，只得勉从其言。闻氏且发尼姑庵住下。差四名民壮，锁押张千、李万二人追寻沈襄，五日一比[29]。店主释放宁家。将情具由申详兵备道，道里依缴了。

张千、李万，一条铁链锁着，四名民壮，轮番监押。带得几两盘缠，都被民壮搜去为酒食之费；一把倭刀，也当酒吃了。那临清去处又大，茫茫荡荡，来千去万，那里去寻沈公子？也不过一时脱身之法。

闻氏在尼姑庵住下，刚到五日，准准的又到州里去啼哭，要生要死。州守相公没奈何，只苦得比较差人。张千、李万，一连比了十数限，不知打了多少竹批，打得爬走不动，张千得病身死，单单剩得李万，只得到尼姑庵来拜求闻氏道："小的情极，不得不说了。其实奉差来时，有经历金绍口传杨总督钧旨，教我中途害你丈夫，就所在地方，讨个结状回报。我等口虽应承，怎肯行此不仁之事？不知你丈夫何故忽然逃走，与我们实实无涉。青天在上，若半字虚情，全家祸灭！如今官府五日一比，兄弟张千，已自打死，小的又累死，又是冤枉。你丈夫的确未死，小娘子他日夫妇相逢有日。且求小娘子休去州里啼啼哭哭，宽小的比限，完全狗命，便是阴德！"闻氏道："据你说不曾谋害我丈夫，也难准信。既然如此说，奴家且不去禀官，容你从容查访。只是你们自家要上紧用心，休得怠慢。"李万喏喏连声而退。有诗为证：

白金廿两酿凶谋，谁料中途已失囚？
锁打禁持熬不得，尼庵苦向妇人求。

官府立限缉获沈襄，一来为他是总督衙门的紧犯，二来为妇人日日哀求，所以上紧严比。今日也是那李万不该命绝，恰好有个机会。

却说总督杨顺，御史路楷，两个日夜商量，奉承严府，指望旦夕封侯拜爵。谁知朝中有个兵科给事中吴时来，风闻杨顺横杀平民冒功之事，把他尽情劾奏一本，并劾路楷朋奸助恶。嘉靖爷正当设醮祝釐[30]，见说杀害平民，大伤和气，龙颜大怒，着锦衣卫扭解来京问罪。严嵩见圣怒不测，一时不及救护，到底亏他于中调停，止于削爵为民。可笑杨顺、路楷杀人媚人，至此徒为人笑，有何益哉！

再说贺知州听得杨总督去任，已自把这公事看得冷了；又闻氏连次不来哭禀；两个差人又死了一个，只剩得李万，又苦苦哀求不已。贺知州分付打开铁链，与他个广捕文书，只教他用心缉访，明是放松之意。李万得了广捕文书，犹如捧了一道赦书，连连磕了几个头，出得府门，一道烟走了。身边又无盘缠，只得求乞而归。不在话下。

却说沈小霞在冯主事家复壁之中住了数月，外边消息，无有不知。都是冯主事打听将来，说与小霞知道。晓得闻氏在尼姑庵寄居，暗暗欢喜。过了年馀，已知张千、李万都逃了，这公事渐渐懒散。冯主事特地收拾内书房三间，安放沈襄在内读书，只不许出外，外人亦无有知者。冯主事三年孝满，为有沈公子在家，也不去起复做官。

光阴似箭，一住八年。值严嵩一品夫人欧阳氏卒，严世蕃不肯扶柩还乡，唆父亲上本留己侍养；却于丧中簇拥姬妾，日夜饮酒作乐。嘉靖爷天性至孝，访知其事，心中甚是不悦。时有方士蓝道行，善扶鸾之术。天子召见，叫他请仙，问以辅臣贤否。蓝道行奏道："臣所召乃是上界真仙，正直无阿。万一箕下判断，有忤圣心，乞恕微臣之罪。"嘉靖爷道："朕正愿闻天心正论，与卿何涉？岂有罪卿之理？"蓝道行画符念咒，神箕自动，写出十六个字来，道是：

高山番草，父子阁老；日月无光，天地颠倒。

嘉靖爷爷看了，问蓝道行道："卿可解之。"蓝道行奏道："微臣愚昧未解。"嘉靖爷道："朕知其说。高山者，山字连高，乃是'嵩'字；番草者，番字草头，乃是'蕃'字。此指严嵩、严世蕃父子二人也。朕久闻其专权误国，今仙机示朕，朕当即为处分。卿不可泄于外人。"蓝道行叩头，口称"不敢"。受赐而出。从此嘉靖爷渐渐疏了严嵩。有御史邹应龙，看见机会可乘，遂劾奏："严世蕃凭借父势，卖官鬻爵，许多恶迹，宜加显戮。其父严嵩溺爱恶子，植党蔽贤，宜亟赐休退，以清政本。"嘉靖爷见疏大喜，即升迁应龙为通政右参议。严世蕃下法司，拟成充军之罪。严嵩回籍。未几，又有江西巡按御史林润，复奏严世蕃不赴军伍，居家愈加暴横，强占民间田产，畜养奸人，私通倭虏，谋为不轨。得旨，三法司提问。问官勘实覆奏，严世蕃即时处斩，抄没家财。严嵩发养济院终老。被害诸臣，尽行昭雪。

冯主事得此音信，慌忙报与沈襄知道，放他出来，到尼姑庵访问那闻淑女。夫妇相见，抱头而哭。闻氏离家时怀孕三月，今在庵中生下一孩子，已十岁了。闻氏亲自教他念书，"五经"皆已成诵，沈襄欢喜无限。冯主事方上京补官，教沈襄同去讼理父冤。闻氏暂迎归本家园内居住。沈襄从其言，到了北京。冯主事先去拜了通政司邹参议，将沈炼父子冤情说了，然后将沈襄讼冤本稿送与他看。邹应龙一力担当。次日，沈襄将奏本往通政司挂号投递。圣旨下，沈炼忠而获罪，准复原官，仍进一级，以旌其直；妻子召还原籍；所没入财产，府县官照数给还；沈襄食廪年久，准贡，敕授知县之职。沈襄复上疏谢恩，疏中奏道：

臣父炼向在保安，因目击宣大总督杨顺杀戮平民冒功，吟诗感叹。适值御史路楷阴受严世蕃之嘱，巡按宣大，与杨顺合谋，陷臣父于极刑，并杀臣弟二人，臣亦几乎不免。冤尸未葬，危宗几绝，受祸之惨，莫如臣家。今严世蕃正法，而杨顺、路楷安然保首领于乡。使边廷万家之怨骨，衔恨无伸；臣家三命之冤魂，含悲莫控：恐非所以肃刑典而慰人心也。

圣旨准奏，复提杨顺、路楷到京，问成了死罪，监禁刑部牢中待决。

沈襄来别冯主事，要亲到云州迎接母亲和兄弟沈衮到京，依傍冯主事寓所相近居住。然后往保安州访求父亲骸骨，负归埋葬。冯主事道："老年嫂处，适才已打听个消息，在云州康健无恙。令弟沈衮已在彼游庠了。下官当遣人迎之。尊公遗体要紧，贤侄速往访问，到此相会令堂可也。"沈襄领命，径往保安。

一连寻访两日，并无踪迹。第三日，因倦借坐人家门首。有老者从内而出，延进草堂吃茶。见堂中挂一轴子，乃楷书诸葛孔明两张《出师表》也。表后但写年月，不着姓名。沈小霞看了又看，目不转睛。老者道："客官为何看之？"沈襄道："动问老丈，此字是何人所书？"老者道："此乃吾亡友沈青霞之笔也。"沈小霞道："为何留在老丈处？"老者道："老夫姓贾名石。当初沈青霞编管此地，就在舍下作寓。老夫与他八拜之交，最相契厚。不料后遭奇祸，老夫惧怕连累，也往河南逃避，带得这二幅《出师表》，裱成一轴，时常展视，如见吾兄之面。杨总督去任后，老夫方敢还乡。嫂嫂徐夫人和幼子沈衮，徙居云州，老夫时常去看他。近日闻得严家势败，吾兄必当昭雪，已曾遣人往云州报信。恐沈小官人要来移取父亲灵柩，老夫将此轴悬挂在中堂，好叫他认认父亲遗笔。"沈小霞听罢，连忙拜倒在地，口称"恩叔"。贾石慌忙扶起，道："足下果是何人？"沈小霞道："小侄沈襄。此轴乃亡父之笔也。"贾石道："闻得杨顺这厮差人到贵府来提贤侄，要行一网打尽之计。老夫只道也遭其毒手，不知贤侄何以得全？"沈小霞将济宁事情备细说了一遍。贾石口称"难得"。便分付家童治饭款待。沈小霞问道："父亲灵柩，恩叔必知，务求指引一拜。"贾石道："你父亲屈死狱中，是老夫偷尸埋葬，一向不敢对人说知。今日贤侄来此搬回故土，也不枉老夫一片用心。"说罢，刚欲出门，只见外面一位小官人，骑马而来。贾石指道："遇巧！遇巧！恰好令弟来也。"那小官便是沈衮，下马相见。贾石指沈小霞道："此位乃大令兄讳襄的便是。"此日弟兄方才识面，恍如梦中相会，抱头而哭。

贾石领路，三人同到沈青霞墓所，但见乱草迷离，土堆隐起。贾石令二沈拜了，二沈俱哭倒在地。贾石劝了一回，道："正要商议大事，休得过伤。"二沈方才收泪。贾石道："二哥、三哥，当时死于非命，也亏了狱卒毛公存仁义之心，可怜他无辜被害，将他尸藁葬于城西三里之外。毛公虽然已故，老夫亦知其处。若扶令先尊灵柩回去，一起带回，使他父子魂魄相依。二位意下何如？"二沈道："恩叔所言，正合愚弟兄之意。"当日又同贾石到城西看了，不胜悲感。次日，另备棺木，择吉破土，重新殡殓。三人面色如生，毫不朽败，此乃忠义之气所致也。二沈悲哭，自不必说。当时备下车仗，抬了三个灵柩，别了贾石起身。临别，沈襄对贾石道："这一轴《出师表》，小侄欲问恩叔取去供养祠堂，幸勿见拒。"贾石慨然许了，取下挂轴相赠。二沈就草堂拜谢，垂泪而别。沈衮先奉灵柩到张家湾，觅船装载。沈襄复身又到北京，见了母亲徐夫人，回覆了说话，拜谢了冯主事起身。

此时京中官员，无不追念沈青霞忠义，怜小霞母子扶柩远归，也有送勘合的[31]，也有赠赙金的[32]，也有馈赆仪的[33]。沈小霞只受勘合一张，馀俱不受。到了张家湾，另换了官座船，驿递起人夫一百名牵缆，走得好不快！不一日，来到济宁。沈襄分付座船，暂泊河下，单身入城到冯主事家，投了主事平安书信，园上领了闻氏淑女并十岁儿子下船，先参了灵柩，后见了徐夫人。徐氏见了孙儿如此长大，喜不可言。当初只道灭门绝户，如今依然有子有孙；昔日冤家皆恶死见报，天理昭然。可见做恶人的到底吃亏，做好人的到底便宜。

闲话休题。到了浙江绍兴府，孟春元领了女儿孟氏，在二十里外迎接。一家骨肉重逢，悲喜交集。将丧船停泊码头，府县官员都往唁吊。旧时家产，已自清查给还。二沈扶柩葬于祖茔，重守三年之制，无人不称大孝。抚按又替沈炼建造表忠祠堂，春秋祀祭。亲笔《出师表》一轴，至今供奉祠堂之中。服满之日，沈襄到京受职，做了知县。为官清正，直升到黄堂知府[34]。闻氏所生之子，少年登科，与叔父沈衮同年进士。子孙世世书香不绝。冯主事为救沈襄一事，京中重其义气，累官至吏部尚书。忽一日，梦见沈青霞来拜，说道："上帝怜某忠直，已授北京城隍之职。以年兄为南京城隍，明日午时上任。"冯主事觉来，甚以为疑，至明午，忽见轿马来迎，无疾而逝。二公俱已为神矣。有诗为证，诗曰：

生前忠义骨犹香，精魄为神万古扬。
料得奸雄沉地狱，皇天果报自昭彰。

注释

[1]肮脏(kǎng zāng)：同"抗脏"，高亢刚直貌。

[2]青词：道教在斋醮祭神之时，用朱笔写于青藤纸上的祝祷文。

[3]科道：科指吏、户、礼、兵、刑、工六科给事中；道指十三道监察御史。

[4]关龙逢、比干：关龙逢是夏朝的贤臣，因劝谏夏桀被诛杀；比干是商朝的贤臣，因谏阻商纣王为非作歹而被杀害。

[5]无名子：即无名氏。

[6]则声：吭声。

[7]疏稿：奏疏的草稿。

[8]挫过：即错过。

[9]委的：果真，真的。

[10]罢(pí)软：即疲软。

[11]设心：居心。

[12]鞫(jū)问：审问。

[13]汲汲：形容心情急切的样子。

[14]香烟：此处是指传宗接代的香火。

[15]响马:土匪、强盗。

[16]志量:智慧和能耐。

[17]赍发:送给人财物。

[18]里急:急于上厕所。

[19]鲁朱家:汉代鲁人朱家,以侠义著称。季布曾为项羽大将,项羽兵败乌江后,刘邦悬出重赏捉拿季布,朱家冒着危险将季布藏匿起来。

[20]白日撞:指盗贼。宋代称在舟船上偷盗财物的人为白日鬼。

[21]掏摸:偷盗。

[22]獠(liáo)子:骂人的话,意思同"蛮子"。

[23]登了个东:上厕所。

[24]解批:官府的批文。

[25]详情:详细推究情理。

[26]张智:主张、智慧。

[27]放告:古代州县官上任时,定期悬牌,叫有冤屈的人到衙署告状,由州县官直接受理案件,以防吏役舞弊。

[28]剪:阻止、反驳。

[29]比:又叫"比较"。古时官府向百姓征收钱粮时,有的人不能按时缴纳,官府派人催缴,在一定的期限内与已收到的数目相比较,若过期未收够,差役将受处罚。后引申为凡官府限期办事而未办完即受罚。

[30]祝釐(xī):祈求福佑。

[31]勘合:一种使用驿站的凭照。

[32]赙(fù)金:送给别人办丧事的钱。

[33]赆(jìn)仪:送给别人的路费。

[34]黄堂知府:知府衙门的厅堂是黄色的,故名。

新评

本篇中的主人公沈炼,历史上确有其人。据《中国人名大辞典》载:"沈炼,明会稽人,字纯甫,嘉靖进士,知溧阳。忤御史,调茌平。入为锦衣卫经历。性刚直,嫉恶如仇。会俺答犯京师,诏廷臣博议。炼昌言敌由严嵩父子。上疏劾嵩十大罪,帝大怒,杖之数十。谪佃保安。边人慕炼忠义,多遣子弟就学。炼恨嵩父子,缚草象李林甫、秦桧及嵩,令子弟攒射之。总督杨顺、巡按路楷承嵩旨,诬炼与白莲妖人阎浩等谋乱,遂弃市。后追谥忠愍。有《青霞集》。"

由此可知,本篇小说是在真人真事之基础上,经过艺术加工而创作的。除沈炼、严嵩父子之外,杨顺、路楷、阎浩等也确有其人。全篇通过沈炼一家的悲欢离合,愤怒地控诉了严嵩父子专权之下,广大士宦和人民群众的命运,形象地再现了当时朝政腐败,官吏贪婪的社会现实,塑造了刚直不阿的沈炼、见义勇为的贾石、忠孝双全的沈襄、机智伶俐的闻氏、貌似胆怯实则侠胆义肝的冯主事,以及狠毒心肠的杨顺、路楷和倒霉的差人张千、李万等一系列栩栩如生的人物形象。

末尾的大团圆结局,削弱了全篇的悲剧色彩,这也是中国古典小说中普遍存在的不足。

第十四卷　宋金郎团圆破毡笠

不是姻缘莫强求，姻缘前定不须忧。

任从波浪翻天起，自有中流稳渡舟。

话说正德年间，苏州府昆山县大街，有一居民，姓宋名敦，原是宦家之后，浑家卢氏，夫妻二口，不做生理，靠着祖遗田地，现成收些租课为活。年过四十，并不曾生得一男半女。宋敦一日对浑家说："自古道：'养儿待老，积谷防饥。'你我年过四旬，尚无子嗣。光阴似箭，眨眼头白。百年之事，靠着何人？"说罢，不觉泪下。卢氏道："宋门积祖善良，未曾作恶造业；况你又是单传，老天决不绝你祖宗之嗣。招子也有早晚，若是不该招时，便是养得长成，半路上也抛撇了，劳而无功，枉添许多悲泣。"宋敦点头道："是。"

方才拭泪未干，只听得堂中有人咳嗽，叫唤道："玉峰在家么？"——原来近时风俗，不论大家小家，都有个外号，彼此相称。玉峰乃是宋敦的外号。——宋敦侧耳而听，叫唤第二句，便认得声音，是刘顺泉。那刘顺泉双名有才，积祖驾一只大船，揽载客货，往各省交卸。趁得好些水脚银两，一个十全的家业，团团都做在船上。就是这只船本，也值几百金，浑身是香楠木打造的。江南一水之地，多有这行生理。那刘有才是宋敦最契之友，听得是他声音，连忙趋出堂中，彼此不须作揖，拱手相见，分坐看茶，自不必说。宋敦道："顺泉今日如何得暇？"刘有才道："特来与玉峰借件东西。"宋敦笑道："宝舟缺什么东西，倒与寒家相借？"刘有才道："别的东西不来干渎[1]，只这件，是宅上有馀的，故此敢来启口。"宋敦道："果是寒家所有，决不相吝。"刘有才不慌不忙，说出这件东西。正是：

背后并非擎诏，当前不是围胸。鹅黄细布密针缝。净手将来供奉。

还愿曾装冥钞，祈神并衬威容。名山古刹几相从。染下炉香浮动。

原来宋敦夫妻二口，因难于得子，各处烧香祈嗣，做成黄布袱、黄布袋，装裹佛马楮钱之类[2]。烧过香后，悬挂于家中佛堂之内，甚是志诚。原来刘有才长于宋敦五年，四十六岁了，阿妈徐氏亦无子息。闻得徽州有盐商求嗣，新建陈州娘娘庙于苏州阊门之外，香火甚盛，祈祷不绝。刘有才恰好有个方便，要驾船往枫桥接客，意欲进一炷香。却不曾做得布袱布袋，特特与宋家告借。其时说出缘故，宋敦沉思不语。刘有才道："玉峰莫非有吝借之心么？若污坏时，一个就赔两个。"宋敦道："岂有此理！只是一件，既然娘娘庙灵显，小子亦欲附舟一往。只不知几时去？"刘有才道："即刻便行。"宋敦道："布袱布袋，拙荆另有一副[3]，共是两副，尽可分用。"刘有才道："如此甚好。"宋敦入内，与浑家说知欲往郡城烧香之事。刘氏也好生欢喜。宋敦于佛堂挂壁上，取下两副布袱布袋，留下一副自用，将一副借与刘有才。刘有才道："小子先往舟中伺候，玉峰可快来。船在小西门驷马桥下，不嫌怠慢时，吃些见成素饭，不消带米。"宋敦应允。当下忙忙的办下些香烛纸马、白阡之类，打叠包裹，穿了一件新联就的洁白湖绸道袍，径至小西门下船。趁着顺风，不够半日，七十里之程，等闲到了。天色已晚，把船径放到枫桥停泊。那枫桥乃四方商贾辏集之地，舢舻相接，一望无际，昔人有诗云：

月落乌啼霜满天，江枫渔火对愁眠。
姑苏城外寒山寺，夜半钟声到客船。

次日，起个黑早，在船中洗盥罢，吃了些素食，净了口手，一对儿黄布袱驮了冥财，黄布袋安插纸马文疏，挂于项上，离了船头，慢腾腾步到陈州娘娘殿前，刚刚天晓。庙门虽开，殿门还关着。二人在两廊游绕，观看了一遍，果然造得齐整。正在赞叹，呀的一声，殿门开了。就有庙祝出来迎接进殿。其时香客未到，烛架尚虚，庙祝放下琉璃灯来，取火点烛，讨文疏替他通陈祷告。二人焚香礼拜已毕，各将几十文钱，酬谢了庙祝，化纸出门。刘有才再要邀宋敦到船，宋敦不肯。当下刘有才将布袱布袋交还宋敦，各各称谢而别。刘有才自往枫桥接客去了。

宋敦看天色尚早，要往娄门趁船回家。刚欲移步，听得墙下呻吟之声。近前看时，却是矮矮一个芦席棚，搭在庙垣之侧，中间卧着个有病的老和尚，恹恹欲死，呼之不应，问之不答。宋敦心中不忍，停眸而看。旁边一人走来说道："客人，你只管看他则甚？要便做个好事了去。"宋敦道："如何做个好事？"那人道："此僧是陕西来的，七十八岁了，他说一生不曾开荤，每日只诵《金刚经》。三年前在此募化建庵，没有施主。搭这个芦席棚儿住下，诵经不辍。这里有个素饭店，每日只上午一餐，过午就不用了。也有人可怜他，施他些钱米，他就把来还了店上的饭钱，不留一文。近日得了这病，有半个月不用饮食了。两日前还开口说得话，我们问他：'如此受苦，何不早去罢？'他说：'因缘未到，还等两日。'今早连话也说不出了，早晚待死。客人若可怜他时，买一口薄薄棺材，焚化了他，便是做好事。他说'因缘未到'，或者这因缘就在客人身上。"宋敦想道："我今日为求嗣而来，做一件好事回去，也得神天知道。"便问道："此处有棺材店么？"那人道："出巷陈三郎家就是。"宋敦道："烦足下同往一看。"那人引路到陈家来。陈三郎正在店中支分锯匠解木。那人道："三郎，我引个主顾作成你。"三郎道："客人若要看寿板，小店有真正婺源加料双耕的在里面[4]。若要现成的，就店中但凭拣择。"宋敦道："要现成的。"陈三郎指着一副道："这是头号，足价三两。"宋敦未及还价，那人道："这个客官是买来舍与那芦席棚内老和尚做好事的，你也有一半功德，莫要讨虚价。"陈三郎道："既是做好事的，我也不敢要多，照本钱一两六钱罢，分毫少不得了。"宋敦道："这价钱也是公道了。"想起："汗巾角上带得一块银子，约有五六钱重，烧香剩下不上一百铜钱，总凑与他，还不够一半。——我有处了[5]，刘顺泉的船在枫桥不远。”便对陈三郎道：“价钱依了你，只是还要到一个朋友处借贷，少顷便来。”陈三郎倒罢了，说道：“任从客便。”那人怫然不乐，道：“客人既发了慈悲心，却又做脱身之计。你身边没有银子，来看则甚？”说犹未了，只见街上人纷纷而过，多有说这老和尚可怜，半月前还听得他念经之声，今已呜呼了。正是：

三寸气在千般用，一旦无常万事休[6]。

那人道：“客人不听得说么？那老和尚已死了，他在地府睁眼等你断送哩！”宋敦口虽不语，心下覆想道：“我既是看定了这具棺木，倘或往枫桥去，刘顺泉不在船上，终不然呆坐等他回来。况且常言‘得价不择主’，倘别有个主顾，添些价钱，这副棺木卖去了，我就失信于此僧了。罢罢！”便取出银子，刚刚一块，讨等来一称[7]，叫声惭愧。原来是块元宝锭心，看时像少，称时便多，倒有七钱多重。先教陈三郎收下，将身上穿的那一件新联就的洁白湖绸道袍脱下，道：“这一件衣服，价在一两之外，倘嫌不值，权时相抵，待小子取赎。若用得时，便乞收算。”陈三郎道：“小店大胆了，莫怪计较。”将银子衣服收过了。宋敦又在髻上拔下一根银簪，约有二钱之重，交与那人道：“这枝簪，相烦换些铜钱，以为殡殓杂用。”当下店中看的人都道：“难得这位做好事的客官，他担当了大事去。其馀小事，我们地方上也该凑出些钱钞相助。”众人都凑钱去了。宋敦又复身到芦席边，看那老僧，果然化去。不觉双眼垂泪，分明如亲戚一般，心下好生酸楚，正不知什么缘故。不忍再看，含泪而行。到娄门时，航船已开，乃自唤一只小船，当日回家。

浑家见丈夫黑夜回来，身上不穿道袍，面又带忧惨之色，只道与人争竞，忙忙的来问。宋敦摇首，道：“话长哩！”一径走到佛堂中，将两副布袱布袋挂起，在佛前磕了个头，进房坐下，讨茶吃了，方才开谈。将老和尚之事备细说知。浑家道：“正该如此。”也不嗔怪。宋敦见浑家贤慧，倒也回愁作喜。是夜夫妻二口睡到五更，宋敦梦见那老和尚登门拜谢道：“檀越命合无子，寿数亦止于此矣。因檀越心田慈善，上帝命延寿半纪[8]。老僧与檀越又有一段因缘，愿投宅上为儿，以报盖棺之德。”卢氏也梦见一个金身罗汉走进房里，梦中叫喊起来，连丈夫也惊醒了。各言其梦，似信似疑，嗟叹不已。正是：

种瓜还得瓜，种豆还得豆。
劝人行好心，自作还自受。

从此卢氏怀孕，十月满足，生下一个孩儿。因梦见金身罗汉，小名金郎，官名就叫宋金。夫妻欢喜，自不必说。此时刘有才也生一女，小名宜春。各各长成，有人撺掇两家对亲。刘有才倒也心中情愿，宋敦却嫌他船户出身，不是名门旧族。口虽不语，心中有不允之意。

那宋金方年六岁，宋敦一病不起，呜呼哀哉了。自古道：“家中百事兴，全靠主人命。"十个妇人,敌不得一个男子。自从宋敦故后,卢氏掌家,连遭荒歉,又里中欺他孤寡,科派户役,卢氏撑持不定,只得将田房渐次卖了,赁屋而居。初时还是诈穷,以后坐吃山崩,不上十年,弄做真穷了。卢氏亦得病而亡。断送了毕,宋金只剩得一双赤手,被房主赶逐出屋,无处投奔。且喜从幼学得一件本事,会写会算。偶然本处一个范举人选了浙江衢州府江山县知县,正要寻个写算的人。有人将宋金说了,范公就教人引来。见他年纪幼小,又生得齐整,心中甚喜。叩其所长,果然书通真草,算善归除。当日就留于书房之中,取一套新衣与他换过,同桌而食,好生优待。择了吉日,范知县与宋金下了官船,同往任所。正是:

冬冬画鼓催征棹,习习和风荡锦帆。

却说宋金虽然贫贱,终是旧家子弟出身。今日做范公门馆,岂肯卑污苟贱,与童仆辈和光同尘,受其戏侮。那些管家们欺他年幼,见他做作,愈有不然之意。自昆山起程,都是水路,到杭州便起旱了。众人撺掇家主道:"宋金小厮家,在此写算,服事老爷,还该小心谦逊,他全不知礼。老爷优待他忒过分了,与他同坐同食;舟中还可混帐,到陆路中火歇宿,老爷也要存个体面。小人们商议,不如教他写一纸靠身文书,方才妥帖。到衙门时,他也不敢放肆为非。"范举人是棉花做的耳朵,就依了众人言语。唤宋金到舱,要他写靠身文书。宋金如何肯写。逼勒了多时,范公发怒,喝教剥去衣服,逐出船去。众苍头拖拖拽拽,剥的干干净净,一领单布衫,赶在岸上。气得宋金半晌开口不得。只见轿马纷纷,伺候范知县起陆。宋金含着双泪,只得回避开去。身边并无财物,受饿不过,少不得学那两个古人:

伍相吹箫于吴门,韩王寄食于漂母。

日间街坊乞食,夜间古庙栖身。还有一件,宋金终是旧家子弟出身,任你十分落泊,还存三分骨气,不肯随那叫街丐户一流,奴颜婢膝,没廉没耻。讨得来便吃了,讨不来忍饿,有一顿没一顿。过了几时,渐渐面黄肌瘦,全无昔日丰神。正是:

好花遭雨红俱褪,芳草经霜绿尽凋。

时值暮秋天气,金风催冷,忽降下一场大雨。宋金食缺衣单,在北新关关王庙中担饥受冻,出头不得。这雨自辰牌直下至午牌方止。宋金将腰带收紧,那步出庙门来[9]。未及数步,劈面遇着一人。宋金睁眼一看,正是父亲宋敦的最契之友,叫做刘有才号顺泉的。宋金"无面目见江东父老",不敢相认,只得垂眼低头而走。那刘有才早已看见,从背后一手挽住,叫道:"你不是宋小官么?为何如此模样?"宋金两泪交流,叉手告道:"小侄衣衫不齐,不敢为礼了,承老叔垂问。"如此如此,这般这般,将范知县无礼之事,告诉了一遍。刘翁道:"'恻隐之心,人皆有之。'你肯在我船上相帮,管教你饱暖过日。"宋金便下跪道:"若得老叔收留,便是重生父母。"

当下刘翁引着宋金到于河下。刘翁先上船,对刘妪说知其事。刘妪道:"此乃两得其便，有何不美？”刘翁就在船头上招宋小官上船，于自身上脱下旧布道袍，教他穿了。引他到后艄，见了妈妈徐氏；女儿宜春在傍，也相见了。宋金走出船头。刘翁道：“把饭与宋小官吃。”刘妪道：“饭便有，只是冷的。”宜春道：“有热茶在锅内。”宜春便将瓦罐子舀了一罐滚热的茶。刘妪便在厨柜内取了些腌菜，和那冷饭，付与宋金道：“宋小官！船上买卖，比不得家里，胡乱用些罢！”宋金接得在手。又见细雨纷纷而下，刘翁叫女儿：“后艄有旧毡笠，取下来与宋小官戴。”宜春取旧毡笠看时，一边已自绽开。宜春手快，就盘髻上拔下针线将绽处缝了，丢在船篷之上，叫道：“拿毡笠去戴。”宋金戴了破毡笠，吃了茶淘冷饭。刘翁教他收拾船上家火，扫抹船只，自往岸上接客，至晚方回，一夜无话。

次日，刘翁起身，见宋金在船头上闲坐，心中暗想：“初来之人，莫惯了他。”便吆喝道：“个儿郎吃我家饭[10]，穿我家衣，闲时搓些绳，打些索，也有用处。如何空坐？”宋金连忙答应道：“但凭驱使，不敢有违。”刘翁便取一束麻皮，付与宋金，教他打索子。正是：

在他矮檐下，怎敢不低头。

宋金自此朝夕小心，辛勤做活，并不偷懒。兼之写算精通，凡客货在船，都是他记帐，出入分毫不爽。别船上交易，也多有央他去拿算盘，登帐簿，客人无不敬而爱之，都夸道：“好个宋小官，少年伶俐。”刘翁刘妪见他小心得用，另眼相待，好衣好食的管顾他。在客人面前，认为表侄。宋金亦自以为得所，心安体适，貌日丰腴。凡船户中无不欣羡。

光阴似箭，不觉二年有馀。刘翁一日暗想：“自家年纪渐老，止有一女，要求个贤婿以靠终身，似宋小官一般，倒也十全之美。但不知妈妈心下如何？”是夜，与妈妈饮酒半醺，女儿宜春在傍，刘翁指着女儿对妈妈道：“宜春年纪长成，未有终身之托，奈何？”刘妪道：“这是你我靠老的一桩大事，你如何不上紧？”刘翁道：“我也日常在念，只是难得个十分如意的。像我船上宋小官恁般本事人才，千中选一，也就不能够了。”刘妪道：“何不就许了宋小官？”刘翁假意道：“妈妈说那里话！他无家无倚，靠着我船上吃饭。手无分文，怎好把女儿许他？”刘妪道：“宋小官是宦家之后，况系故人之子。当初他老子存时，也曾有人议过亲来，你如何忘了？今日虽然落薄[11]，看他一表人材，又会写，又会算，招得这般女婿，须不辱了门面。我两口儿老来也得所靠。”刘翁道：“妈妈，你主意已定否？”刘妪道：“有什么不定！”刘翁道：“如此甚好。”原来刘有才平昔是个怕婆的，久已看上了宋金，只愁妈妈不肯。今见妈妈慨然，十分欢喜。当下便唤宋金，对着妈妈面许了他这头亲事。宋金初时也谦逊不当，见刘翁夫妇一团美意，不要他费一分钱钞，只索顺从。刘翁往阴阳生家选择周堂吉日[12]，回覆了妈妈，将船驾回昆山。先与宋小官上头，做一套绸绢衣服与他穿了，浑身新衣、新帽、新鞋、新袜，妆扮得宋金一发标致。

虽无子建才八斗，胜似潘安貌十分。

刘妪也替女儿备办些衣饰之类。吉日已到，请下两家亲戚，大设喜筵，将宋金赘入船上为婿。次日，诸亲作贺，一连吃了三日喜酒。宋金成亲之后，夫妻恩爱，自不必说。从此船上生理，日兴一日。

光阴似箭，不觉过了一年零两个月。宜春怀孕日满，产下一女。夫妻爱惜如金，轮流怀抱。期岁方过，此女害了痘疮，医药不效，十二朝身死。宋金痛念爱女，哭泣过哀，七情所伤，遂得了个痨瘵之疾。朝凉暮热，饮食渐减，看看骨露肉消，行迟走慢。刘翁刘妪初时还指望他病好，替他迎医问卜。延至一年之外，病势有加无减。三分人，七分鬼，写也写不动，算也算不动。倒做了眼中之钉，巴不得他死了干净；却又不死。两个老人家懊悔不迭，互相抱怨起来："当初只指望半子靠老，如今看这货色，不死不活，分明一条烂死蛇缠在身上，摆脱不下。把个花枝般女儿，误了终身，怎生是了？为今之计，如何生个计较，送开了那冤家，等女儿另招个佳婿，方才称心。"两口儿商量了多时，定下个计策，连女儿都瞒过了。只说有客货在于江西，移船往载。行至池州五溪地方，到一个荒僻的所在，但见孤山寂寂，远水滔滔，野岸荒崖，绝无人迹。是日小小逆风，刘公故意把舵使歪，船便向沙岸上阁住，却教宋金下水推舟。宋金手迟脚慢，刘公就骂道："痨病鬼！没气力使船时，岸上野柴也砍些来烧烧，省得钱买。"宋金自觉惶愧，取了砟刀，挣扎到岸上砍柴去了。刘公乘其未回，把舵用力撑动，拨转船头，挂起满风帆，顺流而下。

不愁骨肉遭颠沛，且喜冤家离眼睛。

且说宋金上岸打柴，行到茂林深处，树木虽多，那有气力去砍伐，只得拾些儿残柴，割些败棘，抽取枯藤，束做两大捆，却又没有气力背负得去。心生一计，再取一条枯藤，将两捆野柴穿做一捆，露出长长的藤头，用手挽之而行，如牧童牵牛之势。行了一时，想起忘了砟刀在地，又复身转去，取了砟刀，也插入柴捆之内，缓缓的拖下岸来。到于泊舟之处，已不见了船。但见江烟沙岛，一望无际。宋金沿江而上，且行且看，并无踪影，看看红日西沉，情知为丈人所弃。上天无路，入地无门，不觉痛切于心，放声大哭。哭得气咽喉干，闷绝于地，半晌方苏。

忽见岸上一老僧，正不知从何而来，将拄杖卓地，问道："檀越伴侣何在？此非驻足之地也！"宋金忙起身作礼，口称姓名："被丈人刘翁脱赚[13]，如今孤苦无归，求老师父提挈，救取微命。"老僧道："贫僧茅庵不远，且同往暂住一宵，来日再做道理。"宋金感谢不已，随着老僧而行。约莫里许，果见茅庵一所。老僧敲石取火，煮些粥汤，把与宋金吃了。方才问道："令岳与檀越有何仇隙？愿闻其详。"宋金将入赘船上，及得病之由，备细告诉了一遍。老僧道："老檀越怀恨令岳乎？"宋金道："当初求乞之时，蒙彼收养婚配，今日病危见弃，乃小生命薄所致，岂敢怀恨他人？"老僧道："听子所言，真忠厚之士也。尊恙乃七情所伤，非药饵可治。惟清心调摄，可以愈之。平日间曾奉佛法诵经否?”宋金道:“不曾。”老僧于袖中取出一卷相赠，道:“此乃《金刚般若经》，我佛心印。贫僧今教授檀越，若日诵一遍，可以息诸妄念，却病延年，有无穷利益。”宋金原是陈州娘娘庙前老和尚转世来的，前生专诵此经。今日口传心受，一遍便能熟诵，此乃是前因不断。宋金和老僧打坐，闭目诵经，将次天明，不觉睡去。及至醒来，身坐荒草坡间，并不见老僧及茅庵在那里。《金刚经》却在怀中，开卷能诵。宋金心下好生诧异，遂取池水净口，将经朗诵一遍。觉万虑消释，病体顿然健旺。方知圣僧显化相救，亦是夙因所致也。宋金向空叩头，感谢龙天保佑。然虽如此，此身如大海浮萍，没有着落。信步行去，早觉腹中饥馁。望见前山林木之内，隐隐似有人家，不免再温旧稿，向前乞食。只因这一番，有分教:宋小官凶中化吉，难过福来。正是:

路逢尽处还开径，水到穷时再发源。

宋金走到前山一看，并无人烟，但见枪刀戈戟，遍插林间。宋金心疑不决，放胆前去，见一所败落土地庙，庙中有大箱八只，封锁甚固，上用松茅遮盖。宋金暗想:“此必大盗所藏，布置枪刀，乃惑人之计。来历虽则不明，取之无碍。”心生一计，乃折取松枝插地，记其路径，一步步走出林来，直至江岸。也是宋金时亨运泰，恰好有一只大船，因逆浪冲坏了舵，停泊于岸下修舵。宋金假作慌张之状，向船上人说道:“我陕西钱金也。随吾叔父走湖广为商，道经于此，为强贼所劫。叔父被杀，我只说是跟随的小郎，久病乞哀，暂容残喘。贼乃遣伙内一人，与我同住土地庙中，看守货物，他又往别处行劫去了。天幸同伙之人，昨夜被毒蛇咬死，我得脱身在此。幸方便载我去。”舟人闻言，不甚信。宋金又道:“见有八巨箱在庙内，皆我家财物。庙去此不远，多央几位上岸，抬归舟中，愿以一箱为谢，必须速往。万一贼徒回转，不惟无及于事，且有祸患。”众人都是千里求财的，闻说有八箱货物，一个个欣然愿往。当时聚起十六筹后生，准备八副绳索杠棒，随宋金往土地庙来。果见巨箱八只，其箱甚重。每二人抬一箱，恰好八杠。宋金将林子内枪刀收起，藏于深草之内，八个箱子都下了船，舵已修好了。舟人问宋金道:“老客今欲何往?”宋金道:“我且往南京省亲。”舟人道:“我的船正要往瓜洲，却喜又是顺便。”当下开船，约行五十馀里，方歇。众人奉承陕西客有钱，倒凑出银子，买酒买肉，与他压惊称贺。次日，西风大起，挂起帆来，不几日，到了瓜洲停泊。那瓜洲到南京只隔十来里江面。宋金另换了一只渡船，将箱笼只拣重的抬下七个，把一个箱子送与舟中众人，以践其言。众人自去开箱分用，不在话下。

宋金渡到龙江关口，寻了店主人家住下，唤铁匠对了匙钥。打开箱看时，其中充牣[14]，都是金玉珍宝之类。原来这伙强盗积之有年，不是取之一家，获之一时的。宋金先把一箱所蓄，鬻之于市，已得数千金。恐主人生疑，迁寓于城内，买家奴伏侍，身穿罗绮，食用膏粱。馀六箱，只拣精华之物留下，其他都变卖，不下数万金。就于南京仪凤门内买下一所大宅,改造厅堂园亭,制办日用家火,极其华整。门前开张典铺,又置买田庄数处,家僮数十房,出色管事者十人。又畜美童四人,随身答应。满京城都称他为钱员外,出乘舆马,入拥金赀。自古道:"居移气,养移体。"宋金今日财发身发,肌肤充悦,容采光泽,绝无向来枯瘠之容,寒酸之气。正是:

人逢运至精神爽,月到秋来光彩新。

话分两头。且说宜春女那日见父亲教丈夫上岸打柴,心下思想:"爹好没分晓!恁般一个病人,教他去打柴!欲要叫丈夫莫去,又恐违拗了父母。"正在放心不下,却见父亲忙忙的撑船下舵,拨转船头,离岸扬帆。宜春惊叫:"爹爹!丈夫在岸上,如何便开船?"却被母亲兜脸一啐,道:"谁是你丈夫!那痨病鬼,你还要想他?"宜春惊嚷道:"爹,妈!这怎么说?"刘妪道:"你爹见他病害得不好,恐沾染他人,特地算计,断送这痨病骷髅。"宜春气塞咽喉,泪如泉涌,急跑出舱,连忙扯解挂帆绳索,欲下帆转船。被母亲抵死抱住,拖到后艄。宜春跌脚捶胸,叫天叫地,哭道:"还我宋郎来!"争嚷之间,顺风顺水,船已行数十里。刘老走来劝道:"我儿,听我一言:妇道家嫁人不着,一世之苦。那害痨的死在早晚,左右要拆散的,不是你因缘了,倒不如早些开交干净,免致担误你青春。待做爹的另拣个好郎君,完你终身,休想他罢!"宜春道:"爹做的是什么事!都是不仁不义,伤天理的勾当!宋郎这头亲事,原是二亲主张;既做了夫妻,同生同死,岂可翻悔?就是他病势必死,亦当待其善终,何忍弃之于无人之地?宋郎今日为奴而死,奴决不独生。爹若可怜见孩儿,快转船上水,寻取宋郎回来,免被傍人讥谤。"刘公道:"那害痨的不见了船,定然转往别处村坊乞食去了,寻之何益?况且下水顺风,相去已百里之遥,一动不如一静,劝你息了心罢!"宜春见父亲不允,放声大哭,走出船舷,就要跳水。喜得刘妈手快,一把拖住。宜春以死自誓,哀哭不已。两个老人家不道女儿执性如此[15],无可奈何,准准的看守了一夜。次早只得依顺他,开船上水。风水俱逆,弄了一日,不够一半之路。这一夜啼啼哭哭,又不得安稳。第三日申牌时分,方到得先前阁船之处。宜春亲自上岸寻找丈夫,只见沙滩上乱柴二捆,砟刀一把,认得是船上的刀。眼见得这捆柴是宋郎驮来的,物在人亡,愈加疼痛,不肯心死,定要往前寻觅。父亲只索跟随同去。走了多时,但见树黑山深,杳无人迹。刘公劝他回船,又啼哭了一夜。第四日黑早,再教父亲一同上岸寻觅,都是旷野之地,更无影响。只得哭下船来,想道:"如此荒郊,教丈夫何处乞食?况久病之人,行走不动,他把柴刀抛弃沙崖,一定是赴水自尽了。"哭了一场,望着江心又跳,早被刘公拦住。宜春道:"爹妈养得奴的身,养不得奴的心。孩儿左右是要死的,不如放奴早死,以见宋郎之面。"两个老人家见女儿十分痛苦,甚不过意。叫道:"我儿,是你爹妈不是了,一时失于计较,干出这事。差之在前,懊悔也没用了。你可怜我年老之人,止生得你一人，你若死时，我两口儿性命也都难保。愿我儿恕了爹妈之罪，宽心度日，待做爹的写一招子，于沿江市镇各处黏贴。倘若宋郎不死，见我招帖，定可相逢。若过了三个月无信，凭你做好事追荐丈夫。做爹的替你用钱，并不吝惜。"宜春方才收泪谢道："若得如此，孩儿死也瞑目。"

刘公即时写个寻婿的招帖，黏于沿江市镇墙壁触目之处。过了三个月，绝无音耗。宜春道："我丈夫果然死了。"即忙制备头梳麻衣，穿着一身重孝，设了灵位祭奠，请九个和尚，做了三昼夜功德。自将簪珥布施，为亡夫祈福。刘翁刘妪爱女之心，无所不至，并不敢一些违拗，闹了数日方休。兀自朝哭五更，夜哭黄昏。邻船闻之，无不感叹。有一班相熟的客人，闻知此事，无不可惜宋小官，可怜刘小娘者。宜春整整的哭了半年六个月，方才住声。刘翁对阿妈道："女儿这几日不哭，心下渐渐冷了，好劝他嫁人；终不然，我两个老人家守着个孤孀女儿，缓急何靠？"刘妪道："阿老见得是[16]。只怕女儿不肯，须是缓缓的偎他[17]。"又过了月馀，其时十二月二十四日，刘翁回船到昆山过年，在亲戚家吃醉了酒，乘其酒兴，来劝女儿道："新春将近，除了孝罢！"宜春道："丈夫是终身之孝，怎样除得？"刘翁睁着眼道："什么终身之孝！做爹的许你戴时便戴，不许你戴时，就不容你戴！"刘妪见老儿口重，便来收科道[18]："再等女儿戴过了残岁，除夜做碗羹饭，起了灵，除孝罢！"宜春见爹妈话不投机，便啼哭起来道："你两口儿合计害了我丈夫，又不容我戴孝，无非要我改嫁他人。我岂肯失节以负宋郎？宁可戴孝而死，决不除孝而生！"刘翁又待发作，被婆子骂了几句，劈颈的推向船舱睡了。宜春依先又哭了一夜。到月尽三十日，除夜，宜春祭奠了丈夫，哭了一会。婆子劝住了。三口儿同吃夜饭。爹妈见女儿荤酒不闻，心中不乐，便道："我儿！你孝是不肯除了，略吃点荤腥，何妨得？少年人不要弄弱了元气。"宜春道："未死之人，苟延残喘，连这碗素饭也是多吃的，还吃甚荤菜？"刘妪道："既不用荤，吃杯素酒儿，也好解闷。"宜春道："一滴何曾到九泉？想着死者，我何忍下咽。"说罢，又哀哀的哭将起来，连素饭也不吃就去睡了。刘翁夫妇料道女儿志不可夺，从此再不强他。后人有诗赞宜春之节，诗曰：

闺中节烈古今传，船女何曾阅简编？
誓死不移金石志，《柏舟》端不愧前贤。

话分两头。再说宋金住在南京二年有馀，把家业挣得十全了。思想丈人丈母虽是狠毒，妻子恩情却是割舍不下，并不起别娶之念。却教管家看守门墙，自己带了三千两银子，领了四个家人，两个美童，顾了一只航船，径至昆山来访刘翁刘妪。邻舍人家说道："三日前往仪真去了。"宋金将银两贩了布匹，转至仪真，下个有名的主家，上货了毕。次日，去河口寻着了刘家船只，遥见浑家在船艄，麻衣素妆，知其守节未嫁，伤感不已。回到下处，向主人王公说道："河下有一舟妇，戴孝而甚美，我已访得是昆山刘顺泉之船，此妇即其女也。吾丧偶已将三年，欲求此女为继室。”遂于袖中取出白金十两，奉与王公，道：“此薄意权为酒资，烦老翁执伐[19]。成事之日，更当厚谢。若问财礼，虽千金吾亦不吝。”王公接银欢喜，径往船上邀刘翁到一酒馆，盛设相待，尊刘翁于上坐。刘翁大惊，道：“老汉操舟之人，何劳如此厚待？必有缘故。”王公道：“且吃三杯，方敢启齿。”刘翁心中愈疑，道：“若不说明，必不敢坐。”王公道：“小店有个陕西钱员外，万贯家财，丧偶将三载，慕令爱小娘子美貌，欲求为继室。愿出聘礼千金，特央小子作伐，望勿见拒。”刘翁道：“舟女得配富室，岂非至愿？但吾儿守节甚坚，言及再婚，便欲寻死。此事不敢奉命，盛意亦不敢领。”便欲起身。王公一手扯住，道：“此设亦出钱员外之意，托小子做个主人，既已费了，不可虚之，事虽不谐，无害也。”刘翁只得坐了。饮酒中间，王公又说起：“员外相求，出于至诚。望老翁回舟，从容商议。”刘翁被女儿几遍投水唬坏了，只是摇头，略不统口。

酒散各别。王公回家，将刘翁之语，述与员外。宋金方知浑家守志之坚。乃对王公说道：“姻事不成也罢了，我要雇他的船，载货往上江出脱，难道也不允？”王公道：“天下船载天下客，不消说，自然从命。”王公即时与刘翁说了雇船之事，刘翁果然依允。宋金乃分付家童：“先把铺陈行李发下船去，货且留岸上，明日发也未迟。”宋金锦衣貂帽，两个美童，各穿绿绒直身，手执熏炉、如意跟随。刘翁夫妇认做陕西钱员外，不复相识。

到底夫妇之间，与他人不同。宜春在艄尾窥视，虽不敢便信是丈夫，暗暗的惊怪道：“有七八分厮像。”只见那钱员外才上得船，便向船艄说道：“我腹中饥了，要饭吃，若是冷的，把些热茶淘来罢。”宜春已自心疑。那钱员外又吆喝童仆道：“个儿郎吃我家饭，穿我家衣，闲时搓些绳，打些索，也有用处，不可空坐！”这几句分明是宋小官初上船时刘翁分付的话。宜春听得，愈加疑心。少顷，刘翁亲自捧茶奉钱员外，员外道：“你船艄上有一破毡笠，借我用之。”刘翁愚蠢，全不省事，径与女儿讨那破毡笠。宜春取毡笠付与父亲，口中微吟四句：

毡笠虽然破，经奴手自缝。
因思戴笠者，无复旧时容。

钱员外听艄后吟诗，默默会意。接笠在手，亦吟四句：

仙凡已换骨，故乡人不识。
虽则锦衣还，难忘旧毡笠。

是夜，宜春对翁妪道：“舱中钱员外，疑即宋郎也。不然，何以知吾船有破毡笠？且面庞相肖，语言可疑，可细叩之。”刘翁大笑，道：“痴女子！那宋家痨病鬼，此时骨肉俱消矣。就使当年未死，亦不过乞食他乡，安能致此富盛乎？”刘妪道：“你当初怪爹娘劝你除孝改嫁，动不动跳水求死，今见客人富贵，便要认他是丈夫。倘你认他不认，岂不可羞？”宜春满面羞惭，不敢开口。刘翁便招阿妈到背处道：“阿妈，你休如此说，姻缘之事，莫非天数。前日王店主请我到酒馆中饮酒，说陕西钱员外，愿出千金聘礼，求我女儿为继室。我因女儿执性，不曾统口。今日难得女儿自家心活，何不将机就机，把他许配钱员外，落得你我下半世受用？”刘妪道：“阿老见得是。那钱员外来雇我家船只，或者其中有意。阿老明日可往探之。”刘翁道：“我自有道理。”

次早，钱员外起身，梳洗已毕，手持破毡笠于船头上翻覆把玩。刘翁启口而问道：“员外，看这破毡笠则甚？”员外道：“我爱那缝补处这行针线，必出自妙手。”刘翁道：“此乃小女所缝，有何妙处？前日王店主传员外之命，曾有一言，未知真否？”钱员外故意问道：“所传何言？”刘翁道：“他说员外丧了孺人，已将三载，未曾继娶，欲得小女为婚。”员外道：“老翁愿也不愿？”刘翁道：“老汉求之不得，但恨小女守节甚坚，誓不再嫁，所以不敢轻诺。”员外道：“令婿为何而死？”刘翁道：“小婿不幸得了个痨瘵之疾，那年因上岸打柴未还，老汉不知，错开了船，以后曾出招帖，寻访了三个月，并无动静，多是投江而死了。”员外道：“令婿不死。他遇了个异人，病都好了，反获大财致富。老翁若要会令婿时，可请令爱出来。”此时宜春侧耳而听，一闻此言，便哭将起来。骂道：“薄幸儿郎！我为你戴了三年重孝，受了千辛万苦，今日还不说实话，待怎么？”宋金也堕泪道：“我妻！快来相见！”夫妻二人抱头大哭。刘翁道：“阿妈，眼见得不是什么钱员外了！我与你须索去谢罪。”刘翁刘妪走进舱来，施礼不迭。宋金道：“丈人丈母，不须恭敬；只是小婿他日有病痛时，莫再脱赚！”两个老人家羞惭满面。宜春便除了孝服，将灵位抛向水中。宋金便唤跟随的童仆来与主母磕头。翁妪杀鸡置酒，管待女婿，又当接风，又是庆贺筵席。安席已毕，刘翁叙起女儿自来不吃荤酒之意，宋金惨然下泪，亲自与浑家把盏，劝他开荤。随对翁妪道：“据你们设心脱赚，欲绝吾命，恩断义绝，不该相认了。今日勉强吃你这杯酒，都看你女儿之面。”宜春道：“不因这番脱赚，你何由发迹？况爹妈日前也有好处，今后但记恩，莫记怨。”宋金道：“谨依贤妻尊命。我已立家于南京，田园富足，你老人家可弃了驾舟之业，随我到彼，同享安乐，岂不美哉？”翁妪再三称谢。

是夜无话。次日，王店主闻知此事，登船拜贺，又吃了一日酒。宋金留家童三人于王店主家发布取帐。自己开船先往南京大宅子，住了三日，同浑家到昆山故乡扫墓，追荐亡亲。宗族亲党各有厚赠。此时范知县已罢官在家，闻知宋小官发迹还乡，恐怕街坊撞见没趣，躲向乡里，有月馀不敢入城。宋金完了故乡之事，重回南京，阖家欢喜，安享富贵，不在话下。

再说宜春见宋金每早必进佛堂中拜佛诵经，问其缘故。宋金将老僧所传《金刚经》却病延年之事，说了一遍。宜春亦起信心，要丈夫教会了，夫妻同诵，到老不

衰。后享寿各九十馀,无疾而终。子孙为南京世富之家,亦有发科第者。后人评云:

刘老儿为善不终,宋小官因祸得福。

《金刚经》消除灾难,破毡笠团圆骨肉。

注释

[1]干渎(dú):烦劳,冒犯。

[2]楮(chǔ)钱:旧俗祭祀时焚化的纸钱。楮,造纸的材料,指纸。

[3]拙荆:对自己妻子的谦称。

[4]加料双軿(píng):指木材质量上乘。軿,本意是有盖的车。

[5]有处:有办法。

[6]无常:指死亡。

[7]等:即戥子,称量金银等贵重物品的衡器。

[8]半纪:六年。一纪为十二年。

[9]那步:即挪步。

[10]个儿郎:这个儿郎。

[11]落薄:落魄,贫困潦倒。

[12]阴阳生:靠迷信术数生活的人。 周堂:星命上的一个术语,是适宜婚嫁的吉日。

[13]脱赚:趁机欺骗。

[14]充牣(rèn):充满。

[15]不道:没想到。

[16]阿老:犹言老头子。

[17]假:这里是改变、使其回心转意之意。

[18]收科:打圆场。

[19]执伐:作媒。古代称媒人为伐柯人。

新评

这是一个宣扬佛教因果报应的故事,也是一个忠于爱情的故事。全篇以破毡笠为起合的道具,赞扬了忠厚的宋金,让他逢凶化吉,因祸得福;也赞扬了忠贞的宜春,让她苦尽甘来,夫妻团圆。同时鞭挞了刘翁、刘妪自私自利、嫌贫爱富的行径。

第十五卷　卢太学诗酒傲公侯

卫河东岸浮丘高，　竹舍云居隐凤毛。
遂有文章惊董贾[1]，岂无名誉驾刘曹[2]。
秋天散步青山郭，　春日催诗白兔毫。
醉倚湛卢时一啸[3]，长风万里破洪涛。

这首诗，乃本朝嘉靖年间一个才子所作。那才子姓卢，名楠，字少楩，一字子赤，大名府浚县人也。生得丰姿潇洒，气宇轩昂，飘飘有出尘之表。八岁即能属文，十岁便娴诗律，下笔数千言，倚马可待。人都道他是李青莲再世，曹子建后身。一生好酒任侠，放达不羁，有轻财傲物之志。真个名闻天下，才冠当今。与他往来的，俱是名公巨卿。又且世代簪缨[4]，家赀巨富，日常供奉，拟于王侯。所居在城外浮丘山下，第宅壮丽，高耸云汉。后房粉黛，一个个声色兼妙；又选小奚秀美者数人，教成吹弹歌曲，日以自娱。至于僮仆厮养，不计其数。宅后又构一园，大可两三顷，凿池引水，叠石为山，制度极其精巧[5]，名曰啸圃。大凡花性喜暖，所以名花俱出南方。那北地天气严寒，花到其地，大半冻死，因此至者甚少。设或到得一花一草，必为金珰大畹所有[6]，他人亦不易得。这浚县又是个拗处，比京都更难，故宦家园亭虽有，俱不足观。偏有卢楠立心要胜似他人，不惜重价，差人四处构取名花异卉，怪石奇峰，落成这园，遂为一邑之胜。真个景致非常！但见：

楼台高峻，庭院清幽。山叠岷峨怪石，花栽阆苑奇葩。水阁遥通竹坞，风轩斜透松寮。回塘曲沼，层层碧浪漾琉璃；叠嶂层峦，点点苍苔铺翡翠。牡丹亭畔，孔雀双栖；芍药栏边，仙禽对舞。萦纡松径，绿阴深处小桥横；屈曲花岐，红艳丛中乔木耸。烟迷翠黛，意淡如无；雨洗青螺，色浓似染。木兰舟荡漾芙蓉水际；秋千架摇拽垂杨影里。朱栏画槛相掩映，湘帘绣幕两交辉。

卢楠日夕吟花课鸟，笑傲其间，虽南面至乐，亦不是过。凡朋友去相访，必留连尽醉方止。倘遇着个声气相投，知音知己，便兼旬累月，款留在家，不肯轻放出门。若有人患难来投奔的，一一俱有资助，决不令其空过。因此四方慕名来访者，络绎不绝。真个是：

座上客常满，尊中酒不空[7]。

卢楠只因才高学广，以为掇青紫如拾针芥[8]。那知文场不利，任你锦绣般文章，偏生不中试官之意，一连走上几科，不能够飞黄腾达。他道世无识者，遂绝意功名，不图进取；惟与骚人剑客，羽士高僧，谈禅理，论剑术，呼卢浮白[9]，放浪山水，自称浮丘山人。曾有五言古诗云：

逸翮奋霄汉，高步蹑天关。
褰衣在椒涂，长风吹海澜。
琼树系游镳，瑶华代朝餐。
恣情戏灵景，静啸喈鸣鸾。
浮世信淆浊，焉能濡羽翰！

话分两头。却说浚县知县，姓汪名岑，少年连第，意气扬扬。只是贪婪无比，性复猜刻，又酷好杯中之物。若擎着酒杯，便直饮到天明。自到浚县，不曾遇着对手。平昔也晓得卢楠是个才子，当今推重，交游甚广。又闻得邑中园亭，惟他家为最，酒量又推尊第一。因这三件，有心要结识他，做个相知。差人去请来相会。谁知卢秀才却与他人不同。别个秀才要去结交知县，还要挨风缉缝[10]，央人引进，拜在门下，称为老师。四时八节，馈送礼物，希图以小博大。若知县自来相请，就如朝廷征聘一般，何等荣耀？还把名帖黏在壁上，夸炫亲友。这虽是不肖者所为，有气节的未必如此，但是知县相请，也没有不肯去的。偏是那卢楠被知县一连请了五六次，只当做耳边风，全然不睬，只推自来不入公门。你道因甚如此？他才高天下，眼底无人，天生就一副侠肠傲骨，视功名如敝屣，等富贵犹浮云。就是王侯卿相，不曾来拜访，要请去相见，他也断然不肯先施，怎肯轻易去见个县官？真个是天子不得臣，诸侯不得友，绝品的高人。这卢楠已是个清奇古怪的主儿，又撞着知县是个耐烦琐碎的冤家。请人请到四五次不来，也索罢了，偏生只管去缠帐。见卢楠决不肯来，却倒情愿自去就教。又恐卢楠他出，先差人将帖子订期。差人领了言语，一直径到卢家，把帖子递与门公，说道："本县老爷，有紧要话，差我来传达你相公，相烦引进。"门公不敢怠慢，即引到园上，来见家主。

差人随进园门，举目看时，只见水光绕绿，山色环青，竹木扶疏，交相掩映，林中禽鸟，声如鼓吹。那差人从不曾见这般景致，今日到此，恍如登了洞天仙府，好生欢喜，想道："怪道老爷要来游玩，原来有恁地好景！我也是有些缘分，方得至此观玩这番，也不枉为人一世。"遂四下行走，恣意饱看。弯弯曲曲，穿过几条花径，走过数处亭台，来到一个所在。周围尽是梅花，一望如雪，霏霏馥馥，清香沁人肌骨。中间显出一座八角亭子，朱甍碧瓦，画栋雕梁，亭中悬一个匾额，大书"玉照亭"三字。下边坐着三四个宾客，赏花饮酒，傍边五六个标致青衣，调丝品竹，按板而歌。有高太史《梅花诗》为证：

琼姿只合在瑶台，谁向江南处处栽。
雪满山中高士卧，月明林下美人来。
寒依疏影萧萧竹，春掩残香漠漠苔。
自去渔郎无好韵，东风愁寂几回开。

门公同差人站在门外，候歌完了，先将帖子禀知，然后差人向前说道："老爷令小人多多拜上相公，说既相公不屑到县，老爷当来拜访；但恐相公他出，又不相值，先差小人来期个日子，好来请教。二来闻府上园亭甚好，顺便就要游玩。”大凡事当凑就不起，那卢楠见知县频请不去，恬不为怪，却又情愿来就教，未免转过念头，想：“他虽然贪鄙，终是个父母官儿，肯屈己敬贤，亦是可取；若又峻拒不许，外人只道我心胸褊狭，不能容物了。”又想道：“他是个俗吏，这文章定然不晓得的；那诗律旨趣深奥，料必也没相干；若论典籍，他又是个后生小子，侥幸在睡梦中偷得这进士到手，已是心满意足，谅来还未曾识面；至于理学禅宗，一发梦想所不到了。除此之外，与他谈论，有甚意味，还是莫招揽罢。”却又念其来意惓惓，如拒绝了，似觉不情。正沉吟间，小童斟上酒来。他触境情生，就想到酒上，道：“倘会饮酒，亦可免俗。”问来人道：“你本官可会饮酒么？”答道：“酒是老爷的性命，怎么不会饮？”卢楠又问：“能饮得多少？”答道：“但见拿着酒杯，整夜吃去，不到酩酊不止，也不知有几多酒量。”卢楠心中喜道：“原来这俗物却会饮酒，单取这节罢。”随教童子取小帖儿，付与来人道：“你本官既要来游玩，趁此梅花盛时，就是明日罢。我这里整备酒盒相候。”差人得了言语，原同门公一齐出来，回到县里，将帖子回覆了知县，知县大喜。

正要明日到卢楠家去看梅花，不想晚上人来报新按院不发起马牌，突然上任，汪知县连夜起身往府，不能如意，差人将个帖儿辞了。知县到府，接着按院，伺行香过了，回到县时，往还数日，这梅花已是：

纷纷玉瓣堆香砌，片片琼英绕画栏。

汪知县因不曾赴梅花之约，心下怏怏，指望卢楠另来相邀。谁知卢楠出自勉强，见他辞了，即撇过一边，那肯又来相请。看看已到仲春时候，汪知县又想到卢楠园上去游春，差人先去致意。那差人来到卢家园中，只见园林织锦，堤草铺茵，莺啼燕语，蝶乱蜂忙，景色十分艳丽。须臾，转到桃蹊上，那花浑如万片丹霞，千重红锦，好不烂熳。有诗为证：

桃花开遍上林红，耀眼繁华色艳浓。
含笑动人心意切，几多消息五更风。

卢楠正与宾客在花下击鼓催花，豪歌狂饮，差人执帖子上前说知。卢楠乘着酒兴，对来人道：“你快回去与本官说，若有高兴，即刻就来，不必另约。”众宾客道：“使不得！我们正在得趣之时，他若来了，就有许多文绉绉[11]，怎能尽兴？还是改日罢。”卢楠道：“说得有理，便是明日。”遂取个帖子，打发来人，回覆知县。

你道天下有恁样不巧的事！次日汪知县刚刚要去游春，谁想夫人有五个月身孕，忽然小产起来，晕倒在地，血污浸渍身子。吓得知县已是六神无主，还有甚心肠去吃酒，只得又差人辞了卢楠。这夫人病体直至三月下旬方才稍可。那时卢楠园中牡丹盛开，冠绝一县。真是好花，有《牡丹诗》为证：

洛阳千古斗春芳，富贵争夸浓艳妆。

一自《清平》传唱后，至今人尚说花王。

汪知县为夫人这病，乱了半个多月，情绪不佳，终日只把酒来消闷，连政事也懒得去理。次后闻得卢家牡丹茂盛，想要去赏玩，因两次失约，不好又来相期，差人送三两书仪[12]，就致看花之意。卢楠日子便期了，却不肯受这书仪。璧返数次[13]，推辞不脱，只得受了。那日天气晴爽，汪知县打帐早衙完了就去[14]，不道刚出衙门，左右来报："吏科给事中某爷告养亲归家，在此经过。"正是要道之人，敢不去奉承么？急忙出郭迎接，馈送下程[15]，设宴款待。只道一两日就行，还可以看得牡丹，那知某给事又是好胜的人，教知县陪了游览本县胜景之处，盘桓七八日方行。等到去后，又差人约卢楠时，那牡丹已萎谢无遗。卢楠也向他处游玩山水，离家两日矣。

不觉春尽夏临，倏忽间又早六月中旬。汪知县打听卢楠已是归家，在园中避暑，又令人去传达，要赏莲花。那差人径至卢家，把帖儿教门公传进。须臾间，门公出来说道："相公有话，唤你当面去分付。"差人随着门公，直到一个荷花池畔，看那池团团约有十亩多大，堤上绿槐碧柳，浓阴蔽日；池内红妆翠盖，艳色映人。有诗为证：

凌波仙子斗新妆，七窍虚心吐异香。

何似花神多薄幸，故将颜色恼人肠。

原来那池也有个名色，唤做滟碧池。池心中有座亭子，名曰锦云亭。此亭四面皆水，不设桥梁，以采莲舟为渡，乃卢楠纳凉之处。门公与差人下了采莲舟，荡动画桨，顷刻到了亭边，系舟登岸。差人举目看那亭子：周围朱栏画槛，翠幔纱窗，荷香馥馥，清风徐徐。水中金鱼戏藻，梁间紫燕寻巢，鸥鹭争飞叶底，鸳鸯对浴岸傍。去那亭中看时，只见藤床湘簟，石榻竹几，瓶中供千叶碧莲，炉内焚百和名香。卢楠科头跣足[16]，斜据石榻。面前放一帙古书，手中执着酒杯。傍边冰盘中，列着金桃雪藕，沉李浮瓜，又有几味案酒[17]。一个小厮捧壶，一个小厮打扇。他便看几行书，饮一杯酒，自取其乐。差人未敢上前，在侧边暗想道："同是父母生长，他如何有这般受用！就是我本官中过进士，还有许多劳碌，怎及得他的自在！"卢楠抬头看见，即问道："你就是县里差来的么？"差人应道："小人正是。"卢楠道："你那本官倒也好笑，屡次订期定日，却又不来；如今又说要看荷花。恁样不爽利，亏他怎地做了官！我也没有许多闲工夫与他缠帐，任凭他有兴便来，不奈烦又约日子。"差人道："老爷多拜上相公，说久仰相公高才，如渴想浆，巴不得来请教，连次皆为不得已事羁住，故此失约。还求相公期个日子，小人好去回话。"卢楠见来人说话伶俐，却也听信了他，乃道："既如此，竟在后日。"差人得了言语，讨个回帖，同门公依旧下船，划到柳阴堤下上岸，自去回覆了知县。

那汪知县至后日，早衙发落了些公事，约莫午牌时候，起身去拜卢楠。谁想正值三伏之时，连日酷热非常，汪知县已受了些暑气，这时却又在正午，那轮红日犹如一团烈火，热得他眼中火冒，口内烟生。刚到半路，觉道天旋地转，从轿上直撞下来，险些儿闷死在地。从人急忙救起，抬回县中，送入私衙，渐渐苏醒。分付差人辞了卢楠，一面请太医调治。足足里病了一个多月，方才出堂理事，不在话下。

且说卢楠一日在书房中，查点往来礼物，检着汪知县这封书仪，想道："我与他水米无交，如何白白里受他的东西？须把来消豁了，方才干净。"到八月中，差人来请汪知县中秋夜赏月。那知县却也正有此意。见来相请，好生欢喜，取回帖打发来人，说："多拜上相公，至期准赴。"那知县乃一县之主，难道刚刚只有卢楠请他赏月不成？少不得初十边，就有乡绅同僚中相请，况又是个好饮之徒，可有不去的理么？定然一家家挨次都到。至十四这日，辞了外边酒席，于衙中整备家宴，与夫人在庭中玩赏。那晚月色分外皎洁，比寻常更是不同。有诗为证：

玉宇淡悠悠，金波彻夜流。
最怜圆缺处，曾照古今愁。
风露孤轮影，山河一气秋。
何人吹铁笛？乘醉倚南楼。

夫妻对酌，直饮到酩酊，方才入寝。那知县一来是新起病的人，元神未复；二来连日沉酣糟粕，趁着酒兴，未免走了酒字下这道儿[18]；三来这晚露坐夜深，着了些风寒：三合凑，又病起来。眼见得卢楠赏月之约，又虚过了。调摄数日，方能痊可。那知县在衙中无聊，量道卢楠园中桂花必盛，意欲借此排遣。适值有个江南客来打抽丰[19]，送两大罈惠山泉酒，汪知县就把一罈，差人转送与卢楠。卢楠见说是美酒，正中其怀，无限欢喜，乃道："他的政事文章，我也一概勿论，只这酒中，想亦是知味的了。"即写帖请汪知县后日来赏桂花。有诗为证：

凉影一帘分夜月，天官万斛动秋风。
淮南何用歌《招隐》[20]，自可淹留桂树丛。

自古道："一饮一啄，莫非前定。"像汪知县是个父母官，肯屈己去见个士人，岂不是件异事？谁知两下机缘不偶，临期却又生出事故，不能相会。这番请赏桂花，汪知县满意要尽竟日之欢，罄夙昔仰想之诚。不料是日还在眠床上，外面就传板进来道："山西理刑赵爷行取入京，已至河下。"恰正是汪知县乡试房师，怎敢怠慢？即忙起身梳洗，出衙上轿，往河下迎接，设宴款待。你想两个得意师生，没有就别之理，少不得盘桓数日，方才转身。这桂花果然：

飘残金粟随风舞，零乱天香满地铺。

却说卢楠素性刚直豪爽，是个傲上矜下之人，见汪知县屡次卑词尽敬，以其好贤，遂有俯交之念。时值九月末旬，园中菊花开遍，那菊花种数甚多，内中惟有三种为贵。那三种?

鹤翎,剪绒,西施。

每一种各有几般颜色,花大而媚,所以贵重。有《菊花诗》为证:

不共春风斗百芳,自甘篱落傲秋霜。
园林一片萧疏景,几朵依稀散晚香。

卢楠因想汪知县几遍要看园景,却俱中止,今趁此菊花盛时,何不请来一玩?也不枉他一番敬慕之情。即写帖儿,差人去请次日赏菊。家人拿着帖子,来到县里,正值知县在堂理事,一径走到堂上跪下,把帖子呈上,禀道:"家相公多拜上老爷,园中菊花盛开,特请老爷明日赏玩。"汪知县正想要去看菊,因屡次失约,好难启齿;今见特地来请,正是挖耳当招,深中其意。看了帖子,乃道:"拜上相公,明日早来领教。"那家人得了言语,即便归家,回覆家主道:"汪太爷拜上相公,明日绝早就来。"那知县说明日早来,不过是随口的话,那家人改做绝早就来,这也是一时错讹之言。不想因这句错话上,得罪了知县,后来把天大家私,弄得罄尽,险些儿连性命都送了。正是:

舌为利害本,口是祸福门。

当下卢楠心下想道:"这知县也好笑,那见赴人筵席,有个绝早就来之理。"又想道:"或者慕我家园亭,要尽竟日之游。"分付厨夫:"太爷明日绝早就来,酒席须要早些完备。"那厨夫听见知县早来,恐怕临时误事,隔夜就手忙脚乱收拾。卢楠到次早分付门上人:"今日若有客来,一概相辞,不必通报。"又将个名帖,差人去邀请知县。不到朝食时,酒席都已完备,排设在园上燕喜堂中。上下两席,并无别客相陪。那酒席铺设得花锦相似。正是:

富家一席酒,穷汉半年粮。

且说汪知县那日出堂,便打帐完了投文公事,即便赴酌。投文里却有本县巡检司解到强犯九名,赃物若干。此事先有心腹报知,乃是卫河大伙,赃物甚多,又无失主。汪知县动了火,即时用刑拷讯。内中一盗甚黠,才套夹棍,便招某处藏银若干,某处埋赃几许,一五一十搬将出来,何止千万。知县贪心如炽,把吃酒的念头放过一边;便教放了夹棍,差个心腹吏,带领健步衙役,押盗前去,眼同起赃,立等回话。馀盗收监,赃物上库。知县退坐后堂,等那起赃消息。从辰至未,承值吏供酒供食了两次,那起赃的方才回县,禀说:"却是怪异!东垦西爬,并没有半个锡皮钱儿。"知县大怒,再出前堂,吊出前犯,一个个重新拷掠。夹到适才押去起赃的贼,那贼因众人怒他胡说,没有赃物,已是拳头脚尖,私下先打过几顿。又且司兵拷打坏的,怎当得起再夹,登时气绝。知县见夹死了贼,也有些着忙,便教禁子狱卒叫唤,乱了半晌,竟不苏醒。汪知县心生一计,喝叫:"且将众犯还监,明日再审!"众人会意,将死贼混在活贼里,一拥扶入监去,谁敢道半个死字!又向禁子讨了病状，明日做死囚发出。汪知县十分败兴，遂想着卢家吃酒，即刻起身赴宴。此时已是申牌时分。各役簇拥着大尹，来到卢家园内。

且说卢楠早上候起，已至巳时，不见知县来到，差人去打听，回报说在那里审问公事。卢楠心上就有三四分不乐，道："既约了绝早就来，如何这时候还问公事！"停了半晌，音信杳然，再差人将个名帖邀请。卢楠此时不乐，有六七分了，想道："是我请他的不是，只得耐这次罢！"俗语道："等人性急。"又候了半晌，连那投邀帖的人也不回来。卢楠道："古怪！"再差人去打听。少停，同着投邀帖的人一齐转来回覆，说："还在堂上夹人。门役道：'太爷正在恼怒，却放你进去缠帐！'拦住小人，不放进去，帖尚未投，所以不敢回报。"卢楠听见这话，凑成十分不乐。又听得说夹问强盗要赃物，心中大怒，道："原来这个贪残蠢才，一无可取，几乎错认了！如今幸尔还好！"即令家人撤开下面这桌酒席，走上前，居中向外而坐，叫道："快把大杯筛热酒来，洗涤俗肠！"家人都禀道："恐太爷一时来到。"卢楠喝道："哇！还说甚太爷！我这酒可是与那贪残俗物吃的么！况他爽信已是六七次，今晚一定不来。"家人见家主发怒，谁敢再言？随即斟酒，供出肴馔。小奚在堂中宫商迭奏，丝竹并呈。卢楠饮过数杯，叫小厮："与我按摩一番。今日伺候那俗物，觉道身子困倦。"分付闭了园门。于是脱巾卸服，跣足蓬头，按摩的按摩，歌唱的歌唱。叫取犀觥斟酒，连饮数觥，胸襟顿豁，开怀畅饮，不觉大醉。将肴馔撤去，赏了小奚；止留果品按酒，又吃上几觥，其醉如泥。就靠在桌上，齁齁睡去。家人谁敢去惊动？整整齐齐，都站在两旁伺候。

里边卢楠便醉了，外面管园的，却不晓得内里的事。平日间宾客出进得多，主人又是个来者不拒，去者不追的，日逐将园门大开惯了，今日虽有命闭门，却不把在心上。又且知道请见任官府，倘若来时，左右要开的，且停一会儿。挨到落日衔山，远远望见知县头踏来[21]，急忙进来通报。到了中堂，看见家主已醉倒，吃一惊，道："太爷已是到了，相公如何先饮得这个模样？"众家人听得知县来到，都面面相觑，没做理会，齐道："那桌酒便还在，但相公不能够醒，却怎好？"管园的道："且叫醒转来，扶醉陪他一陪也罢。终不然，特地请来，冷淡他去不成？"众家人只得上前叫唤，喉咙喊破，如何得醒。渐渐听得人声嘈杂，料道是知县进来，慌了手脚，四散躲过，单单撇下卢楠一人。只因这番，有分教：佳宾贤主，变为百世冤家；好景名花，化作一场春梦！正是：

盛衰有命天为主，祸福无门人自生。

且说汪知县离了县中，来到卢家园门首，不见卢楠迎接，也没有一个家人伺候。从人乱叫："门上有人么？快去通报，太爷到了。"并无一人答应。知县料是管门的已进去报了，遂分付不必呼唤，竟自进去。只见门上一个匾额，白地翠书"啸圃"两个大字。进了园门，一带都是柏屏。转过弯来，又显出一座门楼，上书"隔凡"

二字。过了此门，便是一条松径。绕出松林，打一看时，但见山岭参差，楼台缥缈，草木萧疏，花竹围环。知县见布置精巧，景色清幽，心下暗喜道："高人胸次，自是不同！"但不闻得一些人声，又不见卢楠相迎，未免疑惑。也还道是园中径路错杂，或者从别道出来迎我，故此相左。一行人在园中任意东穿西走，反去寻觅主人。次后来到一个所在，却是三间大堂，一望菊花数百，霜英粲烂，枫叶万树，拥若丹锦，与晚霞相映，橙橘相亚，累累如金。池边芙蓉千百株，颜色或深或浅，绿水红葩，高下相映，鸳鸯鸂鶒之类，戏狎其下。汪知县想道："他请我看菊，必在这个堂中了。"径至堂前下轿。走入看时，那里见甚酒席，惟有一人，蓬头跣足，居中向外而坐，靠在桌上打齁，此外更无一个人影。从人赶向前乱喊："老爷到了，还不起来！"汪知县举目看他身上服色，不像以下之人；又见傍边放着葛巾野服，分付："且莫叫唤，看是何等样人。"那常来下帖的差人，向前仔细一看，认得是卢楠，禀道："这就是卢相公，醉倒在此。"

汪知县闻言，登时紫涨了面皮，心下大怒道："这厮恁般无理！故意哄我上门羞辱！"欲待叫从人将花木打个稀烂，又想不是官体，忍着一肚子恶气，急忙上轿，分付回县。轿夫抬起，打从旧路，直至园门首，依原不见一人。那时已是薄暮，点灯前导，那些皂快，没一个不摇首咋舌道："他不过是个监生，如何将官府恁般藐视！这也是件异事！"知县在轿上听见，自觉没趣，恼怒愈加，想道："他总然才高，也是我的治下！曾请过数遍，不肯来见，情愿就见，又馈送银酒，我亦可谓折节敬贤之至矣；他却如此无理，将我侮慢。且莫说我是父母官，即使平交，也不该如此！"到了县里，怒气不息，即便退入私衙不题。

且说卢楠这些家人、小厮，见知县去后，方才出头。到堂中看家主时，睡得正浓，直至更馀方醒。众人说道："适才相公睡后，太爷就来，见相公睡着，便起身而去。"卢楠道："可有甚话说？"众人道："小人们恐不好答应，俱走过一边，不曾看见。"卢楠道："正该如此！叫管门的打了三十板，如何不早闭园门，却被这俗物直至此间，践污了地上。教管园的，明早快挑水将他进来的路径扫涤干净。"又着人寻访常来下帖的差人，将向日所送书仪，并那罈泉酒，发还与他。那差人不敢隐匿，遂即到县里去缴还，不在话下。

却说汪知县退到衙中，夫人接着，见他怒气冲天，问道："你去赴宴，如何这般气恼？"汪知县将其事说知。夫人道："这都是自取，怪不得别人！你是个父母官，横行直撞，少不得有人奉承；如何屡屡卑污苟贱，反去请教子民。他纵是有才，与你何益？今日讨恁般怠慢，可知好么！"汪知县又被夫人抢白了几句，一发怒上加怒，坐在交椅上，气愤愤的半晌无语。夫人道："何消气得，自古道：'破家县令。'"只这四个字，把汪知县从睡梦中唤醒，放下了怜才敬士之心，顿提起生事害人之念。当下口中不语，心下踌躇，寻思计策安排卢生："必置之死地，方泄吾恨。"

当夜无话。次日早衙已过，唤一个心腹令史，进衙商议。那令史姓谭名遵，颇有才干，惯与知县通赃过付，是一个积年滑吏。当下知县先把卢楠得罪之事叙过，次说要访他恶端，参之以泄其恨。谭遵道："老爷要与卢楠作对，不是轻举妄动的。须寻得一件没躲闪的大事，坐在他身上，方可完得性命。那参访一节，恐未必了事，在老爷反有干碍。"汪知县道："却是为何？"谭遵道："卢楠与小人原是同里，晓得他多有大官府往来，且又家私豪富。平昔虽则恃才狂放，却没甚违法之事。纵然拿了，少不得有天大分上，到上司处挽回，决不至死的田地。那时怀恨挟仇，老爷岂不反受其累？"汪知县道："此言虽是，但他恁地放肆，定有几件恶端。你去细细访来，我自有处。"谭遵答应出来，只见外边缴进原送卢楠的书仪、泉酒。汪知县见了，转觉没趣，无处出气，迁怒到差人身上，说道："不该收他的回来！"打了二十毛板，就将银酒都赏了差人。正是：

劝君莫作伤心事，世上应无切齿人。

却说谭遵领县主之命，四处访察卢楠罪过，日往月来，挨至冬末，并无一件事儿。知县又再四催促，倒是两难之事。一日在家闷坐，正寻思卢监生无隙可乘，只见一个妇人急急忙忙的走入来。举目看时，不是别人，却是家人钮文的弟妇金氏。钮文兄弟叫做钮成。金氏年纪三十左近，颇有一二分姿色，向前道了万福："请问令史：我家伯伯何在？得遇令史在家却好。"谭遵道："钮文在县门首。你有甚事寻他？"金氏道："好教令史得知：丈夫自旧年借了卢监生家人卢才二两本银，两年来，利钱也还了若干。今岁丈夫投卢监生家做长工度日，卢家旧例，年终便给来岁半年的工银。那日丈夫去领了工银，家主又赐了一顿酒饭，千欢万喜。刚出大门，便被卢才拦住，知道领了工银，索取前银。丈夫道是年终岁暮，全赖这工银过年，那得有银还债？卢才抵死要银。两家费口，争闹起来，不合骂了他'奴才'，被他弟兄们打了一顿。丈夫吃了亏，气愤回家，况是食上加气，厮打时，赤剥冒了寒，夜间就发起热来。连今日算得病共八日了，滴水不进。太医说是停食感冒，不能疗治。如今只待要死，特来寻伯伯去商量。"谭遵闻言，不胜欢喜，道："原来恁地。你丈夫没事便罢，倘有些山高水低，急来报知，包在我身上与你出气。还要他大一注财，够你下半世快活。"金氏道："若得令史张主，可知好么！"正说间，钮文已回，金氏将这事说知，一齐回去。临出门，谭遵又嘱咐道："如有变故，速速来报。"钮文应允，离了县中，不消一个时辰，早到家中。推门进去，不见一些声息；到床上看时，把二人吓做一跳。元来直僵僵挺在上面，不知死过几时了。金氏便嚎啕大哭起来。正是：

夫妻本是同林鸟，大限来时各自飞。

那些东邻西舍，听得哭声，都来观看，齐说："虎一般的后生，怎地这般死得快！可怜！可怜！"钮文对金氏说道："你且莫哭，同去报与我主人，再作区处。"金氏依言，锁了大门，央告邻里暂时看觑，跟着钮文就走。那邻里中商议道："他家一定去告状了。地方人命重情，我们也须呈明，脱了干系。"随后也往县里去呈报。其时远近村坊尽知钮成已死。早有人报与卢楠。原来卢楠于那日厮打后，有人禀知备细，怒那卢才擅放私债，盘算小民，重责三十，追出借银原券，卢才逐出不用，欲待钮成来禀，给还借券。及至闻了此信，即差人去寻获卢才送官。那知卢才听见钮成死了，料道不肯干休，已先逃之夭夭，不知去向。

且说钮文、金氏，一口气跑到县里，报与谭遵。谭遵大喜，悄悄的先到县中，禀了知县；出来与二人说明就里，教了说话，流水写起状词，单告卢楠强占金氏不遂，将钮成擒归打死，教二人击鼓叫冤。钮文依了家主，领着金氏，不管三七念一[22]，执了一块木柴，把鼓乱敲，口内一片声叫喊"救命"。衙门差役，自有谭遵分付，并无拦阻。汪知县听得击鼓，即时升堂，唤钮文、金氏至案前，才看状词，恰好地邻也到了。知县专心在卢楠身上，也不看地邻呈子是怎样情由，假意问了几句，不等发房，即时出签，差人提卢楠立刻赴县。公差又受了谭遵的叮嘱，说："太爷恼得卢楠要紧，你们此去，只除妇女孩子，其馀但是男子汉，尽数拿来。"众皂快素知知县与卢监生有仇，况且是个大家，若还人少，进不得他大门。遂聚起三兄四弟，共有四五十人，分明是一群猛虎。

此时隆冬日短，天已傍晚，彤云密布，朔风凛冽，好不寒冷。谭遵要奉承知县，陪出酒食，与众人发路，一人点起一根火把，飞奔至卢家门首，发一声喊，齐抢入去，逢着的便拿。家人们不知为甚，吓得东倒西歪，儿啼女哭，没奔一头处。卢楠娘子正同着丫鬟们在房中围炉向火[23]，忽闻得外面人声鼎沸，只道是漏了火，急叫丫鬟们观看，尚未动步，房门口早有家人报道："大娘，不好了！外边无数人执着火把打进来也！"卢楠娘子还认是强盗来打劫，惊得三十六个牙齿矻磴磴的相打，慌忙叫丫鬟："快闭上房门！"言犹未毕，一片火光，早已拥入房里。那些丫头们奔走不迭，只叫："大王爷饶命！"众人道："胡说！我们是本县太爷差来拿卢楠的，什么大王爷！"卢楠娘子见说这话，就明白向日丈夫怠慢了知县，今日寻事故来摆布，便道："既是公差，你难道不知法度的？我家纵有事在县，量来不过房婚田土的事罢了，须不是大逆不道；如何白日里不来，黑夜间率领多人，明火执仗，打入房帏，乘机抢劫？明日到公堂上去讲，该得何罪？"众公差道："只要还了我卢楠，但凭到公堂上去讲！"遂满房遍搜一过，只拣器皿宝玩，取够像意方才出门，又打到别个房里，把姬妾们都惊得躲入床底下去。各处搜到，不见卢楠，料想必在园上，一齐又赶入去。

卢楠正与四五个宾客在暖阁上饮酒，小优两傍吹唱，恰好差去拿卢才的家人在那里回话。又是两个乱喊上楼，报道："相公，祸事到也！"卢楠带醉问道："有何祸事？"家人道："不知为甚，许多人打进大宅，抢劫东西，逢着的便被拿住。今又打入相公房中去了!”众宾客被这一惊,一滴酒也无了,齐道:“这是为何?可去看来!”便要起身。卢楠全不在意。忽见楼前一派火光闪烁,众公差齐拥上楼,吓得那几个小优,满楼乱滚,无处藏躲。卢楠大怒,喝道:“甚么人敢到此放肆!叫人快拿!”众公差道:“本县太爷请你说话,只怕拿不得的!”一条索子,套在颈里,道:“快走!快走!”卢楠道:“我有何事,这等无礼?不去便怎么?”众公差道:“老实说,向日请便请你不动,如今拿倒要拿去的!”牵着索子,推的推,扯的扯,拥下楼来。又拿了十四五个家人,还想连宾客都拿,内中有人认得俱是贵家公子,又是有名头的秀才,遂不敢去惹他。一行人离了园中,一路闹吵吵,直至县里。这几个宾客放心不下,也随来观看。躲过的家人也自出头,奉着主母之命,将了银两,赶来央人使用打探。

那汪知县在堂等候。堂前灯笼火把,照耀浑如白昼,四下绝不闻一些人声。众公差押卢楠等直至丹墀下,举目看那知县,满面杀气,分明坐下个阎罗天子;两行隶卒排列,也与牛头夜叉无二。家人们见了这个威势,一个个胆战心惊。众公差跑上堂禀道:“卢楠一起拿到了。”将一干人带上月台,齐齐跪下。钮文、金氏,另跪在一边,惟有卢楠挺然居中而立。汪知县见他不跪,仔细看了一看,冷笑道:“是一个土豪!见了官府,恁般无状,在外安得不肆行无忌!我且不与你计较,暂请到监里去坐一坐!”卢楠倒走上三四步,横挺身子说道:“就到监里去坐也不妨,只要说个明白!我得何罪,昏夜差人抄没?”知县道:“你强占良人妻女不遂,打死钮成,这罪也不小!”卢楠闻言,微微笑道:“我只道有甚天大事情,元来为钮成之事!据你说,止不过要我偿他命罢了,何须大惊小怪?那钮成原系我家佣奴,与家人卢才口角而死,却与我无干。即使是我打死,亦无应死之律。若必欲借彼证此,横加无影之罪,以雪私怨,我卢楠不难屈承,只怕公论难泯。”汪知县大怒,道:“你打死平人,昭然耳目;却冒认为奴,污蔑问官,抗拒不跪。公堂之上,尚敢如此狂妄,平日豪横,不问可知矣!今且勿论人命真假,只抗逆父母官,该得何罪!”喝教:“拿下去打!”众公差齐声答应,赶向前,一把揪翻。卢楠叫道:“‘士可杀而不可辱!’我卢楠堂堂汉子,何惜一死!你快快请详,要杀便杀,要剐便剐,决不受笞杖之辱!”众公差那里由他做主,按倒在地,打了三十。知县喝教“住了”。并家人齐发下狱中监禁。钮成尸首着地方买棺盛殓,发至官坛候验。钮文、金氏,干证人等,召保听审。

卢楠打得血肉淋漓,两个家人扶着,仰天大笑,走出仪门。这边朋友辈上前迎问道:“为甚事就到杖责?”卢楠道:“并无别事。汪知县公报私仇,借家人卢才的假人命,装在我名下,要加个小小死罪。”众友惊骇道:“有此等奇冤!弟辈已相约,明日拉阖县乡绅孝廉与县公讲明,料县公难灭公论,自然开释。”卢楠道:“不消兄等费心,但凭他怎地摆布罢了。只有一件紧事:烦到家中说一声,教把酒多送几罈到狱中来。”众友道:“如今酒也该少饮。”卢楠笑道:“人生贵适意,贫富荣辱,俱身外之事，于我何有？难道因他要害我，就不饮酒！”正在说话，一个狱卒推着背道：“快进狱去！有话另日再说！”那狱卒不是别人，叫做蔡贤，也是汪知县得用之人。卢楠睁起眼喝道：“哇！可恶！我自说话，与你何干？”蔡贤也焦躁道：“呵呀！你如今是在官人犯了，这样公子气质，且请收起，用不着了！”卢楠大怒道：“什么在官人犯！就不进去，便怎么？”蔡贤还要回话，有几个老成的，将他推开，做好做歹，劝卢楠进了监门。众友也各自回去。卢楠家人自归家回覆主母，不在话下。

原来卢楠出衙门时，谭遵紧随在后，察访这些说话，一句句听得明白，进衙报与知县。知县到次早，只说有病，不出堂理事。众乡绅来时，门上人连帖也不受。至午后忽地升堂，唤齐金氏一干人犯，并仵作人等[24]，监中吊出卢楠主仆，径去检验钮成尸首。那仵作人已知县主之意，轻伤尽报做重伤。地邻也理会得知县要与卢楠作对，齐咬定卢楠打死。知县又哄卢楠将出钮成佣工文券，只说做假的，尽皆扯碎。严刑拷逼，问成死罪，又加二十大板，长枷手杻，下在死囚牢里。家人们一概三十，满徒三年，召保听候发落。金氏、钮文、干证人等，发回宁家。尸棺俟详转定夺。将招由叠成文案，并卢楠抗逆不跪等情，细细开载在内，备文申报上司。虽众乡绅力为申理，知县执意不从。有诗为证：

县令从来可破家，冶长无罪亦堪嗟。
福堂今日容高士，名圃无人理百花。

且说卢楠本是贵介之人，生下一个脓窠疮儿，就要请医家调治的，如何经得这等刑杖？到得狱中，昏迷不醒。幸喜合监的人，知他是个有钱主儿，奉承不暇，流水把膏药、末药送来。家中娘子，又请太医来调治。外修内补，不够一月，平服如旧。那些亲友络绎不绝，到监中候问。狱卒人等，已得了银子，欢天喜地，由他们直进直出，并无拦阻。内中单有蔡贤是知县心腹，如飞禀知县主，魆地到监点闸，搜出五六人来，却都是有名望的举人秀才，不好将他难为，叫人送出狱门，又把卢楠打上二十，四五个狱卒一概重责。那狱卒们明知是蔡贤的缘故，咬牙切齿。因是县主得用之人，谁敢与他计较？那卢楠平日受用的高堂大厦，锦衣玉食，眼内见的是竹木花卉，耳内闻的是笙箫细乐，到了晚间，娇姬美妾，倚翠偎红，似神仙般散诞的人；如今坐于狱中，住的却是钻头不进，半塌不倒的房子，眼前见的无非死犯重囚，语言嘈杂，面目凶顽，分明一班妖魔鬼怪。耳中闻的不过是脚镣手铐铁链之声；到了晚间，提铃喝号，击柝鸣锣，唱那歌儿，何等凄惨！他虽是豪迈之人，见了这般景象，也未免睹物伤情，恨不得胁下顷刻生出两个翅膀，飞出狱中；又恨不得提把板斧，劈开狱门，连众犯也都放走。一念转着受辱光景，毛发倒竖，恨道：“我卢楠做了一世好汉，却送在这个恶贼手里！如今陷于此间，怎能够出头日子！总然挣得出去，亦有何颜见人？要这性命何用？不如寻个自尽，倒得干净！”又想道：“不可！不可！昔日成汤、文王有夏台、羑里之囚，孙膑、马迁有刖足、腐刑之辱，这几个都是圣贤，尚忍辱待时，我卢柟岂可短见？”却又想道：“我卢柟相知满天下，身列缙绅者也不少，难道急难中就坐观成败？还是他们不晓得我受此奇冤？须索写书去通知，教他们到上司处挽回。”遂写若干书启，差家人分头投递。

那些相知也有现任，也有林下，见了书札，无不骇然。也有直达汪知县要他宽罪的，也有托上司开招的。那些上司官，一来也晓得卢柟是当今才子，有心开释，都把招详驳下县里；回书中，又露个题目，教卢柟家属前去告状，转批别衙门开招出罪。卢柟得了此信，心中暗喜，即叫家人往各上司诉冤，果然都批发本府理刑勘问。理刑官已先有人致意，本县书札比别处更多。那汪知县几日间连接数十封书札，都是与卢柟求解的。正在踌躇，忽见各上司招详，又多驳转。过了几日，理刑厅又行牌到县，吊卷提人。已明知上司有开招放他之意，心下老大惊惧，想道：“这厮果然神通广大！身子坐在狱中，怎么各处关节已是布置到了？若此番脱漏出去，如何饶得我过？一不做，二不休，若不斩草除根，必有后患！”当晚差谭遵下狱，叫狱卒蔡贤，将卢柟投了病状，今夜拿到隐僻之处，结果他性命。可怜满腹文章，到此冤沉狱底！正是：

英雄常抱千年恨，风木寒烟空断魂。

话分两头。却说浚县有个巡捕县丞，姓董名绅，贡士出身，任事强干，用法平恕；见汪知县将卢柟屈陷大辟，十分不平。只因官卑职小，不好开口。每下狱查点，便与卢柟谈论，两下遂成相知。那晚恰好也进监巡视，不见了卢柟。问众狱卒时，都不肯说。恼动性子，一片声喝打，方才低低说：“太爷差谭令史来讨气绝，已拿向后边去了。”董县丞大惊，道：“太爷乃一县父母，那有此事！必是你们这些奴才索诈不遂，故此谋他性命！快引我去寻来！”众狱卒不敢违逆，直引至后边一条夹道中，劈面撞着谭遵、蔡贤，喝教：“拿住！”上前观看，只见卢柟仰卧地上，鞭打得遍身青紫，手足尽皆绑缚，面上压个土囊。董县丞叫左右提起土囊，高声叫唤，也是卢柟命不该绝，渐渐苏醒。与他解去绳索，扶至房中，寻些热汤吃了，方能说话，乃将谭遵指挥蔡贤打骂谋害情由说出。董县丞安慰一番，叫人服侍他睡下，然后带谭遵二人到了厅上。思想：“这事虽出自县主之意，料今败露，也不敢承认。欲要拷问谭遵，又想他是县主心腹，只道我不存体面，反为不美。”单唤过蔡贤，要他招承与谭遵索诈不遂，同谋卢柟性命。那蔡贤初时只推县主所遣，不肯招承。董县丞大怒，喝教：“夹起来！”那众狱卒因蔡贤向日报县主来查监，打了板子，心中怀恨，寻过一副极短极紧的夹棍，才套上去，就喊叫起来，连称愿招。董县丞即便叫“住了”。众狱卒恨着前日的毒气，只做不听见，倒狠命收紧，夹得蔡贤叫爹叫娘，连祖宗十七八代尽叫出来。董县丞连声喝住，方才放了，把纸笔要他亲供。蔡贤只得依着董县丞说话供招。董县丞将来袖过，分付众狱卒：“此二人不许擅自释放，待我见过太爷，然后来取。”起身出狱回衙，连夜备了文书，次早汪知县升堂，便去亲递。

汪知县因不见谭遵回覆，正在疑惑；又见董县丞呈说这事，暗吃一惊，心中虽恨他冲破了网，却又奈何他不得。看了文书，只管摇头道："恐没这事！"董县丞道："是晚生亲眼见的，怎说没有？堂尊若不信，唤三人对证便了。那谭遵犹可恕，这蔡贤最是无理，连堂尊也还污蔑。若不究治，何以惩戒后人？"汪知县被他道着心事，满面通红，生怕传扬出去，坏了名声，只得把蔡贤问徒发遣。自此怀恨董县丞，寻两件风流事过，参与上司，罢官而去。此是后话不题。

再说汪知县因此谋不谐，遂具揭呈送各上司，又差人往京中传送要道之人，大抵说卢楠恃富横行乡党，结交势要，打死平人，抗逆问官，营谋关节，希图脱罪：把情节做得十分利害，无非要张扬其事，使人不敢挽救。又叫谭遵将金氏出名，连夜刻起冤单，遍处粘贴。布置停当，然后备文起解到府。那推官原是没担当懦怯之辈，见了知县揭帖并金氏冤单，果然恐怕是非，不敢开招，照旧申报上司。大凡刑狱经过理刑问结，别官就不敢改动。卢楠指望这番脱离牢狱，谁道反坐实了一重死案，依旧发下浚县狱中监禁。还指望知县去任，再图昭雪；那知汪知县因扳翻了个有名富豪，京中多道他有风力，倒得了个美名，行取入京，升为给事之职。他已居当道，卢楠纵有通天摄地的神通，也没人敢翻他招案。有一巡按御史樊某，怜其冤枉，开招释罪。汪给事知道，授意与同科官，劾樊巡按一本，说他得了贿赂，卖放重囚，罢官回去。着府县原拿卢楠下狱。因此后来上司虽知其冤，谁肯舍了自己官职，出他的罪名？

光阴迅速，卢楠在狱，不觉又是十有馀年，经了两个县官。那时金氏、钮文，虽都病故，汪给事却升了京堂之职，威势正盛。卢楠也不做出狱指望。不道灾星将退，那年又选一个新知县到任。只因这官人来，有分教：

此日重阴方启照，今朝甘露不成霜。

却说浚县新任知县姓陆，名光祖，乃浙江嘉兴府平湖县人氏。那官人胸藏锦绣，腹满珠玑，有经天纬地之才，济世安民之术。出京时，汪公曾把卢楠的事相嘱。心下就有些疑惑，想道："虽是他旧任之事，今已年久，与他还有甚相干？谆谆教谕，其中必有缘故。"到任之后，访问邑中乡绅，都为称枉，叙其得罪之由。陆公还恐卢楠是个富家，央浼下的[25]，未敢全信；又四下暗暗体访，所说皆同。乃道："既为民上，岂可以私怨罗织，陷人大辟？"欲要申文到上司，与他昭雪，又想道："若先申上司，必然行查驳勘，便不能决截了事。不如先开释了，然后申报。"遂吊出那宗卷来，细细查看，前后招由，并无一毫空隙。反复看了几次，想道："此事不得卢才，如何结案？"乃出百金为信赏钱，立限与捕役，要拿卢才。不一月，忽然获到。卢才料不能脱，不打自招。审出真情，遂援笔批云：

审得钮成以领工食银于卢楠家，为卢才扣债，以致争斗，则钮成为卢氏之雇工也明矣。雇工人死,无家翁偿命之理。况放债者才,扣债者才,厮打者亦才。释才坐楠,律何称焉?才遁不到官,累及家翁,死有馀辜,拟抵不枉。卢楠久陷于狱,亦一时之厄也,相应释放。云云。

当日监中取出卢楠,当堂打开枷杻,释放回家。合衙门人无不惊骇。就是卢楠也出自意外,甚以为异。陆公备起申文,把卢才起衅根由,并受枉始末,一一开叙,亲至府中相见按院呈递。按院看了申文,道他擅行开释,必有私弊。问道:"闻得卢楠家中甚富,贤令独不避嫌乎?"陆公道:"知县但知奉法,不知避嫌。但知问其枉不枉,不知问其富不富。若是不枉,夷齐亦无生理[26];若是枉,陶朱亦无死法[27]。"按院见说得词正理直,更不再问,乃道:"昔张公为廷尉[28],狱无冤民,贤令近之矣。敢不领教!"陆公辞谢而出,不题。

且说卢楠回至家中,合门庆幸,亲友尽来相贺。过了数日,卢楠差人打听陆公已是回县,要去作谢,他却也素位而行,换了青衣小帽。娘子道:"受了陆公这般大德大恩,须备些礼物去谢他便好!"卢楠说:"我看陆公所为,是个有肝胆的豪杰,不比那龌龊贪利的小辈。若送礼去,反轻亵他了!"娘子道:"怎见得是反为轻亵?"卢楠道:"我沉冤十馀载,上官皆避嫌不肯见原;陆公初莅此地,即廉知枉情,毅然开释:此非有十二分才智,十二分胆识,安能如此!今若以利报之,正所谓故人知我,我不知故人也。如何使得?"即轻身而往。陆公因他是个才士,不好轻慢,请到后堂相见。卢楠见了陆公,长揖不拜。陆公暗以为奇,也还了一礼。遂教左右看坐。门子就扯把椅子,放在傍边。看官,你道有恁样奇事!那卢楠乃久滞的罪人,亏陆公救援出狱,此是再生恩人,就磕穿头,也是该的,他却长揖不拜。若论别官府见如此无礼,心上定然不乐了;那陆公毫不介意,反又命坐。可见他度量宽洪,好贤极矣!谁想卢楠见叙他傍坐,倒不悦起来,说道:"老父母,但有死罪的卢楠,没有傍坐的卢楠。"陆公闻言,即走下来,重新叙礼,说道:"是学生得罪了。"即逊他上坐。两下谈今论古,十分款洽,只恨相见之晚,遂为至友。有诗为证:

昔闻长揖大将军[29],今见卢生抗陆君。
夕释桁阳朝上坐[30],丈夫意气薄青云。

话分两头。却说汪公闻得陆公释了卢楠,心中不忿,又托心腹,连按院劾上一本。按院也将汪公为县令时,挟怨诬人始末,细细详辩一本。倒下圣旨,将汪公罢官回去,按院照旧供职,陆公安然无恙。那时谭遵已省察在家,专一挑写词状。陆公廉访得实,参了上司,拿下狱中,问边远充军。卢楠从此自谓馀生,绝意仕进,益放于诗酒;家事渐渐沦落,绝不为意。

再说陆公在任,分文不要,爱民如子,况又发奸摘隐,剔清利弊,奸宄慑伏[31],盗贼屏迹,合县遂有神明之称,声名振于都下。只因不附权要,止迁南京礼部主事。离任之日,士民攀辕卧辙,泣声载道,送至百里之外。那卢楠直送五百馀里,两下依依不舍，欷歔而别。后来陆公累迁至南京吏部尚书。卢楠家已赤贫，乃南游白下，依陆公为主，陆公待为上宾。每日供其酒资一千，纵其游玩山水。所到之处，必有题咏，都中传诵。一日游采石李学士祠，遇一赤脚道人，风致飘然，卢楠邀之同饮。道人亦出葫芦中玉液以酌卢楠。楠饮之，甘美异常，问道："此酒出于何处？"道人答道："此酒乃贫道所自造也。贫道结庵于庐山五老峰下，居士若能同游，当恣君斟酌耳。"卢楠道："既有美酝，何惮相从！"即刻于李学士祠中，作书寄谢陆公，不携行李，随着那赤脚道人而去。陆公见书，叹道："翛然而来[32]，倏然而去，以乾坤为逆旅，以七尺为蜉蝣，真狂士也！"遣人于庐山五老峰下访之不获。后十年，陆公致政归家，朝廷遣官存问，陆公使其次子往京谢恩，从人遇之于京都，寄问陆公安否。或云：遇仙成道矣。后人有诗赞云：

命蹇英雄不自由，独将诗酒傲公侯。
一丝不挂飘然去，赢得高名万古留。

后人又有一诗警戒文人，莫学卢公，以傲取祸。诗曰：

酒癖诗狂傲骨兼，高人每得俗人嫌。
劝人休蹈卢公辙，凡事还须学谨谦。

注释

[1]董贾：汉代董仲舒和贾谊，二人均为著名文学家。

[2]刘曹：三国魏刘桢和曹植，二人均以文学见称。

[3]湛卢：古代宝剑名，相传为著名铸剑师欧冶子所铸。

[4]簪缨：簪和缨是古代达官贵人的冠饰，用以将冠固定于头上。后因以为做官者显达之称。

[5]制度：此处是指园囿的布局和设计。

[6]金珰大畹(wǎn)：权宦、贵族之代称。金珰是汉代侍中、中常侍冠上的装饰；大畹是皇亲国戚居住之地。

[7]尊：同"樽"，酒杯。

[8]青紫：汉代御史大夫的官印是银印、青绶；丞相和太尉的官印是金印、紫绶，后用青紫借指高官厚禄。

[9]呼卢：即"呼卢喝雉"。卢和雉是古时赌具上的两种彩色。后因用以称赌博。 浮白：喝一大杯酒。

[10]挨风缉缝：设法寻求机会。

[11]文绉绉(zhōu)：指文人相见时互相谦让，说客套话等等繁文缛节。

[12]书仪：送人钱财用于买书。

[13]璧返：把礼物退还主人。

[14]打帐：打算，计划。

[15]下程：这里是指送给下一段路程所需的物资。

[16]科头跣(xiǎn)足：光着头(不戴冠巾)，赤着脚。

[17]案酒：指下酒的菜肴。

[18]酒字下这道儿："酒色"二字常连用，"酒字下这道儿"，即"色"。

[19]打抽丰：也叫“打秋风”，指借机向人索取财物。

[20]淮南何用歌《招隐》：汉代淮南王刘安的宾客小山，写有题为《招隐士》的辞赋。

[21]头踏：指仪仗队。

[22]三七念一：即三七二十一。二十简写作“廿”（读“念”）。

[23]向火：烤火。

[24]仵(wù)作：古时的验尸者。

[25]央浼(mèi)：央求，请求。

[26]夷齐：伯夷、叔齐，古代著名贤士。

[27]陶朱：春秋时范蠡佐越王勾践灭吴后，变姓名为陶朱公，泛游江湖，成为富有的商人。

[28]张公：张释之，西汉人，曾做廷尉。当时有“张释之为廷尉，天下无冤民”的说法。

[29]长揖大将军：汉代的卫青作大将军时，公卿大夫见了他都磕头，只有汲黯作揖。

[30]桁(háng)阳：又作桁杨，古时夹脚和脖子所用的刑具。

[31]奸宄(guǐ)：犯法作乱的人。

[32]翛(xiāo)然：自由自在的样子。

新评

本篇前半部分的结构颇有特色：以卢楠与汪知县的见面为叙写的对象，但分两头写，一头是汪知县的俗务缠身，逢上迎下，贪图钱财；一头是卢楠的纵情诗酒，风花雪月，与世无争。两相对照，俗的更俗，雅的更雅。后半部分主要写汪知县如何利用职务之便以泄私愤，将古代司法的黑暗尽呈于读者面前，令人心惊胆战。

第十六卷　李汧公穷邸遇侠客[1]

世事纷纷如弈棋，输赢变幻巧难窥。
但存方寸公平理，恩怨分明不用疑。

话说唐玄宗天宝年间，长安有一士人，姓房名德，生得方面大耳，伟干丰躯。年纪三十以外，家贫落魄，十分淹蹇[2]，全亏着浑家贝氏纺织度日。时遇深秋天气，头上还裹着一顶破头巾，身上穿着一件旧葛衣，那葛衣又逐缕缕绽开，却与蓑衣相似。思想："天气渐寒，这模样怎生见人？"知道老婆馀得两匹布儿，欲要讨来做件衣服。谁知老婆原是小家子出身，器量最狭，却又配着一副悍毒的狠心肠。那张嘴头子又巧于应变，赛过刀一般快，凭你什么事，高来高就，低来低答，死的也说得活起来，活的也说得死了去，是一个翻唇弄舌的婆娘。那婆娘看见房德没甚活路，靠他吃死饭，常把老公欺负。房德因不遇时，说嘴不响，每事只得让他，渐渐有几分惧内[3]。是日，贝氏正在那里思想："老公恁般的狼狈，如何得个好日？却又怨父母，嫁错了对头，赚了终身。"心下正是十分烦恼，恰好触在气头上，乃道："老大一个汉子，没处寻饭吃，靠着女人过日。如今连衣服都要在老娘身上出豁，说出来可不羞么？"房德被抢白了这两句，满面羞惭。事在无奈，只得老着脸，低声下气道："娘子，一向深亏你的气力，感激不尽！但目下虽是落薄，少不得有好的日子，权借这布与我，后来发积时，大大报你的情罢！"贝氏摇手道："老大年纪，尚如此嘴脸，那得你发积？除非天上吊下来，还是去那里打劫不成！你的甜话儿哄得我多年了，信不过。这两匹布，老娘自要做件衣服过寒的，休得指望。"房德布又取不得，反讨了许多没趣。欲待厮闹一场，因怕老婆嘴舌又利，喉咙又响，恐被邻家听见，反妆幌子。敢怒而不敢言，弩口气撞出门去，指望寻个相识告借。

走了大半日，一无所遇。那天却又与他做对头，偏生的忽地发一阵风雨起来。这件旧葛衣被风吹得飕飕如落叶之声，就长了一身寒栗了，冒着风雨，奔向前面一古寺中躲避。那寺名为云华禅寺。房德跨进山门看时，已先有个长大汉子，坐在左廊槛上。殿中一个老僧诵经。房德就向右廊槛上坐下，呆呆的看着天上。那雨渐渐止了，暗道："这时不走，只怕少刻又大起来。"却待转身，忽掉转头来，看见墙上画了一只禽鸟，翎毛儿、翅膀儿、足儿、尾儿，件件皆有，单单不画鸟头。天下有恁样空脑子的人，自己饥寒尚且难顾，有甚心肠，却评品这画的鸟来！想道："常闻得人说：画鸟先画头。这画法怎与人不同？却又不画完，是甚意故？"一头想，一头看，转觉这鸟画得可爱，乃道："我虽不晓此道，谅这鸟头也没甚难处，何不把来续完。"即往殿上与和尚借了一枝笔，蘸得墨饱，走来将鸟头画出，却也不十分丑，自觉欢喜，道：“我若学丹青，倒可成得！”刚画时，左廊那汉子就挨过来观看，把房德上下仔细一相，笑容可掬，向前道：“秀才，借一步说话。”房德道：“足下是谁？有甚见教？”那汉道：“秀才不消细问，同在下去，自有好处。”房德正在困穷之乡，听见说有好处，不胜之喜。将笔还了和尚，把破葛衣整一整，随那汉子前去。此时风雨虽止，地上好生泥泞，却也不顾。离了云华寺，直走出升平门，到乐游原傍边[4]。这所在最是冷落。那汉子向一小角门上连叩三声。停了一回，有个人开门出来，也是个长大汉子。看见房德，亦甚欢喜，上前声喏。房德心中疑道：“这两个汉子，他是何等样人？不知请我来有甚好处？”问道：“这里是谁家？”二汉答道：“秀才到里边便晓得。”房德跨入门里，二汉原把门撑上，引他进去。房德看时，荆蓁满目，衰草漫天，乃是个败落花园。弯弯曲曲，转到一个半塌不倒的亭子上，里面又走出十四五个汉子，一个个身长臂大，面貌狰狞。见了房德，尽皆满面堆下笑来，道：“秀才请进。”房德暗自惊骇道：“这班人来得蹊跷，且看他有甚话说。”众人迎进亭中，相见已毕，逊在板凳上坐下，问道：“秀才尊姓？”房德道：“小生姓房。不知列位有何说话？”起初同行那汉道：“实不相瞒，我众弟兄乃江湖上豪杰，专做这件没本钱的生意。只为俱是一勇之夫，前日几乎弄出事来；故此对天祷告，要觅个足智多谋的好汉，让他做个大哥，听其指挥。适来云华寺墙上画不完的禽鸟，便是众弟兄对天祷告，设下的誓愿，取羽翼俱全，单少头儿的意思。若合该兴隆，天遣个英雄好汉，补足这鸟，便迎请来为头。等候数日，未得其人。且喜天随人愿，今日遇着秀才恁般魁伟相貌，一定智勇兼备，正是真命寨主了。众兄弟今后任凭调度，保个终身安稳快活，可不好么？”对众人道：“快去宰杀牲口，祭拜天地。”内中有三四个，一溜烟跑向后边去了。

房德暗讶道：“原来这班人，却是一伙强盗！我乃清清白白的人，如何做恁样事？”答道：“列位壮士在上，若要我做别事则可，这一桩实不敢奉命。”众人道：“却是为何？”房德道：“我乃读书之人，还要巴个出身日子，怎肯干这等犯法的勾当？”众人道：“秀才所言差矣！方今杨国忠为相，卖官鬻爵，有钱的，便做大官。除了钱时，就是李太白恁样高才，也受了他的恶气，不能得中；若非辨识番书，恐此时还是个白衣秀士哩。不是冒犯秀才说，看你身上这般光景，也不像有钱的，如何指望官做？不如从了我们，大碗酒，大块肉，整套穿衣，论秤分金，且又让你做个掌盘[5]，何等快活散诞！倘若有些气象时，据着个山寨，称孤道寡，也由得你。”房德沉吟未答。那汉又道：“秀才十分不肯时，也不敢相强。但只是来得去不得，不从时，便要坏你性命，这却莫怪！”都向靴里飕的拔出刀来，吓得房德魂不附体，倒退下十数步来道：“列位莫动手！容再商量。”众人道：“从不从，一言而决，有甚商量？”房德想道：“这般荒僻所在，若不依他，岂不白白送了性命，有那个知道？且哄过一时，到明日脱身去出首罢。”算计已定，乃道：“多承列位壮士见爱，但小生平昔胆怯，恐做不得此事。”众人道：“不打紧，初时便胆怯，做过几次，就不觉了。”房德道：“既如此，只得强从列位。”众人大喜，把刀依旧纳在靴中，道：“即今已是一家，皆以弟兄相称了。快将衣服来，与大哥换过，好拜天地。”便进去捧出一套锦衣，一顶新唐巾，一双新靴。房德打扮起来，品仪比前更是不同。众人齐声喝采道：“大哥这般人品，莫说做掌盘，就是皇帝，也做得过。”

古语云：“不见可欲，使心不乱。”房德本是个贫士，这般华服，从不曾着体；如今忽地焕然一新，不觉移动其念，把众人那班说话，细细一味，转觉有理。想道：“如今果是杨国忠为相，贿赂公行，不知埋没了多少高才绝学。像我恁样平常学问，真个如何能够官做？若不得官，终身贫贱，反不如这班人受用了。”又想起：“见今恁般深秋天气，还穿着破葛衣。与浑家要匹布儿做件衣服，尚不能够；及至仰告亲识，又并无一个肯慨然周济。看起来倒是这班人义气：与他素无相识，就把如此华美衣服与我穿着，又推我为主。便依他们胡做一场，倒也落过半世快活。”却又想道：“不可，不可！倘被人拿住，这性命就休了！”正在胡思乱想，把肠子搅得七横八竖，疑惑不定。只见众人忙摆香案，抬出一口猪，一腔羊，当天排下，连房德共是十八个好汉，一齐跪下，拈香设誓，歃血为盟[6]。祭过了天地，又与房德八拜为交，各叙姓名。少顷摆上酒肴，请房德坐了第一席。肥甘美酝，恣意饮啖。房德日常不过黄虀淡饭，尚且自不周全，或觅得些酒肉，也不能够趁心醉饱。今日这番受用，喜出望外。且又众人轮流把盏，大哥前，大哥后，奉承得眉花眼笑。起初还在欲为未为之间，到此时便肯死心塌地，做这桩事了。想道：“或者我命里合该有些造化，遇着这班弟兄扶助，真个弄出大事业来，也未可知。若是小就时，只做两三次，寻了些财物，即便罢手，料必无人晓得。然后去打杨国忠的关节，觅得个官儿，岂不美哉！万一败露，已是享用过头，便吃刀吃剐，亦所甘心，也强如担饥受冻，一生做个饿莩。”有诗为证：

风雨萧萧夜正寒，扁舟急桨上危滩。

也知此去波涛恶，只为饥寒二字难。

众人杯来盏去，直吃到黄昏时候。一人道：“今日大哥初聚，何不就发个利市？”众人齐声道：“言之有理。还是到那一家去好？”房德道：“京都富家，无过是延平门王元宝这老儿为最；况且又在城外，没有官兵巡逻，前后路径，我皆熟惯。只这一处，就抵得十数家了。不知列位以为何如？”众人喜道：“不瞒大哥说，这老儿我们也在心久矣，只因未得其便，不想却与大哥暗合，足见同心。”即将酒席收过，取出硫磺、焰硝、火把、器械之类，一齐扎缚起来。但见：

白布罗头，鞝鞋兜脚。脸上抹黑搽红，手内提刀持斧。袴裩刚过膝，牢拴裹肚；衲袄却齐腰，紧缠搭膊。一队幺魔来世界，数群虎豹入山林。

众人结束停当，挨至更馀天气，出了园门，将门反撑好了，如疾风骤雨而来。

这延平门离乐游原约有六七里之远，不多时就到了。

且说王元宝乃京兆尹王鉷的族兄，家有敌国之富，名闻天下。玄宗天子亦尝召见。三日前，被小偷窃了若干财物，告知王鉷，责令不良人捕获[7]，又拨三十名健儿防护。不想房德这班人晦气，正撞在网里。当下众强盗取出火种，引着火把，照耀浑如白昼，轮起刀斧，一路砍门进去。那些防护健儿并家人等，俱从睡梦中惊醒，鸣锣呐喊，各执棍棒上前擒拿。庄前庄后邻家闻得，都来救护。这班强盗见人已众了，心下慌张，便放起火来，夺路而走。王家人分一半救火，一半追赶上去，团团围住。众强盗拼命死战，戳伤了几个庄客。终是寡不敌众，被打翻数人，馀皆尽力奔脱。房德亦在打翻数内。一齐绳穿索缚，等至天明，解进京兆尹衙门，王鉷发下畿尉推问[8]。

那畿尉姓李名勉，字玄卿，乃宗室之子。素性忠贞尚义，有经天纬地之才，济世安民之志。只为李林甫、杨国忠相继为相，妒贤嫉能，病国殃民，屈在下僚，不能施展其才。这畿尉品级虽卑，却是个刑名官儿[9]，凡捕到盗贼，俱属鞠讯[10]；上司刑狱，悉委推勘。故历任的畿尉，定是酷吏，专用那周兴、来俊臣、索元礼遗下有名色的极刑。是那几般名色？有《西江月》为证：

"犊子悬车"可畏，"驴儿拔橛"堪哀！"凤凰晒翅"命难挨，"童子参禅"魂捽。"玉女登梯"最惨，"仙人献果"伤哉！"猕猴钻火"不招来，换个"夜叉望海"。

那些酷吏，一来仗刑立威；二来或是权要嘱托，希承其旨：每事不问情真情枉，一味严刑锻炼，罗织成招。任你铜筋铁骨的好汉，到此也胆丧魂惊，不知断送了多少忠臣义士！惟有李勉与他尉不同，专尚平恕，一切惨酷之刑，置而不用，临事务在得情，故此并无冤狱。

那一日正值早衙，京尹发下这件事来。十来个强盗，并五六个戳伤庄客，跪在一庭；行凶刀斧，都堆在阶下。李勉举目看时，内中惟有房德，人材雄伟，丰彩非凡，想道："恁样一条汉子，如何为盗？"心下就怀个矜怜之念。当下先唤巡逻的，并王家庄客，问了被劫情由；然后又问众盗姓名，逐一细鞫。俱系当下就擒，不待用刑，尽皆款伏，又招出党羽窟穴。李勉即差不良人前去捕缉。问至房德，乃匍匐到案前，含泪而言道："小人自幼业儒，原非盗辈。止因家贫无措，昨到亲戚处告贷，为雨阻于云华寺中，被此辈以计诱去，威逼入伙，出于无奈。"遂将画乌及入伙前后事，一一细诉。李勉已是惜其材貌，又见他说得情词可悯，便有意释放他。却又想："一伙同罪，独放一人，公论难泯。况是上司所委，如何回覆？——除非如此如此。"乃假意叱喝下去，分付俱上了枷杻，禁于狱中，俟拿到馀党再问。砍伤庄客，遣回调理。巡逻人记功有赏。发落众人去后，即唤狱卒王太进衙。

原来王太昔年因误触了本官，被诬构成死罪，也亏李勉审出，原在衙门服役。那王太感激李勉之德，凡有委托，无不尽力。为此就差他做押狱之长。当下李勉分付道："适来强人内，有个房德，我看此人相貌轩昂，言词挺拔，是个未遇时的豪杰。有心要出脱他，因碍着众人，不好当堂明放；托在你身上，觑个方便，纵他逃走。"取过三两一封银子，教与他做为盘费，速往远处潜避，莫在近边，又为人所获。王太道："相公分付，怎敢有违？但恐遗累众狱卒，却如何处？"李勉道："你放他去后，即引妻小躲入我衙中，将申文俱做于你的名下，众人自然无事。你在我左右做个亲随，岂不强如做这贱役？"王太道："若得相公收留，在衙伏侍，万分好了。"将银袖过，急急出衙，来到狱中，对小牢子道："新到囚犯，未经刑杖，莫教聚于一处，恐弄出些事来。"小牢子依言，遂将众人四散分开。王太独引房德置在一个僻静之处，把本官美意，细细说出，又将银两相赠。房德不胜感激，道："烦禁长哥致谢相公，小人今生若不能补报，死当作犬马酬恩。"王太道："相公一片热肠救你，那指望报答？但愿你此去改行从善，莫负相公起死回生之德！"房德道："多感禁长哥指教，敢不佩领？"挨到傍晚，王太眼同众牢子将众犯尽上囚床，第一个先从房德起，然后挨次而去。王太觑众人正手忙脚乱之时，捉空踅过来，将房德放起，开了枷锁，又把自己旧衣帽与他穿了，引至监门口。且喜内外更无一人来往，急忙开了狱门，扨他出去[11]。房德拽开脚步，不顾高低，也不敢回家，挨出城门，连夜而走。心中思想："多感畿尉相公救了性命，如今投兀谁好？想起当今惟有安禄山最为天子宠任，收罗豪杰，何不投之？"遂取路直至范阳。恰好遇见个故友严庄，为范阳长史，引见禄山。那时安禄山久蓄异志，专一招亡纳叛，见房德生得人材出众，谈吐投机，遂留于部下。房德住了几日，暗地差人迎取妻子到彼，不在话下。正是：

挣破天罗地网，撇开闷海愁城。
得意尽夸今日，回头却认前生。

且说王太当晚，只推家中有事要回，分付众牢子好生照管，将匙钥交付明白，出了狱门。来至家中，收拾囊箧，悄悄领着妻子，连夜躲入李勉衙中，不题。

且说众牢子到次早放众囚水火[12]，看房德时，枷锁撇在半边，不知几时逃去了。众人都惊得面如土色，叫苦不迭，道："恁样紧紧上的刑具，不知这死囚怎地挣脱逃走了？却害我们吃屈官司！又不知从何处去的？"四面张望墙壁，并不见块砖瓦落地，连泥屑也没有一些，齐道："这死囚昨日还哄畿尉相公，说是初犯；倒是个积年高手。"内中一人道："我去报知王狱长，教他快去禀官，作急缉获。"那人一口气跑到王太家，见门闭着，一片声乱敲，那里有人答应。间壁一个邻家走过来，道："他家昨夜乱了两个更次，想是搬去了。"牢子道："并不见王狱长说起迁居，那有这事！"邻家道："无过止这间屋儿，如何敲不应？难道睡死不成？"牢子见说得有理，尽力把门扨开，原来把根木子反撑的，里边止有几件粗重家伙，并无一人。牢子道："却不作怪！他为甚么也走了？这死囚莫不倒是他卖放的？休管是不是，且都推在他身上罢了。”把门依旧带上,也不回狱,径望畿尉衙门前来。恰好李勉早衙理事,牢子上前禀知。李勉佯惊道:“向来只道王太小心,不想恁般大胆,敢卖放重犯!料他也只躲在左近,你们四散去缉访,获到者自有重赏。”牢子叩头而出。李勉备文报府。王铁以李勉疏虞防闲,以不职奏闻天子,罢官为民。一面悬榜,捕获房德、王太。李勉即日纳还官诰,收拾起身,将王太藏于女人之中,带回家去。

不因济困扶危意,肯作藏亡匿罪人?

李勉家道素贫,却又爱做清官,分文不敢妄取。及至罢任,依原是个寒士。归到乡中,亲率童仆,躬耕而食。家居二年有馀,贫困转剧。乃别了夫人,带着王太并两个家奴,寻访故知。由东都一路,直至河北。闻得故人颜杲卿新任常山太守,遂往谒之。路经柏乡县过,这地方离常山尚有二百馀里。李勉正行间,只见一行头踏[13],手持白棒,开道而来,呵喝道:“县令相公来,还不下马!”李勉引过半边回避。王太远远望见那县令,上张皂盖,下乘白马,威仪济济,相貌堂堂。却又奇怪,面庞酷似前年释放的强犯房德。忙报道:“相公,那县令面庞与前年释放的房德一般无二。”李勉也觉县令有些面善,及闻此言,忽然省悟道:“真个像他。”心中颇喜,道:“我说那人是个未遇时的豪杰,今却果然。但不知怎地就得了官职?”欲要上前去问,又恐不是。“若果是此人,只道晓得他在此做官,来与他索报了,莫问罢!”分付王太禁声,把头回转,让他过去。那县令渐渐近了,一眼觑见李勉背身而立,王太也在傍边,又惊又喜。连忙止住从人,跳下马来,向前作揖道:“恩相见了房德,如何不唤一声,反掉转头去?险些儿错过。”李勉还礼道:“本不知足下在此,又恐妨足下政事,故不敢相通。”房德道:“说那里话!难得恩相至此,请到敝衙少叙。”李勉此时鞍马劳倦,又见其意殷勤,答道:“既承雅情,当暂话片时。”遂上马并辔而行,王太随在后面。

不一时到了县中,直至厅前下马。房德请李勉进后堂,转过左边一个书院中来,分付从人不必跟入,止留一个心腹干办陈颜,在门口伺候,一面着人整备上等筵席。将李勉四个牲口,发于后槽喂养,行李即教王太等搬将入去。又教人传话衙中,唤两个家人来伏侍。那两个家人,一个叫做路信,一个叫做支成,都是房德为县尉时所买。且说房德为何不要从人入去?只因他平日冒称是宰相房玄龄之后,在人前夸炫家世,同僚中不知他的来历,信以为真,把他十分敬重。今日李勉来至,相见之间,恐题起昔日为盗这段情由,怕众人闻得,传说开去,被人耻笑,做官不起,因此不要从人进去,这是他用心之处。当下李勉步入里边去看时,却是向阳一带三间书室,侧边又是两间厢房。这书室庭户虚敞,窗槅明亮,几榻整齐,器皿洁净,架上图书,庭中花卉,铺设得十分清雅。乃是县令休沐之所,所以恁般齐整。

且说房德让李勉进了书房,忙忙的掇过一把椅子,居中安放,请李勉坐下,纳头便拜。李勉急忙扶住，道："足下如何行此大礼？"房德道："某乃待死之囚，得恩相超拔，又赐赠盘缠，遁逃至此，方有今日。恩相即某之再生父母，岂可不受一拜！"李勉是个忠正之人，见他说得有理，遂受了两拜。房德拜罢起来，又向王太礼谢，引他二人到厢房中坐地。便叮咛道："倘隶卒询问时，切莫与他说昔年之事。"王太道："不消分付，小人自理会得。"房德复身到书房中，扯把椅儿，打横相陪道："深蒙相公活命之恩，日夜感激，未能酬报。不意天赐至此相会。"李勉道："足下一时被陷，吾不过因便斡旋，何德之有？乃承如此垂念。"献茶已毕，房德又道："请问恩相，升在何任，得过敝邑？"李勉道："吾因释放足下，京尹论以不职，罢归乡里。家居无聊，故遍游山水，以畅襟怀。今欲往常山，访故人颜太守，路经于此；不想却遇足下，且已得了官职，甚慰鄙意。"房德道："元来恩相因某之故，累及罢官，某反苟颜窃禄于此，深切惶愧！"李勉道："古人为义气上，虽身家尚然不顾，区区卑职，何足为道！但不识足下别后，归于何处，得宰此邑？"房德道："某自脱狱，逃至范阳，幸遇故人，引见安节使，收于幕下，甚蒙优礼。半年后，即署此县尉之职。近以县主身故，遂表某为令。自愧谫陋菲才，滥叨民社，还要求恩相指教。"李勉虽则不在其位，却素闻安禄山有反叛之志，今见房德乃是他表举的官职，恐其后来党逆，故就他请教上，把言语去规训道："做官也没甚难处，但要上不负朝廷，下不害百姓，遇着死生利害之处，总有鼎镬在前，斧锧在后，亦不能夺我之志。切勿为匪人所惑，小利所诱，顿尔改节，虽或侥幸一时，实是贻笑千古。足下立定这个主意，莫说为此县令，就是宰相，亦尽可做得的！"房德谢道："恩相金玉之言，某当终身佩铭。"两下一递一答，甚说得来。少顷，路信来禀："筵宴已完，请爷入席。"房德起身，请李勉至后堂，看时乃是上下两席。房德教从人将下席移过左傍。李勉见他要傍坐，乃道："足下如此相叙，反觉不安，还请坐转。"房德道："恩相在上，侍坐已是僭妄，岂敢抗礼？"李勉道："吾与足下今已为声气之友，何必过谦！"遂令左右，依旧移在对席。从人献过杯箸，房德安席定位。庭下承应乐人，一行儿摆列奏乐。那筵席杯盘罗列，非常丰盛：

虽无炮凤烹龙，也极山珍海错。

当下宾主欢洽，开怀畅饮，更馀方止。王太等另在一边款待，自不必说。此时二人转觉亲热，携手而行，同归书院。房德分付路信，取过一副供奉上司的铺盖，亲自施设裀褥，提携溺器。李勉扯住道："此乃仆从之事，何劳足下自为！"房德道："某受相公大恩，即使生生世世，执鞭随镫，尚不能报万一，今不过少尽其心，何足为劳！"铺设停当，又教家人另放一榻，在傍相陪。李勉见其言词诚恳，以为信义之士，愈加敬重。两下挑灯对坐，彼此倾心吐胆，各道生平志愿，情投契合，遂为至交，只恨相见之晚。直至夜分，方才就寝。次日同僚官闻得，都来相访。相见之间，房德只说："昔年曾蒙识荐，故此有恩！"同僚官又在县主面上讨好，各备筵席款待。

话休烦絮。房德自从李勉到后，终日饮酒谈论，也不理事，也不进衙，其侍奉趋承，就是孝子事亲，也没这般尽礼。李勉见恁样殷勤，诸事俱废，反觉过意不去，住了十来日，作辞起身。房德那里肯放？说道："恩相至此，正好相聚，那有就去之理！须是多住几月，待某拨夫马送至常山便了。"李勉道："承足下高谊，原不忍言别。但足下乃一县之主，今因我在此，耽误了许多政务，倘上司知得，不当稳便。况我去心已决，强留于此，反不适意！"房德料道留他不住，乃道："恩相既坚执要去，某亦不好苦留。只是从此一别，后会何期？明日容治一樽，以尽竟日之欢，后日早行何如？"李勉道："既承雅意，只得勉留一日。"房德留住了李勉，唤路信跟着回到私衙，要收拾礼物馈送。只因这番，有分教李畿尉险些儿送了性命。正是：

祸兮福所倚，福兮祸所伏。
所以恬淡人，无营心自足。

话分两头。却说房德老婆贝氏，昔年房德落薄时，让他做主惯了，到今做了官，每事也要乔主张[14]。此番见老公唤了两个家人出去，一连十数日，不见进衙，只道瞒了他做甚事体，十分恼恨。这日见老公来到衙里，便待发作。因要探口气，满脸反堆下笑来，问道："外边有何事，久不退衙？"房德道："不要说起，大恩人在此，几乎当面错过。幸喜我眼快瞧见，留得到县里，故此盘桓了这几日。特来与你商量，收拾些礼物送他。"贝氏道："那里什么大恩人？"房德道："哎呀！你如何忘了？便是向年救命的畿尉李相公，只为我走了，带累他罢了官职，今往常山去访颜太守，路经于此。那狱卒王太也随在这里。"贝氏道："元来是这人么？你打帐送他多少东西[15]？"房德道："这个大恩人，乃再生父母，须得重重酬报。"贝氏道："送十匹绢可少么？"房德呵呵大笑道："奶奶倒会说要话，恁地一个恩人，这十匹绢送他家人也少！"贝氏道："胡说！你做了个县官，家人尚没处一注赚十匹绢。一个打抽丰的[16]，如何家人便要许多？老娘还要算计哩。如今做我不着，再加十匹，快些打发起身。"房德道："奶奶怎说出恁样没气力的话来？他救了我性命，又赍赠盘缠，又坏了官职，这二十匹绢当得甚的？"贝氏从来鄙吝，连这二十匹绢还不舍得的，只为是老公救命之人，故此慨然肯出，他已算做天大事的了，房德兀是嫌少。心中便有些不悦，故意道："一百匹何如？"房德道："这一百匹只够送王太了。"贝氏见说一百匹还只够送王太，正不知要送李勉多少，十分焦躁，道："王太送了一百匹，畿尉极少也送得五百匹哩？"房德道："五百匹还不够。"贝氏怒道："索性凑足一千何如？"房德道："这便差不多了。"贝氏听了这话，向房德劈面一口涎沫道："啐！想是你失心风了！做得几时官，交多少东西与我？却来得这等大落[17]！恐怕连老娘身子卖来，还凑不上一半哩。那里来许多绢送人？"房德看见老婆发喉急，便道："奶奶有话好好商量，怎就着恼！"贝氏嚷道："有甚商量！你若有，自去送他，莫向我说。”房德道：“十分少，只得在库上撮去。”贝氏道：“啧啧，你好天大的胆儿！库藏乃朝廷钱粮，你敢私自用得的！倘一时上司查核，那时怎地回答？”房德闻言，心中烦恼，道：“话虽有理，只是恩人又去得急，一时没处设法，却怎生处？”坐在旁边踌躇。

谁想贝氏见老公执意要送恁般厚礼，就是割身上肉，也没这样疼痛，连肠子也急做千百段，顿起不良之念，乃道：“看你枉做了个男子汉，这些事没有决断，如何做得大官？我有个捷径法儿在此，倒也一劳永逸。”房德认做好话，忙问道：“你有甚么法儿？”贝氏答道：“自古有言，大恩不报。不如今夜觑个方便，结果了他性命，岂不干净？”只这句话，恼得房德彻耳根通红，大叫道：“你这不贤妇！当初只为与你讨匹布儿做件衣服不肯，以致出去求告相识，被这班人诱去入伙，险些儿送了性命！若非这恩人，舍了自己官职，释放出来，安得今日夫妻相聚？你不劝我行些好事，反教伤害恩人，于心何忍！”贝氏一见老公发怒，又陪着笑道：“我是好话，怎倒发恶！若说得有理，你便听了；没理时，便不要听，何消大惊小怪？”房德道：“你且说有甚理？”贝氏道：“你道昔年不肯把布与你，至今恨我么？你且想，我自十七岁随了你，日逐所需，那一件不亏我支持，难道这两匹布，真个不舍得？因闻得当初有个苏秦，未遇时，合家佯为不礼，激励他做到六国丞相。我指望学这故事，也把你激发。不道你时运不济，却遇这强盗，又没苏秦那般志气，就随他们胡做，弄出事来，此乃你自作之孽，与我什么相干？那李勉当时岂真为义气上放你么？”房德道：“难道是假意？”贝氏笑道：“你枉自有许多聪明，这些事便见不透。大凡做刑名官的，多有贪酷之人。就是至亲至戚，犯到手里，尚不肯顺情。何况与你素无相识，且又情真罪当，怎肯舍了自己官职，轻易纵放了重犯？无非闻说你是个强盗头儿，定有赃物窝顿，指望放了暗地去孝顺，将些去买上嘱下，这官又不坏，又落些入已。不然，如何一伙之中，独独纵你一个？那里知道你是初犯的穷鬼，竟一溜烟走了，他这官又罢休。今番打听着在此做官，可可的来了。”房德摇首道：“没有这事。当初放我，乃一团好意，何尝有丝毫别念。如今他自往常山，偶然遇见，还怕误我公事，把头掉转，不肯相见，并非特地来相寻，不要疑坏了人。”贝氏又叹道：“他说往常山乃是假话，如何就信以为真。且不要论别件，只他带着王太同行，便见其来意了。”房德道：“带王太同行便怎么？”贝氏道：“你也忒杀懵懂！那李勉与颜太守是相识，或者去相访是真了；这王太乃京兆府狱卒，难道也与颜太守有旧去相访？却跟着同走。若说把头掉转不来招揽，此乃冷眼觑你，可去相迎？正是他奸巧之处，岂是好意？如果真要到常山，怎肯又住这几多时！”房德道：“他那里肯住，是我再三苦留下的。”贝氏道：“这也是他用心处，试你待他的念头诚也不诚。”房德原是没主意的人，被老婆这班话一耸，渐生疑惑，沉吟不语。贝氏又道：“总来这恩是报不得的！”房德道：“如何报不得？”贝氏道：“今若报得薄了，他一时翻过脸来，将旧事和盘托出，那时不但官儿了帐，只怕当做越狱强盗拿去，性命登时就送。若报得厚了，他做下额子，不常来取索。如照旧馈送，自不必说；稍不满欲，依然揭起旧案，原走不脱，可不是到底终须一结。自古道：先下手为强。今若不依我言，事到其间，悔之晚矣！”

房德听说至此，暗暗点头，心肠已是变了。又想了一想，乃道：“如今原是我要报他恩德，他却从无一字题起，恐没这心肠。”贝氏笑道：“他还不曾见你出手，故不开口。到临期自然有说话的。还有一件，他此来这番，纵无别话，你的前程，已是不能保了。”房德道：“却是为何？”贝氏道：“李勉至此，你把他万分亲热，衙门中人不知来历，必定问他家人，那家人肯替你遮掩？少不得以直告之。你想衙门人的口嘴，好不利害，知得本官是强盗出身，定然当做新闻，互相传说。同僚们知得，虽不敢当面笑你，背后诽议也经不起。就是你也无颜再存坐得住。这个还算小可的事。那李勉与颜太守既是好友，到彼难道不说，自然一一道知其详。闻得这老儿最古怪的，且又是他属下，倘被遍河北一传，连夜走路，还只算迟了。那时可不依旧落薄，终身怎处！如今急急下手，还可免得颜太守这头出丑。”房德初时，原怕李勉家人走漏了消息，故此暗地叮咛王太。如今老婆说出许多利害，正投其所忌，遂把报恩念头，撇向东洋大海，连称：“还是奶奶见得到，不然，几乎反害自己。但他来时，合衙门人通晓得，明日不见了，岂不疑惑？况那尸首也难出脱。”贝氏道：“这个何难？少停出衙，止留几个心腹人答应，其馀都打发去了，将他主仆灌醉，到夜静更深，差人刺死，然后把书院放了一把火烧了，明日寻出些残尸剩骨，假哭一番，衣棺盛殓。那时人只认是火烧死的，有何疑惑！”房德大喜，道：“此计甚妙！”便要起身出衙。那婆娘晓得老公心是活的，恐两下久坐长谈，说得入港，又改过念来，乃道：“总则天色还早，且再过一回出去。”房德依着老婆，真个住下。有诗为证：

猛虎口中剑，黄蜂尾上针。
两般犹未毒，最毒妇人心。

自古道：隔墙须有耳，窗外岂无人。房德夫妻在房说话时，那婆娘一味不舍得这绢匹，专意撺唆老公害人，全不提防有人窥听。况在私衙中，料无外人来往，恣意调唇弄舌。不想家人路信，起初闻得贝氏焦躁，便覆在外壁墙上，听他们争多竞少，直至放火烧屋，一句句听得十分仔细，倒吃了一惊，想道：“原来我主人曾做过强盗，亏这官人救了性命，今反恩将仇报，天理何在！看起来这般大恩人，尚且如此，何况我奴仆之辈。倘稍有过失，这性命一发死得快了。此等残薄之人，跟他何益？”又想道：“常言：救人一命，胜造七级浮屠。何不救了这四人，也是一点阴骘。”却又想道：“若放他们走了，料然不肯饶我，不如也走了罢。”遂取些银两，藏在身边，觑个空，悄悄闪出私衙，一径奔入书院。只见支成在厢房中烹茶，坐于槛上，执着扇子打盹，也不去惊醒他；竟踅入书院内。看王太时，却都不在；止有李勉正襟据案而坐，展玩书籍。

路信走近案傍，低低道："相公，你祸事到了！还不快走，更待几时？"李勉被这惊不小，急问："祸从何来？"路信扯到半边，将适才所闻，一一细说，又道："小人因念相公无辜受害，特来通报，如今不走，少顷就不能免祸了。"李勉听得这话，惊得身子犹如吊在冰桶里，把不住的寒颤，急急为礼，称谢道："若非足下仗义救我，李勉性命定然休矣！大恩大德，自当厚报。决不学此负心之人。"急得路信跪拜不迭，道："相公不要高声，恐支成听得，走漏了消息，彼此难保。"李勉道："但我走了，遗累足下，于心何安？"路信道："小人又无妻室，待相公去后，亦自远遁，不消虑得。"李勉道："既如此，何不随我同往常山？"路信道："相公肯收留小人，情愿执鞭随镫。"李勉道："你乃大恩人，怎说此话？只是王太和两个人同去买麻鞋了，却怎么好？"路信道："待小人去寻来。"李勉又道："马匹俱在后槽，却怎处？"路信道："也等小人去哄他带来。"急出书院，回头看支成，已不在槛上打盹了。路信即走入厢房中观看，却也不在。

原来支成登东厮去了[18]。路信只道被他听得，进衙去报房德，心下慌张，覆转身向李勉道："相公，不好了！想被支成听见，去报主人了，快走罢！等不及管家矣。"李勉又吃一惊，半句话也应答不出，弃下行李，光身子，同着路信踉踉跄跄抢出书院。衙役见了李勉，坐下的都站起来。李勉两步并作一步，奔出仪门外。天幸恰有承直令尉出入的三骑马系在东廊下。路信心生一计，对马夫道："快牵过官马来，与李相公乘坐，往西门拜客。"马夫见是县主贵客，且又县主管家分付，怎敢不依？连忙牵过两骑。二人方才上马，王太撞至马前。路信连忙道："王大叔来得好，快随相公拜客。"又叫马夫带那骑马与他乘坐，齐出县门，马夫紧随马后。路信再给马夫道[19]："相公因李相公明早要起身往府中去，今晚着你们洗刷李相公的马匹，少停便来呼唤，不必跟随。"马夫听信，便立住了脚，道："多谢大叔指教。"

三人离县过桥转西，两个从人提了麻鞋从东赶来，问道："相公那里去的？"王太道："连我也不晓得。"李勉便喝道："快跟我走，不必多言！"李勉、路信加鞭策马。王太见家主恁样慌促，正不知要往那里拜客，心中疑惑，也拍马赶上。两个家人也放开脚步，舍命奔赶。看看来到西门，远远望见三骑头口鱼贯进城。路信遥望认得是本衙干办陈颜，同着一个令史，那一人却不认识。陈颜和令史见了李勉，滚鞍下马声喏。常言道："人急计生。"路信便叫道："李相公管家们还少牲口，何不借陈干办的暂用？"李勉会意，遂收缰勒马道："如此甚好。"路信向陈颜道："李相公要去拜客，暂借你的牲口与管家一乘，少顷便来。"二人巴不得奉承李勉欢喜，指望在本官面前增些好言好语，可有不肯的理么？连声答应道："相公要用，只管乘去。"等了一回，两个家人带跌的赶到，走得汗淋气喘。陈颜二人将鞭缰递与两个家人手上。上了马，随李勉趱出城门。纵开丝缰，二十个马蹄，翻盏撒钹相似，循着大道，望常山一路飞马而去。正是：

拆破玉笼飞彩凤，顿开金锁走蛟龙。

话分两头。且说支成上了东厮转来，烹了茶，捧进书室，却不见了李勉。又遍室寻觅，没个影儿，想道："一定两日久坐在此，心中不舒畅，往外闲游去了。"约莫有一个时辰，尚不见进来。走出书院去观看，刚至门口，劈面正撞着家主。元来房德被老婆留住，又坐了老大一大回，方起身打点出衙，恰好遇见支成，问："可见路信么？"支成道："不见。想随李相公出外闲走去了。"房德心中疑虑，正待差支成去寻觅，只见陈颜来到。房德问道："曾见李相公么？"陈颜道："方才在西门遇见。路信说：要往那里去拜客，连小人的牲口，都借与他管家乘坐。一行共五个马，飞跑如云，正不知有甚紧事？"房德听罢，料是路信走漏消息，暗地叫苦。也不再问，覆转身，原入私衙，报与老婆知得。那婆娘听说走了，倒吃一惊，道："罢了，罢了！这祸一发来得速矣！"房德见老婆也着了急，慌得手足无措，埋怨道："未见得他怎地！都是你说长道短，如今倒弄出事来了。"贝氏道："不要急。自古道：'一不做，二不休。'事到其间，说不得了。料他去也不远，快唤几个心腹人，连夜追赶前去，扮作强盗，一齐砍了，岂不干净？"房德随唤陈颜进衙，与他计较。陈颜道："这事行不得，一则小人们只好趋承奔走，那杀人勾当，从不曾习惯。二则倘一时有人救应拿住，反送了性命。小人倒有一计在此，不消劳师动众，教他一个也逃不脱。"房德欢喜道："你且说有甚妙策？"陈颜道："小人间壁，一月前有一个异人搬来居住，不言姓名，也不做甚生理[20]，每日出外，酣醉而归。小人见他来历蹊跷，行踪诡秘，有心去察他动静。忽一日，有一豪士，青布锦袍，跃马而来，从者数人，径到此人之家，留饮三日方去。小人私下问那从者宾主姓名，都不肯说。有一个人悄对小人说：'那人是个剑侠，能飞剑取人之头，又能飞行，顷刻百里。且是极有义气，曾与长安市上代人报仇，白昼杀人，潜踪于此。'相公何不备些礼物前去，只说被李勉陷害，求他报仇。若得应允，便可了事。"贝氏在屏风后听得，便道："此计甚妙！快去求之。"房德道："多少礼物送去？"陈颜道："他是个义士，重情不重物，得三百金足矣。"贝氏竭力撺掇，备就了三百金礼物。天色傍晚，房德易了便服，陈颜、支成相随，也不乘马，悄悄的步行到陈颜家里。原来却是一条冷巷，东邻西舍不上四五家，甚是寂静。陈颜留房德到里边坐下，点起灯火，窥探那人。

等了一回，只见那人又是酣醉回来。陈颜报知房德。陈颜道："相公须打点了一班说话，更要屈膝与他，这事方谐。"房德点头道："是。"一齐到了门首，向门上轻轻扣上两下，那人开门出问："是谁？"陈颜低声答道："今乃本县知县相公，虔诚拜访义士。"那人道："咱这里没有什么义士。"便要关门。陈颜道："且莫闭门，还有句说话。"那人道："咱要紧去睡，谁个耐烦！有话明日来说。"房德道："略话片时，即便相别。"那人道："有甚说话，且到里面来。"三人跨进门内，掩上门儿，引过一层房子,乃是小小客房。房德即倒身下拜道:“不知义士驾临敝邑,有失迎迓,今日幸得识荆,深慰平生。”那人扶住道:“足下乃一县之主,如何行此大礼!岂不失了体面?况咱并非什么义士,不要错认了。”房德道:“下官专来拜访义士,安有差错之理?”教陈颜、支成将礼物奉上,说道:“些小薄礼,特奉义士为斗酒之资,望乞哂留[21]。”那人笑道:“咱乃闾阎无赖,四海无家,无一技一能,何敢当义士之称?这些礼物也没用处,快请收去。”房德又躬身道:“礼物虽微,出自房某一点血诚,幸勿峻拒!”那人道:“足下蓦地屈身匹夫,且又赐厚礼,却是为何?”房德道:“请义士收了,方好相告。”那人道:“咱虽贫贱,誓不取无名之物。足下若不说明白,断然不受。”房德假意哭拜于地道:“房某负戴大冤久矣!今仇在目前,无能雪耻;特慕义士是个好男子,赛过聂政、荆轲,故敢斗胆叩拜阶下;望义士怜念房某含冤负屈,少展半臂之力,刺死此贼,生死不忘大德!”那人摇手道:“我说足下认错了,咱资身尚且无策,安能为人谋大事?况杀人勾当,非同小可,设或被人听见这话,反是累咱家。快些请回。”言罢转身,先向外走。房德上前,一把扯住,道:“闻得义士素抱忠义,专一除残祛暴,济困扶危,有古烈士之风。今房某身抱大冤,义士反不见怜,料想此仇永不能报矣!”道罢,又假意啼哭。那人冷眼瞧了这个光景,认做真情,方道:“足下真个有冤么?”房德道:“若没大冤,不敢来求义士。”那人道:“既恁样,且坐下,将冤屈之事并仇家姓名,今在何处,细细说来。可行则行,可止则止。”两下遂对面而坐,陈颜、支成站于旁边。房德捏出一段假情,反说:“李勉昔年诬指为盗,百般毒刑拷打,陷于狱中,几遍差狱卒王太谋害性命,皆被人知觉,不致于死。幸亏后官审明释放,得官此邑。今又与王太同来挟制,索诈千金,意犹未足;又串通家奴,暗地行刺,事露,适来连此奴挈去,奔往常山,要唆颜太守来摆布。”把一片说话,妆点得十分利害。那人听毕,大怒道:“原来足下受此大冤,咱家岂忍坐视?足下且请回县,在咱身上,今夜往常山一路,找寻此贼,为足下报仇。夜半到衙中复命。”房德道:“多感义士高义!某当秉烛以待。事成之日,另有厚报。”那人作色道:“咱一生路见不平,拔刀相助,那个希图你的厚报?这礼物咱也不受。”说犹未绝,飘然出门,其去如风,须臾不见了。房德与众人惊得目睁口呆,连声道:“真异人也!”权将礼物收回,待他复命时再送。有诗为证:

报仇凭一剑,重义藐千金。
谁谓奸雄舌,几违烈士心!

且说王太同两个家人,见家主出了城门,又不拜甚客,只管乱跑,正不知为甚缘故。一口气就行了三十馀里,天色已晚,却又不寻店宿歇。那晚乃是十三,一轮明月,早已升空,趁着月色,不顾途路崎岖,负命而逃,常恐后面有人追赶。在路也无半句言语,只管趱向前去。约莫有二更天气,共行了六十多里,来到一个村镇,已是井陉县地方。那时走得人困马乏。路信道:“来路已远,料得无事了,且就此觅个宿处，明日早行。”李勉依言，径投旅店。谁想夜深了，家家闭户关门，无处可宿。直到市梢头，方觅得一个旅店。众人一齐下马，走入店门。将牲口卸了鞍辔，系在槽边喂料。路信道：“主人家，拣一处洁净所在，与我们安歇。”店家答道：“不瞒客官说，小店房头，没有个不洁净的。如今也止空得一间在此。”店家掌灯，引入房中。李勉向一条板凳上坐下，觉得气喘吁吁。王太忍不住问道：“请问相公，那房县主惓惓苦留，明日拨夫马相送，从容而行，有何不美？却反把自己行李弃下，犹如逃难一般，连夜奔走，受这等劳碌！路管家又随着我们同来，是甚意故？”李勉叹口气，道：“汝那知就里！若非路管家，我与汝等死无葬身之地矣。今幸得脱虎口，已谢天不尽了。还顾得什么行李、辛苦？”王太惊问其故。李勉方待要说，不想店主人见他们五人五骑，深夜投宿，一毫行李也无，疑是歹人，走进来盘问脚色，说道：“众客长做甚生意？打从何处来，这时候到此？”李勉一肚子气恨，正没处说，见店主相问，答道：“话头甚长，请坐下了，待我细诉。”乃将房德为盗犯罪，怜其才貌，暗令王太释放，以致罢官；及客游遇见，留回厚款，今日午后，忽然听信老婆谗言，设计杀害，亏路信报知逃脱：前后之事，细说一遍。王太听了这话，连声唾骂：“负心之贼！”店主人也不胜嗟叹。王太道：“主人家，相公鞍马辛苦，快些催酒饭来吃了，睡一觉好赶路。”店主人答应出去。

只见床底下忽地钻出一个大汉，浑身结束，手持匕首，威风凛凛，杀气腾腾。吓得李勉主仆魂不附体，一齐跪倒，口称：“壮士饶命！”那人一把扶起李勉，道：“不必慌张，自有话说。咱乃义士，平生专抱不平，要杀天下负心之人。适来房德假捏虚情，反说公诬陷，谋他性命，求咱来行刺；那知这贼子恁般狼心狗肺，负义忘恩！早是公说出前情，不然，险些误杀了长者。”李勉连忙叩下头去，道：“多感义士活命之恩！”那人扯住道：“莫谢莫谢，咱暂去便来。”即出庭中，耸身上屋，疾如飞鸟，顷刻不见。主仆都惊得吐了舌，缩不上去，不知再来还有何意。怀着鬼胎，不敢睡卧，连酒饭也吃不下。有诗为证：

奔走长途气上冲，忽然床下起青锋。
一番衷曲殷勤诉，唤醒奇人睡梦中。

再说房德的老婆，见丈夫回来，大事已就，礼物原封不动，喜得满脸都是笑靥。连忙整备酒席，摆在堂上，夫妻秉烛以待。陈颜也留在衙中伺候。到三更时分，忽听得庭前宿鸟惊鸣，落叶乱坠，一人跨入堂中。房德举目看时，恰便是那个义士，打扮得如天神一般，比前大似不同。且惊且喜，向前迎接。那义士全不谦让，气忿忿的大踏步走入去，居中坐下。房德夫妻叩拜称谢。方欲启问，只见那义士十分忿怒，飕地掣出匕首，指着骂道：“你这负心贼子！李畿尉乃救命大恩人，不思报效，反听妇人之言，背恩反噬。既已事露逃去，便该悔过，却又假捏虚词，哄咱行刺。若非他道出真情，连咱也陷于不义。剐你这负心贼一万刀，方出咱这点不平之气!”房德未及措辩,头已落地。惊得贝氏慌做一堆。平时且是会说会讲,到此心胆俱裂,嘴犹如胶漆粘牢,动弹不得。义士指着骂道:“你这泼贱狗妇!不劝丈夫行善,反教他伤害恩人。我且看你肺肝是怎样生的!”托地跳起身来,将贝氏一脚踢翻,左脚踏住头发,右膝捺住两腿。这婆娘连叫:“义士饶命!今后再不敢了!”那义士骂道:“泼贱淫妇!咱也倒肯饶你,只是你不肯饶人。”提起匕首,向胸膛上一刀,直剖到脐下。将匕首衔在口中,双手掐开,把五脏六腑,抠将出来,血沥沥提在手中,向灯下照看,道:“咱只道这狗妇肺肝与人不同,原来也只如此,怎生恁般狠毒!”遂撇过一边,也割下首级,两颗头结做一堆,盛在革囊之中。揩抹了手上血污,藏了匕首,提起革囊,步出庭中,逾垣而去。

说时义胆包天地,话起雄心动鬼神。

再说李勉主仆在旅店中,守至五更时分,忽见一道金光,从庭中飞入。众人一齐惊起,看时正是那义士。放下革囊,说道:“负心贼已被咱刳腹屠肠,今携其首在此。”放下革囊,取出两颗首级。李勉又惊又喜,倒身下拜,道:“足下高义,千古所无!请示姓名,当图后报。”义士笑道:“咱自来没有姓名,亦不要人酬报。前咱从床下而来,日后设有相逢,竟以‘床下义士’相呼便了。”道罢,向怀中取一包药儿,用小指甲挑了少许,弹于首级断处,举手一拱,早已腾上屋檐,挽之不及,须臾不知所往。李勉见弃下两个人头,心中慌张,正没摆布。可霎作怪,看那人头时,渐渐缩小,须臾化为一搭清水,李勉方才放心。坐至天明,路信取些钱钞,还了店家,收拾马匹上路。

又行了两日,方到常山,径入府中,拜谒颜太守。故人相见,喜笑颜开,遂留于衙署中安歇。颜太守也见没有行李,心中奇怪,问其缘故。李勉将前事一一诉出,不胜骇异。过了两日,柏乡县将县宰夫妻被杀缘由,申文到府。原来是夜陈颜、支成同几个奴仆,见义士行凶,一个个惊号鼠窜,四散躲避。直至天明,方敢出头。只见两个没头尸首,横在血泊里,五脏六腑,都抠在半边,首级不知去向;桌上器皿,一毫不失。一家叫苦连天,报知主簿、县尉,俱吃一惊,齐来验过。细询其情,陈颜只得把房德要害李勉,求人行刺始末说出。主簿、县尉,即点起若干做公的,各执兵器,押陈颜作眼,前去捕获刺客。那时哄动合县人民,都跟来看。到了冷巷中,打将入去,惟有几间空房,那见一个人影。主簿与县尉商议申文,已晓得李勉是颜太守的好友,从实申报,在他面上,怕有干碍。二则又见得县主薄德。乃将真情隐过,只说半夜被盗越入私衙,杀死县令夫妇,窃去首级,无从捕获。两下周全其事。一面买棺盛殓。颜太守依拟,申文上司。

那时河北一路,都是安禄山专制,知得杀了房德,岂不去了一个心腹,倒下回文,着令严加缉获。李勉闻了这个消息,恐怕缠到身上,遂作别颜太守,回归长安故里。恰好王鉷坐事下狱,凡被劾罢官,尽皆起任。李勉原起畿尉,不上半年,即升监察御史。

一日，在长安街上行过，只见一人身衣黄衫，跨下白马，两个胡奴跟随，望着节导中乱撞[22]。从人呵喝不住。李勉举目观看，却是昔日那床下义士。遂滚鞍下马，鞠躬道："义士别来无恙？"那义士笑道："亏大人还认得咱家。"李勉道："李某日夜在心，安有不识之理？请到敝衙少叙。"义士道："咱另日竭诚来拜，今日实不敢从命。倘大人不弃，同到敝寓一话，何如？"李勉欣然相从，并马而行。来到庆元坊，一个小角门内入去。过了几重门户，忽然显出一座大宅院，厅堂屋舍，高耸云汉。奴仆趋承，不下数百。李勉暗暗点头，道："真是个异人。"请入堂中，重新见礼，分宾主而坐。顷刻摆下筵席，丰富胜于王侯。唤出家乐在庭前奏乐，一个个都是明眸皓齿，绝色佳人。义士道："随常小饮，不足以供贵人，幸勿见怪。"李勉满口称谢。当下二人席间谈论些古今英雄之事，至晚而散。次日李勉备了些礼物，再来拜访时，止存一所空宅，不知搬向何处去了。嗟叹而回。

后来李勉官至中书门下平章事，封为汧国公。王太、路信，亦扶持做个小小官职。诗云：

从来恩怨要分明，将怨酬恩最不平。
安得剑仙床下士，人间遍取不平人！

注释

[1]李汧(qiān)公：指本篇的主人公李勉。　邸(dǐ)：旅舍。
[2]淹蹇(jiǎn)：穷困潦倒。
[3]惧内：妻子有"内"或"内子"之称，因谓怕妻为"惧内"。
[4]乐游原：地名。在今陕西长安县南。
[5]掌盘：此处是指强盗团伙中的首要人物。
[6]歃(shà)血为盟：举行盟誓时，将动物的血涂在口上，以示心诚。
[7]不良人：唐代称主管缉捕的番役为"不良人"。
[8]畿(jī)尉：京城附近畿县的尉。唐代曾将各县分为京、畿、紧、望、上县、中县、下县。
[9]刑名：负责司法、审理案件的官吏。
[10]鞫讯：审讯。
[11]扨(sǒng)：推。
[12]水火：上厕所。
[13]头踏：仪仗队。
[14]乔主张：胡作主张。
[15]打帐：打算。
[16]打抽丰：旧指借各种名义，利用各种关系向人索取财物赠予，又叫"打秋风"。
[17]大落：大方。
[18]登东厮：上厕所。
[19]绐(dài)：欺骗。

[20]生理：指买卖。

[21]哂(shěn)留：谦词，意为勉强收留。哂，微笑。

[22]节导：指官员的仪仗队、随从人员等。

新评

这是一个集忘恩负义、恩将仇报与侠义之士报打不平为一体的传奇故事。关于主人公李勉其人，史书中是这样记载的：李勉，唐代李择言之子，字玄卿。少好学，沉雅清整。肃宗擢为监察御史。代宗时为滑亳节度使。居镇八年，不威而治。诸帅暴桀者，皆尊惮之。德宗时以检校司空同平章事。在朝鲠亮廉介，为宗臣表。尝引李巡、张参为幕府，二人卒，至宴饮，仍设虚位沃馈之。善鼓琴。卒谥贞简。显然，历史上的唐人李勉与本篇传奇中的主人公李勉有不尽相同之处，因为前者是浓缩后的记载，而后者则是敷衍后的演义。传奇故事中肯定了李勉的正义之举，鞭挞了房德的负义之举，并对侠客的行为表达了强烈的赞赏。

第十七卷 苏小妹三难新郎

聪明男子做公卿，女子聪明不出身。

若许裙钗应科举，女儿那见逊公卿？

自混沌初辟，乾道成男，坤道成女，虽则造化无私，却也阴阳分位。阳动阴静，阳施阴受，阳外阴内。所以男子主四方之事，女子主一室之事。主四方之事的，顶冠束带，谓之丈夫；出将入相，无所不为；须要博古通今，达权知变。主一室之事的，三绺梳头，两截穿衣，一日之计，止无过饔飧井臼[1]；终身之计，止无过生男育女。所以大家闺女，虽曾读书识字，也只要他识些姓名，记些帐目。他又不应科举，不求名誉，诗文之事，全不相干。虽然如此，各人资性不同。有等愚蠢的女子，教他识两个字，如登天之难。有等聪明的女子，一般过目成诵，不教而能。吟诗与李、杜争强，作赋与班、马斗胜，这都是山川秀气，偶然不钟于男而钟于女。且如汉有曹大家，他是那班固之妹，代兄续成汉史。又有个蔡琰，制《胡笳十八拍》，流传后世。晋时有个谢道韫，与诸兄咏雪，有柳絮随风之句，诸兄都不及他。唐时有个上官婕妤，中宗皇帝叫他品第朝臣之诗，臧否一一不爽。至于大宋妇人，出色的更多。就中单表一个叫作李易安，一个叫作朱淑真。他两个都是闺阁文章之伯，女流翰苑之才。论起相女配夫，也该对个聪明才子。争奈月下老错注了婚籍，都嫁了无才无学之人，每每怨恨之情，形于笔札。有诗为证：

鸥鹭鸳鸯作一池，曾知羽翼不相宜。

东君不与花为主，何似休生连理枝！

那李易安有《伤秋》一篇，调寄《声声慢》：

寻寻觅觅，冷冷清清，凄凄惨惨戚戚。乍暖还寒时候，正难将息。三杯两盏淡酒，怎敌他、晚来风力！雁过也，总伤心，却是旧时相识。　满地黄花堆积，憔悴损，如今有谁忺摘[2]。守着窗儿，独自怎生得黑！梧桐更兼细雨，到黄昏，点点滴滴，这次第，怎一个愁字了得！

朱淑真时值秋间，丈夫出外，灯下独坐无聊，听得窗外雨声滴点，吟成一绝：

哭损双眸断尽肠，怕黄昏到又昏黄。

那堪细雨新秋夜，一点残灯伴夜长！

后来刻成诗集一卷，取名《断肠集》。

说话的，为何单表那两个嫁人不着的？只为如今说一个聪明女子，嫁着一个聪明的丈夫，一唱一和，遂变出若干的话文。正是：

说来文士添佳兴，道出闺中作美谈。

话说四川眉州，古时谓之蜀郡，又曰嘉州，又曰眉山。山有蟇颐、峨眉，水有岷江、环湖。山川之秀，钟于人物，生出个博学名儒来，姓苏名洵，字允明，别号老泉。当时称为"老苏"。老苏生下两个孩儿：大苏、小苏。大苏名轼，字子瞻，别号东坡；小苏名辙，字子由，别号颍滨。二人都有文经武纬之才，博古通今之学。同科及第，名重朝廷，俱拜翰林学士之职。天下称他兄弟，谓之"二苏"；称他父子，谓之"三苏"。这也不在话下。更有一桩奇处，那山川之秀，偏萃于一门。两个儿子未为希罕，又生个女儿，名曰小妹，其聪明绝世无双，真个闻一知二，问十答十。因他父兄都是个大才子，朝谈夕讲，无非子史经书；目见耳闻，不少诗词歌赋。自古道："近朱者赤，近墨者黑。"况且小妹资性过人十倍，何事不晓？十岁上，随父兄居于京师，寓中有绣球花一树，时当春月，其花盛开。老泉赏玩了一回，取纸笔题诗。才写得四句，报道：门前客到。老泉阁笔而起。小妹闲步到父亲书房之内，看见桌上有诗四句：

天巧玲珑玉一丘，迎眸烂熳总清幽。
白云疑向枝间出，明月应从此处留。

小妹览毕，知是咏绣球花所作，认得父亲笔迹，遂不待思索，续成后四句云：

瓣瓣折开蝴蝶翅，团团围就水晶球。
假饶借得香风送，何羡梅花在陇头。

小妹题诗依旧放在桌上，款步归房。老泉送客出门，复转书房。方欲续完前韵，只见八句已足，读之词意俱美。疑是女儿小妹之笔。呼而问之，写作果出其手。老泉叹道："可惜是个女子！若是个男儿，可不又是制科中一个有名人物！"自此愈加珍爱，恣其读书博学，不复以女工督之。看看长成一十六岁，立心要妙选天下才子，与之为配。急切难得。

忽一日，宰相王荆公着堂候官请老泉到府与之叙话。原来王荆公讳安石，字介甫。未得第时，大有贤名。平时常不洗面，不脱衣，身上虱子无数。老泉恶其不近人情，异日必为奸臣，曾作《辨奸论》以讥之，荆公怀恨在心。后来见他大苏小苏连登制科，遂舍怨而修好。老泉亦因荆公拜相，恐妨二子进取之路，也不免曲意相交。正是：

古人结交在意气，今人结交为势利。
从来势利不同心，何如意气交情深？

是日，老泉赴荆公之召，无非商量些今古，议论了一番时事，遂取酒对酌，不觉忘怀酩酊。荆公偶然夸奖："小儿王雱，读书只一遍，便能背诵。"老泉带酒答道："谁家儿子读两遍！"荆公道："倒是老夫失言，不该班门弄斧。"老泉道："不惟小儿只一遍，就是小女也只一遍。"荆公大惊，道："只知令郎大才，却不知有令爱。眉山秀气，尽属公家矣。"老泉自悔失言，连忙告退。荆公命童子取出一卷文字，递与老泉，道："此乃小儿王雱窗课，相烦点定。"老泉纳于袖中，唯唯而别。回家睡至半夜，酒醒，想起前事："不合自夸女孩儿之才。今介甫将儿子窗课属吾点定，必为求亲之事。这头亲事，非吾所愿，却又无计推辞。”沉吟到晓，梳洗已毕，便将王雱所作，次第看之，真乃篇篇锦绣，字字珠玑，又不觉动了个爱才之意。“但不知女儿缘分如何？我如今将这文卷与女儿观之，看他爱也不爱。”遂隐下姓名，分付丫鬟道：“这卷文字，乃是个少年名士所呈，求我点定。我不得闲暇，转送与小姐，教他到批阅完时，速来回话。”丫鬟将文字呈上小姐，传达太老爷分付之语。小妹滴露研朱，从头批点，须臾而毕。叹道：“好文字！此必聪明才子所做。但秀气泄尽，华而不实，恐非久长之器。”遂于卷面批云：

新奇藻丽，是其所长；含蓄雍容，是其所短。取巍科则有馀，享大年则不足。

后来王雱十九岁中了头名状元，未几夭亡。可见小妹知人之明。这是后话。

却说小妹写罢批语，叫丫鬟将文卷纳还父亲。老泉一见大惊：“这批语如何回复得介甫！必然取怪。”一时污损了卷面，无可奈何，却好堂候官到门：“奉相公钧旨，取昨日文卷。面见太爷，还有话禀。”老泉此时，手足无措，只得将卷面割去，重新换过，加上好批语，亲手交与堂候官收讫。堂候官道：“相公还分付得有一言动问：贵府小姐曾许人否？倘未许人，相府愿谐秦晋[3]。”老泉道：“相府议亲，老夫岂敢不从？只是小女貌丑，恐不足当金屋之选。相烦好言达上。但访问自知，并非老夫推托。”堂候官领命，回复荆公。荆公看见卷面换了，已有三分不悦。又恐怕苏小姐容貌真个不扬，不中儿子之意。密地差人打听。

原来苏东坡学士，常与小妹互相嘲戏。东坡是一嘴胡子，小妹嘲云：

口角几回无觅处，忽闻毛里有声传。

小妹额颅凸起，东坡答嘲云：

未出庭前三五步，额头先到画堂前。

小妹又嘲东坡下颏之长云：

去年一点相思泪，至今流不到腮边。

东坡因小妹双眼微抠，复答云：

几回拭眼深难到，留却汪汪两道泉。

访事的得了此言，回复荆公，说：“苏小姐才调委实高绝。若论容貌，也只平常。”荆公遂将姻事阁起不题。然虽如此，却因相府求亲一事，将小妹才名播满了京城。以后闻得相府亲事不谐，慕名来求者，不计其数。老泉都教呈上文字，把与女孩儿自阅。也有一笔涂倒的，也有点不上两三句的。就中只有一卷文字做得好。看他卷面写有姓名，叫做秦观。小妹批四句云：

今日聪明秀才，他年风流学士。
可惜二苏同时，不然横行一世。

这批语明说秦观的文才，在大苏、小苏之间，除却二苏，没人及得。老泉看了，已知女儿选中了此人。分付门上：“但是秦观秀才来时，快请相见。馀的都与我辞去。”

谁知众人呈卷的,都在讨信,只有秦观不到。却是为何?那秦观秀才字少游,他是扬州府高邮人。腹饱万言,眼空一世。生平敬服的,只有苏家兄弟,以下的都不在意。今日慕小妹之才,虽然衒玉求售,又怕损了自己的名誉,不肯随行逐队,寻消问息。老泉见秦观不到,反央人去秦家寓所致意。少游心中暗喜。又想道:"小妹才名,得于传闻,未曾面试。又闻得他容貌不扬,额颅凸出,眼睛凹进,不知是何等鬼脸?如何得见他一面,方才放心。"打听得二月初一日,要在岳庙烧香,趁此机会,改换衣装,觑个分晓。正是:

眼见方为的,传闻未必真。

若信传闻语,枉尽世间人。

从来大人家女眷入庙进香,不是早,定是夜。为甚么?早则人未来,夜则人已散。秦少游到二月初一日五更时分,就起来梳洗,打扮个游方道人模样:头裹青布唐巾,耳后露两个石碾的假玉环儿,身穿皂布道袍,腰系黄绦,足穿净袜草履,项上挂一串拇指大的数珠,手中托一个金漆钵盂,侵早就到东岳庙前伺候[4]。天色黎明,苏小姐轿子已到。少游走开一步,让他轿子入庙,歇于左廊之下。小妹出轿上殿,少游已看见了。虽不是妖娆美丽,却也清雅幽闲,全无俗韵。"但不知他才调真正如何?"约莫焚香已毕,少游却循廊而上,在殿左相遇。少游打个问讯云:

小姐有福有寿,愿发慈悲。

小妹应声答云:

道人何德何能,敢求布施!

少游又问讯云:

愿小姐身如药树,百病不生。

小妹一头走,一头答应:

随道人口吐莲花,半文无舍。

少游直跟到轿前,又问讯云:

小娘子一天欢喜,如何撒手宝山?

小妹随口又答云:

风道人恁地贪痴,那得随身金穴!

小妹一头说,一头上轿。少游转身时,口中喃出一句道:"'风道人'得对'小娘子',万千之幸!"小妹上了轿,全不在意。跟随的老院子却听得了[5],怪这道人放肆,方欲回身寻闹,只见廊下走出一个垂髫的俊童,对着那道人叫道:"相公这里来更衣。"那道人便前走,童儿后随。老院子将童儿肩上悄地捻了一把,低声问道:"前面是那个相公?"童儿道:"是高邮秦少游相公。"老院子便不言语。回来时,就与老婆说知了。这句话就传入内里。小妹才晓得那化缘的道人是秦少游假妆的,付之一笑。嘱咐丫鬟们休得多口。

话分两头。且说秦少游那日饱看了小妹容貌不丑,况且应答如流,其才自不必言。择了吉日,亲往求亲。老泉应允。少不得下财纳币。此是二月初旬的事。少游急欲完婚,小妹不肯。他看定秦观文字,必然中选。试期已近,欲要象简乌纱,洞房花烛。少游只得依他。到三月初三礼部大试之期,秦观一举成名,中了制科。到苏府来拜丈人,就禀复完婚一事。因寓中无人,欲就苏府花烛。老泉笑道:"今日挂榜,脱白挂绿[6],便是上吉之日,何必另选日子?只今晚便在小寓成亲,岂不美哉!"东坡学士从傍赞成。是夜与小妹双双拜堂,成就了百年姻眷。正是:

聪明女得聪明婿,大登科后小登科。

是夜月明如昼。少游在前厅筵宴已毕,方欲进房,只见房门紧闭,庭中摆着小小一张桌儿,桌上排列纸墨笔砚,三个封儿,三个盏儿,一个是玉盏,一个是银盏,一个是瓦盏。青衣小鬟守立旁边。少游道:"相烦传语小姐,新郎已到,何不开门?"丫鬟道:"奉小姐之命,有三个题目在此。三试俱中式,方准进房。这三个纸封儿便是题目在内。"少游指着三个盏道:"这又是甚的意思?"丫鬟道:"那玉盏是盛酒的,那银盏是盛茶的,那瓦盏是盛寡水的。三试俱中,玉盏内美酒三杯,请进香房。两试中了,一试不中,银盏内清茶解渴,直待来宵再试。一试中了,两试不中,瓦盏内呷口淡水,罚在外厢读书三个月。"少游微微冷笑道:"别个秀才来应举时,就要告命题容易了。下官曾应过制科,青钱万选[7],莫说三个题目,就是三百个,我何惧哉!"丫鬟道:"俺小姐不比平常盲试官,之乎者也应个故事而已。他的题目好难哩!第一题,是绝句一首,要新郎也做一首,合了出题之意,方为中式。第二题四句诗,藏着四个古人,猜得一个也不差,方为中式。到第三题,就容易了,止要做个七字对儿,对得好便得饮美酒进香房了。"少游道:"请第一题。"丫鬟取第一个纸封拆开,请新郎自看。少游看时,封着花笺一幅,写诗四句道:

铜铁投洪冶,蝼蚁上粉墙。
阴阳无二义,天地我中央。

少游想道:"这个题目,别人必定猜不着。则我曾假扮做云游道人,在岳庙化缘,去相那苏小姐。此四句乃含着'化缘道人'四字,明明嘲我。"遂于月下取笔,写诗一首于题后,云:

化工何意把春催?缘到名园花自开。
道是东风原有主,人人不敢上花台。

丫鬟见诗完,将第一幅花笺折做三叠,从窗隙中塞进,高叫道:"新郎交卷,第一场完。"小妹览诗,每句顶上一字,合之乃"化缘道人"四字,微微而笑。少游又开第二封看之,也是花笺一幅,题诗四句:

强爷胜祖有施为,凿壁偷光夜读书。
缝线路中常忆母,老翁终日倚门闾。

少游见了,略不凝思,一一注明。第一句是孙权,第二句是孔明,第三句是子思,第四句是太公望。丫鬟又从窗隙递进。少游口虽不语,心下想道:"两个题目,眼见难我不倒，第三题是个对儿，我五六岁时便会对句，不足为难。”再拆开第三幅花笺，内出对云：

闭门推出窗前月。

初看时觉道容易，仔细想来，这对出得尽巧。若对得平常了，不见本事。左思右想，不得其对。听得谯楼三鼓将阑，构思不就，愈加慌迫。却说东坡此时尚未曾睡，且来打听妹夫消息。望见少游在庭中团团而步，口里只管吟哦“闭门推出窗前月”七个字，右手做推窗之势。东坡想道：“此必小妹以此对难之。少游为其所困矣！我不解围，谁为撮合？”急切思之，亦未有好对。庭中有花缸一只，满满的贮着一缸清水，少游步了一回，偶然倚缸看水。东坡望见，触动灵机，欲待教他对了，诚恐小妹知觉，连累妹夫体面，不好看相。东坡远远站着咳嗽一声，就地下取小小砖片，投向缸中。那水为砖片所激，跃起几点，扑在少游面上。水中天光月影，纷纷淆乱。少游当下晓悟，遂援笔对云：

投石冲开水底天。

丫鬟交了第三遍试卷，只听呀的一声，房门大开，房内又走出一个侍儿，手捧银壶，将美酒斟于玉盏之内，献上新郎，口称：“才子请满饮三杯，权当花红赏劳。”少游此时意气扬扬，连进三杯，丫鬟拥入香房。这一夜，佳人才子，好不称意。正是：

欢娱嫌夜短，寂寞恨更长。

自此夫妻和美，不在话下。

后少游宦游浙中，东坡学士在京，小妹思想哥哥，到京省视。东坡有个禅友，叫做佛印禅师，尝劝东坡急流勇退。一日寄长歌一篇，东坡看时，却也写得怪异，每二字一连，共一百三十对字。你道写的是甚字？

野野 鸟鸟 啼啼 时时 有有 思思 春春 气气 桃桃 花花
发发 满满 枝枝 莺莺 雀雀 相相 呼呼 唤唤 岩岩 畔畔
花花 红红 似似 锦锦 屏屏 堪堪 看看 山山 秀秀 丽丽
山山 前前 烟烟 雾雾 起起 清清 浮浮 浪浪 促促 潺潺
湲湲 水水 景景 幽幽 深深 处处 好好 追追 游游 傍傍
水水 花花 似似 雪雪 梨梨 花花 光光 皎皎 洁洁 玲玲
珑珑 似似 坠坠 银银 花花 折折 最最 好好 柔柔 茸茸
溪溪 畔畔 草草 青青 双双 蝴蝴 蝶蝶 飞飞 来来 到到
落落 花花 林林 里里 鸟鸟 啼啼 叫叫 不不 休休 为为
忆忆 春春 光光 好好 杨杨 柳柳 枝枝 头头 春春 色色
秀秀 时时 常常 共共 饮饮 春春 浓浓 酒酒 似似 醉醉
闲闲 行行 春春 色色 里里 相相 逢逢 竞竞 忆忆 游游
山山 水水 心心 息息 悠悠 归归 去去 来来 休休 役役

东坡看了两三遍，一时念将不出，只是沉吟。小妹取过，一览了然，便道："哥哥，此歌有何难解！待妹子念与你听。"即时朗诵云：

野鸟啼，野鸟啼时时有思。有思春气桃花发，春气桃花发满枝。满枝莺雀相呼唤，莺雀相呼唤岩畔。岩畔花红似锦屏，花红似锦屏堪看。堪看山，山秀丽，秀丽山前烟雾起。山前烟雾起清浮，清浮浪促潺湲水。浪促潺湲水景幽，景幽深处好，深处好追游。追游傍水花，傍水花似雪，似雪梨花光皎洁。梨花光皎洁玲珑，玲珑似坠银花折。似坠银花折最好，最好柔茸溪畔草。柔茸溪畔草青青，双双蝴蝶飞来到。蝴蝶飞来到落花，落花林里鸟啼叫。林里鸟啼叫不休，不休为忆春光好。为忆春光好杨柳，杨柳枝头春色秀。枝头春色秀时常共饮，时常共饮春浓酒。春浓酒似醉，似醉闲行春色里。闲行春色里相逢，相逢竞忆游山水。竞忆游山水心息，心息悠悠归去来，归去来休休役役。

东坡听念，大惊道："吾妹敏悟，吾所不及！若为男子，官位必远胜于我矣。"遂将佛印原写长歌，并小妹所定句读，都写出来，做一封儿寄与少游。因述自己再读不解，小妹一览而知之故。少游初看佛印所书，亦不能解。后读小妹之句，如梦初觉，深加愧叹。答以短歌云：

未及梵僧歌，词重而意复。字字如联珠，行行如宝玉。想汝惟一览，顾我劳三复。裁诗思远寄，因以真类触。汝其审思之，可表予心曲。

短歌后制成叠字诗一首，却又写得古怪：

转漏闻时离别
忆　　　　　静
期归阻久伊思

少游书信到时，正值东坡与小妹在湖上看采莲。东坡先拆书看了，递与小妹，问道："汝能解否？"小妹道："此诗乃仿佛印禅师之体也。"即念云：

静思伊久阻归期，久阻归期忆别离。

忆别离时闻漏转，时闻漏转静思伊。

东坡叹道："吾妹真绝世聪明人也！今日采莲胜会，可即事各和一首，寄与少游，使知你我今日之游。"东坡诗成，小妹亦就。小妹诗云：

玉漱声歌新阕
一　　　　　采
津杨绿在人莲

东坡诗云：

暮已时醒微力
酒　　　　　赏
飞如马去归花

照少游诗念出，小妹叠字诗道是：

采莲人在绿杨津,在绿杨津一阕新。

一阕新歌声嗽玉,歌声嗽玉采莲人。

东坡叠字诗道是:

赏花归去马如飞,去马如飞酒力微。

酒力微醒时已暮,醒时已暮赏花归。

二诗寄去,少游读罢,叹赏不已。

其夫妇酬和之诗甚多,不能详述。后来少游以才名被征为翰林学士,与二苏同官。一时郎舅三人,并居史职,古所希有。于是宣仁太后亦闻苏小妹之才,每每遣内官赐以绢帛或饮馔之类,索他题咏。每得一篇,宫中传诵,声播京都。其后小妹先少游而卒,少游思念不置,终身不复娶云。有诗为证:

文章自古说三苏,小妹聪明胜丈夫。

三难新郎真异事,一门秀气世间无。

注释

[1]饔飧(yōngsūn)井臼:饔是早餐,飧是晚餐,井指从井中汲水,臼指舂米。旧时这些工作由妇女完成。

[2]忺(xiān):高兴,惬意。"忺摘",通行版本作"堪摘"。

[3]愿谐秦晋:即愿意结为夫妇。春秋时代秦国和晋国多次结亲,故后世用"秦晋之好"、"秦晋"代指婚姻关系。

[4]侵早:一大早。

[5]老院子:老仆人。

[6]脱白挂绿:脱下白色的衣服,换上绿色的官服。宋代进士和秀才穿白细布襕衫,七品以上官员穿绿色的官服。

[7]青钱万选:唐代的张鹭文章写得好,人们赞誉他的文章犹如青铜钱一样,万选万中,每一篇都极好。

新评

这篇小说以宋代婉约词派的大家秦观为主人翁。秦观(1049—1100),字少游,号淮海居士,扬州高邮(今江苏)人。宋神宗元丰八年(1085)中进士,在蔡州做过五年的地方官。从哲宗元祐五年(1090)起,在京都做了四年朝官,先是除太学博士,后兼国史院编修。这期间他参加了元祐党人的政治活动,与苏轼、苏辙等旧派人物交往,与黄庭坚、张耒、晁补之同游苏轼门下,人称"苏门四学士"。正因为他与苏门的特殊关系,所以有了这篇小说创作的基础。其实,小说中的情节完全是作者的杜撰,没有事实依据。秦观于19岁时,娶潭州宁乡县主簿徐成甫长女徐文美为妻。30岁时才与苏轼初次见面,正式成为门下士。34岁时应礼部试,落第;37岁方才登进士第。小说对历史人物进行艺术构想,将苏小妹与秦观写成夫妻,通过一系列诗文,展现二人的才华,彼此映衬,相互辉映,塑造了"郎才女亦才"的典范。

第十八卷　刘元普双生贵子

全婚昔日称裴相，助殡千秋慕范君。
慷慨奇人难屡见，休将仗义望朝绅。

这一首诗，单道世间人周急者少，继富者多。为此，常言说道："只有锦上添花，那得雪中送炭？"只这两句话，道尽世人情态。比如一边有财有势，那趋财慕势的多只向一边去。这便是俗语叫做"一帆风"，又叫做"鹁鸽子——旺边飞"。若是财利交关，自不必说。至于婚姻大事，儿女亲情，有贪得富的，便是王公贵戚，自甘与团头作对；有嫌着贫的，便是世家巨族，不得与甲长联亲。自道有了一分势要，两贯浮财，便不把人看在眼里。若说那身在青云之上，拔人淤泥之中，重捐己资，曲全婚配，恁般样人，实是从前寡见，近世罕闻。冥冥之中，天公自然照察。元来那"夫妻"二字，极是郑重，极宜斟酌，报应极是昭彰，世人决不可视同儿戏，胡作乱为。或者因一句话上，成就了一家儿夫妇；或者因一纸字中，拆散了一世的姻缘。就是陷于不知，因果到底不爽。

且说南直长洲有一村农，姓孙，年五十岁，娶下一个后生继妻。前妻留下一个儿子，一房媳妇，且是孝顺，但是爹娘的说话，不论好歹真假，多应在骨里的信从。那老儿和儿子，每日只是锄田钯地，出去养家过活；婆媳两个，在家绩麻拈苎，自做生理。却有一件奇怪：元来那婆子虽数上了五十多个年头，十分的不长进；又道是"妇人家入土方休"；见那老子是个养家经纪之人，不恁地理会这些勾当，所以闲常也与人做了些不伶俐的身分[1]；几番几次，漏在媳妇眼里。那媳妇自是个老实勤谨的女娘，只以孝情为上，小心奉事翁姑，那里有甚心去捉他破绽？谁知道"无心人对着有心人"。那婆子自做了这些话把，被媳妇每每冲着，虚心病了，自没意思，却恐怕有甚风声，吹在老子和儿子耳朵里，颠倒在老子面前搬斗。又道是"枕边告状，一说便准"。那老子信了婆子的言语，带水带浆的羞辱毁骂了儿子几次。那儿子是个孝心的人，听了这些话头，没个来历，直摆布得夫妻两口终日合嘴合舌，甚不相安。

看官听说：世上只有一夫一妻，一竹竿到底的，始终有些正气；独有最狠毒，最狡猾，最短见的，是那"晚老婆"。大概不是一婚两婚人，便是那低门小户捡剩货，与那不学好为夫所弃的。这几项人，极是老唧溜[2]，也会得使人喜，也会得使人怒，弄得人死心塌地，不敢不从。

元来世上妇人，除了那十分贞烈的，说着那话儿[3]，无不着紧。男子汉到中年筋力渐衰，那娶晚老婆的，大半是中年人做的事，往往男大妻小，假如一个老苍男子，娶了水也似的一个娇嫩妇人，纵是千箱万斛，尽你受用，却是那话儿有些支吾不过，自觉得过意不去。随你有万分不是处，也只得依顺。所以那家庭间，每每被这等人吵得十清九浊。

这闲话且放过。如今再接前因。话说吴江有个秀才萧王宾，胸藏锦绣，笔走龙蛇，因家贫，在近处人家处馆，早出晚归。主家间壁是一座酒肆，店主唤做熊敬溪，店前一个小小堂子，供着五显灵官。那王宾因在主家出入，与熊店主厮熟。忽一夜，熊店主得其一梦，梦见那五位尊神对他说道："萧状元终日在此来往，吾等见了，坐立不安。可为吾等筑一堵短壁儿，在堂子前遮蔽遮蔽。"店主醒来，想道："这梦甚是跷蹊！说甚么萧状元。难道便是在间壁处馆的那个萧秀才？我想恁般一个寒酸措大[4]，如何便得做状元？"心下疑惑。却又道："除了那个姓萧的，却又不曾与第二个姓萧的熟识。'凡人不可貌相，海水不可斗量'。况是神道的言语，宁可信其有，不可信其无。"次日起来，当真在堂子前面堆起一堵短墙，遮了神圣，却自放在心里不题。

隔了几日，萧秀才往长洲探亲，经过一个村落人家，只见一伙人聚做一块，在那里喧嚷。萧秀才挨在人丛里看一看，只见众人指着道："这不是一位官人，来得凑巧。是必央及这位官人则个，省得我们村里去寻门馆先生。"连忙请萧秀才坐着，取过纸笔道："有烦官人写一写，自当相谢。"萧秀才道："写个甚么？且说个缘故。"只见一个老者与一个小后生走过来，道："官人听说：我们是这村里人，姓孙。爷儿两个，一个阿婆，一房媳妇。叵耐媳妇十分不学好[5]，倒终日与阿婆斗气。我两个又是养家经纪人，一年到头，没几时住在家里。这样妇人，若留着他，到底是个'是非堆'。为此，今日将他发还娘家，任从别嫁。他每众位多是地方中见。为是要写一纸休书，这村里人没一个通得文墨。见官人经过，想必是个有才学的，因此相烦官人，替写一写。"萧秀才道："原来如此。有何难处。"便逞着一时见识，举笔一挥，写了一纸休书，交与他两个。他两个便将五钱银子，送秀才作润笔之资。秀才笑道："这几行字值得甚么，我却受你银子！"再三不接，拂着袖子，撇开众人，径自去了。

这里自将休书付与妇人。那妇人可怜勤勤谨谨做了三四年媳妇，没缘故的休了他，咽着这一口怨气，扯住了丈夫，哭了又哭，号天拍地的，不肯放手。口里说道："我委实不曾有甚歹心负了你，你听着一面之词，离异了我。我生前无分辩处，做鬼也要明白此事！今生不能和你相见了，便死也不忘记你！"这几句话，说得旁人俱各掩泪。他丈夫也觉得伤心，忍不住哭起来。却只有那婆子看着，恐怕儿子有甚变卦，流水和老儿两个拆开了手，推出门外。那妇人只得含泪去了，不题。

再说那熊店主重梦见五显灵官对他说道："快与我等拆了面前短壁，拦着十分郁闷。"店主梦中道："神圣前日分付小人起造，如何又要拆毁？"灵官道："前日为萧秀才时常此间来往，他后日得中状元，我等见了他坐立不便，所以教你筑墙遮蔽。今他于某月某日，替某人写了一纸休书，拆散了一家夫妇，上天鉴知，减其爵禄，今职在吾等之下，相见无碍，以此可拆。”那店主正要再问时，一跳惊醒。想道：“好生奇异！难道有这等事！明日待我问萧秀才果有写休书一事否，便知端的。”明日当真先去拆了壁。却好那萧秀才踱将来，店主邀住道：“官人，有句说话，请店里坐地。”入到里面坐定吃茶。店主动问道：“官人曾于某月某日，与别人代写休书么？”秀才想了一会道：“是曾写来。你怎么晓得？”店主遂将前后梦中灵官的说话，一一告诉了一遍。秀才听罢，目睁口呆，懊悔不迭。后来果然举了孝廉，只做到一个知州地位。那萧秀才因一时无心失误上，白送了一个状元。世人做事，决不可不检点。曾有诗道得好：

人生常好事，作者不自知。
起念埋根际，须思决局时。
动止虽微渺，干连已弥滋。
昏昏罹天网，方知悔是迟。

试看那拆人夫妇的受祸不浅，便晓得那完人夫妇的获福非轻。如今单说前代一个公卿，把几个他州外族之人，认做至亲骨肉，撮合了才子佳人，保全了孤儿寡妇，又安葬了朽骨枯骸。如此阴德，又不止是完人夫妇了。所以后来受天之报，非同小可。这话文出在宋真宗时。西京洛阳县有一官人，姓刘，名弘敬，字元普，曾任过青州刺史，六十岁上告老还乡，继娶夫人王氏，年尚未满四十。广有家财，并无子女。一应田园典铺，俱托内侄王文用管理。自己只是在家中广行善事，仗义疏财，挥金如土，从前至后，已不知济过多少人了，四方无人不闻其名。只是并无子息，日夜忧心。

时遇清明节届，刘元普分付王文用整备了牲牷酒醴，往坟茔祭扫。与夫人各乘小轿，仆从在后相随。不逾时，到了坟上，烧奠已毕，元普拜伏坟前，口中说着几句道：

堪怜弘敬年垂迈，不孝有三无后大。七十人生自古稀，残生不久留尘界。今朝夫妇拜坟茔，他年谁向坟茔拜？膝下萧条未足悲，从前血食何容艾？天高听远实难凭，一脉宗亲须悯爱。诉罢中心泪欲枯，先灵英爽知何在！

当下刘元普说到此处，放声大哭，旁人俱各悲凄。那王夫人极是贤德的，拭着泪上前劝道：“相公且免愁烦。虽是年纪将暮，筋力未衰。妾身纵不能生育，当别娶少年为妾，子嗣尚有可望，徒悲无益。”刘元普见说，只得勉强收泪，分付家人送夫人乘轿先回。自己留一个家僮相随，闲行散闷，徐步回来。将及到家之际，遇见一个全真先生，手执招牌，上写着“风鉴通神”。元普见是相士，正要卜问子嗣，遂延他到家中来坐。吃茶已毕，元普端坐，求先生细相。先生仔细相了一回，略无忌讳，说道：“观使君气色，非但无嗣，寿亦在旦夕矣。”元普道：“学生年近古稀，死亦非夭。子嗣之事，至此暮年，亦是水中捞月了。但学生自想，生平虽无大德，济弱扶危，矢心已久，不知如何罪业，遂至殄绝祖宗之祀[6]？”先生微笑道：“使君差矣。自古道：‘富者怨之丛。’使君广有家私，岂能一一综理？彼任事者，只顾肥家，不存公道，大斗小秤，侵剥多端，以致小民愁怨。使君纵然行善，只好功过相酬耳，恐不能获福也。使君但当悉杜其弊，益广仁慈，多福、多寿、多男，特易易耳。”元普闻言，默然听受。先生起身作别，不受谢金，飘然去了。元普知是异人，深信其言。随取田园典铺帐目，一一稽查；又潜往街市乡间，各处探听，尽知其实；遂将众管事人，一一申饬，并妻侄王文用，也受了一番呵叱。自此益修善事，不题。

却说汴京有个举子李逊，字克让，年三十六岁。娘子张氏，生子李彦青，小字春郎，年方十七。本是西粤人氏，只为与京师窎远，十分孤贫，不便赴试；数年前挈妻携子，流寓京师。却喜中了新科进士，除授钱塘县尹，择个吉日，一同到了任所。李克让看见湖山佳胜，宛然神仙境界，不觉心中爽然。谁想贫儒命薄，到任未及一月，犯了个不起之症。正是：

浓霜偏打无根草，祸来只奔福轻人。

那张氏与春郎，请医调治，百般无效，看看待死。一日，李克让唤妻子到床前，说道：“我苦志一生，得登黄甲，死亦无恨。但只是无家可奔，无族可依，撇下寡妇孤儿，如何是了？可痛！可怜！”说罢，泪如雨下。张氏与春郎在旁劝住。克让想道：“久闻洛阳刘元普，仗义疏财，名传天下，不论识认不识认，但是以情相求，无有不应。除是此人，可以托妻寄子。”便叫：“娘子，扶我起来坐了。”又叫儿子春郎，取过文房四宝。正待举笔，忽又停止，心中好生踌躇，道：“我与他从来无交，难叙寒温，这书如何写得？”想了一回，心生一计，分付妻儿取汤取水，把两人都遣开了。及至取得汤水来时，已自把书重重封固，上面写十五字，乃是：“辱弟李逊，书呈洛阳恩兄刘元普亲拆。”把来递与妻儿收好，说道：“我有个八拜为交的故人，乃青州刺史刘元普，本贯洛阳人氏。此人义气干霄，必能济汝母子。将我书前去投他，料无阻拒。可多多拜上刘伯父，说我生前不及相见了。”随分付张氏道：“二十载恩情，今长别矣！倘蒙刘伯父收留，全赖小心相处，必须教子成名，补我未逮之志。你已有遗腹两月，倘得生子，使其仍读父书；若生女时，将来许配良人。我虽死而瞑目！”又分付春郎道：“汝事刘伯父如父，事刘伯母如母。又当孝敬母亲，励精学业，以图荣显，我死犹生。如违我言，九原之下[7]，亦不安也！”两人垂泪受教。又嘱咐道：“我死之后，权寄棺木浮邱寺中，俟投过刘伯父，徐图殡葬。但得安土埋藏，不须重到西粤。”说罢，心中哽咽，大叫道：“老天！老天！我李逊如此清贫，难道要做满一个县令，也不能够！”当时蓦然倒在床上，已自叫唤不醒了。正是：

君恩新荷喜相随，谁料天年已莫追！

休为李君伤夭逝，四龄已可傲颜回。

张氏、春郎各各哭得死而复苏。张氏道："撇得我孤孀二人好苦！倘刘君不肯相容，如何处置？"春郎道："如今无计可施，只得依从遗命。我爹爹最是识人，或者果是好人，也不见得。"张氏即将囊橐检点，那曾还剩分文？元来李克让本是极孤极贫的，做人甚是清正，到任又不上一月，虽有些少，已为医药费尽了。还亏得同僚相助，将来买具棺材盛殓，停在衙中。母子二人朝夕哭奠，过了七七之期，依着遗言，寄柩浮邱寺内。收拾些少行李盘缠，带了遗书，饥餐渴饮，夜宿晓行，取路投洛阳县来。

却说刘元普一日正在书斋闲玩古典，只见门上人报道："外有母子二人，口称西粤人氏，是老爷至交亲戚，有书拜谒。"元普心下生疑，想道："我那里有这样远亲？"便且教请进。母子二人走到跟前，施礼已毕。元普道："老夫与贤母子在何处识面，实有遗忘，伏乞详示。"李春郎答道："家母、小侄，其实不曾得会。先君却是伯父至交。"元普便请姓名。春郎道："先君李逊，字克让。母亲张氏。小侄名彦青，字春郎。本贯西粤人氏。先君因赴试流落京师，以后得第，除授钱塘县尹，一月身亡，临终时怜我母子无依，说有洛阳刘伯父，是幼年八拜至交，特命亡后赍手书自任所前来拜恳。故此母子造宅，多有惊动。"元普闻言，茫然不知就里。春郎便将书呈上。元普看了封签上十五字，好生诧异；及至拆封看时，却是一张白纸，吃了一惊，默然不语，左思右想了一回，猛可里心中省悟道："必是这个缘故无疑。我如今不要说破，只使他母子得所便了。"张氏母子见他沉吟，只道不肯容纳，岂知他却是天大一场美意。元普收过书，便对二人说道："李兄果是我八拜至交，指望再得相会，谁知已作古人。可怜！可怜！今你母子就是我自家骨肉，在此居住便了。"即请出王夫人来，说知来历，认为妯娌。春郎以子侄之礼自居。当时摆设筵席款待二人。酒间说起李君灵柩在任所寺中。元普一力应承殡葬之事。王夫人又与张氏细谈，知他已有遗腹两月了。酒散后，送他母子到南楼安歇。家伙器皿，无一不备，又拨几个僮仆服侍。每日三餐，十分丰美。张氏母子得他收留，已自过望，谁知如此殷勤，心中感激不尽。

过了几时，元普见张氏德性温存，春郎才华英敏，更兼谦谨老成，愈加敬重，又一面打发人，往钱塘扶柩。忽一日，正与王夫人闲坐，不觉掉下泪来。夫人忙问其故。元普道："我观李氏子，仪容志气，后来必然大成。我若得这般一个儿子，真可死而无恨。今年华已去，子息杳然，为此不觉伤感。"夫人道："我屡次劝相公娶妾，只是不允。如今定为相公觅一侧室，管取宜男。"元普道："夫人休说这话。我虽垂暮，你却尚是中年，若是天不绝我刘门，难道你不能生育？若是命中该绝，纵使姬妾盈前，也是无干。"说罢，自出去了。夫人这番却立意要与丈夫娶妾，晓得与他商量，定然推阻，便私下叫家人唤将做媒的薛婆来，说知就里。又嘱付道："直待事成之后，方可与老爷得知。必用心访个德容兼备的，或者老爷才肯相受。"薛婆一一应诺而去。过不多日，薛婆寻了几头来说，领与夫人观看，没一个中意。薛婆道："此间女子，只好恁样，除非汴梁帝京，五方会聚去处，才有出色女子。"恰好王文用有别事要进京，夫人把百金密托与他，央薛婆同去寻觅。薛婆也有一头媒事要进京，两得其便。不在话下。

且说汴京开封府祥符县有一进士，姓裴，名习，字安卿，年登五十。夫人郑氏早亡，单生一女，名唤兰孙，年方二八，仪容绝世。裴安卿作了郎官几年，升任襄阳刺史。有人对他说道："官人向来清苦，今得此美任，此后只愁富贵不愁贫了。"安卿笑道："富自何来？每见贪酷小人，惟利是图，不过使这几家治下百姓卖儿贴妇，充其囊橐。此真狼心狗行之徒。天子教我为民父母，岂是教我残害子民？我今此去，惟吃襄阳一杯淡水而已。贫者人之常，叨朝廷之禄，不至冻馁足矣，何求富为？"裴安卿立心要作个好官，选了吉日，带着女儿起程赴任。不则一日，到了襄阳。莅任半年，治得那一府物阜民安，词清讼简。民间造成几句谣词，说道：

襄阳府前一条街，一朝到了裴天台，

六房吏书去打盹，门子皂隶去砍柴。

光阴荏苒，又早六月炎天。一日，裴安卿与兰孙吃过午饭，暴暑难当，安卿命汲井水解热。霎时，井水将到。安卿吃了两瓯，随后叫女儿吃。兰孙饮了数口，说道："爹爹，恁样淡水，亏爹爹怎生吃下许多。"安卿道："休说这般折福的话。你我有得这水吃时，也便是仙家了，岂可嫌淡？"兰孙道："爹爹，如何便见得折福？这样时候，多少王孙公子，雪藕调冰，浮瓜沉李，也不为过。爹爹身为郡侯，饮此一杯淡水，还道受用，也太迂阔了。"安卿道："我儿未谙事务，听我道来。假如那王孙公子，倚傍着祖宗的势耀，顶戴着先人积攒下的浮财，不知稼穑，又无甚事业，只图快乐，落得受用；却不知乐极悲生，也终有'马死黄金尽'的时节。纵不然，也是他生来有这些福气。你爹爹贫寒出身，又叨朝廷民社之责，须不能够比他。还有那一等人，假如当此天道，为将边庭，身披重铠，手执戈矛，日夜不能安息，又且死生朝不保暮；更有那荷锸农夫，经商工役，辛勤陇陌，奔走泥涂，雨汗通流，还禁不住那当空日晒。你爹爹比他，不已是神仙了？又有那下一等人，一时过误，问成罪案，困在囹圄，受尽鞭棰，还要杻手镣足，这般时节，拘于那不见天日之处，休说冷水，便是泥汁也不能够，求生不得生，求死不得死。父母皮肉，痛痒一般，难道偏他们受得苦起？你爹爹比他，岂不是神仙？今司狱司中见有一二百名罪人，吾意欲散禁他每在狱，日给冷水一次，待交秋再作理会。"兰孙道："爹爹未可造次。狱中罪人，皆不良之辈，若轻松了他，倘有不测，受累不浅。"安卿道："我以好心待人，人岂负我？我但分付牢子，紧守监门便了。"也是合当有事。只因这一节，有分教：

应死囚徒俱脱网，施仁郡守反遭殃。

次日，安卿升堂，分付狱吏，将囚人散禁在牢，日给凉水与他，须要小心看守。狱卒应诺了，当日便去牢里松放众囚，各给凉水。牢子们紧紧看守，不致疏虞。过了十来日，牢子们就懈怠了。

忽又是七月初一日，狱中旧例，每逢月朔，便献一番利市。那日烧过了纸，众牢子们都去吃酒散福，从下午吃起，直吃到黄昏时候，一个个酩酊烂醉。那一干囚犯，初时见狱中宽纵，已自起心越牢。内中有几个有见识的，密地教对付些利器，暗藏在身边。当日见众人已醉，就便乘机发作。约莫到二更时分，狱中一片声喊起，一二百罪囚，一齐动手，先将那当牢的禁子杀了，打出牢门，将那狱吏牢子，一个个砍翻，撞见的多是一刀一个。有的躲在黑暗里听时，只听得喊道："太爷平时仁德，我每不要杀他！"直反到各衙，杀了几个佐贰官。那时正是清平时节，城门还未曾闭。众人呐声喊，一哄逃走出城。正是：

鳌鱼脱却金钩去，摆尾摇头再不来。

那时裴安卿听得喧嚷，在睡梦中惊觉，连忙起来，早已有人报知。裴安卿听说，却正似顶门上失了三魂，脚底下荡了七魄，连声只叫得苦道："悔不听兰孙之言，以至于此！谁知道将仁待人，被人不仁！"一面点起民壮，分头追捕，多应是海底捞针，那寻一个？

次日，这桩事早报与上司知道，少不得动了一本。不上半月，已到汴京。奏章早达天听。天子与群臣议处。若是裴安卿是个贪赃刻剥，阿谀谄佞的，朝中也还有人喜他。只为平素心性刚直，不肯趋奉权贵；况且一清如水，俸资之外，毫不苟取，那有钱财賫缘势要[8]？所以无一人与他辨冤。多道："纵囚越狱，典守者不得辞其责。又且杀了佐贰，独留刺吏，事属可疑，合当拿问。"天子准奏，即便批下本来，着法司差官，扭解到京。那时裴安卿便是重出世的召父，再生来的杜母[9]，也只得低头受缚。却也道自己素有政声，还有辩白之处。叫兰孙收拾了行李，父女两个，同了押解人起程。

不则一日，来到东京。那裴安卿旧日住居，已奉圣旨抄没了。僮仆数人，分头逃散，无地可以安身。还亏得郑夫人在时，与清真观女道往来，只得借他一间房子，与兰孙住下了。次日，青衣小帽，同押解人到朝候旨。奉圣旨，下大理狱鞫审，即刻便自进牢。兰孙只得将了些钱钞，买上告下，去狱中传言寄语，担茶送饭。

元来裴安卿年衰力迈，受了惊惶，又受了苦楚，日夜忧虞，饮食不进。兰孙没处送饭，枉自费了银子。一日，见兰孙正到狱门首来，便唤住女儿，说道："我气塞难当，今日大分必死。只为为人慈善，以致召祸，累了我儿。虽然罪不及孥，只是我死之后，无路可投，作婢为奴，定然不免！"那安卿说到此处，好似万箭攒心，长号数声而绝。还喜未曾会审，不受那三木囊头之苦。兰孙跌脚捶胸，哭得个发昏章第十一[10]。欲要领取父亲尸首，又道是朝廷罪人，不得擅便。当时兰孙不顾死生利害，闯进大理寺衙门，哭诉越狱根由，哀感旁人。幸得那大理寺卿还是个有公道的

人,见了这般情状,恻然不忍,随即进一道表章。上写着:

大理寺卿臣某,勘得襄阳刺史裴习,抚字心劳,堤防政拙。虽法禁多疏,自干天谴;而反情无据,可表臣心。今已毙囹圄,宜从宽贷。伏乞速降天恩,赦其遗尸归葬,以彰朝廷优待臣下之心。臣某惶恐上言。

那真宗也是个仁君,见裴习已死,便自不欲苛求,即批准了表章。兰孙得了这个消息,还算是黄连树下弹琴,苦中取乐,将身边所剩馀银,买口棺木,雇人抬出尸首,盛殓好了,停在清真观中,做些羹饭,浇奠一番,又哭得一佛出世。那裴安卿所带盘费,原无几何,到此已用得干干净净了。虽是已有棺木,殡葬之资,毫无所出。兰孙左思右想,道:"只有个舅舅郑公,现在任西川节度使,带了家眷在彼。却是路途险远,万万不能搭救。"真正无计可施。事到头来不自由,只得手中拿个草标,将一张纸写着"卖身葬父"四字,到灵柩前拜了四拜,祷告道:"爹爹阴灵不远,保奴前去,得遇好人!"拜罢起身,噙着一把眼泪,抱着一腔冤恨,忍着一身羞耻,沿街喊叫。可怜那兰孙是个娇滴滴的闺中处子,见了一个蓦生人,也要面红耳热的;不想今日出头露面,思念父亲临死言词,不觉寸肠俱裂!正是:

天有不测风云,人有旦夕祸福。生来运蹇时乖,只得含羞忍辱。父兮桎梏亡身,女儿街衢痛哭。纵教血染鹃红,彼苍不念茕独!

真个是天无绝人之路。正在街上卖身,只见一个老妈妈走近前来,欠身施礼,问道:"小娘子为着甚事卖身?又恁般愁容可掬?"仔细认认,吃了一惊,道:"这不是裴小姐!如何到此地位?"原来那妈妈就是洛阳的薛婆。郑夫人在时,薛婆有事到京,常在裴家往来的:故此认得。兰孙抬头见是薛婆,就同他走到一个僻静所在,含泪把上项事说了一遍。那婆子家最易眼泪出的,听到伤心之处,不觉也哭起来,道:"原来尊府老爷遭此大难!你是个宦家之女,如何做得以下之人?若要卖身,虽然如此娇姿,不到得便为奴作婢,也免不得是个偏房了。"兰孙道:"今日为了父亲,就是杀身,也说不得,何惜其他!"薛婆道:"既如此,小姐请免愁烦。洛阳县刘刺史老爷,年老无儿。夫人王氏,要与他娶个偏房。前日曾嘱付我,在本处寻了多时,并无一个中意的。如今因为洛阳一个大姓,央我到京中相府求一头亲事,夫人乘便嘱付亲侄王文用,带了身价,同我前来遍访。也是有缘,遇着小姐。王夫人原说要个德容两全的。今小姐之貌,绝世无双;卖身葬父,又是大孝之事。这事十有九分了。那刘刺史仗义疏财,王夫人大贤大德。小姐到彼,虽则权时落后,尽可快活终身。未知尊意若何?"兰孙道:"但凭妈妈主张。只是卖身为妾,玷辱门庭,千万莫说出真情,只认做民家之女罢了。"薛婆点头道是。随引了兰孙小姐,一同到王文用寓所来。薛婆就对他说知备细。王文用远远地瞟去,看那小姐,已觉得倾国倾城,便道:"有如此绝色佳人,何怕不中姑夫之意!"正是:

踏破铁鞋无觅处,得来全不费工夫。

当下一边是落难之际，一边是富厚之家，并不消争短论长，已自一说一中，整整兑足了一百两雪花银子，递与兰孙小姐收了，就要接他起程。兰孙道："我本为葬父，故此卖身。须是完葬事过，才好去得。"薛婆道："小娘子，你孑然一身，如何完得葬事？何不到洛阳成亲之后，那时浼刘老爷差人埋葬[11]，何等容易？"兰孙只得依从。

那王文用是个老成才干的人，见是要与姑夫为妾的，不敢怠慢，叫薛婆与他作伴同行，自己常在前后。东京到洛阳只有四百里之程，不上数日，早已到了刘家。王文用自往解库中去了。薛婆便悄悄地领他进去，叩见了王夫人。夫人抬头看兰孙时，果然是：

脂粉不施，有天然姿格；梳妆略试，无半点尘氛。举止处，态度从容；语言时，声音凄婉。双蛾颦蹙，浑如西子入吴时；两颊含愁，正似王嫱辞汉日。可怜妩媚深闺女，权作追随宦室人！

当时王夫人满心欢喜，问了姓名，便收拾一间房子，安顿兰孙，拨一个养娘服事。次日便请刘元普来，从容说道："老身今有一言，相公幸勿嗔怪。"刘元普道："夫人有话即说，何必讳言？"夫人道："相公，你岂不闻'人生七十古来稀'？今你寿近七十，前路几何？并无子息。常言道：'无病一身轻，有子万事足。'久欲与相公纳一侧室，一来为相公持正，不好妄言；二来未得其人，姑且隐忍。今娶得汴京裴氏之女，正在妙龄，抑且才色两绝。愿相公立他做个偏房，或者生得一男半女，也是刘门后代。"刘元普道："老夫只恐命里无嗣，不欲耽误人家幼女。谁知夫人如此用心？而今且唤他出来见我。"当下兰孙小姐移步出房，倒身下拜。刘元普看见，心中想道："我观此女，仪容动止，决不是个以下之人。"便开口问道："你姓甚名谁？是何等样人家之女？为甚事卖身？"兰孙道："贱妾乃汴京小民之女，姓裴，小名兰孙。父死无资，故此卖身葬父。"口中如此说，不觉暗地里偷弹珠泪。刘元普相了又相，道："你定不是民家之女，不要哄我。我看你愁容可掬，必有隐情。可对我一一直言，与你作主分忧便了。"兰孙初时隐讳，怎当得刘元普再三盘问，只得将那放囚得罪缘由，从前至后，细细说了一遍，不觉泪如涌泉。刘元普大惊失色，也不觉泪下，道："我说不像民家之女，夫人几乎误了老夫！可惜一个好官，遭此屈祸！"忙向兰孙小姐连称"得罪"。又道："小姐身既无依，便住在我这里。待老夫选择地基，殡葬尊翁便了。"兰孙道："若得如此周全，此恩惟天可表。相公先受贱妾一拜。"刘元普慌忙扶起，分付养娘："好生服事裴家小姐，不得有违。"当时走到厅堂，即刻差人往汴京迎取裴使君灵柩。不多日，扶柩到来，却好钱塘李县令灵柩一齐到了。刘元普将来共停在一个庄厅之上，备了两席祭筵拜奠。张氏自领了儿子拜了亡夫，元普也领兰孙拜了亡父。又延了一个有名的地理先生，拣寻了两块好地基，等待腊月吉日安葬。

一日，王夫人又对元普说道："那裴氏女虽然贵家出身，却是落难之中，得相公救拔他的。若是流落他方，不知如何下贱去了。相公又与他择地葬亲，此恩非小，他必甘心与相公为妾的。既是名门之女，或者有些福气，诞育子嗣，也不见得。若得如此，非但相公有后，他也终身有靠，未为不可。望相公思之。"夫人不说犹可，说罢，只见刘元普勃然作色，道："夫人说那里话！天下多美妇人，我欲娶妾，自可别图，岂敢污裴使君之女？刘弘敬若有此心，神天鉴察！"夫人听说，自道失言，顿口不语。刘元普心里不乐，想了一回，道："我也太呆了！我既无子嗣，何不索性认他为女，断了夫人这点念头？"便叫丫鬟请出裴小姐来，道："我叨长尊翁多年，又同为刺史之职，年华高迈，子息全无。小姐若不弃嫌，欲待螟蛉为女，意下如何？"兰孙道："妾蒙相公、夫人收养，愿为奴婢，早晚服事；如此厚待，如何敢当？"刘元普道："岂有此理！你乃宦家之女，偶遭挫折，焉可贱居下流？老夫自有主意，不必过谦。"兰孙道："相公，夫人，正是重生父母，虽粉骨碎身，无可报答。既蒙不鄙微贱，认为亲女，焉敢有违？今日就拜了爹妈。"刘元普欢喜不胜，便对夫人道："今日我以兰孙为女，可受他全礼。"当下兰孙插烛也似的拜了八拜，自此便叫刘相公、夫人为"父亲""母亲"，十分孝敬，倍加亲热。夫人又说与刘元普道："相公既认兰孙为女，须要与他择婿。侄儿王文用青年丧偶，管理多年，才干精敏，也不屈辱了女儿。相公何不与他成就了这头亲事？"刘元普微微笑道："内侄继娶之事，少不得在老夫身上。今日自有个主意，你只管打点妆奁便了。"夫人依言。元普当时便拣下了一个成亲吉日。到期，宰杀猪羊，大排筵会，遍请乡绅亲友，并李氏母子，内侄王文用，一同来赴庆喜华筵。众人还只道是刘公纳宠，王夫人也还只道是与侄儿成婚。正是：

万丈广寒难得到，嫦娥今夜落谁家？

看看吉时将及。只见刘元普教人捧出一套新郎衣饰，摆在堂中。刘元普拱手向众人说道："列位高亲在此，听弘敬一言。敬闻'利人之色不仁，乘人之危不义'。襄阳裴使君以王事系狱身死，有女兰孙，年方及笄，荆妻欲纳为妾。弘敬宁乏子嗣，决不敢污使君之清德。内侄王文用，虽有综理之才，却非仕宦中人，亦难以配公侯之女。惟我故人李县令之子彦青者，既出望族，又系青年，貌比潘安，才过子建，诚所谓'窈窕淑女，君子好逑'者也。今日特为两人成其佳耦，诸公以为何如？"众人异口同声，赞叹刘公盛德。李春郎出其不意，却待推逊，刘元普那里肯从，便亲自将新郎衣饰与他穿戴了。次后笙歌鼎沸，灯火辉煌，远远听得环佩之声，却是薛婆做了喜娘，几个丫鬟，一同簇拥着兰孙小姐出来。二位新人立在花毡之上，交拜成礼。真是说不尽那奢华富贵！但见：

"粉孩儿"对对挑灯，"七娘子"双双执扇。观看的是"风检才"、"麻婆子"，夸称道"鹊桥仙"并进"小蓬莱"；伏侍的是"好姐姐"、"柳青娘"，帮衬道"贺新郎”同入“销金帐”。做娇客的磨枪备箭，岂宜重问“后庭花”；做新妇的半喜还忧，此夜定然“川拨棹”。“脱布衫”时欢未艾，“花心动”处喜非常。

当时张氏和春郎，魂梦之中也想不得到此，真正喜自天来。兰孙小姐灯烛之下，觑见新郎容貌不凡，也自暗暗地欢喜。只道嫁个老人星，谁知却嫁了个文曲星。行礼已毕，便伏侍新人上轿。刘元普亲自送到南楼，结烛合卺；又把那千金妆奁，一齐送将过来。刘元普自回去陪宾，大吹大擂，直饮至五更而散。这里洞房中一对新人，真正佳人遇着才子。那一宵欢爱，端的是如胶似漆，似水如鱼。枕边说到刘公大德，两下里感激，深入骨髓。

次日天明起来，见了张氏。张氏又同他夫妇拜见刘公，千万分称谢。随后张氏就办些祭物，到灵柩前叫媳妇拜了公公，儿子拜了岳父。张氏抚棺哭道：“丈夫生前为人正直，死后必有英灵。刘伯父周济了寡妇、孤儿；又把名门贵女，做你媳妇，恩德如天，非同小可。幽冥之中，乞保佑刘伯父早生贵子，寿过百龄。”春郎夫妻也各自默默地祷祝。自此上和下睦，夫唱妇随，日夜焚香，保刘公冥福。

不觉光阴荏苒，又是腊月中旬，营葬吉期到了。刘元普便自聚起匠役人工，在庄厅上抬取一对灵柩，到坟茔上来。张氏与春郎夫妻，各各戴了重孝相送。当下埋棺封土已毕，各立一个神道碑，一书“宋故襄阳刺史安卿裴公之墓”，一书“宋故钱塘县尹克让李公之墓”。只见松柏参差，山水环绕，宛然二冢相连。刘元普设三牲礼仪，亲自举哀拜奠。张氏三人，放声大哭。哭罢，一齐望着刘元普拜倒在荒草地上不起。刘元普连忙答拜，只是谦让无能，略无一毫自矜之色。随即回来，各自散讫。

是夜，刘元普睡到三更，只见两个人，幞头象简，金带紫袍，向刘元普扑地倒身下拜，口称“大恩人”。刘元普吃了一惊，慌忙起身扶住道：“二位尊神，何故降临？折杀老夫也！”那左手的一位说道：“某乃襄阳刺吏裴习。此位即钱塘县令李公克让也。上帝怜我两人清忠，封某为天下都城隍，李公为天曹府判官之职。某系狱身死之后，幼女无投，承公大恩，赐之佳婿；又赐佳城，使我两人冥冥之中，遂为儿女姻眷，恩同天地，难效涓埃。已曾合表上奏天庭。上帝鉴公盛德，特为官加一品，寿益三旬，子生双贵。幽明虽隔，敢不报知？”那右首的一位又说道：“某只为与公无交，难诉衷曲，故此空函寓意。不想公一见即明，慨然认义，养生送死，已出殊恩；淑女承祧[12]，尤为望外。虽益寿添嗣，未足报洪恩之万一。今有遗腹小女凤鸣，明早已当出世，敢以此女奉长郎君箕帚。公与我媳，我亦与公媳，略尽报效之私。”言讫，拱手而别。刘元普慌忙出送，被两人用手一推，瞥然惊觉，却正与王夫人睡在床上。便将梦中所见所闻，一一说了。夫人道：“妾身亦慕相公大德，古今罕有，自然得福非轻。神明之言，谅非虚谬。”刘元普道：“裴、李二公，生前正直，死后为神。他感我嫁女婚男，故来托梦，理之所有。但说我寿增三十，世间那有百岁之人？又说赐我二子，我今年已七十，虽然精力不减少时，那七十岁生子，却也难得，恐未必然。”

次日早晨，刘元普思忆梦中言语，整了衣冠，步到南楼，正要说与他三人知道。只见李春郎夫妇出来相迎。春郎道：“母亲生下小妹，方在坐草之际。昨夜我母子三人各有异梦，正要到伯父处报知贺喜，岂知伯父已先来了。”刘元普见说张氏生女，思想梦中李君之言，好生有验；只是自己不曾有子，不好说得。当下问了张氏平安，就问梦中所见如何。李春郎道：“梦见父亲、岳父，俱已为神。口称伯父大德，感动天庭，已为延寿添子。三人所梦，总只一样。”刘元普暗暗称奇，便将自己梦中光景一一对两人说了。春郎道：“此皆伯父积德所致，天理自然，非虚幻也。”刘元普随即回家，与夫人说知，各各骇叹；又差人到李家贺喜。不逾时，又及满月，张氏抱了幼女，来见伯父、伯母。元普便问：“令爱何名？”张氏道：“小名凤鸣，是亡夫梦中所嘱。”刘元普见与己梦相符，愈加惊异。

话休絮烦。且说王夫人当时年已四十岁了，只觉得喜食咸酸，时常作呕。刘元普只道中年人病发，延医看脉，没一个解说得出。就有个把有手段的，忖道：“像是有喜的脉气。”却晓得刘元普年已七十，王夫人年已四十，从不曾生育的，为此都不敢下药，只说道：“夫人此病不消服药，不久自瘳。”刘元普也道：“这样小病，料是不妨。”自此，也不延医，放下了心。只见王夫人又过了几时，当真病好，但觉得腰肢日重，裙带渐短，眉低眼慢，乳胀腹高。刘元普半信半疑道：“梦中之言，果然不虚么？”日月易过，不觉已及产期。刘元普此时不由得不信是有孕，堤防分娩；一面唤了收生婆进来，又雇了一个奶子。忽一夜，夫人方睡，只闻得异香扑鼻，仙音嘹亮，夫人便觉腹痛，众人齐来服侍分娩，不上半个时辰，生下一个孩儿。香汤沐浴过了，看时，只见眉清目秀，鼻直口方，十分魁伟。夫妻两人欢喜无限。元普对夫人道：“一梦之灵验如此。若如裴、李二公之言，皆上天之赐也。”就取名刘天祐，字梦祯。此事便传遍洛阳一城，把做新闻传说。乡里中编出四句口号道：

刺史生来有奇骨，为人专好积阴骘。
嫁了裴女换刘儿，养得头生做七十。

转眼间，又是满月，少不得做汤饼会。众乡绅、亲友齐来庆贺，真是宾客填门。吃了三五日筵席。春郎与兰孙自梯己设宴贺喜[13]，自不必说。

且说李春郎自从成婚葬父之后，一发潜心经史，希图上进，以报大恩。又得刘元普扶持，入了国子学。正与伯父母妻商量，到京赴学，以待试期。只见汴京有个公差到来，说是郑枢密府中所差，前来接取裴小姐一家的。元来那兰孙的舅舅郑公，数月之内，已自西川节度内召为枢密院副使。还京之日，已知姊夫被难而亡。遂到清真观问取甥女消息，说是卖在洛阳。又遣人到洛阳探问，晓得刘公仗义全婚，称叹不尽。因为思念甥女，故此欲接取他姑嫜、夫婿，一同赴京相会。春郎得知此信，正是两便。兰孙见说舅舅回京，也自十分欢喜。当下禀过刘公夫妇，就要择个吉日，同张氏和凤鸣起程。到期，刘元普治酒饯别，中间说起梦中之事，刘元普便对张氏说道："旧岁老夫梦中得见令先君，说令爱与小儿有婚姻之分。前日小儿未生，不敢启齿。如今倘蒙不鄙，愿结葭莩[14]。"张氏欠身答道："先夫梦中曾言，又蒙伯伯不弃，大恩未报，敢惜一女？只是母子孤寒如故，未敢仰攀。倘得犬子成名，当以小女奉郎君箕帚。"当下酒散。刘公又嘱咐兰孙道："你丈夫此去，前程万里。我两人在家安乐，孩儿不必挂怀。"诸人各各流涕，恋恋不舍。临行又自再三下拜，感谢刘公夫妇盛德，然后垂泪登程去了。洛阳与京师却不甚远，不时常有音信往来，不必细说。

再表公子刘天祐，自从生育，日往月来，又早周岁过头。一日，奶子抱了小官人，同了养娘朝云往外边要子。那朝云年方十八岁，颇有姿色，随了奶子出来，顽要了一晌。奶子道："姐姐，你与我略抱一抱，怕风大，我去将衣服来与他穿。"朝云接过抱了。奶子进去了一回出来，只听得公子啼哭之声，着了忙，两步当一步，走到面前。只见朝云一手抱了，一手伸在公子头上揉着。奶子疾忙近前看时，只见跌起老大一个疙瘩，便大怒，发话道："我略转得一转背，便把他跌了！你岂不晓得他是老爷、夫人的性命！若是知道，须连累我吃苦！我便去告诉老爷、夫人，看你这小贱人逃得过这一顿责罚也不！"说罢，抱了公子，气愤愤的便走。朝云见他势头不好，一时性发，也接应道："你这样老猪狗，倚仗公子势利，便欺负人，破口骂我！不要使尽了英雄！莫说你是奶子，便是公子，我也从不曾见有七十岁的养头生。知他是拖来的、是抱来的人！却为这一跌，便凌辱我！"朝云虽是口强，却也心慌，不敢便走进来。不想那奶子一五一十，竟将朝云说话对刘元普说了。元普听罢，坦然说道："这也怪他不得。七十生子，原是罕有。他一时妄言，何足计较？"当时奶子只道搬斗朝云一场，少也敲个半死。不想元普如此宽容，把一片火性化做半杯冰水，抱了公子自进去了。

却说刘元普当夜与夫人吃夜饭罢，自到房里去安歇，分付女婢道："唤朝云到我书房里来。"众女婢只道为日里事发，要难为他，到替他担着一把干系。疾忙鹰拿燕雀的，把朝云拿到。可怜朝云怀着鬼胎，战兢兢的立在刘元普面前，只打点领责。元普分付众人道："你每多退去，只留朝云在此。"众人领命，一齐都散了，不留一人。元普便叫朝云闭上了门。朝云正不知刘元普葫芦里取出甚么药来。只见刘元普叫他近前，说道："人之不能生育，多因交会之际精力衰微，浮而不实，故艰于种子。若精力健旺，虽老犹少。你却道年老人不能生产，便把那抱别姓、借异种这样邪说疑我。我今夜留你在此，正要与你试一试精力，消你这点疑心。"原来刘元普初时只道自己不能生儿，所以不肯轻纳少年女子。如今已得过头生，便自放胆大了；又见说梦中尚有一子，一时间不觉通融起来。那朝云也是偶然失言，不想到此分际，却也不敢违拗，只得伏侍元普解衣而寝。但见：

一个似八百彭祖的长兄，一个似三十岁颜回的少女。尤云殢雨，宓妃似洛水浇着寿星头；似水如鱼，吕望持钓竿拨动杨妃舌。乘牛老君，搂住捧珠盘的龙女；骑驴果老，搭着执笊篱的仙姑。胥靡藤缠定牡丹花，绿毛龟采取芙蓉蕊。太白金星淫性发，上清玉女欲情来。

刘元普虽则年老，精神强悍，朝云只得忍着痛苦承受。是夜，刘元普便与朝云同睡。天明，朝云自进去了。刘元普起身，对夫人说知此事。夫人只是笑。众女婢和奶子多道："老爷一向极有正经，而今倒恁般老没志气。"谁想刘元普和朝云只此一宵，便受了娠。刘元普也是一时要他不疑，卖弄本事，也不道如此快当。夫人便铺个下房，劝相公册立朝云为妾。刘元普应允了，便与朝云戴笄，纳为后房，不时往朝云处歇宿。朝云想起当初一时失言，倒得了这一个好地位。刘元普与朝云戏言道："你如今方信公子不是拖来抱来的了么？"朝云耳红面赤，不敢言语。

转眼之间，又是十月满了。一日，朝云腹痛难禁，也觉得异香满室，生下一个儿子。方才落地，只听得外边喧嚷。刘元普出来看时，却是报李春郎状元及第的。刘元普见侄儿登第，不辜负了从前认义之心；又且正值生子之时，也是个大大吉兆，心下不胜快乐。当时报喜人就呈上李状元家书。刘元普拆开看道：

侄子母孤孀，得延残息足矣，赖伯父保全终始，遂得成名，皆伯父之赐也。迩来二尊人起居，想当佳胜。本欲请假，一候尊颜，缘侍讲东宫，不离朝夕，未得如心。姑寄御酒二瓶，为伯父颐老之资；宫花二朵，为贤弟鼎元之兆。临风神往，不尽鄙忱。

刘元普看毕，收了御酒、宫花，正进来与夫人说知，只见公子天祐走将过来。刘元普唤住，递宫花与他道："哥哥在京得第，特寄宫花与你。愿我儿他年琼林赐宴，与哥哥今日一般。"公子欣然接去，向头上乱插，望着爹妈唱了两个深喏，引得那两个老人家，欢喜无限。刘元普随即修书贺喜，并说生次子之事。打发京中人去讫，便把皇封御酒，祭献裴、李二公，然后与夫人同饮。从此又将次子取名天锡，表字梦符。兄弟日渐长成，十分乖觉，刘元普延师训诲，以待成人。又感上天祐庇，一发修桥补路，广行阴德。裴、李二公坟茔，每年春秋祭扫不题。

再表李状元在京之事。那郑枢密与夫人魏氏止生一幼女，名叫素娟，尚在襁褓。他只为姐夫姐姐早亡，甚是爱重甥女；故此李氏一门，在他府中十分相得。李状元自成名之后，授了东宫侍讲之职，深得皇太子之心。自此十年有馀，真宗皇帝崩了，仁宗皇帝登极，优礼师傅，便超升李彦青为礼部尚书，进阶一品。那刘元普仗义之事，自仁宗为太子时，已自几次奏知。当日便进上一本，恳赐还乡祭扫，并乞褒封。仁宗颁下诏旨："钱塘县尹李逊，追赠礼部尚书；襄阳刺史裴习，追复原官：各赐御祭一筵。青州刺史刘弘敬，以原官加升三级。礼部尚书李彦青，给假半年，还朝复职。"李尚书得了圣旨，便同张老夫人、裴夫人、凤鸣小姐，谢别了郑枢密，驰驿回洛阳来。一路上车马旌旗，耀辉数里，府县官员出郭迎接。那李尚书去时，尚是弱冠，来时已作大臣，却又年止三十。洛阳父老，观者如堵，都称叹刘公，不但有德，抑且能识好人。

当下李尚书家眷先到刘家下马。刘元普夫妇闻知，忙排香案迎接圣旨。山呼已毕，张老夫人、李尚书、裴夫人俱各红袍玉带，率了凤鸣小姐，齐齐拜倒在地，称谢洪恩。刘元普扶起尚书，王夫人扶起夫人、小姐，就唤两位公子出来拜见婶婶、兄嫂。众人看见兄弟二人，相貌魁梧，又酷似刘元普模样，无不欢喜。都称叹道："大恩人生此双璧，无非积德所招！"随即排着御祭，到裴、李二公坟茔焚香奠酒。张氏等四人，各各痛哭一场，撤祭而回。刘元普开筵贺喜。食供三套，酒行数巡，刘元普起身对尚书母子说道："老夫有一衷肠之话，含藏十馀年矣，今日不敢不说。令先君与老夫，生平实无一面之交。当贤母子来投，老夫茫然不知就里。及至拆书看时，并无半字，当时不解其意。仔细想将起来，必是闻得老夫虚名，欲待托妻寄子，却是从无一面，难叙衷情，故把空书藏着哑谜。老夫当日认假为真，虽妻子跟前，不敢说破。其实所称八拜为交，皆虚言耳。今日喜得贤侄功成名遂，耀祖荣宗，老夫若再不言，是埋没令先君一段苦心也。"言毕，即将原书递与尚书母子展看。尚书母子号恸、感谢。众人直至今日，才晓得空函认义之事，十分称叹不止。正是：

故旧托孤天下有，虚空认义古来无。

世人尽效刘元普，何必相交在始初？

当下刘元普又说起长公子求亲之事，张老夫人欣然允诺。裴夫人起身说道："奴受爹爹厚恩，未报万一。今舅舅郑枢密生一表妹，名曰素娟，正与次弟同庚。奴家愿为作伐，成其配偶。"刘元普称谢了。当日无话。

刘元普随后就与天祐聘了李凤鸣小姐。李尚书一面写表转达朝廷，奏闻空函认义之事，一面修书与郑公说亲。不逾时，仁宗看了表章，龙颜大喜，惊叹刘弘敬盛德，随颁恩诏，除建坊旌表外，特以李彦青之官封之，以彰殊典。那郑公素慕刘公高义，求婚之事，无有不从。李尚书既做了天祐舅兄，又做了天锡之表连襟，亲上加亲，十分美满。以后天祐状元及第，天锡进士出身，兄弟两人，青年同榜。刘元普直看二子成婚，各各生子之后，一夜梦见裴使君来拜道："某任都城隍已满，乞公早赴瓜期[15]。上帝已有旨矣。"次日无疾而终，恰好百岁。王夫人也自寿过八十。李尚书夫妇痛哭倍常，认作亲生父母，心丧六年。虽然刘氏自有子孙，李尚书却自年年致祭。这叫做"知恩报恩"。惟有裴公无后，也是李氏子孙世世拜扫。自此世居洛阳，看守先茔，不回西粤。裴夫人生子，后来也出仕贵显。那刘天祐直做到同平章事，刘天锡直做到御史大夫。刘元普屡受褒封，子孙蕃衍不绝，此阴德之报也。有诗为证：

阴阳总一理，福祸唯自求。

莫道天公远，须看刺史刘。

注释

[1]不伶俐的身分：指作风不正派，行为不检点。

[2]老唧溜：乖巧、会来事。

[3]那话儿：这里指夫妻性爱。

[4]措大：也作“醋大”，旧称贫寒的读书人，含有轻慢之意。

[5]叵(pǒ)耐：不可耐，可恨。

[6]殄(tiǎn)绝：灭绝，断绝。

[7]九原：指阴间，九泉。

[8]夤(yín)缘：结交，拉关系。

[9]重出世的召父，再生来的杜母：西汉时南阳太守召信臣勤政爱民，东汉时的南阳太守杜诗带领人民兴修水利，发展生产。当地民众将召、杜并列称颂：“前有召父，后有杜母。”后用召父、杜母借指优秀的地方官员。

[10]发昏章第十一：发昏，昏绝。“章第十一”无义。古书一般都分章节，后人仿效置于词语末，以加强词语轻松戏谑的意味。

[11]浼(měi)：央求。

[12]承祧(tiāo)：承继为后嗣。祧指祖庙。

[13]梯己：也作“体己”，指自己私有的钱财。

[14]葭莩(jiāfú)：芦苇中的薄膜，代指亲戚。

[15]瓜期：又作“瓜时”，瓜熟的时候。后用以指任期届满，等候移交的期间。

新评

在中国人的传统观念里，传宗接代是人生的第一要务，所以，不论个人的一生如何辉煌，取得如何巨大的成就，获得如何高官显爵，如果没有子孙承继，便算是万事皆休。中国人最恶毒的咒语便是“断子绝孙”，连阿Q都知道“不孝有三，无后为大”。这大概与中国长期的封建社会中所形成的宗法制度有关。在这篇小说中，功成名就的刘元普，眼看就要“殄绝祖宗之祀”，所以“日夜忧心”。但严酷的现实是，刘元普已六十多岁，告老还乡，按照传统的看法，年逾花甲之人行将就木，哪里还有生育能力？而心存希冀的刘元普并不灰心，他坚信“生平虽无大德，济弱扶危，矢心已久”，自己决不会落得个“断子绝孙”的下场。于是，他又干了两件扶危济困的大事，终于感动上苍，“双生贵子”，不仅多福，而且多子、多寿。小说极力向世人宣扬因果报应的观念，因为太离谱，不免使人产生虚假之感。但不论如何，劝人为善、济助贫困是人世间永恒的主题，永远也不过时。

第十九卷　俞伯牙摔琴谢知音

浪说曾分鲍叔金，谁人辨得伯牙琴？

于今交道奸如鬼，湖海空悬一片心。

古来论交情至厚，莫如管鲍。管是管夷吾，鲍是鲍叔牙。他两个同为商贾，得利均分。时管夷吾多取其利，叔牙不以为贪，知其贫也。后来管夷吾被囚，叔牙脱之，荐为齐相。这样朋友，才是个真正相知。这相知有几样名色[1]：恩德相结者，谓之知己；腹心相照者，谓之知心；声气相求者，谓之知音：总来叫做相知。今日听在下说一桩俞伯牙的故事。列位看官们，要听者，洗耳而听；不要听者，各随尊便。正是：

知音说与知音听，不是知音不与谈。

话说春秋战国时，有一名公，姓俞名瑞，字伯牙，楚国郢都人氏，即今湖广荆州府之地也。那俞伯牙身虽楚人，官星却落于晋国，仕至上大夫之位。因奉晋主之命，来楚国修聘。伯牙讨这个差使，一来，是个大才，不辱君命；二来，就便省视乡里，一举两得。当时从陆路至于郢都，朝见了楚王，致了晋主之命。楚王设宴款待，十分相敬。那郢都乃是桑梓之地，少不得去看一看坟墓，会一会亲友。然虽如此，各事其主，君命在身，不敢迟留。公事已毕，拜辞楚王。楚王赠以黄金采缎，高车驷马。伯牙离楚一十二年，思想故国江山之胜，欲得恣情观览，要打从水路大宽转而回[2]。乃假奏楚王道："臣不幸有犬马之疾，不胜车马驰骤。乞假臣舟楫，以便医药。"楚王准奏。命水师拨大船二只，一正一副。正船单坐晋国来使，副船安顿仆从行李。都是兰桡画桨，锦帐高帆，甚是齐整。群臣直送至江头而别。

只因览胜探奇，不顾山遥水远。

伯牙是个风流才子。那江山之胜，正投其怀。张一片风帆，凌千层碧浪，看不尽遥山叠翠，远水澄清。不一日，行至汉阳江口。时当八月十五日，中秋之夜。偶然风狂浪涌，大雨如注，舟楫不能前进，泊于山崖之下。不多时，风恬浪静，雨止云开，现出一轮明月。那雨后之月，其光倍常。伯牙在船舱中独坐无聊，命童子："焚香炉内，待我抚琴一操，以遣情怀。"童子焚香罢，捧琴囊置于案间。伯牙开囊取琴，调弦转轸，弹出一曲。曲犹未终，指下"刮喇"的一声响，那琴弦绝了一根。伯牙大惊，叫童子去问船头："这住船所在是甚么去处？"船头答道："偶因风雨，停泊于山脚之下，虽然有些草树，并无人家。"伯牙惊讶，想道："是荒山了。若是城郭村庄，或有聪明好学之人，盗听吾琴，所以琴声忽变，有弦断之异。这荒山下，那得有听琴之人？哦，我知道了。想是有仇家差来刺客；不然或是贼盗，伺候更深，登舟劫我财物。”叫左右：“与我上崖搜检一番。不在柳阴深处，定在芦苇丛中。”左右领命，唤齐众人，正欲搭跳上崖，忽听岸上有人答应道：“舟中大人，不必见疑。小子并非奸盗之流，乃樵夫也。因打柴归晚，值骤雨狂风，雨具不能遮蔽，潜身岩畔。闻君雅操，少住听琴。”伯牙大笑道：“山中打柴之人，也敢称‘听琴’二字！此言未知真伪，我也不计较了。左右的，叫他去罢。”那人不去，在崖上高声说道：“大人出言谬矣！岂不闻‘十室之邑，必有忠信’？‘门内有君子，门外君子至’。大人若欺负山野中没有听琴之人，这夜静更深，荒崖下也不该有抚琴之客了。”伯牙见他出言不俗，或者真是个听琴的，亦未可知。止住左右不要啰唣，走近舱门，回嗔作喜的问道：“崖上那位君子，既是听琴，站立多时，可知道我适才所弹何曲？”那人道：“小子若不知，却也不来听琴了。方才大人所弹，乃孔仲尼叹颜回，谱入琴声。其词云：‘可惜颜回命蚤亡[3]，教人思想鬓如霜。只因陋巷箪瓢乐’——到这一句，就绝了琴弦，不曾抚出第四句来。小子也还记得——‘留得贤名万古扬。’”

伯牙闻言，大喜道：“先生果非俗士，隔崖窎远，难以问答。”命左右：“掌跳，看扶手，请那位先生登舟细讲。”左右掌跳，此人上船，果然是个樵夫。头戴箬笠，身披草衣，手持尖担，腰插板斧，脚踏芒鞋。手下人那知言谈好歹，见是樵夫，下眼相看。“咄，那樵夫！下舱去，见我老爷叩头，问你甚么言语，小心答应。官尊着哩。”樵夫却是个有意思的，道：“列位不须粗鲁，待我解衣相见。”除了斗笠，头上是青布包巾；脱了蓑衣，身上是蓝布衫儿；搭膊拴腰，露出布裩下截。那时不慌不忙，将蓑衣、斗笠、尖担、板斧，俱安放舱门之外。脱下芒鞋，蹓去泥水[4]，重复穿上，步入舱来。官舱内，公座上灯烛辉煌。樵夫长揖而不跪，道：“大人，施礼了。”俞伯牙是晋国大臣，眼界中那有两接的布衣[5]。下来还礼，恐失了官体，既请下船，又不好叱他回去。伯牙没奈何，微微举手道：“贤友免礼罢。”叫童子看坐。童子取一张杌坐儿置于下席。伯牙全无客礼，把嘴向樵夫一努道：“你且坐了。”“你我”之称，怠慢可知。那樵夫亦不谦让，俨然坐下。伯牙见他不告而坐，微有嗔怪之意。因此不问姓名，亦不呼手下人看茶。默坐多时，怪而问之：“适才崖上听琴的，就是你么？”樵夫答言：“不敢。”伯牙道：“我且问你，既来听琴，必知琴之出处。此琴何人所造？抚琴有甚好处？”正问之时，船头来禀话，风色顺了，月明如昼，可以开船。伯牙分付且慢些。樵夫道：“承大人下问。小子若讲话絮烦，恐担误顺风行舟。”伯牙笑道：“惟恐你不知琴理。若讲得有理，就不做官，亦非大事，何况行路之迟速乎！”樵夫道：“既如此，小子方敢僭谈。此琴乃伏羲氏所琢，见五星之精，飞坠梧桐，凤皇来仪。凤乃百鸟之王，非竹实不食，非梧桐不栖，非醴泉不饮。伏羲氏知梧桐乃树中之良材，夺造化之精气，堪为雅乐，令人伐之。其树高三丈三尺，按三十三天之数，截为三段，分天、地、人三才。取上一段叩之，其声太清，以其过轻而废之；取下一段叩之，其声太浊，以其过重而废之；取中一段叩之，其声清浊相济，轻重相兼。送长流水中，浸七十二日，按七十二候之数。取起阴干，选良时吉日，用高手匠人刘子奇斫成乐器。此乃瑶池之乐，故名'瑶琴'。长三尺六寸一分，按周天三百六十一度；前阔八寸，按八节；后阔四寸，按四时；厚二寸，按两仪。有金童头、玉女腰、仙人背、龙池、凤沼、玉轸、金徽。那徽有十二，按十二月；又有一中徽，按闰月。先是五条弦在上，外按五行金木水火土，内按五音宫商角徵羽。尧舜时操五弦琴，歌'南风'诗，天下大治。后因周文王被囚于羑里，吊子伯邑考，添弦一根，清幽哀怨，谓之'文弦'。后武王伐纣，前歌后舞，添弦一根，激烈发扬，谓之'武弦'。先是宫商角徵羽五弦，后加二弦，称为'文武七弦琴'。此琴有六忌、七不弹、八绝。何为六忌？

一忌大寒，二忌大暑，三忌大风，四忌大雨，五忌迅雷，六忌大雪。何为七不弹？闻丧者不弹，奏乐不弹，事冗不弹，不净身不弹，衣冠不整不弹，不焚香不弹，不遇知音者不弹。何为八绝？总之清奇幽雅，悲壮悠长。此琴抚到尽美尽善之处，啸虎闻而不吼，哀猿听而不啼。乃雅乐之好处也。"

伯牙听见他对答如流，犹恐是记问之学。又想道："就是记问之学，也亏他了。我再试他一试。"此时已不似在先"你我"之称了。又问道："足下既知乐理，当时孔仲尼鼓琴于室中，颜回自外入，闻琴中有幽沉之声，疑有贪杀之意，怪而问之。仲尼曰：'吾适鼓琴，见猫方捕鼠，欲其得之，又恐其失之，此贪杀之意，遂露于丝桐。'始知圣门音乐之理，入于微妙。假如下官抚琴，心中有所思念，足下能闻而知之否？"樵夫道："《毛诗》云：'他人有心，予忖度之。'大人试抚弄一过，小子任心猜度。若猜不着时，大人休得见罪。"伯牙将断弦重整，沉思半晌。其意在于高山，抚琴一弄。樵夫赞道："美哉洋洋乎！大人之意，在高山也。"伯牙不答。又凝神一会，将琴再鼓。其意在于流水。樵夫又赞道："美哉汤汤乎！志在流水！"只两句道着了伯牙的心事。伯牙大惊，推琴而起，与子期施宾主之礼。连呼："失敬失敬！石中有美玉之藏。若以衣貌取人，岂不误了天下贤士！先生高名雅姓？"樵夫欠身而答："小子姓钟，名徽，贱字子期。"伯牙拱手道："是钟子期先生。"子期转问："大人高姓，荣任何所？"伯牙道："下官俞瑞，仕于晋朝，因修聘上国而来。"子期道："原来是伯牙大人。"伯牙推子期坐于客位，自己主席相陪。命童子点茶，茶罢，又命童子取酒共酌。伯牙道："借此攀话，休嫌简亵。"子期称"不敢"。童子取过瑶琴，二人入席饮酒。伯牙开言又问："先生声口是楚人了，但不知尊居何处？"子期道："离此不远，地名马安山集贤村，便是荒居。"伯牙点头道："好个集贤村！"又问："道艺何为？"子期道："也就是打柴为生。"伯牙微笑道："子期先生，下官也不该僭言，似先生这等抱负，何不求取功名，立身于廊庙，垂名于竹帛；却乃赍志林泉，混迹樵牧，与草木同朽，窃为先生不取也。"子期道："实不相瞒，舍间上有年迈二亲，下无手足相辅。采樵度日，以尽父母之馀年。虽位为三公之尊，不忍易我一日之养也。"

伯牙道："如此大孝，一发难得。"二人杯酒酬酢了一会。子期宠辱无惊，伯牙愈加爱重。又问子期："青春多少？"子期道："虚度二十有七。"伯牙道："下官年长一旬。子期若不见弃，结为兄弟相称，不负知音契友。"子期笑道："大人差矣。大人乃上国名公，钟徽乃穷乡贱子，怎敢仰攀？有辱俯就！"伯牙道："相识满天下，知心能几人！下官碌碌风尘，得与高贤结契，实乃生平之万幸。若以富贵贫贱为嫌，觑俞瑞为何等人乎！"遂命童子重添炉火，再爇名香，就船舱中与子期顶礼八拜。伯牙年长为兄，子期为弟。今后兄弟相称，生死不负。拜罢，复命取暖酒再酌。子期让伯牙上坐，伯牙从其言。换了杯箸，子期下席。兄弟相称，彼此谈心叙话。正是：

合意客来心不厌，知音人听话偏长。

谈论正浓，不觉月淡星稀，东方发白。船上水手都起身收拾篷索，整备开船。子期起身告辞。伯牙捧一杯酒递与子期，把子期之手叹道："贤弟，我与你相见何太迟，相别何太早！"子期闻言，不觉泪珠滴于杯中。子期一饮而尽，斟酒回敬伯牙。二人各有眷恋不舍之意。伯牙道："愚兄馀情不尽，意欲曲延贤弟同行数日，未知可否？"子期道："小弟非不欲相从，怎奈二亲年老，'父母在，不远游'。"伯牙道："既是二位尊人在堂，回去告过二亲，到晋阳来看愚兄一看，这就是'游必有方'了。"子期道："小弟不敢轻诺而寡信。许了贤兄，就当践约。万一禀命于二亲，二亲不允，使仁兄悬望于数千里之外，小弟之罪更大矣。"伯牙道："贤弟真所谓至诚君子。也罢，明年还是我来看贤弟。"子期道："仁兄明岁何时到此？小弟好伺候尊驾。"伯牙屈指道："昨夜是中秋节，今日天明，是八月十六日了。贤弟，我来仍在仲秋中五六日奉访。若过了中旬，迟到季秋月分，就是爽信，不为君子。"叫童子："分付记室将钟贤弟所居地名及相会的日期，登写在日记簿上。"子期道："既如此，小弟来年仲秋中五六日准在江边侍立拱候，不敢有误。天色已明，小弟告辞了。"伯牙道："贤弟且住。"命童子取黄金二笏，不用封帖，双手捧定，道："贤弟，些须薄礼，权为二位尊人甘旨之费。斯文骨肉，勿得嫌轻。"子期不敢谦让，即时收下。再拜告别，含泪出舱，取尖担挑了蓑衣斗笠，插板斧于腰间，掌跳搭扶手上崖。伯牙直送至船头，各各洒泪而别。

不题子期回家之事。再说俞伯牙点鼓开船，一路江山之胜，无心观览，心心悒怏，相念知音。又行了几日，舍舟登岸。经过之地，知是晋国上大夫，不敢轻慢，安排车马相送。直至晋阳，回复了晋主，不在话下。

光阴迅速，过了秋冬，不觉春去夏来。伯牙心怀子期，无日忘之。想着中秋节近，奏过晋主，给假还乡。晋主依允。伯牙收拾行装，仍打大宽转，从水路而行。下船之后，分付水手，但是湾泊所在，就来通报地名。事有偶然，刚刚八月十五夜，水手禀复，此去马安山不远。伯牙依稀还认得去年泊船相会子期之处。分付水手，将船湾泊，水底抛锚，崖边钉橛。其夜晴明，船舱内一线月光，射进朱帘。伯牙命童子将帘卷起，步出舱门，立于船头之上，仰观斗柄。水底天心，万顷茫然，照如白昼。思想去岁与知己相逢，雨止月明；今夜重来，又值良夜。他约定江边相候，如何全无踪影？莫非爽信？又等了一会，想道："我理会得了。江边来往船只颇多。我今日所驾的，不是去年之船了。吾弟急切如何认得？去岁我原为抚琴惊动知音。今夜仍将瑶琴抚弄一曲，吾弟闻之，必来相见。"命童子取琴桌安放船头，焚香设座。伯牙开囊，调弦转轸，才泛音律，商弦中有哀怨声音。伯牙停琴不操："呀！商弦哀声凄切，吾弟必遭忧在家。去岁曾言父母年高，若非父丧，必是母亡。他为人至孝，事有轻重，宁失信于我，不肯失礼于亲，所以不来也。来日天明，我亲上崖探望。"叫童子收拾琴桌，下舱就寝。

伯牙一夜不睡。真个巴明不明，盼晓不晓。看看月移帘影，日出山头，伯牙起来梳洗整衣，巾帻便服，止命一童子携琴相随；又取黄金十镒带去，"倘吾弟居丧，可为赙礼[6]。"踹跳登崖，迤逦望马安山而行。约莫十数里，出一谷口，伯牙站住。童子禀道："老爷为何不行？"伯牙道："山分南北，路列东西。从山谷出来，两头都是大路，都去得。知道那一路往集贤村去？等个识路之人，问明了他，方才可行。"伯牙就石上少憩，童儿退立于后。不多时，左手官路上有一老叟，髯垂玉线，发挽银丝，箬冠野服，左手举藤杖，右手携竹篮，徐步而来。伯牙起身整衣，向前施礼。那老者不慌不忙，将右手竹篮轻轻放下，双手举藤杖还礼，道："先生有何见教？"伯牙道："请问两头路，那一条路往集贤村去的？"老者道："那两头路，就是两个集贤村。左手是上集贤村，右手是下集贤村。通衢三十里官道。先生从谷出来，正当其半。东去十五里，西去也是十五里。不知先生要往那个集贤村去？"伯牙默默无言，暗想道："吾弟是个聪明人，怎么说话这等糊涂！相会之日，你知道此间有两个集贤村，或上或下，就该说个明白了。"伯牙却才沉吟，那老者道："先生这等吟想，一定那说路的不曾分上下，总说了个集贤村，教先生没处抓寻了。"伯牙道："便是。"老者道："两个集贤村中，有一二十家庄户，大抵都是隐遁避世之辈。老夫在这山里，多住了几年，正是'土居三十载，无有不亲人'。这些庄户，不是舍亲，就是敝友。先生到集贤村必是访友。只说先生所访之友，姓甚名谁，老夫就知他住处了。"伯牙道："学生要往钟家庄去。"老者道："先生到钟家庄，要访何人？"伯牙道："要访子期。"

老者闻"子期"二字，一双昏花眼内，扑簌簌掉下泪来，不觉大声哭道："子期钟徽，乃吾儿也。去年八月十五采樵归晚，遇晋国上大夫俞伯牙先生。讲论之间，意气相投。临行赠黄金二笏。吾儿买书攻读，老拙无才，不曾禁止。旦则采樵负重，暮则诵读辛勤，心力耗废，染成怯疾，数月之间，已亡故了！"伯牙闻言，五内崩裂，泪如涌泉，大叫一声，傍山崖跌倒，昏绝于地。钟公惊悸，含泪搀扶，回顾小童道："此位先生是谁？"小童低低附耳道："就是俞伯牙老爷。"钟公道："元来是吾儿好友。”扶起伯牙苏醒。伯牙坐于地下，口吐痰涎，双手捶胸，恸哭不已。道：“贤弟呵！我昨夜泊舟，还说你爽信；岂知已为泉下之鬼！你有才无寿了！”钟公拭泪相劝。伯牙哭罢起来，重与钟公施礼。不敢呼老丈，称为老伯，以见通家兄弟之意。伯牙道：“老伯，令郎还是停柩在家，还是出瘗郊外了[7]？”钟公道：“一言难尽。亡儿临终，老夫与拙荆坐于卧榻之前。亡儿遗语嘱付道：‘修短由天，儿生前不能尽人子事亲之道，死后乞葬于马安山江边。与晋大夫俞伯牙有约，欲践前言耳。’老夫不负亡儿临终之言。适才先生来的小路之右，一丘新土，即吾儿钟徽之冢。今日是百日之忌，老夫提一陌纸钱，往坟前烧化。何期与先生相遇！”伯牙道：“既如此，奉陪老伯，就坟前一拜。”命小童代太公提了竹篮。钟公策杖引路，伯牙随后，小童跟定。

复进谷口，果见一丘新土，在于路左。伯牙整衣下拜：“贤弟在世，为人聪明，死后为神灵应。愚兄此一拜，诚永别矣！”拜罢，放声又哭。惊动山前山后，山左山右，黎民百姓，不问行的住的，远的近的，哭声悲切，都来物色[8]。知是朝中大臣来祭钟子期，回绕坟前，争先观看。伯牙却不曾摆得祭礼，无以为情。命童子把瑶琴取出囊来，放于祭石台上，盘膝坐于坟前，挥泪两行，抚琴一操。那些看者，闻琴韵铿锵，鼓掌大笑而散。伯牙问：“老伯，下官抚琴，吊令郎贤弟，悲不能已，众人为何而笑？”钟公道：“吾乡野之人，不知音律。闻琴声以为取乐之具，故此长笑。”伯牙道：“原来如此。老伯可知所奏何曲？”钟公道：“老夫幼年也颇习。如今年迈，五官半废，模糊不懂久矣。”伯牙道：“这就是下官随心应手，一曲短歌，以吊令郎者。口诵于老伯听之。”钟公道：“老夫愿闻。”伯牙诵云：

> 忆昔去年春，江边曾会君。今日重来访，不见知音人。但见一抔土，惨然伤我心。伤心伤心复伤心，不忍泪珠纷！来欢去何苦，江畔起愁云。子期子期兮，你我千金义，历尽天涯无足语。此曲终兮不复弹，三尺瑶琴为君死！

伯牙于衣袂间，取出解手刀，割断琴弦，双手举琴，向祭石台上用力一摔，摔得玉轸抛残，金徽零乱。钟公大惊，问道：“先生为何摔碎此琴？”伯牙道：

> 摔碎瑶琴凤尾寒，子期不在对谁弹！
> 春风满面皆朋友，欲觅知音难上难！

钟公道：“原来如此，可怜可怜！”伯牙道：“老伯高居，端的在上集贤村，还是下集贤村？”钟公道：“荒居在上集贤村第八家就是。先生如今又问他怎的？”伯牙道：“下官伤感在心，不敢随老伯登堂了。随身带得有黄金十镒，一半代令郎甘旨之奉，那一半买几亩祭田，为令郎春秋扫墓之费。待下官回本朝时，上表告归林下。那时却到上集贤村，迎接老伯与老伯母同到寒家，以尽天年。吾即子期，子期即吾也。老伯勿以下官为外人相嫌。”说罢，命小僮取出黄金，亲手递与钟公，哭拜于地。钟公感泣答拜，盘桓半晌而别。

这回书，题作《俞伯牙摔琴谢知音》。后人有诗赞云：

势利交怀势利心，斯文谁复念知音！

伯牙不作钟期逝，千古令人说破琴。

注释

[1]名色：种类。

[2]大宽转：绕道而行。

[3]蚤亡：即“早亡”。孔子的学生颜回德行很好，可惜只活了三十一岁。

[4]蹝(xǐ)：本指鞋，这里是指去掉鞋上的泥水。

[5]两接：即两截，上衣衫子和下衣裤子，是古时一般百姓的装束。

[6]赙(fù)礼：送给人用于办丧事的礼物。

[7]瘗(yì)：埋葬。

[8]物色：观看。

新评

有关高山流水识知音的最早记载，见于《列子·汤问》：“伯牙善鼓琴，钟子期善听。伯牙鼓琴，志在登高山，钟子期曰：‘善哉，峨峨兮若泰山！’志在流水，曰：‘善哉，洋洋兮若江河。’伯牙所念，钟子期必得之。伯牙游于泰山之阴，卒逢暴雨，止于岩下。心悲，乃援琴而鼓之。初为霖雨之操，更造崩山之音。曲每奏，钟子期辄穷其趣。伯牙乃舍琴而叹曰：‘善哉，子之听夫志！想象犹吾心也，吾于何逃声哉！’”

小说中将伯牙写成高官，将子期写成平民，意在说明知音并不由彼此的身份、地位所决定，而在于“心有灵犀一点通”。“伯牙摔琴谢知音”已成为对“知音”的高度浓缩。

第二十卷　庄子休鼓盆成大道

富贵五更春梦，功名一片浮云。眼前骨肉亦非真。恩爱翻成仇恨。
莫把金枷套颈，休将玉锁缠身。清心寡欲脱凡尘。快乐风光本分。

这首《西江月》词，是个劝世之言。要人割断迷情，逍遥自在。且如父子天性，兄弟手足，这是一本连枝，割不断的。儒、释、道三教虽殊，总抹不得"孝""弟"二字[1]。至于生子生孙，就是下一辈事，十分周全不得了。常言道得好：

儿孙自有儿孙福，莫与儿孙作马牛。

若论到夫妇，虽说是红线缠腰，赤绳系足，到底是剜肉粘肤，可离可合。常言又说得好：

夫妻本是同林鸟，巴到天明各自飞。

近世人情恶薄，父子兄弟倒也平常，儿孙虽是疼痛，总比不得夫妇之情。他溺的是闺中之爱，听的是枕上之言。多少人被妇人迷惑，做出不孝不弟的事来。这断不是高明之辈。

如今说这庄生鼓盆的故事，不是唆人夫妻不睦，只要人辨出贤愚，参破真假。从第一着迷处，把这念头放淡下来。渐渐六根清净[2]，道念滋生，自有受用。昔人看田夫插秧，咏诗四句，大有见解。诗曰：

手把青秧插野田，低头便见水中天。
六根清净方为稻[3]，退步原来是向前。

话说周末时有一高贤，姓庄名周，字子休，宋国蒙邑人也。曾仕周为漆园吏。师事一个大圣人，是道教之祖，姓李名耳，字伯阳。伯阳生而白发，人都呼为老子。庄生尝昼寝，梦为蝴蝶，栩栩然于园林花草之间，其意甚适。醒来时，尚觉臂膊如两翅飞动，心甚异之。以后不时有此梦。庄生一日在老子座间讲《易》之暇，将此梦诉之于师。他是个大圣人，晓得三生来历。向庄生指出夙世因由：那庄生原是混沌初分时一个白蝴蝶。天一生水，二生木，木荣花茂，那白蝴蝶采百花之精，夺日月之秀，得了气候，长生不死，翅如车轮。后游于瑶池，偷采蟠桃花蕊，被王母娘娘位下守花的青鸾啄死。其神不散，托生于世，做了庄周。因他根器不凡，道心坚固，师事老子，学清净无为之教。今日被老子点破了前生，如梦初醒。自觉两腋风生，有栩栩然蝴蝶之意。把世情荣枯得丧，看做行云流水，一丝不挂。老子知他心下了悟，把《道德》五千字的秘诀，倾囊而授。庄生默默诵习修炼，遂能分身隐形，出神变化。从此弃了漆园吏的前程，离别老子，周游访道。

他虽宗清净之教，原不绝夫妇之伦。一连娶过三遍妻房。第一妻，得疾夭亡；

第二妻，有过被出；如今说的是第三妻，姓田，乃田齐族中之女。庄生游于齐国，田宗重其人品，以女妻之。那田氏比先前二妻，更有姿色：肌肤若冰雪，绰约似神仙。庄生不是好色之徒，却也十分相敬。真个如鱼似水。楚威王闻庄生之贤，遣使持黄金百镒，文锦千端，安车驷马[4]，聘为上相。庄生叹道："牺牛身被文绣[5]，口食刍菽，见耕牛力作辛苦，自夸其荣。及其迎入太庙，刀俎在前，欲为耕牛而不可得也！"遂却之不受。挈妻归宋，隐于曹州之南华山。

一日，庄生出游山下，见荒冢累累，叹道："'老少俱无辨，贤愚同所归。'人归冢中，冢中岂能复为人乎？"嗟咨了一回。再行几步，忽见一新坟，封土未干。一年少妇人，浑身缟素，坐于此冢之傍，手运齐纨素扇，向冢连搧不已。庄生怪而问之："娘子，冢中所葬何人？为何举扇搧土？必有其故。"那妇人并不起身，运扇如故，口中莺啼燕语，说出几句不通道理的话来。正是：

听时笑破千人口，说出加添一段羞。

那妇人道："冢中乃妾之拙夫，不幸身亡，埋骨于此。生时与妾相爱，死不能舍。遗言教妾如要改适他人，直待葬事毕后，坟土干了，方才可嫁。妾思新筑之土，如何得就干，因此举扇搧之。"庄生含笑想道："这妇人好性急！亏他还说生前相爱。若不相爱的，还要怎么？"乃问道："娘子要这新土干燥极易。因娘子手腕娇软，举扇无力，不才愿替娘子代一臂之劳。"那妇人方才起身，深深道个万福："多谢官人！"双手将素白纨扇递与庄生。庄生行起道法，举手照冢顶连搧数扇，水气都尽，其土顿干。妇人笑容可掬，谢道："有劳官人用力。"将纤手向鬓傍拔下一股银钗，连那纨扇送庄生，权为相谢。庄生却其银钗，受其纨扇。妇人欣然而去。

庄子心下不平，回到家中，坐于草堂，看了纨扇，口中叹出四句：

不是冤家不聚头，冤家相聚几时休？
早知死后无情义，索把生前恩爱勾。

田氏在背后，闻得庄生嗟叹之语，上前相问。——那庄生是个有道之士，夫妻之间，亦称为"先生"。——田氏道："先生有何事嗟叹？此扇从何而得？"庄生将妇人搧冢，要土干改嫁之言，述了一遍。"此扇即搧土之物。因我助力，以此相赠。"田氏听罢，忽发忿然之色，向空中把那妇人"千不贤，万不贤"骂了一顿。对庄生道："如此薄情之妇，世间少有！"庄生又道出四句：

生前个个说恩爱，死后人人欲搧坟。
画龙画虎难画骨，知人知面不知心。

田氏闻言大怒。自古道："怨废亲，怒废礼。"那田氏怒中之言，不顾体面，向庄生面上一啐，说道："人类虽同，贤愚不等；你何得轻出此语，将天下妇道家看做一例？却不道歉人带累好人[6]，你却也不怕罪过！"庄生道："莫要弹空说嘴。假如不幸我庄周死后，你这般如花似玉的年纪，难道挨得过三年五载？"田氏道："'忠臣不事二君，烈女不更二夫。'那见好人家妇女吃两家茶，睡两家床！若不幸轮到我身上，这样没廉耻的事，莫说三年五载，就是一世也成不得。梦儿里也还有三分的志气。"庄生道："难说，难说！"田氏口出詈语道："有志妇人，胜如男子。似你这般没仁没义的，死了一个，又讨一个；出了一个，又纳一个。只道别人也是一般见识。我们妇道家一鞍一马，倒是站得脚头定的。怎么肯把话与他人说，惹后世耻笑？你如今又不死，直恁枉杀了人！"就庄生手中，夺过纨扇，扯得粉碎。庄生道："不必发怒，只愿得如此争气甚好！"自此无话。

过了几日，庄生忽然得病，日加沉重。田氏在床头，哭哭啼啼。庄生道："我病势如此，永别只在早晚。可惜前日纨扇扯碎了，留得在此，好把与你搧坟！"田氏道："先生休要多心！妾读书知礼，从一而终，誓无二志。先生若不见信，妾愿死于先生之前，以明心迹。"庄生道："足见娘子高志。我庄某死亦瞑目。"说罢，气就绝了。田氏抚尸大哭。少不得央及东邻西舍，制备衣衾棺椁殡殓。田氏穿了一身素缟，真个朝朝忧闷，夜夜悲啼。每想着庄生生前恩爱，如痴如醉，寝食俱废。

山前山后庄户，也有晓得庄生是个逃名的隐士，来吊孝的，到底不比城市热闹。到了第七日，忽有一少年秀士，生得面如傅粉，唇若涂朱，俊俏无双，风流第一。穿扮的紫衣玄冠，绣带朱履。带着一个老苍头，自称楚国王孙，向年曾与庄子休先生有约，欲拜在门下，今日特来相访。见庄生已死，口称："可惜！"慌忙脱下色衣，叫苍头于行囊内取出素服穿了，向灵前四拜，道："庄先生，弟子无缘，不得面会侍教，愿为先生执百日之丧，以尽私淑之情。"说罢，又拜了四拜，洒泪而起。便请田氏相见。田氏初次推辞。王孙道："古礼，通家朋友，妻妾都不相避，何况小子与庄先生有师弟之约。"田氏只得步出孝堂，与楚王孙相见，叙了寒温。田氏一见楚王孙人才标致，就动了怜爱之心，只恨无由厮近。楚王孙道："先生虽死，弟子难忘思慕。欲借尊居，暂住百日；一来守先师之丧，二者先师留下有什么著述，小子告借一观，以领遗训。"田氏道："通家之谊，久住何妨。"当下治饭相款。饭罢，田氏将庄子所著《南华真经》及老子《道德》五千言，和盘托出，献与王孙。王孙殷勤感谢。草堂中间占了灵位，楚王孙在左边厢安顿。田氏每日假以哭灵为由，就左边厢与王孙攀话。日渐情熟，眉来眼去，情不能已。楚王孙只有五分，那田氏倒有十分。所喜者深山隐僻，就做差了些事，没人传说；所恨者新丧未久，况且女求于男，难以启齿。又挨了几日，约莫有半月了，那婆娘心猿意马，按捺不住。悄地唤老苍头进房，赏以美酒，将好言抚慰。从容问："你家主人曾婚配否？"老苍头道："未曾婚配。"婆娘又问道："你家主人要拣什么样人物，才肯婚配？"老苍头带醉道："我家王孙曾有言，若得像娘子一般丰韵的，他就心满意足。"婆娘道："果有此话？莫非你说谎？"老苍头道："老汉一把年纪，怎么说谎？"婆娘道："我央你老人家为媒说合。若不弃嫌，奴家情愿服事你主人。"老苍头道："我家主人也曾与老汉说来，道一段好姻缘，只碍‘师弟’二字，恐惹人议论。”婆娘道：“你主人与先夫，原是生前空约，没有北面听教的事，算不得师弟。又且山僻荒居，邻舍罕有，谁人议论！你老人家是必委曲成就，教你吃杯喜酒。”老苍头应允。临去时，婆娘又唤转来嘱咐道：“若是说得允时，不论早晚，便来房中回复奴家一声。奴家在此专等。”老苍头去后，婆娘悬悬而望。孝堂边张了数十遍[7]，恨不能一条细绳缚了那俊俏后生脚，扯将入来，搂做一处。将及黄昏，那婆娘等得个不耐烦，黑暗里走入孝堂，听左边厢声息。忽然灵座上作响，婆娘吓了一跳，只道亡灵出现。急急走转内室，取灯火来照，原来是老苍头吃醉了，直挺挺的卧于灵座桌上。婆娘又不敢嗔责他，又不敢声唤他，只得回房。挨更挨点，又过了一夜。

次日，见老苍头行来步去，并不来回复那话儿。婆娘心下发痒，再唤他进房，问其前事。老苍头道：“不成，不成！”婆娘道：“为何不成？莫非不曾将昨夜这些话剖说明白？”老苍头道：“老汉都说了，我家王孙也说得有理。他道：‘娘子容貌，自不必言。未拜师徒，亦可不论。但有三件事未妥，不好回复得娘子。’”婆娘道：“那三件事？”老苍头道：“我家王孙道：‘堂中见摆着个凶器，我却与娘子行吉礼，心中何忍，且不雅相。二来庄先生与娘子是恩爱夫妻，况且他是个有道德的名贤，我的才学万分不及，恐被娘子轻薄。三来我家行李尚在后边未到，空手来此，聘礼筵席之费，一无所措。为此三件，所以不成。’”婆娘道：“这三件都不必虑。凶器不是生根的，屋后还有一间破空房，唤几个庄客抬他出去就是。这是一件了。第二件，我先夫那里就是个有道德的名贤！当初不能正家，致有出妻之事，人称其薄德。楚威王慕其虚名，以厚礼聘他为相。他自知才力不胜，逃走在此。前月独行山下，遇一寡妇，将扇搧坟，待坟土干燥，方才嫁人。拙夫就与他调戏，夺他纨扇，替他搧土，将那把纨扇带回，是我扯碎了。临死时几日，还为他淘了一场气，有什么恩爱！你家主人青年好学，进不可量。况他乃是王孙之贵，奴家亦是田宗之女，门第相当。今日到此，姻缘天合。第三件，聘礼筵席之费，奴家做主，谁人要得聘礼！筵席也是小事。奴家更积得私房白金二十两，赠与你主人，做一套新衣服。你再去道达。若成就时，今夜是合婚吉日，便要成亲。”老苍头收了二十两银子，回复楚王孙。楚王孙只得愿从。老苍头回复了婆娘。那婆娘当时欢天喜地，把孝服除下，重匀粉面，再点朱唇，穿了一套新鲜色衣。叫苍头顾唤近山庄客，扛抬庄生尸柩，停于后面破屋之内。打扫草堂，准备做合婚筵席。有诗为证：

俊俏孤孀别样娇，王孙有意更相挑。

“一鞍一马”谁人语？今夜思将快婿招。

是夜，那婆娘收拾香房，草堂内摆得灯烛辉煌。楚王孙簪缨袍服，田氏锦袄绣裙，双双立于花烛之下。一对男女，如玉琢金装，美不可说。交拜已毕，千恩万爱的，携手入于洞房。吃了合卺杯，正欲上床解衣就寝，忽然楚王孙眉头双皱，寸步难移，登时倒于地下，双手磨胸，只叫："心疼难忍！"田氏心爱王孙，顾不得新婚廉耻，近前抱住，替他抚摩。问其所以，王孙痛极不语，口吐涎沫，奄奄欲绝。老苍头慌做一堆。田氏道："王孙平日曾有此症候否？"老苍头代言："此症平日常有，或一二年发一次。无药可治。只有一物，用之立效。"田氏急问："所用何物？"老苍头道："太医传一奇方，必得生人脑髓，热酒吞之，其痛立止。平日此病举发，老殿下奏过楚王，拨一名死囚来，缚而杀之，取其脑髓。今山中如何可得？其命合休矣！"田氏道："生人脑髓，必不可致。第不知死人的可用得么[8]？"老苍头道："太医说，凡死未满四十九日者，其脑尚未干枯，亦可取用。"田氏道："吾夫死方二十馀日，何不斫棺而取之？"老苍头道："只怕娘子不肯。"田氏道："我与王孙成其夫妇，妇人以身事夫，自身尚且不惜，何有于将朽之骨乎？"即命老苍头伏侍王孙，自己寻了砍柴板斧，右手提斧，左手携灯，往后边破屋中，将灯檠放于棺盖之上，扎起两袖，双手举斧，觑定棺头，咬牙努力，一斧劈去。妇人家气力单微，如何劈得棺开？有个缘故，那庄周是达生之人，分付不得厚敛。桐棺三寸，一斧就劈去了一块木头。一连数斧，棺盖便裂开了。

婆娘正在吁气喘息，只见庄生从棺内叹口气，推开棺盖，挺身坐起。田氏虽然心狠，终是女流，吓得腿软筋麻，心头乱跳，斧头不觉坠地。庄生叫："娘子扶起我来。"那婆娘不得已，只得扶庄生出棺。庄生携灯，婆娘随后，同进房来。婆娘心知房中有楚王孙主仆二人，捏两把汗。行一步，反退两步。比及到房中看时，铺设依然灿烂，那主仆二人，阒然不见。婆娘心下虽然暗暗惊疑，却也放下了胆，巧言抵饰，向庄生道："奴家自你死后，日夕思念。方才听得棺中有声响，想古人中多有还魂之事，望你复活，所以用斧开棺。谢天谢地，果然重生！实乃奴家之万幸也！"庄生道："多谢娘子厚意。只是一件：娘子守孝未久，为何锦袄绣裙？"婆娘又解释道："开棺见喜，不敢将凶服冲动，权用锦绣，以取吉兆。"庄生道："罢了！还有一节：棺木何不放在正寝，却撇在破屋之内？难道也是吉兆？"婆娘无言可答。庄生又见杯盘罗列，也不问其故，教暖酒来饮。庄生放开大量，满饮数觥。那婆娘不达时务，指望煨热老公，重做夫妻，紧挨着酒壶，撒娇撒痴，甜言美语，要哄庄生上床同寝。庄生把酒饮个大醉，索纸笔写出四句：

从前了却冤家债，你爱之时我不爱。
若重与你做夫妻，怕你巨斧劈开天灵盖。

那婆娘看了这四句诗，羞惭满面，顿口无言。庄生又写出四句：

夫妻百夜有何恩？见了新人忘旧人！
甫得盖棺遭斧劈，如何等待搧干坟！

庄生又道："我则教你看两个人。"庄生用手将外面一招，婆娘回头而看，只见楚王孙和老苍头踱将进来。婆娘吃了一惊。转身不见了庄生；再回头时，连楚王孙主仆都不见了。——那里有什么楚王孙、老苍头，此皆庄生分身隐形之法也。——那婆娘精神恍惚，自觉无颜。解腰间绣带，悬梁自缢，呜呼哀哉。这倒是真死了。庄生见田氏已死，解将下来，就将劈破棺木盛放了他，把瓦盆为乐器，鼓之成韵，倚棺而作歌。歌曰：

大块无心兮，生我与伊。我非伊夫兮，伊非我妻。偶然邂逅兮，一室同居。大限既终兮，有合有离。人之无良兮，生死情移。真情既见兮，不死何为！伊生兮拣择去取，伊死兮还返空虚。伊吊我兮，赠我以巨斧；我吊伊兮，慰伊以歌词。斧声起兮我复活，歌声发兮伊可知！噫嘻，敲碎瓦盆不再鼓，伊是何人我是谁！

庄生歌罢，又吟诗四句：

你死我必埋，我死你必嫁。
我若真个死，一场大笑话！

庄生大笑一声，将瓦盆打碎。取火从草堂放起，屋宇俱焚，连棺木化为灰烬。只有《道德经》、《南华经》不毁。山中有人检取，传流至今。庄生遨游四方，终身不娶。或云遇老子于函谷关，相随而去，已得大道成仙矣。诗云：

杀妻吴起太无知[9]，荀令伤神亦可嗤[10]。
请看庄生鼓盆事，逍遥无碍是吾师。

注释

[1]弟(dì)：即"悌"，封建时代指弟弟对兄长所应有的尊敬态度。

[2]六根：佛教认为眼、耳、鼻、舌、身、意为一切意识所产生之根源，故称为六根。

[3]方为稻：即"方为道"，稻谐"道"音。道家认为，"道"是宇宙万物的本原、本体。

[4]安车：古代一种小车，因可安坐，故名。

[5]牺牛：用于祭祀的牛。　被：同"披"。

[6]歉人：坏人。

[7]张：张望。

[8]第不知：只不知。

[9]吴起：战国时卫国左氏人，军事家。齐国攻打鲁国，鲁国想让他作大将，但因其妻为齐国人，有所怀疑。吴起杀死妻子，以表真诚，最终打败了齐国。

[10]荀令：三国时魏国荀粲。他的妻子很漂亮，去世之后，荀粲伤心不已，不久也死去。

新评

"庄周梦蝶"、"庄周鼓盆"，在庄周的著作《庄子》一书中，即有记载："昔者庄周梦为胡蝶，栩栩然胡蝶也，自喻适志与！不知周也。俄然觉，则蘧蘧然庄周也。不知周之梦为胡蝶与？胡蝶之梦为周与？周与胡蝶，则必有分矣。此之谓物化。"（《庄子·齐物论》）"庄子妻死，惠子吊之，庄子则方箕踞鼓盆而歌。惠子曰：'与人居，长子老身,死不哭亦足矣,又鼓盆而歌,不亦甚乎!'庄子曰:'不然。是其始死也,我独何能无概然!察其始而本无生,非徒无生也而本无形,非徒无形也而本无气。杂乎芒芴之间,变而有气,气变而有形,形变而有生,今又变而之死,是相与为春秋冬夏四时行也。人且偃然寝于巨室,而我噭噭然随而哭之,自以为不通乎命,故止也。'"(《庄子·至乐》)前者表达了庄子"齐物"的观点:庄子认为世上的万物,包括人的品德、性格、思想感情,看似千差万别,实则万物齐一,物我交合,物我俱化;后者表达了庄子对生死的看法:人的死生乃是气的聚合与流散,一如春夏秋冬四季之交替(庄子认为生和死都不值得大惊小怪,都是天命所致,故而生不足喜,死亦不足忧)。

这篇小说以以上记载为基础,进行艺术再创造,生动地塑造了庄子达观者的形象,以及他的分身隐形,出神变化。同时也刻画了庄子之妻自食其言,前后判若两人的形象。这篇小说是庄子学说的形象化再现。当时多数篇章宣扬佛教因果报应、生死轮回、善恶有报;此篇独辟蹊径,阐述道家的无为,令人有别开生面之感。

《中国家庭基本藏书》

荣获

新闻出版总署优秀畅销书奖
全国优秀古籍图书普及读物奖
第十七届山西省优秀图书一等奖
第二届山西出版政府奖
山西出版集团2008年度十种好书

全套藏书累计销售500万册

中国家庭基本藏书（修订版）

诸子百家卷

《诗经》《尚书》《礼记》《楚辞》《论语·大学·中庸》《孟子》
《老子》《庄子》《荀子》《韩非子》《孙子兵法·尉缭子·鬼谷子》
《墨子》《周易》《山海经》《吕氏春秋》《三十六计》

名家选集卷

《三曹诗集》《陶渊明集》《王勃集》《王维集》《孟浩然集》
《高适集》《岑参集》《李白集》《杜甫集》《白居易集》
《刘禹锡集》《元稹集》《李商隐集》《李贺集》《杜牧集》
《韩愈集》《柳宗元集》《李煜集》《欧阳修集》《王安石集》
《苏轼集》《黄庭坚集》《柳永集》《秦观集》《周邦彦集》
《李清照集》《辛弃疾集》《陆游集》《范成大集》《杨万里集》
《姜夔集》《文天祥集》《元好问集》《唐寅集》《张岱集》
《三袁集》《李贽集》《傅山集》《纳兰性德集》《袁枚集》
《郑板桥集》《龚自珍集》

史著选集卷

《左传》《国语》《战国策》《史记》《汉书》《后汉书》《三国志》
《资治通鉴》

综合选集卷

《唐诗三百首》《宋词三百首》《元曲三百首》《千家诗》《古文观止》
《汉魏六朝小赋骈文选》《唐宋八大家文选》《明清小品文选》

笔记杂著卷

《蒙学六种——三字经·百家姓·千字文·增广贤文·幼学琼林·格言联壁》
《颜氏家训·朱子家训》《世说新语》《金刚经·坛经·心经·地藏经》
《曾国藩家书》《菜根谭·小窗幽记·幽梦影》《浮生六记》《闲情偶寄
《近思录》《徐霞客游记》《古代书信精选》

戏曲小说卷

《元杂剧精选》《西厢记》《牡丹亭》《长生殿》《桃花扇》《今古奇观》
《三国演义》《水浒传》《西游记》《红楼梦》《聊斋志异》《儒林外史》
《封神演义》《话本小说选》《文言小说选》

中国家庭基本藏书　戏曲小说卷

今古奇观（下）

〔明〕抱瓮老人　辑
徐翠兰　艾洪涛　注析

山西出版集团
三晋出版社

博学工作室

说部菁华
曲苑妙裁

黄竹三题

·山西师范大学黄竹三教授为《中国家庭基本藏书》题词

第二十一卷　老门生三世报恩

买只牛儿学种田，结间茅屋向林泉，
也知老去无多日，且向山中过几年。
为利为官终幻客，能诗能酒总神仙。
世间万物俱增价，老去文章不值钱。

这八句诗，乃是达者之言。末句说"老去文章不值钱"，这一句，还有个评论。大抵功名迟速，莫逃乎命，也有早成，也有晚达。早成者未必有成，晚达者未必不达：不可以年少而自恃，不可以年老而自弃。这老少二字，也在年数上论不得的。假如甘罗十二岁为丞相，十三岁上就死了，这十二岁之年，就是他发白齿落背曲腰弯的时候了，后头日子已短，叫不得少年。又如姜太公八十岁还在渭水钓鱼，遇了周文王以后车载之，拜为师尚父。文王薨，武王立，他又秉钺为军师，佐武王伐纣，定了周家八百年基业，封于齐国。又教其子丁公治齐，自己留相周朝，直活到一百二十岁方死。你说八十岁一个老渔翁，谁知日后还有许多事业，日子正长哩！这等看将起来，那八十岁上，还是他初束发、刚顶冠、做新郎、应童子试的时候[1]，叫不得老年。世人只知眼前贵贱，那知去后的日长日短？见个少年富贵的，奉承不暇；多了几年年纪，蹉跎不遇，就怠慢他——这是短见薄识之辈。譬如农家，也有早谷，也有晚稻，正不知那一种收成得好。不见古人云：

东园桃李花，早发还先萎；
迟迟涧畔松，郁郁含晚翠。

闲话休提。却说国朝正统年间，广西桂林府兴安县有一秀才，复姓鲜于，名同，字大通。八岁时曾举神童，十一岁游庠，超增补廪[2]。论他的才学，便是董仲舒、司马相如也不看在眼里，真个是胸藏万卷，笔扫千军。论他的志气，便像冯京、商辂连中三元[3]，也只算他便袋里东西，真个是足蹑风云，气冲牛斗。何期才高而数奇[4]，志大而命薄。年年科举，岁岁观场，不能得朱衣点额，黄榜标名。到三十岁上，循资该出贡了。他是个有才有志的人，贡途的前程是不屑就的。思量穷秀才家，全亏学中年规这几两廪银，做个读书本钱，若出了学门，少了这项来路，又去坐监，反费盘缠。况且本省比监里又好中，算计不通。偶然在朋友前露了此意，那下首该贡的秀才，就来打话要他让贡，情愿将几十金酬谢。鲜于同又得了这个利息，自以为得计。第一遍是个情，第二遍是个例，人人要贡，个个争先。鲜于同自三十岁上让贡起，一连让了八遍，到四十六岁，兀自沉埋于泮水之中，驰逐于青衿之队。也有人笑他的，也有人怜他的，又有人劝他的。那笑他的他也不睬，怜他的他也不受，只有那劝他的，他就勃然发怒起来，道："你劝我就贡，止无过道俺年长，不能个科第了。却不知龙头属于老成，梁颢八十二岁中了状元[5]，也替天下有骨气肯读书的男子争气。俺若情愿小就时，三十岁上就了，肯用力钻刺，少不得做个府佐县正，昧着心田做去，尽可荣身肥家。只是如今是个科目的世界，假如孔夫子不得科第，谁说他胸中才学？若是三家村一个小孩子，粗粗里记得几篇烂旧时文，遇了个盲试官，乱圈乱点，睡梦里偷得个进士到手，一般有人拜门生、称老师，谈天说地，谁敢出个题目将戴纱帽的再考他一考么？不止于此，做官里头还有多少不平处：进士官就是个铜打铁铸的，撒漫做去，没人敢说他不是；科贡官兢兢业业，捧了卵子过桥，上司还要寻趁他。比及按院复命，参论的但是进士官，凭你叙得极贪极酷，公道看来，拿问也还透头，说到结末，生怕断绝了贪酷种子，道：'此一臣者，官箴虽玷，但或念初任，或念年青，尚可望其自新，策其末路，姑照浮躁或不及例降调。'不够几年工夫，依旧做起。倘拼得些银子，央要道挽回，不过对调个地方，全然没事。科贡的官一分不是，就当做十分；悔气遇着别人有势有力，没处下手，随你清廉贤宰，少不得借重他替进士顶缸[6]。有这许多不平处，所以不中进士，再做不得官。俺宁可老儒终身，死去到阎王面前高声叫屈，还博个来世出头。岂可屈身小就，终日受人懊恼，吃顺气丸度日！"遂吟诗一首，诗曰：

从来资格困朝绅，只重科名不重人。
楚士凤歌诚恐殆[7]，叶公龙好岂求真[8]？
若还黄榜终无分，宁可青衿老此身。
铁砚磨穿豪杰事，《春秋》晚遇说平津。

汉时有个平津侯，复姓公孙，名弘，五十岁读《春秋》，六十岁对策第一，做到丞相，封侯。鲜于同后来六十一岁登第，人以为诗谶，此是后话。

却说鲜于同自吟了这八句诗，其志愈锐。怎奈时运不利，看看五十齐头，"苏秦还是旧苏秦"，不能够改换头面。再过几年，连小考都不利了。每到科举年分，第一个拦场告考的就是他，讨了多少人的厌贱。到天顺六年，鲜于同五十七岁，鬓发都苍然了，兀自挤在后生家队里，谈文讲艺，娓娓不倦。那些后生见了他，或以为怪物，望而避之；或以为笑具，就而戏之。这都不在话下。

却说兴安县知县，姓蒯，名遇时，表字顺之，浙江台州府仙居县人氏。少年科甲，声价甚高。喜的是谈文讲艺，商古论今。只是有件毛病，爱少贱老，不肯一视同仁。见了后生英俊，加意奖借；若是年长老成的，视为朽物，口呼"先辈"，甚有戏侮之意。其年乡试届期，宗师行文，命县里录科。蒯知县将合县生员考试弥封阅卷，自恃眼力，从公品第，黑暗里拔了一个第一，心中十分得意。向众秀才面前夸奖道："本县拔得个首卷，其文大有吴越中气脉，必然连捷，通县秀才，皆莫能及。"众人拱手听命，却似汉王筑坛拜将，正不知拜那一个有名的豪杰。比及拆号唱名，只见一人应声而出，从人丛中挤将上来，你道这人如何？

矮又矮，胖又胖，须鬓黑白各一半。破儒巾，欠时样，蓝衫补孔重重绽。你也瞧，我也看，若还冠带像胡判。不枉夸，不枉赞，“先辈”今朝说嘴惯。休羡他，莫自叹，少不得大家做老汉。不须营，不须干，序齿轮流做领案。

那案首不是别人，正是那五十七岁的怪物、笑具，名叫鲜于同。合堂秀才哄然大笑，都道：“鲜于‘先辈’又起用了。”连蒯公也自羞得满面通红，顿口无言。一时间看错文字，今日众人属目之地，如何翻悔！忍着一肚子气，胡乱将试卷拆完。喜得除了第一名，此下一个个都是少年英俊，还有些嗔中带喜。是日蒯公发放诸生事毕，回衙闷闷不悦，不在话下。

却说鲜于同少年时，本是个名士，因淹滞了数年，虽然志不曾灰，却也是：

泽畔屈原吟独苦，洛阳季子面多惭。

今日出其不意，考个案首，也自觉有些兴头。到学道考试，未必爱他文字，亏了县公案首，就搭上一名科举，喜孜孜去赴省试。众朋友都在下处看经书，温后场，只有鲜于同平昔饱学，终日在街坊上游玩。旁人看见，都猜道：“这位老相公，不知是送儿子孙儿进场的？事外之人，好不悠闲自在！”若晓得他是科举的秀才，少不得要笑他几声。

日居月诸，忽然八月初七日，街坊上大吹大擂，迎试官进贡院。鲜于同观看之际，见兴安县蒯公，正征聘做《礼记》房考官。鲜于同自想，我与蒯公同经，他考过我案首，必然爱我的文字，今番遇合，十有八九。谁知蒯公心里不然，他又是一个见识道：“我取个少年门生，他后路悠远，官也多做几年，房师也靠得着他。那些老师宿儒，取之无益。”又道：“我科考时不合昏了眼，错取了鲜于‘先辈’，在众人前老大没趣。今番再取中了他，却不又是一场笑话。我今阅卷，但是三场做得齐整的，多应是夙学之士，年纪长了，不要取他。只拣嫩嫩的口气，乱乱的文法，歪歪的四六，怯怯的策论，愦愦的判语，那定是少年初学。虽然学问未充，养他一两科，年还不长，且脱了鲜于同这件干纪。”算计已定，如法阅卷，取了几个不整不齐，略略有些笔资的，大圈大点，呈上主司。主司都批了“中”字。到八月廿八日，主司同各经房在至公堂上拆号填榜。《礼记》房首卷，是桂林府兴安县学生，复姓鲜于名同，习《礼记》，又是那五十七的怪物、笑具侥幸了！蒯公好生惊异。主司见蒯公有不乐之色，问其缘故。蒯公道：“那鲜于同年纪已老，恐置之魁列，无以压服后生，情愿把一卷换他。”主司指堂上匾额道：“此堂既名为‘至公堂’，岂可以老少而私爱憎乎？自古龙头属于老成，也好把天下读书人的志气鼓舞一番。”遂不肯更换，判定了第五名正魁。蒯公无可奈何。正是：

饶君用尽千般力，命里安排动不得。

本心拣取少年郎，依旧取将老怪物。

蒯公立心不要中鲜于“先辈”,故此只拣不整齐的文字才中。那鲜于同是宿学之士,文字必然整齐,如何反投其机?原来鲜于同为八月初七日看了蒯公入帘,自谓遇合十有八九。回归寓中,多吃了几杯生酒,坏了脾胃,破腹起来[9]。勉强进场,一头想文字,一头泄泻,泻得一丝两气,草草完篇。二场三场,仍复如此,十分才学,不曾用得一分出来。自谓万无中式之理,谁知蒯公倒不要整齐文字,以此竟占了个高魁。也是命里否极泰来,颠之倒之,自然凑巧。那兴安县刚刚只中他一个举人。当日鹿鸣宴罢,众同年序齿,他就居了第一。各房考官见了门生,俱各欢喜。惟蒯公闷闷不悦。鲜于同感蒯公两番知遇之恩,愈加殷勤。蒯公愈加懒散,上京会试,只照常规,全无作兴加厚之意。明年,鲜于同五十八岁,会试,又下第了。相见蒯公。蒯公更无别语,只劝他:“选了官罢。”鲜于同做了四十馀年秀才,不肯做贡生官,今日才中得一年乡试,怎肯就举人职!回家读书,愈觉有兴。每闻里中秀才会文,他就袖了纸墨笔砚,捱入会中同做。凭众人耍他、笑他、嗔他、厌他,总不在意。做完了文字,将众人所作看了一遍,欣然而归,以此为常。

光阴荏苒,不觉转眼三年,又当会试之期。鲜于同时年六十有一,年齿虽增,矍铄如旧。在北京第二遍会试,在寓所得其一梦。梦见中了正魁,会试录上有名,下面却填做《诗经》,不是《礼记》。鲜于同本是个宿学之士,那一经不通?他功名心急,梦中之言,不由不信,就改了《诗经》应试。事有凑巧,物有偶然。蒯知县为官清正,行取到京,钦授礼科给事中之职。其年又进会试经房。蒯公不知鲜于同改经之事,心中想道:“我两遍错了主意,取了那鲜于‘先辈’做了首卷,今番会试,他年纪一发长了。若《礼记》房里又中了他,这才是终身之玷。我如今不要看《礼记》,改看了《诗经》卷子,那鲜于‘先辈’中与不中,都不干我事。”比及入帘阅卷,遂请看《诗》五房卷。蒯公又想道:“天下举子像鲜于‘先辈’的,谅也非止一人,我不中鲜于同,又中了别的老儿,可不是‘躲了雷公,遇了霹雳’!我晓得了,但凡老师宿儒,经旨必然寸分透彻,后生家专工四书,经义必然不精。如今倒不要取四经整齐,但是有些笔资的[10],不妨题旨影响,这定是少年之辈了。”阅卷进呈,等到揭晓,《诗》五房头卷,列在第十名正魁。拆号看时,却是桂林府兴安县学生,复姓鲜于名同,习《诗经》,刚刚又是那六十一岁的怪物、笑具!气得蒯遇时目睁口呆,如槁木死灰模样!

早知富贵生成定,悔却从前枉用心。

蒯公又想道:“论起世上同名姓的尽多,只是桂林府兴安县却没有两个鲜于同。但他向来是《礼记》,不知何故又改了《诗经》?好生奇怪!”候其来谒,叩其改经之故。鲜于同将梦中所见,说了一遍。蒯公叹息连声道:“真命进士,真命进士!”自此蒯公与鲜于同师生之谊,比前反觉厚了一分。殿试过了,鲜于同考在二甲头上,得选刑部主事。人道他晚年一第,又居冷局,替他气闷,他欣然自如。

却说蒯遇时在礼科衙门直言敢谏，因奏疏里面触突了大学士刘吉[11]，被吉寻他罪过，下于诏狱。那时刑部官员，一个个奉承刘吉，欲将蒯公置之死地。却好天与其便，鲜于同在本部一力周旋看觑，所以蒯公不致吃亏。又替他纠合同年，在各衙门恳求方便，蒯公遂得从轻降处。蒯公自想道："'着意种花花不活，无心栽柳柳成阴。'若不中得这个老门生，今日性命也难保。"乃往鲜于"先辈"寓所拜谢。鲜于同道："门生受恩师三番知遇，今日小小效劳，止可少答科举而已，天高地厚，未酬万一！"当日师生二人欢饮而别。自此不论蒯公在家在任，每年必遣人问候，或一次或两次，虽俸金微薄，表情而已。

光阴荏苒，鲜于同只在部中迁转，不觉六年，应升知府。京中重他才品，敬他老成，吏部立心要寻个好缺推他。鲜于同全不在意。偶然仙居县有信至，蒯公的公子蒯敬共与豪户查家争坟地疆界，嚷骂了一场。查家走失了个小厮，赖蒯公子打死，将人命事告官。蒯敬共无力对理，一径逃往云南父亲任所去了。官府疑蒯公子逃匿，人命真情，差人雪片下来提人，家属也监了几个，阖门惊惧。鲜于同查得台州正缺知府，乃央人讨这地方。吏部知台州原非美缺，既然自己情愿，有何不从？即将鲜于同推升台州府知府。鲜于同到任三日，豪家已知新太守是蒯公门生，特讨此缺而来，替他解纷，必有偏向之情，先在衙门谣言放刁。鲜于同只推不闻。蒯家家属诉冤，鲜于同亦佯为不理。密差的当捕人访缉查家小厮，务在必获。约过两月有馀，那小厮在杭州拿到。鲜于太守当堂审明，的系自逃，与蒯家无干。当将小厮责取查家领状，蒯氏家属，即行释放。期会一日，亲往坟所踏看疆界。查家见小厮已出，自知所讼理虚，恐结讼之日，必然吃亏。一面央大分上到太守处说方便，一面又央人到蒯家，情愿把坟界相让讲和。蒯家事已得白，也不愿结冤家。鲜于太守准了和息。将查家薄加罚治，申详上司，两家莫不心服。正是：

只愁堂上无明镜，不怕民间有鬼奸。

鲜于太守乃写书信一通，差人往云南府回覆房师蒯公。蒯公大喜，想道："'树荆棘得刺，树桃李得荫。'若不曾中得这个老门生，今日身家也难保。"遂写恳切谢启一通，遣儿子蒯敬共赍回，到府拜谢。鲜于同道："下官暮年淹蹇，为世所弃，受尊公老师三番知遇，得掇科目，常恐身先沟壑，大德不报。今日恩兄被诬，理当暴白。下官因风吹火，小效区区，止可少酬老师乡试提拔之德，尚欠情多多也。"因为蒯公子经纪家事，劝他闭户读书，自此无话。

鲜于同在台州做了三年知府，声名大振，升在徽宁道做兵宪，累升河南廉使，勤于官职。年至八旬，精力比少年兀自有馀，推升了浙江巡抚。鲜于同想道："我六十一岁登第，且喜儒途淹蹇，仕途倒顺溜，并不曾有风波。今官至抚台，恩荣极矣。一向清勤自矢，不负朝廷。今日急流勇退，理之当然。但受蒯公三番知遇之恩，报之未尽，此任正在房师地方，或可少效涓埃[12]。"乃择日起程赴任。一路迎送荣耀，自不必说。不一日，到了浙江省城。此时蒯公也历任做到大参地位，因病目不能理事，致政在家。闻得鲜于"先辈"又做本省开府，乃领了十二岁孙儿，亲到杭州谒见。蒯公虽是房师，倒小于鲜于公二十馀岁。今日蒯公致政在家，又有了目疾，龙钟可怜。鲜于公年已八旬，健如壮年，位至开府。可见发达不在于迟早。蒯公叹息了许多。正是：

松柏何须羡桃李，请君点检岁寒枝。

且说鲜于同到任以后，正拟遣人问候蒯公，闻说蒯参政到门，喜不自胜，倒屣而迎，直请到私宅，以师生礼相见。蒯公唤十二岁孙儿："见了老公祖。"鲜于公问："此位是老师何人？"蒯公道："老夫受公祖活命之恩，犬子昔日难中，又蒙昭雪，此恩直如覆载。今天幸福星又照吾省。老夫衰病，不久于世；犬子读书无成；只有此孙，名曰蒯悟，资性颇敏，特携来相托，求老公祖青目一二。"鲜于公道："门生年齿，已非仕途人物，正为师恩酬报未尽，所以强颜而来。今日承老师以令孙相托，此乃门生报德之会也。鄙思欲留令孙在敝衙同小孙辈课业，未审老师放心否？"蒯公道："若蒙老公祖教训，老夫死亦瞑目。"遂留两个书童服事蒯悟，在都抚衙内读书。蒯公自别去了。那蒯悟资性过人，文章日进。就是年之秋，学道按临，鲜于公力荐神童，进学补廪。依旧留在衙门中勤学。三年之后，学业已成。鲜于公道："此子可取科第，我亦可以报老师之恩矣。"乃将俸银三百两赠与蒯悟为笔砚之资，亲送到台州仙居县。适值蒯公三日前一病身亡。鲜于公哭奠已毕，问："老师临终亦有何言？"蒯敬共道："先父遗言，自已不幸少年登第，因而爱少贱老，偶尔暗中摸索，得了老公祖大人。后来许多年少的门生，贤愚不等，升沉不一，俱不得其气力，全亏了老公祖大人一人，始终看觑。我子孙世世不可怠慢老成之士！"鲜于公呵呵大笑，道："下官今日三报师恩，正要天下人晓得扶持了老成人，也有用处，不可爱少而贱老也。"说罢，作别回省，草上表章，告老致仕。得旨予告，驰驿还乡，优悠林下。每日训课儿孙之暇，同里中父老饮酒赋诗。后八年，长孙鲜于涵乡榜高魁，赴京会试，恰好仙居县蒯悟是年中举，也到京中。两人三世通家，又是少年同窗，并在一寓读书。比及会试揭晓，同年进士，两家互相称贺。

鲜于同自五十七岁登科，六十一岁登甲，历仕二十三年，腰金衣紫，锡恩三代。告老回家，又看了孙儿科第，直活到九十七岁，整整的四十年晚运。至今浙江人肯读书，不到六七丢手，往往有晚达者。后人有诗叹云：

利名何必苦奔忙，迟早须臾在上苍。
但学蟠桃能结果，三千馀岁未为长。

注释

[1]应童子试：考秀才。

[2]超增：科举考试时，秀才的总名目之下，又有三个级别：附学、增广和廪膳生员。超增是指由附学跳过增广，而直接补上廪生。

[3]冯京：字当世，宋代鄂州江夏人。举进士，从乡举、礼部到廷试，均为第一名。官至御史中丞、枢密副使。 宋辂：字弘载，明代淳安人。乡试、会试、殿试均为第一名，官至吏部尚书。

[4]数奇(jī)：命运不好。

[5]梁颢：北宋人，据《宋史》载，他七十一岁考取进士，九十二岁去世。民间传说他八十二岁中状元。

[6]顶缸：替他人受过。

[7]楚士凤歌诚恐殆：《论语·微子篇》载，孔子在楚国遇见楚狂接舆，接舆唱歌讽刺孔子从政："凤兮凤兮，何德之衰！往者不可谏，来者犹可追。已而已而，今之从政者殆而！"

[8]叶公龙好岂求真：即叶公好龙的故事。据《新序·杂事》记载，叶公子高非常喜欢龙，家中到处画的是龙。可一旦真龙到了他家，他却被吓坏了。

[9]破腹：腹泻。

[10]笔资：指文笔有才情。

[11]触突：冒犯。

[12]涓埃：涓指细流，埃指尘埃，比喻极其细小。

新评

这篇小说的作者旨在告诫人们：人不可貌相，海水不可斗量，不可仅凭年纪的老少来衡量一个人的前途。可读者透过这一宗旨所看到的，却是科举时代读书人的悲惨命运：你的前程掌握在别人的手中，犹如刀案上的鱼肉，任主考官随意宰割。鲜于同三次"歪打正着"，极其形象地反映了当时考试制度的弊病。而一旦"老门生"飞黄腾达，首先考虑的是如何报效"师恩"——虽然这师恩出于勉强。这也是这种带有弊病的考试制度所产生的必然结果。

研究中国教育制度的，不可不看此卷。

第二十二卷　钝秀才一朝交泰

蒙正窑中怨气，买臣担上书声；丈夫失意惹人轻。总入荣华称庆。
红日偶然阴翳，黄河尚有澄清。浮云眼底总难凭。牢把脚跟立定。

这首《西江月》，大概说人穷通有时，固不可以一时之得意，而自夸其能；亦不可以一时之失意，而自坠其志。

唐朝大和年间[1]，有个王涯丞相，官居一品，权压百僚，僮仆千数，日食万钱，说不尽荣华富贵。其府第厨房，与一僧寺相邻。每日厨房中涤锅净碗之水，倾向沟中，其水从僧寺中流出。一日，寺中老僧出行，偶见沟中流水中有白物，大如雪片，小如玉屑。近前观看，乃是上白米饭，王丞相厨下锅里碗里洗刷下来的。长老合掌念声："阿弥陀佛，罪过罪过！"随口吟诗一首：

春时耕种夏时耘，粒粒颗颗费力勤。
舂去细糠如剖玉，炊成香饭似堆银。
三餐饱食无馀事，一口饥时可疗贫。
堪叹沟中狼籍贱，可怜天下有穷人！

长老吟诗已罢，随唤火工道人，将笊篱笊起沟内残饭，向清水河中涤去污泥，摊于筛内，日色晒干，用磁缸收贮，且看几时满得一缸。不够三四个月，其缸已满。两年之内，共积得六大缸有馀。那王涯丞相只道千年富贵，万代奢华。谁知乐极生悲，一朝触犯了朝廷，阖门待勘[2]，未知生死。其时宾客散尽，僮仆逃亡，仓廪尽为仇家所夺。王丞相至亲二十三口，米尽粮绝，担饥忍饿。啼哭之声，闻于邻寺。长老听得，心怀不忍。只是一墙之隔，除非穴墙可以相通。长老将缸内所积饭干浸软，蒸而馈之。王涯丞相吃罢，甚以为美。遣婢子问老僧，他出家之人，何以有此精食？老僧道："此非贫僧家常之饭，乃府上涤釜洗碗之馀，流出沟中，贫僧可惜有用之物，弃之无用，将清水淘尽，日色晒干，留为荒年贫丐之食。今日谁知仍济了尊府之急。正是一饮一啄，莫非前定。"王涯丞相听罢，叹道："我平昔暴殄天物如此，安得不败？今日之祸，必然不免。"其夜，遂伏毒而死。当初富贵时节，怎知道有今日！正是：贫贱常思富贵，富贵又履危机。此乃福过灾生，自取其咎。假如今人贫贱之时，那知后日富贵？即如荣华之日，岂信后来苦楚？如今在下再说个先忧后乐的故事。列位看官们，内中倘有胯下忍辱的韩信，妻不下机的苏秦，听在下说这段评话，各人回去硬挺着头颈过日，以待时来，不要先坠了志气。有诗四句：

秋风衰草定逢春，尺蠖泥中也会伸。
画虎不成君莫笑，安排牙爪始惊人。

话说国朝天顺年间，福建延平府将乐县，有个宦家，姓马名万群，官拜吏科给事中。因论太监王振专权误国，削籍为民。夫人早丧，单生一子，名曰马任，表字德称。十二岁游庠，聪明饱学。说起他聪明，就如颜子渊闻一知十；论起他饱学，就如虞世南五车腹笥。真个文章盖世，名誉过人。马给事爱惜如良金美玉，自不必言。里中那些富家儿郎，一来为他是黉门的贵公子[3]，二来道他经解之才，早晚飞黄腾达，无不争先奉承。其中更有两个人奉承得要紧，真个是：

冷中送暖，闲里寻忙，出外必称弟兄，使钱那问尔我。偶话店中酒美，请饮三杯；才夸妓馆容娇，代包一月。掇臀捧屁，犹云手有馀香；随口蹋痰，惟恐人先着脚。说不尽谄笑胁肩，只少个出妻献子。

一个叫黄胜，绰号黄病鬼。一个叫顾祥，绰号飞天炮仗。他两个祖上也曾出仕，都是富厚之家，目不识丁，也顶个读书的虚名。把马德称做个大菩萨供养，攀他日后富贵往来。那马德称是忠厚君子，彼以礼来，此以礼往，见他殷勤，也遂与之为友。黄胜就把亲妹六媖，许与德称为婚。德称闻此女才貌双全，不胜之喜。但从小立个誓愿：

若要洞房花烛夜，必须金榜挂名时。

马给事见他立志高明，也不相强，所以年过二十，尚未完娶。

时值乡试之年，忽一日，黄胜、顾祥邀马德称向书铺中去买书。见书铺隔壁有个算命店，牌上写道：

要知命好丑？只问张铁口！

马德称道："此人名为'铁口'，必肯直言。"买完了书，就过间壁，与那张先生拱手道："学生贱造求教！"先生问了八字，将五行生克之数，五星虚实之理，推算了一回。说道："尊官若不见怪，小子方敢直言。"马德称道："君子问灾不问福，何须隐讳。"黄胜、顾祥两个在傍，只怕那先生不知好歹，说出话来冲撞了公子。黄胜便道："先生仔细看看，不要轻谈！"顾祥道："此位是本县大名士，你只看他今科发解还是发魁？"先生道："小子只据理直讲，不知准否？贵造偏才归禄，父主峥嵘，论理必生于贵宦之家。"黄、顾二人拍手大笑道："这就准了。"先生道："五星中命缠奎壁，文章冠世。"二人又大笑道："好先生，算得准，算得准！"先生道："只嫌二十二岁交这运不好，官煞重重，为祸不小。不但破家，亦防伤命。若过得三十一岁，后来倒有五十年荣华。只怕一丈阔的水缺，双脚跳不过去。"黄胜就骂起来道："放屁，那有这话！"顾祥伸出拳来道："打这厮，打歪他的铁嘴！"马德称双手拦住道："命之理微，只说他算不准就罢了，何须计较？"黄、顾二人口中还不干净，却得马德称抵死劝回。那先生只求无事，也不想算命钱了。正是：

阿谀人人喜，直言个个嫌。

那时连马德称也只道自家唾手功名，虽不深怪那先生，却也不信。谁知三场得意，榜上无名。自十五岁进场，到今二十一岁，三科不中。若论年纪还不多，只为进场屡次了，反觉不利。又过一年，刚刚二十二岁。马给事一个门生，又参了王振一本。王振疑心座主指使而然。再理前仇，密唆朝中心腹，寻马万群当初做有司时罪过，坐赃万两，着本处抚按追解。马万群本是个清官，闻知此信，一口气得病，数日身死。马德称哀戚尽礼，此心无穷。却被有司逢迎上意，逼要万两赃银交纳。此时只得变卖家产，但是有税契可查者，有司径自估价官卖；只有续置一个小小田庄，未曾起税，官府不知。马德称恃顾祥平昔至交，只说顾家产业，央他暂时承认。又有古玩书籍等项，约数百金，寄与黄胜家中。那有司官将马给事家房产田业尽数变卖，未足其数，兀自吹毛求疵不已。马德称扶柩，在坟堂屋内暂住。忽一日，顾祥遣人来言，"府上馀下田庄，官府已知，瞒不得了。"马德称无可奈何，只得入官。后来闻得反是顾祥举首，一则恐后连累，二者博有司的笑脸。德称知人情奸险，付之一笑。过了岁馀，马德称往黄胜家索取寄顿物件，连走数次，俱不相接，结末遣人送一封帖来。马德称拆开看时，没有书柬，止封帐目一纸。内开：某月某日某事用银若干，某该合认，某该独认。如此非一次，随将古玩书籍等项估计扣除，不还一件。德称大怒，当了来人之面，将帐目扯碎，大骂一场："这般狗彘之辈，再休相见！"从此亲事亦不题起。黄胜巴不得杜绝马家，正中其怀。正合着西汉冯公的四句，道是：

一贵一贱，交情乃见；一死一生，乃见交情。

马德称在坟屋中守孝，弄得衣衫蓝缕，口食不周。"当初父亲存日，也曾周济过别人，今日自己遭困，却有谁人周济？"守坟的老王撺掇他把坟上树木倒卖与人，德称不肯。老王指着路上几棵大柏树道："这树不在冢傍，卖之无妨。"德称依允，讲定价钱，先倒一棵下来，中心都是虫蛀空的，不值钱了。再倒一棵，亦复如此。德称叹道："此乃命也！"就教住手。那两棵树只当烧柴，卖不多钱，不两日用完了。身边只剩得十二岁一个家生小厮[4]，央老王作中，也卖与人，得银五两。这小厮过门之后，夜夜小遗起来[5]，主人不要了，退还老王处，索取原价。德称不得已，情愿减退了二两身价卖了。好奇怪！第二遍去，就不小遗了。这几夜小遗，分明是打落德称这二两银子，不在话下。

光阴似箭，看看服满。德称贫困之极，无门可告。想起有个表叔在浙江杭州府做二府；湖州德清县知县，也是父亲门生：不如去投奔他，两人之中，也有一遇。当下将几件什物家火，托老王卖充路费。浆洗了旧衣旧裳，收拾做一个包裹，搭船上路，直至杭州。问那表叔，刚刚十日之前已病故了。随到德清县投那个知县时，又正遇这几日为钱粮事情与上司争论不合，使性要回去，告病关门，无由通报。正是：

时来风送滕王阁，运去雷轰荐福碑！

德称两处投人不着。想得南京衙门做官的多有年家，又趁船到京口，欲要渡江，怎奈连日大西风，上水船寸步难行，只得往句容一路步行而去，径往留都。且数留都那几个城门：

神策金川仪凤门，怀远清凉到石城，

三山聚宝连通济，洪武朝阳定太平。

马德称由通济门入城，到饭店中宿了一夜。次早往部科等各衙门打听，往年多有年家为官的，如今升的升了，转的转了，死的死了，坏的坏了，一无所遇。乘兴而来，却难兴尽而返。流连光景，不觉又是半年有馀，盘缠俱已用尽。虽不学伍大夫吴门乞食，也难免吕蒙正僧院投斋。

忽一日，德称投斋到大报恩寺，遇见个相识乡亲，问其乡里之事。方知本省宗师按临岁考。德称在先服满时，因无礼物送与学里师长，不曾动得起复文书及游学呈子；也不想如此久客于外。如今音信不通，教官径把他做避考申黜。千里之遥，无由辨复。真是：

屋漏更遭连夜雨，船迟又遇打头风。

德称闻此消息，长叹数声，无面回乡，意欲觅个馆地，权且教书糊口，再作道理。谁知世人眼浅，不识高低。闻知异乡公子如此形状，必是个浪荡之徒，便有锦心绣肠，谁人信他，谁人请他？又过了几时，和尚们都怪他蒿恼[6]，语言不逊，不可尽说。幸而天无绝人之路。有个运粮的赵指挥，要请个门馆先生，同往北京，一则陪话，二则代笔。偶与承恩寺主持商议。德称闻知，想道："乘此机会，往北京一行，岂不两便？"遂央僧举荐。那俗僧也巴不得遣那穷鬼起身，就在指挥面前称扬德称好处，且是束脩甚少[7]。赵指挥是武官，不管三七二十一，只要省，便约德称在寺投刺相见[8]，择日请了下船同行。德称口如悬河，宾主颇也得合。不一日，到黄河岸口，德称偶然上岸登东[9]。忽听发一声响，犹如天崩地裂之形。慌忙起身看时，吃了一惊，原来河口决了。赵指挥所统粮船三分四散，不知去向。但见水势滔滔，一望无际。德称举目无依，仰天号哭，叹道："此乃天绝我命也，不如死休！"方欲投入河流，遇一老者相救，问其来历。德称诉罢，老者恻然怜悯，道："看你青春美质，将来岂无发迹之期？此去短盘至北京，费用亦不多。老夫带得有三两荒银，权为程敬。"说罢，去摸袖里，却摸个空。连呼"奇怪！"仔细看时，袖底有一小孔，那老者赶早出门，不知在那里遇着剪绺的剪去了[10]。老者嗟叹道："古人云：'得咱心肯日，是你运通时。'今日看起来，就是心肯，也有个天数。非是老夫吝惜，乃足下命运不通所致耳。欲屈足下过舍下，又恐路远不便。"乃邀德称到市心里，向一个相熟的主人家，借银五钱为赠。德称深感其意，只得受了，再三称谢而别。德称想这五钱银子，如何盘缠得许多路。思量一计，买下纸笔，一路卖字。德称写作俱佳，争奈时运未利，不能讨得文人墨士赏鉴，不过村坊野店胡乱买几张糊壁，此辈晓得什么好歹,那肯出钱?德称有一顿没一顿,半饥半饱,直挨到北京城里,下了饭店。问店主人借《缙绅》看查,有两个相厚的年伯,一个是兵部尤侍郎,一个是左卿曹光禄。当下写了名刺,先去谒曹公。曹公见其衣衫不整,心下不悦,又知是王振的仇家,不敢招架,送下小小程仪[11],就辞了。再去见尤侍郎,那尤公也是个没意思的,自家一无所赠,写一封书帖荐在边上陆总兵处。店主人见有这封书,料有际遇,将五两银子借为盘缠。谁知正值北虏也先为寇,大掠人畜,陆总兵失机,扭解来京问罪,连尤侍郎都罢官去了。

德称在塞外担阁了三四个月,又无所遇,依旧回到京城旅寓。店主人折了五两银子,没处取讨,又欠下房钱饭钱若干,索性做个宛转,倒不好推他出门。想起一个主意来,前面胡同有个刘千户,其子八岁,要访个下路先生教书,乃荐德称。刘千户大喜,讲过束脩二十两。店主人先支一季束脩自己收受,准了所借之数。刘千户颇尽主道,送一套新衣服,迎接德称到彼坐馆。自此饔飧不缺。且训诵之暇,重温经史,再理文章。刚刚坐了三个月,学生出起痘来,太医下药不效,十二朝身死。刘千户单只此子,正在哀痛,又有刻薄小人对他说道:"马德称是个降祸的太岁,耗气的鹤神,所到之处,必有灾殃。赵指挥请了他就坏了粮船,尤侍郎荐了他就坏了官职。他是个不吉利的秀才,不该与他亲近。"刘千户不想自儿死生有命,倒抱怨先生带累了。各处传说,从此京中起他一个异名,叫做"钝秀才"。凡钝秀才街上过去,家家闭户,处处关门。但是早行遇着钝秀才的,一日没采[12]:做买卖的折本,寻人的不遇,告官的理输,讨债的不是厮打定是厮骂,就是小学生上学,也被先生打几下手心。有此数项,把他做妖物相看。倘然狭路相逢,一个个吐口涎沫,叫句"吉利"方走。可怜马德称衣冠之胄,饱学之儒,今日时运不利,弄得日无饱餐,夜无安宿。同时有个浙中吴监生,性甚硬直。闻知钝秀才之名,不信有此事。特地寻他相会,延至寓所,叩其胸中所学,甚有接待之意。坐席犹未暖,忽得家书报家中老父病故,踉跄而别,转荐与同乡吕鸿胪。吕公请至寓所,待以盛馔,方才举箸,忽然厨房中火起,举家惊慌逃奔。德称因腹馁缓行了几步,被地方拿他做火头[13],解去官司,不由分说,下了监铺。幸吕鸿胪是个有天理的人,替他使钱,免其枷责。从此钝秀才其名益著,无人招接,仍复卖字为生。

惯与裱家书寿轴,喜逢新岁写春联。

夜间常在祖师庙、关圣庙、五显庙这几处安身。或与道人代写疏头[14],趁几文钱度日。

话分两头。却说黄病鬼黄胜,自从马德称去后,初时还怕他还乡,到宗师行黜,不见回家,又有人传信,道是随赵指挥粮船上京,被黄河水决,已覆没矣。心下坦然无虑。朝夕逼勒妹子六媖改聘。六媖以死自誓,决不二天[15]。到天顺晚年乡试,黄胜夤缘贿赂,买中了秋榜,里中奉承者填门塞户。闻知六媖年长未嫁,求亲者日不离门。六媖坚执不从，黄胜也无可奈何。到冬底，打叠行囊往北京会试。马德称见了乡试录，已知黄胜得意，必然到京，想起旧恨，羞与相见，预先出京躲避。谁知黄胜不耐功名，若是自家学问上挣来的前程，倒也理之当然，不放在心里。他原是买来的举人，小人乘君子之器，不觉手之舞之，足之蹈之。又将银五十两买了个勘合[16]，驰驿到京，寻了个大大的下处，且不去温习经史，终日穿花街过柳巷，在院子里表子家行乐。常言道“乐极悲生”，嫖出一身广疮。科场渐近，将白金百两送太医，只求速愈。太医用轻粉劫药，数日之内，身体光鲜，草草完场而归。不够半年，疮毒大发，医治不痊，呜呼哀哉，死了。既无兄弟，又无子息，族间都来抢夺家私。其妻王氏又没主张，全赖六媖一身，内支丧事，外应亲族，按谱立嗣，众心俱悦服无言。

六媖自家也分得一股家私，不下数千金。想起丈夫覆舟消息，未知真假，费了多少盘缠，各处遣人打听下落。有人自北京来，传说马德称未死，落莫在京，京中都呼为“钝秀才”。六媖是个女中丈夫，甚有劈着[17]，收拾起辎重银两，带了丫鬟僮仆，雇下船只，一径来到北京寻取丈夫。访知马德称在真定府龙兴寺大悲阁写《法华经》。乃将白金百两，新衣数套，亲笔作书，缄封停当，差老家人王安赍去，迎接丈夫。分付道：“我如今便与马相公援例入监，请马相公到此读书应举，不可迟滞。”王安到龙兴寺，见了长老，问：“福建马相公何在？”长老道：“我这里只有个‘钝秀才’，并没有什么马相公。”王安道：“就是了，烦引相见。”和尚引到大悲阁下，指道：“傍边桌上写经的，不是钝秀才？”王安在家时曾见过马德称几次，今日虽然蓝缕，如何不认得？一见德称，便跪下磕头。马德称却在贫贱患难之中，不料有此，一时想不起来。慌忙扶住，问道：“足下何人？”王安道：“小的是将乐县黄家，奉小姐之命，特来迎接相公。小姐有书在此。”德称便问：“你小姐嫁归何宅？”王安道：“小姐守志至今，誓不改适。因家相公近故，小姐亲到京中来访相公，要与相公入粟北雍[18]，请相公早办行期。”德称方才开缄而看，原来是一首诗，诗曰：

何事萧郎恋远游？应知乌帽未笼头。
图南自有风云便，且整双箫集凤楼。

德称看罢，微微而笑。王安献上衣服银两，且请起程日期。德称道：“小姐盛情，我岂不知？只是我有言在先：‘若要洞房花烛夜，必须金榜挂名时。’向因贫困，学业久荒。今幸有馀资可供灯火之费，且待明年秋试得意之后，方敢与小姐相见。”王安不敢相逼，求赐回书。德称取写经馀下的茧丝一幅，答诗四句：

逐逐风尘已厌游，好音刚喜见伻头[19]。
嫦娥夙有攀花约，莫遣箫声出凤楼。

德称封了诗，付与王安。王安星夜归京，回复了六媖小姐。开诗看毕，叹惜不已。

其年天顺爷北狩，正遇“土木之变”[20]，皇太后权请郕王摄位，改元景泰。将奸阉王振全家抄没,凡参劾王振吃亏的加官赐荫。黄小姐在寓中得了这个消息,又遣王安到龙兴寺报与马德称知道。德称此时虽然借寓僧房,图书满案,鲜衣美食,已不似在先了。和尚们晓得是马公子马相公,无不钦敬。其年正是三十二岁,交逢好运,正应张铁口先生推算之语。可见:

万般皆是命,半点不由人。

德称正在寺中温习旧业,又得了王安报信,收拾行囊,别了长老赴京,另寻一寓安歇。黄小姐拨家僮二人伏侍,一应日用供给,络绎馈送。德称草成表章,叙先臣马万群直言得祸之由,一则为父亲乞恩昭雪,一则为自己辨复前程。圣旨倒下,准复马万群原官,仍加三级。马任复学复廪。所抄没田产,有司追给。德称差家僮报与小姐知道。黄小姐又差王安送银两到德称寓中,叫他廪例入粟。明春就考了监元,至秋发魁。就于寓中整备喜筵,与黄小姐成亲。来春又中了第十名会魁,殿试二甲,考选庶吉士。上表给假还乡,焚黄谒墓,圣旨准了。夫妻衣锦还乡。府县官员出郭迎接。往年抄没田宅,俱用官价赎还,造册交割,分毫不少。宾朋一向疏失者,此日奔走其门如市。只有顾祥一人自觉羞惭,迁往他郡去讫。时张铁口先生尚在,闻知马公子得第荣归,特来拜贺。德称厚赠之而去。后来马任直做到礼、兵、刑三部尚书,六媖小姐封一品夫人。所生二子,俱中甲科,簪缨不绝。至今延平府人,说读书人不得第者,把"钝秀才"为比。后人有诗叹云:

十年落魄少知音,一日风云得称心。
秋菊春桃时各有,何须海底去捞针。

注释

[1]大和:原本误作"甘露",据《新唐书》改。唐文宗大和九年(835年),宰相李训、舒元舆、郑注等以让唐文宗观赏瑞兆"甘露"为名,图谋诛灭宦官。不料事情败露,反被宦官仇士良所杀。宰相王涯也被杀。此即"甘露之变"。

[2]勘:审判。

[3]黉(hóng)门:读书人的门第。黉,古时学校。

[4]家生小厮:指家中奴婢所生的子女。旧时奴婢所生子女仍为奴婢。

[5]小遗:即俗话所讲的"尿床"。

[6]蒿恼:这里指添麻烦。

[7]束脩:旧时称送给老师的学费。

[8]投刺:相当于今天的递名片。刺,名刺,犹如今日之名片。

[9]登东:上厕所。

[10]剪绺:窃取别人身上的财物。

[11]程仪:赠给远行者的财物。

[12]没采:不吉利,不得意。

[13]地方:旧时指地保、保正。

[14]疏(shù)头:僧道拜忏时焚化的祝告文,上写主人姓名及拜忏缘由等。

[15]二天:嫁两个丈夫。封建时代女子在家从父,出嫁从夫,将丈夫奉为“天”,体现了夫权的威严。

[16]勘合:旧时文书加盖印信,分为两半,当事双方各执一半,查验骑缝半印,作为凭证。

[17]劈着:见解。

[18]入粟:犹纳粟,封建时代一种用实物买官的政策。

[19]伻(bēng)头:对别人奴仆的尊称。伻,使者。

[20]“土木之变”:明英宗正统十四年(1449年),蒙古部落瓦剌入侵山西大同,明英宗御驾亲征,在今河北宣化一带土木堡被俘,史称“土木之变”。

新评

这一类以“生死由命,富贵在天”为主题的小说,大都有一个统一的格式:先给主人翁定下或富贵、或困顿的结局,而后极力渲染中途的过程(结局好的,往往好事多磨,要经历若干困苦;结局不好的,往往幸福时光一瞬即逝),最后印证先前定下的结局。

这篇小说中“张铁口”给马德称定下的“二十二岁交这运不好,官煞重重,为祸不小。不但破家,亦防伤命。若过得三十一岁,后来倒有五十年荣华”的人生基调,犹如西方神话传说中的魔咒一般,十分灵验。于是马德称在22岁到31岁这九年间,家破人亡、朋友反目、亲朋无靠,所有倒霉的事都让他遇上了,连好心人准备周济他的银两,也提前被小偷偷走。只有红颜知己黄六媖对他痴心不改,算是他落魄际遇中的一丝慰藉。待到“魔咒”一破,父冤昭雪,家产返还,科场得意,夫妻衣锦还乡。故事在大团圆中结束。这种模式起承转合,四平八稳,固然有其特点,但丝毫没有西方悲剧那种震撼人心的艺术感染力,这大概与国民性格、民族特点有关。

第二十三卷　蒋兴哥重会珍珠衫

仕至千钟非贵，年过七十常稀。浮名身后有谁知？万事空花游戏。

休逞少年狂荡，莫贪花酒便宜。脱离烦恼是和非。随分安闲得意。

这首词名为《西江月》，是劝人安分守己，随缘作乐，莫为"酒""色""财""气"四字，损却精神，亏了行止。求快活时非快活，得便宜处失便宜。说起那四字中，总到不得那"色"字利害。眼是情媒，心为欲种。起手时牵肠挂肚，过后去丧魄消魂。假如墙花路柳，偶然适兴，无损于事；若是生心设计，败俗伤风，只图自己一时欢乐，却不顾他人的百年恩义——假如你有娇妻爱妾，别人调戏上了，你心下如何？古人有四句道得好：

人心不可昧，天道不差移。

我不淫人妇，人不淫我妻。

看官，则今日听我说《珍珠衫》这套词话，可见果报不爽，好教少年子弟做个榜样。

话中单表一人，姓蒋，名德，小字兴哥，乃湖广襄阳府枣阳县人氏。父亲叫做蒋世泽，从小走熟广东，做客买卖。因为丧了妻房罗氏，止遗下这兴哥，年方九岁，别无男女。这蒋世泽割舍不下，又绝不得广东的衣食道路，千思百计，无可奈何，只得带那九岁的孩子同行作伴，就叫他学些乖巧。这孩子虽则年小，生得：

眉清目秀，齿白唇红。行步端庄，言辞敏捷。聪明赛过读书家，伶俐不输长大汉。人人唤做粉孩儿，个个羡他无价宝。

蒋世泽怕人妒忌，一路上不说是嫡亲儿子，只说是内侄罗小官人。原来罗家也是走广东的。蒋家只走得一代，罗家倒走过三代了。那边客店牙行，都与罗家世代相识，如自己亲眷一般。这蒋世泽做客，起头也还是丈人罗公领他走起的。因罗家近来屡次遭了屈官司，家道消乏，好几年不曾走动。这些客店牙行，见了蒋世泽，那一遍不动问罗家消息，好生牵挂。今番见蒋世泽带个孩子到来，问知是罗家小官人，且是生得十分清秀，应对聪明，想着他祖父三辈交情，如今又是第四辈了，那一个不欢喜？

闲话休题。却说蒋兴哥跟随父亲做客，走了几遍，学得伶俐乖巧，生意行中百般都会，父亲也喜不自胜。何期到一十七岁上，父亲一病身亡。且喜刚在家中，还不做客途之鬼。兴哥哭了一场，免不得揩干泪眼，整理大事，殡殓之外，做些功德超度，自不必说。七七四十九日，内外宗亲都来吊孝。

本县有个王公，正是兴哥的新岳丈，也来上门祭奠，少不得蒋门亲戚陪侍叙话。中间说起兴哥少年老成，这般大事，亏他独立支持，因话随话间，就有人撺掇道："王老亲翁，如今令爱也长成了，何不乘凶完配，教他夫妻作伴，也好过日。"王公未肯应承，当日相别去了。众亲戚等安葬事毕，又去撺掇兴哥。兴哥初时也不肯，却被撺掇了几番，自想孤身无伴，落得应允，央原媒往王家去说。王公只是推辞，说道："我家也要备些薄薄妆奁，一时如何来得?况且孝未期年[1]，于礼有碍。便要成亲，且待小祥之后再议[2]。"媒人回话。兴哥见他说得正理，也不相强。

光阴如箭，不觉周年已到。兴哥祭过了父亲灵位，换去粗麻衣服。再央媒人王家去说，方才应允。不隔几日，六礼完备[3]，娶了新妇进门。有《西江月》为证：

孝幕翻成红幕，色衣换去麻衣。画楼结彩烛光辉，合卺花筵齐备。

那羡妆奁富盛，难求丽色娇妻。今宵云雨足欢娱，来日人称恭喜。

说这新妇是王公最幼之女，小名唤做三大儿。因他是七月七日生的，又唤做三巧儿。王公先前嫁过的两个女儿，都是出色标致的。枣阳县中，人人称羡，造出四句口号，道是：

天下妇人多，王家美色寡。

有人娶着他，胜似为驸马。

常言道："做买卖不着只一时，讨老婆不着是一世。"若于官宦大户人家，单拣门户相当，或是贪他嫁资丰厚，不分皂白，定了亲事，后来娶下一房奇丑的媳妇，十亲九眷面前，出来相见，做公婆的好没意思。又且丈夫心下不喜，未免私房走野。偏是丑妇极会管老公。若是一般见识的，便要反目；若是顾惜体面，让他一两遍，他就做大起来。有此数般不妙，所以蒋世泽闻知王公惯生得好女儿，从小便送过财礼，定下他幼女，与儿子为婚。今日娶过门来，果然娇姿艳质，说起来，比他两个姐姐加倍标致。正是：

吴宫西子不如，楚国南威难赛[4]。

若比水月观音，一样烧香礼拜。

蒋兴哥人才本自齐整，又娶得这房美色的浑家，分明是一对玉人，良工琢就，男欢女爱，比别个夫妻更胜十分。三朝之后，依先换了些浅色衣服。只推制中[5]，不与外事，专在楼上与浑家成双捉对，朝暮取乐。真个行坐不离，梦魂作伴。自古"苦日难熬，欢时易过"。暑往寒来，早已孝服完满，起灵除孝，不在话下。

兴哥一日间想起父亲存日，广东生理，如今担搁三年有馀了，那边还放下许多客账，不曾取得，夜间与浑家商议，欲要去走一遭。浑家初时也答应道该去，后来说到许多路程，恩爱夫妻，何忍分离，不觉两泪交流。兴哥也自割舍不得，两下凄惨一场，又丢开了。如此已非一次。

光阴荏苒，不觉又捱过了二年。那时兴哥决意要行，瞒过了浑家，在外面暗暗收拾行李，拣了个上吉的日期，五日前方对浑家说知，道："常言'坐吃山空'。我夫妻两口，也要成家立业。终不然抛了这行衣食路道？如今这二月天气，不寒不暖，不上路更待何时？"

浑家料是留他不住了，只得问道："丈夫此去，几时可回？"兴哥道："我这番出外，甚不得已。好歹一年便回，宁可第二遍多去几时罢了。"浑家指着楼前一棵椿树道："明年此树发芽，便盼着官人回也。"说罢，泪下如雨。兴哥把衣袖替他揩拭，不觉自己眼泪也挂下来。两下里怨离惜别，分外恩情，一言难尽。

到了第五日，夫妇两个啼啼哭哭，说了一夜的说话，索性不睡了。五更时分，兴哥便起身收拾，将祖遗下的珍珠细软，都交付与浑家收管。自己只带得本钱银两，账目底本，及随身衣服铺陈之类；又有预备下送礼的人事，都装叠停当。原有两房家人，只带一个后生些的去，留下一个老成的在家，听浑家使唤，买办日用。两个婆娘，专管厨下。又有两个丫头，一个叫晴云，一个叫暖雪，专在楼中伏侍，不许远离。分付停当，又对浑家说道："娘子耐心度日。地方轻薄子弟不少，你又生得美貌，莫在门前窥瞰，招风揽火。"浑家道："官人放心。早去早回。"两下掩泪而别。正是：

世上万般哀苦事，无非死别与生离。

兴哥上路，心中只想着浑家，整日的不瞅不睬。不一日到了广东地方，下了客店。这伙旧时相识，都来会面。兴哥送了些人事，排家的治酒接风，一连半月二十日，不得空闲。兴哥在家时，原是淘虚了的身子；一路受些劳碌，到此未免饮食不节，得了个疟疾，一夏不好，秋间转成水痢。每日请医看脉，服药调治。直延到秋尽，方得安痊。把买卖都担搁了，眼见得一年回去不成。正是：

只为蝇头微利，抛却鸳被良缘。

兴哥虽然想家，到得日久，索性把念头放慢了。

不题兴哥做客之事。且说这里浑家王三巧儿，自从那日丈夫分付了，果然数月之内，目不窥户，足不下楼。光阴似箭，不觉残年将尽。家家户户，闹轰轰的暖火盆，放爆竹，吃合家欢耍子。三巧儿触景伤情，思想丈夫，这一夜好生凄楚。正合古人的四句诗，道是：

腊尽愁难尽，春归人未归。
朝来添寂寞，不肯试新衣。

明日正月初一日，是个岁朝[6]，晴云、暖雪两个丫头，一力劝主母在前楼去看看街坊景象。原来蒋家住宅，前后通连的两带楼房：第一带临着大街，第二带方做卧房。三巧儿闲常只在第二带中坐卧。这一日被丫头们撺掇不过，只得从边厢里走过前楼，分付推开窗子，把帘子放下，三巧儿在帘内观看。

这日街坊上好不闹杂。三巧儿道："多少东行西走的人，偏没个卖卦先生在内。若有时，唤他来卜问官人消息也好。"晴云道："今日是岁朝，人人要闲耍的，那个出来卖卦？"暖雪道："娘，限在我两个身上，五日内包唤一个来占卦便了。"到初四日早饭过后，暖雪下楼小解，忽听得街上哨哨的敲响。这件东西叫做"报君知"，是瞎子卖卦的行头。暖雪等不及解完，慌忙检了裤腰，跑出门外，叫住了瞎先生，拨转脚头，一口气跑上楼来报知主母。三巧儿分付唤在楼下坐启内坐着，讨他课钱，通陈过了，走下楼梯，听他剖断。那瞎先生占成一卦，问是何用。那时厨下两个婆娘，听得热闹，也都跑将来了，替主母传话道："这卦是问行人的。"瞎先生道："可是妻问夫么？"婆娘道："正是。"先生道："青龙治世，财爻发动。若是妻问夫，行人在半途。金帛千箱有，风波一点无。青龙属木，木旺于春。立春前后已动身了。月尽月初，必然回家。更兼十分财采。"三巧儿叫买办的把三分银子打发他去，欢天喜地，上楼去了。

真所谓"望梅止渴，画饼充饥"，大凡人不做指望，倒也不在心上；一做指望，便痴心妄想，时刻难过。三巧儿只为信了卖卦先生之话，一心只想丈夫回来，从此时常走向前楼，在帘内东张西望。直到二月初旬，椿树发芽，不见些动静。三巧儿思想丈夫临行之约，愈加心慌，一日几遍，向外探望。也是合当有事，遇着这个后生。正是：

有缘千里能相会，无缘对面不相逢。

这个俊俏后生是谁？原来不是本地，是徽州新安县人氏，姓陈，名商，小名叫做大喜哥，后来改呼为"大郎"。年方二十四岁，且是生得一表人物，虽胜不得宋玉、潘安，也不在两人之下。这大郎也是父母双亡，凑了二三千金本钱，来走襄阳，贩卖些米豆之类，每年常走一遍。他下处自在城外，偶然这日进城来，要到大市街汪朝奉典铺中问个家信。那典铺正在蒋家对门，因此经过。你道怎生打扮？头上戴一顶苏样的百柱鬃帽，身上穿一件鱼肚白的湖纱道袍，又恰好与蒋兴哥平昔穿着相像。

三巧儿远远瞧见，只道是他丈夫回了，揭开帘子，定睛而看。陈大郎抬头，望见楼上一个年少的美妇人，目不转睛的，只道心上欢喜了他，也对着楼上丢个眼色。谁知两个都错认了。三巧儿见不是丈夫，羞得两颊通红，忙忙把窗儿拽转，跑在后楼，靠着床沿上坐着，兀自心头突突的跳一个不住。

谁知陈大郎的一片精魂，早被妇人眼光摄上去了，回到下处，心心念念的放他不下。肚里想道："家中妻子虽是有些颜色，怎比得妇人一半？欲得通个情款，争奈无门可入。若得谋他一宿，就消花这些本钱，也不枉为人在世！"叹了几口气，忽然想起大市街东巷有个卖珠子的薛婆，曾与他做过交易。“这婆子能言快语，况且日逐串街走巷，那一家不认得。须是与他商议，定有道理。”这一夜翻来覆去，勉强过了。次日起个清早，只推有事，讨些凉水梳洗，取了一百两银子，两大锭金子，急急的跑进城来。这叫做：

欲求生受用，须下死工夫。

陈大郎进城，一径来到大市街东巷，去敲那薛婆的门。薛婆蓬着头，正在天井里拣珠子，听得敲门，一头收了珠包，一头问道：“是谁？”才听说“徽州陈”三字，慌忙开门请进，道：“老身未曾梳洗，不敢为礼了。大官人起得好早。有何贵干？”陈大郎道：“特特而来。若迟时，怕不相遇。”薛婆道：“可是作成老身出脱些珍珠首饰么？”陈大郎道：“珠子也要买；还有大买卖作成你。”薛婆道：“老身除了这一行货，其馀都不熟惯。”陈大郎道：“这里可说得话么？”薛婆便把大门关上，请他到小阁中坐着，问道：“大官人有何分付？”大郎见四下无人，便向衣袖里摸出银子，解开布包，摊在桌上，道：“这一百两银，干娘收过了，方才敢说。”婆子不知高低，那里肯受？大郎道：“莫非嫌少？”慌忙又取出黄灿灿的两锭金子，也放在桌上，道：“这十两金子，一并奉纳。若干娘再不收时，便是故意推调了。今日是我来寻你，非是你来寻我。只为这桩大买卖，不是老娘成不得，所以特地相求。便说做不成时，这金银你只管受用。终不然，我又来取讨？日后再没相会的时节了？我陈商不是恁般小样的人。”

看官，你说从来做牙婆的人，那个不贪钱钞？见了这般黄白之物，如何不动火？——薛婆当时满脸堆下笑来，便道：“大官人休得错怪。老身一生不曾要别人一厘一毫不明不白的钱财。今日既承大官人分付，老身权且留下；若是不能效劳，依旧奉纳。”说罢，将金锭放银包内，一齐包起，叫声“老身大胆了！”拿向卧房中藏过，忙踅出来道：“大官人，老身且不敢称谢。你且说甚么买卖，用着老身之处？”大郎道：“急切要寻一件救命之宝，是处都无，只大市街一家人家有。特央干娘去借借。”婆子笑将起来，道：“又是作怪！老身在这条巷住过二十多年，不曾闻大市街有甚救命之宝。大官人，你说有宝的，还是谁家？”大郎道：“敝乡里汪三朝奉典铺对门，高楼子内，是何人之宅？”婆子想了一回，道：“这是本地蒋兴哥家里。他男子出外做客，一年多了，只有女眷在家。”大郎道：“我这救命之宝，正要问他女眷借借。”便把椅子掇近了婆子身边，向他诉出心腹，如此如此。

婆子听罢，连忙摇首，道：“此事大难。蒋兴哥新娶这房娘子，不上四年。夫妻两个，如鱼似水，寸步不离，如今没奈何出去了，这小娘子足不下楼，甚是贞节。因兴哥做人有些古怪，容易嗔嫌，老身辈从不曾上他的阶头。连这小娘子面长面短，老身还不认得。如何应承得此事？方才所赐，是老身薄福，受用不成了。”

陈大郎听说，慌忙双膝跪下。婆子去扯他时，被他两手拿住衣袖，紧紧按定在椅上，动掸不得。口里说："我陈商这条性命，都在干娘身上。你是必思量个妙计，作成我入马[7]，救我残生。事成之日，再有白金百两相酬。若是推阻，即今便是个死。"慌得婆子没理会处，连声应道："是，是，莫要折杀老身！大官人请起。老身有话讲。"陈大郎方才起身，拱手道："有何妙策？作速见教。"薛婆道："此事须从容图之。只要成就，莫论岁月。若是限时限日，老身决难奉命。"陈大郎道："若果然成就，便迟几日何妨？只是计将安出？"薛婆道："明日不可太早，不可太迟。早饭后，相约在汪三朝奉典铺中相会。大官人可多带银两，只说与老身做买卖。其间自有道理。若是老身这两只脚跨进得蒋家的门时，便是大官人的造化。大官人便可急回下处，莫在他门首盘桓，被人识破，误了大事。讨得三分机会，老身自来回复。"陈大郎道："谨依尊命。"唱了个肥喏，欣然开门而去。正是：

未曾灭项兴刘，先见筑坛拜将。

当日无话。到次日，陈大郎穿了一身齐整衣服，取上三四百两银子，放在个大皮匣内，唤小郎背着，跟随到大市街汪家典铺来。瞧见对门楼窗紧闭着，料是妇人不在，便与管典的拱了手，讨个木凳儿坐在门前，向东而望。不多时，只见薛婆抱着一个篾丝箱儿来了。陈大郎唤住，问道："箱内何物？"薛婆道："珠宝首饰。大官人可用么？"大郎道："我正要买。"薛婆进了典铺，与管典的相见了，叫声"聒噪"，便把箱儿打开。内中有十来包珠子，又有几个小匣儿，都盛着新样簇花点翠的首饰，奇巧动人，光灿夺目。陈大郎拣几个极粗极白的珠子，和那些簪珥之类，做一堆儿放着，道："这些我都要了。"婆子便把眼儿瞅着，说道："大官人要用时尽用，只怕不肯出这样大价钱。"陈大郎已自会意，开了皮匣，把这些银两白华华的摊做一台，高声的叫道："有这些银子，难道买你的货不起？"

此时邻舍闲汉，已自走过七八个人，在铺前站着看了。婆子道："老身取笑，岂敢小觑大官人？这银两须要仔细，请收过了。只要还得价钱公道便好。"两下一边的讨价多，一边的还钱少，差得天高地远，那讨价的一口不移。这里陈大郎拿着东西，又不放手，又不增添，故意走出屋檐，件件的翻覆认看，言真道假，弹斤估两的在日光中炫耀。惹得一市人都来观看，不住声的人人喝采。婆子乱嚷道："买便买，不买便罢！只管担搁人则甚！"陈大郎道："怎么不买！"两个又论了一番价。正是：

只因酬价争钱口，惊动如花似玉人。

王三巧儿听得对门喧嚷，不觉移步前楼，推窗偷看，则见珠光闪烁，宝色辉煌，甚是可爱。又见婆子与客人争价不定，便分付丫鬟去唤那婆子，借他东西看看。晴云领命，走过街去，把薛婆衣袂一扯，道："我家娘请你。"婆子故意问道："是谁家？"晴云道："对门蒋家。"婆子把珍珠之类，劈手夺将过来，忙忙的包好了，道：

"老身没有许多空闲与你歪缠!"陈大郎道:"再添些,卖了罢!"婆子道:"不卖,不卖。像你这样价钱,老身卖去多时了。"一头说,一头放入箱儿里,依先关锁了,抱着便走。晴云道:"我替你老人家拿罢。"婆子道:"不消。"头也不回,径到对门蒋家去了。陈大郎心中暗喜,也收拾银两,别了管典的,自回下处。正是:

眼望捷旌旗,耳听好消息。

晴云引薛婆上楼,与三巧儿相见了。婆子看那妇人,心下想道:"真天人也!怪不得陈大郎心迷。若我做男子,也要浑了。"当下说道:"老身久闻大娘贤慧,但恨无缘拜识。"三巧儿问道:"你老人家尊姓?"婆子道:"老身姓薛。只在这里东巷住。与大娘也是个邻里。"三巧儿道:"你方才这些东西,如何不卖?"婆子笑道:"若不卖时,老身又拿出来怎的?只笑那下路客人,空自一表人才,不识货物。"说罢,便去开了箱儿,取出几件簪珥,递与那妇人看,叫道:"大娘,你道这样首饰,便工钱也费多少!他们还得忒不像样,教老身在主人家面前,如何告得许多消乏。"又把几串珠子提将起来,道:"这般头号的货,他们还做梦哩!"三巧儿问了他讨价还价,便道:"真个亏你些儿。"婆子道:"还是大家宝眷,见多识广,比男子汉眼力倒胜十倍。"三巧儿唤丫鬟看茶。婆子道:"不扰,不扰。老身有件要紧的事,欲往西街走走,遇着这个客人,缠了许多时。正是'买卖不成,耽误工程'。这箱儿连锁放在这里,权烦大娘收拾。老身暂去,少停就来。"说罢便走。三巧儿叫晴云送他下楼,出门向西去了。

三巧儿心上爱了这几件东西,专等婆子到来酬价。一连五日不至。到第六日午后,忽然下一场大雨,雨声未绝,呯呯的敲门声响。三巧儿唤丫鬟开看,只见薛婆衣衫半湿,提个破伞进来,口里道:"晴干不肯走,直待雨淋头。"把伞儿放在楼梯边,走上楼来,万福道:"大娘,前晚失信了。"三巧儿慌忙答礼,道:"这几日在那里去了?"婆子道:"小女托赖,新添一个外孙。老身去看看,留住了几日,今早方回。半路上下起雨来,在一个相识人家借得把伞,又是破的,却不是晦气!"三巧儿道:"你老人家几个儿女?"婆子道:"只一个儿子,完婚过了。女儿倒有四个。这是我第四个了,嫁与徽州朱八朝奉做偏房,就是这北门外开盐店的。"三巧儿道:"你老人家女儿多,不把来当事了。本乡本土,少什么一夫一妇的,怎舍得与异乡人做妾?"婆子道:"大娘不知。倒是异乡人有情怀。虽则偏房,他大娘子只在家里;小女自在店中,呼奴使婢,一般受用。老身每过去时,他当个尊长看待,更不怠慢。如今养了个儿子,愈加好了。"三巧儿道:"也是你老人家造化,嫁得着。"说罢,恰好晴云取茶上来,两个吃了。婆子道:"今日雨天没事,老身大胆,敢求大娘的首饰一看。看些巧样儿在肚里也好。"三巧儿道:"也只是平常生活,你老人家莫笑话。"就取一把钥匙,开了箱笼,陆续搬出许多钗钿缨络之类。薛婆看了,夸美不尽,道:

"大娘有恁般珍异,把老身这几件东西看不上眼了。"三巧儿道:"好说,我正要与你老人家请个实价。"婆子道:"娘子是识货的,何消老身费嘴?"三巧儿把东西检过,取出薛婆的篾丝箱儿来,放在桌上,将钥匙递与婆子道:"你老人家开了,检看个明白。"婆子道:"大娘忒精细了。"当下开了箱儿,把东西逐件搬出。三巧儿品评价钱,都不甚远。婆子并不争论,欢欢喜喜的道:"恁地便不枉了人。老身就少赚几贯钱,也是快活的。"三巧儿道:"只是一件:目下凑不起价钱,只是现奉一半。等待我家官人回来,一并清楚。他也只在这几日回了。"婆子道:"便迟几日也不妨事。只是价钱上相让多了,银水要足纹的。"三巧儿道:"这也小事。"便把心爱的几件首饰及珠子收起,唤晴云取杯现成酒来,与老人家坐坐。婆子道:"造次如何好搅扰?"三巧儿道:"时常清闲,难得你老人家到此作伴攀话。你老人家若不嫌怠慢,时常过来走走。"婆子道:"多谢大娘错爱。老身家里当不过嘈杂,像宅上又忒清闲了。"三巧儿道:"你家儿子做甚生意?"婆子道:"也只是接些珠宝客人。每日的讨酒讨浆,刮的人不耐烦。老身亏杀各宅门走动,在家时少,还好;若只在六尺地上转,怕不躁死了人。"三巧儿道:"我家与你相近,不耐烦时,就过来闲话。"婆子道:"只不敢频频打搅。"三巧儿道:"老人家说那里话!"只见两个丫鬟轮番的走动,摆了两副杯箸,两碗腊鸡,两碗腊肉,两碗鲜鱼,连果碟素菜,共一十六个碗。婆子道:"如何盛设?"三巧儿道:"现成的。休怪怠慢。"说罢,斟酒递与婆子。婆子将杯回敬。两下对坐而饮。原来三巧儿酒量尽去得,那婆子又是酒壶酒瓮,吃起酒来,一发相投了,只恨会面之晚。那日直吃到傍晚,刚刚雨止,婆子作谢要回。三巧儿又取出大银钟来,劝了几钟,又陪他吃了晚饭,说道:"你老人家再宽坐一时,我将这一半价钱付你去。"婆子道:"天晚了,大娘请自在。不争这一夜儿,明日却来领罢。连这篾丝箱儿,老身也不拿去了,省得路上泥滑滑的不好走。"三巧儿道:"明日专专望你。"婆子作别下楼,取了破伞,出门去了。正是:

世间只有虔婆嘴,哄动多多少少人。

却说陈大郎在下处,呆等了几日,并无音信。见这日天雨,料是婆子在家,拖泥带水的进城来问个消息,又不相值。自家在酒肆中吃了三杯,用了些点心,又到薛婆家来打听,只是未回。看看天晚,却待转身,只见婆子一脸春色,脚略斜的走入巷来。陈大郎迎着他,作了揖,问道:"所言如何?"婆子摇手道:"尚早。如今方下种,还没有发芽哩。再隔五六年,开花结果,才到得你口。你莫在此探头探脑。老身不是管闲事的。"陈大郎见他醉了,只得转去。

次日,婆子买了些时新果子、鲜鸡鱼肉之类,唤个厨子安排停当,装做两个盒子,又买一瓮上好的酽酒,央间壁小二挑了,来到蒋家门首。三巧儿这日不见婆子到来,正教晴云开门出来探望,恰好相遇。婆子教小二挑在楼下,先打发他去了。

晴云已自报知主母。三巧儿把婆子当个贵客一般,直到楼梯口边迎他上去。婆子千恩万谢的,福了一回,便道:“今日老身偶有一杯水酒,将来与大娘消遣。”三巧儿道:“倒要你老人家赔钱,不当受了。”婆子央两个丫鬟搬将上来,摆做一桌子。三巧儿道:“你老人家忒迂阔了,恁般大弄起来。”婆子笑道:“小户人家,备不出甚么好东西,只当一茶奉献。”晴云便去取杯箸,暖雪便吹起水火炉来,霎时酒暖。婆子道:“今日是老身薄意,还请大娘转坐客位。”三巧儿道:“虽然相扰,在寒舍岂有此理?”两下谦让多时,薛婆只得坐了客席,这是第三次相聚,更觉熟分了。饮酒中间,婆子问道:“官人出外好多时了,还不回,亏他撇得大娘下。”三巧儿道:“便是。说过一年就转,不知怎的耽搁了。”婆子道:“依老身说,放下恁般如花似玉的娘子,便博个堆金积玉,也不为罕。”婆子又道:“大凡走江湖的人,把客当家,把家当客。比如我第四个女婿朱八朝奉,有了小女,朝欢暮乐,那里想家?或三年四年才回一遍,住不上一两个月,又来了。家中大娘子替他担孤受寡,那晓得他外边之事?”三巧儿道:“我家官人倒不是这样的人。”婆子道:“老身只当闲话讲,怎敢将天比地?”当日两个猜谜掷色,吃得酩酊而别。第三日,同小二来取家伙,就领这一半价钱。三巧儿果又留他吃点心。从此以后,把那一半赊钱为由,只做问兴哥的消息,不时行走。这婆子俐齿伶牙,能言快语,又半疯半颠的,惯与丫头们打诨,所以上下都欢喜他。三巧儿一日不见他来,便觉寂寞,叫老家人认了薛婆家里,早晚常去请他。所以一发来得勤了。

世间有四种人,惹他不得,引起了头,再不好绝他。是那四种?——游方僧道,乞丐,闲汉,牙婆。上三种人犹可,只有牙婆是穿房入户的,女眷们怕冷静时,十个九个倒要攀他来往。今日薛婆本是个不善之人,一般甜言软语,三巧儿遂与他成了至交,时刻少他不得。正是:

画虎画皮难画骨,知人知面不知心。

陈大郎几遍讨个消息,薛婆只回言尚早。其时五月中旬,天渐炎热。婆子在三巧儿面前偶说起家中蜗窄,又是朝西房子,夏月最不相宜,不比这楼上高敞风凉。三巧儿道:“你老人家若撇得家下,到此过夜也好。”婆子道:“好是好,只怕官人回来。”三巧儿道:“他就回,料道不是半夜三更。”婆子道:“大娘不嫌蒿恼,老身惯是挜相知的[8]。只今晚就取铺陈过来,与大娘做伴,何如?”三巧儿道:“铺陈尽有,也不须拿得。你老人家回复家里一声,索性在此过了一夏,家去不好?”婆子真个对家里儿子媳妇说了,只带个梳匣儿过来。三巧儿道:“你老人家多事,难道我家油梳子也缺了?你又带来怎地?”婆子道:“老身一生怕的是同汤洗脸,合具梳头。大娘怕没有精致的梳具?老身如何敢用?其他姐儿们的,老身也怕用得。还是自家带了便当。只是大娘分付在那一间房安歇?”三巧儿指着床前一个小小藤榻儿道:"我预先排下你的卧处了。我两个亲近些,夜间睡不着,好讲些闲话。"说罢,检出一顶青纱帐来,教婆子自家挂了。又同饮一会酒,方才歇息。两个丫鬟原在床前打铺相伴,因有了婆子,打发他们在间壁房里去睡。从此为始,婆子日间出去串街做买卖,黑夜便到蒋家歇宿,时常携壶挈盒的殷勤热闹,不一而足。床榻是丁字样铺下的,虽隔着帐子,却像是一头同睡。夜间絮絮叨叨,你问我答,凡街坊秽亵之谈,无所不至。这婆子或时装醉诈风起来,倒说起自家少年时偷汉的许多情事,去勾动那妇人的春心。害得那妇人娇滴滴一副嫩脸,红了又白,白了又红。婆子已知妇人心活,只是那话儿不好启齿。

光阴迅速,又到七月初七日了。正是三巧儿的生日。婆子清早备下两盒礼,与他做生日。三巧儿称谢了,留他吃面。婆子道:"老身今日有些穷忙,晚上来陪大娘看牛郎织女做亲。"说罢,自去了。下得阶头不几步,正遇着陈大郎;路上不好讲话,随到个僻静巷里。陈大郎攒着两眉埋怨婆子道:"干娘,你好慢心肠!春去夏来,如今又已立过秋了。你今日也说尚早,明日也说尚早,却不知我度日如年。再延捱几日,他丈夫回来,此事便付东流,却不活活的害死我也!阴司里去,少不得与你索命。"婆子道:"你且莫喉急。老身正要相请,来得恰好。事成不成,只在今晚。须是依我而行。如此如此,这般这般,全要轻轻悄悄,莫带累人。"陈大郎点头道:"好计,好计!事成之后,定当厚报。"说罢,欣然而去。正是:

排成窃玉偷香阵,费尽携云握雨心。

却说婆子约定陈大郎这晚成事。午后细雨微茫,到晚却没有星月。婆子黑暗里引着陈大郎埋伏在左近。自已却去敲门。晴云点个纸灯儿开门出来,婆子故意将衣袖一摸,说道:"失落了一条临清汗巾儿!姐姐,劳你大家寻一寻。"哄得晴云便把灯儿向街上照去。这里婆子捉个空,招着陈大郎一溜溜进门了,先引他在楼梯背后空处伏着。婆子便叫道:"有了!不要寻了。"晴云道:"恰好火也没了,我再去点个来照你。"婆子道:"走熟的路,不消用火。"两个黑暗里关了门,摸上楼来。三巧儿问道:"你没了什么东西?"婆子袖里扯出个小帕儿来,道:"就是这个冤家。虽然不值甚钱,是一个北京客人送我的,却不道礼轻人意重。"三巧儿取笑道:"莫非是你老相交送的表记?"婆子笑道:"也差不多。"当夜两个耍笑饮酒,婆子道:"酒肴尽多,何不把些赏厨下男女?也教他闹轰轰像个节夜。"三巧儿真个把四碗菜、两壶酒,分付丫鬟拿下楼去。那两个婆娘、一个汉子,吃了一回,各去歇息。不题。再说婆子饮酒中间问道:"官人如何还不回家?"三巧儿道:"便是,算来一年半了。"婆子道:"牛郎织女也是一年一会,你比他倒多隔了半年。常言道:'一品官,二品客。'做客的那一处没有风花雪月!只苦得家中娘子。"三巧儿叹了口气,低头不语。婆子道:"是老身多嘴了。今夜牛女佳期,只该饮酒作乐,不该说伤情话儿。"话罢,便斟酒去劝那妇人。约莫半酣,婆子又把酒去劝两个丫鬟,说道:"这是牛郎织女的喜酒。劝你多吃几杯,后日嫁个恩爱的老公,寸步不离。"两个丫鬟被缠不过,勉强吃了,各不胜酒力,东倒西歪。三巧儿分付关了楼门,发放他先睡。

他两个自在吃酒。婆子一头吃,口里不住的说罗说皂。只见一个飞蛾在灯上旋转,婆子便把扇来一扑,故意扑灭了灯,叫声:"阿呀!老身自去点个灯来!"便去开楼门,陈大郎已自走上楼梯,伏在门边多时了:都是婆子预先设下的圈套。婆子道:"忘带个取灯儿。"去了又走转来,便引着陈大郎到自己榻上伏着。婆子下楼去了一回,复上来道:"夜深了,厨下火种都熄了,怎么处?"三巧儿道:"我点灯睡惯了,黑魆魆地,好不怕人!"婆子道:"老身伴你一床睡,何如?"三巧儿应道:"甚好。"三巧儿先脱了衣服床上去了,叫道:"你老人家快睡罢。"婆子应道:"就来了。"却在榻上拖陈大郎上来,赤条条的扨在三巧儿床上去。

三巧儿摸着身子,道:"你老人家许多年纪,身上恁般光滑!"那人并不回言,钻进被里就捧着妇人做嘴。妇人还认是婆子,双手相抱,那人蓦地腾身而上,就干起事来。那妇人一则多了杯酒,醉眼朦胧;二则被婆子挑拨,春心飘荡。到此不暇致详,凭他轻薄:

> 一个是闺中怀春的少妇;一个是客邸慕色的才郎。一个打熬许久,如文君初遇相如;一个盼望多时,如必正初谐陈女。分明久旱逢甘雨,胜过他乡遇故知。

陈大郎是走过风月场的人,颠鸾倒凤,曲尽其趣,弄得妇人魂不附体。

云雨毕后,三巧儿方问道:"你是谁?"陈大郎把楼下相逢,如此相慕,如此苦央薛婆用计,细细说了。"今番得遂平生,便死瞑目!"婆子走到床间,说道:"不是老身大胆:一来可怜大娘青春独宿;二来要救陈大郎性命。你两个也是宿世姻缘,非干老身之事。"三巧儿道:"事已如此,万一我丈夫知觉,怎么好?"婆子道:"此事你知我知,只买定了晴云、暖雪两个丫头,不许他多嘴;再有谁人漏泄,在老身身上。管成你夜夜欢娱,一些事也没有。只是日后不要忘记了老身。"三巧儿到此,也顾不得许多了。两个又狂荡起来,直到五更鼓绝,天色将明,两个兀自不舍。婆子催促陈大郎起身,送他出门去了。自此无夜不会,或是婆子同来,或是汉子自来。两个丫头被婆子把甜话儿偎他,又把利害话儿吓他,又教主母赏他几件衣服;汉子到时,不时把些零碎银子赏他们买果儿吃;骗得欢欢喜喜,已自做了一路。夜来明去,凡出入,都是两个丫鬟迎送,全无阻隔。真个是你贪我爱,如胶似漆,胜如夫妇一般。陈大郎有心要结识这妇人,不时的制办好衣服好首饰送他;又替他还了欠下婆子的一半价钱;又将一百两银子谢了婆子。往来半年有馀,这汉子约有千金之费。三巧儿也有三十多两银子东西送那婆子。婆子只为图这些不义之财,所以肯做牵头。这都不在话下。

古人云:"天下无不散的筵席。"才过十五元宵夜,又是清明三月天。陈大郎思想,蹉跎了多时生意,要得还乡,夜来与妇人说知。两个恩深义重,各不相舍。妇人倒情愿收拾了些细软,跟随汉子逃走,去做长久夫妻。陈大郎道:"使不得。我们相交始末,都在薛婆肚里。就是主人家吕公,见我每夜进城,难道没有些疑惑?况客船上人多,瞒得那个?两个丫鬟又带去不得。你丈夫回来,根究出情由,怎肯干休?娘子,你且耐心,到明年此时,我到此觅个僻静下处,悄悄通个信儿与你,那时两口儿同走,神鬼不觉,却不安稳?"妇人道:"万一你明年不来,如何?"陈大郎就设起誓来。妇人道:"你既然有真心,奴家也决不相负。你若到了家乡,倘有便人,托他捎个书信到薛婆处,也教奴家放意。"陈大郎道:"我自用心,不消分付。"又过几日,陈大郎雇下船只,装载粮食完备,又来与妇人作别。这一夜倍加眷恋,两下说一会,哭一会,又狂荡一会,整整的一夜不曾合眼。到五更起身,妇人便去开箱,取出一件宝贝,叫做"珍珠衫",递与陈大郎道:"这件衫儿,是蒋门祖传之物。暑天若穿了他,清凉透骨。此去天道渐热,正用得着。奴家把与你做个记念。穿了此衫,就如奴家贴体一般。"陈大郎哭得出声不得,软做一堆。妇人就把衫儿亲手与汉子穿了。叫丫鬟开了门户,亲自送了他出门,再三珍重而别。诗曰:

昔年含泪别夫郎,今日悲啼送所欢。
堪恨妇人多水性,招来野鸟胜文鸾。

话分两头。却说陈大郎有了这珍珠衫儿,每日贴体穿着,便夜间脱下,也放在被窝中同睡,寸步不离。一路遇了顺风,不两月行到苏州府枫桥地面。那枫桥是柴米牙行的聚处,少不得招个主家脱货,不在话下。忽一日,赴个同乡人的酒席。席上遇个襄阳客人,生得风流标致。那人非别,正是蒋兴哥。原来兴哥在广东贩了些珍珠、玳瑁、苏木、沉香之类,搭伴起身。那伙同伴商量,都要到苏州发卖。兴哥久闻得"上说天堂,下说苏杭",好个大码头所在,有心要去走一遍,做这一回买卖,方才回去;还是去年十月中到苏州的。因是隐姓为商,都称为罗小官人,所以陈大郎更不疑虑他。两个萍水相逢,年相若,貌相似,谈吐应对之间,彼此敬慕,即席间问了下处,互相拜望。两个遂成知己,不时会面。

兴哥讨完了客账,欲待起身,走到陈大郎寓所作别。大郎置酒相待,促膝谈心,甚是款洽。此时五月下旬,天气炎热,两个解衣饮酒。陈大郎露出珍珠衫来。兴哥心中骇异,又不好认他的,只夸奖此衫之美。陈大郎恃了相知,便问道:"贵县大市街有个蒋兴哥家,罗兄可认得否?"兴哥倒也乖巧,回道:"在下出外日多,里中虽晓得有这个人,并不相认。陈兄为何问他?"陈大郎道:"不瞒兄长说,小弟与他有些瓜葛。"便把三巧儿相好之情,告诉了一遍,扯着衫儿看了,眼泪汪汪道:

“此衫是他所赠。兄长此去，小弟有封书信，奉烦一寄。明日侵早送到贵寓。”兴哥口里便应道：“当得，当得。”心下沉吟：“有这等异事！现有珍珠衫为证，不是个虚话了。”当下如针刺肚，推故不饮，急急起身别去。回到下处，想了又恼，恼了又想，恨不得学个缩地法儿，顷刻到家。连夜收拾，次早便上船要行。只见岸上一个人气吁吁的赶来，却是陈大郎，亲把书信一大包，递与兴哥，叮嘱千万寄去。气得兴哥面如土色，说不得，话不得，死不得，活不得，只等陈大郎去后，把书看时，面上写道：“此书烦寄大市街东巷薛妈妈家。”兴哥性起，一手扯开，却是六尺多长一条桃红绉纱汗巾；又有个纸糊长匣儿，内有羊脂玉凤头簪一根。书上写道：

微物二件，烦干娘转寄心爱娘子三巧儿亲收，聊表记念。相会之期，准在来春。珍重，珍重。

兴哥大怒，把书扯得粉碎，撇在河中，提起玉簪在船板上一掼，折做两段。一念想起，道：“我好糊涂！何不留此做个证见也好？”便拾起簪儿和汗巾，做一包收拾，催促开船，急急的赶到家乡。望见了自家门首，不觉坠下泪来。想起：“当初夫妻何等恩爱？只为我贪着蝇头微利，撇他少年守寡，弄出这场丑来，如今悔之何及！”在路上性急，巴不得赶回；及至到了，心中又苦又恨，行一步，懒一步。进得自家门里，少不得忍住了气，勉强相见。兴哥并无言语。三巧儿自己心虚，觉得满脸惭愧，不敢殷勤上前攀话。兴哥搬完了行李，只说去看看丈人丈母，依旧到船上住了一夜。次早回家，向三巧儿说道：“你的爹娘同时害病，势甚危笃，昨晚我只得住下，看了他一夜。他心中只牵挂着你，欲见一面。我已雇下轿子在门首。你作速回去，我也随后就来。”三巧儿见丈夫一夜不回，心里正在疑虑；闻说爷娘有病，却认真了，如何不慌？慌忙把箱笼上钥匙递与丈夫，唤个婆娘跟了，上轿而去。兴哥叫住了婆娘，向袖中摸出一封书来，分付他送与王公：“送过书，你便随轿回来。”

却说三巧儿回家，见爷娘双双无恙，吃了一惊。王公见女儿不接而回，也自骇然；在婆子手中接书，拆开看时，却是休书一纸。上写道：

立休书人蒋德，系襄阳府枣阳县人，从幼凭媒聘定王氏为妻。岂期过门之后，本妇多有过失，正合七出之条[9]。因念夫妻之情，不忍明言，情愿退还本宗，听凭改嫁，并无异言。休书是实。成化二年月日手掌为记。

书中又包着一条桃红汗巾，一枝打折的羊脂玉凤头簪。王公看了，大惊，叫过女儿，问其缘故。三巧儿听说丈夫把他休了，一言不发，啼哭起来。王公气忿忿的，一径跑到女婿家来。蒋兴哥连忙上前作揖。王公回礼，便问道：“贤婿，我女儿是清清白白嫁到你家的，如今有何过失，你便把他休了？须还我个明白！”蒋兴哥道：“小婿不好说得，但问令爱便知。”王公道：“他只是啼哭，不肯开口，教我肚里好闷。小女从幼聪慧，料不到得犯了淫盗。若是小小过失，你可也看老夫薄面，恕了他罢。你两个是七八岁上定下的夫妻，完婚后并不曾争论一遍两遍，且是和顺。你如今做客才回，又不曾住过三日五日，有甚么破绽，落在你眼里？你直如此狠毒！也被人笑话，说你无情无义。”蒋兴哥道：“丈人在上，小婿也不敢多讲。家中有祖遗下珍珠衫一件，是令爱收藏，只问他如今在否。若在时，半字休题；若不在时，只索休怪了。”王公忙转身回家，问女儿道：“你丈夫只问你讨什么珍珠衫，你端的拿与何人去了？”那妇人听得说着了他紧要的关目，羞得满脸通红，开口不得，一发号啕大哭起来。慌得王公没做理会处。王婆劝道：“你不要只管啼哭，实实的说个真情，与爹妈知道，也好与你分剖。”妇人那里肯说？悲悲咽咽，哭一个不住。王公只得把休书和汗巾簪子，都付与王婆，教他慢慢的偎着女儿，问他个明白。王公心中纳闷，走在邻家闲话去了。王婆见女儿哭得两眼赤肿，生怕苦坏了他，安慰了几句言语，便走厨房下去暖酒，要与女儿消愁。

三巧儿在房中独自想着珍珠衫泄漏的缘故，好生难解：“这汗巾簪子，又不知那里来的？”沉吟了半晌，道：“我晓得了。这折簪是镜破钗分之意。这条汗巾，分明叫我悬梁自尽。他念夫妻之情，不忍明言。是要全我的廉耻。可怜四年恩爱，一旦决绝！是我做的不是，负了丈夫恩情。便活在人间，料没有个好日。不如缢死，倒得干净。”说罢，又哭了一会，把个坐杌子填高，将汗巾兜在梁上。正欲自缢，也是寿数未绝，不曾关上房门。恰好王婆暖得一壶好酒，走进房来，见女儿安排这事，急得他手忙脚乱，不放酒壶，便上前去拖拽。不期一脚踢番坐杌子，娘儿两个跌做一团，酒壶都泼翻了。王婆爬起来，扶起女儿，说道：“你好短见！二十多岁的人，一朵花还没有开足，怎做出没下梢的事！莫说你丈夫还有回心转意的日子；便真个休了，恁般容貌，怕没人要你？少不得别选良姻，图个下半世受用。你且放心过日子去，休得愁闷！”王公回家，知道女儿寻死，也劝了他一番；又嘱付王婆用心提防。过了数日，三巧儿没奈何，也放下了念头。正是：

夫妻本是同林鸟，大限来时各自飞。

再说蒋兴哥将两条索子，将晴云、暖雪捆缚起来，拷问情由。那丫头初时抵赖，吃打不过，只得从头至尾，细细招将出来。已知都是薛婆勾引，不干他人之事。到明朝，兴哥领了一伙人赶到薛婆家里，打得他雪片相似，只饶他拆了房子。薛婆情知自己不是，躲过一边，并没一人敢出头说话。兴哥见他如此，也出了这口气。回去唤个牙婆，将两个丫头都卖了。楼上细软箱笼，大小共十六只，写三十二条封皮，紧紧封了，更不开动。这是甚意儿？只因兴哥夫妇本是十二分相爱的，虽则一时休了，心中好生痛切，见物思人，何忍开看？

话分两头。却说南京有个吴杰进士，除授广东潮阳县知县，水路上任，打从襄阳经过，不曾带家小，有心要择一美妾，一路看了多少女子，并不中意。闻得枣阳县王公之女，大有颜色，一县闻名。出五十金财礼，央媒议亲。王公倒也乐从；只怕前婿有言，亲到兴哥家说知。兴哥并不阻当。临嫁之夜，兴哥雇了人夫，将楼上十六个箱笼，原封不动，连钥匙送到吴知县船上交割，与三巧儿当个赔嫁。妇人心上倒过意不去。傍人晓得这事，也有夸兴哥做人忠厚的，也有笑他痴呆的，还有骂他没志气的，正是人心不同。

闲话休题。再说陈大郎在苏州脱货完了，回到新安，一心只想着三巧儿，朝暮看了这件珍珠衫，长吁短叹。老婆平氏心知这衫儿来得跷蹊，等丈夫睡着，悄悄的偷去，藏在天花板上。陈大郎早起要穿时，不见了衫儿，与老婆取讨。平氏那里肯认？急得陈大郎性发，倾箱倒箧的寻个遍，只是不见，便破口骂老婆起来。惹得老婆啼啼哭哭，与他争嚷，闹吵了两三日。陈大郎满怀撩乱，忙忙的收拾银两，带个小郎，再望襄阳旧路而进。将近枣阳，不期遇了一伙大盗，将本钱尽皆劫去。小郎也被他杀了。陈商眼快，走向船梢舵上伏着，幸免残生。思想还乡不得，且到旧寓住下，待会了三巧儿，与他借些东西，再图恢复。叹了一口气，只得离船上岸。走到枣阳城外主人吕公家，告诉其事，又道："如今要央卖珠子的薛婆与一个相识人家借些本钱营运。"吕公道："大郎不知，那婆子为勾引蒋兴哥的浑家，做了些丑事。去年兴哥回来，问浑家讨甚么珍珠衫，原来浑家赠与情人去了，无言回答。兴哥当时休了浑家回去，如今转嫁与南京吴进士做第二房夫人了。那婆子被蒋家打得个片瓦不留，婆子安身不牢，也搬在隔县去了。"

陈大郎听得这话，好似一桶冷水没头淋下。这一惊非小，当夜发寒发热，害起病来。这病又是郁症，又是相思症，也带些怯症，又有些惊症，床上卧了两个多月，翻翻覆覆，只是不愈。连累主人家小厮，伏侍得不耐烦。陈大郎心上不安，打熬起精神，写成家书一封，请主人来商议，要觅个便人捎信往家中取些盘缠，就要个亲人来看觑同回。这几句正中了主人之意。恰好有个相识的承差，奉上司公文，要往徽宁一路，水陆传递，极是快的。吕公接了陈大郎书札，又替他应出五两银子，送与承差，央他乘便寄去。果然的"自行由得我，官差急如火"，不够几日，到了新安县。问着陈商家中，送了家书，那承差飞马去了。正是：

只为千金书信，又成一段姻缘。

话说平氏拆开家信，果是丈夫笔迹，写道：

陈商再拜。贤妻平氏见字：别后襄阳遇盗，劫资杀仆，某受惊患病，现卧旧寓吕家，两月不愈。字到，可央一的当亲人，多带盘缠，速来看视。伏枕草草。

平氏看了，半信半疑，想道："前番回家，亏折了千金赀本。据这件珍珠衫，一定是邪路上来的。今番又推被盗，多讨盘缠，怕是假话。"又想道："他要个的当亲人速来看视，必然病势利害。这话是真也未可知。如今央谁人去好？"左思右想，放心不下，与父亲平老朝奉商议，收拾起细软家私，带了陈旺夫妇，就请父亲作伴，雇个船只，亲往襄阳看丈夫去。

到得京口，平老朝奉痰火病发，央人送回去了。平氏引着男女水路前进。不一日，来到枣阳城外，问着了旧主人吕家。原来十日前陈大郎已故了。吕公赔些钱钞，将就入殓。平氏哭倒在地，良久方醒，慌忙换了孝服，再三向吕公说，欲待开棺一见，另买副好棺材，重新殓过。吕公执意不肯。平氏没奈何，只得买木做个外棺包裹，请僧设法事超度，多焚冥资。吕公早已自索了他二十两银子谢仪，随他闹吵，并不言语。

过了一月有馀，平氏要选个好日子扶柩而归。吕公见这妇人年少，且有姿色，料是守寡不终；又是囊中有物，思想："儿子吕二还没有亲事，何不留住了他，完其好事，可不两便。"吕公买酒请了陈旺，央他老婆委曲进言，许以厚谢。陈旺的老婆是个蠢货，那晓得什么委曲，不顾高低，一直的对主母说了。平氏大怒，把他骂了一顿，连打几个耳光子，连主人家也数落了几句。吕公一场没趣，敢怒而不敢言。正是：

羊肉馒头没的吃，空教惹得一身腥。

吕公便去撺掇陈旺逃走。陈旺也思量没甚好处了，与老婆商议，教他做脚，里应外合，把银两首饰偷得罄尽，两口儿连夜走了。吕公明知其情，反埋怨平氏，说不该带这样歹人出来，幸而偷了自家主母的东西，若偷了别家的，可不连累人？又嫌这灵柩碍他生理，教他快些抬去。又道后生寡妇在此居住不便，催促他起身。平氏被逼不过，只得别赁下一间房子住了，雇人把灵柩移来，安顿在内。这凄凉景象，自不必说。

间壁有个张七嫂，为人甚是活动，听得平氏啼哭，时常走来劝解。平氏又时常央他典卖几件衣服用度，极感其意。不够几月，衣服都典尽了。从小学得一手好针线，思量要到个大户人家教习女工度日，再作区处。正与张七嫂商量这话。张七嫂道："老身不好说得，这大户人家不是你少年人走动的。死的没福自死了，活的还要做人。你后面日子正长哩！终不然做针线娘，了得你下半世？况且名声不好，被人看得轻了。还有一件，这个灵柩如何处置？也是你身上一件大事。便出赁房钱，终久是不了之局。"平氏道："奴家也都虑到，只是无计可施了。"张七嫂道："老身倒有一策。娘子莫怪我说。你千里离乡，一身孤寡，手中又无半钱，想要搬这灵柩回去，多是虚了。莫说你衣食不周，到底难守；便多守得几时，亦有何益？依老身愚见，莫若趁此青年美貌，寻个好对头，一夫一妇的随了他去，得些财礼，就买块土来葬了丈夫，你的终身又有所托，可不生死无憾？"平氏见说得近理，沉吟了一会，叹口气道："罢，罢！奴家卖身葬夫，傍人也笑我不得。"张七嫂道："娘子若定了主意时，老身现有个主儿在此，年纪与娘子相近，人物齐整，又是大富之家。”平氏道：“他既是富家，怕不要二婚的。”张七嫂道：“他也是续弦了。原对老身说，不拘头婚二婚，定要人才出众。似娘子这般丰姿，怕不中意！”原来张七嫂曾受蒋兴哥之托，央他访一头好亲；因是前妻三巧儿出色标致，所以如今只要访个美貌的。那平氏容貌虽及不得三巧儿，论起手脚伶俐，胸中泾渭，又胜似他。张七嫂次日就进城与蒋兴哥说了。兴哥闻得是下路人，愈加欢喜。这里平氏分文财礼不要，只要买块好地殡葬丈夫要紧。张七嫂往来回复几次，两相依允。话休烦絮。

却说平氏送了丈夫灵柩入土，祭奠毕了，大哭一场，免不得起灵除孝。临期，蒋家送衣饰过来，又将他典下的衣服都赎回了。成亲之夜，一般大吹大擂，洞房花烛。正是：

规矩熟闲虽旧事，恩情美满胜新婚。

蒋兴哥见平氏举止端庄，甚相敬重。

一日从外而来，平氏正在打叠衣箱，内有珍珠衫一件。兴哥认得了，大惊，问道：“此衫从何而来？”平氏道：“这衫儿来得跷蹊。”便把前夫如此张智，夫妻如此争嚷，如此赌气分别，述了一遍。又道：“前日艰难时，几番欲把他典卖，只愁来历不明，怕惹出是非，不敢露人眼目。连奴家至今不知这物事那里来的。”兴哥道：“你前夫陈大郎，名字可叫做陈商？可是白净面皮，没有须，左手长指甲的么？”平氏道：“正是。”蒋兴哥把舌头一伸，合掌对天道：“如此说来，天理昭彰，好怕人也！”平氏问其缘故。蒋兴哥道：“这件珍珠衫原是我家旧物。你丈夫奸骗了我的妻子，得此衫为表记。我在苏州相会，见了此衫，始知其情。回来把王氏休了。谁知你丈夫客死，我今续弦，但闻是徽州陈客之妻，谁知就是陈商。却不是一报还一报！”平氏听罢，毛骨竦然。从此恩情愈笃。这才是《蒋兴哥重会珍珠衫》的正话。诗曰：

天理昭彰不可欺，两妻交易孰便宜？
分明欠债偿他利，百岁姻缘暂换时。

再说蒋兴哥有了管家娘子，一年之后，又往广东做买卖。也是合当有事。一日，到合浦县贩珠，价都讲定，主人家老儿只拣一粒绝大的偷过了，再不承认。兴哥不忿，一把扯他袖子要搜，何期去得势重，将老儿拖翻在地，跌下便不做声。忙去扶时，气已断了。儿女亲邻，哭的哭，叫的叫，一阵的簇拥将来，把兴哥捉住，不由分说，痛打一顿，关在空房里。连夜写了状词，只等天明，县主早堂，连人进状。县令准了，因这日有公事，分付把凶身锁押，次日候审。

你道这县主是谁？姓吴名杰，南畿进士[10]，正是三巧儿的晚老公。初选原任潮阳，上司因见他清廉，调在这合浦县采珠的所在来做官。是夜，吴杰在灯下将进过的状词细阅。三巧儿正在傍边闲看,偶见宋福所告人命一词,凶身罗德,枣阳县客人,不是蒋兴哥是谁?想起旧日恩情,不觉酸痛,哭告丈夫道:"这罗德是贱妾的亲哥,出嗣在母舅罗家的。不期客边犯此大辟。相公可看妾之面,救他一命还乡。"县主道:"且看临审如何。若人命果真,教我也难宽宥。"三巧儿两眼噙泪,跪下苦苦哀求。县主道:"你且莫忙,我自有道理。"明早出堂,三巧儿又扯住县主衣袖,哭道:"若哥哥无救,贱妾亦当自尽,不能相见了!"当日县主升堂,第一就问这起。只见宋福、宋寿,兄弟两个,哭哭啼啼,与父亲执命,禀道:"因争珠怀恨,登时打闷,仆地身死。望爷爷做主!"县主问众干证口词。也有说打倒的,也有说推跌的。蒋兴哥辩道:"他父亲偷了小人的珠子,小人不忿,与他争论。他因年老脚�,自家跌死,不干小人之事。"县主问宋福道:"你父亲几岁了?"宋福道:"六十七岁了。"县主道:"老年人容易昏绝,未必是打。"宋福、宋寿坚执是打死的。县主道:"有伤无伤,须凭检验。既说打死,将尸发在漏泽园去[11],候晚堂听检。"原来宋家也是个大户,有体面的,老儿曾当过里长。儿子怎肯把父亲在尸场剔骨?两个双双叩头道:"父亲死状,众目共见,只求爷爷到小人家去相验,不愿发检。"县主道:"若不见贴骨伤痕,凶身怎肯伏罪?没有尸格[12],如何申得上司过?"兄弟两个只是苦求。县主发怒道:"你既不愿检,我也难问。"慌的他弟兄两个连连叩头道:"但凭爷爷明断。"县主道:"望七之人,死是本等。倘或不因打死,屈害了一个平人,反增死者罪过。就是你做儿子的,巴得父亲到许多年纪,又把个不得善终的恶名与他,心中何忍?但打死是假,推仆是真。若不重罚罗德,也难出你的气。我如今教他披麻带孝,与亲儿一般行礼,一应殡殓之费,都要他支持。你可服么?"兄弟两个道:"爷爷分付,小人敢不遵依?"兴哥见县主不用刑罚,断得干净,喜出望外。当下原被告都叩头称谢。县主道:"我也不写审单,着差人押出,待事完回话。把原词与你销讫便了。"正是:

公堂造孽真容易,要积阴功亦不难。
试看今朝吴大尹,解冤释罪两家欢。

却说三巧儿自丈夫出堂之后,如坐针毡,一闻得退衙,便迎住问个消息。县主道:"我如此如此断了。看你之面,一板也不曾责他。"三巧儿千恩万谢,又道:"妾与哥哥久别,渴欲一见,问取爹娘消息。官人如何做个方便,使妾兄妹相见,此恩不小!"县主道:"这也容易。"看官们,你道三巧儿被蒋兴哥休了,恩断义绝,如何恁地用情?他夫妇原是十分恩爱的,因三巧儿做下不是,兴哥不得已而休之,心中兀自不忍,所以改嫁之夜,把十六只箱笼完完全全的赠他。只此一件,三巧儿的心肠也不容不软了。今日他身处富贵,见兴哥落难,如何不救?这叫做"知恩报恩"。

再说蒋兴哥听了县主明断,着实小心尽礼,更不惜费。宋家弟兄都没话了,丧葬事毕，差人押到县中回复。县主唤进私衙赐坐，讲道："尊舅这场官司，若非令妹再三哀恳，下官几乎得罪了。"兴哥不解其故，回答不出。少停茶罢，县主请入内书房，教小夫人出来相见。你道这番意外相逢，不像个梦景么？他两个也不行礼，也不讲话，紧紧的你我相抱，放声大哭，就是哭爹哭娘，从没见这般哀惨。连县主在旁，好生不忍，便道："你两人且莫悲伤。我看你两人不像哥妹。快说真情，下官有处。"两个哭得半休不休的，那个肯说？却被县主盘问不过，三巧儿只得跪下，说道："贱妾罪当万死！此人乃妾之前夫也。"蒋兴哥料瞒不过，也跪下来，将从前恩爱，及休妻再嫁之事，一一诉知。说罢，两人又哭做一团。连吴知县也堕泪不止，道："你两人如此相恋，下官何忍拆开？幸然在此三年，不曾生育，即刻领去完聚。"两个插烛也似拜谢。县主即忙讨个小轿，送三巧儿出衙。又唤集人夫，把原来赔嫁的十六个箱笼抬去，都教兴哥收领。又差典吏一员，护送他夫妇出境。——此乃吴知县之厚德。正是：

珠还合浦重生采[13]，剑合丰城倍有神[14]。
堪羡吴公存厚道，贪财好色竟何人？

此人向来艰子，后行取到吏部，在北京纳宠，连生三子，科第不绝。人都说阴德之报。这是后话。

再说蒋兴哥带了三巧儿回家，与平氏相见。论起初婚，王氏在前，只因休了一番，这平氏倒是明媒正娶，又且平氏年长一岁，让平氏为正房，王氏反做偏房，两个姐妹相称。从此一夫二妇，团圆到老。有诗为证：

恩爱夫妻虽到头，妻还作妾亦堪羞。
殃祥果报无虚谬，咫尺青天莫远求。

注释

[1]期(jī)年：一周年。

[2]小祥：父母死后周年的祭名。

[3]六礼：中国古代婚姻成立的六道手续，包括：纳采、问名、纳吉、纳征、请期、亲迎。

[4]南威：即南之威，春秋时有名的美人。"晋文公得南之威，三日不听朝"（《战国策》）。

[5]制中：服父母之丧的期间。

[6]岁朝：一年中第一天，元旦。

[7]入马：指勾引妇女得手。

[8]挜(yà)相知：有公关能力，能与不熟的人建立关系。

[9]七出：出指出妻，又叫休妻，封建时代妻子有过失，丈夫可以单方面解除婚约，将妻子休掉。七出是七种可以出妻的情形：无子、淫佚、不事姑舅、口舌、盗窃、妒忌、恶疾。

[10]南畿(jī)：南京。畿是指国都所在地。

[11]漏泽园：指验尸之处。

[12]尸格：检验死者身体伤势后填写的表格。

[13]珠还合浦：合浦是出产珠宝之地。相传由于地方官员的贪污，合浦珠逐渐迁徙他处。后孟尝作合浦太守，十分清正廉洁，于是珠宝重又回到合浦。

[14]剑合丰城：传说晋代雷焕作丰城令时，从地下挖掘到两口宝剑，一口自用，一口送给好友张华。张华遇害后，宝剑飞入水中，雷焕的那口剑也飞到水中，两口宝剑变成了两条龙。

新评

在《今古奇观》四十卷中，以儿女情事、家庭婚姻为主题的，有八九篇。如前面的《杜十娘怒沉百宝箱》、《卖油郎独占花魁》、《宋金郎团圆破毡笠》、《苏小妹三难新郎》，后面的《乔太守乱点鸳鸯谱》、《金玉奴棒打薄情郎》、《王娇鸾百年长恨》等。这几篇虽然有共同的主题，但描写的手法，刻画人物的深度，还是有所区别的。《蒋兴哥重会珍珠衫》也是传统的"大团圆"型结局，但中间婚姻爱情的变故，还是颇让人产生悲怜和遗憾之感的。蒋兴哥的忍痛出妻，又爱又恨；王三巧当时的惭愧以及事后的旧情不忘，颇能打动读者的情怀。整篇小说的叙事方法从容不迫：由蒋兴哥外出经商后家中的变故，逗引出陈商与蒋兴哥这一对"冤家"在苏州的相识相知，而后在不经意间，通过小说中的重要道具——珍珠衫（所谓初会珍珠衫），让蒋兴哥了解到家中的变化。蒋兴哥返家后出妻续娶，又由珍珠衫（所谓重会珍珠衫）重现陈商与平氏的关系。整个故事在一波三折、奇巧偶然中结束，给读者留下了思考回味的馀地。

第二十四卷 陈御史巧勘金钗钿[1]

世事翻腾似转轮，眼前凶吉未为真。
请看久久分明应，天道何曾负善人？

闻得老郎们相传的说话，不记得何州甚县，单说有一人，姓金名孝，年长未娶，家中只有个老母，自家卖油为生。一日，挑了油担出门，中途因里急走上茅厕大解，拾得一个布裹肚，内有一包银子，约莫有三十两。金孝不胜欢喜，便转担回家，对老娘说道："我今日造化，拾得许多银子。"老娘看见，倒吃了一惊，道："你莫非做下歹事，偷来的么？"金孝道："我几曾偷惯了别人的东西，却恁般说？早是邻舍不曾听得哩！这裹肚，其实不知什么人遗失在茅坑傍边，喜得我先看见了，拾取回来。我们做穷经纪的人，容易得这注大财？明日烧个利市，把来做贩油的本钱，不强似赊别人的油卖？"老娘道："我儿，常言道：'贫富皆由命。'若你命该享用，不生在挑油担的人家来了。依我看来，这银子虽非是你设心谋得来的，也不是你辛苦挣来的，只怕无功受禄，反受其殃。这银子不知是本地人的，远方客人的？又不知可是自家的，或是借贷来的？一时间失脱了，抓寻不见，这一场烦恼非小，连性命都要陷了，也不可知。曾闻古人裴度还带积德。你今日原到拾银之处，看有甚人来寻，便引来还他原物，也是一番阴德，皇天必不负你。"金孝是个本分的人，被老娘教训了一场，连声应道："说得是！说得是！"放下银包裹肚，跑到那茅厕边去，只见闹嚷嚷的一丛人，围着一个汉子，那汉子气忿忿的叫天叫地。金孝上前问其缘故。原来那汉子是他方客人，因登东解脱了裹肚，失了银子，抓寻不着，只道卸下茅坑，唤几个泼皮来，正要下去淘摸，街上人都拥着闲看。金孝便问客人道："你银子有多少？"客人胡乱应道："有四五十两。"金孝老实，便道："可有个白布裹肚么？"客人一把扯住金孝，道："正是！正是！是你拾着，还了我，情愿出赏钱！"众人中有快嘴的便道："依着道理，平半分也是该的。"金孝道："真个是我拾得，放在家里。你只随我去便有。"众人都想道："拾得钱财，巴不得瞒过了人；那曾见这个人到去寻主儿还他，也是异事！"金孝和客人动身时，这伙人一哄都跟了去。金孝到了家中，双手儿捧出裹肚，交还客人。客人检出银包看时，晓得原物不动，只怕金孝要他出赏钱，又怕众人乔主张他平半分，反使欺心，赖着金孝，道："我的银子原说有四五十两，如今只剩得这些，你匿过一半了，可将来还我！"金孝道："我才拾得回来，就被老娘逼我出门，寻访原主还他，何曾动你分毫！"那客人赖定短少了他的银两。金孝负屈忿恨，一个头肘子撞去。那客人力大，把金孝一把头发提起，像只小鸡一般，放翻在地，捻着拳头便要打。引得金孝七十岁的老娘，也奔出门前叫屈。众人都有些不平，似杀阵般嚷将起来。恰好县尹相公在这街上过去，听得喧嚷，歇了轿，分付做公的拿来审问。众人怕事的，四散走开去了。也有几个大胆的，站在傍边，看县尹相公怎生断这公事。

却说做公的将客人和金孝母子拿到县尹面前，当街跪下，各诉其情。一边道："他拾了小人的银子，藏过一半不还。"一边道："小人听了母亲言语，好意还他，他反来图赖小人。"县尹问众人："谁做证见？"众人都上前禀道："那客人脱了银子，正在茅厕边抓寻不着，却是金孝自走来承认了，引他回去还他，这是小人们众目共睹。只银子数目多少，小人不知。"县令道："你两下不须争嚷，我自有道理。"教做公的带那一干人到县来。县尹升堂，众人跪在下面。县尹教取裹肚和银子上来，分付库吏把银子兑准回复。库吏复道："有三十两。"县主又问客人："你的银子是许多？"客人道："五十两。"县主道："你看见他拾取的？还是他自家承认的？"客人道："实是他亲口承认的。"县主道："他若是要赖你的银子，何不全包都拿了，却止藏一半，又自家招认出来？他不招认，你如何晓得？可见他没有赖银之情了。你失的银子是五十两，他拾的是三十两，这银子不是你的了，必然另是一个人失落的。"客人道："这银子实是小人的。小人情愿只领这三十两去罢。"县尹道："数目不同，如何冒认得去！这银两合断与金孝领去，奉养母亲。你的五十两，自去抓寻。"金孝得了银子，千恩万谢的，扶着老娘去了。那客人已经官断，如何敢争，只得含羞噙泪而去。众人无不称快。这叫做：

欲图他人，翻失自己；自己羞惭，他人欢喜。

看官，今日听我说"金钗钿"这桩奇事，有老婆的翻没了老婆，没老婆的翻得了老婆，只如金孝和客人两个，图银子的翻失了银子，不要银子的反得了银子。事迹虽异，天理则同。

却说江西赣州府石城县，有个鲁廉宪，一生为官清介，并不要钱，人都称为"鲁白水"。那鲁廉宪与同县顾佥事累世通家。鲁家一子，双名学曾。顾家一女，小名阿秀。两下面约为婚，来往间亲家相呼，非止一日。因鲁奶奶病故，廉宪同着孩儿，在于任所，一向迁延，不曾行得大礼。谁知廉宪在任，一病身亡。学曾扶柩回家，守制三年[2]，家事愈加消乏，止存下几间破房子，连口食都不周了。

顾佥事见女婿穷得不像样，遂有悔亲之意，与夫人孟氏商议道："鲁家一贫如洗，眼见得六礼难备，婚娶无期。不若别求良姻，庶不误女儿终身之托。"孟夫人道："鲁家虽然穷了，从幼许下的亲事，将何辞以绝之？"顾佥事道："如今只差人去说，男长女大，催他行礼。两边都是宦家，各有体面，说不得'没有'两个字，也要出得他的门，入得我的户。那穷鬼自知无力，必然情愿退亲，我就要了他休书，却不一刀两断？"孟夫人道："我家阿秀，性子有些古怪，只怕他倒不肯。"顾佥事道："在家从父，这也由不得他。你只慢慢的劝他便了。"当下孟夫人走到女儿房中，说知此情。阿秀道："妇人之义，从一而终。婚姻论财，夷虏之道。爹爹如此欺贫重富，全没人伦，决难从命。"孟夫人道："如今爹爹去催鲁家行礼，他若行不起聘，倒愿退亲，你只索罢休。"阿秀道："说那里话！若鲁家力不能聘，孩儿情愿矢志终身，决不改适。当初钱玉莲投江全节，留名万古。爹爹若是见逼，孩儿就拚却一命，亦有何难！"孟夫人见女执性，又苦他，又怜他。心生一计："除非瞒过佥事，密地唤鲁公子来，助他些东西，教他作速行聘，方成其美。"忽一日，顾佥事往东庄收租，有好几日担搁。孟夫人与女儿商量停当了，唤园公老欧到来。夫人当面分付，教他去请鲁公子后门相会，如此如此，"不可泄漏，我自有重赏。"老园公领命，来到鲁家，但见：

门如败寺，屋似破窑。窗槅离披，一任风声开闭；厨房冷落，绝无烟气蒸腾。颓墙漏瓦权栖足，只怕雨来；旧椅破床便当柴，也少火力。尽说宦家门户倒，谁怜清吏子孙贫！

说不尽鲁家穷处。

却说鲁学曾有个姑娘[3]，嫁在梁家，离城将有十里之地。姑夫已死，止存一子梁尚宾，新娶得一房好娘子，三口儿一处过活，家道粗足。这一日，鲁公子恰好到他家借米去了，只有个烧火的白发婆婆在家。老管家只得传了夫人之命，教他作速寄信去，请公子回来："此是夫人美情，趁这几日老爷不在家中，专等，专等，不可失信。"嘱罢，自去了。这里老婆子想道："此事不可迟缓。也不好转托他人传话。"当初奶奶在日，曾跟到姑娘家去，有些影像在肚里。当下嘱付邻人看门，一步一跌的问到梁家。梁妈妈正留着侄儿在房中吃饭。婆子向前相见，把老园公言语细细述了。姑娘道："此是美事。"撺掇侄儿快去。鲁公子心中不胜欢喜，只是身上褴褛，不好见得岳母，要与表兄梁尚宾借件衣服遮丑。原来梁尚宾是个不守本分的歹人，早打下欺心草稿，便答应道："衣服自有，只是今日进城，天色已晚了，宦家门墙，不知深浅，令岳母夫人虽然有话，众人未必尽知，去时也须仔细。凭着愚见，还屈贤弟在此草榻，明日只可早往，不可晚行。"鲁公子道："哥哥说得是。"梁尚宾道："愚兄还要到东村一个人家，商量一件小事，回来再得奉陪。"又嘱咐梁妈妈道："婆子走路辛苦，一发留他过宿，明日去罢。"妈妈也只道孩儿是个好意，真个把两人都留住了。谁知他是个奸计，只怕婆子回去时，那边老园公又来相请，露出鲁公子不曾回家的消息，自己不好去打脱冒了[4]。正是：

欺天行事人难识，立地机关鬼不知。

梁尚宾背却公子，换了一套新衣，悄地出门，径投城中顾佥事家来。

却说孟夫人是晚教老园公开了园门伺候。看看日落西山，黑影里只见一个后生，身上穿得齐齐整整，脚儿走得慌慌张张，望着园门欲进不进的。老园公问道："郎君可是鲁公子么？"梁尚宾连忙鞠个躬，应道："在下正是。因老夫人见召，特地到此。望乞通报。"老园公慌忙请到亭子中暂住,急急的进去报与夫人。孟夫人就差个管家婆出来传话,请公子到内室相见。才下得亭子,又有两个丫鬟,提着两碗纱灯来接。弯弯曲曲,行过多少房子,忽见朱楼画阁,方是内室。孟夫人揭起朱帘,秉烛而待。那梁尚宾一来是个小家出身,不曾见恁般富贵样子;二来是个村郎,不通文墨;三来自知假货,终是怀着鬼胎,意气不甚舒展:上前相见时,跪拜应答,眼见得礼貌粗疏,语言涩滞。孟夫人心下想道:"好怪!全不像宦家子弟!"一念又想道:"常言'人贫智短'。他恁地贫困,如何怪得他失张失智!"转了第二个念头,心下愈加可怜起来。茶罢,夫人分付忙排夜饭,就请小姐出来相见。阿秀初时不肯,被母亲逼了两三次,想至父亲有赖婚之意,万一如此,今宵便是永诀,若得见亲夫一面,死亦甘心。当下离了绣阁,含羞而出。孟夫人道:"我儿过来见了公子,只行小礼罢。"假公子朝上连作两个揖。阿秀也福了两福,便要回步。夫人道:"既是夫妻,何妨同坐?"便教他在自己肩下坐了。假公子两眼只瞧那小姐,见他生得端丽,骨髓里都发痒起来。这里阿秀只道见了真丈夫,低头无语,满腹恓惶,只少得哭下一场。正是真假不同,心肠各别。少顷,饮馔已到,夫人教排做两桌,上面一桌请公子坐,打横一桌,娘儿两个同坐。夫人道:"今日仓卒奉邀,只欲周旋公子姻事,殊不成礼。休怪,休怪!"假公子刚刚谢得个"打搅"二字,面皮都急得通红了。席间夫人把女儿守志一事,略叙一叙。假公子应了一句,缩了半句。夫人也只认他害羞,全不为怪。

那假公子在席上,自觉局促,本是能饮的,只推量窄。夫人也不强他。又坐了一回,夫人分付收拾铺陈,在东厢下留公子过夜。假公子也假意作别要行。夫人道:"彼此至亲,何拘形迹?我母子还有至言相告。"假公子心中暗喜。只见丫鬟来禀:"东厢内铺设已完,请公子安置。"假公子作揖谢酒,丫鬟掌灯,送到东厢去了。夫人唤女儿进房,赶去侍婢,开了箱笼,取出私房银子八十两,又银杯二对,金首饰一十六件,约值百金,一手交付女儿,说道:"做娘的手中只有这些,你可亲去交与公子,助他行聘完婚之费。"阿秀道:"羞答答如何好去?"夫人道:"我儿,礼有经权,事有缓急。如今尴尬之际,不是你亲去嘱付,把夫妻之情打动他,他如何肯上紧?穷孩子不知世事,倘或与外人商量,被人哄诱,把东西一时花了,不枉了做娘的一片用心?那时悔之何及?这东西也要你袖里藏去,不可露人眼目。"阿秀听了这一番道理,只得依允,便道:"娘,我怎好自去?"夫人道:"我教管家婆跟你去。"当下唤管家婆到来,分付他:"只等夜深,密地送小姐到东厢,与公子叙话。"又附耳道:"送到时,你只在门外等候,省得两下碍眼,不好交谈。"管家婆已会其意了。

再说假公子独坐在东厢,明知有个蹊跷缘故,只是不睡。果然一更之后,管家婆挨门而进,报道:"小姐自来相会。"假公子慌忙迎接,重新叙礼。有这等事!那假公子在夫人前，一个字也讲不出，及至见了小姐，偏会温存絮语。这里小姐起初害羞，遮遮掩掩，今番背却夫人，一般也老落起来[5]。两个你问我答，叙了半晌。阿秀话出衷肠，不觉两泪交流。那假公子也装出捶胸叹气，揩眼泪，缩鼻涕，许多丑态；又假意解劝小姐，抱搂绰趣，尽他受用。管家婆在房门外听见两下悲泣，连累他也栖惶，堕下几点泪来。谁知一边是真，一边是假。阿秀在袖中摸出银两首饰，递与假公子，再三嘱付，自不必说。假公子收过了，便一手抱住小姐，把灯儿吹灭，苦要求欢。阿秀怕声张起来，被丫鬟们听见了，坏了大事，只得勉从。有人作《如梦令》词云：

可惜名花一朵，绣幕深闺藏护。不遇探花郎，陡被狂蜂残破。错误！错误！怨杀东风分付！

常言"事不三思，终有后悔"。孟夫人要私赠公子，玉成亲事，这是锦片的一团美意，也是天大的一桩事情，如何不教老园公亲见公子一面？及至假公子到来，只合当面嘱付一番，把东西赠他，再教老园公送他回去，看个下落，万无一失。千不合，万不合，教女儿出来相见，又教女儿自到东厢叙话！这分明放一条方便路与他，如何不做出事来！莫说是假的，就是真的，也使不得，枉做了一世牵攀的话柄。这也算做姑息之爱，反害了女儿的终身。

闲话休题。且说假公子得了便宜，放松那小姐去了。五鼓时，夫人教丫鬟催促起身梳洗，用些茶汤点心之类，又嘱付道："拙夫不久便回，贤婿早做准备，休得怠慢。"假公子别了夫人，出了后花园门，一头走，一头想道："我白白里骗了一个宦家闺女，又得了许多财帛，不曾露出马脚，万分侥幸！只是今日鲁家又来，不为全美。听得说顾佥事不久便回，我如今再耽搁他一日，待明日才放他去。若得顾佥事回来，他便不敢去了，这事就十分干净了。"计较已定，走到个酒店上，自饮三杯，吃饱了肚里，直延挨到午后，方才回家。鲁公子正等得不耐烦，只为没有衣服，转身不得。姑娘也焦燥起来，教庄家往东村寻取儿子，并无踪迹。走向媳妇田氏房前问道："儿子衣服有么？"田氏道："他自己检在箱里，不曾留得钥匙。"原来田氏是东村田贡元的女儿，倒有十分颜色，又且通书达礼。田贡元原是石城县中有名的一个豪杰，只为一个有司官与他做对头，要下手害他，却是梁尚宾的父亲与他舅子鲁廉宪说了，廉宪也素闻其名，替他极口分辨，得免其祸。因感激梁家之恩，把这女儿许他为媳。那田氏像了父亲，也带三分侠气，见丈夫是个蠢货，又且不干好事，心下每每不悦，开口只叫做"村郎"。以此夫妇两不和顺，连衣服之类，都是那"村郎"自家收拾，老婆不去管他。

却说姑侄两个正在心焦，只见梁尚宾满脸春色回家。老娘便骂道："兄弟在此专等你的衣服，你却在那里噇酒[6]，整夜不归，又没处寻你！"梁尚宾不回娘话，一径走到自己房中，把袖里东西都藏过了，才出来对鲁公子道："偶为小事缠住身子，担搁了表弟一日，休怪，休怪。今日天色又晚了，明日回宅罢。”老娘又骂道：“你只顾把件衣服借与做兄弟的，等他自己干正务，管他今日明日！”鲁公子道：“不但衣服，连鞋袜都要告借。”梁尚宾道：“有一双青缎子鞋，在间壁皮匠家上底。今晚催来，明日早上穿去。”鲁公子没奈何，只得又住了一宿。到明朝，梁尚宾只推头疼，又睡到日高三丈，早饭都吃过了，方才起身。把道袍、鞋袜慢慢的逐件搬将出来，无非要迟延时刻，等顾佥事回家。鲁公子不敢就穿，又借个包袱儿包好，付与老婆子拿了。姑娘收拾一包白米，和些瓜菜之类，唤个庄客，送公子回去，又嘱付道：“若亲事就绪，可来回复我一声，省得我牵挂。”鲁公子作揖转身。梁尚宾相送一步，又说道：“兄弟，你此去须要仔细，不知他意儿好歹，真假如何。依我说，不如只往前门，硬挺着身子进去。怕不是他亲女婿，赶你出来！又且他家差老园公请你，有凭有据，须不是你自轻自贱。他有好意，自然相请；若是翻转脸来，你拚得与他诉落一场，也教街坊上人晓得。倘到后园旷野之地，彼若暗算，你却没有个退步。”鲁公子又道：“哥哥说得是。”正是：

背后害他当面好，直心人对没心人。

鲁公子回到家里，将衣服、鞋袜装扮起来，只有头巾分寸不对，不曾借得；把旧的脱将下来，用清水摆净，教婆子在邻舍家借个熨斗，吹些火来，熨得直直的。有些磨坏的去处，再把些饭儿粘得硬硬的，墨儿涂得黑黑的。只是这顶巾也弄了一个多时辰。左戴右戴，只怕不正，教婆子看得件件停当了，方才移步，径投顾佥事家来。门公认是生客，回道：“老爷东庄去了。”鲁公子终是宦家的子弟，不慌不忙的说道：“可通报老夫人，说道：鲁某在此。”门公方知是鲁公子，却不晓得来情，便道：“老爷不在家，小人不敢乱传。”鲁公子道：“老夫人有命，唤我到来。你去通报自知。须不连累你们。”门公传话进去，禀说：“鲁公子在外要见，还是留他进来？还是辞他？”孟夫人听说，吃了一惊，想他前日去得，如何又来；且请到正厅坐下，先教管家婆出去，问他有何话说。管家婆出来，瞧了一瞧，慌忙转身进去，对老夫人道：“这公子是假的，不是前夜的脸儿。前夜是胖胖儿的，黑黑儿的，如今是白白儿的，瘦瘦儿的。”夫人不信，道：“有这等事！”亲到后堂，从帘内张看，果然不是了。孟夫人心上委决不下，教管家婆出去，细细把家事盘问，他答来一字无差。孟夫人初见假公子之时，心中原有些疑惑，今番的人才清秀，语言文雅，倒像真公子的模样。再问他今日为何而来。答道：“前蒙老园公传话呼唤，因鲁某羁滞乡间，今早才回，特来参谒。望恕迟误之罪。”夫人道：“这是真情无疑了。只不知前夜打脱冒的冤家，又是那里来的！”慌忙转身进房，与女儿说其缘故。又道：“这都是做爷的不存天理，害你如此，悔之不及！幸而没人知道，往事不须题起了。如今女婿在外，是我特地请来的，无物相赠，如之奈何？”正是：

只因一着错，满盘都是空。

阿秀听罢，呆了半晌，那时一肚子情怀，好难描写：说慌又不是慌，说羞又不是羞，说恼又不是恼，说苦又不是苦，分明似乱针刺体，痛痒难言。喜得他志气过人，早有了三分主意，便道："母亲且与他相见。我自有道理。"孟夫人依了女儿言语，出厅来相见公子。公子掇一把高椅，朝上放下，"请岳母夫人上坐，待小婿鲁某拜见。"孟夫人谦让了一回，从傍站立，受了两拜，便教管家婆扶起看坐。公子道："鲁某只为家贫，有缺礼数。蒙岳母夫人不弃，此恩生死不忘。"夫人自觉惶愧，无言可答，忙教管家婆把厅门掩上，请小姐出来相见。阿秀站住帘内，如何肯移步，只叫管家婆传语道："公子不该耽搁乡间，负了我母子一片美意。"公子推故道："某因患病乡间，有失奔趋，今方践约，如何便说相负？"阿秀在帘内回道："三日以前，此身是公子之身；今迟了三日，不堪伏侍巾栉，有玷清门。便是金帛之类，亦不能相助了。所存金钗二股，金钿一对，聊表寸意。公子宜别选良姻，休得以妾为念。"管家婆将两般首饰递与公子。公子还疑是悔亲的说话，那里肯收？阿秀又道："公子但留下，不久自有分晓。公子请快转身，留此无益。"说罢，只听得哽哽咽咽的哭了进去。鲁学曾愈加疑惑，向夫人发作道："小婿虽贫，非为这两件首饰而来。今日小姐似有决绝之意，老夫人如何不出一语？既如此相待，又呼唤鲁某则甚？"夫人道："我母子并无异心，只为公子来迟，不将姻事为重，所以小女心中愤怨。公子休得多疑。"鲁学曾只是不信，叙起父亲存日，许多情分，"如今一死一生，一贫一富，就忍得改变了。鲁某只靠得岳母一人做主，如何三日后也生退悔之心？"劳劳叨叨的说个不休。孟夫人有口难辨，倒被他缠住身子，不好动身。

忽听得里面乱将起来，丫鬟气喘喘的奔来报道："奶奶，不好了！快来救小姐！"吓得孟夫人一身冷汗，巴不得再添两只脚在肚下。管家婆扶着左肢，跑到绣阁，只见女儿将罗帕一幅，缢死在床上，急急解救时，气已绝了，叫唤不醒。满房人都哭起来。鲁公子听小姐缢死，还道是做成的圈套，撵他出门，兀自在厅中嚷聒。孟夫人忍着疼痛传话，请公子进来。公子来到绣阁，只见牙床锦被上，直挺挺躺着个死小姐。夫人哭道："贤婿！今番认一认妻子！"公子当下如万箭攒心，放声大哭。夫人道："贤婿，此处非你久停之所，怕惹出是非，贻累不小，快请回罢。"教管家婆将两样首饰，付在公子袖中，送他出去。鲁公子无可奈何，只得揾泪出门去了。这里孟夫人一面安排入殓，一面东庄去报顾佥事回来，只说女儿不愿停婚，自缢身死。顾佥事懊悔不迭，哭了一场，安排成丧出殡，不题。后人有诗赞阿秀云：

死生一诺重千金，谁料奸谋祸阱深？
三尺红罗报夫主，始知污体不污心。

却说鲁公子回家，看了金钗钿，哭一回，叹一回，疑一回，又解一回，正不知什么缘故，也只是自家命薄所致耳。过了一晚，次日，把借来的衣服、鞋、袜，依旧包好，亲到姑娘家去送还。梁尚宾晓得公子到来，倒躲了出去。公子见了姑娘，说起小姐缢死一事。梁妈妈连声感叹，留公子酒饭去了。梁尚宾回来问道："方才表弟到此，说曾到顾家去不曾？"梁妈妈道："昨日去的：不知甚么缘故，那小姐嗔怪他来迟三日，自缢而死。"梁尚宾不觉失口叫声："阿呀！可惜！好个标致小姐！"梁妈妈道："你那里见来？"梁尚宾遮掩不来，只得把自己打脱冒事述了一遍。梁妈妈大惊，骂道："没天理的禽兽！做出这样勾当！你这房亲事多亏母舅作成你的，你今日恩将仇报，反去破坏了做兄弟的姻缘，又害了顾小姐一命，汝心何安！"千禽兽，万禽兽，骂得梁尚宾开口不得，走到自己房中。田氏闭了房门，在里面骂道："你这样不义之人，不久自有天报，休想善终！从今你自你，我自我，休得来连累人！"梁尚宾一肚气正没出处，又被老婆话说，一脚踢开房门，揪了老婆头发便打。又是梁妈妈走来，喝了儿子出去。田氏捶胸大哭，要死要活。梁妈妈劝他不住，唤个小轿，抬回娘家去了。

梁妈妈又气又苦，又受了惊，又愁事迹败露，当晚一夜不睡，发寒发热，病了七日，呜呼哀哉。田氏闻得婆婆死了，特来奔丧戴孝。梁尚宾旧愤不息，便骂道："贼泼妇！只道你住在娘家一世，如何又有回家的日子？"两下又争闹起来。田氏道："你干了亏心的事，气死了老娘，又来消遣我！我今日若不是婆死，永不见你村郎之面！"梁尚宾道："怕断了老婆种，要你这泼妇见我！只今日便休了你去，再莫上门！"田氏道："我宁可终身守寡，也不愿随你这样不义之徒！若是休了，倒得干净！回去烧个利市！"梁尚宾一向夫妻无缘，到此说了尽头话，憋一口气，真个就写了离书手印，付与田氏。田氏拜别婆婆灵位，哭了一场，出门而去。正是：

有心去调他人妇，无福难招自己妻。

可惜田家贤慧女，一场相骂便分离！

话分两头。再说孟夫人追思女儿，无日不哭，想道："信是老欧寄去的；那黑胖汉子又是老欧引来的；若不是通同作弊，也必然漏泄他人了。"等丈夫出门拜客，唤老欧到中堂，再三讯问。

却说老欧传命之时，其实不曾泄漏，是鲁学曾自家不合借衣，惹出来的奸计。当夜来的是假公子，三日后来的是真公子。孟夫人肚里明明晓得有两个人，那老欧肚里还只认做一个人，随他分辨，如何得明白？夫人大怒，喝教手下把他拖翻在地，重责三十板子，打得皮开血喷。

顾佥事一日偶到园中，叫老园公扫地，听说被夫人打坏，动弹不得，教人扶来，问其缘故。老欧将夫人差去约鲁公子来家，及夜间房中相会之事，一一说了。顾佥事大怒，道："原来如此！"便叫打轿，亲到县中与知县诉知其事，要将鲁学曾抵偿女儿之命。知县叫补了状词，差人拿鲁学曾到来，当堂审问。鲁公子是老实人，就把实情细细说了："见有金钗钿两股，是他所赠。其后园私会之事，其实没有。"知县就唤园公老欧对证。这老人家两眼模糊，前番黑夜里认假公子的面庞不真，又且今日家主分付了说话，一口咬定鲁公子，再不松放。知县又徇了顾佥事人情，着实用刑拷打。鲁公子吃苦不过，只得招道："顾奶奶好意相唤，将金钗钿助为聘资，偶见阿秀美貌，不合辄起淫心，强逼行奸，到第三日不合又往，致阿秀羞愤自缢。"知县录了口词，审得鲁学曾与阿秀空言议婚，尚未行聘过门，难以夫妻而论。既因奸致死，合依威逼律问绞。一面发在死囚牢里，一面备文书申详上司。孟夫人闻知此信，大惊；又访得他家只有一个老婆子，也吓得病倒，无人送饭；想起："这事与鲁公子全没相干，倒是我害了他。"私下处些银两，分付管家婆，央人替他牢中使用；又屡次劝丈夫保全公子性命。顾佥事愈加忿怒。石城县把这件事当做新闻，沿街传说。正是：

好事不出门，恶事传千里。

顾佥事为这声名不好，必欲置鲁学曾于死地。

再说有个陈濂御史，湖广籍贯，父亲与顾佥事是同榜进士，以此顾佥事叫他是年侄。此人少年聪察，专好辨冤析枉，其时正奉差巡按江西。未入境时，顾佥事先去嘱托此事。陈御史口虽领命，心下不以为然。莅任三日，便发牌按临赣州。吓得那一府官吏，尿流屁滚。审录日期，各县将犯人解进。陈御史审到鲁学曾一起，阅了招词，又把金钗钿看了，叫鲁学曾问道："这金钗钿是初次与你的么？"鲁学曾道："小人只去得一次，并无二次。"御史道："招上说三日后又去，是怎么说？"鲁学曾口称"冤枉"，诉道："小人的父亲存日，定下顾家亲事。因父亲是个清官，死后家道消乏，小人无力行聘。岳父顾佥事欲要悔亲，是岳母不肯，私下差老园公来唤小人去，许赠金帛。小人羁身在乡，三日后方去。那日只见得岳母，并不曾见小姐之面。这奸情是屈招的。"御史道："既不曾见小姐，这金钗钿何人赠你？"鲁学曾道："小姐立在帘内，只责备小人来迟误事，莫说婚姻，连金帛也不能相赠了，这金钗钿权留个忆念。小人还只认做悔亲的话，与岳母争辩，不期小姐房中缢死。小人至今不知其故。"御史道："恁般说，当夜你不曾到后园去了？"鲁学曾道："实不曾去。"御史想了一回，"若特地唤去，岂止赠他钗钿二物？详阿秀抱怨口气，必然先有人冒去东西，连奸骗都是有的，以致羞愤而死。"便叫老欧问道："你到鲁家时，可曾见鲁学曾么？"老欧道："小人不曾面见。"御史道："既不曾面见，夜间来的，你如何就认得是他？"老欧道："他自称鲁公子，特来赴约。小人奉主母之命，引他进见的。怎赖得没有？"御史道："相见后几时去的？"老欧道："闻得里面夫人留酒，又赠他许多东西，五更时去的。"鲁学曾又叫屈起来。御史喝住了，又问老欧："那鲁学曾第二遍来，可是你引进的？"老欧道："他第二遍是前门来的。小人并不知。"御史道："他第一次如何不到前门，却到后园来寻你？"老欧道："我家奶奶差小人寄信，原教他在后园来的。"御史唤鲁学曾问道："你岳母原教你到后园来，你却如何往前门去？"鲁学曾道："他虽然相唤，小人不知意儿真假，只怕园中旷野之处，被他暗算，所以径走前门，不曾到后园去。”御史想道：“鲁学曾与园公分明是两样说话。其中必有情弊。”御史又指着鲁学曾问老欧道：“那后园来的可是这个嘴脸？你可认得真么？不要胡乱答应。”老欧道：“昏黑中，小人认得不十分真，像是这个脸儿。”御史道：“鲁学曾既不在家，你的信却寄与何人的？”老欧道：“他家只有个老婆婆，小人对他说的，并无闲人在傍。”御史道：“毕竟还对何人说来？”老欧道：“并没第二个人知觉。”御史沉吟半晌，想道：“不究出根由，如何定罪？怎好回覆老年伯？”又问鲁学曾道：“你说在乡，离城多少？家中几时寄到的信？”鲁学曾道：“离北门外只十里。是本日得信的。”御史拍案叫道：“鲁学曾！你说三日后方到顾家是虚情了。既知此信，有恁般好事，路又不远，怎么迟延三日？理上也说不去。”鲁学曾道：“爷爷息怒。小人细禀：小人因家贫，往乡间姑娘家借米，闻得此信，便欲进城。怎奈衣衫褴褛，与表兄借衣遮丑，已蒙许下，怎奈这日他有事出去，直到明晚方归。小人专等衣服，所以迟了两日。”御史道：“你表兄晓得你借衣服的缘故不曾？”学曾道：“晓得的。”御史道：“你表兄何等人？叫甚名字？”鲁学曾道：“名唤梁尚宾。庄户人家。”御史听罢，喝散众人，明日再审。正是：

如山巨笔难轻判，似佛慈心待细参。
公案见成翻老少，覆盆何处不冤含？

次日，察院不开门，挂一面宪牌出来[7]。牌上写道：

本院偶染微疾，各官一应公务，俱候另示施行。本月日。

府县官朝暮问安，自不必说。

话分两头。再说梁尚宾自闻鲁公子问成死罪，心下倒宽了八分。一日，听得门前喧嚷。在壁缝张看时，只见一个卖布的客人，头上戴一顶新孝头巾，身穿着白布道袍，口内打江西乡谈[8]，说是南昌府人，在此贩布买卖，闻得家中老子身故，星夜要赶回，存下几百匹布，不曾发脱，急切要投个主儿，情愿让些价钱。众人中有要买一匹的，有要两匹三匹的，客人都不肯，道：“恁地零星卖时，再挨几日，还不得动身。那个财主家一总脱去，便多让他些也罢。”梁尚宾听了多时，便走出门来问道：“你这客人，存下多少布？值多少本钱？”客人道：“有四百馀匹。本钱二百两。”梁尚宾道：“一时间那得个主儿？须是肯折些，方有人贪你。”客人道：“便折十来两，也说不得。只要快当。轻松了身子好走路。”梁尚宾看了布样，又到布船上去翻复细看，口里嫌丑道歉。客人道：“你又不像个要买的，只管翻乱了我的布包，耽搁人的生意。”梁尚宾道：“怎见得我不像个买的？”客人道：“你要买时，借了银子来看。”梁尚宾道：“你若肯加二折，我将八十两银子，替你出脱了一半。”客人道：“你也是呆话。做经纪的，那里折得起加二？况且只用一半，这一半我又去投谁？一般样耽搁了。我说不像要买的！”又冷笑道：“这北门外许多人家，就没个财主。四百匹布，便买不起。——罢，罢！摇到东门寻主儿去。”梁尚宾听说，心中不忿；又见价钱相应，有些出息，放他不下，便道："你这客人，好欺负人！我偏要都买了你的，看如何！"客人道："你真个都买我的，我便让你二十两。"梁尚宾定要折四十两。客人不肯。众人道："客人，你要紧脱货，这位梁大官又是贪便宜的。依我们说，从中酌处，一百七十两，成了交易罢。"客人初时也不肯；被众人劝不过，道："罢，这十两银子，奉承列位面上。快些把银子兑过，我还要连夜赶路。"梁尚宾道："银子凑不及许多，有几件首饰，可用得着么？"客人初时不肯，想了一回，叫声："没奈何，只要公道作价。"梁尚宾邀入客坐，将银子和两对银钟，共兑准了一百两；又将金首饰尽数搬来，众人公同估价，够了七十两之数，与客收讫，交割了布匹。梁尚宾看这场交易，尽有便宜，欢喜无限。正是：

贪痴无底蛇吞象，祸福难明螳捕蝉。

原来这贩布的客人正是陈御史装的。他托病关门，密密分付中军官聂千户，安排下这些布匹，先雇下小船，在石城县伺候。他悄地带个门子私行到此，聂千户就扮做小郎跟随，门子只做看船的小厮，并无人识破。这是做官的妙用。

却说陈御史下了小船，取出见成写就的宪牌，填上梁尚宾名字，就着聂千户密拿。又写书一封，请顾佥事到府中相会。比及御史回到察院，说病好开门，梁尚宾已解到了，顾佥事也来了。御史忙教摆酒后堂，留顾佥事小饭。坐间，顾佥事又提起鲁学曾一事。御史笑道："今日奉屈老年伯到此，正为这场公案，要剖个明白。"便叫门子开了护书匣，取出银钟二对，及许多首饰，送与顾佥事看。顾佥事认得是家中之物，大惊，问道："那里来的？"御史道："令爱小姐致死之由，只在这几件东西上。老年伯请宽坐，容小侄出堂问这起案与老年伯看，释此不决之疑。"御史分付开门，仍唤鲁学曾一起覆审。御史且叫带在一边，唤梁尚宾当面。御史喝道："梁尚宾，你在顾佥事家干得好事！"梁尚宾听得这句，好似青天里闻了个霹雳，正要硬着嘴分辨，只见御史叫门子把银钟首饰，与他认赃，问道："这些东西，那里来的？"梁尚宾抬头一望，那御史正是卖布的客人，唬得顿口无言，只叫："小人该死！"御史道："我也不用夹棍，你只将实情写供状来。"梁尚宾料赖不过，一一招称了。你说招词怎么写来？有词名《锁南枝》一只为证：

写供状梁尚宾。只因表弟鲁学曾，岳母念他贫，约他助行聘，为借衣服知此情。不合使欺心，缓他行，乘昏黑，假学曾，园公引入内室门。见了孟夫人，把金银，厚相赠。因留宿，有了奸骗情。三日后，学曾来，将小姐送一命。

御史取了招词，唤园公老欧上来："你仔细认一认。那夜间园上假装鲁公子的，可是这个人？"老欧睁开两眼，看了道："爷爷，正是他！"御史喝叫皂隶，把梁尚宾重责八十，将鲁学曾枷杻打开，就套在梁尚宾身上，合依强奸论斩，发本县监候处决。布四百匹追出，仍给铺户，取价还库。其银两、首饰，给与老欧领回。金钗、金钿，断还鲁学曾。俱释放宁家。鲁学曾拜谢活命之恩。正是：

奸如明镜照，恩喜覆盆开。

生死俱无憾，神明御史台。

却说顾佥事在后堂，听了这番审录，惊骇不已。候御史退堂，再三称谢道："若非老公祖神明烛照，小女之冤，几无所伸矣！但不知银两、首饰，老公祖何由取到？"御史附耳道："小侄如此如此。"顾佥事道："妙哉！只是一件：梁尚宾妻子必知其情，寒家首饰，定然还有几件在彼，再望老公祖一并逮问。"御史道："容易。"便行文书，仰石城县提梁尚宾妻严审，仍追馀赃回报。顾佥事别了御史自回。

却说石城县知县见了察院文书，监中取出梁尚宾，问道："你妻子姓甚？这件事曾否知情？"梁尚宾正怀恨老婆，答应道："妻田氏因贪财物，其实同谋的。"知县当时签票差人提田氏到官。

话分两头。却说田氏父母双亡，只在哥嫂身边针指度日。这一日，哥哥田重文正在县前，闻知此信，慌忙奔回，报与田氏知道。田氏道："哥哥休慌，妹子自有道理。"当时带了休书，上轿，径抬到顾佥事家，来见孟夫人。夫人发一个眼花，分明看见女儿阿秀进来。及至近前，却是个蓦生标致妇人[9]，吃了一惊，问道："是谁？"田氏拜倒在地，说道："妾乃梁尚宾之妻田氏。因恶夫所为不义，只恐连累，预先离异了。贵宅老爷不知。求夫人救命！"说罢，就取出休书呈上。夫人正在观看，田氏忽然扯住夫人衫袖大哭道："母亲！俺爹害得我好苦也！"夫人听得是阿秀的声音，也哭起来。便叫道："我儿！有甚话说？"只见田氏双眸紧闭，哀哀的哭道："孩儿一时错误，失身匪人，羞见公子之面，自缢身亡，以完贞性；何期爹爹不行细访，险些反害了公子性命！幸得暴白了！只是他无家无室，终是我母子担误了他。母亲若念孩儿，替爹爹说声，周全其事，休绝了一脉姻亲。孩儿在九泉之下，亦无所恨矣！"说罢，跌倒在地。夫人也哭昏了。管家婆和丫鬟、养娘，多团聚将来，一齐唤醒。那田氏还呆呆的坐地，问他时，全然不省。夫人看了田氏，想起女儿，重复哭起，众丫鬟劝住了。夫人悲伤不已，问田氏可有爹娘。田氏回说没有。夫人道："我举眼无亲，见了你如见我女儿一般。你肯做我的义女么？"田氏拜道："若得伏侍夫人，贱妾有幸。"夫人欢喜，就留在身边了。顾佥事回家，闻说田氏先期离异，与他无干，写了一封书帖，和休书送与县官，求他免提，转回察院。又见那田氏贤而有智，好生敬重，依了夫人，收为义女。夫人又说起女儿阿秀附魂一事，"他千叮万嘱，休绝了鲁家一脉姻亲。如今田氏少艾[10]，何不就招鲁公子为婿，以续前姻？"顾佥事见鲁学曾无辜受害，甚是懊悔，今番夫人说话有理，如何不依？只怕鲁公子生疑，亲到其家谢罪过了，又说续亲一事。鲁公子再三推辞不过，只得允从，就把金钗钿为聘，择日过门成亲。

原来顾佥事在鲁公子面前，只说过继的远房侄女。孟夫人在田氏面前，也只说赘个秀才，并不说真名真姓。到完婚以后，田氏方才晓得就是鲁公子，公子方才晓得就是梁尚宾的前妻田氏。自此,夫妻两口和睦,且是十分孝顺。顾佥事无子,鲁公子承受了他的家私,发愤攻书。顾佥事见他三场通透,送入国子监,连科及第。所生二子,一姓鲁,一姓顾,以奉两家宗祀。梁尚宾子孙遂绝。诗曰:

一夜欢娱害自身,百年姻眷属他人。
世间用计行奸者,请看当时梁尚宾。

注释

[1]勘:审理。

[2]守制:守孝。

[3]姑娘:姑母。

[4]打脱冒:冒充。

[5]老落:老到,老成。

[6]噇(chuáng)酒:酗酒,无节制地饮酒。

[7]宪牌:公示牌。

[8]乡谈:口音,方言。

[9]蓦生:陌生。

[10]少(shào)艾:年轻而美好。《孟子·万章上》:"知好色,则慕少艾。"

新评

陈御史凭"金钗钿"巧妙地审理案件,终使案件真相大白于天下,这固然令人拍手称快,但阿秀恪守封建的贞节观念,并为此付出自己的生命,又让人心酸。全篇人物形象丰富而生动,顾佥事的嫌贫爱富,顾夫人孟氏的好心肠及妇人之见,梁尚宾的狡黠和粗野,鲁学曾的人穷志短,以及精明的陈御史,果决的阿秀,都跃然纸上。

第二十五卷　徐老仆义愤成家

犬马犹然知恋主，况于列在生人？为奴一日主人身：情恩同父子，名分等君臣。　　主若虐奴非正道，奴如欺主伤伦。能为义仆是良民：盛衰无改节，史册可传神。

说这唐玄宗时，有一官人姓萧，名颖士，字茂挺，兰陵人氏。自幼聪明好学，该博三教九流[1]，贯串诸子百家。上自天文，下至地理，无所不通，无有不晓。真个胸中书富五车，笔下句高千古。年方一十九岁，高掇巍科，名倾朝野，是一个广学的才子。家中有个仆人，名唤杜亮。那杜亮自萧颖士数龄时，就在书房中服事起来。若有驱使，奋勇直前，水火不避，身边并无半文私蓄。陪伴萧颖士读书时，不待分付，自去千方百计，预先寻觅下果品饮馔，供奉有时。或烹瓯茶儿，助他清思；或暖杯酒儿，接他辛苦。整夜直服事到天明，从不曾打个瞌睡。如见萧颖士读到得意之处，他在旁也十分欢喜。

那萧颖士般般皆好，件件俱美，只有两桩儿毛病。你道是那两桩？第一件：乃是恃才傲物，不把人看在眼内。才登仕籍，便去冲撞了当朝宰相。那宰相若是个有度量的，还恕得过，又正冲撞了是第一个忌才的李林甫。那李林甫混名叫做李猫儿，平昔不知坏了多少大臣，乃是杀人不见血的刽子手。却去惹他，可肯轻轻放过？被他略施小计，险些连性命都送了。又亏着座主搭救，止削了官职，坐在家里。第二件：是性子严急，却像一团烈火。片语不投，即暴躁如雷，两太阳火星直爆。奴仆稍有差误，便加捶挞。他的打法，又与别人不同。有甚不同？别人责治家奴，定然计其过犯大小，讨个板子，教人行杖，或打一十，或打二十，分个轻重。惟有萧颖士，不论事体大小，略触着他的性子，便连声喝骂，也不用什么板子，也不要人行杖，亲自跳起身来一把揪翻，随分掣着一件家火，没头没脑乱打。凭你什么人劝解，他也全不作准，直要打个气息。若不像意，还要咬上几口，方才罢手。因是恁般利害，奴仆们惧怕，都四散逃去，单单存得一个杜亮。论起萧颖士，止存得这个家人种儿，每事只该将就些才是。谁知他是天生的性儿，使惯的气儿，打溜的手儿，竟没丝毫更改，依然照旧施行。起先奴仆众多，还打了那个，空了这个。到得秃秃里独有杜亮时，反觉打得勤些。论起杜亮，遇着这般没理会的家主，也该学众人逃走去罢了，偏又寸步不离，甘心受他的责罚。常常打得皮开肉绽，头破血淋，也再无一点退悔之念，一句怨恨之言。打罢起来，整一整衣裳，忍着疼痛，依原在旁答应。说话的，据你说，杜亮这等奴仆，莫说千中选一，就是走尽天下，也寻不出个对儿。这萧颖士又非黑漆皮灯，泥塞竹管，是那一窍不通的蠢物；他须是身登黄甲，位列朝班，读破万卷，明理的才人：难道恁般不知好歹，一味蛮打，没一点仁慈改悔之念不成？看官有所不知，常言道得好："江山易改，禀性难移。"那萧颖士平昔原爱杜亮小心驯谨，打过之后，深自懊悔道："此奴随我多年，并无十分过失，如何只管将他这般毒打？今后断然不可！"到得性发之时，不觉拳脚又轻轻的生在他身上去了。这也不要单怪萧颖士性子急躁，谁教杜亮刚闻得叱喝一声，恰如小鬼见了钟馗一般，扑秃的两条腿就跪倒在地。萧颖士本来是个好打人的，见他做成这个要打局面，少不得奉承几下了。

杜亮有个远族兄弟杜明，就住在萧家左边，因见他常打得这个模样，心下倒气不过，撺掇杜亮道："凡做奴仆的，皆因家贫力薄，自难成立，故此投靠人家。一来图个现成衣食，二来指望家主有个发迹日子，带挈风光，摸得些东西做个小小家业，快活下半世。像阿哥如今随了这措大[2]，早晚辛勤服事，竭力尽心，并不见一些好处，只落得常受他凌辱痛楚。恁样不知好歹的人，跟他有何出息？他家许多人都存住不得，各自四散去了。你何不也别了他，另寻头路？有多少不如你的，投了大官府人家，吃好穿好，还要作成趁一贯两贯。走出衙门前，谁不奉承：那边才叫'某大叔，有些小事相烦'，还未答应时，这边又叫'某大叔，我也有件事儿劳动'。真个应接不暇，何等兴头！若是阿哥这样肚里又明白，笔下又来得，做人且又温存小心，走到势要人家，怕道不是重用？你那措大，虽然中个进士，发利市就与李丞相作对，被他弄来，坐在家中，料道也没个起官的日子。有何撇不下，定要与他缠帐？"杜亮道："这些事，我岂不晓得？若有此念，早已去得多年了，何待吾弟今日劝谕。古语云：'良臣择主而事，良禽择木而栖。'奴仆虽是下贱，也要择个好使头。像我主人，止是性子躁急，除此之外，只怕舍了他，没处再寻得第二个出来。"杜明道："满天下无数官员宰相，贵戚豪家，岂有反不如你主人这个穷官？"杜亮道："他们有的，不过是爵位、金银二事。"杜明道："只这两桩尽够了，还要怎样？"杜亮道："那爵位乃虚花之事，金银是臭污之物，有甚希罕？如何及得我主人这般高才绝学。拈起笔来，顷刻万言，不要打个稿儿。真个烟云缭绕，华彩缤纷。我所恋恋不舍者，单爱他这一件儿。"杜明听得说出爱他的才学，不觉呵呵大笑，道："且问阿哥：你既爱他的才学，到饥时可将来当得饭吃，冷时可作得衣穿么？"杜亮道："你又说笑话，才学在他腹中，如何济得我的饥寒？"杜明道："却元来又救不得你的饥，又遮不得你的寒，爱他何用？当今有爵位的人，尚然只喜趋权附势，没一个肯怜才惜学。你我是个下人，但得饱食暖衣，寻觅些钱钞做家，乃是本等；却这般迂阔，爱什么才学，情愿受其打骂，可不是个呆子！"杜亮笑道："金银我命里不曾带来，不做这个指望，还只是守旧。"杜明道："想是打得你不爽利，故此尚要挨他的棍棒。"杜亮道："多承贤弟好情，可怜我做兄的；但我主这般博奥才学，总然打死，也甘心服事他。"遂不听杜明之言，仍旧跟随萧颖士。不想今日一顿拳头，明日一顿棒子，打不上几年，把杜亮打得渐渐遍身疼痛，口内吐血，成了个伤痨症候。初时还强勉趋承，次后打熬不过，半眠半起。又过几时，便久卧床席。那萧颖士见他呕血，明知是打上来的，心下十分懊悔，指望还有好的日子。请医调治，亲自煎汤送药。挨了两月，呜呼哀哉！萧颖士想起他平日的好处，只管涕泣，备办衣棺埋葬。

萧颖士日常亏杜亮服事惯了，到得死后，十分不便，央人四处寻觅仆从。因他打人的名头出了，那个肯来跟随？就有个肯跟他的，也不中其意。有时读书到忘怀之处，还认做杜亮在傍，抬头不见，便掩卷而泣。后来萧颖士知得了杜亮当日不从杜明这班说话，不觉气咽胸中，泪如泉涌，大叫一声："杜亮！我读了一世的书，不曾遇着个怜才之人，终身沦落；谁想你倒是我的知己。却又有眼无珠，枉送了你性命，我之罪也！"言还未毕，口中的鲜血，往外直喷。自此也成了个呕血之疾。将书籍尽皆焚化，口中不住的喊叫杜亮，病了数月，也归大梦。遗命教迁杜亮与他同葬。有诗为证：

纳贿趋权步步先，高才曾见几人怜？
当路若能如杜亮，草莱安得有遗贤！

说话的，这杜亮爱才恋主，果是千古奇人。然看起来，毕竟还带些腐气，未为全美。若有别桩希奇故事，异样话文，再讲回出来。列位看官稳坐着，莫要性急。适来小子道这段小故事，原是入话[3]，还未曾说到正传。那正传却也是个仆人。他比杜亮更是不同：曾独力与孤孀主母，挣起个天大家事，替主母嫁三个女儿，与小主人娶两房娘子，到得死后，并无半文私蓄，至今名垂史册。待小子慢慢的道来，劝谕那世间为奴仆的，也学这般尽心尽力帮家做活，传个美名；莫学那样背恩反噬，尾大不掉的，被人唾骂。

你道这段话文出在那个朝代？什么地方？元来就在本朝嘉靖爷年间，浙江严州府淳安县，离城数里，有个乡村，名曰锦沙村。村上有一姓徐的庄家，恰是弟兄三人。大的名徐言，次的名徐召，各生得一子。第三个名徐哲，浑家颜氏，却倒生得二男三女。他弟兄三人，奉着父亲遗命，合锅儿吃饭，并力的耕田。挣下一头牛儿，一骑马儿。又有一个老仆，名叫阿寄，年已五十来岁了，夫妻两口，也生下一个儿子，还只有十多岁。那阿寄也就是本村生长，当先因父母丧了，无力殡殓，故此卖身在徐家。为人忠谨小心，朝起晏眠，勤于种作。徐言的父亲大得其力，每事优待。到得徐言辈掌家，见他年纪老了，便有些厌恶之意。那阿寄又不达时务，遇着徐言弟兄行事有不到处，便苦口规谏。徐哲尚肯服善，听他一两句；那徐言、徐召是个自作自用的性子，反怪他多嘴擦舌，高声叱喝，有时还要奉承几下消食拳头。阿寄的老婆劝道："你一把年纪的人了，诸事只宜退缩算。他们是后生家世界，时时新，局局变，由他自去主张罢了；何苦的定要出口，常讨恁样凌辱！"阿寄道：

"我受老主之恩,故此不得不说。"婆子道:"累说不听,这也怪不得你了!"自此阿寄听了老婆言语,缄口结舌,再不干预其事,也省了好些耻辱。正合着古人两句言语,道是:

闭口深藏舌,安身处处牢。

不则一日,徐哲忽地患了个伤寒症候,七日之间,即便了帐。那时就哭杀了颜氏母子,少不得衣棺盛殓,做些功果追荐。过了两月,徐言与徐召商议道:"我与你各只一子,三兄弟倒有两男三女,一分就抵着我们两分。便是三弟在时,一般耕种,还算计不就,何况他已死了。我们日夜吃辛吃苦挣来,却养他一窝子吃死饭的。如今还是小事,到了长大之时,你我儿子婚配了,难道不与他婚男嫁女,岂不比你我反多去四分了。意欲即今三股分开,撇脱了这条烂死蛇,由他们有得吃,没得吃,也不与你我相干涉了。只是当初老官儿遗命,教道莫要分开,今若违了他言语,被人谈论,却怎地处?"那时徐召若是个有人心的,便该劝徐言休了这念才是;谁知他的念头,一发起得久了,听见哥子说出这话,正合其意,乃答道:"老官儿虽有遗嘱,不过是死人说话了,须不是圣旨,违背不得的。况且我们的家事,那个外人敢来谈论!"徐言连称有理。即将田产家私,暗地配搭停当,只拣不好的留与侄子。徐言又道:"这牛马却怎地分?"徐召沉吟半晌,乃道:"不难。那阿寄夫妻年纪已老,渐渐做不动了,活时倒有三个吃死饭的,死了又要赔两口棺木,把他也当作一股,派与三房里,卸了这干系,可不是好么?"计议已定,到次日备些酒肴,请过几个亲邻坐下,又请出颜氏并两个侄儿。那两个孩子,大的才得七岁,唤做福儿,小的五岁,叫做寿儿,随着母亲,直到堂前,连颜氏也不知为甚缘故。只见徐言弟兄立起身来道:"列位高亲在上,有一言相告:昔年先父原没甚所遗,多亏我弟兄挣得些小产业,只望弟兄相守到老,传至子侄这辈分析。不幸三舍弟近日有此大变,弟妇又是个女道家,不知产业多少。况且人家消长不一,到后边多挣得,分与舍侄便好;万一消乏了,那时只道我们有甚私弊,欺负孤儿寡妇,反伤骨肉情义了。故此我兄弟商量,不如趁此完美之时,分作三股,各自领去营运,省得后来争多竞少。特请列位高亲来作主。"遂向袖中摸出三张分书来,说道:"总是一样配搭,至公无私,只劳列位着个花押。"颜氏听说要分开自做人家,眼中扑簌簌珠泪交流,哭道:"二位伯伯,我是个孤孀妇人,儿女又小,就是没脚蟹一般!如何撑持的门户?昔日公公原分付莫要分开,还是二位伯伯总管在那里,扶持小儿女大了,但凭胡乱分些便罢,决不敢争多竞少。"徐召道:"三娘子,天下无有不散筵席,就合上一千年,少不得有个分开日子。公公乃过世的人了,他的说话,那里作得准?大伯昨日要把牛马分与你,我想侄儿又小,那个去看养,故分阿寄来帮扶。他年纪虽老,筋力还健,赛过一个后生家种作哩。那婆子绩麻纺线,也不是吃死饭的。这孩子再耐他两年,就可下得田了,你不消愁得。"颜氏见他弟兄如此说话,明知已是做就，料道拗他不过，一味啼哭。那些亲邻看了分书，虽晓得分得不公道，都要做好好先生，那个肯做闲冤家，出尖说话；一齐着了花押，劝慰颜氏收了进去，入席饮酒。有诗为证：

分书三纸语从容，人畜均分禀至公。
老仆不如牛马用，拥孤孀妇泣西风。

却说阿寄，那一早差他买东买西，请张请李，也不晓得又做甚事体。恰好在南村去请个亲戚，回来时，里边事已停妥。走至门口，正遇见老婆。那婆子恐他晓得了这事，又去多言多语，扯到半边，分付道："今日是大官人分拨家私，你休得又去闲管，讨他的怠慢！"阿寄闻言，吃了一惊，说道："当先老主人遗嘱不要分开，如何见三官人死了，就撇开这孤儿寡妇，教他如何过活？我若不说，再有何人肯说？"转身就走。婆子又扯住道："清官也断不得家务事。适来许多亲邻，都不开口；你是他手下人，又非甚么高年族长，怎好张主？"阿寄道："话虽有理，但他们分得公道，便不开口；若有些欺心，就死也说不得，也要讲个明白。"又问道："可晓得分我在那一房？"婆子道："这倒不晓得。"阿寄走到堂前，见众人吃酒，正在高兴，不好遽然问得，站在旁边。间壁一个邻家抬头看见，便道："徐老官，你如今分在三房里了。他是孤孀娘子，须是竭力帮助便好。"阿寄随口答道："我年纪已老，做不动了。"口中便说，心下暗转道："原来拨我在三房里，一定他们道我没用了，借手推出的意思。我偏要争口气，挣个事业起来，也不被人耻笑。"遂不问他们分析的事，一径转到颜氏房门口，听得在内啼哭。阿寄立住脚听时，颜氏哭道："天阿！只道与你一竹竿到底，白头相守，那里说起半路上就抛撇了，遗下许多儿女，无依无靠！还指望倚仗做伯伯的扶养长大，谁知你骨肉未寒，便分拨开来。如今教我没投没奔，怎生过日？"又哭道："就是分的田产，他们通是亮里，我是暗中，凭他们分派，那里知得好歹？只一件上，已见他们的肠子狠了。那牛儿可以耕田，马儿可雇倩与人[4]，只拣两件有利息的拿了去；却推两个老头儿与我，反要费我的衣食。"那老儿听见这话，猛然揭起门帘叫道："三娘，你道老奴单费你的衣食，不及牛马的力么？"颜氏魆地里被他钻进来说这句话，倒惊了一跳，收泪问道："你怎地说？"阿寄道："那牛马每年耕种雇倩，不过有得数两利息，还要赔个人去喂养跟随。若论老奴，年纪虽老，精力未衰，路还走得，苦也受得。那经商道业，虽不曾做，也都明白。三娘急急收拾些本钱，待老奴出去做些生意，一年几转，其利岂不胜似马牛数倍！就是我的婆子，平昔又勤于纺织，亦可少助薪水之费。那田产莫管好歹，把来放租与人，讨几担谷子，做了桩主，三娘同姐儿们，也做些活计，将就度日，不要动那货本。营运数年，怕不挣起个事业？何消愁闷？"颜氏见他说得有些来历，乃道："若得你如此出力，可知好哩。但恐你有了年纪，受不得辛苦。"阿寄道："不瞒三娘说，老便老，健还好，眠得迟，起得早，只怕后生家还赶我不上哩。这倒不消虑得。"颜氏道："你打帐做甚生意?”阿寄道:“大凡经商,本钱多便大做,本钱少便小做。须到外边去看,临期着便,见景生情,只拣有利息的就做,不是在家论得定的。”颜氏道:“说得有理,待我计较起来。”阿寄又讨出分书,将分下的家火,照单逐一点明,搬在一处,然后走至堂前答应。众亲邻直饮至晚方散。

次日,徐言即唤个匠人,把房子两下砌断,教颜氏另自开个门户出入。颜氏一面整顿家中事体,自不必说;一面将簪钗衣饰,悄悄教阿寄去变卖,共凑了十二两银子。颜氏把来交与阿寄道:“这些小东西,乃我尽命之资,一家大小俱在此上。今日交付与你,大利息原不指望,但得细微之利也就够了。临事务要斟酌,路途亦宜小心些!切莫有始无终,反被大伯们耻笑。”口中便说,不觉泪随言下。阿寄道:“但请放心,老奴自有见识在此,管情不负所托。”颜氏又问道:“还是几时起身?”阿寄道:“今本钱已有了,明早就行。”颜氏道:“可要拣个好日?”阿寄道:“我出去做生意,便是好日子,何必又拣?”即把银子藏在兜肚之中,走到自己房里,向婆子道:“我明早要出门去做生意,可将旧衣旧裳打叠在一处。”元来阿寄止与主母计议,连老婆也不通他知得。这婆子见蓦地说出那句话,也觉骇然,问道:“你往何处去?做甚生意?”阿寄方把前事说与。那婆子道:“阿呀!这是那里说起!你虽然一把年纪,那生意行中,从不曾着脚,却去弄虚头,说大话,兜揽这帐。孤孀娘子的银两,是苦恼东西,莫要把去弄出个话靶,连累他没得过用,岂不终身抱怨?不如依着我,快快送还三娘,拚得早起晏眠,多吃些苦儿,照旧耕种帮扶,彼此倒得安逸。”阿寄道:“婆子家晓得什么?只管胡言乱语!那见得我不会做生意,弄坏了事,要你未风先雨。”遂不听老婆,自去收拾了衣服被窝。却没个被囊,只得打个包儿,又做起一个缠袋,准备些干粮。又到市上买了一顶雨伞,一双麻鞋。打点完备,次早先到徐言、徐召二家说道:“老奴今日要往远处做生意,家中无人照管,虽则各分门户,还要二位官人早晚看顾。”徐言二人听了,不觉暗笑,答道:“这倒不消你叮嘱,只要赚了银子回来,送些人事与我们。”阿寄道:“这个自然。”转到家中,吃了饭食,作别了主母,穿上麻鞋,背着包裹雨伞,又分付老婆,早晚须要小心。临出门,颜氏又再三叮咛。阿寄点头答应,大踏步去了。

且说徐言弟兄,等阿寄转身后,都笑道:“可笑那三娘子好没见识,有银子做生意,却不与你我商量,倒听阿寄老奴才的话儿。我想他生长已来,何曾做惯生意?哄骗孤孀妇人的东西,自去快活。这本钱可不白白送落。”徐召道:“便是当初合家时,却不把出来营运,如今才分得,即教阿寄做客经商。我想三娘子又没甚妆奁,这银两定然是老官儿存日,三兄弟克剥下的,今日方才出豁。总之,三娘子瞒着你我做事,若说他不该如此,反道我们妒忌了。且待阿寄折本回来,那时去笑他。”正是:

云端看厮杀,毕竟孰输赢?

路遥知马力，日久见人心。

再说阿寄离了家中，一路思想："做甚生理便好？"忽地转着道："闻得贩漆这项道路，颇有利息；况又在近处，何不去试他一试？"定了主意，一径直至庆云山中。从来采漆之处，原有牙行，阿寄就行家住下。那贩漆的客人，却也甚多，都是挨次儿打发。阿寄想道："若慢慢的挨去，可不担搁了日子，又费去盘缠。"心生一计，捉个空扯主人家到一村店中，买三杯请他，说道："我是个小贩子，本钱短少，守日子不起的。望主人家看乡里分上，怎地设法先打发我去。那一次来，大大再整个东道请你。"也是数合当然，那主人家却正撞着是个贪杯的，吃了他的软口汤，不好回得，一口应承。当晚就往各村户凑足其数，装裹停当，恐怕客人们知得嗔怪，倒寄在邻家放下，次日起个五更，打发阿寄起路。那阿寄发利市就得了便宜，好不喜欢。教脚夫挑出新安江口，又想道："杭州离此不远，定卖不起价钱。"遂雇船直到苏州。正遇在缺漆之时，见他的货到，犹如宝贝一般，不够三日，卖个干净。一色都是见银，并无一毫赊帐。除去盘缠使用，足足赚个对合有馀。暗暗感谢天地，即忙收拾起身。却又想道："我今空身回去，须是趁船，这银两在身边，反担干系；何不再贩些别样货去，多少寻些利息也好。"打听得枫桥籼米到得甚多，登时落了几分行钱，乃道："这贩米生意，量来必不吃亏。"遂籴了六十多担籼米，载到杭州出脱。那时乃七月中旬，杭州有一个月不下雨，稻苗都干坏了，米价腾涌。阿寄这载米，又值在巧里，每一担长了二钱，又赚十多两银子。自言自语道："且喜做来生意，颇颇顺溜，想是我三娘福分到了。"却又想道："既在此间，怎不去问问漆价？若与苏州相去不远，也省好些盘缠。"细细访问时，比苏州反胜。你道为何？元来贩漆的，都道杭州路近价贱，俱往远处去了，杭州倒时常短缺。常言道：货无大小，缺者便贵。故此比别处反胜。阿寄得了这个消息，喜之不胜，星夜赶到庆云山。已备下些小人事，送与主人家，依旧又买三杯相请。那主人家得了些小便宜，喜逐颜开，一如前番，悄悄先打发他转身。到杭州也不消三两日，就都卖完。计算本利，果然比起先这一帐又多几两，只是少了那回头货的利息。乃道："下次还到远处去。"与牙人算清了帐目，收拾起程。想道："出门好几时了，三娘必然挂念，且回去回覆一声，也教他放心。"又想道："总是收漆要等候两日；何不先到山中，将银子教主人家一面先收，然后回家，岂不两便？"定了主意，到山中把银两付与牙人，自己赶回家去。正是：

先收漆货两番利，初出茅庐第一功。

且说颜氏自阿寄去后，朝夕悬挂，常恐他消折了这些本钱，怀着鬼胎。耳根边又听得徐言弟兄在背后攧唇簸嘴，愈加烦恼。一日正在房中闷坐，忽见两个儿子乱喊进来道："阿寄回家了！"颜氏闻言，急走出房，阿寄早已在面前。他的老婆也随在背后。阿寄上前，深深唱个大喏。颜氏见了他，反增着一个蹬心拳头，胸前突突的乱跳，诚恐说出句扫兴话来。便问道："你做的是什么生意？可有些利钱？"那阿寄叉手不离方寸，不慌不忙的说道："一来感谢天地保佑，二来托赖三娘洪福，做的却是贩漆生意，赚得五六倍利息。"——如此如此，这般这般，"恐怕三娘放心不下，特归来回覆一声。"颜氏听罢，喜从天降，问道："如今银子在那里？"阿寄道："已留与主人家收漆，不曾带回，我明早就要去的。"那时合家都欢天喜地。阿寄住了一晚，次日清早起身，别了颜氏，又往庆云山去了。

再说徐言弟兄，那晚在邻家吃社酒醉倒，故此阿寄回家，全不晓得。到次日齐走过来，问道："阿寄做生意归来，趁了多少银子？"颜氏道："好教二位伯伯知得，他一向贩漆营生，倒觅得五六倍利息。"徐言道："好造化！恁样赚钱时，不够几年，便做财主哩。"颜氏道："伯伯休要笑话，免得饥寒便够了。"徐召道："他如今在那里？出去了几多时？怎么也不来见我？这样没礼。"颜氏道："今早原就去了。"徐召道："如何去得恁般急速？"徐言又问道："那银两你可曾见见数么？"颜氏道："他说俱留在行家买货，没有带回。"徐言呵呵笑道："我只道本利已在手了，原来还是空口说白话，眼饱肚中饥。耳边倒说得热烘烘，还不知本在何处，利在那里，便信以为真。做经纪的人，左手不托右手，岂有自己回家，银子反留在外人？据我看起来，多分这本钱弄折了，把这鬼话哄你。"徐召也道："三娘子，论起你家做事，不该我们多口；但你终是女眷家，不知外边世务，既有银两，也该与我二人商量，买几亩田地，还是长策。那阿寄晓得做甚生理？却瞒着我们，将银子与他出去瞎撞。我想那银两，不是你的妆奁，也是三兄弟的私蓄，须不是偷来的，怎看得恁般轻易！"二人一吹一唱，说得颜氏哑口无言，心下也生疑惑，委决不下。把一天欢喜，又变为万般闷愁。按下此处不题。

再说阿寄这老儿急急赶到庆云山中，那行家已与他收完，点明交付。阿寄此番不在苏杭发卖，径到兴化地方，利息比这两处又好。卖完了货，打听得那边米价一两三担，斗斛又大。想起杭州见今荒歉，前次粜客贩的去，尚赚了钱，今在出处贩去，怕不有一两个对合。遂装上一大载米至杭州，准准粜了一两二钱一石。斗斛上多来，恰好顶着船钱使用。那时到山中收漆，便是大客人了，主人家好不奉承。一来是颜氏命中合该造化，二来也亏阿寄经营伶俐。凡贩的货物，定获厚利。一连做了几帐，约有二千馀金。看看挨着残年，算计道："我一个孤身老儿，带着许多财物，不是要处！倘有差失，前功尽弃。况且年近岁逼，家中必然悬望，不如回去，商议置买些田产，做了根本，将馀下的再出来运算。"此时他出路行头，诸色尽备；把银两逐封紧紧包裹，藏在顺袋中。水路用舟，陆路雇马，晏行早歇，十分小心。非止一日，已到家中，把行李驮入。婆子见老公回了，便去报知颜氏。那颜氏一则以喜，一则以惧。所喜者，阿寄回来；所惧者，未知生意长短若何？因向日被徐言弟兄奚落了一场，这番心里比前更是着急。三步并作两步，奔至外厢，望见了这堆行李，料道不像个折本的，心下就安了一半。终是忍不住，便问道："这一向生意如何？银两可曾带回？"阿寄近前见了个礼，说道："三娘不要性急，待我慢慢的细说。"教老婆顶上中门，把行李尽搬至颜氏房中，将银子逐封交与颜氏。颜氏见着那许多银两，喜出望外，连忙开箱启笼收藏。阿寄方把往来经营的事说出。颜氏因怕惹是非，徐言当日的话，一句也不说与他知道，但连称："都亏你老人家气力了，且去歇息则个。"又分付："倘大伯们来问起，不要与他讲真话。"阿寄道："老奴理会得。"正话间，外面呼呼声叩门，原来却是徐言弟兄听见阿寄归了，特来打探消耗[5]。阿寄上前作了两个揖。徐言道："前日闻得你生意十分旺相，今番又趁若干利息？"阿寄道："老奴托赖二位官人洪福，除了本钱盘费，干净趁得四五十两。"徐召道："阿呀！前次便说有五六倍利了，怎地又去了许多时，反少起来？"徐言道："且不要问他趁多趁少，只是银子今次可曾带回？"阿寄道："已交与三娘了。"二人便不言语，转身出去。

再说阿寄与颜氏商议，要置买田产，悄地央人寻觅。大抵出一个财主，生一个败子。那锦沙村有个晏大户，家私豪富，田产广多，单生一子，名为世保，取世守其业的意思。谁知这晏世保，专于嫖赌，把那老头儿活活气死。合村的人道他是个败子，将晏世保三字，顺口改为献世宝。那献世宝同着一班无藉，朝欢暮乐，弄完了家中财物，渐渐摇动产业。道是零星卖来不够用，索性卖一千亩，讨价三千馀两，又要一注儿交银。那村中富者虽有，一时凑不起许多银子，无人上桩。延至岁底，献世宝手中越觉干逼，情愿连一所庄房，只要半价。阿寄偶然闻得这个消息，即寻中人去，讨个经帐，恐怕有人先成了去，就约次日成交。献世宝听得有了售主，好不欢喜。平日一刻也不着家的，偏这日足迹不敢出门，呆呆的等候中人同往。

且说阿寄料道献世宝是爱吃东西的，清早便去买下佳肴美酝，唤个厨夫安排。又向颜氏道："今日这场交易，非同小可。三娘是个女眷家，两位小官人又幼，老奴又是下人，只好在旁说话，难好与他抗礼；须请间壁大官人弟兄来作眼，方是正理。"颜氏道："你就过去请一声。"阿寄即到徐言门首，弟兄正在那里说话。阿寄道："今日三娘买几亩田地，特请二位官人来张主。"二人口中虽然答应，心内又怪颜氏不托他寻觅，好生不乐。徐言说道："既要买田，如何不托你我，又教阿寄张主。直至成交，方才来说。只是这村中，没有什么零星田卖。"徐召道："不必猜疑，少顷便见着落了。"二人坐于门首，等至午前光景，只见献世宝同着几个中人，两个小厮，拿着拜匣，一路拍手拍脚的笑来，望着间壁门内齐走进去。徐言弟兄看了，倒吃一惊，都道："咦！好作怪！闻得献世宝要卖一千亩田，实价三千馀两，不信他家有许多银子，难道献世宝又零卖一二十亩？"疑惑不定。随后跟入，相见已罢，分宾而坐。阿寄向前说道："晏官人，田价昨日已是言定，一依分付，不敢短少。晏官人也莫要节外生枝，又更他说。"献世宝乱嚷道："大丈夫做事，一言已出，驷马难追。若又有他说，便不是人养的了。”阿寄道：“既如此，先立了文契，然后兑银。”那纸墨笔砚，整备得停停当当，拿过来就是。献世宝拈起笔，尽情写了一纸绝契，又道：“省得你不放心，先画了花押，何如？”阿寄道：“如此更好。”徐言兄弟看那契上，果是一千亩田，一所庄房，实价一千五百两。吓得二人面面相觑，伸出了舌头，半日也缩不上去。都暗想道：“阿寄做生意总是趁钱，也趁不得这些！莫不是做强盗打劫的，或是掘着了藏？好生难猜。”中人着完花押，阿寄收进去交与颜氏。他已先借下一副天秤法马，提来放在桌上，与颜氏取出银子来兑，一色都是粉块细丝。徐言、徐召眼内放出火，就是喉间烟也直冒，恨不得推开众人，通抢回去。不一时兑完，摆出酒肴，饮至更深方散。次日，阿寄又向颜氏道：“那庄房甚是宽大，何不搬在那边居住？收下的稻子，也好照管。”颜氏晓得徐言弟兄妒忌，也巴不能远开一步。便依他说话，选了新正初六，迁入新房。阿寄又请个先生，教他两位小官人读书。大的取名徐宽，次的名徐宏。家中收拾得十分次第[6]。那些村中人见颜氏买了一千亩田，都传说掘了藏，银子不计其数，连坑厕说来都是银的，谁个不来奉承？再说阿寄将家中整备停当，依旧又出去经营。这番不专于贩漆，但闻有利息的便做。家中收下米谷，又将来腾那。十年之外，家私巨富。那献世宝的田宅，尽归于徐氏。门庭热闹，牛马成群，婢仆雇工人等，也有整百，好不兴头！正是：

富贵本无根，尽从勤里得。
请观懒惰者，面带饥寒色。

那时颜氏的三个女儿，都嫁与一般富户。徐宽、徐宏也各娶配。一应婚嫁礼物，尽是阿寄支持，不费颜氏丝毫气力。他又见田产广多，差役烦重，与徐宽弟兄，俱纳个监生，优免若干田役。颜氏也与阿寄儿子完了婚事；又见那老儿年纪衰迈，留在家中照管，不肯放他出去，又派个马儿与他乘坐。那老儿自经营以来，从不曾私吃一些好饮食，也不曾私做一件好衣服，寸丝尺帛，必禀命颜氏，方才敢用。且又知礼数，不论族中老幼，见了必然站起。或乘马在途中遇着，便要下马闪在路傍，让过去了，然后又行。因此远近亲邻，没一人不把他敬重。就是颜氏母子，也如尊长看承。那徐言、徐召，虽也挣起些田产，比着颜氏，尚有天渊之隔，终日眼红颈赤。那老儿揣知二人意思，劝颜氏各助百金之物。又筑起一座新坟，连徐哲父母，一齐安葬。

那老儿整整活到八十，患起病来，颜氏要请医人调治，那老儿道：“人年八十，死乃分内之事，何必又费钱钞？”执意不肯服药。颜氏母子，不住在床前看视，一面准备衣衾棺椁。病了数日，势渐危笃，乃请颜氏母子到房中坐下，说道：“老奴牛马力已少尽，死亦无恨。只有一事，越分张主，不要见怪！”颜氏垂泪道：“我母子全亏你气力，方有今日；有甚事体，一凭分付，决不违拗。”那老儿向枕边摸出两纸文书，递与颜氏道：“二位小官人，他年纪已长，日后少不得要分析，倘那时嫌多道少，便伤了手足之情。故此老奴久已将一应田房财物等件，均分停当；今日交付与二位小官人，各自去管家业。”又叮嘱道：“那奴仆中难得好人，诸事须要自己经心，切不可重托。”颜氏母子，含泪领命。他的老婆儿子，都在床前啼啼哭哭，也嘱咐了几句。忽地又道：“只有大官人二官人，不曾面别，终是欠事，可与我去请来。”颜氏即差个家人去请。徐言、徐召说道：“好时不直得帮扶我们，临死却来思想，可不扯淡！不去，不去！”那家人无法，只得转身。却见徐宏亲自奔来相请，二人灭不个侄儿面皮，勉强随来。那老儿已说话不出，把眼看了两看，点点头儿，奄然而逝。他的老婆儿媳啼哭，自不必说。只这颜氏母子，俱放声号恸，便是家中大小男女，念他平日做人好处，也无不下泪。惟有徐言、徐召反有喜色。可怜那老儿：

辛勤好似蚕成茧，茧老成丝蚕命休。

又似采花蜂酿蜜，甜头到底被人收。

颜氏母子哭了一回，出去支持殓殡之事。徐言、徐召看见棺木坚固，衣衾整齐，扯徐宽弟兄到一边，说道：“他是我家家人，将就些罢了！如何要这般好断送？就是当初你家公公与你父亲，也没恁般齐整！”徐宽道：“我家全亏他挣起这些事业，若薄了他，内心上也打不过去。”徐召笑道：“你老大的人，还是个呆子！只是你母子命中合该有此造化，岂真是他本事挣来的哩？还有一件，他做了许多年数，克剥的私房，必然也有好些，怕道没得结果，你却挖出肉里钱来，与他备后事。”徐宏道：“不要冤枉坏人！我看他平日，一厘一毫，都清清白白交与母亲，并不见有什么私房。”徐召又说道：“做的私房，藏在那里，难道把与你看不成？若不信时，如今将那房中一检，极少也有整千银子。”徐宽道：“总有也是他挣下的，好道拿他的不成？”徐言道：“虽不拿他的，见个明白也好。”徐宽弟兄被二人说得疑疑惑惑，遂听了他，也不通颜氏知道，一齐走至阿寄房中，把婆子们哄了出去，闭上房门，开箱倒笼，遍处一搜，只有几件旧衣旧裳，那有分文钱钞？徐召道：“一定藏在儿子房里，也去一搜。”寻出一包银子，不上二两，包中有个帐儿。徐宽仔细看时，还是他儿子娶妻时，颜氏助他三两银子，用剩下的。徐宏道：“我说他没有什么私房，却定要来看！还不快收拾好了，倘被人撞见，反道我们器量小了。”徐言、徐召自觉乏趣，也不别颜氏，径自去了。徐宽又把这事学向母亲，愈加伤感。令合家挂孝，开丧受吊，多修功果追荐。七终之后[7]，即安葬于新坟傍边。祭葬之礼，每事从厚。颜氏主张，将家产分一股与他儿子，自去成家立业，奉养其母。又教儿子们以叔侄相称。此亦见颜氏不泯阿寄恩义的好处。那合村的人，将阿寄生平行谊具呈府县，要求府县旌奖，以劝后人。府县查个明白，申报上司，具疏奏闻于朝廷，旌表其义。至今徐氏子孙繁衍，富冠淳安。阿寄子孙亦颇昌盛。诗云：

年老筋衰逊马牛，千金置产出人头。

托孤寄命真无愧，羞杀苍头不义侯[8]。

注释

[1]该博：学问或见闻广博。

[2]措大：对读书人的蔑称。

[3]入话：宋元时期，说书人在讲说故事之前，往往先讲一个与正文内容相类似的小故事作铺垫，叫做“入话”。

[4]雇倩：雇用。倩，请。

[5]消耗：消息。

[6]次第：井井有条，整齐。

[7]七终之后：七七四十九日之后。迷信者认为：人死后每逢七天为一个七，在这天烧纸钱诵佛经，可以“超度死者”。

[8]苍头：奴仆。　不义侯：指东汉子密。东汉初年彭宠自立为王，其奴仆子密趁彭宠熟睡，杀人越货，将彭宠的首级献给光武帝刘秀。刘秀封子密为不义侯。

新评

《老子》中有一句大家极为熟知的话，叫做“祸兮福之所依，福兮祸之所伏”。意思是要从正反两个方面一分为二地看待问题。即如这篇小说中的颜氏，若不是丈夫早逝，也不至于被两个大伯析产分过；若不是受了不公正的对待，老仆阿寄也不会抱打不平，横下一条心要做出一番事业来。正是在看似祸不单行的险恶境遇中，阿寄与主母颜氏心往一处想，劲往一处使，从十二两银子起家，挣下几千两的家业。这其中颜氏对阿寄的信任，阿寄对颜氏的忠诚，都是关键。小说中徐言、徐召的丑恶嘴脸、险恶用心，处处映衬颜氏和阿寄的光明磊落，心胸宽广。居心叵测，最终害的是自己，这是亘古不变的真理。

第二十六卷　蔡小姐忍辱报仇

酒可陶情适性，兼能解闷消愁。三杯五盏乐悠悠。痛饮翻能损寿。

谨厚化成凶险，精明变作昏流。禹疏仪狄岂无由[1]。狂药使人多咎。

这首词名为《西江月》，是劝人节饮之语。今日说一位官员，只因贪杯上，受了非常之祸。话说那宣德年间，南直隶淮安府淮安卫有个指挥，姓蔡名武。家资富厚，婢仆颇多。平昔别无所好，偏爱的是杯中之物，若一见了酒，连性命也不相顾，人都叫他做"蔡酒鬼"。因这件上，罢官在家。不但蔡指挥会饮，就是夫人田氏，却也一般善饮，二人也不像个夫妻，到像两个酒友。偏生奇怪，蔡指挥夫妻都会饮酒，生得三个儿女，却又滴酒不闻。那大儿蔡韬，次子蔡略，年纪尚小。女儿倒有一十五岁，生时因见天上有一条虹霓，五色灿烂，正环在他家屋上，蔡武以为祥瑞，遂取名叫做瑞虹。那女子生得有十二分颜色，善能描龙画凤，刺绣拈花。不独女工伶俐，且有智识才能，家中大小事体，倒是他掌管。因见父母日夕沉湎，时常规谏，蔡指挥那里肯依？

话分两头。且说那时有个兵部尚书赵贵，当年未达时，住在淮安卫间壁，家道甚贫，勤苦读书，夜夜直读到鸡鸣方卧。蔡武的父亲老蔡指挥，爱他苦学，时常送柴送米，资助赵贵。后来连科及第，直做到兵部尚书，思念老蔡指挥昔年之情，将蔡武特升了湖广荆襄等处游击将军，是一个上好的美缺，特地差人将文凭送与蔡武。蔡武心中欢喜，与夫人商议，打点择日赴任。瑞虹道："爹爹，依孩儿看起来，此官莫去做罢！"蔡武道："却是为何？"瑞虹道："做官的一来图名，二来图利，故此千乡万里远去。如今爹爹在家，日日只是吃酒，并不管一毫别事。倘若到任上也是如此，那个把银子送来，岂不白白里干折了盘缠辛苦，路上还要担惊受怕。就是没得银子趁，也只算是小事，还有别样要紧事体，担干系哩！"蔡武道："除了没银子趁罢了，还有甚么干系？"瑞虹道："爹爹，你一向做官时，不知见过多少了，难道这样事倒不晓得？那游击官儿，在武职里便算做美任，在文官上司里，不过是个守令官，不时衙门伺候，东迎西接，都要早起晏眠。我想你平日在家，单管吃酒，自在惯了，倘到那里，依原如此，岂不受上司责罚？这也还不算利害。或是汛地盗贼生发[2]，差拨去捕获；或者别处地方有警，调遣去出征：那时不是马上，定是舟中，身披甲胄，手执戈矛，在生死关系之际，倘若一般终日吃酒，岂不把性命送了？不如在家安闲自在，快活过了日子，却去讨这样烦恼吃！"蔡武道："常言说得好，酒在心头，事在肚里。难道我真个单吃酒不管正事不成？只为家中有你掌管，我落得快活；到了任上，你替我不得时，自然着急，不消你担隔夜忧。况且这样美缺，别人用银子谋干，尚不能够；如今承赵尚书一片好意，特地差人送上大门，我若不去做，反拂了这一段来意。我自有主意在此，你不要阻挡。"瑞虹见父亲立意要去，便道："爹爹既然要去，把酒来戒了，孩儿方才放心。"蔡武道："你晓得我是酒养命的，如何全戒得住，只是少吃几杯罢了。"遂说下几句口号：

老夫性与命，全靠水边酉。
宁可不吃饭，不可日无酒。
今听汝忠言，节饮知谨守。
每常十遍饮，今番一加九。
每常饮十升，今番只一斗。
每常一气吞，今番分两口。
每常床上饮，今番地下走。
每常到三更，今番二更后。
再要裁减时，性命不值狗。

且说蔡武次日即教家人蔡勇，在淮关写了一只民座船[3]，将衣饰细软，都打叠带去。粗重家伙，封锁好了，留一房家人看守。其馀童仆，尽随往任所。又买了许多好酒，带路上去吃。择了吉日，备猪羊祭河，作别亲戚，起身下船。梢公扯起篷，由扬州一路进发。你道梢公是何等样人？那梢公叫做陈小四，也是淮安府人，年纪三十已外，雇着一班水手，共有七人，唤做白满、李癞子、沈铁甏、秦小圆、胡蛮二、余蛤蚆、凌歪嘴。这班人都是凶恶之徒，专在河路上谋劫客商。不想蔡武今日晦气，下了他的船只。陈小四起初见发下许多行李，眼中已是放出火来，及至家小下船，又一眼瞧着瑞虹美艳，心中愈加消魂。暗暗算计："且远一步儿下手，省得在近处，容易露人眼目。"不一日，将到黄州，乃道："此去正好行事了，且与众兄弟们说知。"走到艄上，对众水手道："舱中一注大财，不可错过，趁今晚取了罢。"众人笑道："我们有心多日了，因见阿哥不说起，只道让同乡分上，不要了。"陈小四道："因一路来，没个好下手处，造化他多活了这几日！"众人道："他是个武官出身，从人又众，不比其他，倒要用心。"陈小四道："他出名的蔡酒鬼，有什么用？少停，等他吃酒到分际，放开手砍他娘罢了。只饶了这小姐，我要留他做个押舱娘子。"商议停当。少顷，到黄州江口泊住，买了些酒肉，安排起来。众水手吃个醉饱。扬起满帆，那舟如箭发。那一日正是十五，刚到黄昏，一轮明月，如同白昼。至一空阔之处，陈小四道："众兄弟，就此处罢，莫向前了。"霎时间，下篷抛锚，各执器械，先向前舱而来。迎头遇着一个家人，那家人见势头来得凶险，叫声："老爷不好了！"说时迟，那时快，叫声未绝，顶门上已遭一斧，翻身跌倒。那些家人，一个个都抖衣而颤，那里动弹得。被众强盗刀砍斧切，连排价杀去。

且说蔡武自从下船之后，初时几日，酒还少吃，以后觉道无聊，夫妻依先大酌，瑞虹劝谏不止。那一晚与夫人开怀畅饮，酒量已吃到九分，忽听得前舱发喊。瑞虹急叫丫鬟来看，那丫鬟吓得寸步难移，叫道："老爷，前舱杀人哩！"蔡奶奶惊得魂不附体，刚刚立起身来，众凶徒已赶进舱。蔡武兀自朦胧醉眼，喝道："我老爷在此，那个敢？"沈铁甏早把蔡武一斧砍倒，众男女一齐跪下，道："金银任凭取去，但求饶命。"众人道："两件都是要的。"陈小四道："也罢，看乡里情上，饶他砍头，与他个全尸罢了。"即教快取索子，两个奔向后艄，取出索子，将蔡武夫妻二子，一齐绑起，止空瑞虹。蔡武哭对瑞虹道："不听你言，致有今日！"声犹未绝，都撺向江中去了。其馀丫鬟等婢，一刀一个，杀个干净。有诗为证：

金印将军酒量高，绿林暴客逞雄豪。
无情波浪兼天涌，疑是胥江起怒涛。

瑞虹见合家都杀，独不害他，料然必来污辱。奔出舱门，望江中便跳。陈小四放下斧头，双手抱住道："小姐不要惊恐！还你快活。"瑞虹大怒，骂道："你这班强盗，害了我全家，尚敢污辱我么！快快放我自尽！"陈小四道："你这般花容月貌，教我如何便舍得？"一头说，一头抱入后舱。瑞虹口中千强盗万强盗，骂不绝口。众人大怒，道："阿哥，那里不寻了一个妻子，便受这贱人之辱！"便要赶进来杀。陈小四拦住道："众兄弟，看我分上饶他罢！明日与你陪情。"又对瑞虹道："快些住口，你若再骂时，连我也不能相救。"瑞虹一头哭，心中暗想："我若死了，一家之仇，那个去报？且含羞忍辱，待报仇之后，死亦未迟。"方才住口，跌足又哭。陈小四安慰一番。众人已把尸首尽抛入江中，把船揩抹干净，扯起满篷，又使到一个沙洲边，将箱笼取出，要把东西分派。陈小四道："众兄弟且不要忙，趁今日十五团圆之夜，待我做了亲，众弟兄吃过庆喜筵席，然后自由自在均分，岂不美哉！"众人道："也说得是。"连忙将蔡武带来的好酒，打开几坛，将那些食物东西，都安排起来，团团坐在舱中，点得灯烛辉煌，取出蔡武许多银酒器，大家痛饮。陈小四又抱出瑞虹坐在旁边，道："小姐，我与你郎才女貌，做对夫妻也不辱抹了你！今夜与我成亲，图个白头到老。"瑞虹掩着面只是哭。众人道："我众兄弟各人敬阿嫂一杯酒。"便筛过一杯，送在面前。陈小四接在手中，拿向瑞虹口边，道："多谢众弟兄之情，你略略沾些儿。"瑞虹那里睬他，把手推开。陈小四笑道："多谢列位美情，待我替娘子饮罢。"拿起来一饮而尽。秦小圆道："哥不要吃单杯，吃个双双到老。"又送过一杯，陈小四又接来吃了。也筛过酒，逐个答还。吃了一会，陈小四被众人劝送，吃到八九分醉了。众人道："我们畅饮，不要难为新人。哥，先请安置罢。"陈小四道："既如此，列位再请宽坐，我不陪了。"抱起瑞虹，取了灯火，径入后舱。放下瑞虹，掩上舱门，便来与他解衣。那时瑞虹身不由主，被他解脱干净，抱向床中，任情取乐。可惜千金小姐，落在强徒之手。

暴雨摧残娇蕊，狂风吹损柔芽。

那是一宵恩爱，分明夙世冤家。

不题陈小四。且说众人在舱中吃酒，白满道：“陈四哥此时正在乐境了。”沈铁甏道：“他便乐，我们却有些不乐。”秦小圆道：“有甚不乐？”沈铁甏道：“皆是同样做事，他倒独占了第一件便宜。明日分东西时，可肯让一些么？”李癞子道：“你道是乐，我想这一件，正是不乐之处哩。”众人道：“为何不乐？”李癞子道：“常言说的好，斩草不除根，萌芽依旧发。杀了他一家，恨不得把我们吞在肚里，方才快活，岂肯安心与陈四哥做夫妻？倘到人烟凑集所在，叫喊起来，众人性命，可不都送在他的手里？”众人尽道：“说得是。明日与陈四哥说明，一发杀却，岂不干净？”答道：“陈四哥今日得了甜头，怎肯杀他？”白满道：“不要与陈四哥说知，悄悄竟行罢。”李癞子道：“若瞒着他杀了，弟兄情上就倒不好开交。我有个两得其便的计儿在此：趁陈四哥睡着，打开箱笼，将东西均分，四散去快活。陈四哥已受用了一个妙人，多少留几件与他，后边露出事来，止他自己去受累，与我众人无干。或者不出丑，也是他的造化。恁样又不伤了弟兄情分，又连累我们不着，可不好么？”众人齐称道好，立起身把箱笼打开，将出黄白之资，衣饰酒器，都均分了，只拣用不着的留下几件。各自收拾，打了包裹，把舱门关闭，将船使到一个通官路之所在泊住，一齐上岸，四散而去。

箧中黄白皆公器，被底红香偏得意。
蜜房割去别人甜，狂蜂犹抱花心睡。

且说陈小四专意在瑞虹身上，外边众人算计，全然不知。直至次日巳牌时分，方才起身来看，不见一人，还只道夜来中酒睡着。走至艄上，却又不在；再到前舱去看，那里有个人的影儿？惊骇道：“他们通往何处去了？”心内疑惑。复走入舱中，看那箱笼俱已打开，逐只检看，并无一物，止一只内存着些东西，并书帖之类：方明白众人分去，敢怒而不敢言。想道：“是了！他们见我留着这小姐，恐后事露，故都悄然散去。”又想道：“我如今独自个又行不得这船，住在此，又非长策，倒是进退两难。欲待上岸，村中觅个人儿帮行，到有人烟之处，恐怕这小姐喊叫出来，这性命便休了。势在骑虎，留他不得了，不如斩草除根罢。”提起一柄板斧抢入后舱。瑞虹还在床上啼哭，虽则泪痕满面，愈觉千娇百媚。那贼徒看了，神荡魂迷，臂垂手软，把杀人肠子，顿时熔化。一柄板斧扑秃的落在地下。又腾身上去，捧着瑞虹淫媾。可怜嫩蕊娇花，怎当得风狂雨骤？那贼徒恣意轻薄了一回，说道：“娘子，我晓得你劳碌了，待我去收拾些饮食，与你好将息。”跳起身，往艄上打火煮饭。忽地又想起道：“我若迷恋这女子，性命定然断送；欲要杀他，又不忍下手。罢，罢，只算我晦气，弃了这船，向别处过日。倘有采头，再觅注钱财，原旧挣个船儿，依旧快活。那女子留在船中，有命时便遇人救了，也算我一点阴骘。”却又想道：“不好，不好！如不除他，终久是个祸根。只饶他一刀，与他全尸罢。”煮些饭食吃饱，将平日所积囊资,并留下的些小东西,叠成一个大包,放在一边;寻一条索子,打个圈儿,赶入舱来。这时瑞虹恐又来污辱,已是穿起衣服,向着床里垂泪,思算报仇之策,不提防这贼徒来谋害。说时迟,那时快,这贼徒奔近前,左手托起头儿,右手就将索子套上。瑞虹方待喊叫,被他随手扣紧,尽力一收,瑞虹疼痛难忍,手足乱动,扑的跳了几跳,直挺挺横在床上便不动了。那贼徒料是已死,即放了手,到外舱拿起包裹,提着一根短棍,跳上岸,大踏步而去。正是:

虽无并枕欢娱,落得一身干净。

原来瑞虹命不该绝,喜得那贼打的是个单结,虽然被这一收时气绝昏迷,才放下手,结就松开,不比那吊死的越坠越紧。咽喉间有了一线之隙,这点气回复透出,便不致于死。渐渐苏醒,只是遍体酥软,动弹不得,倒像被按摩的捏了个醉杨妃光景。喘了一回,觉的颈下难过,勉强挣起手扯开,心内苦楚,暗哭道:“阿爹当时若听了我的言语,那有今日?只不知与这伙贼徒,前世有甚冤业,合家遭此惨祸。”又哭道:“我指望忍辱偷生,还图个报仇雪耻,不道这贼原放我不过。我死也罢了,但是冤沉海底,安能瞑目!”转思转哭,愈想愈哀。正哭之间,忽然艄上扑通的一声响亮,撞得这船幌上几幌,睡的床铺,险些撷翻。瑞虹被这一惊,哭也倒止住了。侧耳听时,但闻隔船人声喧闹,打号撑篙,本船不见一些声息。疑惑道:“这班强盗为何被人撞了船,却不开口?莫非那船也是同伙?”又想道:“或者是捕盗船儿,不敢与他争论。”便欲喊叫,又恐不能了事。方在惶惑之际,船舱中忽然有人大惊小怪,又齐拥入后舱。瑞虹还道是这班强盗,暗道:“此番性命定然休矣!”只听众人说道:“不知是何处官府,打劫得如此干净?人样也不留一个!”瑞虹听了这句话,已知不是强盗了,挣扎起身,高喊:“救命!”众人赶向前看时,见是个美貌女子,扶持下床,问他被劫情由。瑞虹未曾开言,两眼泪珠先下。乃将父亲官爵籍贯,并被难始末,一一细说。又道:“列位大哥,可怜我受屈无伸,乞引到官司告理,擒获强徒正法,也是一点阴骘。”众人道:“原来是位小姐,可恼受着苦了!但我们都做主不得,须请老爹来与你计较。”内中一个便跑去相请。不多时,一人跨进舱中,众人齐道:“老爹来也!”瑞虹举目看那人,面貌魁梧,服饰齐整,见众人称他老爹,料必是个有身家的,哭拜在地。那人慌忙扶住,道:“小姐何消行此大礼?有话请起来说。”瑞虹又将前事细说一遍。又道:“求老爹慨发慈悲,救护我难中之人,生死不忘大德!”那人道:“不消烦恼。我想这班强盗,去路还未远,即今便同你到官司呈告,差人四处追寻,自然逃走不脱。”瑞虹含泪而谢。那人分付手下道:“事不宜迟,快扶蔡小姐过船去罢。”众人便来搀扶。瑞虹寻了鞋儿穿起,走出舱门观看,乃是一只双开篷顶号货船。过得船来,请入舱中安息。众水手将贼船上家火东西,尽力搬个干净,方才起篷开船。

你道那人是谁?原来姓卞名福,汉阳府人氏。专在江湖经商,挣起一个老大家业，打造这只大船。众水手俱是家人。这番在下路脱了粮食，装回头货回家，正趁着顺风行走，忽地被一阵大风，直打向到岸边去。梢公把舵务命推挥，全然不应，径向贼船上当梢一撞。见是座船[4]，恐怕拿住费嘴，好生着急。合船人手忙脚乱，要撑开去，不道又阁在浅处；牵扯不动，故此打号用力。因见座船上没个人影，卞福以为怪异，教众水手过来看。已后闻报，止有一个美女子，如此如此，要求搭救。卞福即怀不良之念，用一片假情，哄得过船，便是买卖了，那里是真心肯替他伸冤理枉。那瑞虹起初因受了这场惨毒，正无门伸诉，所以一见了卞福，犹如见了亲人一般，求他救济，又见说出那班言语，便信以为真，更不疑惑。到得过船心定，想起道："此来差矣！我与这客人，非亲非故，如何指望他出力，跟着同走？虽承他一力担当，又未知是真是假。倘有别样歹念，怎生是好？"正在疑虑，只见卞福，自去安排着佳肴美馔，承奉瑞虹，说道："小娘子一定饿了，且吃些酒食则个。"瑞虹想着父母，那里下得咽喉。卞福坐在旁边，甜言蜜语，劝了一回，乃开言道："小子有一言商议，不知小姐可肯听否？"瑞虹道："老客有甚见谕？"卞福道："适来小子一时义愤，许小姐同到官司告理，却不曾算到自己这船货物。我想那衙门之事，原是论不定日子的。倘或牵缠半年六月，事体还不能完妥，货物又不能脱去，岂不两下担阁。不如小姐且随我回去，先脱了货物，然后另换个小船，与你一齐下来理论这事，就盘桓几年，也不妨碍。更有一件，你我是个孤男寡女，往来行走，必惹外人谈议，总然彼此清白，谁人肯信？可不是无丝有线？况且小姐举目无亲，身无所归；小子虽然是个商贾，家中颇颇得过，若不弃嫌，就此结为夫妇。那时报仇之事，水里水去，火里火去，包在我身上，一个个缉获来，与你出气。但未知尊意若何？"瑞虹听了这片言语，暗自心伤，簌簌的泪下，想道："我这般命苦！又遇着不良之人。只是落在他套中，料难摆脱。"乃叹口气，道："罢罢，父母冤仇事大，辱身事小。况此身已被贼人玷污，总今就死也算不得贞节了。且到报仇之后，寻个自尽，以洗污名可也。"踌躇已定，含泪答道："官人果然真心肯替奴家报仇雪耻，情愿相从。只要设个誓愿，方才相信。"卞福得了这句言语，喜不自胜，连忙跪下设誓道："卞福若不与小姐报仇雪耻，翻江而死。"道罢起来，分付水手："就前途村镇停泊，买办鱼肉果品之类，合船吃杯喜酒。"到晚成就好事。

不则一日，已至汉阳。谁想卞福老婆，是个拈酸的领袖，吃醋的班头，卞福平昔极惧怕的，不敢引瑞虹到家，另寻所在安下。叮嘱手下人，不许泄漏。内中又有个请风光博笑脸的，早去报知。那婆娘怒气冲天，要与老公厮闹。却又算计，没有许多闲工夫淘气。倒一字不提，暗地教人寻下掠贩的[5]，期定了日子，一手交钱，一手交人。到了是日，那婆娘把卞福灌得烂醉，反锁在房。一乘轿子，抬至瑞虹住处。掠贩的已先在彼等候，随那婆娘进去，叫人报知瑞虹说："大娘来了。"瑞虹无奈，只得出来相迎。掠贩的在旁，细细一观，见有十二分颜色，好生欢喜。那婆娘满脸堆笑，对瑞虹道："好笑官人作事颠倒，既娶你来家，如何又撇在此，成何体面？外人知得，只道我有甚缘故。适来把他埋怨一场，特地自来接你回去，有甚衣饰快些收拾。"瑞虹不见卞福，心内疑惑，推辞不去。那婆娘道："既不愿同住，且去闲玩几日，也见得我亲来相接之情。"瑞虹见这句说得有理，便不好推托，进房整饰。那婆娘一等他转身，便与掠贩的议定身价，叫家人在外兑了银两，唤乘轿子，哄瑞虹坐下，轿夫抬起，飞也似走，直至江边一个无人所在，掠贩的引到船边歇下。瑞虹情知中了奸计，放声号哭，要跳向江中。怎当掠贩的两边扶挟，不容转动，遂推入舱中，打发了中人、轿夫，急忙解缆开船，扬着满帆而去。

且说那婆娘卖了瑞虹，将屋中什物收拾回去，把门锁上。回到家中，卞福还正酣睡。那婆娘三四个把掌打醒，数说一回，打骂一回，整整闹了数日，卞福脚影不敢出门。一日捉空踅到瑞虹住处，看见锁了门户，吃了一惊。询问家人，方知被老婆卖去久矣。只气得发昏章第十一。那卞福只因不曾与瑞虹报仇，后来果然翻江而死，应了向日之誓。那婆娘原是个不成才的烂货，自丈夫死后，越发恣意把家私贴完，又被奸夫拐去，卖与烟花门户。可见天道好还，丝毫不爽。有诗为证：

忍耻偷生为父仇，谁知奸计觅风流。

劝人莫设虚言誓，湛湛青天在上头。

再说瑞虹被掠贩的纳在船中，一味悲号。掠贩人劝慰道："不必啼泣，还你此去丰衣足食，自在快活，强如在卞家受那大老婆的气。"瑞虹也不理他，心内暗想道："欲待自尽，怎奈大仇未报；将为不死，便成淫荡之人。"踌躇千万百遍，终是报仇心切，只得宁耐，看个居止下落，再作区处。行不多路，已天晚泊船。掠贩的逼他同睡，瑞虹不从，和衣缩在一边。掠贩的便来搂抱，瑞虹乱喊杀人。掠贩的恐被邻船听得，弄出事来，放手不迭，再不敢去缠他。径载到武昌府，转卖与乐户王家。那乐户家里先有三四个粉头，一个个打扮的乔乔画画，傅粉涂脂，倚门卖俏。瑞虹到了他家，看见这般做作，转加苦楚。又想道："我今落在烟花地面，报仇之事，已是绝望，还有何颜在世！"遂立意要寻死路，不肯接客。偏又作怪，但是瑞虹走这条门路，就有人解救，不致伤身。乐户与鸨子商议道："他既不肯接客，留之何益！倘若三不知，做出把戏，倒是老大利害。不如转货与人，另寻一个罢。"常言道：事有凑巧，物有偶然。恰好有一绍兴人，姓胡名悦，因武昌太守是他亲戚，特来打抽丰的[6]，倒也作成寻觅了一大注钱财。那人原是贪花恋酒之徒，住的寓所，近着妓家，闲时便去串走，也曾见过瑞虹是个绝色丽人，心内着迷，几遍要来入马。因是瑞虹寻死觅活，不能到手。今番听得乐户有出脱的消息，情愿重价娶为偏房。也是有分姻缘，一说就成。

胡悦娶瑞虹到了寓所，当晚整备着酒肴，与瑞虹叙情。那瑞虹只是啼哭，不容亲近。胡悦再三劝慰不止，倒没了主意，说道："小娘子，你在娼家，或者道是贱事，不肯接客；今日与我成了夫妇，万分好了，还有甚苦情，只管悲恸！你且说来，若有疑难事体，我可以替你分忧解闷。倘事情重大，这府中太爷，是我舍亲，就转托他与你料理，何必自苦如此？”瑞虹见他说话有些来历，方将前事，一一告诉。又道：“官人若能与奴家寻觅仇人，报冤雪耻，莫说得为夫妇，便做奴婢，亦自甘心。”说罢又哭。胡悦闻言答道：“原来你是好人家子女，遭此大难，可怜可怜！但这事非一时可毕，待我先教舍亲出个广捕，到处挨缉；一面同你到淮安告官，拿众盗家属追比，自然有个下落。”瑞虹拜倒在地，道：“若得官人肯如此用心，生生世世，衔结报效。”胡悦扶起，道：“既为夫妇，事同一体，何出此言！”遂携手入寝。那知胡悦也是一片假情，哄骗过了几日，只说已托太守出广捕缉获去了。瑞虹信以为实，千恩万谢。又住了数日，雇下船只，打叠起身，正遇着顺风顺水，那消十日，早至镇江，另雇小船回家。把瑞虹的事，阁过一边，毫不题起。瑞虹大失所望，但到此地位，无可奈何，遂吃了长斋，日夜暗祷天地，要来报仇。在路非止一日，已到家中。胡悦老婆见娶个美人回来，好生妒忌，时常厮闹。瑞虹总不与他争论，也不要胡悦进房，这婆娘方才少解。

原来绍兴地方，惯做一项生意：凡有钱能干的，都到京中买个三考吏名色，钻谋好地方，选一个佐贰官出来，俗名唤做“飞过海”。怎么叫个“飞过海”？大凡吏员考满，依次选去，不知等上几年；若用了钱，玄选在别人前面[7]，指日便得做官，这谓之“飞过海”。还有独自无力，四五个合做伙计，一人出名做官，其馀坐地分账。到了任上，先备厚礼，结好堂官，叨揽事管，些小事体，经他衙里，少不得要诈一两五钱。到后觉道声息不好，立脚不住，就悄地桃之夭夭。十个里边，难得一两个来去明白，完名全节。所以天下衙官，大半都出绍兴。那胡悦在家住了年馀，也思量到京干这桩事体。更兼有个相知，见在当道，写书相约，有扶持他的意思，一发喜之不胜。即便处置了银两，打点起程。单虑妻妾在家不睦，与瑞虹计议，要带他同往，许他谋选彼处地方，访觅强盗踪迹。瑞虹已被骗过一次，虽然不信，也还希冀出外行走，或者有个机会，情愿同去。胡悦老婆知得，翻天作地，与老公相打相骂，胡悦全不作准。择了吉日，雇倩船只，同瑞虹径自起身。

一路无话，直至京师。寻寓所，安顿了瑞虹。次日整备礼物，去拜那相知官员。谁想这官人一月前暴病身亡，合家慌乱，打点扶柩归乡。胡悦没了这个倚靠，身子就酥了半边。思想银子带得甚少，相知又死，这官职怎能弄得到手？欲待原复归去，又恐被人笑耻，事在两难，狐疑未决。寻访同乡一个相识商议。这人也是走那道儿的，正少了银两，不得完成，遂设计哄骗胡悦，包揽替他图个小就。设或短少，寻人借债。胡悦合该晦气，被他花言巧语，说得热闹，将所带银两一包儿递与。那人把来完成了自己官职，悄地一溜烟径赴任去了。胡悦止剩得一双空手，日逐所需，渐渐欠缺。寄书回家取索盘缠，老婆正恼着他，那肯应付分文？自此流落京师，逐日东走西撞，与一班京花子合了伙计，骗人财物。

一日，商议要大大寻一注东西，但没甚为由，却想到瑞虹身上，要把来认作妹子，做个美人局。算计停当，胡悦又恐瑞虹不肯，生出一段说话哄他，道："我向日指望到此，选得个官职，与你去寻访仇人；不道时运乖蹇，相知已死，又被那天杀的骗去银两，沦落在此，进退两难。欲待回去，又无处设法盘缠。昨日与朋友们议得个计策，倒也尽通。"瑞虹道："是甚计策？"胡悦道："只说你是我的妹子，要与人为妾；倘有人来相看，你便见他一面。等哄得银两到手，连夜悄然起身，他们那里来寻觅？顺路先到淮安，送你到家，访问强徒，也了我心上一件事情。"瑞虹初时本不欲得，次后听说顺路送归家去，方才许允。胡悦讨了瑞虹一个"肯"字，欢喜无限，教众光棍四处去寻主顾。正是：

安排地网天罗计，专待落坑堕堑人。

话分两头。却说浙江温州府有一秀士，姓朱名源，年纪四旬以外，尚无子嗣。娘子几遍劝他取个偏房。朱源道："我功名淹蹇[8]，无意于此。"其年秋榜高登，到京会试。谁想文福未齐，春闱不第，羞归故里。与几个同年相约，就在京中读书，以待下科。那同年中晓得朱源还没有儿子，也苦劝他娶妾。朱源听了众人说话，教人寻觅。刚有了这句口风，那些媒人互相传说，几日内便寻下若干头脑，请朱源逐一相看择拣，没有个中得意的。那众光棍缉着那个消息，即来上桩，夸称得瑞虹姿色绝世无双，古今罕有。哄动朱源期下日子，亲去相看。此时瑞虹身上衣服，也不十分整齐，胡悦教众光棍借来妆饰停当。众光棍引了朱源到来，胡悦向前迎接，礼毕就坐，献过一杯茶，方请出瑞虹站在遮堂门边。朱源走上一步，瑞虹侧着身子，道个万福。朱源即忙还礼。用目仔细一觑，端的娇艳非常，暗暗喝采道："真好个美貌女子！"瑞虹也见朱源人材出众，举止闲雅，暗道："这官人倒好个仪表，果是个斯文人物。但不知甚么晦气，投在网中。"心下存了个懊悔之念。略站片时，转身进去。众光棍从旁衬道："相公，何如？可是我们不说谎么？"朱源点头微笑，道："果然不谬。可到小寓议定财礼，择吉行聘便了。"道罢起身，众人接脚随去，议了一百两财礼。朱源也闻得京师骗局甚多，恐怕也落了套儿，讲过早上行礼，到晚即要过门。众光棍又去与胡悦商议。胡悦沉吟半晌，生出一个计，只恐瑞虹不肯。教众人坐下，先来与他计较道："适来这举人已肯上桩，只是当日便要过门，难做手脚。如今只得将计就计，依着他送你过去。少不得备下酒肴，你慢慢的饮至五更时分，我同众人便打入来，叫破地方，只说强占有夫妇女，就引你回来，声言要往各衙门呈告。想他是个举人，怕干碍前程，自然反来求伏。那时和你从容回去，岂不美哉！"瑞虹闻言，愀然不乐，答道："我前生不知作下甚业，以至今世遭许多磨难！如何又作恁般没天理的事害人？这个断然不去。"胡悦道："娘子，我原不欲如此，但出于无奈，方走这条苦肉计。千万不要推托！"瑞虹执意不从。胡悦就双膝跪下，道："娘子，没奈何将就做这一遭，下次再不敢相烦了。"瑞虹被逼不过，只得应允。胡悦急急跑向外边，对众人说知就里。众人齐称妙计，回覆朱源，选起吉日，将银两兑足，送与胡悦收了。众光棍就要把银两分用，胡悦道："且慢着，等待事妥，分也未迟。"到了晚间，朱源叫家人雇乘轿子，去迎瑞虹，一面分付安排下酒馔等候。不一时，已是娶到。两个见过了礼，邀入房中。叫家人管待媒人酒饭，自不必说。

单讲朱源同瑞虹到了房中，瑞虹看时，室中灯烛辉煌，设下酒席。朱源在灯下细观其貌，比前倍加美丽，欣欣自得，道声："娘子请坐。"瑞虹羞涩，不敢答应，侧身坐下。朱源叫小厮斟过一杯酒，恭恭敬敬递至面前放下，说道："小娘子，请酒。"瑞虹也不敢开言，也不回敬。朱源知道他是怕羞，微微而笑。自己斟上一杯，对席相陪。又道："小娘子，我与你已为夫妇，何必害羞！多少饮一盏儿。小生候干。"瑞虹只是低头不饮。朱源想道："他是个女儿家，一定见小厮们在此，所以怕羞。"即打发出门外，掩上门儿，走至身边道："想是酒寒了，可换热的饮一杯，不要拂了我的敬意。"遂另斟一杯，递与瑞虹。瑞虹看了这个局面，转觉羞惭，蓦然伤感。想起幼时父母何等珍惜，今日流落至此，身子已被玷污，大仇又不能报，又强逼做这般丑态骗人，可不辱没祖宗？柔肠一转，泪珠簌簌乱下。朱源看见流泪，低低道："小娘子，你我千里相逢，天缘会合，有甚不足，这般愁闷？莫不宅上有甚不堪之事，小娘子记挂么？"连叩数次，并不答应。觉得其容转戚。朱源又道："细观小娘子之意，必有不得已事，何不说与我知？倘可效力，决不推故。"瑞虹又不则声。朱源倒没个理会，只得自斟自饮。吃够半酣，听谯楼已打二鼓了。朱源道："夜深了，请歇息罢。"瑞虹也全然不采。朱源又不好催逼，倒走去书桌上，取过一本书儿观看，陪他同坐。瑞虹见朱源殷勤相慰，不去理他，并无一毫愠怒之色，转过一念道："看这举人倒是个盛德君子，我当初若遇得此等人，冤仇申雪久矣。"又想道："我看胡悦这人，一味花言巧语，若专靠在他身上，此仇安能得报？他今明明受过这举人之聘，送我到此；何不将计就计，就跟着他，这冤仇或者倒有报雪之期。"左思右想，疑惑不定。朱源又道："小娘子请睡罢。"瑞虹故意又不答应。朱源依然将书观看。看看三鼓将绝，瑞虹主意已定。朱源又催他去睡，瑞虹才道："我如今方才是你家的人了。"朱源笑道："难道起初还是别家的人么？"瑞虹道："相公那知就里？我本是胡悦之妾，只因流落京师，与一班光棍生出这计，哄你银子。少顷即打入来，抢我回去，告你强占良人妻女。你怕干碍前程，还要买静求安。"朱源闻言大惊，道："有恁般异事！若非小娘子说出，险些落在套中。但你既是胡悦之妾，如何又泄漏与我？"瑞虹哭道："妾有大仇未报，观君盛德长者，必能为妾伸雪，故愿以此身相托。"朱源道："小娘子有何冤抑，可细细说来，定当竭力为你图之。"瑞虹乃将前后事泣诉，连朱源亦自惨然下泪。正说之间，已打四更。瑞虹道："那一班光棍，不久便到；相公若不早避，必受其累。"朱源道："不要着忙。有同年寓所，离此不远，他房屋尽自深邃。且到那边暂避过一夜,明日另寻所在,远远搬去,有何患哉!”当下开门,悄地唤家人点起灯火,径到同年寓所,敲开门户。那同年见半夜而来,又带着个丽人,只道是来历不明的,甚以为怪。朱源一一道出。那同年即移到外边去睡,让朱源住于内厢。一面叫家人们相帮,把行李等件,尽皆搬来,止存两间空房。不在话下。

且说众光棍一等瑞虹上轿,便逼胡悦将出银两分开。买些酒肉,吃到五更天气,一齐赶至朱源寓所,发声喊打将入去。只见两间空屋,那有一个人影。胡悦倒吃了一惊,说道:“他如何晓得?预先走了!”对众光棍道:“一定是你们倒勾结来捉弄我的,快快把银两还了便罢!”众光棍大怒,也翻转脸皮,说道:“你把妻子卖了,又要来打抢,反说我们有甚勾当,须与你干休不得!”将胡悦攒盘打够半死[9]。恰好五城兵马经过,结扭到官,审出骗局实情,一概三十,银两追出入官。胡悦短递回籍。有诗为证:

牢笼巧设美人局,美人原不是心腹。

赔了夫人又打臀,手中依旧光陆秃。

且说朱源自娶了瑞虹,彼此相敬相爱,如鱼似水。半年之后,即怀六甲。到得十月满足,生下一个孩子,朱源好不喜欢,写书报知妻子。光阴迅速,那孩子早又周岁。其年又值会试,瑞虹日夜向天祷告,愿得丈夫黄榜题名,早报蔡门之仇。场后开榜,朱源果中了六十九名进士,殿试三甲,该选知县。恰好武昌县缺了县官,朱源就讨了这个缺。对瑞虹道:“此去仇人不远,只怕他先死了,便出不得你的气。若还在时,一个个拿来沥血祭献你的父母,不怕他走上天去。”瑞虹道:“若得相公如此用心,奴家死亦瞑目。”朱源一面先差人回家,接取家小,在扬州伺候,一同赴任。一面候吏部领凭。不一日领了凭限,辞朝出京。

原来大凡吴、楚之地作官的,都在临清张家湾雇船,从水路而行,或径赴任所,或从家乡而转,但从其便。那一路都是下水,又快又稳;况带着家小,若没有勘合脚力,陆路一发不便了。每常有下路粮船,运粮到京,交纳过后,那空船回去,就揽这行生意,假充座船,请得个官员坐舱,那船头便去包揽他人货物,图个免税之利,这也是个旧规。却说朱源同了小奶奶到临清雇船,看了几个舱口,都不称怀,只有一只整齐,中了朱源之意。船头递了姓名手本,磕头相见。管家搬行李安顿舱内,请老爷奶奶下船。烧了神福,船头指挥众人开船。瑞虹在舱中,听得船头说话,是淮安声音,与贼头陈小四一般无二。问丈夫什么名字,朱源查那手本写着:“船头吴金叩首。”姓名都不相同,可知没相干了。再听他声音,越听越像。转展生疑,放心不下。对丈夫说了,假托分付说话,唤他近舱。瑞虹闪于背后厮认,其面貌又与陈小四无异;只是姓名不同,好生奇怪。欲待盘问,又没个因由。偶然这一日,朱源的座师船到,过船去拜访,那船头的婆娘进舱来拜见奶奶,送茶为敬。瑞虹看那妇人：

虽无十分颜色，也有一段风流。

瑞虹有心问那妇人道："你几岁了？"那妇人答道："二十九岁了。"又问："那里人氏？"答道："池阳人氏。"瑞虹道："你丈夫不像个池阳人。"那妇人道："这是小妇人的后夫。"瑞虹道："你几岁死过丈夫的？"那妇人道："小妇人夫妇为运粮到此，丈夫一病身亡。如今这丈夫是武昌人氏，原在船上做帮手，丧事中亏他一力相助，小妇人孤身无倚，只得就从了他，顶着前夫名字，完这场差使。"瑞虹问在肚里，暗暗点头。将香帕赏他。那妇人千恩万谢的去了。瑞虹等朱源下船，将这话述与他听了："眼见吴金即是陈小四，正是贼头！"朱源道："路途之间，不可造次，且忍耐他到地方上施行，还要在他身上追究馀党。"瑞虹道："相公所见极明。只是仇人相见，分外眼睁，这几日如何好过！"恨不得借滕王阁的顺风，一阵吹到武昌。

饮恨亲冤已数年，枕戈思报叹无缘。

同舟敌国今相遇，又隔江山路几千。

却说朱源舟至扬州，那接取大夫人的还未曾到，只得停泊码头等候。瑞虹心上一发气闷。等到第三日，忽听得岸上鼎沸起来。朱源教人问时，却是船头与岸上两个汉子扭做一团厮打。只听得口口声声说道："你干得好事！"朱源见小奶奶气闷，正没奈何，今番且借这个机会，敲那贼头几个板子，权发利市。当下喝教水手："与我都拿过来！"原来这班水手，与船头面和意不和，也有个缘故。当初陈小四缢死了瑞虹，弃船而逃，没处投奔，流落到池阳地面，偶值吴金这只粮船起运，少个帮手，陈小四就上了他的船。见吴金老婆像个爱吃枣儿汤的[10]，岂不正中下怀？一路行奸卖俏，搭识上了。两个如胶似漆，反多那老公碍眼。船过黄河，吴金害了个寒症，陈小四假意殷勤，取药调治。那药不按君臣，一服见效[11]，吴金死了。妇人身边取出私财，把与陈小四，只说借他的东西，断送老公。过了一两个月，又推说欠债无偿，就将身子白白的嫁了他。虽然备些酒食，暖住了众人，却也中心不伏。为此缘由，所以面和意不和。听得舱里叫一声："都拿过来！"蜂拥的上岸，把两个人一齐扣下船来，跪于将军柱边。朱源问道："为何厮打？"船头禀道："这两个人原是小人合本撑船伙计，因盗了资本，背地逃走，两三年不见面。今日天遣相逢，小人与他取讨，他倒图赖小人，两个来打一个。望老爷与小人做主。"朱源道："你二人怎么说？"两个汉子道："小人并没此事，都是一派胡言。"朱源道："难道一些影儿也没有，平地就厮打起来？"那两个汉子道："有个缘故。当初小的们虽然与他合本撑船，只为他迷恋了个妇女，小的们恐误了生意，把自己本钱收起，各自营运，并不曾欠他分毫。"朱源道："你两个叫什么名字？"那两个汉子不曾开口，倒是陈小四先说道："一个叫沈铁甏，一个叫秦小圆。"朱源却待再问，只见背后有人扯拽，回头看时，却是丫鬟，悄悄传言，说道："小奶奶请老爷说话。"朱源走进后舱，见瑞虹双行流泪，扯住丈夫衣袖，低声说道："那两个汉子的名字，正是那贼头一伙同谋打劫的人，不可放他走了。"朱源道："原来如此。事到如今，等不得到武昌了。"慌忙写了名帖，分付打轿，喝叫地方，将三人一串儿缚了，自去拜扬州太守，告诉其事。太守问了备细，且教把三个贼徒收监，次日面审。朱源回到船中，众水手已知陈小四是个强盗，也把谋害吴金的情节，细细禀知。朱源又把这些缘由，备写一封书帖，送与太守，并求究问馀党。太守看了，忙出飞签，差人拘那妇人，一并听审。扬州城里传遍了这件新闻，又是盗案，又是奸淫事情，有妇人在内，那一个不来观看。临审之时，府前好不热闹。正是：

好事不出门，恶事传千里。

却说太守坐堂，吊出三个贼徒，那妇人也提到了，跪于阶下。陈小四见那婆娘也到，好生惊怪，道："这厮打小事，如何连累家属？"只见太守却不叫吴金名字，竟叫"陈小四"。吃这一惊非小，凡事逃那实不过，叫一声不应，再叫一声不得不答应了。太守相公冷笑一声，道："你可记得三年前蔡指挥的事么？天网恢恢，疏而不漏。今日有何理说！"三个人面面相觑，却似鱼胶粘口，一字难开。太守又问："那时同谋还有李癞子、白满、胡蛮二、凌歪嘴、余蛤蚆，如今在那里？"陈小四道："小的幼习水手趁食，不合误投歹船。至于谋劫之夜，小的睡熟，实不知情。及至醒时，众盗分账各窜，只得奔投远方，偶遇吴金船上缺人，招留在船。后因吴金病死，他妻子赘我，顶名运船度日。"话未辩完，太守道："谁许闲话！只问你那几个贼徒，今在何处？"秦小圆说："当初分了金帛，四散去了。闻得李癞子、白满随着山西客人，贩买绒货；胡蛮二、凌歪嘴、余蛤蚆三人，逃在黄州撑船过活。小的们也不曾相会。"太守相公又叫妇人上前，问道："你与陈小四奸密，毒杀亲夫，遂为夫妇，这也是没得说了。"妇人方欲抵赖，只见阶下一班水手都上前禀话，如此如此，这般这般，说得那妇人顿口无言。太守相公大怒，喝教选上号毛板，不论男妇，每人且打四十，打得皮开肉绽，鲜血直流。当下录了口词，三个强盗通问斩罪，那妇人问了凌迟。齐上刑具，发下死囚牢里。一面出广捕，挨获白满、李癞子等。太守问了这桩公事，亲到船上答拜朱源，就送审词与看。朱源感谢不尽。瑞虹闻说，也把愁颜放下七分。

又过几日，大奶奶已是接到。瑞虹相见，一妻一妾，甚是和睦。大奶奶又见儿子生得清秀，愈加欢喜。不一日，朱源于武昌上任，管事三日，便差的当捕役缉访贼党胡蛮二等。果然胡蛮二、凌歪嘴在黄州江口撑船，手到拿来。招称："余蛤蚆一年前病死，白满、李癞子见跟陕西客人，在省城开铺。"朱源权且收监，待拿到馀党，一并问罪。省城与武昌县相去不远，捕役去不多日，把白满、李癞子二人一索子捆来，解到武昌县。朱源取了口词，每人也打四十。备了文书，差的当公人，解往扬州府里，以结前卷。

朱源做了三年县宰，治得那武昌县道不拾遗，犬不夜吠，行取御史，就出差淮扬地方。瑞虹嘱付道："这班强盗在扬州狱中，连岁停刑，想未曾决。相公到彼，可了此一事；就与奴家沥血祭奠父亲并两个兄弟。一以表奴家之诚，二以全相公之信。还有一事，我父亲当初曾收用一婢，名唤碧莲，曾有六个月孕；因母亲不容，就嫁出与本处一个朱裁为妻。后来闻得碧莲所生是个男儿。相公可与奴家用心访问。若这个儿子还在，可主张他复姓，以续蔡门宗祀，此乃相公万代阴功。"说罢，放声大哭，拜倒在地。朱源慌忙扶起，道："你方才所说二件，都是我的心事。我若到彼，定然不负所托。就写书信报你得知。"瑞虹再拜称谢。

再说朱源赴任淮扬，这是代天子巡狩，又与知县到任不同。真个：

号令出时霜雪凛，威风到处鬼神惊。

其时七月中旬，未是决囚之际。朱源先出巡淮安，就托本处府县访缉朱裁及碧莲消息，果然访着。那儿子已八岁了，生得堂堂一貌。府县奉了御史之命，好不奉承。即日香汤沐浴，换了衣履，送在军卫供给，申文报知察院。朱源取名蔡续，特为起奏一本，将蔡武被祸事情，备细达于圣聪。"蔡氏当先有汗马功劳，不可令其无后。今有幼子蔡续，合当归宗，俟其出幼承袭。其凶徒陈小四等，秋后处决。"圣旨准奏了。其年冬月，朱源亲自按临扬州，监中取出陈小四与吴金的老婆，共是八个，一齐绑赴法场，剐的剐，斩的斩，干干净净。正是：

善有善报，恶有恶报。若还不报，时辰未到。

朱源分付刽子手，将那几个贼徒之首，用漆盘盛了，就在城隍庙里设下蔡指挥一门的灵位，香花灯烛，三牲祭醴，把几颗人头，一字儿摆开。朱源亲制祭文拜奠。又于本处选高僧做七七功德，超度亡魂。又替蔡续整顿个家事，嘱咐府县青目[12]。其母碧莲一同居住，以奉蔡指挥岁时香火。朱裁另给银两别娶。诸事俱已停妥，备细写下一封家书，差个得力承舍，赍回家中，报知瑞虹。瑞虹见了书中之字，已知蔡氏有后，诸盗尽已受刑，沥血奠祭；举手加额，感谢天地不尽。是夜，瑞虹沐浴更衣，写下一纸书信，寄谢丈夫；又去拜谢了大奶奶；回房把门拴上，将剪刀自刺其喉而死。其书云：

贱妾瑞虹百拜相公台下：虹身出武家，心娴闺训。男德在义，女德在节；女而不节，禽行何别！虹父韬钤不戒，曲蘖迷神。遇盗亡身，祸及母弟，一时并命。妾心胆俱裂，浴泪弥年。然而隐忍不死者，以为一人之廉耻小，阖门之仇怨大。昔李将军忍耻降虏，欲得当以报汉；妾虽女流，志窃效此。不幸历遭强暴，衷怀未申。幸遇相公，拔我于风波之中，谐我以琴瑟之好。识荆之日，便许复仇。皇天见怜，宦游早遂。诸奸贯满，相次就缚，而且明正典刑，沥血设飨。蔡氏已绝之宗，复蒙披根见本，世禄复延。相公之为德于衰宗者，天高地厚，何以喻兹！妾之仇已雪而志以遂矣。失节贪生，贻玷阀阅，妾且就死，以谢蔡氏之宗于地下。儿子年已六岁，嫡母怜爱，必能成立。妾虽死之日，犹生之年。姻缘有限，不获面别，聊寄一笺，以表衷曲。

大奶奶知得瑞虹死了，痛惜不已，殡殓悉从其厚。将他遗笔封固，付承舍寄往任上。朱源看了，哭倒在地，昏迷半晌方醒。自此患病，闭门者数日，府县都来候问。朱源哭诉情由，人人堕泪，俱夸瑞虹节孝，今古无比。不在话下。后来朱源差满回京，历官至三边总制。瑞虹所生之子，名曰朱懋，少年登第，上疏表陈生母蔡瑞虹一生之苦，乞赐旌表。圣旨准奏，特建节孝坊，至今犹在。有诗赞云：

报仇雪耻是男儿，谁道裙钗有执持。

堪笑硁硁真小谅[13]，不成一事枉嗟咨。

注释

[1]禹疏仪狄：据《战国策》记载，仪狄善于酿酒，夏禹喝了他酿的酒，觉得很好，逐渐疏远了仪狄，并且说："后世必有以酒亡其国者。"

[2]汛地：这里是指军队驻守的地方。

[3]写：指租赁。因租赁时有合同之类的文书，故称写。

[4]座船：指官员所乘坐的船。

[5]掠贩的：专门拐卖人口的贩子。

[6]打抽丰：指依靠亲戚、朋友等各种关系，向人索取钱财。

[7]穵(wā)："挖"的本字。

[8]淹蹇(jiān)：不顺利。

[9]攒盘：此指聚集于一处，轮流打。

[10]爱吃枣儿汤的：比喻生活作风不正派。

[11]不按君臣，一服见效：中医的药方，将主药和辅药比作"君臣佐使"，各有一定的比例，如不按比例，就会起反作用；"一服见效"是反语，意思是刚一服用，就死了。

[12]青目：指用心对待。

[13]硁硁(kū)：疲劳至极的样子。

新评

蔡小姐历经苦难与屈辱，终于替冤死的亲人报仇雪恨。心愿既了之后，她自己为了贞节，也自杀而死。读到此处，富有同情心的人一定会扼腕叹息，因为蔡小姐所有的苦难已经过去，她找到了仕途得意的如意郎君，家庭幸福美满，幼子可爱，正该享受此等天伦之乐，以抚慰过去的心灵创伤。可是，若了解中国传统的伦理道德，那么对蔡小姐的死，就会认为在情理之中。贞节观念是旧时中国妇女的精神桎梏，越是出身高贵，受过教育的，越为牢固。蔡小姐之所以几次按下寻死的念头，都是因为家仇未报。在她看来，三番五次被人奸骗，已没有颜面存活于世。所以一旦完成夙愿，则慨然赴死。读者诸君只能洒一掬同情之泪。

第二十七卷　钱秀才错占凤凰俦

渔船载酒日相随，短笛芦花深处吹。
湖面风收云影散，水天光照碧琉璃。

这首诗是宋时杨备游太湖所作。这太湖在吴郡西南三十馀里之外。你道有多少大？东西二百里，南北一百二十里，周围五百里，广三万六千顷，中有山七十二峰，襟带三州。那三州？

苏州，湖州，常州。

东南诸水皆归。一名震泽，一名具区，一名笠泽，一名五湖。何以谓之五湖？东通长洲松江，南通乌程霅溪[1]，西通义兴荆溪，北通晋陵滆湖，东通嘉兴韭溪，水凡五道，故谓之五湖。那五湖之水，总是震泽分流，所以谓之太湖。就太湖中，亦有五湖名色，曰：菱湖，游湖，莫湖，贡湖，胥湖。五湖之外，又有三小湖：扶椒山东曰梅梁湖；杜圻之西，鱼查之东曰金鼎湖；林屋之东曰东皋里湖：吴人总称做太湖。那太湖中七十二峰，惟有洞庭两山最大。东洞庭曰东山，西洞庭曰西山。两山分峙湖中。其馀诸山，或远或近，若浮若沉，隐见出没于波涛之间。有元人许谦诗为证：

周回万水入，远近数州环。
南极疑无地，西浮直际山。
三江归海表，一径界河间。
白浪秋风疾，渔舟意尚闲。

那东西两山在太湖中间，四面皆水，车马不通。欲游两山者，必假舟楫，往往有风波之险。昔宋时宰相范成大在湖中遇风，曾作诗一首：

白雾漫空白浪深，舟如竹叶信浮沉。
科头宴起吾何敢，自有山川印此心。

话说两山之人，善于货殖，八方四路，去为商为贾。所以江湖上有个口号，却做“钻天洞庭”。内中单表西洞庭有个富家，姓高，名赞，少年惯走湖广，贩卖粮食。后来家道殷实了，开起两个解库，托着四个伙计掌管，自己只在家中受用。浑家金氏，生下男女二人，男名高标；女名秋芳，年长高标二岁。高赞请个积年老教授在家馆谷[2]，教着两个儿女读书。那秋芳资性聪明，自七岁读书，至十二岁，书史皆通，写作俱妙。交十三岁，就不进学堂，只在房中习学女工，描鸾刺凤。看看长成十六岁，出落得好个女儿，美艳非常。有《西江月》为证：

面似桃花含露，体如白雪团成。眼横秋水黛眉清。十指尖尖春笋。
袅娜休言西子，风流不让崔莺。金莲窄窄瓣儿轻。行动一天丰韵。

高赞见女儿人物整齐，且又聪明，不肯将他配个平等之人，定要拣个读书君子，才貌兼全的配他，聘礼厚薄倒也不论。若对头好时，就赔些妆奁嫁去，也自情愿。有多少豪门富室，日来求亲，高赞访得他子弟才不压众，貌不超群，所以不曾许允。虽则洞庭在大水中央，乃三州通道；况高赞又是个富家，这些做媒的四处传扬，说高家女子，美貌聪明，情愿赔钱出嫁，只要择个风流佳婿。但有一二分才貌的，那一个不挨风缉缝，央媒说合？说时夸奖得潘安般貌，子建般才；及至访实，都只平常。高赞被这伙做媒的哄得不耐烦了，对那些媒人说道："今后不须言三语四。若果有人才出众的，便与他同来见我。合得我意，一言两决，可不快当！"自高赞出了这句言语，那些媒人就不敢轻易上门。正是：

眼见方为的，传言未必真。

试金今有石，惊破假银人。

话分两头。却说苏州府吴江县平望地方，有一秀士，姓钱名青，字万选。此人饱读诗书，广知今古，更兼一表人才。也有《西江月》为证：

出落唇红齿白，生成眼秀眉清。风流不在着衣新。俊俏行中首领。

下笔千言立就，挥毫四坐皆惊。青钱万选好声名。一见人人起敬。

钱生家世书香，产微业薄，不幸父母早丧，愈加零替。所以年当弱冠，无力娶妻。止与老仆钱兴相依同住。钱兴日逐做些小经纪供给家主，每每不敷，一饥两饱。幸得其年游庠，同县有个表兄，住在北门之外，家道颇富，就延他在家读书。那表兄姓颜，名俊，字伯雅，与钱生同庚生，都是一十八岁，颜俊只长得三个月，故此钱生呼之为兄。父亲已逝，止有老母在堂，亦未曾定亲。说话的，那钱青因家贫未娶；颜俊是富家之子，如何一十八岁，还没老婆？其中有个缘故。那颜俊有个好高之病，立誓要拣个绝美的女子，方与他缔姻，所以急切不能成就。况且颜俊自己又生得十分丑陋。怎见得？亦有《西江月》为证：

面黑浑如锅底，眼圆却似铜铃。痘疤密摆泡头钉。黄发蓬松两鬓。

牙齿真金镀就，身躯顽铁敲成。楂开五指鼓锤能。枉了名呼"颜俊"！

那颜俊虽则丑陋，最好妆扮，穿红着绿，低声强笑，自以为美。更兼他腹中全无滴墨，纸上难成片语，偏好攀今掉古，卖弄才学。钱青虽知不是同调，却也藉他馆地为读书之资，每事左凑着他。故此颜俊甚是喜欢，事事商议而行，甚说得着。

话休絮烦。一日，正是十月初旬天气，颜俊有个门房远亲，姓尤名辰，号少梅，为人生意行中颇颇伶俐，领借颜俊些本钱，在家开个果子店，营运过活。其日在洞庭山贩了几担橙橘回来，送一盘到颜家献新。他在山上闻得高家选婿之事，说话中间，偶然对颜俊叙述，也是无心之谈。谁知颜俊倒有意了，想道："我一向要觅一头好亲事，都不中意。不想这段姻缘却落在那里！凭着我恁般才貌，又有家私，若央媒去说，再增添几句好话，怕道不成？"那日一夜睡不着。天明起来，急急梳洗了，到尤辰家里。尤辰刚刚开门出来，见了颜俊，便道："大官人为何今日起得恁早？"颜俊道："便是有些正事，欲待相烦。恐老兄出去了，特特早来。"尤辰道："不知大官人有何事见委？请里面坐了领教。"颜俊到坐启下，作了揖，分宾而坐。尤辰又道："大官人但有所委，必当效力，只怕用小子不着。"颜俊道："此来非为别事，特求少梅作伐[3]。"尤辰道："大官人作成小子赚花红钱，最感厚意。不知说的是那一头亲事？"颜俊道："就是老兄昨日说的洞庭西山高家这头亲事，于家下甚是相宜。求老兄作成小子则个。"尤辰格的笑了一声，道："大官人莫怪小子直言！若是别家，小子也就与你去说了。那个高家，大官人作成别人做媒罢。"颜俊道："老兄为何推托？这是你说起的，怎么又叫我去寻别人？"尤辰道："不是小子推托。只为高老有些古怪，不容易说话，所以迟疑。"颜俊道："别件事，或者有些东扯西拽，东掩西遮，不容易说话。这做媒乃是冰人撮合，一天好事，除非他女儿不要嫁人便罢休。不然，少不得男媒女妁。随他古怪煞，须知媒人不可怠慢，你怕他怎的！还是你故意作难，不肯总成我这桩美事。这也不难，我就央别人去说。说成了时，休想吃我的喜酒！"说罢，连忙起身。那尤辰领借颜俊家本钱，平日奉承他的，见他有怫然不悦之意，即忙回船转舵道："大官人莫要性急，且请坐了，再细细商议。"颜俊道："肯去说便去，不肯就罢了。有甚话商量得！"口里虽则是恁般说，身子却又转来坐下。尤辰道："不是我故意作难，那老儿真个古怪。别家相媳妇，他偏要相女婿。但得他当面看得中意，才将女儿许他。有这些难处，只怕劳而无功，故此不敢把这个难题目包揽在身上。"颜俊道："依你说，也极容易。他要当面看我时，就等他看个眼饱。我又不残疾，怕他怎地！"尤辰不觉呵呵大笑，道："大官人，不是冲撞你说。大官人虽则不丑，更有比大官人胜过几倍的，他还看不上眼哩。大官人若是不把与他见面，这事纵没一分二分，还有一厘二厘。若是当面一看，便万分难成了。"颜俊道："常言无谎不成媒。你与我包荒，只说十二分人才，或者该是我的姻缘，一说便就，不要面看，也不可知。"尤辰道："倘若要看时，却怎地？"颜俊道："且到那时，再有商量。只求老兄速去一言。"尤辰道："既蒙吩咐，小子好歹去走一遭便了。"颜俊临起身，又叮咛道："千万，千万！说得成时，谢银二十两，这纸借契，先奉还了。媒礼花红在外。"尤辰道："当得，当得！"颜俊别去不多时，就教人封上五钱银子，送与尤辰，为明日买舟之费。颜俊那一夜又在床上睡不着，想道："倘他去时不尽其心，葫芦提回复了我[4]，可不枉走一遭！再差一个伶俐家人跟随他去，听他讲甚言语。好计，好计！"等待天明，便唤家童小乙来，跟随尤辰往山上去说亲。小乙去了，颜俊心中牵挂，即忙梳洗，往近处一个关圣庙中求签，卜其事之成否。当下焚香再拜，把签筒摇了几摇，扑的跳出一签。拾起看时，却是第七十三签。签上写得有签诀四句，云：

忆昔兰房分半钗，而今忽把信音乖。

痴心指望成连理，到底谁知事不谐。

颜俊才学虽则不济，这几句签诀，文义显浅，难道好歹不知？求得此签，心中大怒，连声道："不准，不准！"撒袖出庙门而去。回家中坐了一会，想道："此事有甚不谐？难道真个嫌我丑陋，不中其意？男子汉须比不得妇人，只是出得人前罢了。一定要选个陈平、潘安不成？"一头想，一头取镜子自照。侧头侧脑的看了一回，良心不昧，自己也看不过了。把镜子向桌上一撇，叹了一口寡气，呆呆而坐。准准的闷了一日，不题。

且说尤辰是日同小乙驾了一只三橹快船，趁着无风静浪，呷呀欸乃的摇到西山高家门首停舶，刚刚是未牌时分。小乙将名帖递了。高公出迎，问其来意。说是"与令爱作伐"。高赞问是何宅。尤辰道："就是敝县一个舍亲，家业也不薄，与宅上门户相当。此子年方十八，读书饱学。"高赞道："人品生得如何？老汉有言在前，定要当面看过，方敢应承。"尤辰见小乙紧紧靠在椅子后边，只得不老实扯个大谎，便道："若论人品，更不必言。堂堂一躯，十全之相。况且一腹文才，十四岁出去考童生，县里就高高取上一名。这几年为丁了父忧，不曾进院，所以未得游庠。有几个老学，看了舍亲的文字，都许他京解之才。就是在下，也非惯于为媒的。因年常在贵山买果，偶闻令爱才貌双全，老翁又慎于择婿，因思舍亲正合其选，故此斗胆轻造。"高赞闻言，心中甚喜。便道："令亲果然有才有貌，老汉敢不从命？但老汉未曾经目，终不放心。若是足下引令亲过寒家一会，更无别说。"尤辰道："小子并非谬言，老翁他日自知。只是舍亲是个不出书房的小官人，或者未必肯到宅上。就是小子撺掇来时，若成得亲事还好，万一不成，舍亲何面目回转！小子必然讨他抱怨了。"高赞道："既然人品十全，岂有不成之理？老夫生性是这般小心过度的人，所以必要着眼。若是令亲不屑下顾，待老汉到宅，足下不意之中，引令亲来一观，却不妥贴？"尤辰恐怕高赞身到吴江，访出颜俊之丑，即忙转口道："既然尊意必要会面，小子还同舍亲奉拜，不敢烦尊驾动履。"说罢，告别。高公那里肯放？忙教整酒肴相款。吃到更馀，高公留宿。尤辰道："小舟带有铺陈，明日要早行，即今奉别。等舍亲登门，却又相扰。"高公取舟金一封相送。尤辰作谢下船。次早顺风，拽起饱帆，不够大半日就到了吴江。颜俊正呆呆的站在门前望信。一见尤辰回家，便迎住问道："有劳老兄往返，事体如何？"尤辰把问答之言，细述一遍。"他必要面会，大官人如何处置？"颜俊默然无言。尤辰便道："暂别再会。"自回家去了。颜俊到里面，唤过小乙来，问其备细，只恐尤辰所言不实。小乙说来果是一般。颜俊沉吟了半晌，心生一计，再走到尤辰家，与他商议。不知说的是甚么计策？正是：

为思佳偶情如火，索尽枯肠夜不眠。

自古姻缘皆分定，红丝岂是有心牵？

颜俊对尤辰道："适才老兄所言，我有一计在此，也不打紧。"尤辰道："有何好计?"颜俊道:"表弟钱万选,向在舍下同窗读书。他的才貌比我胜几分儿。明日我央及他同你去走一遭,把他只说是我,哄过一时。待行过了聘,不怕他赖我的姻事。"尤辰道:"若看了钱官人,万无不成之理。只怕钱官人不肯。"颜俊道:"他与我至亲,又相处得极好。只央他点一遍名儿,有甚亏他处!料他决然无辞。"说罢,作别回家。其夜,就到书房中陪钱万选夜饮,酒肴比常分外整齐。钱万选愕然,道:"日日相扰,今日何劳盛设?"颜俊道:"且吃三杯,有小事相烦贤弟则个。只是莫要推故。"钱万选道:"小弟但可效劳之处,无不从命。只不知甚么样事?"颜俊道:"不瞒贤弟说,对门开果子店的尤少梅,与我作伐,说的女家,是洞庭西山高家。一时间夸了大口,说我十分才貌。不想说得忒高兴了,那高老定要先请我去面会一会,然后行聘。昨日商议,若我自去,恐怕不应了前言。一来少梅没趣,二来这亲事就难成了。故此要劳贤弟认了我的名色,同少梅一行,瞒过那高老,玉成这头亲事,感恩不浅。愚兄自当重报。"钱万选想了一想,道:"别事犹可,这事只怕行不得。一时便哄过了,后来知道,你我都不好看相。"颜俊道:"原只要哄过这一时。若行聘过了,就晓得也不怕他。他又不认得你是什么人。就怪也只怪得媒人,与你什么相干!况且他家在洞庭西山,百里之隔,一时也未必知道。你但放心前去,倒不要畏缩。"钱万选听了,沉吟不语。欲待从他,不是君子所为;欲待不从,必然取怪,这馆就处不成了,事在两难。颜俊见他沉吟不决,便道:"贤弟,常言道:天摊下来,自有长的撑住。凡事有愚兄在前,贤弟休得过虑。"钱万选道:"虽然如此,只是愚弟衣衫褴褛,不称仁兄之相。"颜俊道:"此事愚兄早已办下了。"是夜无话。

次日,颜俊早起,便到书房中,唤家童取出一皮箱衣服,都是绫罗绸绢时新花样的翠颜色,时常用龙涎庆真饼熏得扑鼻之香,交付钱青行时更换,下面净袜丝鞋。只有头巾不对,即时与他换了一顶新头巾。封着二两银子送与钱青,道:"薄意权充纸笔之用,后来还有相酬。这一套衣服,就送与贤弟穿了。日后只求贤弟休向人说,泄漏其事。今日约定了尤少梅,明日早行。"钱青道:"一依尊命。这衣服小弟暂时借穿,回时依旧纳还。这银子一发不敢领了。"颜俊道:"古人车马轻裘,与朋友共,就没有此事相劳,那几件粗衣奉与贤弟穿了,不为大事。这些须薄意,不过表情,辞时反教愚兄惭愧。"钱青道:"既是仁兄盛情,衣服便勉强领了。那银子断然不敢领。"颜俊道:"若是贤弟固辞,便是推托了。"钱青方才受了。颜俊是日约会尤少梅。尤辰本不肯担这干纪,只为不敢得罪于颜俊,勉强应承。颜俊预先备下船只,及船中供应食物,和铺陈之类,又拨两个安童伏侍,连前番跟去的小乙,共是三人。绢衫毡包,极其华整。隔夜俱已停当,又吩咐小乙和安童:"到彼只当自家大官人称呼,不许露出个钱字。"过了一夜,侵早就起来催促钱青梳洗打扮。钱青贴里贴外,都换了时新华丽衣服,行动香风拂拂,比前更觉标致。

分明荀令留香去,疑是潘郎掷果回。

颜俊请尤辰到家,同钱青吃了早饭,小乙和安童跟随下船。又遇了顺风,片帆直吹到洞庭西山。天色已晚,舟中过宿。次日早饭过后,约莫高赞起身,钱青全柬写颜俊名字拜帖,谦逊些,加个“晚”字。小乙捧帖,到高家门首投下,说:“尤大舍引颜宅小官人特来拜见。”高家仆人认得小乙的,慌忙通报。高赞传言快请。假颜俊在前,尤辰在后,步入中堂。高赞一眼看见那个小后生,人物轩昂,衣冠济楚,心中已自三分欢喜。叙礼已毕,高赞看椅上坐。钱青自谦幼辈,再三不肯。只得东西昭穆坐下[5]。高赞肚里暗暗欢喜:“果然是个谦谦君子。”坐定,先是尤辰开口,称谢前日相扰。高翁答言“多慢”,接口就问道:“此位就是令亲颜大官人?前日不曾问得贵表。”钱青道:“年幼无表。”尤辰代言:“舍亲表字伯雅。伯仲之伯,雅俗之雅。”高赞道:“尊名尊字,俱称其实。”钱青道:“不敢!”高赞又问起家世。钱青一一对答。出词吐气,十分温雅。高赞想道:“外才已是美了,不知他学问如何?且请先生和儿子出来相见,盘他一盘,便见有学无学。”献茶二道,吩咐家人:“书馆中请先生和小舍出来见客。”去不多时,只见五十多岁一个儒者,引着一个垂髫学生出来。众人一齐起身作揖。高赞一一通名:“这位是小儿的业师,姓陈,见在府庠;这就是小儿高标。”钱青看那学生,生得眉清目秀,十分俊雅。心中想道:“此子如此,其姊可知。颜兄好造化哩!”又献了一道茶,高赞便对先生道:“此位尊客是吴江颜伯雅,年少高才。”那陈先生已会了主人之意,便道:“吴江是人才之地,见高识广,定然不同。请问贵邑有三高祠,还是那三个?”钱青答言:“范蠡、张翰、陆龟蒙。”又问:“此三人何以见得他高处?”钱青一一分疏出来。两个遂互相盘问了一回。钱青见那先生学问平常,故意谈天说地,讲古论今,惊得先生一字俱无,连称道:“奇才,奇才!”把一个高赞就喜得手舞足蹈。忙唤家人,悄悄吩咐备饭,要整齐些。家人闻言,即时摆开桌子,排下五色果品。高赞取杯箸安席。钱青答敬谦让了一回,照前昭穆坐下。三汤十菜,添案小吃,顷刻间摆满了桌子,真个咄嗟而办。你道为何如此便当?原来高赞的妈妈金氏,最爱其女。闻得媒人引颜小官人到来,也伏在遮堂背后张看。看见一表人才,语言响亮,自家先中意,料高老必然同心,故此预先准备筵席。一等吩咐,流水的就搬出来。宾主共是五位。酒后饭,饭后酒,直吃到红日衔山。钱青和尤辰起身告辞。高赞心中甚不忍别,意欲攀留数日。钱青那里肯住?高赞留了几次,只得放他起身。钱青拜别了陈先生,口称承教,次与高公作谢道:“明日早行,不得再来告别!”高赞道:“仓卒怠慢,勿得见罪。”小学生也作揖过了。金氏已备下几色嗄程相送[6],无非是酒米鱼肉之类。又有一封舟金。高赞扯尤辰到背处,说道:“颜小官人才貌,更无他说。若得少梅居间成就,万分之幸。”尤辰道:“小子领命。”高赞直送上船,方才分别。当夜夫妻两口,说了颜小官人一夜。正是:

不须玉杵千金聘,已许红绳两足缠。

再说钱青和尤辰，次日开船，风水不顺，直到更深，方才抵家。颜俊兀自秉烛夜坐，专听好音。二人叩门而入，备述昨朝之事。颜俊见亲事已成，不胜之喜，忙忙的就本月中择个吉日行聘。果然把那二十两借契送还了尤辰，以为谢礼。就择了十二月初三日成亲。高赞得意了女婿，况且妆奁久已完备，并不推阻。

日往月来，不觉十一月下旬，吉期将近。原来江南地方娶亲，不行古时亲迎之礼，都是女亲家和阿舅自送上门。女亲家谓之“送娘”，阿舅谓之“抱嫁”。高赞为选中了乘龙佳婿，到处夸扬，今日定要女婿上门亲迎，准备大开筵宴，遍请远近亲邻吃喜酒。先遣人对尤辰说知。尤辰吃了一惊，忙来对颜俊说了。颜俊道：“这番亲迎，少不得我自去走遭。”尤辰跌足道：“前日女婿上门，他举家都看个饱，行乐图也画得出在那里。今番又换了一个面貌，教做媒的如何措辞？好事定然中变！连累小子必然受辱！”颜俊听说，反抱怨起媒人来道：“当初我原说过来，该是我姻缘，自然成就。若第一次上门时，自家去了，那见得今日进退两难！都是你捉弄我，故意说得高老十分古怪，不要我去，教钱家表弟替了。谁知高老甚是好情，一说就成，并不作难。这是我命中注定，该做他家的女婿，岂因见了钱表弟方才肯成！况且他家已受聘礼，他的女儿就是我的人了，敢道个不字么？你看我今番自去，他怎生发付我？难道赖我的亲事不成？”尤辰摇着头道：“成不得！人也还在他家！你狠到那里去？若不肯把人送上轿，你也没奈何他！”颜俊道：“多带些从人去，肯便肯，不肯时打进去，抢将回来。便告到官司，有生辰吉帖为证。只是赖婚的不是，我并没差处。”尤辰道：“大官人休说满话！常言道：恶龙不斗地头蛇。你的从人虽多，怎比得坐地的，有增无减。万一弄出事来，缠到官司，那老儿诉说，求亲的是一个，娶亲的又是一个。官府免不得唤媒人诘问。刑罚之下，小子只得实说。连钱大官人前程干系，不是要处。”颜俊想了一想，道：“既如此，索性不去了。劳你明日去回他一声，只说前日已曾会过了，敝县没有亲迎的常规，还是从俗送亲罢。”尤辰道：“一发成不得。高老因看上了佳婿，到处夸其才貌。那些亲邻专等亲迎之时，都要来厮认。这是断然要去的。”颜俊道：“如此，怎么好？”尤辰道：“依小子愚见，更无别策。只得再央令表弟钱大官人走遭。索性哄他到底。哄得新人进门，你就靠家大了，不怕他又夺了去。结婚之后，纵然有话，也不怕他了。”颜俊顿了一顿，只道：“话倒有理！只是我的亲事，倒作成别人去风光。央及他时，还有许多作难哩。”尤辰道：“事到其间，不得不如此了。风光只在一时，怎及得大官人终身受用！”颜俊又喜又恼。当下别了尤辰，回到书房，对钱青说道：“贤弟，又要相烦一事。”钱青道：“不知兄又有何事？”颜俊道：“出月初三，是愚兄毕姻之期。初二日就要去亲迎。原要劳贤弟一行，方才妥当。”钱青道：“前日代劳，不过泛然之事。今番亲迎，是个大礼，岂是小弟代得的！这个断然不可！”颜俊道：“贤弟所言虽当，但因初番会面，他家已认得了。如此忽换我去，必然疑心。此事恐有变卦。不但亲事不成，只恐还要成讼。那时连贤弟也有干系。却不是为小妨大,把一天好事自家弄坏了?若得贤弟亲迎回来,成就之后,不怕他闲言闲语。这是个权宜之术。贤弟须知:塔尖上功德,休得固辞。"钱青见他说得情辞恳切,只索依允。颜俊又唤过吹手及一应接亲人从,都吩咐了说话,不许漏泄风声。取得亲回,都有重赏。众人谁敢不依?

到了初二日侵晨,尤辰便到颜家相帮,安排亲迎礼物,及上门各项赏赐,都封停当。其钱青所用,及儒巾圆领丝绦皂靴,并皆齐备。又分派各船食用,大船二只,一只坐新人,一只媒人共新郎同坐;中船四只,散载众人;小船四只,一者护送,二者以备杂差。十馀只船,筛锣掌号,一齐开出湖去。一路流星炮杖,好不兴头。正是:

门阑多喜气,女婿近乘龙。

船到西山,已是下午。约莫离高家半里停泊。尤辰先到高家报信。一面安排亲迎礼物,及新人乘坐百花彩轿,灯笼火把,共有数百。钱青打扮整齐,另有青绢暖轿,四抬四绰,笙箫鼓乐,径望高家而来。那山中远近人家,都晓得高家新女婿才貌双全,竞来观看,挨肩并足,如看神会故事的一般热闹。钱青端坐轿中,美如冠玉,无不喝采。有妇女曾见过秋芳的,便道:"这般一对夫妻,真个郎才女貌!高家拣了许多女婿,今日果然被他拣着了!"

不题众人。且说高赞家中,大排筵席,亲朋满坐,未及天晚,堂中点得画烛通红。只听得乐声聒耳,门上人报道:"娇客轿子到门了[7]。"宾相披红插花,忙到轿前作揖,念了诗赋,请出轿来。众人谦恭揖让,延至中堂。奠雁行礼已毕,然后诸亲一一相见。众人见新郎俊美,一个个暗暗称羡。献茶后,吃了茶果点心,然后定席安位。此日新女婿与寻常不同,面南专席;诸亲友环坐相陪,大吹大擂的饮酒。随从人等,外厢另有款待。且说钱青坐于席上,只听得众人不住声的赞他才貌,贺高老选婿得人。钱青肚里暗笑道:"他们好似见鬼一般!我好像做梦一般!做梦的醒了,也只扯淡。那些见神见鬼的,不知如何结果哩?"又想道:"我今日做替身,担了虚名,不知实受还在几时?料想不能如此富贵。"转了这一念,觉得没兴起来,酒也懒吃了。高赞父子,轮流敬酒,甚是殷勤。钱青怕担误了表兄的正事,急欲抽身,高赞固留,又坐了一回。用了汤饭,仆从的酒都吃完了。约莫四鼓,小乙走在钱青席边,催促起身。钱青教小乙把赏封给散,起身作别。高赞量度已是五鼓时分,赔嫁妆奁俱已点检下船,只待收拾新人上轿。只见船上人都走来,说:"外边风大,难以行船。且消停一时,等风头缓了好走。"原来半夜里便发了大风。那风刮得好利害!只见:

山间拔木扬尘,湖内腾波起浪。

只为堂中鼓乐喧阗,全不觉得。高赞叫乐人住了吹打,听时,一片风声,吹得怪响。众皆愕然。急得尤辰只把脚跳。高赞心中大是不乐。只得重请入席,一面差人在外专看风色。看看天晓，那风越狂起来，刮得彤云密布，雪花飞舞。众人都起身看着天，做一块儿商议。一个道："这风还不像就住的。"一个道："半夜起的风，原要半夜里住。"又一个道："这等雪天，就是没风也怕行不得。"又一个道："只怕这雪还要大哩。"又一个道："风太急了，住了风，只怕湖胶。"又一个道："这太湖不愁他胶断，还怕的是风雪。"众人是恁般闲讲，高老和尤辰好生气闷！又挨一会，吃了早饭，风愈狂，雪愈大，料想今日过湖不成。错过了吉日良时，残冬腊月，未必有好日了。况且笙箫鼓乐，乘兴而来，怎好教他空去。事在千难万难之际，坐间有个老者，唤做周全，是高赞老邻，平日最善处分乡里之事。见高赞沉吟无计，便道："依老汉愚见，这事一些不难。"高赞道："足下计将安在？"周全道："既是选定日期，岂可错过！令婿既已到宅，何不就此结亲？趁这筵席，做了花烛。等风息从容回去，岂非全美？"众人齐声道："最好！"高赞正有此念，却喜得周老说话投机。当下便吩咐家人，准备洞房花烛之事。

却说钱青虽然身子在此，本是个局外之人。起初风大风小，也还不在他心上。忽见周全发此议论，暗暗心惊，还道高老未必听他。不想高老欣然应允，老大着忙，暗暗叫苦。欲央尤少梅代言，谁想尤辰平昔好酒，一来天气寒冷，二来心绪不佳，斟着大杯，只顾吃。吃得烂醉如泥，在一壁厢空椅子上，打鼾去了。钱青只得自家开口，道："此百年大事，不可草草。不妨另择个日子，再来奉迎。"高赞那里肯依，便道："翁婿一家，何分彼此！况贤婿尊人，已不在堂，可以自专。"说罢，高赞入内去了。钱青又对各位亲邻，再三央及，不愿在此结亲。众人都是奉承高老的，那一个不极口赞成？钱青此时无可奈何，只推出恭。到外面时，却叫颜小乙与他商议。小乙心上也道不该，只教钱秀才推辞，此外别无良策。钱青道："我已辞之再四，其奈高老不从！若执意推辞，反起其疑。我只要委曲周全你家主一桩大事，并无欺心。若有苟且，天地不容！"主仆二人正在讲话，众人都攒拢来道："此是美事，令岳意已决矣。大官人不须疑虑！"钱青默然无语。众人揖钱青请进。午饭已毕，重排喜筵。宾相披红喝礼，两位新人打扮登堂，照依常规行礼，结了花烛。正是：

百年姻眷今宵就，一对夫妻此夜新。
得意事成失意事，有心人遇没心人。

其夜酒阑人散，高赞老夫妇亲送新郎进房，伴娘替新娘卸了头面。几遍催新郎安置，钱青只不答应。正不知什么意故。只得伏侍新娘先睡，自已出房去了。丫鬟将房门掩上，又催促官人上床。钱青心上如小鹿乱撞，勉强答应一句道："你们先睡。"丫鬟们乱了一夜，各自倒东歪西去打瞌睡。钱青本待秉灯达旦，一时不曾讨得几枝蜡烛。到烛尽时，又不好声唤，忍着一肚子闷气，和衣在床外侧身而卧。也不知女孩儿头东头西。次早清清天亮，便起身出外，到舅子书馆中去梳洗。高赞夫妻只道他少年害羞，亦不为怪。是日雪虽住了，风尚不息。高赞且做庆贺筵席。

钱青吃得酩酊大醉，坐到更深进房。女孩儿又先睡了。钱青打熬不过，依旧和衣而睡，连小娘子的被窝儿也不敢触着。又过一晚，早起时，见风势稍缓，便要起身。高赞定要留过三朝，方才肯放。钱青拗不过，只得又吃了一日酒。坐间背地里和尤辰说起夜间和衣而卧之事。尤辰口虽答应，心下未必准信。事已如此，只索由他。

却说女孩儿秋芳，自结亲之夜，偷眼看那新郎，生得果然齐整，心中暗暗欢喜。一连两夜，都则衣不解带，不解其故。"莫非怪我先睡了，不曾等待得他？"此是第三夜了，女孩儿预先吩咐丫鬟，只等官人进房，先请他安息。丫鬟奉命，只等新郎进来，便替他解衣科帽。钱青见不是头，除了头巾，急急的跳上床去，贴着床里自睡，仍不脱衣。女孩儿满怀不乐，只得也和衣睡了。又不好告诉爹娘。到第四日，天气晴和，高赞预先备下送亲船只，自己和老婆亲送女孩儿过湖。娘女共是一船，高赞与钱青、尤辰又是一船。船头俱佳了杂彩，鼓乐振天，好不闹热。只有小乙受了家主之托，心中甚不快意。驾个小小快船，赶路先行。

话分两头。且说颜俊自从打发众人迎亲去后，悬悬而望。至初二日半夜，听得刮起大风大雪，心上好不着忙。也只道风雪中船行得迟，只怕错了时辰。那想道过不得湖！一应花烛筵席，准备十全，等了一夜，不见动静，心下好闷。想道："这等大风，倒是不曾下船还好。若在湖中行动，老大担忧哩。"又想道："若是不曾下船，我岳丈知道错过吉期，岂肯胡乱把女儿送来？定然要另选个日子。又不知几期吉利？可不闷杀了人！"又想道："若是尤少梅能事时，在岳丈前撺掇，权且迎来，那时我那管时日利与不利，且落得早些受用。"如此胡思乱想，坐不安席，不住的在门前张望。到第四日风息，料道决有佳音。等到午后，只见小乙先回报道："新娘已取来了。不过十里之遥。"颜俊问道："吉期错过，他家如何肯放新人下船？"小乙道："高家只怕错过好日，定要结亲。钱大官人替东人权做新郎三日了。"颜俊道："既结了亲，这三夜钱大官人难道竟在新人房里睡的？"小乙道："睡是同睡的，却不曾动弹。那钱大官人是看得熟鸭蛋，伴得小娘睡的。"颜俊骂道："放屁！那有此理！我托你何事？你如何不叫他推辞，却做下这等勾当？"小乙道："家人也说过来。钱大官人道：'我只要周全你家之事。若有半点欺心，天神鉴察！'"颜俊此时怒从心上起，恶向胆边生，一把掌将小乙打在一边，气忿忿的奔出门外，专等钱青来厮闹。恰好船已拢岸。钱青终有细腻，预先嘱付尤辰伴住高老，自己先跳上岸。只为自反无愧，理直气壮，昂昂的步到颜家门首。望见颜俊，笑嘻嘻的正要上前作揖，告诉衷情，谁知颜俊以小人之心，度君子之腹，此际便是仇人相见，分外眼睁，不等开言，便扑的一头撞去，咬定牙根，狠狠的骂道："天杀的！你好快活！"说声未毕，揸开五指，将钱青和巾和发，扯做一把，乱踢乱打，口里不绝声的道："天杀的！好欺心！别人费了钱财，把与你见成受用！"钱青口中也自分辩。颜俊打骂忙了，那里听他半个字儿。家人也不敢上前相劝。钱青吃打慌了，但呼救命。船上人听得闹吵，都上岸来看。只见一个丑汉，将新郎痛打，正不知甚么意故。都赶近前解劝，那里劝得他开？高赞盘问他家人，那家人料瞒不过，只得实说了。高赞不闻犹可，一闻之时，心头火起，大骂尤辰无理，做这等欺三瞒四的媒人，说骗人家女儿。也扭着尤辰乱打起来。高家送亲的人，也自心怀不平，一齐动手要打那丑汉。颜家的家人回护家主，就与高家从人对打。先前颜俊和钱青是一对厮打，以后高赞和尤辰是两对厮打，结末两家家人扭做一团厮打。看的人重重叠叠，越发多了，街道拥塞难行，却似：

九里山前摆阵势，昆阳城下赌输赢。

事有凑巧，其时本县大尹，恰好送了上司回轿，至于北门，见街上震天喧嚷，却是厮打的。停了轿子，喝教拿下。众人见知县相公拿人，都则散了。只有颜俊兀自扭住钱青，高赞兀自扭住尤辰，纷纷告诉，一时不得其详。大尹都教带到公庭，逐一细审，不许搀口[8]。见高赞年长，先叫他上堂诘问。高赞道："小人是洞庭山百姓，叫做高赞，为女择婿，相中了女婿才貌，将女许配。初三日，女婿上门亲迎，因被风雪所阻，小人留女婿在家，完了亲事。今日送女到此。不期遇了这个丑汉，将小人的女婿毒打。小人问其缘故，却是那丑汉买嘱媒人，要哄骗小人的女儿为婚，却将那姓钱的后生，冒名到小人家里。老爷只问媒人，便知奸弊。"大尹道："媒人叫做甚名字？可在这里么？"高赞道："叫做尤辰，见在台下。"大尹喝退高赞，唤尤辰上来，骂道："弄假成真，以非为是，都是你弄出这个伎俩！你可实实供出，免受重刑。"尤辰初时还只含糊抵赖。大尹发怒，喝教取夹棍伺候。尤辰虽然市井，从未熬刑，只得实说。起初颜俊如何央小人去说亲，高赞如何作难，要选才貌。后来如何央钱秀才冒名去拜望，直到结亲始末，细细述了一遍。大尹点头道："此是实情了。颜俊这厮费了许多事，却被别人夺了头筹，也怪不得发恼。只是起先设心哄骗的不是。"便教颜俊，审其口词。颜俊已听尤辰说了实话，又见知县相公词气温和，只得也叙了一遍。两口相同。大尹结末唤钱青上来。一见钱青青年美貌，且被打伤，便有几分爱怜之意。问道："你是个秀才，读孔子之书，达周公之礼，如何替人去拜望迎亲，同谋哄骗，有乖行止[9]？"钱青道："此事原非生员所愿。只为颜俊是生员表兄，生员家贫，又馆谷于他家，被表兄再四央求不过，勉强应承。只道一时权宜，玉成其事。"大尹道："住了！你既为亲情而往，就不该与那女儿结亲了。"钱青道："生员原只代他亲迎。只为一连三日大风，太湖之隔，不能行舟，故此高赞怕误了婚期，要生员就彼花烛。"大尹道："你自知替身，就该推辞了。"颜俊从傍磕头道："青天老爷！只看他应承花烛，便是欺心。"大尹喝道："不要多嘴，左右扯他下去！"再问钱青："你那时应承做亲，难道没有个私心？"钱青道："只问高赞便知。生员再三推辞，高赞不允。生员若再辞时，恐彼生疑，误了表兄的大事。故此权成大礼。虽则三夜同床，生员和衣而睡，并不相犯。"大尹呵呵大笑，道："自古以来，只有一个柳下惠坐怀不乱。那鲁男子就自知不及，风雪之中，就不肯放妇人进门了。你少年子弟，血气未定，岂有三夜同床，并不相犯之理？这话哄得那一个！”钱青道：“生员今日自陈心迹，父母老爷未必相信。只教高赞去问自己的女儿，便知真假。”大尹想道：“那女儿若有私情，如何肯说实话？”当下想出个主意来，便教左右唤到老实稳婆一名，到舟中试验高氏是否处女，速来回话。不一时，稳婆来覆知县相公，那高氏果是处子，未曾破身。颜俊在阶下听说高氏还是处子，便叫喊道：“既是小的妻子不曾破坏，小的情愿成就。”大尹又道：“不许多嘴！”再叫高赞道：“你心下愿将女儿配那一个？”高赞道：“小人初时原看中了钱秀才。后来女儿又与他做了花烛。虽然钱秀才不欺暗室，与小女即无夫妇之情，已定了夫妇之义。若教女儿另嫁颜俊，不惟小人不愿，就是女儿也不愿。”大尹道：“此言正合吾意。”钱青心下倒不肯，便道：“生员此行，实是为公不为私。若将此女归了生员，把生员三夜衣不解带之意全然没了。宁可令此女别嫁，生员决不敢冒此嫌疑，惹人谈论。”大尹道：“此女若归他人，你过湖这两番替人诓骗，便是行止有亏，干碍前程了。今日与你成就亲事，乃是遮掩你的过失。况你的心迹已自洞然，女家两相情愿，有何嫌疑？休得过让，我自有明断。”遂举笔判云：

高赞相女配夫，乃其常理；颜俊借人饰己，实出奇闻。东床已招佳选，何知以羊易牛；西邻纵有责言，终难指鹿为马。两番渡湖，不让传书柳毅；三宵隔被，何惭秉烛云长。风伯为媒，天公作合。佳男配了佳妇，两得其宜；求妻到底无妻，自作之孽。高氏断归钱青，不须另作花烛。颜俊既不合设骗局于前，又不合奋老拳于后。事已不谐，姑免罪责。所费聘仪，合助钱青，以赎一击之罪。尤辰往来煽诱，实启衅端，重惩示儆。

判讫，喝教左右，将尤辰重责三十板，免其画供，竟行逐出，盖不欲使钱青冒名一事彰闻于人也。高赞和钱青拜谢。一干人出了县门。颜俊满面羞惭，敢怒而不敢言，抱头鼠窜而去。有好几月不敢出门。尤辰自回家将息棒疮不题。

却说高赞邀钱青到舟中，反殷勤致谢道：“若非贤婿才行俱全，上官起敬，小女儿乎错配匪人。今日倒要屈贤婿同小女到舍下少住几时。不知贤婿宅上还有何人？”钱青道：“小婿父母俱亡，别无亲人在家。”高赞道：“既如此，一发该在舍下住了。老夫供给读书。贤婿意下如何？”钱青道：“若得岳父扶持，足感盛德。”是夜开船离了吴江，随路宿歇。次日早到西山。一山之人闻知此事，皆当新闻传说。又知钱青存心忠厚，无不钦仰。后来钱青一举成名，夫妻偕老。有诗为证：

丑脸如何骗美妻？作成表弟得便宜。
可怜一片吴江月，冷照鸳鸯湖上飞。

注释

[1]霅(shà)溪：水名，亦称霅川。在浙江吴兴县境。

[2]馆谷:老师吃住在学生家,教学生读书。

[3]作伐:作媒。旧时称媒人为“伐柯人”。

[4]胡芦提:胡乱地。

[5]昭穆:古时祖庙排序时,始祖居中,后辈已亡者,其单数的排在始祖之左,叫做“昭”,偶数的排在始祖之右,叫做“穆”。

[6]嗄程:送行的礼品。

[7]娇客:旧时对女婿的美称。

[8]搀口:插嘴,插话。

[9]乖:违背。

新评

俗语云,有心栽花花不开,无心插柳柳成荫。正可给这篇《钱秀才错占凤凰俦》作概括。颜俊居心不良,从一开始即“无谎不成媒”,让媒人说谎。随着事态的进一步发展,只好一错再错,最终白费了心机和钱财,“赔了夫人又折兵”。钱青心存公正,本着为人帮忙的初衷,从一个局外人,逐渐发展成当事人。在处理棘手的问题时,没有一点私心,处处为他人着想,终于好人有好报,不费吹灰之力,得到美貌的妻子。仔细想来,若非事有凑巧(大风雪封湖),最亏的当数高赞之女秋芳了。假若颜俊的奸计得逞,她将痛苦一辈子。

第二十八卷　乔太守乱点鸳鸯谱

自古姻缘天定，不由人力谋求。有缘千里也相投。对面无缘不偶。仙境桃花出水[1]，宫中红叶传沟[2]。三生簿上注风流。何用冰人开口？

这首《西江月》词，大抵说人的婚姻，乃前生注定，非人力可以勉强。今日听在下说一桩意外姻缘的故事，唤做《乔太守乱点鸳鸯谱》。这故事出在那个朝代？何处地方？那故事出在大宋景祐年间、杭州府，有一人姓刘名秉义，是个医家出身。妈妈谈氏，生得一对儿女。儿子唤做刘璞，年当弱冠，一表非俗，已聘下孙寡妇的女儿珠姨为妻。那刘璞自幼攻书，学业已就。到十六岁上，刘秉义欲令他弃了书本，习学医业。刘璞立志大就，不肯改业，不在话下。女儿小名慧娘，年方一十五岁，已受了邻近开生药铺裴九老家之聘。那慧娘生得姿容艳丽，意态妖娆，非常标致。怎见得？但见：

蛾眉带秀，凤眼含情，腰如弱柳迎风，面似娇花拂水。体态轻盈，汉家飞燕同称；性格风流，吴国西施并美。蕊宫仙子谪人间，月殿嫦娥临下界。

不题慧娘貌美。且说刘公见儿子长大，同妈妈商议，要与他完姻。方待教媒人到孙家去说，恰好裴九老也教媒人来，说要娶慧娘。刘公对媒人道："多多上覆裴亲家，小女年纪尚幼，一些妆奁未备，须再过几时，待小儿完姻过了，方及小女之事。日下断然不能从命。"媒人得了言语，回覆裴家。那裴九老因是老年得子，爱惜如珍宝一般，恨不能风吹得大，早些儿与他毕了姻事，生男育女。今日见刘公推托，好生不喜。又央媒人到刘家说道："令爱今年一十五岁，也不算做小了。到我家来时，即如女儿一般看待，决不难为。就是妆奁厚薄，但凭亲家，并不计论。万望亲家曲允则个！"刘公立意先要与儿子完亲，然后嫁女。媒人往返了几次，终是不允。裴九老无奈，只得忍耐。当时若是刘公允了，却不省好些事体；止因执意不从，到后生出一段新闻，传说至今。正是：

只因一着错，满盘俱是空。

却说刘公回脱了裴家，央媒人张六嫂到孙家去说儿子的姻事。元来孙寡妇母家姓胡，嫁的丈夫孙恒，原是旧家子弟。自十六岁做亲，十七岁就生下一个女儿，唤名珠姨，才隔一岁，又生个儿子，取名孙润，小字玉郎。两个儿女方在襁褓中，孙恒就亡过了。亏孙寡妇有些节气，同着养娘，守这两个儿女，不肯改嫁。因此人都唤他是孙寡妇。光阴迅速，两个儿女渐渐长成。珠姨便许了刘家，玉郎从小聘定善丹青徐雅的女儿文哥为妇。那珠姨、玉郎都生得一般美貌，就如良玉碾成，白粉团就一般。加添资性聪明，男善读书，女工针指。还有一件，不但才貌双全，且又孝悌兼全。

闲话休题。且说张六嫂到孙家传达刘公之意，要择吉日娶小娘子过门。孙寡妇母子相依，满意欲要再停几时。因想男婚女嫁，乃是大事，只得应承，对张六嫂道："上覆亲翁亲母，我家是孤儿寡妇，没甚大妆奁嫁送，不过随常粗布衣裳。凡事不要见责。"张六嫂覆了刘公。刘公备了八盒羹果礼物并吉期送到孙家。孙寡妇受了吉期，忙忙的制办出嫁东西。看看日子已近，母子不忍相离，终日啼啼哭哭。

谁想刘璞因冒风之后，出汗虚了，变为寒症，人事不省，十分危笃。吃的药就如泼在石上，一毫没用。求神问卜，俱说无救。吓得刘公夫妻魂魄都丧，守在床边，吞声对泣。刘公与妈妈商量道："孩儿病势恁样沉重，料必做亲不得。不如且回了孙家。等待病痊，再择日罢。"刘妈妈道："老官儿，你许多年纪了，这样事难道还不晓得？大凡病人势凶，得喜事一冲就好了。未曾说起的还要去相求；如今现成事体，怎么反要回他！"刘公道："我看孩儿病体，凶多吉少。若娶来家冲得好时，此是万千之喜，不必讲了。倘或不好，可不害了人家子女，有个晚嫁的名头[3]？"刘妈妈道："老官，你但顾了别人，却不顾自己。你我费了许多心机，定得一房媳妇。谁知孩儿命薄，临做亲，却又患病起来。今若回了孙家，孩儿无事，不消说起。万一有些山高水低，有甚把臂？那原聘还了一半，也算是他们忠厚了。却不是人财两失！"刘公道："依你便怎样？"刘妈妈道："依着我，分付了张六嫂，不要题起孩儿有病，竟娶来家，就如养媳妇一般。若孩儿病好，另择日结亲。倘然不起，媳妇转嫁时，我家原聘并各项使费，少不得班足了[4]，放他出门。却不是个万全之策？"刘公耳朵原是棉花做的，就依着老婆，忙去叮嘱张六嫂不要泄漏。自古道，若要不知，除非莫为。刘公便瞒着孙家，那知他紧隔壁的邻家姓李名荣，曾在人家管过解库，人都叫做李都管，为人极是刁钻，专一要打听人家的细事，喜谈乐道。因他做主管时，得了些不义之财，手中有钱，所居与刘家基址相连，意欲强买刘公房子，刘公不肯，为此两下面和意不和，巴不能刘家有些事故，幸灾乐祸。晓得刘璞有病危急，满心欢喜，连忙去报知孙家。

孙寡妇听见女婿病凶，恐防误了女儿，即使养娘去叫张六嫂来问。张六嫂欲待不说，恐怕刘璞有变，孙寡妇后来埋怨；欲要说了，又怕刘家见怪。事在两难，欲言又止。孙寡妇见他半吞半吐，越发盘问得急了。张六嫂隐瞒不过，乃说："偶然伤风，原不是十分大病。将息到做亲时，料必也好了。"孙寡妇道："闻得他病势十分沉重，你怎说得这般轻易？这事不是当耍的。我受了千辛万苦，守得这两个儿女成人，如珍宝一般。你若含糊赚了我女儿时，少不得和你性命相搏，那时不要见怪。"又道："你去到刘家说：若果然病重，何不待好了，另择日子？况且儿女年纪尚幼，何必恁般忙迫？问明白了，快来回报一声。"张六嫂领了言语，方欲出门，孙寡妇又叫转道："我晓得你决无实话回我的。我令养娘同你去走遭，便知端的。"张六嫂见说教养娘同去，心中着忙道："不消得！好歹不误大娘之事。"孙寡妇那里肯听？教了养娘些言语，跟张六嫂同去。张六嫂捱脱不得[5]，只得同到刘家。恰好刘公走出门来。张六嫂欺养娘不认得，便道："小娘子少待，等我问句话来。"急走上前，拉刘公到一边，将孙寡妇适来言语细说。又道："他因放心不下，特教养娘同来讨个实信。却怎样回答？"刘公听见养娘来看，手足无措，埋怨道："你怎不阻挡住了？却与他同来！"张六嫂道："再三拦阻，如何肯听，教我也没奈何。如今且留他进去坐了，你们再去从长计较回他，不要连累我后日受气。"说还未毕，养娘已走过来。张六嫂就道："此间便是刘老爹。"养娘深深道个万福。刘公还了礼，道："小娘子请里面坐。"一齐进了大门，到客坐内。刘公道："六嫂，你陪小娘子坐着，待我教老荆出来[6]。"张六嫂道："老爹自便。"刘公急急走到里面，一五一十，学于妈妈。又说："如今养娘在外，怎地回他？倘要进来探看孩儿，却又如何掩饰？不如改了日子罢。"妈妈道："你真是个死货！他受了我家的聘，便是我家的人了。怕他怎的！不要着忙，自有道理。"便教女儿慧娘："你去将新房中收拾整齐，留孙家妇女吃点心。"慧娘答应自去。刘妈妈即走向外边，与养娘相见毕，问道："小娘子下顾，不知亲母有甚话说？"养娘道："俺大娘闻得大官人有恙，放心不下，特教男女来问候[7]。二来上覆老爹大娘：若大官人病体初痊，恐未可做亲。不如再停几时，等大官人身子健旺，另拣日罢。"刘妈妈道："多承亲母过念，大官人虽是身子有些不快，也是偶然伤风，原非大病。若要另择日子，这断不能够的。我们小人家的买卖，千难万难，方才支持得停当。如错过了，却不又费一番手脚？况且有病的人，巴不得喜事来冲，他病也易好。常见人家要省事时，趁着这病来见喜，何况我家吉期送已多日，亲戚都下了帖儿请吃喜筵，如今忽地换了日子，他们不道你家不肯，必认做我们讨媳妇不起。传说开去，却不被人笑耻，坏了我家名头。烦小娘子回去上覆亲母，不必担忧。我家干系大哩！"养娘道："大娘话虽说得是。请问大官人睡在何处？待男女候问一声，好家去回报大娘，也教他放心。"刘妈妈道："适来服了发汗的药，正熟睡在那里。我与小娘子代言罢。事体总在刚才所说了，更无别说。"张六嫂道："我原说偶然伤风，不是大病。你们大娘不肯相信，又要你来。如今方见老身不是说谎的了。"养娘道："既如此，告辞罢。"便要起身。刘妈妈道："那有此理！说话忙了，茶也还没有吃，如何便去？"即邀到里边，又道："我房里腌腌臜臜，倒在新房里坐罢。"引入房中。养娘举目看时，摆设得十分齐整。刘妈妈又道："你看我家诸事齐备，如何肯又改日子？就是做了亲，大官人倒还要留在我房中歇宿，等身子全愈了，然后同房哩。"养娘见他整备得停当，信以为实。当下刘妈妈教丫鬟将出点心茶来摆上，又教慧娘也来相陪。养娘心中想道："我家珠姨是极标致的了，不想这女娘也恁般出色！"吃了茶，作别出门。临行，刘妈妈又再三嘱咐张六嫂："是必来覆我一声。"

养娘同着张六嫂回到家中，将上项事说与主母。孙寡妇听了，心中倒没了主意，想道：“欲待允了，恐怕女婿真个病重，变出些不好来，害了女儿；将欲不允，又恐女婿果是小病已愈，误了吉期。”疑惑不定，乃对张六嫂道：“六嫂，待我酌量定了，明早来取回信罢。”张六嫂道：“正是，大娘从容计较计较，老身明早来也。”说罢自去。且说孙寡妇与儿子玉郎商议：“这事怎生计较？”玉郎道：“看起来还是病重，故不要养娘相见。如今必要回他另择日子，他家也没奈何，只得罢休。但是空费他这番东西，见得我家没有情义。倘后来病好相见之间，觉道没趣。若依了他们时，又恐果然有变，那时进退两难，懊悔却便迟了。依着孩儿，有个两全之策在此，不知母亲可听？”孙寡妇道：“你且说是甚两全之策？”玉郎道：“明早教张六嫂去说，日子便依着他家，妆奁一毫不带。见喜过了，到第三朝就要接回。等待病好，连妆奁送去。是恁样，纵有变故，也不受他们笼络，这却不是两全其美？”孙寡妇道：“你真是个孩子家见识！他们一时假意应承娶去，过了三朝，不肯放回，却怎么处？”玉郎道：“如此怎好？”孙寡妇又想了一想道：“除非明日教张六嫂依此去说，临期教姐姐闪过一边，把你假扮了送去。皮箱内原带一副道袍鞋袜。预防到三朝，容你回来，不消说起。倘若不容，且住在那里，看个下落。倘有三长两短，你取出道袍穿了，竟自走回，那个扯得你住！”玉郎道：“别事便可，这事却使不得！后来被人晓得，教孩儿怎生做人？”孙寡妇见儿子推却，心中大怒，道：“纵别人晓得，不过是要笑之事，有甚大害！”玉郎平昔孝顺，见母亲发怒，连忙道：“待孩儿去便了。只不会梳头，却怎么好？”孙寡妇道：“我叫养娘伏侍你去便了。”计较已定。次早张六嫂来讨回音，孙寡妇与他说如此如此，恁般恁般。“若依得，便娶过去。依不得，便另择日罢。”张六嫂覆了刘家，一一依从。你道他为何就肯了？只因刘璞病势愈重，恐防不妥，单要哄媳妇到了家里，便是买卖了。故此将错就错，更不争长竞短。那知孙寡妇已先参透机关，将个假货送来。刘妈妈反做了：

周郎妙计高天下，赔了夫人又折兵。

话休烦絮。到了吉期，孙寡妇把玉郎妆扮起来，果然与女儿无二，连自己也认不出真假。又教习些女人礼数。诸色好了，只有两件难以遮掩，恐怕露出事来。那两件？第一件是足与女子不同。那女子的尖尖趫趫[8]，凤头一对，露在湘裙之下，莲步轻移，如花枝招飐一般。玉郎是个男子汉，一只脚比女子的有三四只大。虽然把扫地长裙遮了，教他缓行细步，终是有些蹊跷。这也还在下边，无人来揭起裙儿观看，还隐藏得过。第二件是耳上环儿。此乃女子平常日时所戴，爱轻巧的，也少不得戴对丁香儿，那极贫小户人家，没有金的银的，就是铜锡的，也要买对儿戴着。今日玉郎扮做新人，满头珠翠；若耳上没有环儿，可成模样么？他左耳还有个环眼，乃是幼时恐防难养穿过的。那右耳却没眼儿，怎生戴得？孙寡妇左思右想，想出一个计策来。你道是甚计策？他教养娘讨个小小膏药，贴在右耳。若问时，只说环眼生着痔疮，戴不得环子。露出左耳上眼儿掩饰。打点停当，将珠姨藏过一间房里，专候迎亲人来。

到了黄昏时候，只听得鼓乐喧天，迎亲轿子已到门首。张六嫂先入来，看见新人打扮得如花神一般，好不欢喜。眼前不见玉郎，问道："小官人怎地不见？"孙寡妇道："今日忽然身子有些不健，睡在那里，起来不得。"那婆子不知就里，不来再问。孙寡妇将酒饭犒赏了来人，宾相念起诗赋，请新人上轿。玉郎兜上方巾，向母亲作别。孙寡妇一路假哭，送出门来。上了轿子，教养娘跟着，随身只有一只皮箱，更无一毫妆奁。孙寡妇又叮嘱张六嫂道："与你说过，三朝就要送回的，不要失信！"张六嫂连声答应道："这个自然！"

不题孙寡妇。且说迎亲的，一路笙箫聒耳，灯烛辉煌，到了刘家门首，宾相进来说道："新人将已出轿，没新郎迎接，难道教他独自拜堂不成？"刘公道："这却怎好？不要拜罢！"刘妈妈道："我自有道理。教女儿陪拜便了。"即令慧娘出来相迎。宾相念了拦门诗赋，请新人出了轿子。养娘和张六嫂两边扶着。慧娘相迎，进了中堂，先拜了天地，次及公姑亲戚，双双却是两个女人同拜。随从人没一个不掩口而笑。都相见过了，然后姑嫂对拜。刘妈妈道："如今到房中去与我儿冲喜。"乐人吹打，引新人进房，来至卧床边，刘妈妈揭起帐子，叫道："我的儿，今日娶你媳妇来家冲喜，你须挣扎精神则个。"连叫三四次，并不则声。刘公将灯照时，只见头儿歪在半边，昏迷去了。原来刘璞病得身子虚弱，被鼓乐一震，故此迷昏。当下老夫妻手忙脚乱，掐住人中，即教取过热汤，灌了几口，出了一身冷汗，方才苏醒。刘妈妈教刘公看着儿子，自己引新人进新房中去。揭起方巾，打一看时，美丽如画。亲戚无不喝采。只有刘妈妈心中反觉苦楚。他想："媳妇恁般美貌，与儿子正是一对儿。若得双双奉侍老夫妻的暮年，也不枉一生辛苦。谁想他没福，临做亲却染此大病，十分中倒有九分不妙。倘有一差两误，媳妇少不得归于别人，岂不目前空喜！"

不题刘妈妈心中之事。且说玉郎也举目看时，许多亲戚中，只有姑娘生得风流标致。想道："好个女子！我孙润可惜已定了妻子，若早知此女恁般出色，一定要求他为妇。"这里玉郎方在赞羡，谁知慧娘心中也想道："一向张六嫂说他美貌，我还未信，不想话不虚传。只可惜哥哥没福受用，今夜教他孤眠独宿。若我丈夫像得他这样美貌，便称我的生平了。只怕不能够哩！"不题二人彼此歆羡。

刘妈妈请众亲戚赴过花烛筵席，各自分头歇息。宾相乐人，俱已打发去了。张六嫂没有睡处，也自归家。玉郎在房，养娘与他卸了首饰，秉烛而坐，不敢便寝。刘妈妈与刘公商议道："媳妇初到，如何教他独宿？可教女儿去陪伴。"刘公道："只怕不稳便。由他自睡罢。"刘妈妈不听，对慧娘道："你今夜相伴嫂嫂在新房中去睡，省得他怕冷静。"慧娘正爱着嫂嫂，见说教他相伴，恰中其意。刘妈妈引慧娘到新房中道："娘子，只因你官人有些小恙，不能同房，特令小女来同睡。"玉郎恐露出马脚，回道："奴家自来最怕生人，倒不消罢。"刘妈妈道："呀！你们姑嫂年纪相仿，即如姊妹一般，正好相处，怕怎的！你若嫌不稳时，各自盖着条被儿，便不妨了。"对慧娘道："你去收拾了被窝过来。"慧娘答应而去。玉郎此时，又惊又喜。喜的是心中正爱着姑娘美貌，不想天与其便，刘妈妈令来陪卧，这事便有几分了。惊的是恐他不允，一时叫喊起来，反坏了自己之事。又想道："此番挫过，后会难逢！看这姑娘年纪已在当时，情窦料也开了。须用计缓缓撩拨热了，不怕不上我钩。"心下正想，慧娘教丫鬟拿了被同进房来，放在床上，刘妈妈起身，同了丫鬟自去。慧娘将房门闭上，走到玉郎身边，笑容可掬，乃道："嫂嫂，适来见你一些东西不吃，莫不饿了？"玉郎道："倒还未饿。"慧娘又道："嫂嫂，今后要甚东西，可对奴家说知，自去拿来，不要害羞不说。"玉郎见他意儿殷勤，心下暗喜，答道："多谢姑娘美情！"慧娘见灯上结着一个大大花儿，笑道："嫂嫂，好个灯花儿，正对着嫂嫂，可知喜也！"玉郎也笑道："姑娘休得取笑，还是姑娘的喜信。"慧娘道："嫂嫂话儿倒会耍人。"两个闲话一回。慧娘道："嫂嫂，夜深了，请睡罢。"玉郎道："姑娘先请。"慧娘道："嫂嫂是客，奴家是主，怎敢僭先！"玉郎道："这个房中还是姑娘是客。"慧娘笑道："恁般占先了。"便解衣先睡。养娘见两下取笑，觉道玉郎不怀好意，低低说道："官人，你须要斟酌，此事不是当耍的。倘大娘知了，连我也不好。"玉郎道："这不消嘱付，我自晓得。你自去睡。"养娘便去旁边打个铺儿睡下。玉郎起身携着灯儿，走到床边，揭起帐子照看，只见慧娘卷着被儿，睡在里床，见玉郎将灯来照，笑嘻嘻的道："嫂嫂，睡罢了，照怎的？"玉郎也笑道："我看姑娘睡在那一头，方好来睡。"把灯放在床前一只小桌儿上，解衣入帐。对慧娘道："姑娘，我与你一头睡了，好讲话耍子。"慧娘道："如此最好。"玉郎钻下被来，卸了上身衣服，下体小衣却穿着，问道："姑娘，今年青春了？"慧娘道："一十五岁。"又问："姑娘许的是那一家？"慧娘怕羞，不肯回言。玉郎把头挨到他枕上，附耳道："我与你一般是女儿家，何必害羞？"慧娘方才答道："是开生药铺的裴家。"又问道："可见说佳期还在何日？"慧娘低低道："近日曾教媒人再三来说。爹道奴家年纪尚小，回他们再缓几时哩。"玉郎笑道："回了他家，你心下可不气恼么？"慧娘伸手把玉郎的头推下枕来，道："你不是个好人！哄了我的话，便来耍人。我若气恼时，你今夜心里还不知怎地恼着哩。"玉郎依旧又挨到枕上道："你且说我有甚恼？"慧娘道："今夜做亲没有个对儿，怎地不恼？"玉郎道："如今有姑娘在此，便是个对儿了，又有甚恼？"慧娘笑道："恁样说，你是我的娘子了。"玉郎道："我年纪长似你，丈夫还是我。"慧娘道："我今夜替哥哥拜堂，就是哥哥一般，还该是我。"玉郎道："大家不要争，只做个女夫妻罢。"两个说风话耍子，愈加亲热。玉郎料想没事，乃道："既做了夫妻，如何不合被儿睡！"口中便说，两手即掀开他的被儿。挨过身来，伸手便去摸他身上，腻滑如酥，下体却也穿着小衣。慧娘此时已被玉郎调动春心，忘其所以，任玉郎摩弄，全然不拒。玉郎见他情动，便道："有心玩了，何不把小衣一发去了，亲亲热热睡一回也好。"慧娘道："羞人答答，脱了不好。"玉郎道："纵是取笑，有甚么羞？"便解开他的小衣褪下，又翻上身来。慧娘初时只道是真女人，尚然心爱；如今却是个男子，岂不欢喜？况且已被玉郎先引得神魂飘荡，又惊又喜，半推半就：

一个是青年孩子，初尝滋味；一个是黄花女儿，乍得甜头。一个说"今宵花烛，倒成就了你我姻缘"；一个说"此夜衾裯，便试发了夫妻恩爱"。一个道"前生有分"，不须月老冰人；一个道"异日休忘"，说尽山盟海誓。各燥自家脾胃，管甚么姐姐哥哥；且图眼下欢娱，全不想有夫有妇。双双蝴蝶花间舞，两两鸳鸯水上游。

云雨已毕，紧紧偎抱而睡。

且说养娘恐怕玉郎弄出事来，卧在旁边铺上，眼也不合。听着他们初时还说话笑耍，次后只听得二人成了那事，暗暗叫苦。到次早起来，慧娘自向母亲房中梳洗。养娘替玉郎梳妆，低低说道："官人，你昨夜恁般说了，却又口不应心，做下那事！倘被他们晓得，却怎处？"玉郎道："又不是我去寻他，他自送上门来，教我怎生推却！"养娘道："你须拿住主意便好。"玉郎道："你想恁样花一般的美人，同床而卧，便是铁石人也打熬不住，叫我如何忍耐得过！你若不泄漏时，更有何人晓得？"妆扮已毕，到刘妈妈房里相见。刘妈妈道："儿，环子也忘戴了？"养娘道："不是忘了，因右耳上环眼生了疳疮，戴不得，还贴着膏药哩。"刘妈妈道："原来如此。"玉郎依旧来至房中坐下。亲戚女眷都来相见。张六嫂也到。慧娘梳裹罢，也到房中，彼此相视而笑。是日刘公请内外亲戚吃庆喜筵席，大吹大擂，直饮到晚，各自辞别回家。慧娘依旧来伴玉郎。这一夜颠鸾倒凤，海誓山盟，比昨倍加恩爱。看看过了三朝，二人行坐不离。到是养娘捏着两把汗，催玉郎道："如今已过三朝，可对刘大娘说，回去罢。"玉郎与慧娘正火一般热，那想回去？假意道："我怎好启齿说要回去，须是母亲叫张六嫂来说便好。"养娘道："也说得是。"即便回家。

却说孙寡妇虽将儿子假妆嫁去，心中却怀着鬼胎。急切不见张六嫂来回复，眼巴巴望到第四日，养娘回家，连忙来问。养娘将女婿病凶，姑娘陪拜，夜间同睡相好之事，细细说知。孙寡妇跌足叫苦道："这事必然做出来也！你快去寻张六嫂来。"养娘去不多时，同张六嫂来家。孙寡妇道："六嫂，前日讲定约三朝便送回来，今已过了，劳你去说，快些送我女儿回来。"张六嫂得了言语，同养娘来至刘家。恰好刘妈妈在玉郎房中闲话。张六嫂将孙家要接新人的话说知。玉郎、慧娘不忍割舍，到暗暗道："但愿不允便好！"谁想刘妈妈真个说道："六嫂，你媒也做老了，难道恁样事还不晓得？从来可有三朝媳妇便归去的理么？前日他不肯嫁来，这也没奈何。今既到我家，便是我家的人了，还像得他意！我千难万难，娶得个媳妇，到三朝便要回去，说也不当人子。既如此不舍得，何不当初莫许人家？他也有儿子，少不得也要娶媳妇，看三朝可肯放回家去？闻得亲母是个知礼之人，亏他怎样说了出来？”一番言语，说得张六嫂哑口无言。不敢回复孙家。那养娘恐怕有人闯进房里，冲破二人之事，到紧紧守着房门，也不敢回家。

且说刘璞自从结亲这夜，惊出那身冷汗来，渐渐痊可。晓得妻子已娶来家，人物十分齐整，心中欢喜，这病愈觉好得快了。过了数日，挣扎起来，半眠半坐，日渐健旺，即能梳裹，要到房中来看浑家。刘妈妈恐他初愈，不耐行动，叫丫鬟扶着，自己也随在后，慢腾腾的走到新房门口。养娘正坐在门槛之上，丫鬟道：“让大官人进去。”养娘立起身来，高声叫道：“大官人进来了。”玉郎正搂着慧娘调笑，听得有人进来，连忙走开。刘璞掀开门帘，跨进房来。慧娘道：“哥哥，且喜梳洗了。只怕还不宜劳动。”刘璞道：“不打紧！我也暂时走走，就去睡的。”便向玉郎作揖。玉郎背转身，道了个万福。刘妈妈道：“我的儿，你且慢作揖么！”又见玉郎背立，便道：“娘子，这便是你官人。如今病好了，特来见你，怎么到背转身子？”走向前，扯近儿子身边，道：“我的儿，与你恰好正是个对儿。”刘璞见妻子美貌非常，甚是快乐。真个是人逢喜事精神爽，那病顿去了几分。刘妈妈道：“儿去睡了罢，不要难为身子。”原叫丫鬟扶着，慧娘也同进去。玉郎见刘璞虽然是个病容，却也人材齐整，暗想道：“姐姐得配此人，也不辱抹了。”又想道：“如今姐夫病好，倘然要来同卧，这事便要决撒[9]。快些回去罢。”到晚上对慧娘道：“你哥哥病已好了，我须住身不得。你可撺掇母亲送我回家，换姐姐过来，这事便隐过了。若再住时，事必败露。”慧娘道：“你要归家，也是易事。我的终身，却怎么处？”玉郎道：“此事我已千思万想。但你已许人，我已聘妇，没甚计策挽回，如之奈何？”慧娘道：“君若无计娶我，誓以魂魄相随。决然无颜更事他人！”说罢，呜呜咽咽哭将起来。玉郎与他拭了眼泪道：“你且勿烦恼，容我再想。”自此两相留恋，把回家之事到阁起一边。一日午饭已过，养娘向后边去了。二人将房门闭上，商议那事，长算短算，没个计策，心下苦楚，彼此相抱暗泣。

且说刘妈妈自从媳妇到家之后，女儿终日行坐不离。刚到晚，便闭上房门去睡，直至日上三竿，方才起身，刘妈妈好生不乐。初时认做姑嫂相爱，不在其意。已后日日如此，心中老大疑惑。也还道是后生家贪眠懒惰，几遍要说。因想媳妇初来，尚未与儿子同床，还是个娇客，只得耐住。那日也是合当有事。偶在新房前走过，忽听得里边有哭泣之声。向壁缝中张时，只见媳妇共女儿互相搂抱，低低而哭。刘妈妈见如此做作，料道这事有些蹊跷。欲待发作，又想儿子才好，若知得，必然气恼，权且耐住。便掀门帘进来，门却闭着。叫道：“快些开门！”二人听见是妈妈声音，拭干眼泪，忙来开门。刘妈妈走将进去，便道：“为甚青天白日，把门闭上，在内搂抱啼哭？”二人被问，惊得满面通红，无言可答。刘妈妈见二人无言，一发可疑，气得手足麻木。一手扯着慧娘道：“做得好事！且进来和你说话！”扯到后边一间空屋中来。丫鬟看见，不知为甚，闪在一边。刘妈妈扯进了屋里，将门闩上。丫鬟伏在门上张时，见妈妈寻了一根木棒，骂道："贱人！快快实说，便饶你打骂。若一句含糊，打下你这下半截来！"慧娘初时抵赖。妈妈道："贱人！我且问你，他来得几时，有甚恩爱割舍不得，闭着房门，搂抱啼哭？"慧娘对答不来。妈妈拿起棒子要打，心中却又不舍得。慧娘料是隐瞒不过，想道："事已至此，索性说个明白，求爹妈辞了裴家，配与玉郎。若不允时，拚个自尽便了。"乃道："前日孙家晓得哥哥有病，恐误了女儿，要看下落，叫爹妈另自择日。因爹妈执意不从，故把儿子玉郎假妆嫁来。不想母亲叫孩儿陪伴，遂成了夫妇。恩深义重，誓必图百年偕老。今见哥哥病好，玉郎恐怕事露，要回去换姐姐过来。孩儿思想，一女无嫁二夫之理，叫玉郎寻门路娶我为妻。因无良策，又不忍分离，故此啼哭。不想被母亲看见。只此便是实话。"刘妈妈听罢，怒气填胸，把棒撇在一边，双足乱跳，骂道："原来这老乞婆恁般欺心，将男作女哄我！怪道三朝便要接回。如今害了我女儿，须与他干休不得！拚这老性命结识这小杀才罢！"开了门，便赶出来。慧娘见母亲去打玉郎，心中着忙，不顾羞耻，上前扯住。被妈妈将手一推，跌在地上。爬起时，妈妈已赶向外边去了。慧娘随后也赶将来，丫鬟亦跟在后边。

且说玉郎见刘妈妈扯去慧娘，情知事露，正在房中着急。只见养娘进来，道："官人，不好了！弄出事来了！适在后边来，听得空屋中乱闹。张看时，见刘大娘拿大棒子拷打姑娘，逼问这事哩。"玉郎听说打着慧娘，心如刀割，眼中落下泪来，没了主意。养娘道："今若不走，少顷便祸到了。"玉郎即忙除下簪钗，挽起一个角儿，皮箱内开出道袍鞋袜穿起，走出房来，将门带上。离了刘家，带跌奔回家里。正是：

劈破玉笼飞彩凤，顿开金锁走蛟龙。

孙寡妇见儿子回来，恁般慌急，又惊又喜，便道："如何这般模样？"养娘将上项事说知。孙寡妇埋怨道："我叫你去，不过权宜之计，如何却做出这般没天理事体！你若三朝便回，隐恶扬善，也不见得事败。可恨张六嫂这老虔婆，自从那日去了，竟不来复我。养娘，你也不回家走遭，叫我日夜担愁！今日弄出事来，害这姑娘，却怎么处？要你不肖子何用！"玉郎被母亲嗔责，惊愧无地。养娘道："小官人也自要回的，怎奈刘大娘不肯。我因恐他们做出事来，日日守着房门，不敢回家。今日暂走到后边，便被刘大娘撞破。幸喜得急奔回来，还不曾吃亏。如今且叫小官人躲过两日。他家没甚话说，便是万千之喜了。"孙寡妇真个叫玉郎闪过，等候他家消息。

且说刘妈妈赶到新房门口，见门闭着，只道玉郎还在里面，在外骂道："天杀的贼贱才！你家老乞婆弄出这样奸计来，弄空头，害我的女儿！今日与你性命相搏，方见老娘手段。快些走出来！若不开时，我就打进来了！"正骂着，慧娘已到，便去扯母亲后面去。刘妈妈骂道："贱人，亏你羞也不羞，还来劝我！"尽力一摔，不想用力猛了，将门靠开。母子两个都跌进去，搅做一团。刘妈妈骂道："好天杀的贼贱才，倒放老娘这一交！"即忙爬起寻时，那里见个影儿？那婆子寻不见玉郎，乃道："天杀的，好见识！走得好！你便走上天去，少不得也要拿下来。"对着慧娘道："如今做下这等丑事，倘被裴家晓得，却怎地做人？"慧娘哭道："是孩儿一时不是，做差这事。但求母亲怜念孩儿，劝爹爹怎生回了裴家，嫁着玉郎，犹可挽回前失。倘若不允，有死而已！"说罢，哭倒在地。刘妈妈道："你说得好自在话儿！他家下财纳聘，定着媳妇，今日平白地要休这亲事，那个肯么？倘然问因甚事故要休这亲，叫你爹怎生对答！难道说我女儿自寻了一个汉子不成？"慧娘被母亲说得满面羞惭，将袖掩着痛哭。刘妈妈终是禽犊之爱，见女儿恁般啼哭，却又恐哭伤了身子，便道："我的儿，这也不干你事，都是那老虔婆设这没天理的诡计，将那杀才乔妆嫁来。我一时不知，叫你陪伴，落了他圈套。如今总是无人知得。把来阁过一边，全你体面，这才是个长策。你若说要休了裴家，嫁那杀才，这是断然不能。"慧娘见母亲不允，愈加啼哭。刘妈妈又怜又恼，倒没了主意。

正闹间，刘公正在人家看病回来，打房门口经过，听得房中啼哭，乃是女儿的声音，又听得妈妈话响，正不知为着甚的，心中疑惑。忍耐不住，揭开门帘，问道："你们为甚恁般模样？"刘妈妈将前项事，一一细说，气得刘公半晌说不出话来。想了一想，倒把妈妈埋怨道："都是你这老乞婆害了女儿！起初儿子病重时，我原要另择日子。你便说长道短，生出许多话来，执意要那一日。次后孙家叫养娘来说，我也罢了，又是你弄嘴弄舌，哄着他家。及至娶来家中，我说待他自睡罢，你又偏生推女儿伴他。如今伴得好么！"刘妈妈因玉郎走了，又不舍得女儿难为，一肚子气，正没发脱，见老公倒前倒后，数说埋怨，急得暴躁如雷，骂道："老忘八！依你说起来，我的孩儿应该与这杀才骗的！"一头撞个满怀。刘公也在气恼之时，揪过来便打。慧娘便来解劝。三人搅做一团，滚做一块，分拆不开。丫鬟着了忙，奔到房中报与刘璞道："大官人，不好了！大爷大娘在新房中相打哩。"刘璞在榻上爬起来，走至新房，向前分解。老夫妻见儿子来劝，因惜他病体初愈，恐劳碌了他，方才罢手，犹兀自"老忘八"、"老乞婆"相骂。刘璞把父亲劝出外边，乃问："妹子，为甚在这房中厮闹，娘子怎又不见？"慧娘被问，心下惶愧，掩面而哭，不敢则声。刘璞焦躁道："且说为着甚的？"刘婆方把那事细说。将刘璞气得面如土色。停了半晌，方道："家丑不可外扬。倘若传到外边，被人耻笑。事已至此，且再作区处。"刘妈妈方才住口，走出房来。慧娘挣住不行。刘妈妈一手扯着便走，取把锁将门锁上。来至房里，慧娘自觉无颜，坐在一个壁角边哭泣。正是：

饶君掬尽湘江水，难洗今朝满面羞。

且说李都管听得刘家喧嚷，伏在壁上打听。虽然晓得些风声，却不知其中细底。次早，刘家丫鬟走出门来，李都管招到家中问他。那丫鬟初时不肯说。李都管取出四五十钱来与他，道："你若说了，送这钱与你买东西吃。"丫鬟见了铜钱，心中动火，接过来藏在身边，便从头至尾，尽与李都管说知。李都管暗喜道："我把这丑事报与裴家，撺掇来闹吵一场，他定无颜在此居住，这房子可不归于我了？"忙忙的走至裴家，一五一十报知，又添些言语，激恼裴九老。那九老夫妻，因前日娶亲不允，心中正恼着刘家。今日听见媳妇做下丑事，如何不气！一径赶到刘家，唤出刘公来发话道："当初我央媒来说要娶亲时，千推万阻，道女儿年纪尚小，不肯应承。护在家中，私养汉子！若早依了我，也不见得做出事来。我是清清白白的人家，决不要这样败坏门风的好东西。快还了我昔年聘礼，另自去对亲，不要误我孩儿的大事。"将刘公嚷得面上一回红，一回白。想道："我家昨夜之事，他如何今早便晓得了？这也怪异！"又不好承认，只得赖道："亲家，这是那里说起，造恁般言语污辱我家？倘被外人听得，只道真有这事，你我体面何在！"裴九老便骂道："打脊贱才[10]！真个是老忘八。女儿现做着恁般丑事，那个不晓得的！亏你还长着鸟嘴，在我面前遮掩！"赶近前，把手向刘公脸上一捺[11]，道："老忘八！羞也不羞！待我送个鬼脸儿与你戴了见人。"刘公被他羞辱不过，骂道："老杀才，今日为甚赶上门来欺我？"便一头撞去，把裴九老撞倒在地。两下相打起来。里边刘妈妈与刘璞听得外面嚷喧，出来看时，却是裴九老与刘公厮打，急向前拆开。裴九老指着骂道："老忘八打的好！我与你到府里去说话。"一路骂出门去了。刘璞便问父亲："裴九因甚清早来厮闹？"刘公把他言语学了一遍。刘璞道："他家如何便晓得了？此甚可怪。"又道："如今事已彰扬，却怎么处？"刘公又想起裴九老恁般耻辱，心中转恼，顿足道："都是孙家老乞婆，害我家坏了门风，受这样恶气！若不告他，怎出得这气？"刘璞劝解不住。刘公央人写了状词，望着府前奔来。正值乔太守早堂放告[12]。这乔太守虽则关西人，又正直，又聪明，怜才爱民，断狱如神，府中都称为乔青天。

却说刘公刚到府前，劈面又遇着裴九老。九老见刘公手执状词，认做告他，便骂道："老忘八，纵女做了丑事，倒要告我，我同你去见太爷！"上前一把扭住，两下又打将起来。两张状词都打失了。二人结做一团，直至堂上。乔太守看见，喝叫各跪一边。问道："你二人叫甚名字？为何结扭相打？"二人一齐乱嚷。乔太守道："不许搀越！那老儿先上来说。"裴九老跪上去，诉道："小人叫做裴九，有个儿子裴政，从幼聘下那刘秉义的女儿慧娘为妻。今年都已十五岁了。小人因是年老爱子，要早与他完姻。几次央媒去说，要娶媳妇，那刘秉义只推女儿年纪尚小，勒掯不许[13]。谁想他纵女卖奸，恋着孙润，暗招在家，要图赖亲事。今早到他家里说，反把小人殴辱。情极了，来爷爷台下投生。他又赶来扭打。求爷爷作主，救小人则个！"乔太守听了，道："且下去。"唤刘秉义上去，问道："你怎么说？"刘公道："小人有一子一女。儿子刘璞，聘孙寡妇女儿珠姨为妇，女儿便许裴九的儿子。向日裴九要娶时，一来女儿尚幼，未曾整备妆奁，二来正与儿子完姻，故此不允。不想儿子临婚时，忽地患起病来，不敢教与媳妇同床，令女儿陪伴嫂子。那知孙寡妇欺心，藏过女儿，却将儿子孙润假妆过来，倒强奸了小人女儿。正要告官。这裴九知得了，登门打骂。小人气忿不过，与他争嚷，实不是图赖他的婚姻。”乔太守见说男扮为女，甚以为奇，乃道：“男扮女妆，自然有异。难道你认他不出？”刘公道：“婚嫁乃是常事，那曾有男子假扮之理，却去辨其真假？况孙润面貌，美如女子。小人夫妻见了，已是万分欢喜，有甚疑惑？”乔太守道：“孙家既以女许你为媳，因甚却又把儿子假妆？其中必有缘故。”又道：“孙润还在你家么？”刘公道：“已逃回去了。”乔太守即差人去拿孙寡妇母子三人，又差人去唤刘璞、慧娘兄妹俱来听审。

不多时，都已拿到。乔太守举目看时，玉郎姊弟，果然一般美貌，面庞无二。刘璞却也人物俊秀，慧娘艳丽非常。暗暗欣羡道：“好两对青年儿女！”心中便有成全之意。乃问孙寡妇：“因甚将男作女，哄骗刘家，害他女儿？”孙寡妇乃将女婿病重，刘秉义不肯更改吉期，“恐怕误了女儿终身，故把儿子妆去冲喜，三朝便回。是一时权宜之策。不想刘秉义却教女儿陪卧，做出这事！”乔太守道：“元来如此！”问刘公道：“当初你儿子既是病重，自然该另换吉期。你执意不肯，却主何意？假若此时依了孙家，那见得女儿有此丑事？这都是你自起衅端，连累女儿。”刘公道：“小人一时不合听了妻子说话，如今悔之无及。”乔太守道：“胡说！你是一家之主，却听妇人言语。”又唤玉郎、慧娘上去，说：“孙润，你以男假女，已是不该。却又奸骗处女，当得何罪？”玉郎叩头道：“小人虽然有罪，但非设意谋求，乃是刘亲母自遣其女陪伴小人。”乔太守道：“他因不知你是男子，故令他来陪伴，乃是美意。你怎不推却？”玉郎道：“小人也曾苦辞，怎奈坚执不从。”乔太守道：“论起法来，本该打一顿板子才是。姑念你年纪幼小，又系两家父母酿成，权且饶恕。”玉郎叩头泣谢。乔太守又问慧娘：“你事已做错，不必说起。如今还是要归裴氏？要归孙润？实说上来。”慧娘哭道：“贱妾无媒苟合，节行已亏，岂可更事他人？况与孙润恩义已深，誓不再嫁。若爷爷必欲判离，贱妾即当自尽。决无颜苟活，贻笑他人。”说罢，放声大哭。乔太守见他情词真恳，甚是怜惜，且喝过一边。唤裴九老分付道：“慧娘本该断归你家。但已失身孙润，节行已亏。你若娶回去，反伤门风，被人耻笑，他又蒙二夫之名，各不相安。今判与孙润为妻，全其体面。令孙润还你昔年聘礼，你儿子另自聘妇罢。”裴九老道：“媳妇已为丑事，小人自然不要。但孙润破坏我家婚姻，今原归于他，反周全了奸夫淫妇，小人怎得甘心！情愿一毫原聘不要，求老爷断媳妇另嫁别人，小人这口气也还消得一半。”乔太守道：“你既已不愿娶他，何苦又作此冤家！”刘公亦禀道：“爷爷，孙润已有妻子，小人女儿岂可与他为妾？”乔太守初时只道孙润尚无妻子，故此斡旋。见刘公说已有妻，乃道：“这却怎么处？”对孙润道：“你既有妻子，一发不该害人闺女了！如今置此女于何地？”玉郎不敢答应。乔太守又道：“你妻子是何等人家？可曾过门么？”孙润道：“小人妻子是徐雅女儿，尚未过门。”乔太守道：“这等易处了。”叫道：“裴九，孙润原有妻未娶。如今他既得了你媳妇，我将他妻子断偿你的儿子，消你之忿。”裴九老道：“老爷明断，小人怎敢违逆？但恐徐雅不肯。”乔太守道：“我作了主，谁敢不肯！你快回家引儿子过来。我差人去唤徐雅带女儿来当堂匹配。”裴九老即忙归家，将儿子裴政领到府中。徐雅同女儿，也唤到了。乔太守看时，两家男女却也相貌端正，是个对儿。乃对徐雅道：“孙润因诱了刘秉义女儿，今已判为夫妇。我今作主，将你女儿配与裴九之子裴政，限即日三家俱便婚配回报。如有不服者，定行重治。”徐雅见太守作主，怎敢不依，俱各甘伏。乔太守援笔判道：

弟代姊嫁，姑伴嫂眠。爱女爱子，情在理中；一雌一雄，变出意外。移干柴近烈火，无怪其燃；以美玉配明珠，适获其偶。孙氏子因姊而得妇，搂处子不用逾墙；刘氏女因嫂而得夫，怀吉士初非衒玉。相悦为婚，礼以义起；所厚者薄，事可权宜。使徐雅别婿裴九之儿，许裴政改娶孙郎之配。夺人妇，人亦夺其妇，两家恩怨，总息风波。独乐乐，不若与人乐，三对夫妻，各谐鱼水。人虽兑换，十六两原只一斤；亲是交门，五百年决非错配。以爱及爱，伊父母自作冰人；非亲是亲，我官府权为月老。已经明断，各赴良期。

乔太守写毕，叫押司当堂朗读与众人听了。众人无不心服，各各叩头称谢。乔太守在库上支取花红六段，叫三对夫妻披挂齐整，唤三起乐人，三顶花花轿儿，抬了三位新人。当下命众人各自随轿而出。此事闹动了杭州府，都说好个行方便的太守。人人诵德，个个称贤。自此各家完娶，彼此都无话说。李都管本欲唆孙寡妇、裴九老两家与刘秉义讲嘴，鹬蚌相持，自己渔人得利。不期太守如此处分，反作成了孙玉郎一段良缘。街坊上当做一件美事传说，不以为丑。他心中甚是不乐。未及一年，乔太守又取刘璞、孙润都做了秀才，起送科举。李都管自知惭愧，安身不牢，反躲避乡居。后来刘璞、孙润同榜登科，俱任京职，仕途有名，扶持裴政亦得了官职。一门亲眷，富贵非常。刘璞官直至龙图阁学士。连李都管家宅反归于刘氏。刁钻小人，亦何益哉！后人有诗，单道李都管为人不善，以为后戒。诗云：

为人忠厚为根本，何苦刁钻欲害人！
不见古人卜居者，千金只为买乡邻。

又有一诗，单夸乔太守此事断得甚好：

鸳鸯错配本前缘，全赖风流太守贤。
锦被一床遮尽丑，乔公不枉叫青天。

注释

[1]仙境桃花出水：据传说，东汉时刘晨和阮肇入天台山采药，遇到桃源中的两个仙女，留他俩居住半年。归来后物是人非，人间已过去七世。

[2]宫中红叶传沟：唐宣宗时，卢渥赴京应举，偶临御沟，拾得一片红叶，叶上题诗云："水流何太急，深宫尽日闲。殷勤谢红叶，好去到人间。"后宣宗放出部分宫女，许从百官司吏，渥得一人，即题诗红叶上者。（唐·范摅《云溪友议》十）。

[3]晚嫁：改嫁他人。

[4]班：补偿。

[5]搋(lì)脱：摆脱。

[6]老荆：老妻。旧时男子谦称自己的妻子为"拙荆"。

[7]男女：旧时对奴仆的称呼。

[8]尖尖趫趫(qiáo)：形容旧时女子的小脚。趫，善走。

[9]决撒：败露。

[10]打脊：骂人的话，意谓该受杖刑。

[11]搇(qìn)：用手按。

[12]放告：旧时官府每月定期开衙受理诉讼。

[13]勒掯：逼迫。

新评

这是一幅宋代市井婚嫁的白描图。"父母之命，媒妁之言"全都于细节中体现出来。三位家长，都从自己的利益角度考虑问题，结果却是出人意料。三位家长你哄我骗，让明眼人饱一顿眼福。六位青年男女幸亏遇上了乔太守，才使各自得偕佳偶。

所谓"乱点"，是从"父母之命，媒妁之言"的角度来看待；若从以人为本的角度来审视，则正中孙润与慧娘之下怀。只有裴政与徐雅之女是因为成全他人而被迫结为夫妇，有点不太公平。

第二十九卷　怀私怨狠仆告主

杳杳冥冥地，非非是是天。

害人终自害，狠计总徒然。

话说那杀人偿命，是人世间最大的事，非同小可；所以是真难假，是假难真。真的时节，纵然有钱可以通神，目下脱逃宪网，到底天理不容，无心之中，自当败露。假的时节，纵然严刑拷掠，诬服莫伸，到底有个辨白的日子。假饶误出误入，那有罪的老死牖下，无罪的却命绝于囹圄刀锯之间，难道头顶上这个老翁是没有眼睛的么？所以古人说得好，道是：

湛湛青天不可欺，未曾举意已先知。

善恶到头终有报，只争来早与来迟。

说话的，你差了。这等说起来，不信死囚牢里，再没有个含冤负屈之人？那阴间地府，也不须设得"枉死城"了。看官不知。那冤屈死的，与那杀人逃脱的，大概都是前世的事；若不是前世缘故，杀人竟不偿命，不杀人倒要偿命，死者生者，怨气冲天，纵然官府不明，皇天自然鉴察，千奇百怪的，巧生出机会来了此公案。所以说道："人恶人怕天不怕，人善人欺天不欺。"又道是："天网恢恢，疏而不漏。"

古来清官察吏，不止一人，知得人命关天，又且世情不测，尽有极难信的事，偏是真的，极易信的事，偏是假的；所以就是情真罪实的，还要细细体访几番，方能使狱无冤鬼。如今为官做吏的人，贪爱的是钱财，奉承的是富贵，把那正直公平不用，撇却东洋大海。明知这事无可宽容，也将来轻轻放过；明知这事有些尴尬，也将来草草问成。竟不想杀人可恕，情理难容！那亲动手的奸徒，若不明正其罪，被害冤魂，何时瞑目？至于攀诬冤枉的，却又六问三推[1]，千般锻炼，严刑之下，就是凌迟碎剐的罪，急忙里只得轻易招成，搅得他家破人亡，害他一人，就是害他一家了。只做自己的官，毫不管别人的苦，我不知他肚肠阁落里边，也思想积些阴德与儿孙么？如今所以说这一篇，专一奉劝世上廉明长者：一草一木，都是上天生命，何况祖宗赤子？须要慈悲为本，宽猛兼行，护正诛邪，不失为民父母之意。不但万民感戴，皇天亦当佑之。

且说国朝有个富人王甲，是苏州府人氏，与同府李乙，是个世仇。王甲百计思量害他，未得其便。忽一日，大风大雨，鼓打三更，李乙与妻子吃过晚饭，熟睡多时，只见十馀个强人，将红朱黑墨搽了脸，一拥的打将入来。蒋氏惊慌，急往床下躲避。只见一个长须大面的把李乙头发揪住，一刀砍死，竟不抢东西，登时散了。蒋氏却在床下，看见亲切，战抖抖的走将出来，穿了衣服，向丈夫尸首嚎啕大哭。

此时邻人已都来看了，各各悲伤，劝慰了一番。蒋氏道："杀奴丈夫的，是仇人王甲。"众人道："怎见得?"蒋氏道："奴在床下看得明白。那王甲原是仇人，又且长须大面，虽然搽墨，却是认得出的。若是别的强盗，何苦杀我丈夫，东西一毫不动?这凶身不是他是谁?有烦列位与奴做主!"众人道："他与你丈夫有仇，我们都是晓得的。况且地方盗发，我们该报官。明早你写纸状词，同我们到官首告便是。今日且散。"众人去了。蒋氏关了房门，又哽咽了一会，那里有心去睡，苦啾啾的挨到天明，央邻人买状纸写了，取路投长洲县来。正值知县升堂放告，蒋氏直至阶前，大声叫屈。知县看了状子，问了来历，见是人命盗情重事，即时批准，地方也来递失状。知县委捕官相验，随即差了应捕擒捉凶身。

却说那王甲自从杀了李乙，自恃搽脸，无人看破，扬扬得意，毫不提防；不期一伙应捕拥入家来，正是疾雷不及掩耳，一时无处躲避，当下被众人索了，登时押到县堂。知县问道："你如何杀了李乙?"王甲道："李乙自是强盗杀了，与小人何干?"知县问蒋氏道："你如何告道是他?"蒋氏道："小妇人躲在床底看见，认得他的。"知县道："夜晚间如何认得这样真?"蒋氏道："不但认得模样，还有一件真情可推。若是强盗，如何只杀了人便散了，不抢东西?此不是平日有仇的却是那个?"知县便叫地邻来问他道："那王甲与李乙果有仇否?"地邻尽说："果然有仇。那不抢东西，只杀了人，也是真的。"知县便喝叫把王甲夹起。那王甲是个富家出身，忍不得痛苦，只得招道："与李乙有仇，假装强盗杀死是实。"知县取了亲笔供招，下在死囚牢中。王甲一时招承，心里还想辨脱，思量无计，自忖道："这里有个讼师，叫做邹老人，极是奸滑，与我相好。随你十恶大罪，与他商量，便有生路。何不等儿子送饭时，教他去与邹老人商量?"少顷，儿子王小二送饭来了。王甲说知备细，又分付道："倘有使用处，不可吝惜钱财，误我性命。"小二一一应诺，径投邹老人家来，说知父亲事体，求他计策谋脱。老人道："令尊之事，亲口供招。知县又是新到任的，自手问成。随你那里告辩，出不得县令初案，他也不肯认错翻招。你将二三百两与我，待我往南京走走，寻个机会，定要设法出来。"小二道："如何设法?"老人道："你不要管我，只交银子与我了，日后便见手段。而今不好先说得。"小二回去，当下凑了三百两银子，到邹老人家，交付停当，随即催他起程。邹老人道："有了许多白物，好歹要寻出一个机会来。且宽心等待等待。"小二谢别而回。

老人连夜收拾行李，往南京进发。不一日，来到南京，往刑部衙门细细打听，说有个浙江司郎中徐公，甚是通融，抑且好客。当下就央了一封先容的荐书，备了一副盛礼，去谒徐公。徐公接见了，见他会说会笑，颇觉相得，自此频频去见，渐渐厮熟。正无个机会处，忽一日，捕盗衙门肘押海盗二十馀人，解到刑部定罪。老人上前打听，知有两个苏州人在内。老人点头大喜，自言自语道："计在此了。"次日，整备筵席，写帖请徐公饮酒。不逾时，酒筵完备，徐公乘轿而来。老人笑脸相迎。

定席以后，说些闲话。饮至更深时分，老人屏去众人，便将百两银子托出，献与徐公。徐公吃了一惊，问其缘故。老人道："今有舍亲王某，被陷在本县狱中，伏乞周旋。"徐公道："苟可效力，敢不从命？只是事在彼处，难以为谋。"老人道："不难！不难！王某只为与李乙有仇，今李乙被杀，未获凶身，故此遭诬下狱。昨见解到贵部海盗二十馀人，内二人苏州人也。今但逼勒二盗，要他自认做杀李乙的，则二盗总是一死，未尝加罪。舍亲王某，已沐再生之恩了。"徐公许诺，轻轻收过银子，亲放在扶手匣里面，唤进从人，谢酒乘轿而去。老人又密访着二盗的家属，许他重谢，先送过一百两银子，二盗也应允了。到得会审之时，徐公唤二盗近前，开口问道："你们曾杀过多少人？"二盗即招某时某处杀某人，某月某日夜间到李家，杀李乙。徐公写了口词，把诸盗收监，随即叠成文案。邹老人便使用书房行文书抄招到长洲县知会。就是他带了文案，别了徐公，竟回苏州到长洲县当堂投了。知县拆开，看见杀李乙的已有了主名，便道："王甲果然屈招。"正要取监犯查放，忽见王小二进来叫喊诉冤。知县信之不疑，喝叫监中取出王甲，登时释放。蒋氏闻知这一番说话，没做理会处，也只道前日夜间果然自己错认了，只得罢手。却说王甲得放还家，欢欢喜喜，摇摆进门。方才到得门首，忽然一阵冷风，大叫一声，道："不好了！李乙哥在这里了！"蓦然倒地，叫唤不醒。霎时气绝，呜呼哀哉。有诗为证：

胡脸阎王本认真，杀人偿命在当身。

暗中假换天难骗，堪笑多谋邹老人。

前边说的人命是将真做假的了。如今再说一个将假作真的。只为些些的小事，被奸人暗算，弄出天大一场祸来。若非天道昭昭，险些儿死于非命。正是：

福善祸淫，昭彰天理。欲害他人，先伤自己。

话说国朝成化年间，浙江温州府永嘉县，有个王生，名杰，字文豪，娶妻刘氏，家中止有夫妻二人，生一女儿，年方二岁。内外安童养娘数口，家道亦不甚丰富。王生虽是业儒，尚不曾入泮[2]，只在家中诵习，也有时出外结友论文。那刘氏勤俭作家，甚是贤慧。夫妻彼此相安。忽一日，正遇暮春天气，二三友人拉了王生往郊外踏青游赏。但见：

迟迟丽日，拂拂和风。紫燕黄莺，绿柳丛中寻对偶；狂蜂浪蝶，夭桃队里觅相知。王孙公子兴高时，无日不来寻酒肆；艳质娇姿心动处，此时未免露闺容。须叫残醉可重扶，幸喜落花犹未扫。

王生看了春景融和，心中欢畅，吃个薄醉，取路回家里来。只见两个家僮，正和一个人门首喧嚷。原来那人是湖州客人，姓吕，提着竹篮卖姜。只为家僮要少他的姜价，故此争执不已。王生问了缘故，便对那客人道："如此价钱，也好卖了，如何只管在我家门首喧嚷？好不晓事！"那客人是个戆直的人，便回话道："我们小本经纪，如何要打短我的？相公须放宽洪大量些，不该如此小家子相。"王生乘着酒兴，大怒起来，骂道："那里来这老贼驴，辄敢如此放肆，把言语冲撞我！"走近前来，连打了几拳，一手推将去。不想那客人是中年的人，有痰火病的，就这一推里，一交跌去，一时闷倒在地。正是：

身如五鼓衔山月，命似三更油尽灯。

大抵为人，最不可使性。况且这小人买卖，不过争得一二个钱，有何大事？常见大人家，强梁童仆，每每借着势力，动不动欺打小民，到得做出事来，又是家主失了体面。所以有正经的，必然严行惩戒。只因王生不该自己使性，动手打他，所以到底为此受累。

话休烦絮。且说王生当下见客人闷倒，吃了一大惊，把酒意都惊散了，连忙喝叫扶进厅来眠了，将茶汤灌将下去。不逾时，苏醒转来，王生对客人谢了个不是，讨些酒饭与他吃了，又拿出白绢一匹，与他权为调理之资。那客人回嗔作喜，称谢一声，望着渡口去了。若是王生有未卜先知的法术，慌忙向前拦腰抱住，扯将转来，就养他在家半年两个月，也是情愿，不到得惹出飞来横祸。只因这一去，有分教，正是：

双手撒开金线网，从中钓出是非来。

那王生见客人已去，心头尚自跳一个不住，走进房中，与妻子说了，道："几乎做出一场大事来。侥幸！侥幸！"此时天已晚了，刘氏便叫丫鬟摆上几样菜蔬，烫热酒，与王生压惊。饮过数杯，只闻得外边叩门声甚急。王生又吃一惊，掌灯出来看时，却是渡头船家周四，手中拿了白绢、竹篮，仓仓皇皇，对王生说道："相公，你的祸事到了！如何做出这人命来？"唬得王生面如土色，只得再问缘由。周四道："相公可认得白绢、竹篮么？"王生看了，道："今日有个湖州的卖姜客人，到我家来，这白绢是我送他的，这竹篮正是他盛姜之物，如何却在你处？"周四道："下昼时节，是有一个湖州姓吕的客人，叫我的船过渡，到得船中，痰火病大发，将次危了，告诉我道，被相公打坏了。他就把白绢、竹篮交付与我，做个证据，要我替他告官。又要我到湖州去报他家属，前来伸冤讨命。说罢，瞑目死了。如今尸骸尚在船中。船已撑在门首河头了。且请相公自到船中看看。凭相公如何区处。"王生听了，惊得目睁口呆，手麻脚软，心头恰像有个小鹿儿撞来撞去的，口里还只得硬着胆道："那有此话！"背地教人走到船里看时，果然有一个死尸骸。王生是虚心病的，慌了手脚，跑进房中对刘氏说知。刘氏道："如何是好？"王生道："如今事到头来，说不得了，只是买求船家，要他乘此暮夜将尸首设法过了，方可无事。"王生便将碎银一包，约有二十多两，袖在手中，出来对船家说道："家长不要声张[3]，我与你从长计议。事体是我自做得不是了，却是出于无心的。你我同是温州人，也须有些乡里之情，何苦倒为着别处人报仇？况且报得仇来，与你何益？不如不要提起，待我出些谢礼与你，求你把此尸载到别处抛弃了，黑夜里谁人知道！"船家道："抛弃在那里?倘若明日有人认出来,追究根原,连我也不得干净。”王生道:“离此不数里,就是我先父的坟茔,极是僻静,你也是认得的。乘此暮夜无人,就烦你船载到那里,悄悄地埋了,人不知,鬼不觉。”周四道:“相公的说话甚是有理。却怎么样谢我?”王生将手中之物出来与他。船家嫌少,道:“一条人命,难道值得这些些银子?今日凑巧,死在我船中,也是天与我的一场小富贵。一百两银子,须是少不得的。”王生只要完事,不敢违拗,点点头,进去了一会,将着些现银及衣裳首饰之类,取出来递与周四,道:“这些东西约莫有六十金了,家下贫寒,望你将就包容罢了。”周四见有许多东西,便自口软了,道:“罢了,罢了。相公是读书之人,只要时常看觑我就是,不敢计较。”王生此时是情急的,正是:

得他心肯日,是我运通时。

心中已自放下几分。又摆出酒饭,与船家吃了,随即唤过两个家人,分付他寻了锄头铁钯之类。内中一个家人姓胡,因他为人凶狠,有些力气,都称他做胡阿虎。当下一一都完备了,一同下船,到坟上来,拣一块空地,掘开泥土,将尸首埋藏已毕,又一同上船回家里来。整整弄了一夜,渐渐东方已发动了。随即又请船家吃了早饭,作别而去。王生教家人关了大门,各自散讫。王生独自回进房来,对刘氏说道:“我也是个故家子弟,好模好样的,不想遭这一场,反被那小人逼勒。”说罢,泪如雨下。刘氏劝道:“官人,这也是命里所招,应得受些惊恐,破此财物,不须烦恼。今幸得靠天,太平无事,便是十分侥幸了。辛苦了一夜,且自将息将息。”当时又讨些茶饭与王生吃了,各各安息不题。

过了数日,王生见事体平静,又买些三牲福物之类,拜献了神明祖宗。那周四不时的来假做探望。王生殷殷勤勤待他,不敢冲撞,些小借掇,勉强应承。周四已自从容了。卖了渡船,开着一个店铺,自此无话。

看官听说:王生到底是个书生,没甚见识,当日既然买嘱船家,将尸首载到坟上,只该聚起干柴,一把火焚了,无影无踪,却不干净?只为一时没有主意,将来埋在地中,这便是“斩草不除根,萌芽春再发”。又过了一年光景,真个“浓霜偏打无根草,祸来只奔福轻人”。那三岁的女儿出起极重的痘子来,求神问卜,请医调治,百无一灵。王生只有这个女儿,夫妻钟爱,十分不舍,终日守在床边啼哭,束手待毙。忽有人传说本县有个小儿科姓徐,有起死回生手段。王生便与刘氏商议,写下请帖,连夜唤将胡阿虎来分付道:“你可五鼓动身,拿此请帖去请徐先生早来看痘。我家里一面摆着午饭,立等,立等!”胡阿虎应诺去了。当夜无话。次日,王生整备了午饭,直等至未申时,杳不见来。不觉的又过了一日。到床前看女儿时,只是有增无减。挨至三更时分,那女儿只有出的气,没有入的气,告辞父母,往阎王家里去了。正是:

金风吹柳蝉先觉,暗送无常死不知。

王生夫妻就如失了活宝一般,各各哭得发昏。当时盛殓已毕,天明以后,将尸焚化。到得午牌时分,只见胡阿虎来家回覆道:"徐先生不在家里,又守了大半日,故此到今日方回。"王生垂泪道:"可见我家女儿,命该如此!这般不凑巧!"直到数日之后,奴伴中说出实话来,却是胡阿虎路上饮酒沉醉,失去请帖,故此直挨至次日方回,造此一场大谎。王生闻知,思念女儿,勃然大怒,顿时唤进胡阿虎,取出竹片要打。胡阿虎道:"我又不曾打杀了人,何须如此?"王生闻得这话,一发怒从心上起,恶向胆边生。连忙教家僮扯将下去,一气打了五十多板,方才住手,自进去了。胡阿虎打得皮开肉绽,拐呀拐的走到自己房里来,恨恨的道:"为甚的受这般鸟气!你女儿痘子,本是没救的了,难道是我不接得郎中,断送了他?不值得将我这般毒打!可恨!可恨!"又想了一回道:"不妨事,大头在我手里,且待我将息棒疮好了,也叫他看我的手段!不知还是井落在吊桶里,吊桶落在井里!如今且不要露风声,等他先做了整备。"正是:

势败奴欺主,时衰鬼弄人。

不说胡阿虎暗生奸计。再说王生自女儿死后,不觉一月有馀。亲眷朋友,每每备了酒肴与他释泪,他也渐不在心上了。忽一日,正在厅前闲步,只见一班应捕,拥将进来,带了麻绳铁索,不管三七二十一,望王生颈上便套。王生吃了一惊,问道:"我是个儒家子弟,怎把我这样凌辱?却是为何?"应捕呸了一呸,道:"好个杀人害命的儒家子弟!'官差吏差,来人不差'。你自到太爷面前去讲。"当时刘氏与家僮妇女听得,正不知什么事情发了,只好立着呆看,不敢向前。此时不由王生做主,那一伙如狼似虎的人前拖后扯,带进永嘉县来,跪在堂下右边,却有个原告跪在左边。王生抬头看时,不是别人,正是家人胡阿虎,已晓得是他怀恨在心,出首的了。那知县明时佐开口问道:"今有胡阿虎首你打死湖州客人姓吕的,怎么说?"王生道:"青天老爷,不要听他说谎。念王杰弱怯怯的一个书生,如何会得打死人?那胡阿虎原是小的家人,只为前日有过,将家法痛治一番,为此怀恨,构此大难。望爷台洞察。"胡阿虎叩头道:"青天爷爷,不要听这一面之词,家主打人,自是常事。如何怀得许多恨?如今尸首现在坟茔左侧。万乞老爷差人前去掘取。只看有尸是真,无尸是假。若无尸时,小人情愿认个诬告的罪。"知县依言,即便差人押去起尸。胡阿虎又指点了地方、尺寸。不逾时,果然抬个尸首到县里来。知县亲自起身相验,说道:"有尸是真,再有何说?"正要将王生用刑。王生道:"老爷听我分诉。那尸骸已是腐烂的了,须不是目前打死的。若是打死多时,何不当时就来首告,直待今日?分明是胡阿虎那里寻这尸首,霹空诬陷小人的。"知县道:"也说得是。"胡阿虎道:"这尸首实是一年前打死的,因为主仆之情,有所不忍。况且以仆首主,先有一款罪名,故此含藏不发。如今不想家主行凶不改,小的恐怕再做出事来,以致受累,只得重将前情首告。老爷若不信时,只须唤那四邻八舍到来,问去年某月日间，果然曾打死人否，即此便知真伪了。”知县又依言。不多时，邻舍唤到，知县逐一动问，果然说去年某月日间有个姜客被王家打死，暂时救醒，以后不知何如。王生此时被众人指实，颜色都变了，把言语来左支右吾。知县道：“情真罪当，再有何言？这厮不打，如何肯招！”疾忙抽出签来，喝一声：“打！”两边皂隶，幺喝一声，王生拖翻，着力打了二十板。可怜瘦弱书生，受此痛棒拷掠。王生受苦不过，只得一一招成。知县录了口词，说道：“这人虽是他打死的，只是没有尸亲执证，未可成狱。且一面收监，待有了认尸的，定罪发落。”随即将王生监禁狱中，尸首依旧抬出埋藏，不得轻易烧毁，听后检偿。发放众人散讫，退堂回衙。那胡阿虎道是私恨已泄，甚是得意，不敢回王家见主母，自搬在别处住了。

却说王家家僮们在县里打听消息，得知家主已在监中，吓得两耳雪白，奔回来报与主母。刘氏一闻此信，便如失去了三魂，大哭一声，望后便倒：

未知性命如何，先是四肢不动。

丫鬟们慌了手脚，急急叫唤。那刘氏渐渐醒将转来，叫声“官人”，放声大哭，足有两个时辰，方才歇了。疾忙收拾些零碎银子，带在身边，换了一身青衣，教一个丫鬟随了，分付家僮在前引路，径投永嘉县狱门首来。夫妻相见了，痛哭失声。王生又哭道：“却是阿虎这奴才害得我至此！”刘氏咬牙切齿，恨恨的骂了一番，便在身边取出碎银，付与王生，道：“可将此散与牢头狱卒，教他好好看觑，免致受苦。”王生接了。天色昏黑，刘氏只得相别，一头啼哭，取路回家，胡乱用些晚饭，闷闷上床，思量昨夜与官人同宿，不想今日遭此祸事，两地分离，不觉又哭一场，凄凄惨惨睡了，不题。

却说王生自从到狱之后，虽则牢头禁子受了钱财，不受鞭棰之苦，却是相与的都是那些蓬头垢面的囚徒，心中好不苦楚。况且大狱未决，不知死活如何。虽则有人殷勤送衣送饭，到底不免受些饥寒之苦，身体日渐羸瘠了。刘氏又将银来买上买下，思量保他出去，又道是人命重事，不轻易放，只得在监中耐守。

光阴似箭，日月如梭。王生在狱中又早恹恹的挨过了半年光景，劳苦忧愁，染成大病。刘氏求医送药，百般无效，看看待死。一日，家僮来送早饭，王生望着监门分付道：“你可回去对主母说，我病势沉重不好，旦夕必要死了。叫主母可作急来一看。我从此要永诀了。”家僮回家说知。刘氏心慌胆战，不敢迟延，疾忙雇了一乘轿，飞也似抬到县前来。离县数步，下了轿，步到狱门首，与王生相见了，泪如涌泉，自不必说。王生道：“愚夫不肖，误伤人命，以致身陷缧绁[4]，辱我贤妻。今病势有增无减了，得见贤妻一面，死也甘心。但只是胡阿虎这个逆奴，我就到阴司地府，决不饶过他的！”刘氏含泪道：“官人不要说这不祥的话。且请宽心调理。人命既是误伤，又无苦主，奴家拚得卖尽田产，救取官人出来，夫妻完聚。阿虎逆奴，天理不容，到底有个报仇日子，也不要在心。”王生道：“若得贤妻如此用心，使我重见天日,我病体也就减几分了。但恐弱质恹恹,不能久待。"刘氏又劝慰了一番,哭别回家,坐在房中纳闷。僮仆们自在厅前斗牌耍子。

只见一个半老的人,挑了两个盒子,竟进王家里来,放下扁担,对家僮问道:"相公在家么?"只因这个人来,有分教:负屈寒儒,得遇秦庭朗镜;行凶诡计,难逃萧相明条。有诗为证:

湖商自是隔天涯,舟子无端起祸胎。

指日王生冤可白,灾星换做福星来。

那些家僮见了那人,仔细看了一看,大叫道:"有鬼!有鬼!"东逃西散。你道那人是谁?正是一年前来卖姜的湖州吕客人。那客人忙扯住一个家僮,问道:"我来拜你家主,如何说我是鬼?"刘氏听得厅前喧闹,走将出来。吕客人上前唱了个喏,说道:"大娘听禀:老汉湖州姜客吕大是也。前日承相公酒饭,又赠我白绢,感激不尽。别后到了湖州,这一年半里边,又到别处做些生意,如今重到贵府走走,特地办些土宜[5],来探望你家相公。不知你家阿官们如何说我是鬼?"旁边一个家僮嚷道:"大娘不要听!他一定得知道大娘要救官人,故此出来现形索命。"刘氏喝退了,对客人说道:"这等说起来,你真不是鬼了。你害得我家丈夫好苦!"吕客人吃了一惊,道:"你家相公在那里?怎的是我害了他?"刘氏便将周四如何撑尸到门,说留绢篮为证,丈夫如何买嘱船家,将尸首埋藏;胡阿虎如何首告,丈夫招承下狱的情由,细细说了一遍。吕客人听罢,捶着胸膛道:"可怜!可怜!天下有这等冤屈的事!去年别去,下得渡船,那船家见我的白绢,问及来由,我不合将相公打我垂危,留酒赠绢的事,备细说了一番,他就要买我白绢。我见价钱相应,即时卖了。他又要我的竹篮儿,我就与他作了渡钱。不想他赚得我这两件东西,下这般狠毒之计。老汉不早到温州,以致相公受苦,果然是老汉之罪了!"刘氏道:"今日不是老客人来,连我也不知丈夫是冤枉的。绢儿篮儿是他骗去的了;这死尸却是那里来的?"吕客人想了一回,道:"是了,是了!前日正在船中说这事时节,只见水面上一个尸骸,浮在岸边。我见他注目而视,也只道出于无心。谁知因此就生奸计了。好狠!好狠!如今事不宜迟,请大娘收进了土宜,与老汉同到永嘉县诉冤,救相公出狱,此为上着。"刘氏依言,收进盘盒,摆饭请吕客人。他本是儒家之女,精通文墨。不必假借讼师,就自己写了一纸诉状,雇乘女轿,同吕客人及僮仆等取路投永嘉县来。

等了一会,知县升晚堂了。刘氏与吕大大声叫屈,递上诉词。知县接上,从头看过,先叫刘氏起来问。刘氏便将丈夫争价误殴,船家撑尸得财,家人怀恨出首的事,从头至尾,一一分剖。又说:"直至今日姜客重来,才知受枉。"知县又叫吕大起来问。吕大也将被殴始末,卖绢根由,一一说了。知县道:"莫非你是刘氏买出来的?"吕大叩头道:"爷爷,小的虽是湖州人,在此为客多年,也多有相识的在这里,如何瞒得老爷过？当时若果然将死，何不央船家寻个相识来见一见，托他报信复仇，却将来托与一个船家？这也还道是临危时节，无暇及此了。身死之后，难道湖州再没有个骨肉亲戚？见我久出不归，也该有人来问个消息。若查出被殴伤命，就该到府县告理，如何直待一年之后，反是王家家人首告？小人今日才到此地，见有此一场屈事。那王杰虽不是小人陷他，其祸都因小人而起，实是不忍他含冤负屈，故此来到台前控诉。乞老爷笔下超生。”知县道：“你既有相识在此，可报名来。”吕大将指头说出十数个。知县一一将来记了，却倒把后边的点出四名，唤两个应捕上来分付道：“你可悄悄地唤他同做证见的邻舍来。”应捕随应命去了。不逾时，两伙人齐唤了来。只见那相识的四人，远远地望见吕大，便一齐道：“这是湖州吕大哥，如何在这里？一定前日原不曾死。”知县又教邻舍人近前细认，都骇然道：“我们莫非眼花了！这分明是被王家打死的姜客。不知还是到底救醒了，还是面庞厮像的？”内中一个道：“天下那有这般相像的理！我的眼睛一看过，再不忘记，委实是他，没有差错。”此时知县心里已有几分明白了，即便批准诉状，叫起这一干人，分付道：“你们出去，切不可张扬。若违我言，拿来重责。”众人唯唯而退。知县随即唤几个应捕分付道：“你们可密访着船家周四，用甘言美语唤他到此，不可说出实情。那原首人阿虎自有保家，俱到明日午后带齐听审。”应捕应诺，分头而去。知县又发付刘氏吕大回去，到次日晚堂伺候。二人叩头同去。刘氏引吕大到监门前，见了王生，把上项事情尽说了。王生闻得，满心欢喜，却似醍醐灌顶，甘露洒心，病体已减去六七分了，说道：“我初时只怪阿虎，却不知船家如此狠毒。今日不是老客人来，连我也不知自己是冤枉的。”正是：

雪隐鹭鸶飞始见，柳藏鹦鹉语方知。

刘氏别了王生出县回家，款待吕大，自不必说。次日午前，便同吕大到县里来伺候。知县升了堂。不多时，只见两个应捕将周四带到。原来那周四自得了王生银子，在本县开个布店。应捕得了知县的令，对他说本县太爷要买布，即时哄到县堂上来。也是天理合当败露，不意之中，猛抬头见了吕大，不觉两耳通红。吕大叫道：“家长哥，自从买我白绢竹篮，一别直到今日。这几时生意好么？”周四顿口无言，面如槁木。少顷，胡阿虎也取到了。原来胡阿虎搬在他方，近日偶回县中探视，不期应捕正遇着他，便上前捣个鬼道[6]：“你家家主人命事已有苦主了。只待原首人来，即便审决。我们那一处不寻得到！”胡阿虎倒认真，欢欢喜喜，随着公人直至县堂跪下。知县指着吕大问道：“你可认得那人？”胡阿虎仔细一看，吃了一惊，心下好生踌躇，委决不下，一时不能回答。

知县将两人光景，一一看在肚里了，指着胡阿虎大骂道：“你这个狼心狗行的奴才！家主有何负你？直得便与船家同谋，觅这假尸，诬陷人命？”胡阿虎道：“其实是家主打死的，小人并无虚谬。”知县怒道：“还要口强！吕大既是死了，那堂下跪的是什么人？"喝教左右："夹将起来！快快招出奸谋便罢！"胡阿虎被夹，大喊道："爷爷，若说小人不该怀恨在心，首告家主，小人情愿认罪；若要小人招做同谋，便死也不甘的！当时家主不合打倒了吕大，即时将汤救醒，与了酒饭，赠了白绢，自往渡口去了。是夜二更天气，只见周四撑尸到门，又有白绢竹篮为证，合家人都信了。家主却将钱财买住了船家，与小人同载至坟茔埋讫。以后因家主毒打小人，挟了私仇，到爷爷台下首告，委实不知这尸真假。今日不是吕客人来，连小人也不知是家主冤枉的。那死尸根由，都在船家身上。"知县录了口语，喝退胡阿虎，便叫周四上前来问。初时也将言语支吾。却被吕大在旁边面对，知县又用起刑来，只得一一招承道："去年某月某日，吕大怀着白绢下船，偶然问起缘由，始知被殴详细。恰好渡口原有这个死尸在岸边浮着，小的因此生心，要诈骗王家，特地买他白绢，又哄他竹篮，就把水里尸首捞在船上了，前到王家。谁想他一说便信，以后得了王生银子，将来埋在坟头，只此是真，并无虚话。"知县道："是便是了，其中也还有些含糊。那里水面上恰好有个流尸，又恰好与吕大厮像？毕竟又从别处谋害来诈骗王生的。"周四大叫道："爷爷，冤枉！小人若要谋害别人，何不就谋害了吕大？前日因见流尸，故此生出买绢篮的计策。心中也道面庞不像，未必哄得信。小人欺得王生一来是虚心病的，二来与吕大只见得一面；况且当日天色昏了，灯光之下，一般的死尸，谁能细辨明白？三来白绢、竹篮，又是王生及姜客的东西，定然不疑，故此大胆哄他一哄。不想果被小人瞒过，并无一个人认得出真假。那尸首的来历，想是失脚落水的。小人委实不知。"吕大跪上前，禀道："小人前日过渡时节，果然有个流尸，这话实是真情了。"知县也录了口词。周四道："小人本意只要诈取王生财物，不曾有心害他。乞老爷从轻拟罪。"知县大喝道："你这没天理的狠贼！你自己贪他银子，便几乎害得他家破人亡。似此诡计凶谋，不知陷过多少人了。我今日也为永嘉县中除了一害！那胡阿虎身为王家奴，拿着影响之事，背恩噬主，情实可恨，合当重行责罚。"当时喝教："把两人扯下，胡阿虎重打四十；周四不计其数，以气绝为止！"不想那阿虎前日伤寒病未痊，受刑不起，也只为奴才背主，天理难容，打不上四十，死于堂前。周四直至七十板后，方才昏绝。可怜二恶凶残，今日毙于杖下。知县见二人死了，责令尸亲前来领尸，监中取出王生，当堂释放。又抄取周四店中布匹，估价一百金，原是王生被诈之物，例该入官，因王生是个书生，屈陷多时，怜他无端，改赃物做了给主，也是知县好处。坟旁尸首，掘起验时，手爪有沙，是个失水的，无有尸亲，责令仵作埋之义冢[7]。王生等三人谢了知县出来，到得家中，与刘氏相持痛哭了一场，又到厅前与吕客人重新见礼。那吕大见王生为他受屈，王生见吕大为他辩诬，俱各致个不安，互相感激。这叫做"不打不成相识"。以后遂不绝往来。

王生自此戒了好些气性，就是遇着乞儿，也只是一团和气。感愤前情，思想荣身雪耻，闭户读书，不交宾客，十年之中，遂成进士。所以说为官做吏的人，千万不可草菅人命，视同儿戏。假如王生这一桩公案，惟有船家心里明白，不是姜客重到温州，家人也不知家主受屈，妻也不知丈夫受屈，本人也不知自己受屈。何况公庭之上，岂能尽照覆盆[8]？慈祥君子，须当以此为戒。

图圄刑措号仁君[9]，吉网罗钳最枉人[10]。

寄语昏污诸酷吏，远在儿孙近在身。

注释

[1]六问三推：多次审讯。问，讯问；推，推断。

[2]入泮（pàn）：入学。泮指泮宫，古代学宫。

[3]家长：指船主。

[4]缧绁：本为捆绑罪犯的绳索，引申为监狱。

[5]土宜：土特产。

[6]捣个鬼：撒谎。

[7]仵（wǔ）作：以检验死伤、代人殓葬为业的人。

[8]覆盆：扣下的瓦盆，里面漆黑。用以比喻冤情。

[9]图圄：监狱。

[10]吉网罗钳：据《新唐书·酷吏传》载，唐代酷吏吉温和罗希奭靠严酷的刑罚治狱，受害者极多，时称“罗钳吉网”。

新评

在漫长的封建社会中，中国的司法系统所奉行的是儒家的“人治”，即首先用教育感化民众，减少犯罪的概率；已触犯法律的人，由官吏人为断案。所以案情的剖分，全都取决于断案者道德修养的高低、智谋的多寡、能力的大小。本书第二十四卷《陈御史巧勘金钗钿》中的陈御史，凭借巧妙的手段，勘出真情，代表了古代司法中廉洁的一面；第二十八卷《乔太守乱点鸳鸯谱》中的乔太守，“又正直，又聪明，怜才爱民，断狱如神”，虽则从人性出发，成全了三对青年男女的婚姻，但他的主导思想仍是：“我作了主，谁敢不肯！”如果案情简单明了，又遇着陈御史、乔太守之类的好官，好人自然好报；如果案情曲折隐晦，即使当官的“秉公断案”，仍不免冤枉好人——一如本篇中的王生。小说中三番五次强调，若非湖州姜客吕大重回故地，只怕从上到下，从家中到公论，没有一个人会认为王生是冤枉的，包括他自己。造成这种局面的关键在于没有以法治为基础，不凭证据说话。这是中国古代司法的悲剧所在。

第三十卷　念亲恩孝女藏儿

子息从来天数，原非人力能为。
最是无中生有，堪令耳目新奇。

话说元朝时，都下有个李总管，官居三品，家业巨富，年过五十，不曾有子。闻得枢密院东有个算命的，开个铺面，谈人祸福，无不奇中。总管试往一算。于时衣冠满座，多在那里候他挨次推讲。总管对他道："我之禄寿，已不必言。最要紧的，只看我有子无子。"算命的推了一回，笑道："公已有子了，如何哄我？"总管道："我实不曾有子，所以求算。岂有哄汝之理？"算命的把手掐了一轮，道："公年四十即已有子；今年五十六了，尚说无子，岂非哄我？"一个争道"实不曾有"，一个争道"决已有过"，递相争执。同座的人多惊讶起来，道："这怎么说？"算命的道："在下不曾差，待此公自去想。"只见总管沉吟了好一会，拍手道："是了！是了！我年四十时，一婢有娠，我以职事赴上都，到得归家，我妻已把来卖了，今不知他去向。若说四十上该有子，除非这个缘故。"算命的道："我说不差。公命不孤，此子仍当归公。"总管把钱相谢了，作别而出。只见适间同在座上问命的一个千户，也姓李，邀总管入茶坊坐下，说道："适间闻公与算命的所说之话，小子有一件疑心，敢问个明白。"总管道："有何见教？"千户道："小可是南阳人，十五年前也不曾有子，因到都下买得一婢，却已先有孕的，带得到家，吾妻适也有孕，前后一两月间，各生一男，今皆十五六岁了。适间听公所言，莫非是公的令嗣么？"总管就把婢子容貌年齿之类，两相质问，无一不合。因而两边各通了姓名住址，大家说个"容拜"，各散去了。总管归来对妻说知其事。妻当日悍妒，做了这事，而今见夫无嗣，也有些惭悔哀怜，巴不得是真。次日邀千户到家，叙了同姓，认为宗谱，盛设款待，约定日期，到他家里去认看。千户先归南阳。总管给假前往[1]，带了许多东西去馈送与千户，并他妻子仆妾，多有礼物。坐定了，千户道："小可归家[2]，问明此婢，果是宅上出来的。"因命二子出拜。只见两个十五六的小官人，一齐走出来，一样打扮，气度也差不多。总管看了，不知那一个是他儿子，请问千户，求说明白。千户笑道："公自认看，何必我说？"总管仔细相了一回，天性感通，自然认识，前抱着一个道："此吾子也。"千户点头笑道："果然不差。"于是父子相持而哭。旁观之人，无不堕泪。千户设宴与总管贺喜，大醉而散。次日，总管答席，就借设在千户厅上。酒间，千户对总管道："小可既还公令郎，又岂可使令郎母子分离？并令其母奉公同还，如何？"总管喜出望外，称谢不已，就携了母子同回都下。后来通籍承荫，官也至三品，与千户家往来不绝。

可见人有子无子，多是命里注定的。李总管自己已信道无儿了，岂知被算命的看出有子，到底得以团圆，可知是逃那命里不过。小子为何说此一段话？只因一个富翁，也犯着无儿的病症，岂知也系有儿，被人藏过，后来一旦认识，喜出非常，关了许多骨肉亲疏的关目在里头。听小子从容表白出来。正是：

越亲越热，不亲不热。附葛攀藤，总非枝叶。奠酒浇浆，终须骨血。如何妒妇，忍将嗣绝？必是前生，非常冤业。

话说妇人心性，最是妒忌，情愿看丈夫无子绝后，说着买妾置婢，抵死也不肯的。就有个把被人劝化，勉强依从，到底心中只是有些嫌忌，不甘伏的。就是生下了儿子，是亲丈夫一点骨血，又本等他做大娘，还道是"隔重肚皮隔重山"，不肯便认做亲儿一般。更有一等狠毒的，偏要算计了绝，方才快活的。及至女儿嫁得个女婿，分明是个异姓，无关宗支的，他偏要认做嫡亲，诸事偏心向他，倒胜如丈夫亲子侄。岂知女生外向，虽系吾所生，到底是别家的人。至于女婿，当时就有二心，转得背，便另搭架子了。自然亲一支热一支。女婿不如侄儿，侄儿又不如儿子。纵是前妻晚后，偏生庶养，归根结果的亲瓜葛，终久是一派，好似别人多哩。不知这些妇人们，为何再不明白这个道理！

话说元朝东平府，有个富人，姓刘，名从善，年六十岁，人皆以员外呼之。妈妈李氏，年五十八岁。他有泼天也似家私，不曾生得儿子；止有一个女儿，小名叫做招姐；入赘一个女婿，姓张，叫张郎。其时张郎有三十岁，招姐二十七岁了。那个张郎极是贪小好利刻剥之人。只因刘员外家富无子，他起心央媒入赘为婿，便道这家私久后多是他的了，好不夸张得意。却是刘员外自己把定家私在手，没有得放宽与他。原来刘员外另有一个肚肠。一来他有个兄弟刘从道，同妻宁氏，亡逝已过，遗下一个侄儿，小名叫做引孙，年二十五岁，读书知事。只是自小父母双亡，家私荡败，靠着伯父度日。刘员外道是自家骨肉，另眼觑他。怎当李氏妈妈，一心只护着女儿、女婿。又且念他母亲存日妯娌不和，到底结怨在他身上，见了一似眼中之钉。亏得刘员外暗地保全，却是毕竟碍着妈妈女婿，不能十分周济他，心中长怀不忍。二来员外有个丫头，叫做小梅。妈妈见他精细，叫他近身伏侍。员外就收拾来做了偏房，已有了身孕，指望生出儿子来。有此两件心事，员外心中不肯轻易把家私与了女婿。怎当得张郎惫赖，专一使心用腹，搬是造非，挑拨得丈母与引孙舅子，日逐吵闹。引孙当不起激聒，刘员外也怕淘气，私下周给些钱钞，叫引孙自寻个住处做营生去。引孙是个读书之人，虽是寻得间破房子住下，不晓得别做生理，只靠伯父把得这些东西，且逐渐用去度日。

眼见得一个引孙是赶去了。张郎心里怀着鬼胎，只怕小梅生下儿女来。若生个小姨，也还只分得一半；若生个小舅，这家私就一些没他分了。要与浑家招姐商量，暗算那小梅。

招姐却是个孝顺的人，但是女子家见识，若把家私分与堂弟引孙，他自道是亲生女儿，有些气不甘分；若是父亲生下小兄弟来，他自是喜欢的。况见父亲十分指望，他也要安慰父亲的心，这个念头是真。晓得张郎不怀良心，母亲又不明道理，只护着女婿，恐怕不能够保全小梅生产，时常心下打算。恰好张郎赶逐了引孙出去，心里得意，在浑家面前，露出那要算计小梅的意思来。招姐想道："若两三人做了一路，算计他一人，有何难处？不争你们使嫉妒心肠，却不把我父亲的后代绝了？这怎使得？我若不在里头使些见识，保护这事，做了父亲的罪人，留下万代的骂名。却是丈夫见我不肯做一路，怕他每背地自做出来，不若将机就计，暗地周全罢了。"你道怎生暗地用计？元来招姐有个堂分姑娘，嫁在东庄，是与招姐极相厚的，每事心腹相托。招姐要把小梅寄在他家里去分娩，只当是托孤与他。当下来与小梅商议道："我家里自赶了引孙官人出去，张郎心里要独占家私。姨姨你身腹有孕，他好生嫉妒。母亲又护着他。姨姨，你自己也要放精细些。"小梅道："姑娘肯如此说，足见看员外面上，十分恩德。奈我独自一身，怎提防得许多？只望姑娘凡百照顾则个。"招姐道："我怕不要周全？只是关着财利上事，连夫妻两个，心肝不托着五脏的。他早晚私下弄了些手脚，我如何知道？"小梅垂泪道："这等，却怎么好？不如与员外说个明白，看他怎地做主。"招姐道："员外老年之人，他也周庇得你有数。况且说破了，落得大家面上不好看，越结下冤家了，你怎当得起？我倒有一计在此，须与姨姨熟商量。"小梅道："姑娘有何高见？"招姐道："东庄里姑娘，与我最厚。我要把你寄在他庄上，在他那里分娩，托他一应照顾。生了儿女，就托他抚养着。衣食盘费之类，多在我身上。这边哄着母亲与丈夫，说姨姨不像意走了[3]。他们巴不得你去的，自然不寻究。且等他把这一点要摆布你的肚肠放宽了，后来看个机会，等我母亲有些转头，你所养儿女已长大了，然后对员外一一说明，取你归来，那时须奈何你不得了。除非如此，可保十全。"小梅道："足见姑娘厚情，杀身难报！"招姐道："我也只为不忍见员外无后，恐怕你遭了别人毒手；没奈何背了母亲与丈夫，私下和你计较。你日后生了儿子，有了好处，须记得今日。"小梅道："姑娘大恩，经板儿印在心上[4]，怎敢有忘！"两下商议停当，看着机会，还未及行。

员外一日要到庄上收割，因为小梅有身孕，恐怕女婿生嫉妒，女儿有外心，索性把家私都托女儿女婿管了。又怕妈妈难为小梅，请将妈妈过来，对他说道："妈妈，你晓得'借瓮酿酒'么？"妈妈道："怎地说？"员外道："假如别人家瓮儿，借将来家里做酒，酒熟时，就把那瓮儿送还他本主去了：这不是只借得他家火一番？如今小梅这妮子，腹怀有孕，明日或儿或女得一个，只当是你的。那其间将这妮子或典或卖，要不要多凭得你，我只要借他肚里生下的要紧：这不当是'借瓮酿酒'？"妈妈见如此说，也应道："我晓得你说的是。我觑着他便了，你放心庄上去。"员外叫张郎取过那远年近岁欠他钱钞的文书，都搬出来，便叫小梅点过灯，一把火烧了。张郎伸手火里去抢，被火一逼，烧坏了指头叫疼。员外笑道："钱这般好使！"妈妈道："借与人家钱钞，多是幼年到今积攒下的家私，如何把这些文书烧掉了？"员外道："我没有这几贯业钱[5]，安知不已有了儿子？就是今日有得些些根芽，若没有这几贯业钱，我也不消担得这许多干系，别人也不来算计我了。我想：财是什么好东西，苦苦盘算别人的做甚？不如积些阴德，烧毁了些。家里须用不了。或者天可怜见，不绝我后，得个小厮儿，也不见得。"说罢，自往庄上去了。张郎听见适才丈人所言，道是暗暗里有些侵着他，一发不像意，道："他明明疑心我要暗算小梅。我枉做好人也没干。何不趁他在庄上，便当真做一做，也绝了后虑！"又来与浑家商量。招姐见事体已急了，他日前已与东庄姑娘说知就里，当下指点小梅，径叫他到那里藏过。来哄丈夫道："小梅这丫头看见我们意思不善，今早叫他配绒线去，不见回来，想是怀空走了。这怎么好？"张郎道："逃走是丫头的常事，走了也倒干净，省得我们费气力。"招姐道："只是父亲知道，须要烦恼。"张郎道："我们又不打他，不骂他，不冲撞他，他自己走了的，父亲也抱怨我们不得。我们且告诉妈妈，大家商量去。"夫妻两个，来对妈妈说了。妈妈道："你两个说来没半句！员外偌大年纪，见有这些儿指望，喜欢不尽，在庄儿上专等报喜哩。怎么有这等的事！莫不你两个做出了些什么歹勾当来？"招姐道："今日绝早自家走了的，实不干我们事。"妈妈心里也疑心道别有缘故，却是护着女儿、女婿，也巴不得将没作有，便认做走了也干净，那里还来查着？只怕员外烦恼，又怕员外疑心，三口儿都赶到庄上与员外说。员外见他们齐来，只道报他生儿的喜信，心下鹘突[6]；见说出这话来，惊得木呆，心里想道："家里难为他不过，逼走了他，这是有的。只可惜带了胎去！"又叹口气，道："看起一家这等光景，就是生下儿子来，未必能够保全！便等小梅自去，寻个好处也罢了，何苦累他母子性命！"泪汪汪的，忍着气恨命，又转了一念，道："他们如此算计我，则为着这些浮财。我何苦空积攒着，做守财虏，倒与他们受用！我总是没后代，趁我手里施舍了些去也好。"怀着一天忿气，大张着榜子，约着明日，到开元寺里散钱与那贫难的人。张郎好生心里不舍得，只为见丈人心下烦恼，不敢拗他。到了明日，只得带了好些钱，一家同到开元寺里散去。到得寺里，那贫难的纷纷的来了。但见：

连肩搭背，络手包头。疯瘫的毡裹臀行，喑哑的铃当口说。磕头撞脑，拿差了拄拐互喧哗；摸壁扶墙，踹错了阴沟相怨怅。闹热热携儿带女，苦凄凄单夫只妻。都念道：明中舍去暗中来；真叫做：今朝那管明朝事！

那刘员外分付：大乞儿一贯，小乞儿五百文。乞儿中有个刘九儿，有一个小孩子，他与大都子商量着道："我带了这孩子去，只支得一贯；我叫孩子自认做了一户，多落他五百文。你在旁做个证儿帮衬一声，骗得钱来，我两个分了买酒吃。"果然去报了名，认做两户。张郎问道："这小的另是一家么？"大都子旁边答应道："另是一家。"就分与他五百钱。刘九儿都拿着去了。大都子要来分他的，刘九儿道："这孩子是我的。怎生分得我钱？你须学不得我有儿子！"大都子道："我和你说定的，你怎生多要了？你有儿的，便这般强横！"两个打将起来。刘员外问知缘故，叫张郎劝他。怎当得刘九儿不识风色，指着大都子千绝户、万绝户的骂道："我有儿子，是请得钱，干你这绝户的甚事！"张郎脸儿挣得通红，止不住他的口。刘员外已听得明白，大哭道："俺没儿子的，这等没下梢[7]！"悲哀不止。连妈妈、女儿伤了心，一齐都哭将起来。张郎没做理会处。

散罢，只见一个人落后走来，望着员外、妈妈施礼。你道是谁？正是刘引孙。员外道："你为何到此？"引孙道："伯伯、伯娘，前与侄儿的东西，日逐盘费用度尽了。今日闻知在这里散钱，特来借些使用。"员外碍着妈妈在旁，看见妈妈不做声，就假意道："我前日与你的钱钞，你怎不去做些营生，便是这样没了？"引孙道："侄儿只会看几行书，不会做什么营生，日日吃用，有减无增，所以没了。"员外道："也是个不成器的东西！我那有许多钱够你用！"狠狠要打。妈妈假意相劝。招姐与张郎对他道："父亲恼哩，舅舅走罢。"引孙只不肯去，苦要求钱。员外将条拄杖，一直的赶将出来。他们都认是真，也不来劝。引孙前走，员外赶去。走上半里路来，连引孙也不晓其意，道："怎生伯伯也如此作怪起来！"员外见没了人，才叫他一声："引孙！"引孙扑的跪倒。员外抚着哭道："我的儿！你伯父没了儿子，受别人的气，我亲骨血只看得你。你伯娘虽然不明理，却也心慈的。只是妇人一时偏见，不看得破，不晓得别人的肉偎不热。那张郎不是良人，须有日生分起来[8]。我好歹劝化你伯娘转意。你只要时节边勤勤到坟头上去看看，只一两年间，我着你做个大大的财主。今日靴里有两锭钞，我瞒着他们，只做赶打，将来与你。你且拿去盘费两日，把我说的话不要忘了。"引孙领诺而去。员外转来，收拾了家去。

张郎见丈人散了许多钱钞，虽也心疼，却道自今已后，家财再没处走动，也尽够着他了，未免志得意满，自由自主，要另立个铺排，把张家来出景，渐渐把丈人丈母放在脑后，倒像人家不是刘家的一般。刘员外固然看不得，连那妈妈积祖护他的也有些不伏气起来。亏得女儿招姐着实在里边调停。怎当得男子汉心性硬劣，只逞自意，那里来顾前管后？亦且女儿家顺着丈夫日逐惯了，也渐渐有些随着丈夫路上来了，自己也不觉得的；当不得有心的看不过。

一日，时遇清明节令，家家上坟祭祖，张郎既掌把了刘家家私，少不得刘家祖坟要张郎支持去祭扫。张郎端正了春盛担子[9]，先同浑家到坟上去。每年刘家上坟已过，张郎然后到自己祖坟上去。此年张郎自家做主，偏要先到张家祖坟上去。招姐道："怎么不照旧先在俺家的坟上，等爹妈来上过了再去？"张郎道："你嫁了我，连你身后也要葬在张家坟里。还先上张家坟是正礼。"招姐拗丈夫不过，只得随他先去上坟不题。那妈妈同刘员外已后起身，到坟上来。员外问妈妈道："他们想已到那里多时了。”妈妈道：“这时张郎摆设得齐齐整整，同女儿在那里等了。”到得坟前，只见静悄悄地，绝无影响。看那坟头，已有人挑些新土，盖在上面了。也有些纸钱灰与酒浇的湿土在那里。刘员外心里明知是侄儿引孙到此过了，故意道：“谁曾在此先上过坟了？”对妈妈道：“这又作怪。女儿女婿不曾来，谁上过坟？难道别姓的来不成？”又等了一回，还不见张郎和女儿来。员外等不得，说道：“我和你先拜了罢。知他们几时来。”拜罢，员外问妈妈道：“俺老两口儿，百年之后，在那里埋葬便好？”妈妈指着高冈儿上，说道：“这答树木长的似伞儿一般，在这所在埋葬也好。”员外叹口气，道：“此处没我和你的分！”指着一块下洼水淹的绝地道：“我和你只好葬在这里！”妈妈道：“我每又不少钱，凭拣着好的所在，怕不是我们葬？怎么倒在那水淹的绝地？”员外道：“那高冈有龙气的，须让他有儿子的葬，要图个后代兴旺。俺和你没有儿子，谁肯让我？只好剩那绝地与我们安骨头。总是无后代的，不必这好地了。”妈妈道：“俺怎生没后代？现有女儿女婿哩。”员外道：“我可忘了。他们还未来，我和你且说闲话。我且问你：我姓什么？”妈妈道：“谁不晓得姓刘？也要问！”员外道：“我姓刘，你可姓甚么？”妈妈道：“我姓李。”员外道：“你姓李，怎么在我刘家门里？”妈妈道：“又好笑。我须是嫁了你刘家来。”员外道：“街上人唤你是刘妈妈？唤你是李妈妈？”妈妈道：“常言道‘嫁鸡随鸡，嫁狗随狗’，‘一车骨头半车肉’，都属了刘家，怎么叫我做李妈妈？”员外道：“原来你这骨头也属了俺刘家了。这等，女儿姓甚么？”妈妈道：“女儿也姓刘。”员外道：“女婿姓什么？”妈妈道：“女婿姓张。”员外道：“这等，女儿百年之后，可往俺刘家坟里葬去？还是往张家坟里葬去？”妈妈道：“女儿百年之后，自去张家坟里葬去。”说到这句，妈妈不觉的鼻酸起来。员外晓得有些省了，便道：“却又来。这等，怎么叫做得刘门的后代？我们不是绝后的么？”妈妈放声哭将起来，道：“员外怎生直想到这里？俺无儿的真个好苦！”员外道：“妈妈，你才省了。就没有儿子，但得是刘家门里亲人，也须是一瓜一蒂，生前望坟而拜，死后共土而埋。那女儿只在别家去了，有何交涉？”妈妈被刘员外说得明切，言下大悟；况且平日看见女婿的乔做作，今日又不见同女儿先到，也有好些不像意了。正说间，只见引孙来坟头收拾铁锹，看见伯父伯娘便拜。此时妈妈不比平日，觉得亲热了好些，问道：“你来此做甚么？”引孙道：“侄儿特来上坟添土的。”妈妈对员外道：“亲的则是亲。引孙也来上过坟，添过土了，他们还不见到。”员外故意恼引孙道：“你为甚么不挑了春盛担子，齐齐整整上坟？却如此草率！”引孙道：“侄儿无钱，只乞化得三杯酒，一块纸，略表表做子孙的心。”员外道：“妈妈，你听说么？那有春盛担子的，为不是子孙，这时还不来哩。”妈妈也老大不过意。员外又问引孙道：“你看那边鸦飞不过的庄宅，石羊石虎的坟头怎不去，到俺这里做甚么？”妈妈道：“那边的坟，知他是那家？他是刘家子孙，怎不到俺刘家坟上来？”员外道：“妈妈，你才晓得引孙是刘家子孙！你先前可不说姐姐、姐夫是子孙么?”妈妈道:“我起初是错见了。从今以后,侄儿只在我家里住。你是我一家之人。你休记着前日的不是。”引孙道:“这个侄儿怎敢?”妈妈道:“吃的穿的,我多照管你便了。”员外叫引孙拜谢了妈妈。引孙拜下去道:“全仗伯娘看刘氏一脉,照管孩儿则个。”妈妈簌簌的掉下泪来。

正伤感处,张郎与女儿来了。员外与妈妈问其来迟之故。张郎道:“先到寒家坟上完了事,才到这里来,所以迟了。”妈妈道:“怎不先来上俺家的坟,要俺老两口儿等这半日?”张郎道:“我是张家子孙,礼上须先完张家的事。”妈妈道:“姐姐呢?”张郎道:“姐姐也是张家媳妇。”妈妈见这几句话,恰恰对着适间所言的,气得目睁口呆,变了色道:“你既是张家的儿子媳妇,怎生掌把着刘家的家私!”劈手就女儿处把那放匙钥的匣儿夺将过来,道:“已后张自张,刘自刘!”径把匣儿交与引孙了,道:“今后只是俺刘家人当家!”此时连刘员外也不料妈妈如此决断。那张郎与招姐平日护他惯了的,一发不知在那里说起,老大的没趣,心里道:“怎么连妈妈也变了卦?”竟不知妈妈已被员外劝化得明明白白的了。张郎还指点叫摆祭物。员外、妈妈大怒,道:“我刘家祖宗不吃你张家残食!改日另祭。”各不喜欢而散。

张郎与招姐回到家来,好生埋怨道:“谁恇先上了自家坟,讨得这番发恼不打紧,连家私也夺去与引孙掌把了。这如何气得过?却又是妈妈做主的。一发作怪!”招姐道:“爹妈认道只有引孙一个是刘家亲人,所以如此。当初你待要暗算小梅,他有些知觉,预先走了。若留得他在时,生下个兄弟,须不让着引孙上前了。况且自己兄弟还情愿的,让与引孙,实是气不甘。”张郎道:“平日又与他冤家对头,如今当了家,我们倒要在他喉下取气了。怎么好?还不如再求妈妈则个。”招姐道:“是妈妈主的意,如何求得转?我有道理。只叫引孙一样当不成家罢了。”张郎问道:“计将安出?”招姐只不肯说,但道是:“做出便见,不必细问。”

明日,刘员外做个东道,请着邻里人,把家私交与引孙掌把。妈妈也是心安意肯的了。招姐晓得这个消息,道是张郎没趣,打发出外去了。自已着人悄悄向东庄姑娘处说了,接了小梅家来。

原来小梅在东庄分娩,生下一个儿子,已是三岁了。招姐私下寄衣寄食去看觑他母子,只不把家里知道,惟恐张郎晓得,生出别样毒害来。还要等他再长成些,方与父母说破。而今因为气不过引孙做财主,只得去接了他母子来家。次日来对员外道:“爹爹不认女婿做儿子也罢,怎么连女儿也不认了?”员外道:“怎么不认?只是不如引孙亲些。”招姐道:“女儿是亲生,怎么倒不如他亲?”员外道:“你须是张家人了。他须是刘家亲人。”招姐道:“便道做是亲,未必就该是他掌把家私。”员外道:“除非再有亲似他的,才夺得他。那里还有?”招姐笑道:“只怕有也不见得。”刘员外与妈妈也只道女儿忿气说这些话,不在心上。只见女儿走去叫小梅领了儿子到堂前,对爹娘说道:“这可不是亲似引孙的来了?”员外、妈妈见是小梅,大惊道："你在那里来？可不道逃走了？"小梅道："谁逃走？须守着孩儿哩。"员外道："谁是孩儿？"小梅指着儿子道："这个不是？"员外又惊又喜，道："这个就是你所生的孩儿？一向怎么说？敢是梦里么？"小梅道："只问姑娘，便见明白。"员外与妈妈道："姐姐快说些个。"招姐道："父亲不知，听女儿从头细说一遍。当初小梅姨姨有半年身孕。张郎使嫉妒心肠，要暗算小梅。女儿想来，父亲有许大年纪[10]，若暗算了小梅，便是绝了父亲之嗣。是女儿与小梅商量，将来寄在东庄姑娘家中分娩，得了这个孩儿。这三年只在东庄姑娘处抚养，身衣口食，多是你女儿照管他的。还指望再长成些，方才说破。今见父亲认道只有引孙是亲人，故此请了他来家，须不比女儿，可不比引孙还亲些么？"小梅也道："其实亏了姑娘。若当日不如此周全，怎保的今日有这个孩儿！"刘员外听罢，如梦初觉，如醉方醒，心里感激着女儿。小梅又教儿子不住的叫他爹爹。那员外听得一声，身也麻了，对妈妈道："原来亲的只是亲。女儿姓刘，到底也还护着刘家，不肯顺从张郎，把兄弟坏了。今日有了老生儿，不致绝后，早则不在绝地上安坟了，皆是孝顺女所赐，老夫怎肯知恩不报！如今有个主意，把家私做三分分开：女儿、侄儿、孩儿各得一分，大家各管家业，和气过日子罢了。"当日叫家人寻了张郎家来，一同引孙及小孩儿，拜见了邻舍诸亲，就做了分家的筵席，尽欢而散。

此后刘妈妈认了真，十分爱惜着孩儿。员外与小梅自不必说。招姐、引孙又各内外保全。张郎虽是嫉妒，也用不着。毕竟培养得孩儿成立起来。此是刘员外广施阴德，到底有后。又恩待骨肉，原受骨肉之报。所谓亲一支，热一支也。有诗为证：

> 女婿如何有异图？总因财利令亲疏。
> 若非孝女关疼热，毕竟刘家有后无？

注释

[1]给假：批准休假。

[2]小子：称自己的谦词。

[3]不像意：不满意。

[4]经板儿印在心上：形容记忆深刻，一如经书刻印在木板上。

[5]业钱：破钱，赌气的话。

[6]鹘(hú)突：疑疑惑惑。

[7]没下梢：比喻没有好下场。

[8]生分：疏远。

[9]春盛担子：指到郊外游春所带的装有菜肴酒果的担子。

[10]许大：这么大。许，如此。

新评

本卷与第十八卷《刘元普双生贵子》有相似之处。一般认为，穷得丁当响的乞丐、流浪汉之类没有后代，是可以被人们接受的；而拥有万贯家产的富人、员外之类，若没有后代，便是一件不可思议之事，因为没有后代，便没有承继这些财产的人选，对财主和员外来讲，自己辛苦积攒下的黄白之物，日后反归了他人，怎么也接受不了。刘元普为何是双生贵子而不是一男一女？因为过去女儿不算继承人，所谓“嫁出去的女，泼出去的水”。本卷作者十分鲜明地提出这一问题，并从各个角度、各个人物出发加以验证。尽管如此，孝顺的女儿招姐还是从亲情出发，撑起了父亲的希望，还给父母一个迟到的惊喜。

第三十一卷　吕大郎还金完骨肉

毛宝放龟悬大印[1]，宋郊渡蚁占高魁[2]。

世人尽说天高远，谁识阴功暗里来？

话说浙江嘉兴府长水塘地方，有一富翁，姓金名钟，家财万贯，世代都称员外。性至悭吝，平生常有五恨。那五恨？

一恨天，二恨地，三恨自家，四恨爹娘，五恨皇帝。

恨天者：恨他不常常六月，又多了秋风冬雪，使人怕冷，不免费钱买衣服来穿。恨地者：恨他树木生得不凑趣，若是凑趣，生得齐整如意，树本就好做屋柱，枝条大者，就好做梁，细者就好做椽，却不省了匠人工作？恨自家者：恨肚皮不会作家，一日不吃饭，就饿将起来。恨爹娘者：恨他遗下许多亲眷朋友，来时未免费茶费水。恨皇帝者：我的祖宗分授的田地，却要他来收钱粮！不止五恨，还有四愿，愿得四般物事。那四般物事？

一愿得邓家铜山[3]，二愿得郭家金穴[4]，三愿得石崇的聚宝盆[5]，四愿得吕纯阳祖师点石为金这个手指头[6]。

因有这四愿、五恨，心常不足。积财聚谷，日不暇给。真个是数米而炊，称柴而爨。凡损人利己的事，无所不为。真是一善不作，众恶奉行。因此乡里起他一个异名，叫做金冷水，又叫金剥皮。尤不喜者是僧人。世间只有僧人讨便宜，他单会募化俗家的东西，再没有反布施与俗家之理。所以金冷水见了僧人，就是眼中之钉，舌中之刺。他住居相近处，有个福善庵。金员外生年五十，从不晓得在庵中破费一文的香钱。所喜浑家单氏，与员外同年同月同日，只不同时。他偏吃斋好善。金员外喜他的是吃斋，恼他的是好善。因四十岁上，尚无子息，单氏瞒过了丈夫，将自己钗梳二十馀金，布施与福善庵老僧，教他妆佛诵经，祈求子嗣。佛门有应，果然连生二子，且是俊秀。因是福善庵祈求来的，大的小名福儿，小的小名善儿。单氏自得了二子之后，时常瞒了丈夫，偷柴偷米，送与福善庵，供养那老僧。金员外偶然察听了些风声，便去咒天骂地，夫妻反目，直聒得一个不耐烦方休。如此也非止一次。只为浑家也是个硬性，闹过了，依旧不理。其年夫妻齐寿，皆当五旬。福儿年九岁，善儿年八岁，踏肩生下来的，都已上学读书，十全之美。到生辰之日，金员外恐有亲朋来贺寿，预先躲出。单氏又凑些私房银两，送与庵中打一坛斋醮。一来为老夫妇齐寿，二来为儿子长大，了还愿心。日前也曾与丈夫说过来，丈夫不肯，所以只得私房做事。其夜，和尚们要铺设长生佛灯，叫香火道人至金家，问金阿妈要几斗糙米。单氏偷开了仓门，将米三斗，付与道人去了。随后金员外回来，单氏还在仓门口封锁。被丈夫窥见了,又见地下狼藉些米粒,知是私房做事。欲要争嚷,心下想道:"今日生辰好日,况且东西去了,也讨不转来,干拌去了涎沫。"只推不知,忍住这口气。一夜不睡,左思右想道:"叵耐这贼秃时常来蒿恼我家!倒是我看家的一个耗鬼。除非那秃驴死了,方绝其患。"恨无计策。到天明时,老僧携着一个徒弟来回覆醮事。原来那和尚也怕见金冷水,且站在门外张望。金老早已瞧见。眉头一皱,计上心来。取了几文钱,从侧门走出市心,到山药铺里买些砒霜,转到卖点心的王三郎店里。王三郎正蒸着一笼熟粉,摆一碗糖馅,要做饼子。金冷水袖里摸出八文钱撇在柜上,道:"三郎收了钱,大些的饼子与我做四个。馅却不要下少了。你只捏着窝儿,等我自家下馅则个。"王三郎口虽不言,心下想道:"有名的金冷水、金剥皮,自从开这几年点心铺子,从不见他家半文之面。今日好利市,难得他这八个钱,胜似八百。他是好便宜的,便等他多下些馅去,扳他下次主顾。"王三郎向笼中取出雪团样的熟粉,真个捏做窝儿,递与金冷水,说道:"员外请尊便。"金冷水却将砒霜末悄悄的撒在饼内,然后加馅,做成饼子。如此一连做了四个,热烘烘的放在袖里。离了王三郎店,望自家门首踱将进来。那两个和尚,正在厅上吃茶。金老欣然相揖。揖罢,入内对浑家道:"两个师父侵早到来,恐怕肚里饥饿。适才邻舍家邀我吃点心。我见饼子热得好,袖了他四个来。何不就请了两个师父?"单氏深喜丈夫回心向善,取个朱红碟子,把四个饼子装做一碟,叫丫鬟托将出去。那和尚见了员外回家,不敢久坐,已无心吃饼了。见丫鬟送出来,知是阿妈美意,也不好虚得。将四个饼子装做一袖,叫声聒噪,出门回庵而去。金老暗暗欢喜,不在话下。

却说金家两个学生,在社学中读书。放了学时,常到庵中顽耍。这一晚,又到庵中。老和尚想道:"金家两位小官人,时常到此,没有什么请得他。今早金阿妈送我四个饼子还不曾动,放在橱柜里。何不将来熯热了[7],请他吃一杯茶?"当下分付徒弟,在橱柜里取出四个饼子,厨房下熯得焦黄,热了两杯浓茶,摆在房里,请两位小官人吃茶。两个学生顽耍了半晌,正在肚饥。见了热腾腾的饼子,一人两个,都吃了。不吃时犹可,吃了呵,分明是:

一块火烧着心肝,万杆枪攒却腹肚!

两个一时齐叫肚疼。跟随的学童慌了,要扶他回去。奈两个疼做一堆,跑走不动。老和尚也着了忙,正不知什么意故。只得叫徒弟一人背了一个,学童随着,送回金员外家,二僧自去了。

金家夫妇这一惊非小,慌忙叫学童问其缘故。学童道:"方才到福善庵吃了四个饼子,便叫肚疼起来。那老师父说,这饼子原是我家今早把与他吃的。他不舍得吃,将来恭敬两位小官人。"金员外情知跷蹊了,只得将砒霜实情对阿妈说知。单氏心下越慌了,便把凉水灌他,如何灌得醒!须臾七窍流血,呜呼哀哉,做了一对殇鬼[8]。单氏千难万难，祈求下两个孩儿，却被丈夫不仁，自家毒死了。待要厮骂一场，也是枉然。气又忍不过，苦又熬不过。走进内房，解下束腰罗帕，悬梁自缢。金员外哭了儿子一场，方才收泪。到房中与阿妈商议说话，见梁上这件打秋千的东西，唬得半死。登时就得病上床，不够七日，也死了。金氏族家，平昔恨那金冷水、金剥皮悭吝，此时天赐其便，大大小小，都蜂拥而来，将家私抢个罄尽。此乃万贯家财，有名的金员外一个终身结果：不好善而行恶之报也。有诗为证：

饼内砒霜那得知？害人翻害自家儿。
举心动念天知道，果报昭彰岂有私！

方才说金员外只为行恶上，拆散了一家骨肉。如今再说一个人，单为行善上，周全了一家骨肉。正是：

善恶相形，祸福自见。戒人作恶，劝人为善。

话说江南常州府无锡县东门外，有个小户人家，兄弟三人，大的叫做吕玉，第二的叫做吕宝，第三的叫做吕珍。吕玉娶妻王氏，吕宝娶妻杨氏，俱有姿色。吕珍年幼未娶。兄弟中只有吕宝一味赌钱吃酒，不肯学好，老婆也不甚贤晓。因此妯娌间有些面和意不和。那王氏生下一个孩子，小名喜儿，方才六岁，一日跟邻舍家儿童出去看神会，夜晚不回。夫妻两个烦恼，出了一张招子，街坊上叫了数日，全无影响。吕玉气闷，在家里坐不过，向大户家借了几两本钱，往太仓、嘉定一路，收些棉花布匹，各处贩卖，就便访问儿子消息。每年正二月出门，到八九月回家，又收新货。走了四个年头，虽然趁些利息，眼见得儿子没有寻处了。日久心慢，也不在话下。

到第五个年头，吕玉别了王氏，又去做经纪。何期中途遇了个大本钱的布商，谈论之间，知道吕玉买卖中通透，拉他同往山西脱货，就带绒货转来发卖，于中有些用钱相谢[9]。吕玉贪了蝇头微利，随着去了。及至到了山西，发货之后，遇着连岁荒歉，讨赊帐不起，不得脱身。吕玉少年久旷，也不免行户中走了一两遍[10]，走出一身风流疮。服药调治，无面回家。挨到三年，疮才痊好。讨清了帐目。那布商因为稽迟了吕玉的归期，加倍酬谢。吕玉得了些利物，等不得布商收货完备，自己贩了些粗细绒褐，相别先回。一日早晨，行至陈留地方，偶然去坑厕出恭。见坑板上遗下个青布搭膊，拾在手中，觉得沉重。取回下处，打开看时，都是白物，约有二百金之数。吕玉想道："这不意之财，虽则取之无碍；倘或失主追寻不见，好大一场气闷。古人见金不取，拾带重还。我今年过三旬，尚无子嗣，要这横财何用！"忙到坑厕左近伺候。只等有人来抓寻，就将原物还他。等了一日，不见人来。次日只得起身。又行了三五百馀里，到南宿州地方。其日天晚，下一个客店。遇着一个同下的客人，闲论起江湖生意之事。那客人说起自不小心，五日前，侵晨到陈留县解下搭膊登东。偶然官府在街上过，心慌起身，却忘记了那搭膊，里面有二百两银子。直到夜里脱衣要睡，方才省得。想着过了一日，自然有人拾去了。转去寻觅，也是无益。只得自认晦气罢了。吕玉便问："老客尊姓？高居何处？"客人道："在下姓陈，祖贯徽州。今在扬州闸上开个粮食铺子。敢问老兄高姓？"吕玉道："小弟姓吕，是常州无锡县人，扬州也是顺路。相送尊兄到彼奉拜。"客人也不知详细，答应道："若肯下顾最好。"次早，二人作伴同行。不一日，来到扬州闸口。吕玉也到陈家铺子，登堂作揖。陈朝奉看坐献茶。吕玉先提起陈留县失银子之事，盘问他搭膊模样。"是个深蓝青布的，一头有白线缉一个'陈'字。"吕玉心下晓然，便道："小弟前在陈留拾得一个搭膊，倒也相像，把来与尊兄认看。"陈朝奉见了搭膊，道："正是。"搭膊里面银两，原封不动。吕玉双手递还陈朝奉。陈朝奉过意不去，要与吕玉均分。吕玉不肯。陈朝奉道："便不均分，也受我几两谢礼，等在下心安。"吕玉那里肯受？陈朝奉感激不尽，慌忙摆饭相款。思想："难得吕玉这般好人，还金之恩，无门可报。自家有十二岁一个女儿，要与吕君攀一脉亲往来，但不知他有儿子否？"饮酒中间，陈朝奉问道："恩兄，令郎几岁了？"吕玉不觉掉下泪来，答道："小弟只有一儿，七年前为看神会失去了，至今并无下落。荆妻亦别无生育。"陈朝奉闻言，沉吟半晌，问道："恩兄，令郎失去时几岁了？"吕玉道："刚刚六岁。"陈朝奉又问："令郎叫甚么名字？状貌如何？"吕玉道："小儿乳名叫做喜儿。痘疮出过，面白无麻。"陈朝奉听罢，喜动颜色，便唤从人近前，附耳密语。从人点头领命去了。吕玉见他盘问跷蹊，心中疑惑。须臾，有个小厮走来，年纪约莫十三四岁，穿一领芜湖青布的道袍，生得眉清目秀，见了客人，朝上深深唱个喏。便对陈朝奉道："爹爹，唤喜儿则甚？"陈朝奉道："你且站着。"吕玉听得名字与他儿子相同，心中愈疑。看那小厮面庞颇与儿子相似，听得他呼爹称儿，情知与陈朝奉是父子，不好轻易启齿动问。凄惨之色，形于面貌；目不转睛，看那小厮。那小厮也举眼频睃。吕玉忍不住问道："此位是令郎么？"陈朝奉道："此非我亲生之子。七年前，有下路人携此儿到这里，说妻子已故，止有此儿。因经纪艰难，欲往淮安投奔亲戚，中途染病，盘缠用尽，愿将此儿权典三两银子。一到淮安寻见亲戚，便来取赎。学生怜他落难，将银付彼。那人临别，涕泣不舍，此儿倒不以为意。那人一去不回。学生疑惑起来，细问此儿，方知是无锡人。因看会失落，被人哄骗到此。父母姓名，又与恩兄相同。学生见他乖巧慎密，甚爱惜他，将他与子女一般看待，同小儿在学堂中读书。学生几番思到贵县访问，恨无其便。适才恩兄言语相同，物有偶然，事有凑巧，特唤他出来，请恩兄亲自认个详细。"喜儿听说，掉下泪来。吕玉亦泪下，道："小儿还有个暗记：左膝下有两个黑疵。"喜儿连忙卷裤解袜，露出左膝，果然有两个黑疵。吕玉一见，便抱喜儿在怀，叫声："亲儿！我正是你的亲爹了。失了你七年，何期在此相遇！"正是：

水底捞针针已得，掌中失宝宝重逢。

筵前相抱殷勤认，犹恐今朝是梦中。

当下父子伤感，自不必说。吕玉起身拜谢陈朝奉："小儿若非府上收留，今日安得父子重会？"陈朝奉道："恩兄有还金之盛德，天遣尊驾到寒舍，父子团圆。小弟一向不知是令郎，甚愧怠慢。"吕玉又叫喜儿拜谢了陈朝奉。陈朝奉定要还拜。吕玉不肯。再三扶住，受了两礼。便请喜儿坐于吕玉之傍。陈朝奉开言："承恩兄相爱，学生有一女，年方十二岁，欲与令郎结丝萝之好[11]。"吕玉见他情意真恳，谦让不得，只得依允。是夜父子同榻而宿，说了一夜的话。次日，吕玉辞别要行。陈朝奉留住，另设个大席面，管待新亲家、新女婿，就当送行。酒行数巡，陈朝奉取出白金二十两，向吕玉说道："贤婿一向在舍有慢，今奉些须薄礼，权表亲情，万勿固辞。"吕玉道："过承高门俯就，舍下就该行聘定之礼。因在客途，不好苟且。如何反费亲家厚赐？决不敢当！"陈朝奉道："这是学生自送与贤婿的，不干亲翁之事，亲翁若见却，就是不允这头亲事了。"吕玉没得说，只得受了。叫儿子出席拜谢。陈朝奉扶起，道："些微薄礼，何谢之有。"喜儿又进去谢了丈母。当日开怀畅饮，至晚而散。吕玉想道："我因这还金之便，父子相逢，诚乃天意。又攀了这头好亲事，似锦上添花。无处报答天地。有陈亲家送这二十两银子，也是不意之财，何不择个洁净僧院，籴米斋僧，以种福田[12]？"主意定了。次早，陈朝奉又备早饭。吕玉父子吃罢，收拾行囊，作谢而别。唤了一只小船，摇出闸外。约有数里，只听得江边鼎沸。原来坏了一只人载船，落水的号呼求救。崖上人招呼小船打捞，小船索要赏犒，在那里争嚷。吕玉想道："救人一命，胜造七级浮屠。比如我要去斋僧，何不舍这二十两银子做赏钱，教他捞救，见在功德。"当下对众人说："我出赏钱，快捞救。若救起一船人性命，把二十两银子与你们。"众人听得有二十两银子赏钱，小船如蚁而来。连岸上人，也有几个会水性的，赴水去救。须臾之间，把一船人都救起。吕玉将银子付与众人分散。水中得命的，都千恩万谢。只见内中一人，看了吕玉，叫道："哥哥那里来？"吕玉看他，不是别人，正是第三个亲弟吕珍。吕玉合掌道："惭愧！惭愧！天遣我捞救兄弟一命。"忙扶上船，将干衣服与他换了。吕珍纳头便拜。吕玉答礼。就叫侄儿见了叔叔。把还金遇子之事，述了一遍。吕珍惊讶不已。吕玉问道："你却为何到此？"吕珍道："一言难尽。自从哥哥出门之后，一去三年。有人传说哥哥在山西害了疮毒身故。二哥察访得实，嫂嫂已是成服戴孝。兄弟只是不信。二哥近日又要逼嫂嫂嫁人。嫂嫂不从。因此教兄弟亲到山西访问哥哥消息，不期于此相会。又遭覆溺，得哥哥捞救。天与之幸！哥哥不可怠缓，急急回家，以安嫂嫂之心。迟则怕有变了。"吕玉闻说惊慌，急叫家长开船，星夜赶路。正是：

心忙似箭惟嫌缓，船走如梭尚道迟！

再说王氏闻丈夫凶信，初时也疑惑。被吕宝说得活龙活现，也信了，少不得换了些素服。吕宝心怀不善,想着哥哥已故,嫂嫂又无所出,况且年纪后生,要劝他改嫁,自己得些财礼。教浑家杨氏与阿姆说[13]。王氏坚意不从。又得吕珍朝夕谏阻,所以其计不成。王氏想道:"'千闻不如一见。'虽说丈夫已死,在几千里之外,不知端的。"央小叔吕珍:"是必亲到山西,问个备细。如果然不幸,骨殖也带一块回来。"吕珍去后,吕宝愈无忌惮。又连日赌钱输了,没处设法。偶有江西客人丧偶,要讨一个娘子。吕宝就将嫂嫂与他说合。那客人访得吕大的浑家有几分颜色,情愿出三十两银子。吕宝得了银子,向客人道:"家嫂有些妆乔,好好里请他出门,定然不肯。今夜黄昏时分,唤了人轿,悄地到我家来。只看戴孝髻的便是家嫂,更不须言语,扶他上轿,连夜开船去便了。"客人依计而行。

却说吕宝回家,恐怕嫂嫂不从,在他跟前不露一字,却私下对浑家做个手势,道:"那两脚货,今夜要出脱与江西客人去了。我生怕他哭哭啼啼,先躲出去,约定他每在黄昏时候,便来抢他上轿,莫对他说。"言还未毕,只听得窗外脚步响。吕宝见有人来,慌忙踅了出去,却不曾说明孝髻的缘故,也是天使其然。却是王氏见吕宝欲言不言,情状可疑,因此潜来察听,仿佛听得"抢他上轿"四字,末后"莫对他说"这句略高,已被王氏听在耳内。心下十分疑虑,只得先开口问杨氏道:"奴与婶婶骨肉恩情,非止一日。适才我见叔叔语言情景,莫非在我身上,已做下背理的事?婶婶与奴说个明白。"杨氏听说,红了脸皮,道:"这是那里说起?姆姆,你要嫁人也是不难,却不该船未翻先下水。"王氏被他抢白了这两句,又恼又苦,走到房中,哭哭啼啼。想着丈夫不知下落;三叔吕珍尚在途中;父母亲族又住得窎远[14],急切不能通信;邻舍都怕吕宝无赖,不敢来管闲事;我这一身,早晚必落他圈套。左思右想,无可奈何;千死万死,总是一死,只得寻个自尽罢。主意已定,挨至日暮,密窥动静。只见杨氏频到门首探听。王氏见他如此,连忙去上了栓。杨氏道:"姆姆也是好笑。这早晚又没有强盗上门,恁般慌上栓。那魍魉还要回来!"一头说,一头走去,都把栓拔下来。

此时王氏已十分猜着,坐立不宁,心如刀割,进到房中,紧闭房门,将条索子搭在梁上,做个活落圈,把个杌子衬了脚,叫声"皇天与我报应!"叹了口气,把头钻入圈里,簪髻落地,蹬开杌子,眼见得不能够活了。却是王氏禄命未终,恁般一条粗麻索,不知怎地就断做两截,扑通的一声,颠翻在地。杨氏听得声响,急跑来看时,见房门紧闭;情知诧异,急取木杠撞开房门,黑洞洞的,才走进去,一脚绊着王氏,跌了一交,簪髻都跌在一边。杨氏吓得魂不附体,爬起来跑到厨下点灯来看,只见王氏横倒地上喘气,口吐痰沫,项上尚有索子缉住。杨氏着了急,连忙解放。忽听得门上轻轻的敲响。杨氏知是那话儿,急要去招引他进来,思想髻儿不在头上,不好模样,便向地上拾取簪髻,忙乱了手脚,自己黑的不拾,反拾了王氏白髻,戴在头上,忙走出去探问。外边江西客人已得了吕宝暗号,引着灯笼火把,抬着一顶花花轿，吹手虽有一副，不敢吹打，在门上剥啄轻敲；觉得门不上栓，一径推开大门，拥入里面，火把照耀，早遇杨氏。江西客人见头上戴着孝髻的，就如饿鹰见雀，赶上前一把扯着便走。众人齐来相帮，只认戴孝髻的就抢。抢出门去，杨氏急嚷道："不是!"众人那里管三七二十一，抢上轿时，鼓手吹打，轿夫飞也似抬去了。

一派笙歌上客船，错疑孝髻是姻缘。
新人若向新郎诉，只怨亲夫不怨天。

王氏得杨氏解去缢索，已是苏醒；听得外面嚷闹，惊慌无措；忽地门外鼓吹顿起，人声嘈杂，渐渐远去。挨了半晌，方敢出头张望。叫婶婶时，那里有半个影儿？心下已是明白，取亲的错抢去了，恐怕复身转来，急急关门，收拾拣起簪珥黑髻歇息。一夜不睡，巴到天明，起身梳洗，正欲寻顶旧孝髻来戴，只听得外面敲门响，叫声"开门!"却是吕宝声音。王氏恼怒，且不开门，任他叫得个喉干口燥，方才隔着门问道："你是那个？"吕宝听得是嫂子声音，大惊；又见嫂子不肯开门，便哄道："嫂嫂，兄弟吕珍得了哥哥实信归家，快开了门。"王氏听说吕珍回了，权将黑髻戴了。连忙开门，正是吕宝一个，那里有甚吕珍？吕宝走到房中，不见浑家，见嫂子头上戴的是黑髻，心中大疑，问道："嫂嫂，你婶子那里去了？"王氏道："是你每自做的勾当，我那里知道!"吕宝道："且问嫂嫂如何不戴孝髻？"王氏将自己缢死，绳断髻落，及杨氏进来，跌失黑髻，值娶亲的进来，忙抢我孝髻戴了出去的缘故，说了一遍。吕宝捶胸，只是叫苦："指望卖嫂子，谁知倒卖了老婆。江西客人已是开船去了，三十两银子，昨晚一夜就赌输了一大半，再要娶这房媳妇子，今生休想。"复又思量："一不做，二不休，有心是这等，再寻个主顾，把嫂子卖了，还有讨老婆的本钱"方欲出门，只见门外四五个人一拥进来。不是别人，却是哥哥吕玉，兄弟吕珍，侄子喜儿，与两个脚夫，搬了行李货物进门。吕宝自觉无颜，后门逃出，不知去向。

王氏接了丈夫，又见儿子长大回家，问其缘故。吕玉从头至尾叙了一遍。王氏也把抢去婶婶，吕宝无颜，后门走了一段情节叙出。吕玉道："我若贪了这二百两非意之财，怎能够父子相见？若惜了那二十两银子，不去捞救覆舟之人，怎能够兄弟相逢？若不遇兄弟时，怎知家中信息？今日夫妻重会，一家骨肉团圆，皆天使之然也。逆弟卖妻，也是自作自受，皇天报应，的然不爽!"自此益修善行，家道日隆。后来喜儿与陈员外之女做亲，子孙繁衍，多有出仕贵显者。诗云：

本意还金兼得子，立心卖嫂反输妻。
世间惟有天工巧，善恶分明不可欺。

注释

[1]毛宝放龟：据《晋书》载，曾官辅国将军、豫州刺史的毛宝，他有一个部下，买了一只小龟，养大后把

它放生。后来作战,这个人掉入江水,那只龟救了他的姓命。

[2]宋郊渡蚁:传说宋代的宋郊曾从水中救出好多蚂蚁,后位至宰相。

[3] 邓家铜山:西汉人邓通,因曾为汉文帝吮痈得宠,赐蜀严道铜山,可以自铸钱,因此邓氏钱满天下。

[4]郭家金穴:东汉光武帝刘秀的皇后郭氏,其兄弟郭况财富聚积,时人称他家有金穴。

[5]石崇:晋南皮人。曾于河阳置金谷园,奢靡成风 ,与贵戚王恺、羊琇等以豪侈相尚。传说他家有聚宝盆。

[6]吕纯阳:即吕洞宾。相传为唐京兆人。后修道于终南山,不知所终。元明以来称为八仙之一,道家正阳派号为纯阳祖始。传说他能点石成金。

[7]熯(hàn):用火烘干。

[8]殇(shǎng):未成年而死。

[9]用钱:中间费用,即佣金。

[10]行(háng)户:指妓院。

[11]结丝萝之好:指结为夫妇。古时用植物兔丝缠女萝比喻夫妇。

[12]种福田:佛教认为,行善就能获善报,犹如种庄稼有收获一样,所以叫“种福田”。

[13]阿姆:即姆姆,妯娌之间弟媳对嫂嫂的称呼。

[14]窎(diào)远:深远。

新评

在宋元话本的艺术结构中,“入话”往往起着十分重要的作用,它不仅要引出故事的主线,而且自身又是一个完整的小故事。本卷中的入话,即为我们塑造了一个一毛不拔的各啬鬼形象,心存害人之心,到头来却将两个亲儿子害死,导致家破人亡。而这个“入话”的真正用途,在于和下面的主要故事形成对比,用金冷水的冷漠对比吕玉的善良;用金冷水的害人不成反而害己,对比吕玉的成全别人反而骨肉团圆;用金冷水的家破人亡,对比吕玉的“子孙繁衍,多出仕贵显者”。文学作品如此循循善诱,教人行善,可世上仍有那么多为恶之徒,可见扬善抑恶真是任重道远!

第三十二卷　金玉奴棒打薄情郎

枝在墙东花在西，自从落地任风吹。

枝无花时还再发，花若离枝难上枝。

这四句，乃昔人所作弃妇词。言妇人之随夫，如花之附于枝。枝若无花，逢春再发；花若离枝，不可复合。劝世上妇人事夫尽道，同甘同苦，从一而终；休得慕富嫌贫，两意三心，自贻后悔。

且说汉朝一个名臣，当初未遇时节，其妻有眼不识泰山，弃之而去，到后来悔之无及。你说那名臣何方人氏？姓甚名谁？——那名臣姓朱名买臣，表字翁子，会稽郡人氏。家贫未遇，夫妻二口，住于陋巷蓬门。每日买臣向山中砍柴，挑至市中卖钱度日。性好读书，手不释卷，肩上虽挑着柴担，手里兀自擎着书本，朗诵咀嚼，且歌且行。市人听惯了，但闻读书之声，便知买臣挑柴担来了。可怜他是个儒生，都与他买；更兼买臣不争价钱，凭人估值，所以他的柴比别人容易出脱。一般也有轻薄少年及儿童之辈，见他又挑柴，又读书，三五成群，把他嘲笑戏侮。买臣全不为意。一日，其妻出门汲水，见群儿随着买臣柴担，拍手共笑，深以为耻。买臣卖柴回来，其妻劝道："你要读书，便休卖柴；要卖柴，便休读书。许大年纪，不痴不颠，却做出恁般行径，被儿童笑话，岂不羞死！"买臣答道："我卖柴以救贫贱，读书以取富贵，各不相妨，由他笑话便了。"其妻笑道："你若取得富贵，也不去卖柴了。自古及今，那见卖柴的人做了官？却说这没把鼻的话[1]！"买臣道："富贵贫贱，各有其时。有人算我八字，到五十岁上，必然发迹。常言'海水不可斗量'，你休料我。"其妻道："那算命先生见你痴颠模样，故意耍笑你，你休听信。到五十岁时，连柴担也挑不动，饿死是有分的，还想做官！除是阎罗王殿上少个判官，等你去做！"买臣道："姜太公八十岁尚在渭水钓鱼，遇了周文王，以后车载之，拜为尚父。本朝公孙弘丞相，五十九岁上，还在东海牧豕，整整六十岁，方才际遇今上，拜将封侯。我五十岁上发迹，比甘罗虽迟[2]，比那两个还早。你须耐心等去。"其妻道："你休得攀今吊古。那钓鱼牧豕的，胸中都有才学。你如今读这几句死书，便读到一百岁，只是这个嘴脸，有甚出息！晦气做了你老婆！你被儿童耻笑，连累我也没脸皮！你不听我言，不抛却书本，我决不跟你终身。各人自寻道路，休得两相担误！"朱买臣道："我今年四十三岁了，再七年，便是五十，前长后短，你就等耐也不多时；直恁薄情，舍我而去，后来须要懊悔。"其妻道："世上少甚挑柴担的汉子？懊悔甚么来？我若再守你七年，连我这骨头不知饿死于何地了！你倒放我出门，做个方便，活了我这条性命！"买臣见其妻决意要去，留他不住，叹口气，道："罢！罢！只愿你嫁得丈夫，强似朱买臣的便好！”其妻道：“好歹强似一分儿！”说罢，拜了两拜，欣然出门而去，略不回顾。买臣愀然感慨不已，题诗四句于壁云：

嫁犬逐犬，嫁鸡逐鸡。妻自弃我，我不弃妻。

买臣到五十岁时，值汉武帝下诏求贤。买臣到西京上书，待诏公车，同邑人严助荐买臣之才。天子知买臣是会稽人，必知水土民情利弊，即拜为会稽太守，驰驿赴任。会稽长吏闻新太守将到，大发人夫修治道路。买臣妻之后夫亦在役中。其妻蓬头跣足，随伴送饭；见太守前呼后拥而来，从旁窥之，乃故夫朱买臣也。买臣在车中一眼瞧见，还认得是故妻，遂使人招之，载于后车，到府第中。故妻羞惭无地，叩头谢罪。买臣教请他后夫相见。不多时，后夫唤到，拜伏于地，不敢仰视。买臣大笑，对其妻道：“似此人未见得强似朱买臣也。”其妻再三叩谢，自悔有眼无珠，愿降为婢妾，伏事终身。买臣命取水一桶，泼于阶下，向其妻说道：“若泼水可复收，汝亦可复合。念你少年结发之情，判后园隙地与汝夫妇耕种自食。”其妻随后夫走出府第，路人都指着说道：“此即新太守旧夫人也。”于是羞极无颜，到于后园，遂投河而死。有诗为证：

漂母尚知怜饿士，亲妻忍得弃贫儒？
早知覆水难收取，悔不当初任读书。

又有一诗说欺贫重富，世情皆然，不止一买臣之妻也。诗曰：

尽看成败说高低，谁识蛟龙在污泥？
莫怪妇人无法眼，普天几个负羁妻[3]？

这个故事是妻弃夫的。如今再说一个夫弃妻的。一般是欺贫重富，背义忘恩，后来徒落得个薄幸之名，被人讲论。

话说故宋绍兴年间，临安虽然是个建都之地，富庶之乡，其中乞丐的依然不少。那丐户中有个为头的，名曰“团头”，管着众丐。众丐叫化得东西来时，团头要收他日头钱；若是雨雪时，没处叫化，团头却熬些稀粥，养活这伙丐户；破衣破袄，也是团头照管：所以这些丐户，小心低气，服着团头，如奴一般，不敢触犯。那团头现成收些常例钱，将钱在众丐户中放债盘利，若不嫖不赌，依然做起大家事来。他靠此为生，一时也不想改业。只是一件：团头的名儿不好，随你挣得有田有地，几代发迹，终是个叫化头儿，比不得平等百姓人家，出外没人恭敬，只好闭着门自屋里做大。虽然如此，若数着“良贱”二字，只说娼优隶卒四般为贱流，倒数不着那乞丐。看来乞丐只是没钱，身上却无疤瘢。假如春秋时伍子胥逃难，也曾吹箫于吴市中乞食；唐时郑元和做歌郎唱《莲花落》，后来富贵发达，一床锦被遮盖。这都是叫化中出色的。可见此辈虽然被人轻贱，倒不比娼优隶卒。

闲话休提。如今且说杭州城中一个团头姓金，名老大。祖上到他，做了七八代团头了，挣得完完全全的家事，住的有好房子，种的有好田园，穿的有好衣，吃的有好食，真个廒多积粟，囊有馀钱，使婢驱奴，虽不是顶富，也是数得着的富家了。那金老大有志气，把这团头让与族人金癞子顶了，自己现成受用，不与这伙丐户歪缠。虽然如此，里中口顺，还只叫他是团头家，其名不改。金老大年五十馀，丧妻无子，止存一女，名玉奴。那玉奴生得十分美貌，怎见得？有诗为证：

无瑕堪比玉，有态欲羞花。
只少宫妆扮，分明张丽华[4]。

金老大爱此女如同珍宝，从小教他读书识字，到十五六岁时，诗赋俱通，一写一作，信手而成。更兼女工精巧，亦能调筝弄管，事事伶俐。金老大倚着女儿才貌，立心要将他嫁个士人。虽是那名门旧族中，急切要这一个女子，亦不易得；可恨生于团头之家，没人相求。若是平常经纪人家，没前程的，金老大又不肯攀他了。因此高低不就，把女儿直挨到一十八岁，尚未许人。偶然有个邻翁来说："太平桥下有个书生，姓莫，名稽，年二十岁，一表人才，读书饱学，只为父母双亡，家贫未娶，近日考中，补上太学生，情愿入赘人家。此人正与令爱相宜，何不招之为婿？"金老大道："就烦老翁作伐何如？"邻翁领命，径到太平桥下，寻那莫秀才，对他说道："实不相瞒，祖宗曾做过团头的，如今久不做了，只贪他好个女儿；又且家道富足。秀才若不弃嫌，老汉即当玉成其事。"莫稽口虽不语，心下想道："我今衣食不周，无力婚娶，何不俯就他家，一举两得？"也顾不得耻笑，乃对邻翁说道："大伯所言甚妙。但我家贫乏聘，如何是好？"邻翁道："秀才但是允从，纸也不费一张，都在老汉身上。"邻翁回覆，两相情愿，择吉连姻。金家倒送一套新衣穿着，莫秀才过门成亲。莫生见玉奴才貌，喜出望外，不费一钱，白白的得了个美妻；又且丰衣足食，事事称怀。就是朋友辈中晓得莫生贫苦，无不相谅，倒也没人去笑他。

到了满月，金老大备下盛席，教女婿请他同学会友饮酒，荣耀自家门户，一连吃了六七日酒。何期恼了族人金癞子。那癞子也是一班正理。他道："你也是团头，我也是团头，只你多做了几代，挣得钱钞在手；论起祖宗一脉，彼此无二。侄女玉奴招婿，也该请我吃杯喜酒。如今请人做满月，开宴六七日，并无三寸长、一寸阔的请帖儿到我。你女婿做秀才，难道就做尚书宰相？我就不是亲叔公，坐不起凳头？直恁不觑人在眼里！我且去蒿恼他一场，教他大家没趣！"叫起五六十个丐户，一齐奔到金老大家里来。但见：

开花帽子，打结衫儿。旧席片对着破毡条；短竹根配着缺糙碗。叫爹、叫娘、叫财主，门前只见喧哗；弄蛇、弄狗、弄猢狲，口内各呈伎俩。敲板唱《莲花》，恶声聒耳；打砖搽粉脸，丑态逼人。一班泼鬼聚成群，便是钟馗收不得。

金老大听得闹吵，开门看时，那金癞子领着众丐户，一拥而来，嚷做一堂。癞子径奔席上，拣好酒好食，只顾吃，口里叫道："快教侄婿夫妻来拜见叔公！"唬得众秀才跕脚不住[5]，都逃席去了。连莫稽也随着众朋友躲避。金老大无可奈何，只得再三央告，道："今日是我女婿请客，不干我事，改日专治一杯，与你陪话。"又将许多钱钞，分赏众丐户；又抬出两瓮好酒，和些活鸡活鹅之类，教众丐户送去癞子家，当个折席。直乱到黑夜，方才散去。玉奴在房中气得两泪交流。这一夜，莫稽在朋友家借宿，次早方回。金老大见了女婿，自觉出丑，满面含羞。莫稽心中未免也有三分不乐，只是大家不说出来。正是：

哑子尝黄柏，苦味自家知。

却说金玉奴只恨自己门风不好，要挣个出头，乃劝丈夫刻苦读书。凡古今书籍，不惜价钱买来，与丈夫看；又不吝供给之费，请人会文会讲；又出赀财，教丈夫结交延誉。莫稽由此才学日进，名誉日起，二十三岁发解[6]，连科及第。这日琼林宴罢，乌帽宫袍，马上迎归，将到丈人家里，那街坊上人争先来看。儿童辈都指道："金团头家女婿做了官也。"莫稽在马上听得此言，又不好揽事，只得忍耐；见了丈人，虽然外面尽礼，却包着一肚子忿气，想道："早知有今日富贵，怕没王侯贵戚招赘为婿；却拜个团头做岳丈，可不是终身之玷！养出儿女来，还是团头的外孙，被人传作话柄！如今事已如此，妻又贤慧，不犯七出之条，不好深绝得。正是：事不三思，终有后悔。"为此心中怏怏，只是不乐。玉奴几遍问而不答，正不知甚么意故。好笑那莫稽只想着今日富贵，却忘了贫贱的时节，把老婆资助成名一段功劳，化为冰水。这是他心术不端处。不一日，莫稽谒选，得授无为军司户。丈人治酒送行。此时众丐户料也不敢登门吵闹了。喜得临安到无为军是一水之地，莫稽领了妻子，登舟赴任。行了数日，到了采石江边，维舟北岸。其夜月明如昼。莫稽睡不能寐，穿衣而起，坐于船头玩月，四顾无人，又想起团头之事，闷闷不悦，忽然动一个恶念："除非此妇身死，另娶一人，方免得终身之耻。"心生一计，走进船舱，哄玉奴起来看月华。玉奴已睡了，莫稽再三逼他起身。玉奴难逆丈夫之意，只得披衣走至马门口，舒头望月，被莫稽出其不意，牵出船头，推堕江中，悄悄唤起舟人，分付："快开船前去，重重有赏，不可迟慢！"舟子不知明白，慌忙撑篙荡桨，移舟于十里之外，住泊停当，方才说："适间奶奶因玩月堕水，捞救不及了。"却将三两银子赏与舟人为酒钱。舟人会意，谁敢开口。船中虽跟得有几个蠢婢子，只道主母真个堕水，悲泣了一场，丢开了手，不在话下。有诗为证：

只为团头号不香，一朝得意弃糟糠。
天缘结发终难解，赢得人呼薄幸郎。

你说事有凑巧。莫稽移船去后，刚刚有个淮西转运使许德厚，也是新上任的，泊舟于采石北岸，正是莫稽先前推妻堕水处。许德厚和夫人推窗看月，开怀饮酒，尚未曾睡，忽闻岸上啼哭，乃是妇人声音，其声哀怨，好生凄惨！忙呼水手找看，果然是个单身妇人，坐于江岸。便教唤上船来，审其来历。原来此妇正是无为军司户之妻金玉奴。初堕水时，魂飞魄荡，已拚着必死；忽觉水中有物托起两足，随波而行，近于江岸。玉奴挣扎上岸，举目看时，江水茫茫，已不见了司户之船，才悟道丈夫贵而忘贱，故意欲溺死故妻，别图良配。如今虽得了性命，无处依栖，转思苦楚，以此痛哭。见许公盘问，不免从头至尾，细说一遍。说罢，哭之不已。连许公夫妇都感伤坠泪，劝道："汝休得悲啼，肯为我义女，再作道理。"玉奴拜谢。许公分付夫人，取干衣替他通身换了，安排他后舱独宿，教手下男女都叫她"小姐"；又分付舟人不许泄漏其事。

不一日，到淮西上任。那无为军正是他所属地方，许公是莫司户的上司，未免随班参谒。许公见了莫司户，心中想道："可惜一表人才，干恁般薄幸之事！"约过数月，许公对僚属说道："下官有一女，颇有才貌，年已及笄，欲择一佳婿赘之。诸君意中有其人否？"众僚属都闻得莫司户青年丧偶，齐声荐他才品非凡，堪作东床之选。许公道："此子我亦属意久矣。但少年登第，心高望厚，未必肯赘吾家。"众僚属道："彼出身寒门，得公收拔，如蒹葭倚玉树，何幸如之？岂以入赘为嫌乎？"许公道："诸君既酌量可行，可与莫司户言之。但云出自诸公之意，以探其情；莫说下官，恐有妨碍。"众人领命，遂与莫稽说知此事，要替他做媒。莫稽正要攀高，况且联姻上司，求之不得，便欣然应道："此事全仗玉成，当效衔结之报。"众人道："当得，当得。"随即将言回覆许公。许公道："虽承司户不弃，但下官夫妇钟爱此女，娇养成性，所以不舍得出嫁。只怕司户少年气概，不相饶让，或致小有嫌隙，有伤下官夫妇之心。须是预先讲过，凡事容耐些，方敢赘入。"众人领命，又到司户处传话。司户无不依允。此时司户不比做秀才时节，一般用金花彩币，为纳聘之仪。选了吉期，皮松骨痒，整备做转运使的女婿。

却说许公先教夫人与玉奴说："老相公怜你寡居，欲重赘一少年进士，你不可推阻。"玉奴答道："奴家虽出寒门，颇知礼数。既与莫郎结发，从一而终。虽然莫郎嫌贫弃贱，忍心害理；奴家各尽其道，岂肯改嫁，以伤妇节？"言毕，泪如雨下。夫人察他志诚，乃实说道："老相公所说少年进士，就是莫郎。老相公恨其薄幸，务要你夫妻再合，只说有个亲生女儿，要招赘一婿，却教众僚属与莫郎议亲。莫郎欣然听命，只今晚入赘吾家。等他进房之时，须是如此如此，与你出这口呕气。"玉奴方才收泪，重匀粉面，再整新妆，打点结亲之事。到晚，莫司户冠带齐整，帽插金花，身披红锦，跨着雕鞍骏马，两班鼓乐前导，众僚属都来送亲，一路行来，谁不喝采！正是：

鼓乐喧阗白马来，风流佳婿实奇哉。
团头喜换高门眷，采石江边未足哀。

是夜，转运司铺毡结采，大吹大擂，等候新女婿上门。莫司户到门下马，许公冠带出迎，众官僚都别去。莫司户直入私宅。新人用红帕覆首，两个养娘，扶将出来，掌礼人在槛外喝礼。双双拜了天地，又拜了丈人、丈母，然后交拜。礼毕，送归洞房做花烛筵席。

莫司户此时心中如登九霄云里，欢喜不可形容，仰着脸昂然而入。才跨进房，忽然两边门侧里走出七八个老妪丫鬟，一个个手执篱竹细棒，劈头劈脑打将下来，把纱帽都打脱了。肩背上棒如雨下，打得莫司户叫喊不迭。正没想一头处，慌做一堆蹭倒，大叫："岳父岳母救命！"正在危急，只听得房中娇声宛转，叫道："休打杀薄情郎，且唤来相见。"众人方才住手。七八个老妪丫鬟，扯耳朵、拽肐膊，好似六贼戏弥陀一般[7]，脚不点地，拥到新人面前。司户口中还说道："下官何罪？"举目看时，花烛辉煌，照见上边端端正正坐着个新人，不是别人，却是故妻金玉奴。莫稽此时魂不附体，乱嚷道："有鬼！有鬼！"众人都笑起来。只见许公自外而入，叫道："贤婿休疑。此乃吾采石江头所认之义女，非鬼也。"莫稽心头方才住了跳，慌忙跪下，拱手道："我莫稽知罪了！望大人包容之。"许公道："此事与下官无干。只吾女没说话就罢了。"玉奴唾其面骂道："薄幸贼！你不记宋弘有言：'贫贱之交不可忘，糟糠之妻不下堂。'当初你空手赘入吾门，亏得我家资财，读书延誉，以致成名，侥幸今日。奴家指望夫荣妻贵，何期你忘恩负本，就不念结发之情，恩将仇报，将奴推堕江心。幸得上天可怜，得遇恩爹提救，收为义女。不然，一定葬于江鱼之腹，你却于心何忍！今日有何颜面，再与你完聚！"说罢，放声大哭，千薄幸、万薄幸，骂不住口。莫稽满面羞惭，闭口无言，只顾磕头求恕。许公见骂得够了，方才把莫稽扶起，劝玉奴道："我儿息怒。如今贤婿悔罪，料然不敢轻慢你了。你两个虽是旧日夫妻，在我家只算新婚花烛。凡事看我之面，闲言闲语，一笔都勾罢。"又对莫稽说道："贤婿，你自家不是，休怪别人。今宵只索忍耐，待我教你丈母来解劝。"说罢，出房。少刻，夫人来到，又调停了许多说话。二人方才和睦。

次日，许公设宴管待新女婿，将前日所下金花彩币依旧送还，道："一女不受二聘。贤婿前番在金家已费过了，今番下官不敢重叠收受。"莫稽低头无语。许公又道："贤婿常恨令岳翁卑贱，以致夫妇失爱，几乖伦理。今下官备员转运，只恐官卑职小，尚未满贤婿之意。"莫稽涨得面皮红紫，只是离席谢罪。有诗为证：

痴心指望缔高姻，谁料新人是旧人。
打骂一场羞满面，问他何取岳翁新？

自此莫稽与玉奴夫妇和好，比前加倍。许公与夫人待玉奴如真女，待莫稽如真婿。玉奴待许公夫妇，亦与真爹妈无异。连莫稽都感动了，迎接团头金老大在任所奉养送终。后来许公夫妇之死，金玉奴皆制重服，以报其恩。莫氏与许氏世世为通家兄弟，往来不绝。诗云：

宋弘守义称高节[8]，黄允休妻骂薄情[9]。
试看莫生婚再合，姻缘前定枉劳神。

注释

[1]没把鼻:没有凭证。

[2]甘罗:战国时代纵横家甘茂之孙,他十二岁时替秦国游说诸侯,因功被封为上卿。

[3]负羁妻:负羁即春秋时曹国的大夫僖负羁。晋文公重耳流亡到曹国,曹国国君怠慢重耳。僖负羁的妻子看见重耳气宇不凡,劝丈夫暗中送物品与重耳。后来重耳攻打曹国,特下令保全僖负羁一家。

[4]张丽华:南朝陈后主宠爱的妃子,是历史上有名的美人。

[5]跕(tiē)脚不住:形容飞快地走路。跕,足尖轻着地而行。

[6]发解:唐时取士,颁格于州、县,合格者谓之选人,由所在州郡发遣解送至京参与礼部会试,称发解。宋代沿袭其制。明代于各直省举行乡试,中式者称为举人,也称发解。

[7]六贼戏弥陀:佛教认为色、声、香、味、触、法六种感官是引诱人做坏事的贼媒,故称六贼(又叫六尘)。弥陀,指弥陀佛。

[8]宋弘守义:《后汉书·宋弘传》载,光武帝的姐姐湖阳公主新寡,有意于宋弘,光武帝刚一试探,宋弘即回绝:"臣闻贫贱之知不可忘,糟糠之妻不下堂。"

[9]黄允休妻:黄允,东汉人。大官僚袁隗想把女儿嫁给他,他立即将原配妻子夏侯氏休掉。夏侯氏临去之时,当众揭穿他的丑事,黄允从此倒运,不再风光。

新评

俗话说,人心不足蛇吞象。人类不能控制自己的贪欲,实在是件悲哀的事。即如本卷中的莫稽,当初流落太平桥下,衣食不周,上无片瓦可以遮寒,下无寸土可以立足,哪里还指望富贵与荣华?可是一旦在金玉奴的帮助下完成了人生的大转折,便将贫贱时的境遇忘得一干二净,想的是如何向更高的目标进发。在膨胀的欲望指使下,竟干出杀妻除根的勾当。从今天的意义上说,莫稽犯有杀人罪,与这样的人在一起生活,心里能安全吗?可是被害人金玉奴却是这样认为的:"既与莫郎结发,从一而终。虽然莫郎嫌贫弃贱,忍心害理;奴家各尽其道,岂肯改嫁,以伤妇节?"替一个想害死自己的所谓丈夫尽为妇之道,不肯改嫁,让人怎么说呢?小说设巧取奇,通过许德厚夫妇的安排,让金玉奴夫妻再次团圆,看似十分轻松、完美,但莫稽那险恶的用心却让人怎么也挥之不去。

第三十三卷　唐解元玩世出奇

三通鼓角四更鸡，日色高升月色低。
时序秋冬又春夏，舟车南北复东西。
镜中次第人颜老，世上参差事不齐。
若向其间寻稳便，一壶浊酒一餐齑。

这八句诗，乃吴中一个才子所作。那才子姓唐名寅，字伯虎，聪明盖地，学问包天，书画音乐，无有不通；词赋诗文，一挥立就。为人放浪不羁，有轻世傲物之志。生于苏郡，家住吴趋。做秀才时，曾效连珠体，做《花月吟》十馀首，句句中有花有月。如"长空影动花迎月，深院人归月伴花"，"云破月窥花好处，夜深花睡月明中"等句，为人称颂。本府太守曹凤见之，深爱其才。值宗师科考，曹公以才名特荐。那宗师姓方名志，鄞县人，最不喜古文辞。闻唐寅恃才豪放，不修小节，正要坐名黜治。却得曹公一力保救，虽然免祸，却不放他科举。直至临场，曹公再三苦求，附一名于遗才之末。是科遂中了解元[1]。伯虎会试至京，文名益著，公卿皆折节下交，以识面为荣。有程詹事典试，颇开私径卖题，恐人议论，欲访一才名素著者为榜首，压服众心，得唐寅甚喜，许以会元。伯虎性素坦率，酒中便向人夸说："今年我定做会元了。"众人已闻程詹事有私，又忌伯虎之才，哄传主司不公，言官风闻动本。圣旨不许程詹事阅卷，与唐寅俱下诏狱，问革。伯虎还乡，绝意功名，益放浪诗酒，人都称为唐解元。得唐解元诗文字画，片纸尺幅，如获重宝。其中惟画，尤其得意。平日心中喜怒哀乐，都寓之于丹青。每一画出，争以重价购之。有《言志诗》一绝为证：

不炼金丹不坐禅，不为商贾不耕田。
闲来写幅丹青卖，不使人间作业钱[2]。

却说苏州六门：葑、盘、胥、阊、娄、齐。那六门中，只有阊门最盛，乃舟车辐辏之所[3]。真个是：

翠袖三千楼上下，黄金百万水东西。
五更市贩何曾绝，四远方言总不齐。

唐解元一日坐在阊门游船之上，就有许多斯文中人，慕名来拜，出扇求其字画。解元画了几笔水墨，写了几首绝句。那闻风而至者，其来愈多。解元不耐烦，命童子且把大杯斟酒来，解元倚窗独酌。忽见有画舫从旁摇过，舫中珠翠夺目，内有一青衣小鬟，眉目秀艳，体态绰约，舒头船外，注视解元，掩口而笑。须臾船过，解元神荡魂摇，问舟子："可认得去的那只船么？"舟人答言："此船乃无锡华学士府眷也。”解元欲尾其后，急呼小艇不至，心中如有所失。正要教童子去觅船，只见城中一只船儿，摇将出来。他也不管那船有载没载，把手相招，乱呼乱喊。那船渐渐至近，舱中一人，走出船头，叫声：“伯虎，你要到何处去？这般要紧！”解元打一看时，不是别人，却是好友王雅宜。便道：“急要答拜一个远来朋友，故此要紧。兄的船往那里去？”雅宜道：“弟同两个舍亲到茅山去进香，数日方回。”解元道：“我也要到茅山进香，正没有人同去。如今只得要趁便了。”雅宜道：“兄若要去，快些回家收拾。弟泊船在此相候。”解元道：“就去罢了，又回家做什么！”雅宜道：“香烛之类，也要备的。”解元道：“到那里去买罢！”遂打发童子回去。也不别这些求诗画的朋友，径跳过船来，与舱中朋友叙了礼，连呼：“快些开船！”舟子知是唐解元，不敢怠慢，即忙撑篙摇橹。行不多时，望见这只画舫就在前面。解元分付船上，随着大船而行。众人不知其故，只得依他。

次日，到了无锡，见画舫摇进城里。解元道：“到了这里，若不取惠山泉，也就俗了。”叫船家：“移舟去惠山取了水，原到此处停泊，明日早行，我们到城里略走一走，就来下船。”舟子答应自去。解元同雅宜三四人登岸，进了城，到那热闹的所在，撇了众人，独自一个去寻那画舫。却又不认得路径，东行西走，并不见些踪影。走了一回，穿出一条大街上来，忽听得呼喝之声。解元立住脚看时，只见十来个仆人前引一乘暖轿，自东而来，女从如云。自古道：“有缘千里能相会。”那女从之中，阊门所见青衣小鬟，正在其内。解元心中欢喜，远远相随。直到一座大门楼下，女使出迎，一拥而入。询之傍人，说是华学士府，适才轿中乃夫人也。解元得了实信，问路出城。恰好船上取了水才到。少顷，王雅宜等也来了，问：“解元那里去了？教我们寻得不耐烦！”解元道：“不知怎的，一挤就挤散了，又不认得路径，问了半日，方能到此。”并不题起此事。至夜半，忽于梦中狂呼，如魇魅之状。众人皆惊，唤醒问之。解元道：“适梦中见一金甲神人，持金杵击我，责我进香不虔。我叩头哀乞，愿斋戒一月，只身至山谢罪。天明，汝等开船自去，吾且暂回，不得相陪矣。”雅宜等信以为真。

至天明，恰好有一只小船来到，说是苏州去的。解元别了众人，跳上小船。行不多时，推说遗忘了东西，还要转去。袖中摸几文钱，赏了舟子，奋然登岸。到一饭店，办下旧衣破帽，将衣巾换讫，如穷汉之状。走至华府典铺内，以典钱为由，与主管相见。卑词下气，问主管道：“小子姓康，名宣，吴县人氏，颇善书，处一个小馆为生。近因拙妻亡故，又失了馆，孤身无活，欲投一大家充书办之役，未知府上用得否？倘收用时，不敢忘恩！”因于袖中取出细楷数行，与主管观看。主管看那字，写得甚是端楷可爱，答道：“待我晚间进府禀过老爷，明日你来讨回话。”是晚，主管果然将字样禀知学士。学士看了，夸道：“写得好，不似俗人之笔。明日可唤来见我。”次早，解元便到典中，主管引进解元拜见了学士。学士见其仪表不俗，问过了姓名住居，又问："曾读书么?"解元道："曾考过几遍童生，不得进学，经书还都记得。"学士问是何经。解元虽习《尚书》，其实五经俱通的，晓得学士习《周易》，就答应道："《易经》。"学士大喜，道："我书房中写帖的不缺，可送公子处作伴读。"问他要多少身价。解元道："身价不敢领，只要求些衣服穿。待后老爷中意时，赏一房好媳妇足矣。"学士更喜。就叫主管于典中寻几件随身衣服与他换了，改名华安。送至书馆，见了公子。公子教华安抄写文字。文字中有字句不妥的，华安私加改窜。公子见他改得好，大惊道："你原来通文理，几时放下书本的?"华安道："从来不曾旷学，但为贫所迫耳。"公子大喜。将自己日课教他改削。华安笔不停挥，真有点铁成金手段。有时题义疑难，华安就与公子讲解。若公子做不出时，华安就通篇代笔。先生见公子学问骤进，向主人夸奖。学士讨近作看了，摇头道："此非孺子所及，若非抄写，必是倩人[4]。"呼公子诘问其由。公子不敢隐瞒，说道："曾经华安改窜。"学士大惊。唤华安到来，出题面试。华安不假思索，援笔立就，手捧所作呈上。学士见其手腕如玉，但左手有枝指[5]。阅其文，词意兼美，字复精工，愈加欢喜。道："你时艺如此，想古作亦可观也!"乃留内书房掌书记。一应往来书札，授之以意，辄令代笔，烦简曲当，学士从未曾增减一字。宠信日深，赏赐比众人加厚。华安时买酒食与书房诸童子共享，无不欢喜。因而潜访前所见青衣小鬟，其名秋香，乃夫人贴身伏侍，一刻不离者。计无所出，乃因春暮，赋《黄莺儿》以自叹：

风雨送春归，杜鹃愁，花乱飞，青苔满院朱门闭。孤灯半垂，孤衾半敧，萧萧孤影汪汪泪。忆归期，相思未了，春梦绕天涯。

学士一日偶到华安房中，见壁间之词，知安所题，甚加称奖。但以为壮年鳏处，不无感伤，初不意其有所属意也。适典中主管病故，学士令华安暂摄其事。月馀，出纳谨慎，毫忽无私。学士欲遂用为主管，嫌其孤身无室，难以重托。乃与夫人商议，呼媒婆欲为娶妇。华安将银三两，送与媒婆，央他禀知夫人说："华安蒙老爷、夫人提拔，复为置室，恩同天地。但恐外面小家之女，不习里面规矩。倘得于侍儿中择一人见配，此华安之愿也!"媒婆依言禀知夫人，夫人对学士说了。学士道："如此诚为两便。但华安初来时，不领身价，原指望一房好媳妇。今日又做了府中得力之人，倘然所配未中其意，难保其无他志也。不若唤他到中堂，将许多丫鬟听其自择。"夫人点头道是。

当晚，夫人坐于中堂，灯烛辉煌，将丫鬟二十馀人各盛饰装扮，排列两边，恰似一班仙女，簇拥着王母娘娘在瑶池之上。夫人传命唤华安。华安进了中堂，拜见了夫人。夫人道："老爷说你小心得用，欲赏你一房妻小。这几个粗婢中，任你自择。"叫老姆姆携烛下去照他一照。华安就烛光之下，看了一回，虽然尽有标致的，那青衣小鬟不在其内。华安立于傍边，默然无语。夫人叫老姆姆，"你去问华安：'那一个中你的意?就配与你。'"华安只不开言。夫人心中不乐，叫："华安，你好大眼孔，难道我这些丫头就没个中你意的？”华安道：“复夫人：华安蒙夫人赐配，又许华安自择，这是旷古隆恩，粉身难报。只是夫人随身侍婢还来不齐，既蒙恩典，愿得尽观。”夫人笑道：“你敢是疑我有吝啬之意？也罢！房中那四个一发唤出来与他看看，满他的心愿。”原来那四个是有执事的，叫做：

春媚，夏清，秋香，冬瑞。

春媚，掌首饰脂粉；夏清，掌香炉茶灶；秋香，掌四时衣服；冬瑞，掌酒果食品。管家老姆姆传夫人之命，将四个唤出来。那四个不及更衣，随身妆束，秋香依旧青衣。老姆姆引出中堂，站立夫人背后。室中蜡炬，光明如昼。华安早已看见了。昔日丰姿，宛然在目。还不曾开口，那老姆姆知趣，先来问道：“可看中了谁？”华安心中明晓得是秋香，不敢说破，只将手指道：“若得穿青这一位小娘子，足遂生平。”夫人回顾秋香，微微而笑。叫华安且出去。华安回典铺中，一喜一惧，喜者机会甚好，惧者未曾上手，惟恐不成。偶见月明如昼，独步徘徊，吟诗一首：

徙倚无聊夜卧迟，绿杨风静鸟栖枝。
难将心事和人说，说与青天明月知。

次日，夫人向学士说了。另收拾一所洁净房室，其床帐家伙，无物不备。又合家童仆奉承他是新主管，担东送西，摆得一室之中，锦片相似。择了吉日，学士和夫人主婚。华安与秋香中堂双拜，鼓乐引至新房，合卺成婚[6]，男欢女悦，自不必说。夜半，秋香向华安道：“与君颇面善，何处曾相会来？”华安道：“小娘子自去思想。”又过了几日，秋香忽问华安道：“向日阊门游船中看见的可就是你？”华安笑道：“是也。”秋香道：“若然，君非下贱之辈，何故屈身于此？”华安道：“吾为小娘子傍舟一笑，不能忘情，所以从权相就。”秋香道：“妾昔见诸少年拥君，出素扇竞求书画，君一概不理，倚窗酌酒，旁若无人。妾知君非凡品，故一笑耳。”华安道：“女子家能于流俗中识名士，诚红拂、绿绮之流也[7]！”秋香道：“此后于南门街上，似又会一次。”华安笑道：“好利害眼睛！果然果然。”秋香道：“你既非下流，实是甚么样人？可将真姓名告我。”华安道：“我乃苏州唐解元也。与你三生有缘，得谐所愿。今夜既然说破，不可久留，欲与你图谐老之策，你肯随我去否？”秋香道：“解元为贱妾之故，不惜辱千金之躯，妾岂敢不惟命是从！”华安次日将典中帐目，细细开了一本簿子，又将房中衣服首饰及床帐器皿，另开一帐，又将各人所赠之物，亦开一帐，纤毫不取。共是三宗帐目，锁在一个护书箧内。其钥匙即挂在锁上。又于壁间题诗一首：

拟向华阳洞里游，行踪端为可人留。
愿随红拂同高蹈，敢向朱家惜下流？
好事已成谁索笑，屈身今去尚含羞。
主人若问真名姓，只在“康宣”两字头。

是夜，雇了一只小船，泊于河下。黄昏人静，将房门封锁，同秋香下船，连夜望苏州去了。

天晓，家人见华安房门封锁，奔告学士。学士教打开看时，床帐什物一毫不动，护书内帐目开载明白。学士沉思，莫测其故。抬头一看，忽见壁上有诗八句，读了一遍。想："此人原名不是康宣。"又不知甚么意故，来府中住许多时；若是不良之人，财上又分毫不苟。又不知那秋香如何就肯随他逃走，如今两口儿又不知逃在那里？"我弃此一婢，亦有何难？只要明白了这桩事迹。"便叫家童唤捕人来，出信赏钱，各处缉获康宣秋香，杳无影响。过了年馀，学士也放过一边了。

忽一日，学士到苏州拜客。从阊门经过，家童看见书坊中有一秀才坐而观书，其貌酷似华安，左手亦有枝指。报与学士知道。学士不信，分付此童再去看个详细，并访其人名姓。家童覆身到书坊中，那秀才又和着一个同辈说话，刚下阶头，家童乖巧，悄悄随之。那两个转弯向溃子门下船去了，仆从相随，共有四五人。背后察其形相，分明与华安无二。只是不敢唐突。家童回转书坊，问店主："适来在此看书的是什么人？"店主道："是唐伯虎解元相公。今日是文衡山相公舟中请酒去了。"家童道："方才同去的那一位可就是文相公么？"店主道："那是祝枝山，也都是一般名士。"家童一一记了，回复了华学士。学士大惊，想道："久闻唐伯虎放达不羁，难道华安就是他？明日专往拜谒，便知是否。"

次日，写了名帖，特到吴趋坊拜唐解元。解元慌忙出迎，分宾而坐。学士再三审视，果肖华安。及捧茶，又见手白如玉，左有枝指。意欲问之，难于开口。茶罢，解元请学士书房中小坐。学士有疑未决，亦不肯轻别，遂同至书房。见其摆设齐整，啧啧叹羡。少停酒至，宾主对酌多时。学士开言道："贵县有个康宣，其人读书不遇，甚通文理。先生识其人否？"解元唯唯。学士又道："此人去岁曾佣书于舍下，改名华安。先在小儿馆中伴读，后在学生书房管书柬。后又在小典中为主管。因他无室，教他于贱婢中自择。他择得秋香成亲。数日后夫妇俱逃，房中日用之物一无所取，竟不知其何故。学生曾差人到贵处察访，并无其人。先生可略知风声么？"解元又唯唯。学士见他不明不白，只是胡答应，忍耐不住，只得又说道："此人形容颇肖先生模样，左手亦有枝指，不知何故？"解元又唯唯。少顷，解元暂起身入内。学士翻看桌上书籍，见书内有纸一幅，题诗八句，读之，即壁上之诗也。解元出来，学士执诗问道："这八句诗乃华安所作，此字亦华安之笔，如何有在尊处？必有缘故，愿先生一言，以决学生之疑。"解元道："容少停奉告。"学士心中愈闷，道："先生见教过了，学生还坐，不然即告辞矣。"解元道："禀复不难，求老先生再用几杯薄酒。"学士又吃了数杯。解元巨觥奉劝。学士已半酣，道："酒已过分，不能领矣。学生惓惓请教，止欲剖胸中之疑，并无他念。"解元道："请用一箸粗饭。"饭后献茶，看看天晚，童子点烛到来。学士愈疑，只得起身告辞。解元道："请老先生暂挪贵步,当决所疑。”命童子秉烛前引,解元陪学士随后共入后堂。

堂中灯烛辉煌。里面传呼:“新娘来。”只见两个丫鬟,伏侍一位小娘子,轻移莲步而出,珠珞重遮,不露娇面。学士惶悚退避。解元一把扯住衣袖,道:“此小妾也。通家长者,合当拜见,不必避嫌。”丫鬟铺毡,小娘子向上便拜。学士还礼不迭。解元将学士抱住,不要他还礼。拜了四拜,学士只还得两个揖,甚不过意。拜罢,解元携小娘子近学士之旁,带笑问道:“老先生请认一认,方才说学生颇似华安,不识此女亦似秋香否?”学士熟视大笑,慌忙作揖,连称得罪。解元道:“还该是学生告罪。”二人再至书房。解元命重整杯盘,洗盏更酌。酒中,学士复叩其详。解元将阊门舟中相遇始末细说一遍。各各抚掌大笑。学士道:“今日即不敢以记室相待,少不得行子婿之礼。”解元道:“若要甥舅相行,恐又费丈人妆奁耳。”二人复大笑。是夜,尽欢而别。

学士回到舟中,将袖中诗句置于桌上,反覆玩味。“首联道:‘拟向华阳洞里游。’是说有茅山进香之行了。‘行踪端为可人留。’分明为中途遇了秋香,担阁住了。第二联:‘愿随红拂同高蹈,敢向朱家惜下流。’他屈身投靠,便有相挈而逃之意。第三联:‘好事已成谁索笑,屈身今去尚含羞。’这两句明白。末联:‘主人若问真名姓,只在“康宣”两字头。’‘康’字与‘唐’字头一般,‘宣’字与‘寅’字头无二,是影着唐寅二字。我自不能推详耳。他此举虽似情痴,然封还衣饰,一无所取,乃礼义之人,不枉名士风流也。”学士回家,将这段新闻向夫人说了。夫人亦骇然。于是厚具妆奁,约值千金,差当家老姆姆押送唐解元家。从此两家遂为亲戚,往来不绝。至今吴中把此事传作风流话柄。有唐解元《焚香默坐歌》,自述一生心事,最做得好!歌曰:

焚香默坐自省己,口里喃喃想心里。
心中有甚害人谋?口中有甚欺心语?
为人能把口应心,孝弟忠信从此始。
其馀小德或出入,焉能磨涅吾行止?
头插花枝手把杯,听罢歌童看舞女。
“食色性也”古人言,今人乃以为之耻。
及至心中与口中,多少欺人没天理。
阴为不善阳掩之,则何益矣徒劳耳!
请坐且听吾语汝:凡人有生必有死;
死见阎君面不惭,才是堂堂好男子。

注释

[1]解(jiè)元:科举时代乡试第一名称为解元,也称解首。因乡试本称解试,故名。

[2]作业：作孽。

[3]辐辏：聚积。

[4]倩(qiàn)人：请他人(帮忙)。

[5]枝指：歧生的指头(一只手有六个指头)。

[6]合卺(jǐn)：旧时婚礼饮交杯酒。把瓠分成两个瓢，叫卺，新婚夫妇各拿一瓢来饮酒。

[7]红拂：五代前蜀杜光庭《虬髯传》载：隋末李靖以布衣谒见越国公杨素，杨素侍婢中有一个手拿红拂的，很漂亮，深情地凝视李靖。李靖回到旅馆后，红拂五更来投，二人同奔太原。 绿绮：司马相如有琴叫绿绮。这里是用绿绮代指司马相如的妻子卓文君。卓文君新寡在家，司马相如用琴声传情，卓文君背着父亲与司马相如私奔。

新评

这是一篇关于唐伯虎的传奇故事。唐寅(1470—1523)，明代吴县人，字伯虎，一字子畏，号六如居士、桃花庵主等。弘治中举于乡，工书画诗文。绘画长于山水，兼精人物，曾师事周臣，以李唐为法。其画笔力挺拔，人物衣褶勾勒，劲直如铁丝。与沈周、文徵明、仇英合称“明四家”。《明史》有传。

大凡杰出的艺术家，都情感丰富，感觉敏锐，而且举止有悖常理。即如本篇中的唐伯虎，只为画舫中青衣女子顾盼一笑，即尾随其后，为达到相见之目的，变姓名、司贱役而无悔。精诚所至，金石为开。唐伯虎的真诚终于没有白费，他得以与青衣女子成就百年之好，为风流倜傥的文人学士留下千古美谈。影视作品《三笑》、《唐伯虎点秋香》即以此为据。

第三十四卷　女秀才移花接木

万里桥边薛校书，枇杷窗下闭门居。
扫眉才子知多少？管领春风总不如。

这四句诗，乃唐人赠蜀中妓女薛涛之作。这个薛涛，乃是女中之才子。南康王韦皋做西川节度使时，曾表奏他做军中校书，故人多称为薛校书。所往来的是高千里、元微之、杜牧之一班儿名流。又将浣花溪水造成小笺，名曰"薛涛笺"。词人墨客，得了此笺，犹如拱璧。真正名重一时，芳流百世。

国朝洪武年间，有广东广州府人田洙，字孟沂，随父田百禄到成都赴教官之任。那孟沂生得风流标致，又兼才学过人，书画琴棋之类，无不通晓，学中诸生日与嬉游，爱同骨肉。过了一年，百禄要遣他回家。孟沂的母亲心里，舍不得他去；又且寒官冷署，盘费难处。百禄与学中几个秀才商量，要在地方上寻一个馆与儿子坐坐：一来可以早晚读书，二来得些馆资，可为归计。这些秀才巴不得留住他。访得附郭一个大姓张氏要请一馆宾，众人遂将孟沂力荐于张氏。张氏送了馆约，约定明年正月元宵后到馆。至期，学中许多有名的少年朋友，一同送孟沂到张家来，连百禄也自送去。张家主人曾为运使，家道饶裕，见是老广文带了许多时髦到家[1]，甚为喜欢，开筵相待。酒罢各散，孟沂就在馆中宿歇。

到了二月花朝日，孟沂要归省父母。主人送他节仪二两[2]。孟沂藏在袖子里了，步行回去。偶然一个去处，望见桃花盛开，一路走去看，境甚幽僻。孟沂心里喜欢，伫立少顷，观玩景致。忽见桃林中一个美人掩映花下。孟沂晓得是良人家，不敢顾盼，径自走过，未免带些卖俏身子，拖下袖来，袖中之银，不觉落地。美人看见，便叫随侍的丫鬟拾将起来，送还孟沂。孟沂笑受，致谢而别。明日，孟沂有意打那边经过，只见美人与丫鬟仍立在门首。孟沂望着门前走去。丫鬟指道："昨日遗金的郎君来了。"美人略略敛身，避入门内。孟沂见了丫鬟，叙述道："昨日多蒙娘子美情，拾还遗金，今日特来造谢。"美人听得，叫丫鬟请入内厅相见。孟沂喜出望外，急整衣冠，望门内而进。美人早已迎着，至厅上相见。礼毕，美人先开口道："郎君莫非是张运使宅上西宾么[3]？"孟沂道："然也。昨日因馆中回家，道经于此，偶遗小物，得遇夫人盛情，命尊姬拾还，实为感激。"美人道："张氏一家亲戚，彼西宾即我西宾，还金小事，何足为谢？"孟沂道："欲问夫人高门姓氏，与敝东何亲？"美人道："寒家姓平，成都旧族也。妾乃文孝坊薛氏女，嫁与平氏子康，不幸早卒。妾独孀居于此，与郎君贤东乃乡邻姻娅。郎君即是通家了。"孟沂见说是孀居，不敢久留，两杯茶罢，起身告退。美人道："郎君便在寒舍过了晚去。若贤东晓得郎君到此，妾不能久留款待，觉得没趣了。”即分付快办酒馔。不多时，设着两席，与孟沂相对而坐。坐中殷勤劝酬。笑语之间，美人多带些谑浪话头。孟沂认道是张氏至戚，虽然心里技痒难熬，还拘拘束束，不敢十分放肆。美人道：“闻得郎君倜傥俊才，何乃作儒生酸态？妾虽不敏，颇解吟咏。今遇知音，不敢爱丑，当与郎君赏鉴文墨，唱和词章。郎君不以为鄙，妾之幸也。”遂教丫鬟取出唐贤遗墨，与孟沂看。孟沂从头细阅，多是唐人真迹手翰诗词。惟元稹、杜牧、高骈的最多，纸墨如新。孟沂爱玩，不忍释手，道：“此希世之宝也。夫人情钟此类，真是千古韵人了。”美人谦谢。两人谈话有味，不觉夜已二鼓。孟沂辞酒不饮。美人延入寝室，自荐枕席道：“妾独处已久，今见郎君高雅，不能无情，愿得奉陪。”孟沂道：“不敢请耳，固所愿也。”两个解衣就枕，鱼水欢情，极其缱绻。枕边切切叮咛道：“慎勿轻言。若贤东知道，彼此名节丧尽了。”次日，将一个卧狮玉镇纸赠与孟沂，送至门外，道：“无事就来走走，勿学薄幸人。”孟沂道：“这个何劳分付。”孟沂到馆，哄主人道：“老母想念，必要小生归家宿歇，小生不敢违命留此。从今，早来馆中，夜归家里便了。”主人信以为实，道：“任从尊便。”自此，孟沂在张家，只推家里去宿，家里又说在馆中宿，竟夜夜到美人处宿了。整有半年，并没一个人知道。

孟沂与美人赏花玩月，酌酒吟诗，曲尽人间之乐。两人每每你唱我和，偶成联句，如《落花》二十四韵，《月夜》五十韵，斗巧争妍，真成敌手。佳句太多，恐看官每厌听，不能尽述，只将他两人《四时回文诗》表白一遍。美人诗道：

花朵几枝柔傍砌，柳丝千缕细摇风。
霞明半岭西斜日，月上孤村一树松。（春）
凉回翠簟冰人心，齿沁清泉夏月寒。
香篆袅风清缕缕，纸窗明月白团团。（夏）
芦雪覆汀秋水白，柳风凋树晚山苍。
孤帏客梦惊空馆，独雁征书寄远乡。（秋）
天冻雨寒朝闭户，雪飞风冷夜关城。
鲜红炭火围炉暖，浅碧茶瓯注茗清。（冬）

这首诗怎么叫做回文？因是顺读完了，倒读转去，皆可通得。最难得这样浑成，非是高手不能。美人一挥而就。孟沂也和他四首道：

芳树吐花红过雨，入帘飞絮白惊风。
黄添晓色青舒柳，粉落晴香雪覆松。（春）
瓜浮瓮水凉消暑，藕叠盘冰翠嚼寒。
斜石近阶穿笋密，小池舒叶出荷团。（夏）
残石绚红霜叶出，薄烟寒树晚林苍。
鸾书寄恨羞封泪，蝶梦惊愁怕念乡。（秋）

风卷雪篷寒罢钓，月辉霜柝冷敲城。

浓香酒泛霞杯满，淡影梅横纸帐清。(冬)

孟沂和罢，美人甚喜。真是才子佳人，情味相投，乐不可言。

却是好物不坚牢，自有散场时节。一日，张运使偶过学中，对老广文田百禄说道："令郎每夜归家，不胜奔走之劳，何不仍留寒舍住宿，岂不为便？"百禄道："自开馆后，一向只在公家，止因老妻前日有疾，曾留得数日，这几时并不曾来家宿歇，怎么如此说？"张运使晓得内中必有蹊蹊，恐碍着孟沂，不敢尽言而别。是晚，孟沂告归，张运使不说破他，只叫馆仆尾着他去。到得半路，忽然不见。馆仆赶去追寻，竟无下落，回来对家主说了。运使道："他少年放逸，必然花柳人家去了。"馆仆道："这条路上，何曾有甚么妓馆？"运使道："你还到他衙中问问看。"馆仆道："天色晚了，怕关了城门，出来不得。"运使道："就在他家宿了。明日早辰来回我不妨。"到了天明，馆仆回话，说是不曾回衙。运使道："这等，那里去了？"正疑怪间，孟沂恰到。运使问道："先生昨宵宿于何处？"孟沂道："家间。"运使道："岂有此理！学生昨日叫人跟随先生回去，因半路上不见了先生，小仆直到学中去问，先生不曾到宅，怎如此说？"孟沂道："半路上偶到一个朋友处讲话，直到天黑回家，故此盛仆来时问不着。"馆仆道："小人昨夜宿在相公家里，方才回来的。田老爷见说了，甚是惊慌，要自来寻问。相公如何还说着在家的话？"孟沂支吾不来，颜色尽变。运使道："先生若有别故，当以实说。"孟沂晓得遮掩不过，只得把遇着平家薛氏的话说了一遍，道："此乃令亲相留，非小生敢作此无行之事。"运使道："我家何尝有亲戚在此地方？况亲中也无平姓者，必是鬼祟！今后先生自爱，不可去了。"孟沂口里应承，心里那里信他，傍晚又到美人家里，备对美人说形迹已露之意。美人道："我已先知道了。郎君不必怨悔，亦是冥数尽了。"遂与孟沂痛饮，极尽欢情。到了天明，哭对孟沂道："从此永别矣。"将出洒墨玉笔管一枝，送与孟沂道："此唐物也。郎君慎藏在身，以为记念。"挥泪而别。

那边张运使料先生晚间必去，叫人看看，果不在馆。运使道："先生这事必要做出来。这是我们做主人的干系，不可不对他父亲说知。"遂步至学中，把孟沂之事，备细说与百禄知道。百禄大怒，遂叫了学中一个门子，同着张家馆仆，到馆中唤孟沂回家。孟沂方别了美人，回到张家，想念道："他说永别之言，只怕风声败露矣。我便耐守几时，再去走动，或者还可相会。"正踌躇间，父命已至，只得跟着回去。百禄一见，喝道："你书倒不读，夜来在那里游荡！"孟沂看见张运使在家了，便无言可对。百禄见他不说，就拿起一条拄杖，劈头打去道："还不实告！"孟沂无奈，只得把相遇之事，及录成联句一本，与所送镇纸笔管两物，各将出来，道："如此佳人，不容不动心。不必罪儿子。"百禄取来逐件一看，看那玉色是几百年出土之物，管上有篆刻"渤海高氏清玩"六个字。又揭开诗来，从头细阅，不觉心服。对张运使道："物既希奇，诗又俊逸，岂寻常之怪！我每可同了不肖子，亲到那地方去查一查踪迹看。"三人遂同出城来。将近桃林，孟沂道："此间是了。"进前一看，孟沂惊道："怎生屋宇俱无了！"百禄与运使齐抬头一看，只见水碧山青，桃林茂盛，荆棘之中，有冢累然。张运使点头道："是了，是了。此地相传是唐妓薛涛之墓。后人因郑谷诗有'小桃花绕薛涛坟'之句，所以种桃百株，为春时游赏之所。贤郎所遇，必是薛涛也。"百禄道："怎见得？"张运使道："他说所嫁是平氏子康，分明是平康巷了。又说文孝坊，城中并无此坊。'文孝'乃是'教'字，分明是教坊了。平康巷教坊，乃是唐时妓女所居。今云薛氏，不是薛涛是谁？且笔上有高氏字，乃是西川节度使高骈。骈在蜀时，涛最蒙宠待，二物是其所赐无疑。涛死已久，其精灵犹如此，此事不必穷究了。"百禄晓得运使之言甚确，恐怕儿子还要着迷，打发他回归广东。后来孟沂中了进士，常对人说，便将二玉物为证。虽然想念，再不相遇了。至今传有田洙遇薛涛故事。

小子为何说这一段鬼话？只因蜀中女子从来号称多才，如文君、昭君，多是蜀中所生，皆有文才。所以薛涛一个妓女，生前诗名，不减当时词客，死后犹且诗兴勃然。这也是山川的秀气。唐人诗有云："锦江滑腻峨眉秀，幻出文君与薛涛。"诚为千古佳话。至于黄崇嘏女扮为男，做了相府掾属，今世传有《女状元》本，也是蜀中故事。可见蜀女多才，自古为然。至今两川风俗，女人自小从师上学，与男人一般读书，还有考试讲庠做青衿弟子。若在别处，岂非大段奇事？

而今说着一家子的事，委曲奇诧，最是好听：

从来女子守闺房，几见裙钗入学堂？
文武习成男子业，婚姻也只自商量。

话说四川成都府绵竹县，有一个武官，姓闻名确，乃是卫中世袭指挥。因中过武举两榜，累官至参将，就镇守彼处地方。家中富厚，赋性豪奢。夫人已故，房中有一班姬妾，多会吹弹歌舞。有一子也是妾生，未满三周。有一个女儿，年十七岁，名曰蜚娥，丰姿绝世。却是将门将种，自小习得一身武艺。他最善骑射，真能百步穿杨；模样虽是娉婷，志气赛过男子。他起初因见父亲是武出身，受那外人指目，只说是个武弁人家，必须得个子弟，在黉门中出入[4]，方能结交斯文士夫，不受人的欺侮。争奈兄弟尚小，等他长大不得，所以一向妆做男子，到学堂读书，外边走动，只是个少年学生；到了家中内房，方还女扮。如此数年，果然学得满腹文章，博通经史。遇着宗师到来，他就改名胜杰，表字俊卿，取胜过杰豪男人之意。一般随行逐队去考童生。且喜文星照命，县、府、道高高前列，做了秀才。他男扮久了，人多认做闻参将的小舍人，一进了学，多来贺喜，府县迎送到家。参将也只是将错就错，欢喜开宴。因武官人家，秀才是极难得的。从此参将与官府往来，添了个帮手，有好些气色。那内外大小，却像忘记他是女儿一般的，凡事尽要蜚娥支持。他同学有两个好友：一个姓魏，名造，字撰之；一个姓杜，名亿，字子中。两人多是出群才学，英锐少年，与闻俊卿意气相投，学业相长。况且年纪差不多：魏撰之方年十九，长俊卿两岁；杜子中却与俊卿同年，只小得两个月。三人就如亲生兄弟一般，极是契厚，同在学中一个斋舍里读书。二人无心，只认做同窗好友。闻俊卿却有意要在二人之中拣一个嫁他。将两人比并起来，又觉得杜子中是同庚生，凡事仿佛，模样也是他标致些，更为中意，比魏撰之分外说得投机。杜子中见俊卿意思又好，丰姿又妙，常对他道："我与兄两人，可惜多做了男子。我若为女，必当嫁兄。兄若为女，我必当娶兄。"魏撰之听得，便取笑道："而今世界盛行男色，久已颠倒阴阳。那见得两男便嫁娶不得？"闻俊卿正色道："我辈俱是孔门弟子，以文艺相知，彼此爱重。若想着淫昵，把面目放在何处？况堂堂男子，肯效顽童所为乎？该罚魏兄东道才是。"魏撰之道："适才听得子中爱慕俊卿，恨不得身为女子，故尔取笑。若俊卿不爱此道，子中也就不及变身子了。"杜子中道："我原是两下的说话。今只说得一半，把我说得失便宜了。"魏撰之道："三人之中，谁叫你独小？自然该吃些亏。"大家笑了一回。

俊卿归家，脱了男服，还是个女身，暗想道："我久与男人做伴，已是不宜；岂可舍此同学之人，另寻配偶不成？毕竟止在二人之内了。虽然杜生更觉可喜，魏兄也自不凡。不知后来还是那个结果好，姻缘究在那个身上？"好生委决不下。他家中一个小楼，可以四望，心中有事，趁步登楼，见一只乌鸦，在楼窗前飞过，却向百步外一株高树上停翅踏枝，对着楼窗呀呀的叫。俊卿认得这株树，乃是学中斋前之树，心里道："叵耐这业畜叫得可厌，且教他吃我一箭则个。"随下楼到卧房中，取了弓箭，跑上楼来。那乌鸦还在那里狠叫。俊卿道："我借这业畜，卜我一件心事则个。"扯开弓，搭上箭，口里轻轻道："不要误我！"飕的一响，箭到处，那边乌鸦坠地。这边望见中箭，急急下楼，仍旧换了男妆，往学中看那枝箭的下落。

且说杜子中在斋前闲步，听得鸦鸣正急，忽然扑的一响，掉下地来。走去看时，鸦头上中了一箭，贯睛而死。子中拔出箭来道："谁有此神手？恰恰贯着他头脑。"仔细看那箭干上，有两行细字道："矢不虚发，发必应弦。"子中念罢笑道："那人好夸口。"魏撰之听得，急出来叫道："拿与我看。"在杜子中手里接了过来。正同看时，忽然子中家里有人来寻。子中掉着箭自去了。魏撰之细看时，八个字下边，还有"蜚娥记"三小字。想道："蜚娥乃女人之号，难道女人中有此妙手？这也诧异。适才子中不看见这三个字，若见时，必然还要称奇了。"沉吟间，早有闻俊卿走将来。看见魏撰之捻着这枝箭，立在那里，忙问道："这枝箭是兄拾了么？"撰之道："箭自我拾的，兄却如何盘问？"俊卿道："箭上有字的么？"撰之道："因为有字，在此想念。"俊卿道："想念些甚么？"撰之道："有'蜚娥记'三字。蜚娥必是女人，故此想着。难道有这般善射的女子不成？"俊卿假言道："不敢欺兄。蜚娥即是家姊。"

撰之道："令姊有如此巧艺，曾许聘那家了？"俊卿道："尚未。"撰之道："模样如何？"俊卿道："与小弟有些厮像。"撰之道："这等，必是极美的了。俗语道：'未看老婆，先看阿舅。'小弟还未有室。吾兄与小弟做个撮合山何如[5]？"俊卿道："家下事，多是小弟作主。老父面前，只消小弟一言，无有不依。只未知家姊心下如何。"撰之道："令姊处也仗吾兄帮衬。通家之雅，料无推拒。"俊卿道："小弟谨记在心。"撰之喜道："得兄应承，便十有八九了。谁想姻缘却在此枝箭上。小弟谨当宝此，以为后验。"便把那枝箭藏于书箱中。又取出羊脂玉闹妆一个，递与俊卿道："以此奉令姊，权答此箭，作个信物。"俊卿接来，束在腰间。撰之道："小弟聊诌俚言，道意于令姊，何如？"俊卿道："愿闻。"撰之吟道：

闻得罗敷未有夫，支机肯与问津无？
他年得射如皋雉，珍重今朝金仆姑。

俊卿笑道："诗意最妙。只是兄貌不陋，似太谦了些。"撰之笑道："小弟虽非贾大夫之丑，若与令姊相并，定是不及。"俊卿含笑而别。从此撰之胸中痴痴的想着："闻俊卿有个阿姊，貌美技精，要得为妻。"有了这个念头，并不与杜子中说知，因为箭是他所拾，恐怕说明这段缘由，起子中争娶之念，故此半字不题。谁想这枝箭元有来历。俊卿学射时节，便怀着择配之心，竹干上刻那两句，固是夸着发矢必中，也暗藏个应弦的哑谜。他射那乌鸦之时，明知在书斋树上，射去这枝箭，心里暗卜一卦，看他两人那个先拾得者，即是百年姻眷，为此急急来寻下落。不知是杜子中先拾着，后来掉在魏撰之手里。俊卿只见在魏撰之处，以为姻缘有定，故假意说是姊姊，其实多暗隐着自己的意思。魏撰之不知其故，凭他捣鬼，只道的真有个姊姊。俊卿却又错认魏撰之乃天定良缘，已是心口相许；但为杜子中十分相爱好些，抛撇不下，叹口气道："一马跨不得双鞍。我又违不得天意，他日别寻件事端，补其夙昔美情。"明日来对魏撰之道："老父与家姊面前，小弟十分撺掇，已有允意。玉闹妆也留在家姊处了。老父的意思，要等秋试过，待兄高捷，方议此事。"魏撰之道："就迟到今冬，也无妨。只是一言既定，再无翻变才好。"俊卿道："有小弟在，谁翻变得？"魏撰之不胜之喜，连忙作揖道："多谢吾兄主盟，异日当图厚报。"

话休烦絮。时值秋闱，魏撰之与杜子中、闻俊卿多考在优等，起送乡试。两人拉俊卿同去。俊卿与父参将计较道："女孩儿家只好瞒着人，暂时做秀才耍子。若当真去乡试，一下子中了举人，后边露出真情来，就要关着奏请干系。事体弄大了不好收场，决使不得。"遂托病不行。魏杜两生只得撇了，自去赴试。揭晓之日，两生多得中了。闻俊卿见两家报捷，也自欢喜，打点等魏撰之到家时，方把求亲之话与父亲说知。不想安绵兵备道与闻参将不合，时值军令考察，开下若干款数，递个揭帖到按院处，诬他冒用国课，妄报功绩，侵克军粮，累赃巨万。按院参上一本，奉圣旨着本处抚院提问。此报一至闻家，合门慌做了一团，也就有许多衙门人寻出事端来缠扰。亏得闻俊卿是个出名的秀才，众人不敢十分啰唣。过不多时，兵道行牌到府，说是奉旨犯人，不宜疏纵，把闻参将收拾在府狱中去了。闻俊卿自把生员出名，去递投诉，就求保候父亲。太守准了诉词，不肯召保。俊卿央着同窗两个新中举人去见太守。太守说碍上司分付，做不得情。三人袖手无计。此时魏撰之自揣道："他家患难之际，料说不得求亲的闲话，只好不提起，且一面去会试再处。"两人临行之时，又与俊卿作别。撰之道："我们三人同心之友，我两人喜得侥幸。方恨俊卿因病蹉跎，不得同登，不想又遭此家难。而今我们匆匆进京，心下如割，却是事出无奈。多致意尊翁，且自安心听问。我们若少得进步，必当出力相助，来白此冤。"子中道："此间官官相护，做定圈套陷人。闻兄只在家营救，未必有益。我两人进京，倘得好处，闻兄不若径到京来商量，与尊翁寻个门路，还是那边上流头好辩白冤枉，我辈也好相机助力。切记，切记！"撰之又私自叮嘱道："令姊之事，万万留心。不论得意不得意，此番回来必求事谐了。"俊卿道："闹妆见在，决不使兄失望便了。"三人洒泪而别。

闻俊卿自两人去后，一发没有商量可救父亲。亏得"官无三日急，倒有七日宽"。无非凑些银子，上下分派，使用得停当，狱中的也不受苦，官府也不来急急要问，丢在半边，做一件未结公案。参将与女儿计较道："这边的官司既未问理，我们正好做手脚。我意要修下一个辩本，做下一个备细揭帖到京中诉冤，只没个能干的人去得，心下踌躇未定。"闻俊卿道："这件事须得孩儿自去。前日魏杜两兄临别时，也教孩儿进京去，可以相机行事。但得两兄有一人得第，也就好做靠傍了。"参将道："幸得你是个女中丈夫。若亲自到京，毕竟停当。只是万里程途，路上恐怕不便。"俊卿道："自古多称缇萦救父[6]，以为美谈。他也是个女子，况且孩儿男装已久，游庠已过，一向算在丈夫之列，有甚去不得？虽是路途遥远，孩儿弓矢可以防身。倘有人盘问，凭着胸中见识，也支持得过，不足为虑。只是单带着男人随去，便有好些不便。孩儿想得有个道理：家丁闻龙夫妻，本是苗种，多善弓马。孩儿把他妻子也扮做男人，带着他两个，连孩儿共是三人同走，既有妇女伏侍，又有男仆跟随，可以放心，一直到京了。"参将道："既然算计得停当，事不宜迟，快打点动身便了。"俊卿依命，一面去收拾，听得街上报进士，说魏杜两人多中了。俊卿不胜之喜，来对父亲说道："有他两人在京做主，此去一发不难做事。"就拣定一日，作急起身，在学中动一纸游学呈词，批个文书执照，带在身边，路经省下，再察听一察听上司的声口消息。你道闻小姐怎生打扮：

飘飘巾帻，覆着两鬓青丝；窄窄靴鞋，套着一双玉笋。上马衣裁成短后，蛮狮带妆就偏垂。囊一张玉靶弓，想开时，舒臂扭腰多体态；插几枝雁翎箭，放着处，猿啼雕落逞高强。争羡道能文善武的小郎君，怎知是女扮男装的乔秀士？

一路来到了成都府中，闻龙先去寻下一所洁净饭店。闻俊卿后到，歇下行李，叫闻龙妻子取出带来的山菜几件，装在碟内，向店中取了一壶酒，斟着慢饮。又道是“无巧不成话”。那坐的所在，与隔壁人家窗口相对，只隔得一个小天井。正饮之间，只见那边窗里一个女子，掩着半窗，对着闻俊卿不转眼的看。及至闻俊卿抬起眼来，那边又闪了进去，遮遮掩掩，只不走开。忽地打个照面，乃是个绝色佳人。闻俊卿想道：“原来世间有这样美貌女子。”看官，你道此时若是个男人，必然动了心，就想装些风流家数，两下眉头眼角，弄出无限情景来了。只是闻俊卿自己也是个女身，那里放在心上？一面取饭来吃了，且自去衙门前打干正事。到得去了半日，傍晚回店，刚坐得下，隔壁听见这里有人声，那女子又在窗边来瞧看。俊卿私下自笑道：“看我做甚？岂知我与你是一般样的！”正叹嗟间，只见门外一个老姥走将进来，手中拿着一个小榼儿，见了俊卿，放下榼子，道个万福，对俊卿道：“隔壁景家小娘子见舍人独酌，送两件果子与舍人当茶。”俊卿开看，乃是南充黄柑、顺庆紫梨，各十来枚。俊卿道：“小生偶经于此，与娘子非戚非亲，如何承此美意？”老姥道：“小娘子说来，此间来去万千的人，不曾见有舍人这等丰标，必定是贵家出身。及至问人，说是参府中小舍人。小娘子说这俗店无物可口，叫老媳妇送此二物来解渴。”俊卿道：“小娘子何等人家，却居此间壁？”老姥道：“这小娘子是井研景少卿的小姐。只因父母双亡，他依着外婆家住。他家里自有万金家事，只为寻不出中意的丈夫，所以还未嫁人。外公是此间富员外。这城中极兴的客店，多是他家的。房子何止有十来处，进益甚广。只有这里幽静些，却同家小每住在间壁。他也不敢主张把外甥许人，恐怕错了对头，后来怨恨。常对小娘子道：‘凭你自家看得中意的，实对我说，我就主婚。’这个小娘子也古怪，自来会拣相人物，再不曾说那一个好。方才见了舍人，便十分称赞，敢是与舍人是夙世姻缘，天遣到此成就。”俊卿不好答应，微微笑道：“小生那有此福？”老姥道：“好说，好说。老媳妇且去着。”俊卿道：“致意小娘子，多承佳惠。客中无可奉答，但有心感盛情。”老姥去了。俊卿自想一想，不觉失笑道：“这小娘子看上了我，却不枉费春心。”吟诗一首，聊寄其意。诗云：

为念相如渴不禁，交梨邛橘出芳林。
却惭未是求凰客，寂寞囊中绿绮琴。

次日早起，老姥又来，手中将着四枚剥净的熟鸡子，做一碗盛着，同了一小壶好茶，送到俊卿面前，道：“舍人请点心。”俊卿道：“多谢妈妈盛情。”老姥道：“这是景小娘子昨夜分付了老身支持来的。”俊卿道：“又是小娘子美情，小生如何消受？有一诗奉谢，烦妈妈与我带去。”俊卿就把昨夜之诗，写在一幅桃花笺上，封好付与妈妈。诗中分明是推却之意。妈妈将去与景小姐看了。景小姐一心喜着俊卿，见他以相如自比，反认做有意于文君。后边二句，不过是谦让的说话。遂也回他一首，和其元韵。诗云：

宋玉墙东思不禁，愿为比翼止同林。

知音已有新裁句，何用重挑焦尾琴？

吟罢，也写在乌丝茧纸上，教老姥送将去。俊卿看罢，笑道："元来小姐如此高才，难得难得。"俊卿见他来缠得紧，生个计较，对老姥道："多谢小姐美意。小生不是无情。争奈小生已聘有妻室，不敢欺心妄想。上覆小姐：这段姻缘，种在来世罢了。"老姥道："既然舍人已有了亲事，老身去回覆了小娘子，省得他牵肠挂肚，空想坏了。"老姥去后，俊卿自出门去打点衙门事体，央求宽缓日期。诸色停当，到了天晚，才回下处。是夜无话。来日天早，这老姥又走将来笑道："舍人小小年纪，倒会掉谎。花一般的娘子，滚到身边，推着不要。昨日回了小娘子，小娘子教我问一问两位管家，多说道舍人并不曾聘过娘子。小娘子喜欢不胜，已对员外说过。少刻员外自来奉拜说亲，好歹要成事了。"俊卿听罢，呆了半晌，道："这冤家帐那里说起！只索收拾行李起来，趁早去了罢。"分付闻龙与店家会了钞，急待起身。只见店家走进来报道："主人富员外相拜闻相公。"说罢，一个七十多岁的老人家，笑嘻嘻进来堂中，望见了闻俊卿，先自欢喜，问道："这位小相公，想就是闻舍人了么？"老姥还在店内，也跟将来，说道："正是这位。"富员外把手一拱，道："请过来相见。"闻俊卿见过了礼，整了客座坐下。富员外道："老汉无事，不敢冒叩新客。老汉有一外甥，乃是景少卿之女，未曾许着人家。舍甥立愿不肯轻配凡流。老汉不敢擅做主张，凭他意中自择。昨日对老汉说，有个闻舍人，下在本店，丰标不凡，愿执箕帚，所以要老汉自来奉拜，说此亲事。老汉今见足下，果然俊雅非常，舍甥也有几分姿容，况且粗通文墨，实是一对佳偶。足下不可错过。"闻俊卿道："不敢欺老丈。小生过蒙令甥谬爱，岂敢自外？一来令甥是公卿阀阅[7]，小生是一武弁门楣，怕攀高不着。二来老父在难中，小生正要入京辩冤，此事既不曾告过，又不好为此耽搁，所以应承不得。"员外道："舍人是簪缨世胄，况又是黉宫名士，指日飞腾，岂分甚么文武门楣？若为令尊之事，慌速入京，何不把亲事议定了，待归时禀知令尊，方才完娶？既安了舍甥之心，又不误了足下之事，有何不可？"闻俊卿无计推托，心下想道："他家不晓得我的心病，如此相逼，却又不好十分过却，打破心事。我想魏撰之有竹箭之缘，不必说了。还有杜子中更加相厚，倒不得不闪下了他。一向有个主意，要想骨肉女伴中别寻一段因缘，以见我之情。而今既有此事，不若权且应承，定下此女，他日作成了杜子中，岂不为妙？那时晓得我是女身，须怪不得我。说来万一杜子中也不成，那时也好开交了，不像而今碍手。"算计已定，就对员外说："既承老丈与令甥如此高情，小人岂敢不受人提挈？只得留下一件信物在此为定。待小生京中回来，上门求娶就是了。"说罢，就在身边解下那个羊脂玉闹妆，双手递与员外，道："奉此与令甥表信。"富员外千欢万喜，接受在手，一同老姥去回覆景小姐道:"一言已定了。"员外就叫店中整起酒来,与闻舍人饯行。俊卿推却不得,吃得尽欢而罢。相别富员外,起身上路,少不得风餐水宿,夜住晓行。不一日,到了京城,叫闻龙先去打听魏杜两家新进士的下处。问着了杜子中的寓所。原来那魏撰之已在部给假回去了。杜子中见说闻俊卿来到,不胜之喜,忙差长班接到下处。两人相见,寒温已毕。俊卿道:"小弟专为老父之事,前日别时,承两兄分付入京图便,切切在心。后闻两兄高发,为此不辞跋涉,特来相托。不想魏撰之已归,幸得吾兄尚在京师,小弟不致失望了。"杜子中道:"仁兄先将老伯被诬事款做一个揭帖,逐一辩明,刊刻起来,在朝门外逢人就送。等公论明白了,然后小弟央个相好的同年在兵部的,条陈别事,带上一段,就好到本籍去生发出脱了。"俊卿道:"老父有个本稿,可以上得否?"子中道:"而今重文轻武。老伯是按院题的,若武职官出名自辩,他们不容起来,反致激怒弄坏了事。不如小弟方才说的为妙。仁兄不要轻率。"俊卿道:"感谢指教。小弟是书生之见,还求仁兄做主行事。"子中道:"异姓兄弟,原是自家身上的事,何劳叮咛?"俊卿道:"撰之为何回去了?"子中道:"撰之原与小弟同寓多时;他说有件心事,要归来与仁兄商量。问其何事,又不肯说。小弟说仁兄见吾二人中了,未必不进京来。他说这是不可期的,况且事体要在家里做的,必要先去,所以告假而归。正不知仁兄却又到此,可不两相左了。敢问仁兄,他果然要商量何等事?"俊卿明知是为婚姻之事,却只做不知,推说道:"连小弟也不晓得他为甚么。想来无非为家里的事。"子中道:"小弟也想他没甚么。为何恁地等不得?"两个说了一回,子中分付治酒接风,就叫闻家家人安顿好了行李,不必另寻寓所,只在此间同寓。这寓所起先原是两人同住的,今去了魏撰之,房舍尽有,就安寓那闻俊卿主仆三人,还绰绰有馀。当下子中又分付打扫闻舍人的卧房,就移出自己的榻来,相对铺着,说晚间可以联床清话。俊卿看见,有些心里突兀起来,想道:"平日与他们同学,不过是日间相与,会文会酒,并不看见我的卧起,所以不得看破。而今同卧一室之中,须闪避不得,露出马脚来,怎么处?却又没个说话可以推掉得两处宿。只是自己放着精细,遮掩过去便了。"

虽是如此说,却是天下的事是真难假,是假难真。亦且终日相处,这些细微举动,水火不便的所在,那里遮掩得许多?闻俊卿日间虽是长安街上去送揭帖,做着男人的勾当;晚间宿歇之处,有好些破绽,现出在杜子中的眼里。子中是个聪明人,有甚不省得,觉道有些诧异,愈加留心闲觑,越看越发跷蹊。这日俊卿出去,忘锁了拜匣。子中偷揭开来一看,多是些文翰柬帖,内有一幅草稿,写着道:

> 成都绵竹县信女闻氏,焚香拜告关真君神前:愿保父闻确冤情早白,自身安稳还乡,竹箭之期,闹妆之约,各得如意。谨疏。

子中见了,拍手道:"眼见得公案在此了!我枉为男子,被他瞒过了许多时。今不怕他飞上天去。只是后边两句解他不出。莫不许过了人家?怎么处?"心里狂荡不禁。忽见俊卿回来，子中接入房中坐下，看着俊卿只是笑。俊卿疑怪，将自己身子，上下前后看了又看，问道："小弟今日有何举动差错了，仁兄见哂之甚？"子中道："笑你瞒得我好。"俊卿道："小弟到此来做的事，不曾瞒仁兄一些。"子中道："瞒得多哩！俊卿自想么。"俊卿道："委实没有。"子中道："俊卿记得当初同斋时言语么？原说弟若为女，必当嫁兄；兄若为女，必当娶兄。可惜弟不能为女。谁知兄果然是女，却瞒了小弟。不然，娶兄多时了。怎么还说不瞒？"俊卿见说着心病，脸上通红起来，道："谁是这般说？"子中袖里摸出这纸疏头来道[8]："这须是俊卿的亲笔。"俊卿一时低头无语。子中就挨过来坐在一处，笑道："一向只恨两雄不能相配，今却天遂人愿也？"俊卿急站起身来，道："行踪为兄识破，抵赖不过了。只有一件：一向承兄过爱，慕兄之心，非不有之；争奈姻事已属于撰之，不能再以身事兄。望兄见谅。"子中愕然，道："小弟与撰之同为俊卿窗友。论起相与意气，还觉小弟胜他一分。俊卿何得厚于撰之，薄于小弟乎？况且撰之又不在此，何反舍近而求远？这是何说？"俊卿道："仁兄有所不知。仁兄可见疏上'竹箭之期'的说话么？"子中道："正是不解。"俊卿道："小弟因为与两兄同学，心中愿卜所从。那日向天暗祷，箭到处，先拾得者即为夫妇。后来这箭即在撰之处。小弟诡说是家姊所射，撰之遂一心想慕，把一个玉闹妆为定。此时小弟虽不明言，心已许下了。此天意有属，非小弟有厚薄也。"子中大笑道："若如此说，俊卿宜为我有无疑！"俊卿道："怎么说？"子中道："前日斋中之箭，原是小弟拾得，看见干上有两行细字，以为奇异，正在念诵，撰之听得，才走出来，在小弟手里接去观看。此时偶然家中接小弟回去，就把竹箭掉在撰之处，不曾取得。何尝是撰之拾取！若论俊卿所卜天意，一发正是小弟应占了。撰之他日可问，须混赖不得。"俊卿道："既是曾见箭上之字，可还记得否？"子中道："虽然看时节仓卒无心，也还记得'矢不虚发，发必应弦'八个字。小弟须是杜造不出。"俊卿见说得是真，心里已自软了，说道："果是如此，乃天意了。只是枉了魏撰之望空想了多时。而今又赶将回去，日后知道，甚么意思？"子中道："这个说不得。从来说'先下手为强'。况且原该是我的。"就拥了俊卿求欢，道："相好兄弟，而今得同衾枕，天上人间，无此乐矣！"俊卿推拒不得，只得含羞走入帏帐之内，一任子中所为。

这小秀才有些儿怪样，走到罗帷忽现了本相。本是个黉宫里折桂的郎君，改换了章台内司花的主将。

事毕，闻小姐整容而起，叹道："妾一生之事，付之郎君，妾愿遂矣。只是哄了魏撰之，如何回他？"忽然转了一想，将手床上一拍，道："有处法了！"杜子中倒吃了一惊，道："这事有甚处法？"小姐道："好教郎君得知：妾身前日行至成都客店内安歇，主人有个甥女，窥见了妾身，对他外公说了，逼要相许。是妾身想个计较，将信物权定，推道归时完娶。当时妾身意思道，魏撰之有了竹箭之约，恐怕冷淡了郎君；又见那个女子才貌双全，可为君配，故此留下这头姻缘。今妾既归君，他日回去，魏撰之题起所许之言，就把这家的说合与他，岂不两全其美？况且当时只说是姐姐，他心里并不曾晓得是妾身自己，也不是哄他了。”子中惊讶道：“原来小姐在途中又有这段奇事。今若说合与撰之，不惟见小姐在友谊上始终全美，就是我与小姐配合，与撰之也无嫌矣。还有一件要问，途中认不出是女客，不必说了；但小姐虽然男扮，同两个男仆行走，好些不便。”小姐笑道：“谁说同来的多是男人？他两个原是一对夫妇。一男一女，打扮做一样的，所以途中好伏侍走动，不必避嫌也。”子中也笑道：“有其主必有其仆。有才思的人，做来多是奇怪的事。”小姐就把景家女子所和之诗，拿出来与子中看。子中道：“世间也还有这般的女人。魏撰之得之，也好意足了。”小姐再与子中商量着父亲之事。子中道：“而今说是我丈人，一发好措词出力。我吏部有个相知，先央他把做对头的兵道调了地方，就好营为了。”小姐道：“这个最是要着。郎君在心则个。”子中果然去央求吏部。数日之间，推升本上，已把兵道改升了广西地方。子中来回覆小姐道：“对头拔去，我今作速讨个差，与你回去，救取岳丈了事。此间已是布置，抚按轻拟上来，无不停当。”小姐愈加感激，转增恩爱。子中讨差解饷到山东地方，就便回籍，小姐仍旧扮做男人，一同闻龙夫妻擎弓带箭，照前妆束，骑马傍着子中的官轿。家人原以舍人相呼。行了几日，将过郑州，旷野之中，一枝响箭擦官轿射来。小姐晓得有歹人来了，分付轿上：“你们只管前走，我在此对付他。”真是“忙家不会，会家不忙”，取出囊弓，扣上弦，搭上箭，只见百步之外，一骑马飞也似跑来。小姐扯开弓喝声道：“着！”那响马不曾防备，早中了一箭，倒撞下马，在地挣扎。小姐疾鞭坐马，赶上了轿子，高声道：“贼人已了当也。放心前去。”一路的人多赞称小舍人好箭，个个忌惮！子中轿里得意，自不必说。

自此完了公事，平平稳稳到了家中。父亲闻参将已因兵道升去，保候在外。小姐进见，备说京中事体，及杜子中营为调去兵道之事。参将感激不胜，说道：“如此大恩，何以为报？”小姐又把被他识破，已将身子嫁与，共他同归的事说出。参将也自喜欢道：“这也是郎才女貌，配得不枉了。你快改了妆，趁他今日荣归吉日，我送你过门去罢。”小姐道：“妆还不好改得，且等会过了魏撰之着。”参将道：“正要对你说。魏撰之自京中回来，不知为何，只管叫人来打听，说我有个女儿，他要求聘。我只说他晓得些风声，是来说你了。及至问时，又说是同窗舍人许他的。因不知你的事，我不好回得，只是含糊说等你回家。你而今要会他怎的？”小姐道：“其中有许多委曲，一时说不及。父亲日后自明。”正说话间，魏撰之来相拜。原来魏撰之正为前日婚姻事，在心中放不下，故此就回。不想问着闻舍人，又已往京；叫人打听舍人有个姐姐的说话，一发言三语四，不得明白。有的说参将只有两个舍人，一大一小，并无女儿；又有的说参将有个女儿，就是那个舍人。弄得魏撰之满肚疑心,胡猜乱想。见说闻舍人已回,所以亟亟来拜,要问明白。闻小姐照常时家数接了进来。寒温已毕,撰之急问道:"老兄,令姊之说如何?小弟特为此给假赶回。"小姐道:"包管兄有一位好夫人便了。"撰之道:"小弟叫人宅上打听,其言不一,何也?"小姐道:"兄不必疑,玉闹妆已在一个人处。待小弟再略调停,准备迎娶便了。"撰之道:"依兄这等说,不像是令姊了?"小姐道:"杜子中尽知端的。兄去问他就明白。"撰之道:"兄何不就明说了,又要小弟去问他人?"小姐道:"中多委曲,小弟不好说得,非子中不能详言。"说得魏撰之愈加疑心。他正要去拜杜子中,就急忙起身来到杜子中家里。未及说别话,忙问闻俊卿所言之事。杜子中把京中同寓,识破了他是女身,已成夫妇的始末根由,说了一遍。魏撰之惊得木呆,道:"前日也有人如此说,我却不信。谁晓得闻俊卿果是女身!这分明是我的姻缘,平日错过了!"子中道:"怎见得是兄的?"撰之述当初拾箭时节,就把玉闹妆为定的说话。子中道:"箭本小弟所拾,原系他向天暗卜的。只是小弟当时不知其故,不曾与兄取得此箭。今仍归小弟,原是天意。兄前日只认是他令姊,原未尝属意他自身。这个不必追悔。兄只管闹妆之约不脱空罢了。"撰之道:"箭已去了,怎么还说不脱空?难道当真还有个阿姊?"子中又把闻小姐途中所遇景家之事说了一遍,道:"其女才貌非常。那日一时难推,就把兄的闹妆权定在彼。而今想起来,这其间就有个定数了。岂不是兄的姻缘么?"撰之道:"怪不得闻俊卿道'自己不好说',元来有许多委曲。只是一件:虽是闻俊卿已定下在彼,他家还不曾晓得明白。小弟难以自媒,何由得成?"子中道:"小弟与闻氏虽已成夫妇,还未曾见过岳翁。打点就是今日迎娶。少不得还借重一个媒妁,而今就烦兄与小弟做一做。小弟成礼之后,代相恭敬,也只在小弟身上撮合就是了。"撰之大笑道:"当得,当得。只可笑小弟一向在睡梦中,又被兄占了头筹。而今不使小弟脱空,也还算是好了。既是这等,小弟先到闻家去道意,兄可随后就来。"

魏撰之易了冠带,竟到闻家。此时闻小姐已改了女妆,不来相接,止闻参将出迎。到堂中坐下,魏撰之述了杜子中之言。闻参将道:"小女娇痴慕学,得承高贤不弃,今幸结此良缘,蒹葭倚玉,惶恐惶恐。"闻参将已打点本日送女儿过门成亲,诸色整备停当,门上报说杜爷来迎亲了。鼓乐喧天,杜子中乌纱帽、大红袍,四人轿抬至门首,下轿步入。真是少年郎君,人人称羡。走到堂中,站了位次,拜见了闻参将。请出小姐来,又一同行礼,谢了魏撰之,启轿而行。迎至家中,拜告天地,见了祠堂。杜子中与闻小姐正是新亲旧朋友,喜喜欢欢一桩事完了。

只有魏撰之有些眼热,心里道:"一样的同窗朋友,偏是他俩个成双。平时杜子中分外相爱,常恨不将男作女,好做夫妇。谁知今日竟遂其志,也是一段奇话。只是许我的事,不知果是如何?"

次日,就到子中家里贺喜,随问其事。子中道:"昨晚弟妇就和小弟计较,今日专为此要同到成都去。弟妇誓欲以此报兄，全其口信。必得佳音，方来回报。”撰之道：“多感厚情。一样的同窗，也该记念着我的冷静。但未知其人果是如何?”子中走进去，取出景小姐前日和韵之诗与撰之看了。撰之道：“果得此女，小弟便可以不妒兄矣。”子中道：“弟妇赞之不容口，大略不负所举。”撰之道：“这件事做成，真愈出愈奇了。小弟在家颙望。”俱大笑而别。杜子中把这些说话与闻小姐说了。闻小姐道：“他盼望久矣，也怪他不得。只索作急成都去，周全这事。”

小姐仍旧带了闻龙夫妻跟随，同杜子中到成都来，认着前日饭店寓下了。杜子中叫闻龙拿了帖，径去拜富员外。员外见说是新进士来拜，不知是甚么缘故，吃了一惊。慌忙迎接进去坐下，问道：“不知为何大人贵足赐踹贱地?”子中道：“学生在此经过，闻知有位景小姐，是老丈令甥，才貌出众。有一敝友，也叨过甲第了，欲求为夫人，故此特来奉访。”员外道：“老汉是有个甥女。他自要择配，前日看上了一个进京去的闻舍人，已纳了聘物。大人见教迟了。”子中道：“那闻舍人也是敝友。学生已知他另有所就，不来娶令甥了。所以敢来作伐。”员外道：“闻舍人也是读书君子，既已留了信物，两心相许，怎误得人家儿女?舍甥女也毕竟要等他的回信。”子中将出前日景小姐诗笺来道：“老丈试看此纸，不是令甥写与闻舍人的么?因为闻舍人无意来娶了，故把与学生做执照，来为敝友求令甥，即此是闻舍人的回信了。”员外接过来看，认得是甥女之笔，沉吟道：“前日闻舍人说道，也曾聘过了，不信其言，逼他应承的。原来当真有这话。老汉且与甥女商量一商量，来回覆大人。”员外别了，进去了一会，出来道：“适间甥女见说，甚是不快。他也说得是，就是闻舍人果然负心，是必等他亲见一面，还了他玉闹妆，以为诀别，方可别议姻亲。”子中笑道：“不敢欺老丈说，那玉闹妆也即是敝友魏撰之的聘物，非是闻舍人的。闻舍人因为自己已有姻亲，不好回得，乃为敝友转定下了。是当日埋伏机关，非今日无因至前也。”员外道：“大人虽如此说，甥女岂肯心服?必得闻舍人自来说明，方好处分。”子中道：“闻舍人不能复来，有拙荆在此[9]，可以一会令甥。等他与令甥说这些备细，令甥必当见信。”员外道：“既尊夫人在此，正好与舍甥面会一会。有言可以尽吐，省得传消递息。”就叫前日老姥来接取杜夫人。老姥一见闻小姐，举止状容，有些面善，只是改妆过了，一时想不出。一路想着，只管迟疑。接过间壁里边，景小姐出来相迎，各叫了万福。闻小姐对景小姐笑道：“认得闻舍人否?”景小姐见模样厮像，还只道或是舍人的姊妹，笑道：“夫人与闻舍人何亲?”闻小姐道：“小姐恁等识人，难道这样眼钝?前日到此，过蒙见爱的舍人，即妾身是也。”景小姐吃了一惊，仔细一认，果然一毫不差。连老姥也在傍拍手道：“是呀!是呀!我方才道面庞熟得紧，那知就是前日的舍人。”景小姐道：“请问夫人，前日为何这般打扮?”闻小姐道：“老父有难，进京辩冤，故乔装作男，以便行路。所以前日过蒙见爱，再三不肯应承者，正为此也。后来见难推却，又不敢实说真情，所以代友人纳聘，以待后来说明。今纳聘之人，已登黄甲，年纪正与小姐相当，故此愚夫妇特来奉求，与小姐了这一段姻亲，报答前日厚情耳。”景小姐见说，半晌做声不得。老姥在旁道：“多谢夫人美意。只是那位老爷姓甚名谁？夫人如何也叫他是友人？”闻小姐道：“幼年时节，曾共学堂，后来同在庠中，与我家相公三人年貌多相似，是异姓骨肉。知他未有亲事，所以前日就有心替他结下了。这人姓魏，好一表人物。就是我相公同年，也不辱没了小姐。小姐一去，也就做夫人了。”景小姐听了这一篇说话，晓得是少年进士，有甚么不喜欢？叫老姥陪住了闻小姐，背地去把这些说话备细告诉员外。员外见说是个进士，岂有不撺掇之理？真个是一让一个肯。回覆了闻小姐，转说与杜子中，一言已定。富员外设起酒来谢媒。外边款待杜子中，内里景小姐作主，款待杜夫人。两个小姐说得甚是投机，尽欢而散。约定了回来，先教魏撰之纳币，拣个吉日迎娶回家。花烛之夕，见了模样，如获天人。因说起闻小姐闹妆纳聘之事。撰之道：“那聘物原是我的。”景小姐问：“如何却在他手里？”魏撰之又把先前竹箭题字，杜子中拾得，掉在他手里，认做另有个姐姐，故把玉闹妆为聘的根由说了一遍。一齐笑道：“彼此夙缘，颠颠倒倒，皆非偶然也。”

明日，撰之取出竹箭来，与景小姐看。景小姐道：“如今只该还他了。”撰之就提笔写一柬与子中夫妻道：

既归玉环，返卿竹箭；两段姻缘，各从其便。一笑，一笑。

写罢，将竹箭封了，一同送去。杜子中收了，与闻小姐拆开来看，方见八字之下，又有“蜚娥记”三字。问道：“蜚娥怎么解？”闻小姐道：“此妾闺中之名也。”子中道：“魏撰之错认了令姊，就是此二字了？若小生当时曾见此二字，这箭如何肯便与他！”闻小姐道：“他若没有这箭，起这些因头，那里又绊得景家这头亲事来？”子中点头道是。也戏题一柬答道：

环为旧物，箭亦归宗；两俱错认，各不落空。一笑，一笑。

从此两家往来，如同亲兄弟姊妹一般。两个甲科，合力与闻参将辩白前事。世间情面，那里有不让缙绅的？逐件赃罪，得以开释，只处得他革任回卫。闻参将也不以为意了。后来魏、杜两人俱为显官。闻、景二小姐，各生子女，又结了婚姻，世交不绝。这是蜀多才女，有如此奇奇怪怪的妙话。若论卓文君成都当垆，黄崇嘏相府掌记，却又平平了。诗曰：

世上夸称女丈夫，不闻巾帼竟为儒。
朝廷若也开科取，未必无人待贾沽。

注释

[1]广文：唐代设有广文馆，置有博士、助教等官。明代各府学所设之教官叫教授，沿袭唐代名称，广文便成了“教授”的别称。　时髦：这里是指优秀的人才。

[2]节仪:节日礼物。

[3]西宾:老师的代称。

[4]黉(hóng)门:古时称学校为黉门或黉宫。

[5]撮合山:即媒人。

[6]缇萦救父:缇萦即淳于缇萦,西汉临淄(今山东淄博东北)人,著名医学家淳于意(仓公)之女。汉文帝时,淳于意为齐太仓令,因被人告发下狱,缇萦上书请作官婢以赎父刑。汉文帝被她的举止感动,赦免了淳于意。旧时常将缇萦作为宣扬封建孝道的典型。

[7]阀阅:本为古代官宦人家门前所树的两根大柱子,后指门第,也即家庭出身。

[8]疏头:本指僧道拜忏时焚化的祷告文,上写主人姓名及拜忏缘由等,这里是指闻小姐所写的祷告文。

[9]拙荆:对自己妻子的谦称。

新评

小说若没有引人入胜的情节,便不能吸引读者的眼球。所以作者不惜构思离奇的情节,以博读者青睐。身份的以假乱真,性别的以女易男或者男扮女装是作者们惯用的手段。如第二十四卷《陈御史巧勘金钗钿》中的梁尚宾假扮表弟鲁学曾;第二十七卷《钱秀才错占凤凰俦》中的钱万选代替表兄相亲;第二十八卷《乔太守乱点鸳鸯谱》中的孙润代姐姐作新娘——以此为契机,生发出全篇的起承转合。本卷中的闻俊卿初时女扮男装,只是读书时的一种权宜之计,不想到后来引发出婚姻大事,而且一波三折,曲曲弯弯,让读者一口气读到底。读者之所以中了作者的“圈套”,关键在于作者将闻俊卿的真实性别隐藏起来,让读者一同参与这个“悬念”的水落石出。

第三十五卷　王娇鸾百年长恨

天上乌飞兔走，人间古往今来。昔年歌管变荒台。转眼是非兴败！　须识闹中取静，莫因乖过成呆。不贪花酒不贪财。一世无灾无害。

话说江西饶州府馀干县长乐村，有一小民，叫做张乙。因贩些杂货到于县中，夜深投宿城外一邸店，店房已满，不能相容。间壁锁下一空房，却无人住。张乙道："店主人何不开此房与我？"主人道："此房中有鬼，不敢留客。"张乙道："便有鬼，我何惧哉！"主人只得开锁，将灯一盏、扫帚一把，交与张乙。张乙进房，把灯放稳，挑得亮亮的。房中有破床一张，尘埃堆积，用扫帚扫净，展上铺盖，讨些酒饭吃了，推转房门，脱衣而睡。梦见一美色妇人，衣服华丽，自来荐枕，梦中纳之。及至醒来，此妇宛在身边。张乙问是何人。此妇道："妾乃邻家之妇，因夫君远出，不能独宿，是以相就。勿多言，久当自知。"张亦不再问。天明，此妇辞去。至夜又来，欢好如初。如此三夜。店主人见张客无事，偶话及此房内曾有妇人缢死，往往作怪，今番却太平了。张乙听在肚里。至夜，此妇仍来。张乙问道："今日店主人说这房中有缢死女鬼，莫非是你？"此妇并无惭讳之意，答："妾身是也。然不祸于君，君幸勿惧。"张乙道："试说其详。"此妇道："妾乃娼女，姓穆，行廿二，人称我为廿二娘。与馀干客人杨川相厚。杨许娶妾归去，妾将私财百金为助。一去三年不来，妾为鸨儿拘管，无计脱身，挹郁不堪，遂自缢而死。鸨儿以所居售人，今为旅店。此房，昔日妾之房也，一灵不泯，犹依栖于此。杨川与你同乡，可认得么？"张乙道："认得。"此妇道："今其人安在？"张乙道："去岁已移居饶州南门，娶妻开店，生意甚足。"妇人嗟叹良久，更无别语。又过了二日，张乙要回家。妇人道："妾愿始终随君，未识许否？"张乙道："倘能相随，有何不可？"妇人道："君可制一小木牌，题曰'廿二娘神位'，置于箧中。但出牌呼妾，妾便出来。"张乙许之。妇人道："妾尚有白金五十两，埋于此床之下，没人知觉，君可取用。"张掘地，果得白金一瓶，心中甚喜。过了一夜。次日，张乙写了牌位，收藏好了，别店主而归。到于家中，将此事告与浑家。浑家初时不喜，见了五十两银子，遂不嗔怪。张乙于东壁立了廿二娘神主，其妻戏往呼之，白日里竟走出来，与妻施礼。妻初时也惊讶，后遂惯了，不以为事。夜来张乙夫妇同床，此妇亦来就卧，也不觉床之狭窄。

过了十馀日，此妇道："妾尚有夙债在于郡城，君能随我去索取否？"张利其所有，一口应承，即时雇船而行。船中供下牌位。此妇同行同宿，全不避人。不则一日，到了饶州南门，此妇道："妾往杨川家讨债去。"张乙方欲问之，此妇倏已上岸。张随后跟去，见此妇竟入一店中去了。问其店，正杨川家也。张久候不出，忽见杨举家惊惶，少顷哭声振地。问其故，店中人云："主人杨川向来无病，忽然中恶，九窍流血而死。"张乙心知廿二娘所为，默然下船，向牌位苦叫，竟不见出来了。方知有夙债在郡城，乃杨川负义之债也。有诗叹云：

王魁负义曾遭谴[1]，李益亏心亦改常[2]。
请看杨川下梢事，皇天不佑薄情郎。

方才说穆廿二娘事，虽则死后报冤，却是鬼自出头，还是渺茫之事。如今再说一件故事，叫做《王娇鸾百年长恨》，这个冤更报得好。此事非唐非宋，出在国朝天顺初年。广西苗蛮作乱，各处调兵征剿，有临安卫指挥王忠所领一枝浙兵，违了限期，被参降调河南南阳卫中所千户[3]。即日引家小到任。王忠年六十馀，止一子王彪，颇称骁勇，督抚留在军前效用。倒有两个女儿，长曰娇鸾，次曰娇凤，鸾年十八，凤年十六。凤从幼育于外家，就与表兄对姻。只有娇鸾未曾许配。夫人周氏，原系继室。周氏有嫡姐，嫁曹家，寡居而贫，夫人接他相伴甥女娇鸾，举家呼为曹姨。娇鸾幼通书史，举笔成文。因爱女慎于择配，所以及笄未嫁，每每临风感叹，对月凄凉。惟曹姨与鸾相厚，知其心事，此外，虽父母亦不知也。

一日，清明节届，和曹姨及侍儿明霞后园打秋千耍子。正在闹热之际，忽见墙缺处有一美少年，紫衣唐巾，舒头观看，连声喝采。慌得娇鸾满脸通红，推着曹姨的背，急回香房。侍女也进去了。生见园中无人，逾墙而入，秋千架子尚在，馀香仿佛。正在凝思，忽见草中一物，拾起看时，乃三尺线绣香罗帕也。生得此如获珍宝，闻有人声自内而来，复逾墙而出，仍立于墙缺边。看时，乃是侍儿来寻香罗帕的。生见其三回五转，意兴已倦，微笑而言："小娘子！罗帕已入人手，何处寻觅？"侍儿抬头见是秀才，便上前万福道："相公想已拾得，乞即见还，感德不尽！"那生道："此罗帕是何人之物？"侍儿道："是小姐的。"那生道："既是小姐的东西，还得小姐来讨，方才还他。"侍儿道："相公府居何处？"那生道："小生姓周名廷章，苏州府吴江县人。父亲为本学司教，随任在此，与尊府只一墙之隔。"原来卫署与学宫基址相连，卫叫做东衙，学叫做西衙。花园之外，就是学中的隙地。侍儿道："贵公子又是近邻，失瞻了。妾当禀知小姐，奉命相求。"廷章道："敢闻小姐及小娘子大名？"侍儿道："小姐名娇鸾，主人之爱女。妾乃贴身侍婢明霞也。"廷章道："小生有小诗一章，相烦致于小姐，即以罗帕奉还。"明霞本不肯替他寄诗，因要罗帕入手，只得应允。廷章道："烦小娘子少待。"廷章去不多时，携诗而至，桃花笺叠成方胜[4]。明霞接诗在手，问："罗帕何在？"廷章笑道："罗帕乃至宝，得之非易，岂可轻还？小娘子且将此诗送与小姐看了，待小姐回音，小生方可奉璧。"明霞没奈何，只得转身。

只因一幅香罗帕，惹起千秋长恨歌。

话说娇鸾小姐自见了那美少年，虽则一时惭愧，却也挑动个"情"字，口中不语，心下踌躇道："好个俊俏郎君！若嫁得此人，也不枉聪明一世。"忽见明霞气忿忿的人来。娇鸾问："香罗帕有了么?"明霞口称："怪事!香罗帕却被西衙周公子收着。就是墙缺内喝采的那紫衣郎君。"娇鸾道："与他讨了就是。"明霞道："怎么不讨?也得他肯还!"娇鸾道："他为何不还?"明霞道："他说：'小生姓周名廷章，苏州吴江人氏，父为司教，随任在此。与吾家只一墙之隔。既是小姐的香罗帕，必须小姐自讨。'"娇鸾道："你怎么说?"明霞道："我说待妾禀知小姐，奉命相求。他道，有小诗一章，烦吾传递，待有回音，才把罗帕还我。"明霞将桃花笺递与小姐。娇鸾见了这方胜，已有三分之喜，拆开看时，乃七言绝句一首：

帕出佳人分外香，天公教付有情郎。
殷勤寄取相思句，拟作红丝入洞房。

娇鸾若是个有主意的，拚得弃了这罗帕，把诗烧却，分付侍儿，下次再不许轻易传递，天大的事都完了。奈娇鸾一来是及瓜不嫁、知情慕色的女子，二来满肚才情不肯埋没，亦取薛涛笺答诗八句：

妾身一点玉无瑕，生自侯门将相家。
静里有亲同对月，闲中无事独看花。
碧梧只许来奇凤，翠竹那容入老鸦?
寄语异乡孤另客，莫将心事乱如麻。

明霞捧诗方到后园，廷章早在缺墙相候。明霞道："小姐已有回诗了，可将罗帕还我。"廷章将诗读了一遍，益慕娇鸾之才，必欲得之。道："小娘子耐心，小生又有所答。"再回书房，写成一绝：

居傍侯门亦有缘，异乡孤另果堪怜。
若容鸾凤双栖树，一夜箫声入九天。

明霞道："罗帕又不还，只管寄什么诗，我不寄了!"廷章袖中出金簪一根，道："这微物奉小娘子，权表寸敬，多多致意小姐。"明霞贪了这金簪，又将诗回复娇鸾。娇鸾看罢，闷闷不悦。明霞道："诗中有甚言语触犯小姐?"娇鸾道："书生轻薄，都是调戏之言。"明霞道："小姐大才，何不作一诗骂之，以绝其意?"娇鸾道："后生家性重，不必骂，且好言劝之可也。"再取薛笺题诗八句：

独立庭际傍翠阴，侍儿传语意何深。
满身窃玉偷香胆，一片撩云拨雨心。
丹桂岂容稚子折?珠帘那许晓风侵。
劝君莫想阳台梦，努力攻书入翰林。

自此一倡一和，渐渐情熟，往来不绝。明霞的足迹不断后园，廷章的眼光不离墙缺。诗篇甚多，不暇细述。时届端阳，王千户治酒于园亭家宴。廷章于墙缺往来，明知小姐在于园中，无由一面，侍女明霞亦不能通一语。正在气闷，忽撞见卫卒孙九。那孙九善作木匠，长在卫里服役，亦多在学中做工。廷章遂题诗一绝，封固了，将青蚨二百赏孙九买酒吃[5]，托他寄与衙中明霞姐。孙九受人之托，忠人之事，伺候到次早，才觑个方便，寄得此诗于明霞。明霞递于小姐，拆开看之，前有叙云：

端阳日园中望娇娘子不见，口占一绝奉寄：

配成彩线思同结，倾就蒲觞拟共斟。
雾隔湘江欢不见，锦葵空有向阳心。

后写"松陵周廷章拜稿"。娇娘看了，置于书几之上。适当梳头，未及酬和。忽曹姨走进香房，看见了诗稿，大惊道："娇娘既有西厢之约，可无东道之主，此事如何瞒我？"娇鸾含羞答道："虽有吟咏往来，实无他事，非敢瞒姨娘也。"曹姨道："周生江南秀士，门户相当，何不教他遣媒说合，成就百年姻缘，岂不美乎？"娇鸾点头道是。梳妆已毕，遂答诗八句：

深锁香闺十八年，不容风月透帘前。
绣衾香暖谁知苦，锦帐春寒只爱眠。
生怕杜鹃声到耳，死愁蝴蝶梦来缠。
多情果有相怜意，好倩冰人片语传。

廷章得诗，遂假托父亲周司教之意，央赵学究往王千户处求这头亲事。王千户亦重周生才貌。但娇鸾是爱女，况且精通文墨，自己年老，一应卫中文书笔札，都靠着女儿相帮，少他不得，不忍弃之于他乡，以此迟疑未许。廷章知姻事未谐，心中如刺。乃作书寄于小姐。前写：

松陵友弟廷章拜稿：自睹芳容，未宁狂魄。夫妇已是前生定，至死靡他；媒妁传来今日言，为期未决。遥望香闺深锁，如唐玄宗离月宫而空想嫦娥；要从花圃戏游，似牵牛郎隔天河而苦思织女。倘复迁延于月日，必当夭折于沟渠。生若无缘，死亦不瞑。勉成拙律，深冀哀怜。

诗曰：

未有佳期慰我情，可怜春价值千金。
闷来窗下三杯酒，愁向花前一曲琴。
人在琐窗深处好，闷回罗帐静中吟。
孤凄一样昏黄月，肯许相携诉寸心？

娇鸾看罢，即时复书。前写：

虎衙爱女娇鸾拜稿：轻荷点水，弱絮飞帘。拜月亭前，懒对东风听杜宇；画眉窗下，强消长昼刺鸳鸯。人正困于妆台，诗忽坠于香案。启观来意，无限幽怀。自怜薄命佳人，恼杀多情才子。一番信到，一番使妾倍支吾；几度诗来，几度令人添寂寞。休得跳东墙学攀花之手，可以仰北斗驾折桂之心。眼底无媒，书中有女。自此衷情封去札，莫将消息问来人。谨和佳篇，仰祈深谅！

诗曰：

秋月春花亦有情，也知身价重千金。
虽窥青琐韩郎貌，羞听东墙崔氏琴。
痴念已从空里散，好诗惟向梦中吟。
此生但作干兄妹，直待来生了寸心。

廷章阅书，赞叹不已。读诗至末联“此生但作干兄妹”，忽然想起一计，道：“当初张珙、申纯皆因兄妹得就私情[6]。王夫人与我同姓，何不拜之为姑？便可通家往来，于中取事矣！”遂托言西衙窄狭，且是喧闹，欲借卫署后园观书。周司教自与王千户开口。王翁道：“彼此通家，就在家下吃些现成茶饭，不烦馈送。”周翁感激不尽，回向儿子说了。廷章道：“虽承王翁盛意，非亲非故，难以打搅。孩儿欲备一礼，拜认周夫人为姑。姑侄一家，庶乎有名。”周司教是糊涂之人，只要讨些小便宜，道：“任从我儿行事。”廷章又央人通了王翁夫妇，择个吉日，备下彩缎书仪，写个表侄的名刺，上门认亲，极其卑逊，极其亲热。王翁是个武人，只好奉承，遂请入中堂，教奶奶都相见了。连曹姨也认做姨娘，娇鸾是表妹，一时都请见礼。王翁设宴后堂，权当会亲。一家同席，廷章与娇鸾暗暗欢喜。席上眉来眼去，自不必说。当日尽欢而散。

姻缘好恶犹难问，踪迹亲疏已自分。

次日，王翁收拾书室，接内侄周廷章来读书。却也晓得隔绝内外，将内宅后门下锁，不许妇女入于花园。廷章供给，自有外厢照管。虽然搬做一家，音书来往反不便了。

娇鸾松筠之志虽存，风月之情已动。况既在席间眉来眼去，怎当得园上凤隔鸾分？愁绪无聊，郁成一病。朝凉暮热，茶饭不沾。王翁迎医问卜，全然不济。廷章儿遍到中堂问病，王翁只教致意，不令进房。廷章心生一计，因假说：“长在江南，曾通医理。表妹不知所患何症，待侄儿诊脉便知。”王翁向夫人说了，又教明霞道达了小姐，方才迎入。廷章坐于床边，假以看脉为由，抚摩了半晌。其时王翁夫妇俱在，不好交言。只说得一声保重，出了房门。对王翁道：“表妹之疾，是抑郁所致，常须于宽敞之地，散步陶情，更使女伴劝慰，开其郁抱，自当勿药。”王翁敬信周生，更不疑惑，便道：“衙中只有园亭，并无别处宽敞。”廷章故意道：“若表妹不时要园亭散步，恐小侄在彼不便，暂请告归。”王翁道：“既为兄妹，复何嫌阻？”即日教开了后门，将锁钥付曹姨收管，就教曹姨陪侍女儿任情闲耍，明霞伏侍，寸步不离，自以为万全之策矣。

却说娇鸾原为思想周郎致病，得他抚摩一番，已自欢喜。又许散步园亭，陪伴伏侍者，都是心腹之人，病便好了一半。每到园亭，廷章便得相见，同行同坐。有时亦到廷章书房中吃茶，渐渐不避嫌疑，挨肩擦背。廷章捉个空，向小姐恳求，要到香闺一望。娇鸾目视曹姨，低低向生道：“锁钥在彼，兄自求之。”廷章已悟。次日，廷章取吴绫二端,金钏一副,央明霞献与曹姨。姨问鸾道:"周公子厚礼见惠,不知何事?"娇鸾道:"年少狂生,不无过失,渠要姨包容耳。"曹姨道:"你二人心事,我已悉知。但有往来,决不泄漏。"因把匙钥付与明霞。鸾心大喜,遂题一绝,寄廷章云:

暗将私语寄英才,倘向人前莫乱开。
今夜香闺春不锁,月移花影玉人来。

廷章得诗,喜不自禁。是夜黄昏已罢,谯鼓方声,廷章悄步及于内宅,后门半启,挨身而进。自那日房中看脉出园回来,依稀记得路径,缓缓而行。但见灯光外射,明霞候于门侧。廷章步进香房,与鸾施礼,便欲搂抱。鸾将生挡开,唤明霞快请曹姨来同坐。廷章大失所望,自陈苦情,责其变卦,一时急泪欲流。鸾道:"妾本贞姬,君非荡子。只因有才有貌,所以相爱相怜。妾既私君,终当守君之节;君若弃妾,岂不负妾之诚?必矢明神,誓同白首,若还苟合,有死不从。"说罢,曹姨已至,向廷章谢日间之惠。廷章遂央姨为媒,誓谐伉俪,口中咒愿如流而出。曹姨道:"二位贤甥,既要我为媒,可写合同婚书四纸,将一纸焚于天地,以告鬼神;一纸留于吾手,以为媒证;你二人各执一纸,为他日合卺之验。女若负男,疾雷震死;男若负女,乱箭亡身。再受阴府之愆,永堕酆都之狱。"生与鸾听曹姨说得痛切,各各欢喜。遂依曹姨所说,写成婚书誓约。先拜天地,后谢曹姨。姨乃出清果醇醪,与二人把盏称贺。三人同坐饮酒,直至三鼓,曹姨别去。生与鸾携手上床。五鼓,鸾促生起身,嘱付道:"妾已委身于君,君休负恩于妾。神明在上,鉴察难逃。今后妾若有暇,自遣明霞奉迎,切莫轻行,以招物议。"廷章字字应承,留恋不舍。鸾急教明霞送出园门。是日,鸾寄生二律云:

昨夜同君喜事从,芙蓉帐暖语从容。
贴胸交股情偏好,拨雨撩云兴转浓。
一枕凤鸾声细细,半窗花月影重重。
晓来窥视鸳鸯枕,无数飞红扑绣绒。(其一)
衾翻红浪效绸缪,乍抱郎腰分外羞。
月正圆时花正好,云初散处雨初收。
一团恩爱从天降,万种情怀得自由。
寄语今宵中夕夜,不须欹枕看牵牛。(其二)

廷章亦有酬答之句。自此鸾疾尽愈,门锁竟弛。或三日或五日,鸾必遣明霞召生。来往既频,恩情愈笃。如此半年有馀。

周司教任满,升四川峨眉县尹。廷章恋鸾之情,不肯同行。只推身子有病,怕蜀道艰难;况学业未成,师友相得,尚欲留此读书。周司教平昔纵子,言无不从。起身之日,廷章送父出城而返。鸾感廷章之留,是日邀之相会,愈加亲爱。如此又半年有馀。其中往来诗篇甚多,不能尽载。廷章一日阅邸报,见父亲在峨眉不服水土,告病回乡。久别亲闱,欲谋归觐。又牵鸾情爱,不忍分离。事在两难,忧形于色。鸾探知其故,因置酒劝生,道:"夫妇之爱,瀚海同深;父子之情,高天难比。若恋私情而忘公义,不惟有失子道,累妾亦失妇道矣。"曹姨亦劝道:"今日暮夜之期,原非百年之算。公子不如暂回故乡,且觐双亲。倘于定省之间,即议婚姻之事,早完誓愿,免致情牵。"廷章心犹不决。娇鸾教曹姨竟将公子欲归之情,对王翁说了。此日正是端阳,王翁治酒与廷章送行,且致厚贶[7]。廷章义不容已,只得收拾行李。是夜鸾另置酒香闺,邀廷章重伸前誓,再订婚期。曹姨亦在坐,千言万语,一夜不睡。临别,又问廷章住居之处。廷章道:"问做甚么?"鸾道:"恐君不即来,妾便于通信耳。"廷章索笔写出四句:

思亲千里返姑苏,家住吴江十七都。
须问南麻双漾口,延陵桥下督粮吴。

廷章又解说:"家本吴姓,祖当里长督粮,有名督粮吴家,周是外姓也。此字虽然写下,欲见之切,度日如岁。多则一年,少则半载,定当持家君柬帖,亲到求婚,决不忍闺阁佳人,悬悬而望。"言罢,相抱而泣。将次天明,鸾亲送生出园。有联句一律:

绸缪鱼水正投机,无奈思亲使别离;廷章
花圃从今谁待月?兰房自此懒围棋。娇鸾
惟忧身远心俱远,非虑文齐福不齐;廷章
低首不言终自省,强将别泪整蛾眉。娇鸾

须臾天晓,鞍马齐备。王翁又于中堂设酒,妻女毕集,为上马之饯。廷章再拜而别。鸾自觉悲伤欲泣,潜归内室,取乌丝笺题诗一律,使明霞送廷章上马,伺便投之。章于马上展看,云:

同携素手并香肩,送别那堪双泪悬。
郎马未离青柳下,妾心先在白云边。
妾持节操如姜女[8],君重纲常类闵骞[9]。
得意匆匆便回首,香闺人瘦不禁眠。

廷章读之泪下,一路上触景兴怀,未尝顷刻忘鸾也。

闲话休叙。不一日,到了吴江家中,参见了二亲,一门欢喜。原来父亲已与同里魏同知家议亲,正要接儿子回来行聘完婚。生初时有不愿之意,后访得魏女美色无双,且魏同知十万之富,妆奁甚丰。慕财贪色,遂忘前盟。过了半年,魏氏过门,夫妻恩爱,如鱼似水,竟不知王娇鸾为何人矣。

但知今日新妆好,不顾情人望眼穿。

却说娇鸾一时劝廷章归省,是他贤慧达理之处。然已去之后,未免怀思。白日凄凉,黄昏寂寞。灯前有影相亲,帐底无人共语。每遇春花秋月,不觉梦断魂劳。

挨过一年，杳无音信。忽一日，明霞来报道："姐姐可要寄书与周姐夫么？"娇鸾道："那得有这方便？"明霞道："适才孙九说临安卫有人来此下公文。临安是杭州地方，路从吴江经过，是个便道。"娇鸾道："既有便，可教孙九嘱咐那差人不要去了。"即时修书一封，曲叙别离之意。嘱他早至南阳，同归故里，践婚姻之约，成终始之交。书多不载。书后有诗十首，录其一云：

端阳一别杳无音，两地相看对月明。
暂为椿萱辞虎卫，莫因花酒恋吴城。
游仙阁内占离合，拜月亭前问死生。
此去愿君心自省，同来与妾共调羹。

封皮上又题八句：

此书烦递至吴衙，门面春风足可夸：
父列当今宣化职，祖居自古督粮家。
已知东宅邻西宅，犹恐南麻混北麻；
去路逢人须借问，延陵桥在那村些？

又取银钗二股，为寄书之赠。书去了七个月，并无回耗。

时值新春，又访得前卫有个张客人要往苏州收货。娇鸾又取金花一对，央孙九送与张客，求他寄书，书意同前，亦有诗十首。录其一云：

春到人间万物鲜，香闺无奈别魂牵。
东风浪荡君尤荡，皓月团圆妾未圆。
情洽有心劳白发，天高无计托青鸾。
衷肠万事凭谁诉？寄与才郎仔细看。

封皮上题一绝：

苏州咫尺是吴江，吴姓南麻世督粮。
嘱付行人须着意，好将消息问才郎。

张客人是志诚之士，往苏州收货已毕，赍书亲到吴江。正在长桥上问路，恰好周廷章过去。听得是河南声音，问的又是南麻督粮吴家，知娇鸾书信，怕他到彼，知其再娶之事，遂上前作揖通名，邀往酒馆三杯，拆开书看了。就于酒家借纸笔，匆匆写下回书，推说父病未痊，方侍医药，所以有误佳期；不久即图会面，无劳注想。书后又写："路次借笔不备，希谅！"张客收了回书，不一日，回到南阳，付孙九回覆鸾小姐。鸾拆书看了，虽然不曾定个来期，也当画饼充饥，望梅止渴。过了三四个月，依旧杳然无闻。娇鸾对曹姨道："周郎之言欺我耳！"曹姨道："誓书在此，皇天鉴知。周郎独不怕死乎？"忽一日，闻得临安人到，乃是娇鸾妹子娇凤生了孩儿，遣人来报喜。娇鸾彼此相形，愈加感叹。且喜又是寄书的一个顺便，再修书一封托他。这是第三封书，亦有诗十首。末一章云：

叮咛才子莫蹉跎，百岁夫妻能几何？
王氏女为周氏室，文官子配武官娥。
三封心事凭青鸟，万斛闲愁锁翠蛾。
远路尺书情未尽，想思两处恨偏多！

封皮上亦写四句：

此书烦递至吴江，粮督南麻姓字香。
去路不须驰步问，延陵桥下暂停航。

鸾自此寝废餐忘，香消玉减，暗地泪流，恹恹成病。父母欲为择配。娇鸾不肯，情愿长斋奉佛。曹姨劝道："周郎未必来矣，毋拘小信，自误青春。"娇鸾道："人而无信，是禽兽也。宁周郎负我，我岂敢负神明哉？"光阴荏苒，不觉已及三年。娇鸾对曹姨说道："闻说周郎已婚他族，此信未知真假。然三年不来，其心肠亦改变矣。但不得一实信，吾心终不死。"曹姨道："何不央孙九亲往吴江一遭，多与他些盘费。若周郎无他更变，使他等候同来，岂不美乎？"娇鸾道："正合吾意，亦求姨娘一字，促他早早登程可也。"当下娇鸾写就古风一首。其略云：

忆昔清明佳节时，与君邂逅成相知。
嘲风弄月通来往，拨动风情无限思。
侯门曳断千金索，携手挨肩游画阁。
好把青丝结死生，盟山誓海情不薄。
白云渺渺草青青，才子思亲欲别情。
顿觉桃脸无春色，愁听传书雁几声。
君行虽不排鸾驭，胜似征蛮父兄去。
悲悲切切断肠声，执手牵衣理前誓。
与君成就鸾凤友，切莫苏城恋花柳。
自君之去妾攒眉，脂粉慵调发如帚。
姻缘两地相思重，雪月风花谁与共？
可怜夫妇正当年，空使梅花蝴蝶梦。
临风对月无欢好，凄凉枕上魂颠倒。
一宵忽梦汝娶亲，来朝不觉愁颜老。
盟言愿作神雷电，九天玄女相传遍。
只归故里未归泉，何故音容难得见？
才郎意假妾意真，再驰驿使陈丹心。
可怜三七羞花貌，寂寞香闺思不禁。

曹姨书中亦备说女甥相思之苦，相望之切。二书共作一封。封皮亦题四句：

荡荡名门宰相衙，更兼粮督镇南麻。

逢人不用停舟问，桥跨延陵第一家。

孙九领书，夜宿晓行，直至吴江延陵桥下。恐犹传递不的，直候周廷章面送。廷章一见孙九，满脸通红，不问寒温，取书藏于袖中，竟进去了。少顷，教家童出来回复道："相公娶魏同知家小姐，今已二年。南阳路远，不能复来矣。回书难写，仗你代言。这幅香罗帕乃初会鸾姐之物，并合同婚书一纸，央你送还，以绝其念。本欲留你一饭，诚恐老爹盘问嗔怪。白银五钱，权充路费，下次更不劳往返。"孙九闻言，大怒，掷银于地不受，走出大门，骂道："似你短行薄情之人，禽兽不如！可怜负了鸾小姐一片真心，皇天断然不佑你！"说罢，大哭而去。路人争问其故，孙老儿数一数二的逢人告诉。自此周廷章无行之名，播于吴江，为衣冠所不齿[10]。正是：

平生不作亏心事，世上应无切齿人。

再说孙九回至南阳，见了明霞，便悲泣不已。明霞道："莫非你路上吃了苦？莫非周家郎君死了？"孙九只是摇头。停了半晌，方说备细，如此如此："他不发回书，只将罗帕婚书送还，以绝小姐之念。我也不去见小姐了。"说罢，拭泪叹息而去。明霞不敢隐瞒，备述孙九之语。娇鸾见了这罗帕，已知孙九不是个谎话，不觉怨气填胸，怒色盈面。就请曹姨至香房中，告诉了一遍。曹姨将言劝解，娇鸾如何肯听？整整的哭了三日三夜，将三尺香罗帕，反复观看，欲寻自尽。又想道："我娇鸾名门爱女，美貌多才，若默默而死，却便宜了薄情之人。"乃制绝命诗三十二首及《长恨歌》一篇，诗云：

倚门默默思重重，自叹双双一笑中。
情惹游丝牵嫩绿，恨随流水缩残红。
当时只道春回准，今日方知色是空。
回首凭栏情切处，闲愁万里怨东风。

馀诗不载。其《长恨歌》略云：

《长恨歌》，为谁作？题起头来心便恶。
朝思暮想无了期，再把鸾笺诉情薄。
妾家原在临安路，麟阁功勋受恩露。
后因亲老失军机，降调南阳卫千户。
深闺养育娇鸾身，不曾举步离中庭。
岂知二九灾星到，忽随女伴妆台行。
秋千戏蹴方才罢，忽惊墙角生人话。
含羞归去香房中，仓忙寻觅香罗帕。
罗帕谁知入君手，空令梅香往来走。
得蒙君赠香罗诗，恼妾相思淹病久。
感君拜母结妹兄，来词去简饶恩情。

只恐恩情成苟合，两曾结发同山盟。
山盟海誓还不信，又托曹姨作媒证。
婚书写定烧苍穹，始结于飞在天命。
情交二载甜如蜜，才子思亲忽成疾。
妾心不忍君心愁，反劝才郎归故籍。
叮咛此去姑苏城，花街莫听阳春声。
一睹慈颜便回首，香闺可念人孤另。
嘱付殷勤别才子，弃旧怜新任从尔。
那知一去意忘还，终日思君不如死！
有人来说君重婚，几番欲信仍难凭。
后因孙九去复返，方知伉俪谐文君。
此情恨杀薄情者，千里姻缘难割舍。
到手恩情都负之，得意风流在何也？
莫论妾愁长与短，无处箱囊诗不满。
题残锦札五千张，写秃毛锥三百管。
玉闺人瘦娇无力，佳期反作长相忆。
枉将八字推子平，空把三生卜《周易》。
从头一一思量起，往日交情不亏汝。
既然恩爱如浮云，何不当初莫相与！
莺莺燕燕皆成对，何独天生我无配？
娇凤妹子少二年，适添孩儿已三岁。
自惭轻弃千金躯，伊欢我独心孤悲。
先年誓愿今何在？举头三尺有神祇。
君往江南妾江北，千里关山远相隔。
若能两翅忽然生，飞向吴江近君侧。
初交你我天地知，今来无数人扬非。
虎门深锁千金色，天教一笑遭君机。
恨君短行归阴府，譬似皇天不生我。
从今书递故人收，不望回音到中所。
可怜铁甲将军家，玉闺养女娇如花。
只因颇识琴书味，风流不久归黄沙。
白罗丈二悬高梁，飘然眼底魂茫茫。
报道一声娇鸾缢，满城笑杀临安王。
妾身自愧非良女，擅把闺情贱轻许。

相思债满还九泉，九泉之下不饶汝。
当初宠妾非如今，我今怨汝如海深。
自知妾意皆仁意，谁想君心似兽心！
再将一幅罗鲛绡，殷勤远寄郎家遥。
自叹兴亡皆此物，杀人可恕情难饶。
反覆叮咛只如此，往日闲愁今日止。
君今肯念旧风流，饱看娇鸾书一纸。

书已写就，欲再遣孙九。孙九咬牙怒目，决不肯去。正无其便，偶值父亲痰火病发，唤娇鸾替他检阅文书。娇鸾看文书里面有一宗乃勾本卫逃军者，其军乃吴江县人。鸾心生一计，乃取从前倡和之词，并今日《绝命诗》及《长恨歌》汇成一帙，合同婚书二纸，置于帙内，总作一封，入于官文书内，封筒上填写“南阳卫掌印千户王投下直隶苏州府吴江县当堂开拆”，打发公差去了，王翁全然不知。是晚，娇鸾沐浴更衣，哄明霞出去烹茶，关了房门，用杌子填足，先将白练挂于梁上，取原日香罗帕，向咽喉扣住，接连白练，打个死结，蹬开杌子，两脚悬空，煞时间三魂缥渺，七魄幽沉。刚年二十一岁。

始终一幅香罗帕，成也萧何败也何！

明霞取茶来时，见房门闭紧，敲打不开，慌忙报与曹姨。曹姨同周老夫人打开房门看了，这惊非小。王翁闻得也到。合家大哭，竟不知什么意故。少不得买棺殓葬。此事阁过休题。

再说吴江阙大尹接得南阳卫文书，拆开看时，深以为奇。此事旷古未闻。适然本府赵推官随察院樊公祉按临本县。阙大尹与赵推官是金榜同年，因将此事与赵推官言及。赵推官取而观之，遂以奇闻报知樊公。樊公将诗歌及婚书反覆详味，深惜娇鸾之才，而恨周廷章之薄幸。乃命赵推官密访其人。次日，擒拿解院。樊公亲自诘问。廷章初时抵赖，后见婚书有据，不敢开口。樊公喝教重责五十收监。行文到南阳卫查娇鸾曾否自缢。不一日，文书转来，说娇鸾已死。樊公乃于监中吊取周廷章到察院堂上，樊公骂道：“调戏职官家女子，一罪也；停妻再娶，二罪也；因奸致死，三罪也。婚书上说：‘男若负女，万箭亡身。’我今没有箭射你，用乱棒打死，以为薄幸男子之戒！”喝教合堂皂快齐举竹批乱打。下手时宫商齐响，着体处血肉交飞。顷刻之间，化为肉酱。满城人无不称快。周司教闻知，登时气死。魏女后来改嫁。向贪新娶之财色，而没恩背盟，果何益哉！有诗叹云：

一夜恩情百夜多，负心端的欲如何？
若云薄幸无冤报，请读当年《长恨歌》。

注释

[1]王魁负义：宋元南戏故事。梗概是：书生王魁与妓女敫桂英相爱，私订终身。后来王魁中了状元，抛弃了桂英。桂英自杀后，鬼魂向王魁报复。

[2]李益亏心：唐传奇《霍小玉传》载：书生李益与妓女霍小玉热恋，后别娶他人，抛弃小玉。小玉悒郁而终后，李益突然精神错乱。

[3]中所：明代的每一军卫分设前后中左右五个千户所，中千户所简称中所。

[4]方胜：两个菱形压角相叠组成的图案或花，犹今天的彩结。

[5]青蚨：本为昆虫名，后代称钱为青蚨。

[6]张珙、申纯：张珙是元杂剧《西厢记》中的主人公，他与崔莺莺一见钟情，历经坎坷，终成眷属。申纯是元明间戏曲《娇红传》中的主人公，他和表妹娇娘相爱，因不为家庭社会认可，双双苦闷而死。

[7]赆(jìn)：以财物赠行路的人。

[8]姜女：指春秋时卫国的共姜，丈夫死后，她守志不嫁。

[9]闵骞：闵子骞，孔子弟子，以孝顺闻名。

[10]衣冠：代指士大夫等有身份的阶层。

新评

在封建社会，男女地位极其悬殊。表现在婚姻方面，男的可以妻妾成群，妻死之后还可续弦；而女的则只能从一而终，嫁鸡随鸡，嫁狗随狗，即使是“鸡”、“狗”死了，也还得为他守节。表现在贞节伦理方面，男的无所谓贞节，他可以随意拈花惹柳，出入妓院；而女的则一旦失身于人，便失去了所谓的贞节，永世抬不起头来。《乔太守乱点鸳鸯谱》中的慧娘之所以非孙润不嫁，《蔡小姐忍辱报仇》中的蔡小姐之所以要自杀，原因都在于此。知悉了这些，就不难理解本卷中王娇鸾的痴情与决绝了。在娇鸾看来，自己既然已经以身许人，那么那个人便是她终身的托靠。一旦那人另有新欢，将她抛弃，娇鸾便再无理由和脸面活在世间。难能可贵的是，娇鸾并不是像《陈御史巧勘金钗钿》中的阿秀那样一死了之，不明不白，而是将前因后果昭示于众，惩罚了负心郎。

第三十六卷　十三郎五岁朝天

瑞烟浮禁苑，正绛阙春回，新正方半。冰轮桂华满，溢花衢歌市，芙蓉开遍。龙楼两观，见银烛星球有烂。卷珠帘尽日笙歌，盛集宝钗金钏。堪羡，绮罗丛里，兰麝香中，正宜游玩。风柔夜暖，花影乱，笑声喧。闹蛾儿满路，成团打块，簇着冠儿斗转。喜皇都旧日风光，太平再见。

这一阕词名《瑞鹤仙》，乃是宋绍兴年间词人康伯可所作[1]。这伯可是个有名会做乐府的才子[2]。家本北地，因金虏之乱，随驾南渡，秦申王荐于高宗皇帝[3]，深得宠眷。这词单道着上元佳节，高宗极为称赏，御赐金帛甚多。词中为何说"旧日风光，太平再见"？盖因靖康之乱，徽钦被虏，中原尽属金夷，康王侥幸南渡，即了帝位，偏安一隅，偷闲取乐，还要模拟盛时光景，故词人歌咏如此，也是自解自乐而已。怎如得当初柳耆卿的《倾杯乐》词道得好[4]！词云：

禁漏花深，绣工日永，薰风布暖。变韶景都门十二，元宵三五，银蟾光满。连云复道，凌飞观、耸皇居，丽佳气，瑞烟葱蒨。翠华宵幸，是处层城阆苑。　龙凤烛交光星汉，对咫尺鳌山开雉扇。会乐府两籍神仙，梨园四部弦管。向晓色都人未散。盈万井山呼鳌抃。愿岁岁天仗里，瞻凤辇！

这词多说着盛时宫禁说话。只因宋时极作兴是个元宵，大张灯火，御驾亲临，君民同乐，所以说道："金吾不禁夜，玉漏莫相催。"然因是倾城士女，通宵出游，没些禁忌，其间就有私期密约，鼠窃狗偷，弄出许多话柄来。当时李汉老有一首《女冠子》词[5]，更道得好。词云：

帝城三五，灯光花市盈路，天街游处。此时方信，凤阙都民，奢华豪富。纱笼才过处，喝道转身，一壁小来且住。见许多才子艳质，携手并肩低语。东来西往谁家女？买玉梅争戴，缓步香风度。北观南顾，见画烛影里，神仙无数。引人魂似醉，不如趁早，步月归去。这一双情眼，怎生禁得、许多胡觑！

细看此词，可见元宵之夜，趁着喧闹丛中，干那不三不四勾当的，不一而足，不消说起。而今听在下说一件元宵的事体，更是奇异。这件事，直教：

闹动公侯府，分开帝主颜。
猾徒入地去，稚子见天还。

却说宋神宗朝，有个大臣，王襄敏公，单讳着一个韶字，全家住在京师，真是潭潭相府，富贵奢华，自不必说。那年正月十五元宵佳节，其时王安石未用，新法未行，四境无侵，万民乐业，正是太平时候。家家户户，点放花灯。自从十三日为始，十街九市，欢呼达旦。这夜十五日是正夜，年年规矩，官家亲自出来赏玩通宵，倾城士女，专待天颜一看。且是此夜难得一轮明月当空，照耀如同白昼，映着各色奇巧花灯，从来叫做灯月交辉，极为美景。襄敏公家内眷，自夫人以下，老老幼幼没一个不打扮齐整了，祗候人牵着帷幕出来[6]，街上看灯游耍。看官，你道如何用着帷幕？那官宦人家女眷，恐防街市人挨挨擦擦，不成体面，所以或用绢缎，或用布匹等类，扯做长圈围裹，隔着外人——晋时唤做“步幛”，故有“紫丝步幛”、“锦步幛”之称。——这是大人家规范如此。

闲话且过。却说襄敏公有个小衙内，排行十三，是他末堂幼子，小名叫做南陔，年方五岁，聪明乖觉，容貌不凡。襄敏公夫妇珍爱，自不必说。只这合家内外大小也没一个不喜欢他的。其时小衙内也到街上看灯。大家子穿着齐整，还是等闲；只头上一顶帽儿，多是黄豆大不打眼的洋珠，穿成双凤的牡丹花样，当面前一粒猫儿眼宝石，睛光闪烁，四围又是五色宝石攒簇，乃是鸦青、祖母绿之类。这顶帽也不知值多少钱钞。襄敏公分付一个家人王吉，驮在背上，随着内眷，一起看灯。那王吉是晓得规矩的人，自道身是男人，不敢在帷中行走，只相傍帷外而行。行到宣德门前，恰好神宗皇帝正御宣德门楼，圣旨许令万目仰观，金吾卫不得拦阻。楼上设着鳌山，灯光灿烂，香烟馥郁。奏动御乐，钟鼓喧阗。楼下施呈百戏，供奉御览。看的真是人山人海，挤得缝地都没有了。有翰林承旨王禹玉《上元应制诗》为证：

雪消华月满仙台，万烛当楼宝扇开。
双凤云中扶辇下，六鳌海上驾山来。
镐京春酒沾周宴，汾水《秋风》陋汉才。
一曲升平人尽乐，君王又进紫霞杯。

此时王吉拥在人丛之中，因为背上负了小衙内，许多不便，只好掂着脚，伸着颈，仰着脸，睁着眼，向上观望。渐渐的挤得腿也酸了，腰也软了，肩也摊了，汗也透了，气也喘了。正没奈何，忽觉得身上轻松了些，好不快活。把腰儿伸一伸，脚儿展一展，自由自在的呆呆里看够，趁心满意。猛然想起道：“小衙内呢？”急把手摸时，已不在背上了，也不知几时去的。四下一望，多是面生之人，那里见小衙内的影儿？急得肠子做了千百段。欲要找寻，又被挤住了脚，行走不得。心中撩乱，只得尽气力将身子挨出。挨得骨软筋麻，才到得稀松之处。遇见府中一伙人，问道：“你们见小衙内么？”府中人道：“小衙内是你负着，怎倒来问我们？”王吉道：“正在闹嚷之际，不知那个伸手来我背上接了去。想必是府中弟兄们，见我费力，替我抱了，放松我些也不见得。我一时贪个松快，人闹里不看得仔细，及至寻时，已不见了。你们难道不曾撞见？”府中人见说，大家慌张起来，道：“你好作怪！这可是作耍的事？如此不小心！你在人千人万处失去了，却在此间问张问李，岂不误事？还是分头再到闹头里寻去。”

一伙十来个人,同了王吉挨出挨入,高呼大叫。怎当得人多声闹,茫茫里向那个去问?落得眼睛也看花了,喉咙也叫哑了,并无一些影响。寻了一回,走将拢来,我问你,你问我,多一般不见,慌做了一团。有的道:“或者那个抱回家去了?”有的道:“你我俱在,又是那个抱去?”王吉道:“且到家问问看再处。”一个老人家道:“决不在家里。头上东西耀人眼目,被歹人连人盗拐去了。我们且不要惊动夫人,先到家禀知了相公,差人趁早缉捕为上。”王吉见说要禀知相公,先自软了一半,道:“如何回得相公的话?且从容计较打听,不要性急便好。”府中人多是着了忙的,那由得王吉主张,一齐奔了家来,私下问问,那得个小衙内在里头?只得来见襄敏公,却也嗫嗫嚅嚅,未敢一直说失去小衙内的事。襄敏公见众人仓皇之状,倒问道:“你等去未多时,如何一齐跑了回来?且多有慌张失智光景。必有缘故。”众家人才把王吉在人丛中失去小衙内之事说了一遍。王吉跪下,只是叩头请死。襄敏公毫不在意,笑道:“去了自然回来,何必着急?”众家人道:“此必是歹人拐了去,怎能够回来?相公还是着落开封府及早追捕,方得无失。”襄敏公摇头道:“也不必。”众人道是一番天样大、火样急的事;怎知襄敏公看得平常,声色不动,化做一杯雪水。众人不解其意,只得到帷中禀知夫人。夫人惊慌,急忙回府,噙着一把眼泪,来与相公商量。襄敏公道:“若是别个儿子失去,便当急急寻访。今是吾十三郎,必然自会归来,不必忧虑。”夫人道:“此子虽然伶俐,点点年纪,奢遮煞也只是四五岁的孩子[7]。万众之中挤掉了,怎能够自会归来?”养娘们道:“闻得歹人拐人家小厮去,有擦瞎眼的,有斫掉脚的,千方百计摆布坏了,装做叫化的化钱。若不急急追寻,必然衙内遭了毒手。”各各啼哭不住。家人每道:“相公便不着落府里缉捕,招贴也写几张,或是大张告示,有人贪图赏钱,便有访得下落的来报了。”一时间你出一说,我出一见,纷纷乱讲。只有襄敏公怡然不以为意,道:“随你议论百出,总是多的。过几日,必然来家。”夫人道:“魔合罗般一个孩子[8],怎生舍得失去了,不在心上,说这样懈话!”襄敏公道:“包在我身上,还你一个旧孩子便了,不要性急。”夫人那里放心,就是家人每、养娘每,也不肯信相公的话。夫人自分付家人,各处找寻去了,不题。

却说那晚南陔在王吉背上,正在挨挤喧嚷之际,忽然有个人挨到王吉身畔,轻轻伸手过来接去,仍旧一般驮着。南陔贪着观看,正在眼花撩乱,一时不觉。只见那一个人负得在背,便在人丛中乱挤将过去,南陔才喝声道:“王吉!如何如此乱走!”定睛一看,那里是个王吉?衣帽装束,又另是一样了。南陔年纪虽小,心里煞是聪明,便晓得是个歹人,被他闹里来拐了。欲待声张,左右一看,并无一个认得的熟人。他心里思量道:“此必贪我头上珠帽。若被他掠去,须难寻讨。我且藏过帽子。我身子不怕他怎地。”遂将手去头上除下帽子来,揣在袖中,也不言语,也不慌张,任他驮着前走,却像不晓得的。将近东华门,看见四五乘轿子,叠联而来。南陔心里忖量道："轿中必有官员贵人在内，此时不声张求救，更待何时？"觑轿子来得较近，伸手去攀着轿杌，大呼道："有贼！有贼！救人！救人！"那负南陔的贼，出于不意，骤听得背上如此呼叫，吃了一惊，恐怕被人拿住，连忙把南陔撩下背来，钻向人丛里，脱身而走。轿中人闻得孩子声唤，推开帘子一看，见是个青头白脸，魔合罗般一个小孩子。心里欢喜，叫住了轿，抱将过来，问道："你是何处来的？"南陔道："是贼拐来的。"轿中人道："贼在何处？"南陔道："方才叫喊起来，在人丛中走了。"轿中人见说话明白，把他的头儿抚摩道："乖乖，你不要心慌，且随我顽耍去来。"便双手抱来，坐在膝上，一直进了东华门，竟入大内去了。你道轿中是何等人？元来是穿宫的高品近侍中人，因圣驾御楼观灯已毕，先同着一般的中贵四五人，前去宫中排宴；不想遇着南陔叫喊，抱在轿中，进了大内。中大人分付从人领他到自己入直的房内，与他果品吃着，被卧温着，恐防惊吓了他，叮嘱又叮嘱。内监心性喜欢小的，自然如此。

次早，四五个中大人，直到神宗御前，叩头跪禀道："好教万岁爷爷得知：奴婢等昨晚随侍赏灯回来，在东华门外拾得一个失落的孩子，领进宫来。此乃万岁爷爷得子之兆，奴婢等不胜喜欢。未知是谁家之子，未请圣旨，不敢擅便。特此启奏。"神宗此时嗣星未耀，正急的是生子一事；见说拾得一个孩子，也道是宜男之祥，喜动天颜，叫快宣来见。中大人领旨，急到入直房内抱了南陔，先对他说："圣旨宣召。如今要见驾哩，你不要惊怕。"南陔见说见驾，晓得是见皇帝了，不慌不忙，在袖中取出珠帽来，一似昨日戴了，随了中大人，竟来见神宗皇帝。娃子家虽不曾习着甚么嵩呼舞拜之礼，却也擎拳曲脚，一拜两拜的叩头稽首。喜得个神宗跌脚欢忭[9]，御口问道："小孩子，你是谁人之子？可晓得姓甚么？"南陔竦然起答道："儿姓王，乃臣韶之幼子也。"神宗见他说出话来声音清朗，且语言有体，大加惊异。又问道："你缘何得到此处？"南陔道："只因昨夜元宵，举家观灯，瞻仰圣容。嚷乱之中，被贼人偷驮背上前走。偶见内家车乘，只得叫呼求救。贼人走脱。臣随中贵大人一同到此，得觐天颜，实出万幸。"神宗道："你今年几岁了？"南陔道："臣五岁了。"神宗道："小小年纪，便能如此应对，王韶可谓有子矣。昨夜失去，不知举家何等惊惶。朕今即欲送还汝父，只可惜没查处那个贼人。"南陔对道："陛下要查此贼，一些不难。"神宗惊喜道："你有何见，可以得贼？"南陔道："臣被贼人驮走，已晓得不是家里人了，便把头上戴的珠帽除下藏好。那珠帽之顶，有臣母将绣针彩线插戴其上，以压不祥。臣比时在他背上，想贼人无可记认，就于除帽之时，将针线取下，密把他衣领缝线一道，插针在衣内，以为暗号。今陛下令人密查，若衣领有此针线者，即是昨夜之贼，便可捕获。"神宗大惊，道："奇哉此儿！一点年纪，有如此大见识。朕若不得贼，孩子不如矣。待朕擒治了此贼，方送汝回去。"又对近侍夸称道："如此奇异儿子，不可令宫闱中人不见一见。"传旨急宣钦圣皇后见驾。穿宫人传将旨意进宫，宣得钦圣皇后到来。山呼行礼已毕，神宗对钦圣道："外厢有个好儿子，卿可暂留宫中，替朕看养他几日，做个得子的谶兆。"钦圣虽然遵旨谢恩，不知甚么事由，心中有些犹豫不决。神宗道："要知详细，领此儿到宫中问他，他自会说明白。"钦圣得旨，领了南陔自往宫中去了。

神宗一面写下密旨，差个中大人赍到开封府，是长是短的从头分付了大尹，立限捕贼以闻。开封府大尹奉得密旨，非比寻常访贼的事，怎敢时刻怠缓？即唤过当日缉捕使臣何观察，分付道："今日奉到密旨，限你三日内要拿元宵夜做不是的一伙人。"观察禀道："无赃无证，从何缉捕？"大尹叫何观察上来，附耳低言，把中大人所传衣领针线为号之说，说了一遍。何观察道："恁地时，三日之内，管取完这头公事；只是不可声扬。"大尹道："你好干这事。此是奉旨的，非比别项盗贼。小心在意。"观察声喏而出。到得使臣房，齐集一班眼明手快的公人来商量道："元宵夜趁着热闹，做歹事的不止一人，失事的也不止一家。偶然这一家小的儿不曾捞得去，别家得手处必多。日子不远，此辈不过在花街柳巷、酒楼饭店中轻松取乐，料必未散。虽是不知姓名地方，有此暗记，还怕甚么？遮莫没踪影的，也要寻出来。我每几十个做公的，分头体访，自然有个下落。"当夜派定张三往东，李四往西，各人认路。茶坊酒肆，凡有众人团聚，面生可疑之处，即便留心挨身体看，各自去讫。

元来那晚这个贼人，有名的叫做"雕儿手"，一起有十来个，专一趁着闹热时节，人丛里做那不本分的勾当。有诗为证：

昏夜贪他唾手财，全凭手快眼儿乖。
世人莫笑胡行事，譬似求人更可哀。

那贼人当时在王家府门首窥探踪迹，见个小衙内齐整打扮，背将出来，便看上了，一路跟着，不离左右。到了宣德门楼下，正在挨挤喧闹之处，觑个空，便双手溜将过来，背了就走。欺他是小孩子，纵有知觉，不过惊怕啼哭，料无妨碍，不在心上。不提防到官轿傍边，却会叫喊"有贼"起来，一时着了忙，丢下便走；更不知背上头暗地里又被他做工夫，留下记认了。此是神仙也不猜到之事。后来脱去，见了同伙，团聚拢来，各出所获之物，如簪、钗、金宝、珠玉、貂鼠暖耳、狐尾护颈之类，无所不有，只有此人却是空手。述其缘故，众贼道："何不单雕了珠帽来？"此人道："他一身衣服多有宝珠钮嵌，手足上各有钏镯，就是四五岁一个小孩子，好歹也值两贯钱，怎舍得轻放了他？"众贼道："而今孩子何在？正是'贪多嚼不烂'了。"此人道："正在内家轿边叫喊起来，随从的虞候，虎狼相似，不兜住身子，便算天大侥幸，还望财物哩！"众贼道："果是利害。而今幸得无事。弟兄们，且打平伙吃酒压惊去[10]。"于是一日轮一个做主人，只拣隐僻酒务，便去畅饮。

是日，正在玉津园旁边一个酒务里头欢呼畅饮。一个做公的，叫做李云，偶然在外经过，听得猜拳豁指，呼幺喝六之声，他是有心的，便踅进门来。一看见这些人举止气象，心下有十分瞧科。走去坐了一个独副座头，叫声买酒饭吃，店小二先将盏筷安顿去了。他便站将起来，背着手踱来踱去，侧眼把那些人逐个个觑将去。内中一个，果然衣领上挂着一寸来长短彩线头。李云晓得着手了，叫店家："且慢暖酒。我去街上邀着个客人，一同来吃。"忙走出门，口中打个胡哨，便有七八个做公的走将拢来，问道："李大，有影响么？"李云把手指着店内，道："正在这里头，已看的实了。我们几个守着这里，把一个走去，再叫集十来个弟兄，一同下手。"内中一个会走的，飞也似去了，顷刻叫上十来个做公的，发声喊，望酒务里打进去，叫道："奉圣旨，拿元宵夜一伙贼人！店家协力，不得放走了！"店家听得"圣旨"二字，晓得利害，急集小二、火工、后生人等，执了器械，出来帮助。十来个贼，不曾走了一个，多被捆倒。正是：

日间不做亏心事，半夜敲门不吃惊。

大凡做贼的，见了做公的，就是老鼠遇猫儿，见形便伏；做公的见了做贼的，就是仙鹤遇了蛇洞，闻气即知。所以这两项人每每私自相通，时常要些孝顺，叫做"打业钱"。若是捉破了贼，不是什么要紧公事，得些利市，便放松了。而今是钦限要人的事，衣领上针线，斗着海底眼，如何容得宽展？当下捆住，先剥了这一个的衣服。众贼虽是口里还强，却个个肉颤身摇，面如土色。身畔一搜，各有零赃。一直押到开封府来报知大尹。大尹升堂，验着衣领针线是实，明知无枉，喝叫用起刑来，令招实情。绷扒吊拷，倍受苦楚。那些顽皮贼骨只不肯招。大尹即将衣领针线问他道："你身上何得有此？"贼人不知事端，信口支吾。大尹笑道："如此剧贼，却被小孩子算破了，岂非天理昭彰？你可记得元宵夜内家轿边叫救人的孩子么？你身上已有了暗记，还要抵赖到那里去？"贼人方知被孩子暗算了，顿口无言。只得招出实情。乃是积年累岁，遇着节令盛时，即便四出剽窃；以及平时掠贩子女，伤害性命，罪状山积，难以枚举，从不败露。岂知今年元宵行事之后，卒然被擒。却被小子暗算，惊动天听，以致有此，莫非天数该败，一死难逃。大尹责了口词，叠成文卷。大尹却记起旧年元宵真珠姬一案，现捕未获的那一件事来。你道又是甚事？看官，且放下这头，听小子说那一头。

也只因宣德门张灯，王侯贵戚女眷，多设帷幕，在门外两庑[1]，日间先在那里等候观看。其时有一个宗王家眷，在东庑下张设帷幕，摆下酒肴，观看灯火。那时金吾不禁，人海人山，语言鼎沸，喧天振地。更有那花炮流星，你放我赛。那宗王有个女儿，名唤真珠姬，年方十七，未曾许嫁人家，颜色明艳，服饰鲜丽，耀人眼目。娃子家心性，喜的是顽耍；他见这般热闹，不免舒头探脑，向幕外张望。常言"慢藏诲盗，冶容诲淫"，却动了一伙剧贼的火。宗王家眷正在看得兴浓处，只见一个女僧，挨入幕来，自夫人以下，各各问讯了，便立在真珠姬身边。夫人正问那尼僧："你是那处尼僧?”忽见众人一齐发起喊来,却被放花炮的失手,烧了帷幕,烟焰满幕。众女眷一时忙乱,你撞我跌,乱抢出幕来,急得那真珠姬没走一头处。那女僧叫道:“莫要慌!随我来!”一把扯着真珠姬的手,在人丛中挨至隙处,见放着一乘兜轿。女僧连忙扶真珠姬入轿坐了。女僧便对轿夫说:“你轿若闲空,快抬这小姐到王府里去,多赏你酒钱。我随后跟来。”轿夫应道:“当得,当得。”扶轿上肩,四足并举,其行如飞。莫说真珠姬是幼年闺女,就是男子汉,到如此仓卒,也要着了道儿。

且放着真珠姬上轿的事。再说王府家眷,帷幕被烧,惊得乱撺。家人拥上来,拽倒帷幕,幸而火息,不曾延烧别家帷幕。自宗王夫人以下,及养娘、丫鬟、婢女等辈,簪珥钗钏,都被人抢去。盏碟粉碎。虞候、干办、家人,也都失去帽,挤落鞋。一家败兴,聚集在一搭儿。人人都在,只不见真珠姬。当时四下呼唤找寻,并无影响。那时宗王闻报,教夫人等众快回王府,连夜差人出招出揭,报信者赏钱三千贯,收留者五千贯。满城挨访,闹了数日,杳无音信,不题。

且说真珠姬当夜在轿中,深以为幸,甚感尼僧;坐还未稳,倏忽转弯,心头小鹿不住的撞;思想夫人等众不知如何光景。只见轿夫脚高脚低,越走越黑。举眼看时,却是空阔所在,喧闹之声渐远。真珠姬见不是日里来的旧路,心里正在疑惑,忽然住了轿,轿夫多走去了。却不是自家府门,只得自己掀帘走出轿来。定睛一看,只叫得苦。原来是一所古庙,旁边鬼卒十馀个,各持兵仗夹立。中间坐着一位神道,面阔尺馀,须髯满颊,目光如炬,肩臂启动,像个活的一般。真珠姬心慌,不免下拜。神道开口大言道:“你休得惊怕。我与汝有夙缘,故使神力摄你至此。”真珠姬见神道说出话来,愈觉惊怕,放声啼哭起来。旁边两个鬼卒,走来扶着。神道说:“快取压惊酒来。”旁边又一鬼卒,斟着一杯热酒,向真珠姬口边奉来。真珠姬欲待推拒,又怀惧怕,勉强将口接着,被他一灌而尽。真珠姬早已天旋地转,不知人事,倒在地下。神道走下座来,笑道:“着了手也!”旁边鬼卒多攒将拢来,同神道各卸了装束,除下面具。原来个个多是活人,乃一伙剧贼装成的。将蒙汗药灌倒了真珠姬,抬到后面,众贼汉乘他昏迷,次第奸淫。可怜金枝玉叶之人,零落在狗党狐群之手。奸淫已毕,各自散去,别做歹事了。

真珠姬睡至天明,看看苏醒,睁眼看时,不知是那里,但见一个婆子在旁边坐着。真珠姬自觉下体疼痛,虽在昏醉中,依稀也略记得些事,明知着了人手。问婆子道:“此是何处?”婆子道:“夜间众好汉们送将小娘子来的,不必心焦。管取你就落好处便了。”真珠姬道:“我是宗王府中闺女。你每歹人,怎如此乘闹胡行?”婆子道:“而今说不得王府不王府了。老身见你是金枝玉叶,须不把你作贱。”真珠姬也不晓得他的说话因由,闭着眼,只是啼哭。原来这婆子是个牙婆,专一走大人家,雇卖人口的。这伙剧贼掠得人口,便来投他家,款留下几晚,就有头主来成了去的。那时留下真珠姬,好言温慰得熟分。刚两三日,只见一日一乘轿来抬了去,已将他卖与城外一个富家为妾了。

主翁却见他色美，甚是喜欢，更问他来历。真珠姬也深怀羞愤，不敢轻易自言。怎当得那家姬妾颇多，见一人专宠，尽生嫉妒之心，说他来历不明，多管是在家犯奸，逐出来的奴婢，日日在主翁耳根边激聒。主翁听得不耐烦，偶然问其来处，真珠姬拨着心中事，大声啼哭，说出事由来，方知是宗王之女，被人掠卖至此。主翁多曾看见榜文赏帖的，老大吃惊，恐怕事发连累，急忙叫人寻取原媒，牙婆已自不知去向了。主翁寻思道："此等奸徒，此处不败，别处必露。到得根究起来，现赃在我家，须藏不过。可不是天大利害？况且王府女眷，不是取笑，必有寻着根底的日子。别人做了歹事，把个愁布袋丢在这里，替他顶死不成？"心生一计，叫两个家人，家里抬出一顶破竹轿子装好了，请出真珠姬来，主翁纳头便拜，道："一向有眼不识贵人，多有唐突，却是辱没了贵人。多是歹人做的事，小可并不知道。今情愿舍了身价，自送贵人还府。只望高抬贵手，凡事遮盖，不要牵累小可则个。"真珠姬见说送他还家，就如听得一封九重恩赦到来；又原是受那主翁厚待的，见他小心陪礼，好生过意不去，回言道："只要见了我父母，决不题起你姓名罢了。"主翁请真珠姬上了轿。两个家人抬着飞走。真珠姬也不及分别一声。约莫走了五七里路，至一荒野之中，抬轿的放下竹轿，抽身便走，一道烟去了。真珠姬在轿中探头出看，只见静悄无人；走出轿来，前后一看，连两个抬轿的影踪不见。慌张起来道："我直如此命蹇！如何不明不白，抛我在此？万一又遇了歹人，如何是好？"没做理会处，只得仍旧进轿坐了，放声大哭起来，乱喊乱叫，将身子在轿中颠掷不已，头发多颠的蓬松。

此时正是三月天气，时常有郊外踏青的。有人看见空野之中，一乘竹轿内有人大哭，不胜骇异，渐渐走将拢来。起初止是一两个人，后来簸箕般回将转来，你诘我问，你喧我嚷。真珠姬慌慌张张，没口得分诉，一发说不出一句明白话来。内中有老成人，摇手叫四旁人莫嚷，高声问道："娘子是何家宅眷？因甚独自歇轿在此？"真珠姬方才噙了眼泪，说道："奴是王府中族姬，被歹人拐来在此的。有人报知府中，定有重赏。"当时王府中赏帖，开封府榜文，谁不知道？真珠姬话才出口，早已有请功的，飞也似去报了。须臾之间，王府中干办、虞候，走了偌多人来认看，果然破轿之内，坐着的是真珠姬，慌忙打轿来换了，抬归府中。父母与合家人等，看见头蓬鬓乱，满面泪痕，抱着大哭。真珠姬一发乱撕乱掷，哭得一佛出世，二佛生天。直等得哭尽情了，方才把前时失去，今日归来的事端，一五一十，告诉了一遍。宗王道："可晓得那讨你的是那一家？便好挨查。"真珠姬心里还护着那主翁，回言道："人家便认得，却是不晓得姓名，也不晓得地方；又来得路远了，不记起在那一边。抑且那人家原不知情，多是歹人所为。"宗王心里道是"家丑不可外扬"，恐女儿许不得人家，只得含忍过了，不去声张，不老实根究，只暗地嘱付开封府留心访贼罢了。

隔了一年，又是元宵之夜，弄出王家这件事来。其时大尹拿到王家做歹事的贼，用刑讯问。那贼伙中有的被拷打昏了，倒把王府这件事先招出来。那尼僧也是一伙，均分赃物，设计放火起衅，暗约兜轿，假扮轿夫之事，一一招称明白。大尹咬牙切齿，拍案大骂道："这些贼男女，死有馀辜！"差人缉捕贼尼牙婆。即刻捕到。大尹喝教加力行杖，各打了六十讯棍，押下死囚牢中，奏请明断发落。奏内大略云：

群盗元夕所为，止于胠箧；居恒所犯，尽属椎埋。似此枭獍之徒，岂容辇毂之下？合行骈戮，以靖邦畿。

神宗皇帝见奏，晓得开封府尽获盗犯，笑道："果然不出小孩子所算。"龙颜大喜，批准奏章，着会官即时处决。又命开封府再录狱词一道来看。开封府钦此钦遵，处斩众盗已毕，一面回奏，复将前后犯由狱词详细录上。神宗得奏，即将狱词笼于袍袖之中，含笑回宫。

且说正宫钦圣皇后，那日钦奉圣谕，赐与外厢小儿鞠养，以为得子之兆，当下谢恩，领回宫中来。试问他来历备细，那小孩应答如流，语言清朗。他在皇帝御前也曾经过，可知道不怕面生，就像自家屋里一般，嘻笑自若。喜得个钦圣心花也开了，将来抱在膝上，命宫娥取过梳妆匣来，替他掠发整容，调脂画额，一发打扮得齐整。合宫妃嫔闻得钦圣宫中御赐一个小儿，尽皆来到宫中，一来称贺娘娘，二来观看小儿。因小儿是宫中所不曾有的，实觉希罕。及至见了，又是一个眉清目秀，唇红齿白，魔合罗般一个能言能语，百问百答，你道有不快活的么？妃嫔每要奉承娘娘，亦且喜欢孩子，争先将出宝玩、金珠、钏镯等类，来做见面钱，多塞在他小袖子里，袖子盛满，挤不下了。钦圣命一个老内人，逐一替他收藏好；又叫引他到各宫朝见顽耍。各宫以为盛事，你强我赛，又多各有赏赐，宫中好不喜欢热闹。

如是十来日，正在喧哄之际，忽然驾幸钦圣宫，宣召前日孩子。钦圣当下率领南陔朝见已毕，神宗问钦圣道："小孩子莫惊怕否？"钦圣道："蒙圣恩敕令暂鞠此儿，此儿聪慧非凡，虽居禁地，毫不改度，老成人不过如此，实乃陛下洪福齐天，国家有此等神童出世，臣妾不胜欣幸。"神宗道："好叫卿等得知：只那夜做歹事的人，尽被开封府所获；则为衣领上针线暗记，不到得走了一个。此儿可谓有智极矣。今贼人尽行斩讫，怕他家里不知道，在家忙乱，今日好好送还他家去。"钦圣与南陔各叩首谢恩。当下传旨，敕令前日抱进宫的那个中大人，护送归第。御赐金犀一簏，与他压惊。中大人得旨，就御前抱了南陔，辞了钦圣，一路出宫。钦圣尚兀自好些不割舍他回去，梯己自有赏赐[12]，与同前日各宫所赠之物同贮一箧，令人一同交付与中大人收好，送到他家。中大人出了宫门，传命备起犊车，赍了圣旨，就抱南陔坐在怀里，径往王家而来。

去时蓦地偷将去，来日从天降下来。

孩抱何缘亲见帝?恍疑鬼使与神差。

话说王襄敏家中，自那晚失去了小衙内，合家内外大小没一个不忧愁思虑，哭哭啼啼;只有襄敏毫不在意,竟不令人追寻。虽然夫人与同管家的分付众家人,各处探访,却也并无一些影响。人人懊恼,没个是处。忽然此日朝门上飞报将来:“有中大人亲赍圣旨,到第开读!”襄敏不知事端,分付忙排香案迎接;自己冠绅袍笏,俯伏听旨。只见中大人抱了个小孩子下犊车来。家人上前来争看,认得是小衙内,倒吃了一惊。大家不觉手舞足蹈,禁不得喜欢。中大人喝道:“且听宣圣旨!”高声宣道:

卿元宵失子,乃朕获之,今却还卿。特赐压惊物一篚,奖其幼志。钦哉!

中大人宣毕,襄敏拜舞谢恩已了,请过圣旨,与中大人叙礼,分宾主坐定。中大人笑道:“老先生好个乖令郎!”襄敏公正要问起根由,中大人笑嘻嘻的,袖中取出一卷文书出来,说道:“老先生要知令郎去来事端,只看此一卷便明白了。”襄敏接过手来一看,乃开封获盗狱词也。襄敏从头看去,见是密诏,开封捕获,便道:“乳臭小儿,如此惊动天听,又烦圣虑获贼,真教老臣粉身碎骨,难报圣恩万一!”中大人笑道:“这贼多是令郎自家拿到的,不烦一毫圣虑,所以为妙。”南陔当时就口里说那夜怎的长,怎的短,怎的见皇帝,怎的拜皇后,明明朗朗,诉个不住口。先前合家人听见圣旨到时,已攒在中门口观看;及见南陔出车来,大家惊喜,只是不知头脑。直待听见南陔备述此一遍,心下方才明白,尽多赞叹他乖巧之极。方信襄敏不在心上,不肯追求,道是他自家会归来的,真有先见之明也。襄敏分付治酒,款待中大人。中大人就将圣上钦赏压惊金犀及钦圣与各宫所赐之物,陈设起来,真是珠宝盈庭,光采夺目,所值不啻巨万。中大人摩着南陔的头道:“哥儿,够你买果儿吃了。”襄敏又叩首对阙谢恩。立命馆客写下谢表,先奉中大人陈奏,等来日早朝面圣,再行率领小子谢恩。中大人道:“令郎哥儿是咱家遇着,携见圣上的。咱家也有个薄礼儿做个纪念。”将出元宝二个,彩缎八表里来。襄敏再三推辞不得,只得收了。另备厚礼,答谢过中大人。中大人上车回覆圣旨去了。

襄敏送了回来,合家欢庆。襄敏公道:“我说你们不要忙,我十三儿必能自归,今非但归来,且得了许多恩赐;又已拿了贼人,多是十三儿自己的主张来。可见我不着急的是么?”合家个个称服。后来南陔取名王寀,政和年间,大有文声,功名显达。只看他小时举动如此,已占大就矣。

小时了了大时佳,五岁孩童已足夸。

计缚剧徒如反掌,直教天子送还家。

注释

[1]康伯可:即康与之,字伯可,号顺庵,洛阳(今属河南)人。南宋学者。高宗时,上“中兴十策”,名甚

著。著有《昨梦录》、《顺庵乐府》。

[2]乐府:词的别称。

[3]秦申王:即秦桧。他死后被赠封申王,后又被追夺王爵。

[4]柳耆卿:即柳永(?—约1053),北宋词人,原名三变,字景庄,后改名永,字耆卿。崇安(今属福建)人。为人放荡不羁,终身潦倒。著有《乐章集》。

[5]李汉老:即李邴,字汉老。南宋初年曾官资政殿学士。著有《云龛草堂集》。

[6]祗候:本为宋代武官名,后代称富贵人家的仆役首领。

[7]奢遮煞:出色,了不起。

[8]魔合罗:又叫摩睺罗,宋元时习俗,用土、木等雕塑成小人形,加衣饰,七夕节供养,后来成为儿童玩具。

[9]跌脚欢忭:形容手舞足蹈的样子。

[10]打平伙:一起吃喝,费用均摊。犹今之"AA制"。

[11]庑(wǔ):堂下周围的廊屋。

[12]梯己:又作"体己",自己私下积存的(钱财)。

新评

这是一篇关于神童十三郎的传奇故事。五岁的儿童被人拐走,不仅自救成功,而且在人贩子衣领上留下记号,为破案提供重要线索,终使人贩子落入法网,确实令人称赞。更为稀奇的是,解救十三郎的人是宫禁中人,于是他又有机会面见皇帝、皇后,在禁宫中起居,深得皇帝、皇后的喜爱。这在当时,是莫大的荣耀,何况他只有五岁。这个故事从另一个侧面反映了宋代拐卖妇女儿童的严重社会问题。

第三十七卷　崔俊臣巧会芙蓉屏

夫妻本是同林鸟，大限来时各自飞。

若是遗珠还合浦，却教拂拭更生辉。

话说宋朝汴梁有个王从事，同了夫人到临安调官，赁一民房。居住数日，嫌他窄小不便，王公自到大街坊上寻得一所宅子，宽敞洁净，十分像意[1]，当把房钱赁下了，归来与夫人说："房子甚是好住。我明日先搬东西去了，临完，我雇轿来接你。"次日，并叠箱笼，整顿齐备，王公押了行李，先去收拾。临出门，又对夫人道："我先去，你在此少待，轿便到来。"王公分付罢，到新居安顿了，就唤一乘轿，到旧寓迎接夫人。轿去已久，竟不见到。王公等得心焦，重到旧寓来问。旧寓人道："官人去不多时，就有一乘轿来接夫人，夫人已上轿去了。后边又是一乘轿来接。我回他：'夫人已有轿去了。'那两个就打了空轿回去。怎么还未到？"王公大惊，转到新寓来看，只见两个轿夫来讨钱，道："我等打轿去接夫人，夫人已先来了。我等虽不曾抬，也要认轿钱与脚步钱。"王公道："我只叫得你们的轿，如何又有甚人的轿先去接着？而今竟不知抬向那里去了！"轿夫道："这个我们却不知道。"王公将就拿几十钱打发了轿夫，心下好生无主，暴躁如雷，没个出豁处。

次日，到临安府进了状，拿得旧主人来，只如昨说，并无异词。及拘邻舍来问，都说见上轿去的。又拿后边两个轿夫来问，说道："只打得空轿往回一番。地方街上人多看见的，并不知馀情。"连大尹也没奈何，只得行个缉捕文书，访拿先前的两个轿夫。却又不知姓名住址，有影无踪，海中捞月，眼见得一个夫人送在别处去了。王公凄凄惶惶，苦痛不已。自此失了夫人，也不再娶。

五年之后，选了衢州教授，附郭首县，名西安县，那县宰与王教授时相往来。一日，县宰请王教授衙中饮酒，饮至半晌，嗄饭中拿出鳖来。王教授吃了两箸，便停了箸，哽哽咽咽，眼泪如珠落将下来。县宰惊问缘故。王教授道："此味颇似亡妻所烹调，故此伤感。"县宰道："尊阃夫人几时亡故？"王教授道："索性亡故也是天命；只因在临安移寓，相约命轿相接，不知是甚奸人，先把轿来将拙妻赚去。当时告在临安，至今未有下落。"县宰闻言，惊讶道："小妾正是在临安用三十万钱娶的外方人。适才叫他治庖，这鳖是他烹煮的。其中有些怪异了。"登时起身进来问妾道："你是外方人，如何却在临安嫁人？"妾垂泪道："妾身自有丈夫，被奸人脱赚远卖；妾恐彰扬丈夫之丑，故此不敢声言。"县宰问道："丈夫何姓？"妾道："姓王，名某，是临安听调的从事官。"县宰大惊失色，走出对王教授道："请先生略移尊步。有一人要求相见。"王教授不知是谁，起身随县宰直至里边。县宰声唤处，只见一个妇人，走将出来。教授一认，正是失去的夫人，两下抱头大哭。王教授问道："你何得在此？"夫人道："你那夜晚间说话时，民居浅陋，想当夜就有人听得把轿相接的说话。只见你去不多时，就有轿来接我。只道是你差来的，即便收拾上轿。却不知把我抬到一个甚么去处，乃是一所空房，先有三两个妇女在内，一同锁闭了一夜，明日把我卖在官船上。那时明知被赚，因你是调官的人，恐说出真情，添你羞耻，只得含羞忍耐。直至今日，不期在此相会。"那县宰好生过意不去，传出外厢，忙唤值日轿夫，将夫人送到王教授衙里。王教授要赔还三十万身钱。县宰道："一时不曾察听得备细，误以同官之妻为妾，十分有罪了。若更言及还钱，一发置身无地了。"教授称谢而归。夫妻欢会，感激县宰不尽。原来临安的光棍，欺王公远方人，是夜听得了说话，即起谋心拐他。卖到官船上，又是往他州外府赴任去的，道是再无有相见之日了；谁知恰恰选在衢州，以致夫妻两个失散了五年，直得在他方相会。也是天缘未断，故得如此。

却有一件：破镜重圆，离而复合，固是好事；但王夫人所遭不幸，失身为妾，又不曾根究奸人，报仇雪恨，尚为美中不足。总不如崔俊臣芙蓉屏故事，又全了节操，又报了冤仇，又重会了夫妻，这段话本好听。看官，容小子慢慢敷演。先听《芙蓉屏歌》一篇，略见大意。歌云：

画芙蓉，妾忍题屏风？屏间血泪如花红。败叶枯梢两萧索，断缣遗墨俱零落。去水奔流隔死生，孤身只影成漂泊。成漂泊，残骸向谁托？泉下游魂竟不归，图中艳姿浑似昨。浑似昨，妾心伤，那禁秋雨复秋霜？宁肯江湖逐舟子，甘从宝地礼医王。医王本慈悯，慈悯超群品。逝魄愿提撕，茕嫠赖将引。芙蓉颜色娇，夫婿手亲描。花萎因折蒂，干死为伤苗。蕊干心尚苦，根朽恨难消。但道章台泣韩翊[2]，岂期甲帐遇文箫[3]？芙蓉良有意，芙蓉不可弃。幸得宝月再团圆，相亲相爱莫相捐。谁能听我《芙蓉篇》？人间夫妇休反目，看此芙蓉真可怜！

这篇歌是元朝至正年间，真州才士陆仲旸所作。你道他为何作此歌？只因当时本州有个官人，姓崔，名英，字俊臣，家道富厚，自幼聪明，写字作画，工绝一时。娶妻王氏，少年美貌，读书识字，写算皆通。夫妻两个，真是才子佳人，一双两好，无不厮称，恩爱异常。那崔俊臣以父荫得官，补浙江温州永嘉县尉。择定吉日，打叠行装赴任，就在真州闸边，雇下一只大船。船户却是苏州人，自称姓顾。船上五六个后生，都说是弟男子侄。讲定送至杭州交卸。俊臣夫妻二人，带领家奴使婢，下得船来，趁着顺风，扯起满帆，由长江一路进发。那消几日，已至苏州地方。拣个热闹之处，停桡系缆，泊在岸边。船家走向舱门说道："告官人得知：苏州是个大马头，一来该烧顺福，二则我们一路辛苦，也要些酒钱。官人一并赏赐罢。"俊臣本是宦家子弟，又居了官位，做事甚要体面，就大大与他一个赏封。船家买起三牲，祭献神道。因见官人出手冠冕[4]，却不好待慢，另外又买几般可口的东西，两瓶三白泉酒，安排一桌盛肴，送入舱中。俊臣就教暖起酒来，夫妻对酌。那苏州三白泉酒是驰名天下的，才揭瓶口，就有一种香味扑鼻，斟向杯中，其色淡而有韵，犹如月映梅花。俊臣道："酒味未知如何，这颜色先已可爱。"遂举杯邀孺人齐饮。真个醇浓甘美，齿颊流芬，连声称赞："苏州酒好，果不虚传。"俊臣酒量颇宽，王氏止半盏相陪。方饮到佳处，两瓶酒已将竭，急教家人另去多买几瓶，开怀畅饮。一时饮得高兴，便把那箱中所带金银杯觥之类，都取出来，明晃晃摆在桌上。早被船家在后舱张见。那船家原是个不良之人，起初看见行囊沉重，已先有意了；今番又见这些酒器，愈加动火。便叫弟男子侄，算计停当。又走向舱门口说道："官人娘子在此闹处歇船，恐怕热闹；我们移到清凉所在停泊，何如？"此时正是七月，天气炎热，更兼俊臣多饮了几杯酒，甚觉烦躁，忽闻此言，连称有理，即教快些行去。王氏道："此处虽热，想是市中，料无他虞。那清凉之处，恐晚间不谨慎。"俊臣道："此处是内地，不比外江。况船家又是本处人，必知利害。不消多虑。"那船家讨了口气，连忙撑篙摇橹，望旷野之处而去。那苏州左近太湖，有的是大河大洋，官塘大路，尚有不测，况是小港支河，多是贼人家里。俊臣是江北人，只晓得扬子江有强盗，那知内地贼寇更多。

船家把船直放到苇芦中泊定。大家饮个半酣，挨近黄昏，提刀执斧，一齐赶奔舱中，迎头先把一个家人砍倒。吓得俊臣夫妻连忙磕头讨饶，道："所有东西，任意拿去，只求饶命！"众船家齐声道："东西也要，性命也要！"二人闻言，一发魂不附体，只是磕头。那为首的船家，把刀指着王氏道："你不必慌，我不杀你。其馀都饶不得。"俊臣自知不免，再三哀求道："可怜我是个书生，只教我全尸而死，便是万代恩德！"那贼头道："也罢，姑饶你一刀。"说还未绝，跨一步上前，提着俊臣腰胯，向舱门外扑通的撩下水去。其馀家童使女，尽行杀个干净，单单只留着王氏，放声大哭，抢出舱门投水。贼人拦住不容："我已饶你，为何反生短见？"王氏那里听他，愈加悲泣。那贼首道："娘子莫哭。我实对你说：我第二个儿子，未曾娶得媳妇，今往徽州齐云岩进香去了，不过几日便归，就与你成亲。你是我一家人了。安心住着，自有好处。"王氏起初怕他来相逼，已拚一死，听见说了这些话，心中暗想道："我若死了，谁人报这冤仇？权且忍耐偷生，看有机会，再作道理。"定了主意，遂住了啼哭，说道："你若果然饶我的性命，情愿做你的媳妇。"船家道："我是老实人，那有假话？你若不信，我罚个誓何如？"王氏道："公公既是真心，何消罚誓？"只这"公公"两字，哄得那贼首满心欢喜，道："好，好！这才是个自家人。"众贼一齐动手，把舱中所有的东西，尽数收拾，把船移归自己村中泊歇。自此那贼头只叫王氏做媳妇，王氏将机就机也做假意应承，在船上千依百顺，替他收拾零碎，料理事体，真像个掌家的媳妇伏侍公公一般，诸色停当。那老贼道是寻得个好媳妇，真心相待,看看熟分,并不提防他有外心。

如此月馀,乃是八月十五日中秋令节。老贼会聚了合船亲属,教王氏治办酒肴盛设,在舱中饮酒看月。个个吃得酩酊大醉,东倒西歪。王氏自在船尾,听鼾鼾之声彻耳,其时月光明如昼,仔细看那舱中,没一个不是烂醉如泥。王氏想道:"此时不走,更待何时?"喜得船尾贴岸泊着,略摆动一些,就好上岸。王氏轻身跳起,趁着月色,一口气走去二三里路,走到一个去处,比旧路绝然不同,四望尽是水乡,只有芦苇菰蒲,一望无际。仔细认去,芦苇中间有一条小小路径,草深泥滑,且又双弯纤细,鞋弓袜小,一步一跌,吃去万千苦楚,又恐怕后边追来,不敢停脚,尽力奔走。渐渐东方发白,遥望林木之中,露出屋宇。王氏道:"谢天!已有人家了!"急急走上前去,抬头一看,却是一个庵院,门还关着。欲待叩门,心里想道:"这里头不知是男僧女僧?万一是男僧,撞着不学好的,非礼相犯,可不才脱天罗,又是地网?且不可造次。总是天已大明,就是船上有人追着,此处有了地方,可以叫喊求救,也不怕他了。且在门首少坐,等待开门告求,再作道理。"

须臾间,只听得里边"托"的门栓响,有人走出来,却是一个女僮,出门担水。王氏心中喜道:"原来是个尼庵。"一径走将进去,请院主出来相见。院主问道:"女娘是何处来的?清早到小院何干?"王氏不敢将真言说出,假说道:"妾乃永嘉崔县尉次妻,家本真州,只因大娘子凶悍异常,万般打骂。近日家主离任归家,泊舟在此。昨夜中秋赏月,教妾取金杯饮酒,不期偶然失手,坠落水中。大娘子大怒,发愿必要致于死地。妾自想必无活理,乘他睡熟,逃生在此。"院主道:"如此说来,娘子不敢归舟去了。家乡又远。若要别求匹偶,一时也未有其人。孤苦一身,何处安顿?"王氏只是哭泣不止。院主见他举止端重,情状凄惨,好不慈念,有心要留他做个徒弟,便道:"老身有一言相告,未知尊意若何?"王氏道:"妾身患难之中,若是师父有甚高见,妾身敢不依随?"院主道:"小院僻在荒滨,人迹罕至,茭葑为邻,鸥鹭为友,最是幽静。幸得一二同伴,都有五十以上。侍者几人,又皆淳谨。老身在此住迹,甚是清修味长。娘子虽然芳年美貌,争奈命蹇时乖,何不舍离爱欲,削发披缁,就此出家,禅榻佛灯,晨飧暮粥,且随缘度其日月;岂不强似做人婢妾,受今生苦恼,结来世冤家么?"王氏听罢,拜谢道:"师父若肯收留做弟子,妾身便有结果了,敢不奉命?就请师父与弟子披剃则个。"院主见他情愿出家,好生欢喜,即请出院中两个同伴相见。院主就装香击磬,拜了佛,替他落发:

可怜县尉孺人,忽作如来弟子。

院主与他落了发,起个法名,唤做慧圆。参拜了三宝,就拜院主为师,与同伴也重新见礼毕。从此晨钟暮鼓,礼佛烧香,诵习经典。他本是大家出身,天性聪明,一月之内,把经典一一历过,尽皆通晓,院主深相敬重。又见他知识事体,凡事俱来请问。且又宽和柔善,院中没一个不与他相好。每日清晨,在白衣大士前礼拜百遍，密诉心事，任是大寒大暑，略不间断。拜完，只在自己室中静坐。因怕貌美惹出事来，所以不轻易露形。外人也难得见面。

如是一年有馀。忽一日，有两个人到院随喜。院主认得是近地施主，留住吃斋。这二人原是偶然闲步到此，身边不曾带得甚么东西回答。明日，将一幅纸画的芙蓉来，施在院中张挂，以答昨日之斋。院主受了，就把来裱在一格素屏之上。王氏见了，蓦然吃惊；仔细认了一认，问院主道："这幅画是何处来的？"院主道："方才檀越布施的。"王氏道："那檀越是何姓名？住居何处？"院主道："就是同县顾阿秀兄弟两个。"王氏道："做甚么生理？"院主道："他两个原是个船户，在江湖上赁载营生。近年忽然家事骤发，有人道他劫掠了客商，以致富足，也未知真假。"王氏道："可常到院中来么？"院主道："偶然到此，也不常到。"王氏问了明白，记着顾阿秀的姓名，就提起笔来，写一首《临江仙》词在屏上。词云：

少日风流张敞笔[5]，写生不数黄筌[6]。芙蓉画出最鲜妍。岂知娇艳色，翻抱死生冤？　粉绘凄凉馀幻质，只今流落谁怜？素屏寂寞伴枯禅。今生缘已断，愿结再生缘！

院中之尼，虽然识得经典上的字，文义原不十分精通；看见此词，只道王氏卖弄才情，偶然题咏，那晓得中间缘故？谁知这画，却是崔县尉的手笔，也是船内被劫之物。王氏看见物在人亡，心中暗暗悲伤。又晓得强盗踪迹已有影响，但恨是个女身，又做了尼僧，一时无处申理，忍在心中，再看机会。却是冤仇当雪，姻缘未断，自然生出事体来。

那姑苏城里有一人，姓郭，名庆春，家道殷富，最肯结识官员士人，心中喜好的是文房清玩。一日游到院中，见了这幅芙蓉画得好，又见上有题咏，字法俊逸可观，心中爱了，问院主要买。院主与王氏商量。王氏自忖道："此是丈夫遗迹，本不忍舍；却有我的题词在上，中含冤仇意思，倘遇着有心人玩味词句，究问根由，未必不查出贼人踪迹。若只留在院中，有何益处？"因此就教师父卖与郭庆春。庆春买了这画，千欢万喜去了。其时有个御史大夫，姓高，名纳麟，退居姑苏，最喜欢的是书画。郭庆春因要奉承此人，故此愿出价钱，买这幅纸屏去奉献。高公看见画得精致，收了他的，忙忙然也未曾看着题词，也不查得款字，交与书童，分付："且张在内书房中，待我慢慢观玩。"

又一日，只见门首一人，手拿着草书四幅，插个标儿要卖。高公心性既爱这行物事，眼里看见，就不肯放过了，叫取过来。那人双手奉过。高公接在手一看：

字格类怀素[7]，清劲不染俗。

若列法书中，可载《金石录》[8]。

高公看毕，道："字法颇佳，是谁所写？"那人答道："是某自己学写的。"高公抬起头来看他，只见一表非俗，不觉失惊，问道："你姓甚名谁？何处人氏？"那个人吊下泪来道:“某姓崔,名英,字俊臣,世居真州。以父荫补永嘉县尉,带着家眷,同往赴任。自不小心,为舟人所算,将英沉于水中,家财妻小,都不知怎么样了。幸得生长江边,幼时学得泅水之法,伏在水底多时,量他去得远了,然后爬上岸来,投一民家。浑身沾湿,身畔并无一钱,赖得这家主人良善,将干衣易换,款待酒饭,过了一夜。明日又赠盘缠少许,说道:‘既遭盗劫,理合告官,恐怕连累,不敢相留。’英问路进城,陈告在平江路案下,只为无钱使用,缉捕人役不十分上紧。今听候一年,并无消耗。无计可奈,只得写两幅字卖来度日。也是不得已之计,非敢自道善书。不意恶札上达钧览。”高公听他说罢,晓得是衣冠中人,遭盗流落,深相怜悯;又兼字法精好,仪度雍容,便有心看顾他。乃道:“足下既然如此,目下只索付之无奈。且留吾西塾,教我诸孙写字,再作道理。意下如何?”崔俊臣欣然道:“患难之中,无门可投,得明公提携,万千之幸。”高公大喜,延入内书房中,即治酒榼款待。正欢饮间,忽然抬起头来,恰好前日所受芙蓉屏,正张在那里。俊臣一眼瞅着,面色俱变,泫然垂泪。高公惊问道:“足下见此芙蓉,何故伤心?”俊臣道:“不敢欺明公。此画亦是舟中所失物件之一,即是英自己手笔,只不知何处所得?”站起身来再看,只见上有一词。俊臣读罢,不觉惊讶道:“一发古怪!此词又是英妻王氏所作。”高公道:“怎么晓得?”俊臣道:“那笔迹从来认得。且词中意思有在,定是拙妻所作无疑。但此词是遭变后所题,拙妇想是未曾伤命,还在贼处。明公推究此画来自何方,便有根据了。”高公笑道:“此画来处有因,当为足下任捕盗之责,且未可泄漏。”是日酒散,唤出两个孙儿,拜了先生,就留在书房中住下。自此俊臣只在高公门馆不题。

却说高公明日密地叫当直的请郭庆春来,问道:“前日所惠芙蓉屏,是那里得来的?”庆春道:“买自城外尼院。”高公问了去处,别了庆春,就差当直的到尼院中仔细盘问这芙蓉屏是甚处得来,何人题咏的。王氏见来人问得蹊跷,即教院主细问道:“来问的是何处人?为何问起这些缘故?”当直的回言:“这画而今已在高府中,差来问取来历。”王氏晓得官府门中来问,或者有些机会在内,教院主把真话答他道:“此画是同县顾阿秀舍的,就是院中小尼慧圆所题。”当直的把此言回覆高公。高公心下道:“只须赚得慧圆到来,此事便有着落。”进去与夫人商议定了。隔了一日,又差一个当直的同两个轿夫,抬着一乘轿子到尼院中来。当直的对院主道:“在下是高府中管家。本府夫人,好诵佛经,无人作伴,闻知贵院小师慧圆了悟,愿礼请拜为师父,供养在府,不可推却。”院主迟疑道:“院中事体大小,都要他主张,却如何去得?”王氏闻得高府中来接,心中怀着复仇之意,正要到官府门中走走,寻出机会;又且前日来盘问芙蓉屏的,也说是高府,一发有些疑心。便对院主道:“贵宅门中礼请,岂可不去?万一推托,惹出事端,怎生抵当?”院主见说得有理,只得依从。当下王氏上了轿,一直的抬到高府。高公且未与他相见,竟引去入内室，去见夫人，就叫夫人留他房中寝宿。高公自到别房去了。夫人与他讲些经典，说些因果。王氏问一答十，说得夫人十分喜欢敬重。闲中问道："听小师父口谈，不是本处人。还是自幼出家的？还是有过丈夫半路出家的？"王氏听罢，泪如雨下，答道："夫人，小尼果然不是本处，原是真州人。丈夫乃永嘉县尉，姓崔，名英。一向不敢把实话对人说。今在夫人面前，只索实告，想是无妨。"随把赴任到此，舟人盗劫财物，害了丈夫全家，自己留得性命，脱身逃走，幸遇尼僧留住，落发出家的说话，从头至尾，说了一遍，哭泣不止。夫人见他说得伤心，恨恨地道："这些强盗害得人如此，天理昭彰，怎不报应！"王氏道："小尼躲在院中一年，不见外边有些消耗。前日忽有人拿一幅画芙蓉，施于院中。小尼看来，却是丈夫船中所失之物，即向院主问施主姓名，道是同县顾阿秀兄弟。小尼记起丈夫赁的船，正是船户姓顾的。而今真赃已露，这强盗不是顾阿秀是谁？小尼当时就把舟中失散的意思，作词一首，题于其上。后来被人买去了。前日贵府有人到院，查问题咏芙蓉下落，其实即是小尼所题。"口中便说，即向着夫人下拜道："强盗只在左近，不在远处了，望夫人转告相公，替小尼查访。若是查得强人，伸雪冤仇，下报亡夫，相公、夫人，恩同天地了！"夫人道："既有这些影迹，不难查访。且自宽心。等我与相公说就是。"夫人果然把这些备细一一与高公说知。又道："这女娘读书识字，心性贞淑，决不是小家之女。"高公道："听他这些言语，与崔县尉所说正同。又且芙蓉屏是他所题，崔县尉又认得是妻子笔迹，此正是崔县尉之妻无疑矣。夫人只是好好看待他，且莫说破。"

那崔俊臣也屡催高公替他体访芙蓉屏的踪迹。高公只推未得其详，略不提起慧圆之事。高公又秘密差人问出顾阿秀兄弟居住所在，平日出没行径；晓得强盗是真。却是居乡的官，未敢轻自动手。私下对夫人道："崔县尉事，查得十有七八了，不久当使他夫妻团圆。但只是慧圆还是个削发尼僧，他日如何相见，好去做孺人？你须慢慢劝他长发改妆才好。"夫人道："这是正理。只是他心里不知丈夫在不在，如何肯长发改妆？"高公道："你自去劝他，或者肯依也未可知。若毕竟不肯，我另自有话说。"夫人依言，来对王氏道："吾已把你所言，尽与相公说知。相公道：'捕盗的事多在我身上。'管取与你报冤。"王氏稽首称谢。夫人道："只有一件。相公道你是名门出身，仕宦之妻，岂可留在空门，没个下落？叫我劝你长发改妆。你若依得，一力与你擒盗便是。"王氏道："小尼是个未亡之人[9]，长发改妆何用？只为冤恨未伸，故此上求相公做主。若得强盗歼灭，只此空门静修，便了终身，还要甚么下落？"夫人道："你如此妆饰，在我府中也不为便。不若你留了发，认义我老夫妇两个，做个孀居寡女，相伴终身，未为不可。"王氏道："承蒙相公、夫人抬举，人非木石，岂不知感？但重整云鬟，再施脂粉，丈夫已亡，有何心绪？况老尼相救深恩，一旦弃之，亦非厚道。所以不敢从命。"夫人见他说话坚决，回报了高公。

高公称叹道："难得这样立志的女人！"又叫夫人对他说道："不是相公要你苦苦留发，其间有个缘故。前日因去查问此事，有平江路官吏相见，说旧年有一人告理，也说是永嘉县尉，只怕崔生还未必死。若是不长发，他日一时擒住此盗，查得崔生出来，此时僧俗各异，不好团圆，悔之何及？何不权且留了头发，待事体尽完，崔生终无下落，那时任凭再净了发，还归尼院，有何妨碍？"王氏见说是有人还在此告状，心里也疑道："丈夫从小会泅水，是夜眼见得囫囵抛在水中，或者天幸留得性命，也不可知。"遂依了夫人的话，虽不就改妆，却从此不剃发，权扮做道姑模样。又过了半年，朝廷差进士薛溥化为监察御史，来按平江路。这御史原是高公旧日属官，吏才精敏，大有风力；到了任所，先来拜望高公。高公把这件事秘密托之，连顾阿秀姓名住址去处，都细细说明白了。薛御史谨记在心，自去行事，不在话下。

且说顾阿秀兄弟自从那年八月十五日夜，一觉直睡到天明，醒来不见王氏。明知逃去，恐怕形迹败露，不敢明明追寻。虽在左近打听两番，并无踪影。这是不好告诉人的事，只得隐忍罢了。此后一年之中，也曾做过十来番道路。虽不能如崔家之多，侥幸再不败露，甚是得意。一日，正在家欢呼饮酒，只见平江路捕盗官，带着一哨官兵，将住居围住，拿出监察御史发下的访单来，顾阿秀是第一名强盗，其馀许多名字，逐名查去，不曾走了一个。又拿出崔县尉告的赃单来，连他家里箱笼悉行搜卷，并盗船一只，即停泊门外港内，尽数起发到官，解送御史衙门。薛御史当堂一问，初时抵赖，及查物件，见了永嘉县尉的敕牒，尚在箱中，赃物一一对款。那御史将崔县尉旧日所告失盗状，念与他听，方各俯首无词。薛御史问道："当日还有孺人王氏，今在何处？"顾阿秀等相顾，不出一语。御史喝令严刑拷讯，顾阿秀招道："初意实要留他，配小的次男，故此不杀。因他一口应承，愿做新妇，所以再不防备。不期当年八月中秋，乘睡熟逃去，不知所向。只此是实情。"御史录了口词，取了供案，凡是在船之人，无分首从，尽问成枭斩死罪，决不待时。原赃照单给还失主。御史差人回覆高公，就把赃物送到高公家来，交与崔县尉。俊臣出来一一收了，晓得敕牒还在，家物犹存，只有妻子没查下落处，连强盗心里也不知去向了，真个是渺茫的事。俊臣感新思旧，不觉痛哭起来。有诗为证：

堪笑聪明崔俊臣，也应落难一时浑。
既然因画能追盗，何不寻他题画人？

元来高公有心，只将画是顾阿秀施在尼院的说与俊臣知道，并不曾提起题画之人就在院中为尼，所以俊臣但得知盗情因画败露，妻子却无查处，竟不知只在画上可以跟寻踪迹。当时俊臣痛哭一场，想道："既有敕牒，还可赴任，若再稽迟，便恐有人另补，到不得地方了。妻子既不能见，留连于此无益。"请高公出来拜谢了，就把要去赴任的意思说出。高公道："赴任是美事，但足下青年无偶，岂可独去？待老夫与足下做个媒人，娶了一房孺人，然后夫妻同往，也不为迟。"俊臣含泪答道：

"糟糠之妻，誓愿白头相守。今遭此大难，流落他方，存亡未卜。然据着芙蓉屏上题词，料然还在此方。今欲留此寻访，恐事体渺茫，稽迟岁月，到任不得。愚意且单身到彼，差人来此揭榜文，四处追探。拙妇是认得字的，传将开去，他若闻得，必能自出。除非忧疑惊恐，不在世上了。万一天地垂怜，倘然留在，还指望伉俪重谐。深感明公恩德，虽死不忘。若别娶之言，非所愿闻。"高公听他说得可怜，晓得别无异心，也自凄然，道："足下高谊如此，天意必然相佑，终有完全之日。吾安敢强逼？只是相与这几时，容老夫少尽薄设奉饯，然后起程。"

次日，开宴饯行，邀请郡中门生故吏各官，与一时名士毕集，俱来奉陪崔县尉。酒过数巡，高公举杯告众人道："老夫今日为崔县尉了今生缘。"众人都不晓其意，连崔俊臣一时也未解。只见高公传命到后堂，请夫人打发慧圆出来。俊臣惊得木呆，只道高公要把甚么女人强他纳娶，故设此宴，说此话，也有些着急了；梦里也不晓得他妻子叫甚么慧圆。当时夫人已知高公意思，方与王氏说出："崔县尉在馆内多时，昨已获了强盗，问了罪名，追出敕牒，今日饯行赴任，特请你出堂厮认团圆。"逐项逐节的事情说了一遍。王氏如梦方醒，不胜感激。先谢了夫人，走出堂前来。此时王氏发已半长，照旧妆饰。崔县尉一见，乃是自家妻子，惊得如醉如梦。那高公指着王氏对俊臣笑道："老夫原说与足下为媒，这可做得么？"崔县尉此时也无暇回答，与王氏相持大恸。说道："自料今生死别了，谁知在此却得相见！"众客见此光景，多不解其故，向高公请问根由。高公便叫书童去书房中取出芙蓉屏来，对众人道："列位要知此事，须看此屏。"众人争先来看，却是一画一题。看的看，念的念，却不明白这个缘故。高公道："好教列位得知。只这幅画，便是崔县尉夫妻一段大姻缘。这画即是崔县尉所画，这词即是崔孺人所题。他夫妻赴任到此，为船上所劫，崔孺人脱逃于尼院出家，遇人来施此画，认出是船中之物，故题此词。后来此画却入老夫之手，遇着崔县尉到来，又认出是孺人之笔。老夫暗地着人细细问出根由，乃知孺人在尼院，叫老妻接将家来住着。密行访缉，备得大盗踪迹，托薛御史究出此事，强盗俱已伏罪。崔县尉与孺人在家下，各有半年有馀，只道失散各方，竟不知同居一处。老夫一向隐忍不通两人知道，只为崔孺人头发未长，崔县尉敕牒未获，不知事体如何，两人心事如何，不欲造次漏泄。今罪人已得，试他义夫节妇，彼此心坚。今日特地与他团圆这段姻缘。故此方才说替他了今生缘。即是崔孺人词中之句。方才说请慧圆，乃是崔孺人尼院中所改之字。特地使崔君与诸公不解，为今日酒间一笑耳。"崔俊臣与王氏听罢，两个哭拜高公。连在座之人，无不下泪，称叹高公盛德，古今罕有。王氏自到里面去拜谢夫人了。高公重入座席，与众客尽欢而散。是夜特开别院，叫两个养娘伏侍王氏与崔县尉在内安歇。

明日，高公晓得崔俊臣没人伏侍，赠他一奴一婢，又赠好些盘费，当日就连崔县尉夫妻感念厚恩，不忍分别，大哭而行。王氏又同丈夫到尼院中来。院主及一院之人，见他许久不来，忽又改妆，个个惊异。王氏备细说出遇合缘故，并谢院主看待厚恩。院主方才晓得顾阿秀劫盗是真。前日王氏所言妻妾不相容，乃是一时掩饰之词。那院中人平日与他相好，多不舍得他去；事出无奈，各各含泪而别。夫妻两个，同到永嘉去了。

及至任满后回来，重过苏州，差人问候高公，要进来拜谒。谁知高公与夫人俱已薨逝，殡葬多时了。崔俊臣同王氏大哭，如丧了亲生父母一般，径至墓前拜奠。就请旧日尼院中各众，在墓前建起水陆道场三昼夜，以报大恩。王氏还不忘经典，自家也在内持诵。事毕，同众尼再到院中。崔俊臣出宦资厚赠院主。王氏又念昔日朝夜祷祈观世音，暗中保佑，幸得如愿，夫妇重谐，出白金十两，留在院主处为香烛之费。不忍忘院中光景，自此立心长斋，念观音不辍，以终其身。当下别过众尼，回到真州故土，亲族俱来相会。说出这段缘故，无不嗟叹，称扬高公之德。那崔俊臣也不想更去补官，只在家中逍遥受用，夫妻白头到老。有诗为证：

王氏藏身有远图，闾关到底得逢夫。
舟人妄想能同志，一月空将新妇呼。

又云：

芙蓉本似美人妆，何意飘零在路傍？
画笔词锋能巧合，相逢犹自墨痕香。

又有一诗赞叹高公。诗云：

高公德谊薄云天，能结今生未了缘。
不使初时轻逗漏，致令到底得团圆。
芙蓉画出原双蒂，萍藻浮来亦共联。
可惜白杨堪作柱，空教洒泪及黄泉。

注释

[1]像意：满意。

[2]韩翊(yì)：据唐传奇《柳氏传》载，韩翊作《章台柳》词赠与柳氏，约定结为夫妇。不料韩翊外出为官期间，柳氏被番将抢去。后经许俊设法，将柳氏取回，韩柳终得团圆。

[3]文箫：据宋陈元靓《岁时广记》卷三十三引唐裴铏《传奇》载，书生文箫在钟陵郡西山邂逅一美女，美女唱了一首歌："若能相伴陟仙坛，应得文箫驾彩鸾。自有绣缡并甲帐，琼台不怕雪霜寒。"文箫见歌中隐含着自己的名字，便跟随美女至仙坛，才知美女叫吴彩鸾，是个仙女，于是结为夫妇，同归钟陵。

[4]冠冕：体面。"冠冕堂皇"的省语。

[5]张敞笔：用张敞画眉的典故。张敞为西汉河东平阳(今山西临汾西南)人。宣帝时任太中大夫，后任京兆尹。他曾为妻子画眉，长安中传张京兆眉怃。皇帝问起这件事，张敞回答说："臣闻闺房之内，夫妇之私，有过于画眉者。"皇帝爱他之才，不加责备。后用为夫妻恩爱之典。

[6]黄筌：宋代著名画家，所画翎毛，栩栩如生。

[7]怀素：唐代僧人，擅长草书。

[8]《金石录》：书名，宋代赵明诚（著名女词人李清照之夫）所撰。三十卷。著录所藏金石拓本，上起三代，下及隋唐五代，共二千种。

[9]未亡之人：旧时寡妇自称“未亡人”。

新评

本卷以“芙蓉屏”为关目，敷衍出一段夫妻失散后，重新团圆的佳话。艺术是生活的高度提炼，但仍以生活为基础。从小说中所写的船家图财害命的情节可知，当时此类情况绝非偶然（第二十六卷《蔡小姐忍辱报仇》也有同样的遭遇）。崔俊臣、蔡武都是在赴任途中遭劫掠的，也就是说，作为官员，他们尚且不能保全自身安全，那平民百姓的生死更不知由谁人掌握了。

第三十八卷　赵县君乔送黄柑子

睹色相悦人之情，个中原有真缘分。
只因无假不成真，就里藏机不可问。
少年卤莽浪贪淫，等闲踹入风流阵。
馒头不吃惹身膻，世俗传名“扎火囤”。

大凡世上男贪女爱，谓之风情。只这两个字，害的人也不浅，送的人也不少。其间有等奸诈之徒，就这贪爱上又生出个奇巧题目来，拚着自家妻子，装成圈套，引诱良家子弟，诈他一个小富贵，谓之“扎火囤”。若不是知机识窍、硬浪的郎君，十个倒有九个着了道儿。

记得有个京师人，靠着老婆吃饭的。其妻涂脂抹粉，惯卖风情，挑逗富家郎君，到得上了手的，其夫只做撞着，要杀要剐，直至哀求苦告，出财买命，餍足方休，落他机彀的也不止一人。有一个泼皮子弟，深知他行径，佯为不晓，故意来缠。其妻与他些甜头，勾引上手，正在床上作乐，其夫打将进来了。别个着了忙的，定是跳下床来，寻躲避去处；怎知这个人不慌不忙，且把他妻子搂抱得紧紧的，不放一些宽松，伏在身上，大言道：“不要乱嚷！等我完了事再讲！”其妻杀猪也似喊起来，乱颠乱推，只是不下来。其夫赶进房门，掀起帐子，喊道：“干得好事！要杀，要杀！”将那刀便放在颈子上，捩了一捩[1]，却不下手。泼皮道：“不必做腔[2]！要杀就杀！小子果然不当，却是令正约来的。死便死做一处，做鬼也风流。终不然独杀我一个不成？”其夫果然不敢动手，放下刀子，拿起一个大杆杖来喝道：“权寄这颗驴头在颈上，我且痛打一回！”一下子打来。那泼皮溜撒[3]，急把其妻翻过来，那臀儿上早受了一杖。其妻又喊道：“是我，是我！不要错打了！”泼皮道：“打也不错，也该受一杖儿！”其夫假势头已过，早已发作不出了。泼皮道：“老兄收下性子。小子是个中人，我与你熟商量。你要两人齐杀，你嫂子是摇钱树，料不舍得；若拚得到官，也只是和奸。这番打破机关，你那营生弄不成了。不如你舍着嫂子与我往来，我公道使些钱钞。若要扎火囤，请自别寻主顾，休想到我。”其夫见说出海底眼，无计可奈，没些收场，只得住了手，倒缩了出去。泼皮起来，从容穿了衣服，对着妇人叫声“聒噪”，摇摇摆摆，竟自去了。正是：

强中更有强中手，得便宜处失便宜。

那些富家子弟郎君，多是嫩货儿，谁有此泼皮胆气，泼皮手段？所以着了道儿。

宋时向大理的衙内向士肃，出外拜客，唤两个院长相随[4]。到军将桥，遇个妇人，鬓发蓬松，涕泣而来。一个武夫，着青纻丝袍，状如将官，带剑牵驴，执着皮鞭，一头走，一头骂那妇人，或时将鞭打去，怒色不可犯。随后就有健卒十来人，抬着几扛箱笼，且是沉重，跟着同走。街上人多驻足看他，也有说的，也有笑的。士肃不知其故，方在疑讶，两个院长笑道："这番经纪做着了[5]。"士肃问其缘故。院长道："男女们也试猜，未知端的。衙内要知备细，容打听的实来回话。"去了一会，院长来回覆，说其详细："原来浙西一个后生官人，到临安赴铨试，在三桥黄家客店楼上住着。每下楼出入，见小房青帘下，有个妇人行走，姿态甚美。撞着了多次，心里未免欣慕，问那送茶的小童道：'帘下的是店中何人？'小童攒着眉头道：'官人莫要问。这妇人是个晦气星。我店中受他三年累了。'官人惊问：'却是为何？'小童道：'前岁一个将官，带着这个妇人，说是他妻子，要住个洁净房子。住了十来日，就往近处去探望亲友，留这妻子守着卧房行李，说道去半个月就回。自这一去，杳无信息。起初妇人自已盘缠，后来用得没有了，苦央主人家，说赊了吃时，等丈夫回来算还。主人辞不得，一日供他两番，今已多时，也供不起了。只得替他募化同寓这些客人，轮次供他，也不是常法。不知几时才了得这孽债。'官人听得，满心欢喜，问道：'我要见他一见，使得么？'小童道：'是好人家妻子，丈夫又不在，怎肯见人？'官人道：'既缺衣食，我寻些可口东西送他，使得么？'小童道：'这个使得。'官人急忙买了一包蒸酥饼，一包果馅饼，问店家讨了两个盒儿盛着，叫小童送去，说道：'楼上官人，闻知娘子不方便，特意送此点心。'妇人受了，千恩万谢。明日，妇人买了一壶酒，整着四个菜碟，叫小童来答谢。官人也受了。自此，一发注意不舍。隔两日，又买些物事相送。妇人也如前买酒来答。官人即暖其酒来饮，箧内取出一只金杯，满斟一杯，叫茶童送下去道：'楼上官人奉劝大娘子。'妇人毫不推辞，带笑而饮。小童覆命，官人又斟了一杯下去，说：'官人多致意娘子。出外之人，不要吃单杯。'妇人又饮了。官人又叫小童下去致意道：'官人多谢娘子不弃，饮了他两杯酒。官人不好下来自劝，意欲奉邀娘子上楼，亲献一杯，如何？'往返两三次，妇人不肯来。官人只得把些钱来买嘱小童道：'是必要你设法他上来见见。'小童见钱欢喜，又去说风说水道：'娘子受了两杯，也该去回敬一杯。'就一把拖上楼去，道：'娘子来了！'官人欢喜过望，慌忙起身，连妇人道个万福，也没眼去看；急把酒斟上一杯，唱个肥喏，亲手递过来，道：'承蒙娘子见爱，满饮此杯。'妇人接过手，一饮而干，把杯放在桌上。官人看见杯内还有馀沥，拿过来吮嘬个不歇。妇人看见，嘻的一笑，急急走了下去。官人看见情态可动，厚赠小童，叫他做着牵头，时常弄他上楼来饮酒。以后便留他同坐，渐不推辞，不像前日走避光景了。眉来眼去，彼此动情，勾搭上手。但只是日里偷做一二，晚间隔开，不能同宿。如此两月有馀。妇人道：'我日日自下而升，人人看见，毕竟免不得起疑。官人何不把房迁了下来，与奴相近，晚间便好相机同宿了。'官人大喜过望，立时把楼上囊橐搬下来，放在妇人间壁一间房里，推说楼上有风，睡不得，所以搬了。晚间虚闭着房门，竟在妇人房里同歇宿。这番欢乐，愈加恩爱。才得两晚，第三日早起，尚未梳洗，两人正在促膝而坐。只见外边店里一个长大汉子，大脚步踹将进来，大声道：'娘子那里？'惊得妇人手脚慌乱，面如土色，慌道：'坏了！坏了！吾夫来也！'那官人着了忙，急闪出来，已与大汉打个照面。大汉见个男子在房里走出，不问好歹，一手揪住妇人头发，喊道：'干得好事！干得好事！'提起醋钵大的拳头，只是打。那官人慌了，脱了身子，顾不得甚么七长八短，急从后门逃了出去。大汉打开官人的卧房，将他行李囊赀，席卷而去。适才十来个健卒扛着的箱箧，多是那官人房里的了。他恐怕有人识破，所以还装着丈夫打骂妻子模样走路。其实妇人、男子、店主、小童，总是一伙人也。"

士肃听罢，道："那里这样不睹事的少年，遭如此圈套！可恨！可恨！"后来常对亲友们说此目见之事，以为笑话。虽然如此，这还是到了手的，便扎了东西去，也还得了些甜头儿。更有那不识气的小二哥，不曾沾得半点滋味，也被别人弄了一番手脚，折了偌大本钱，还晦气哩！正是：

美色他人自有缘，从傍何处苦垂涎？
请君只守家常饭，不害相思不损钱。

话说宣教郎吴约，字叔惠，道州人，两任广右官，自韶州录曹赴吏部磨勘[6]。宣教家本饶裕，又兼久在南方，珠翠香象，蓄积奇货颇多。欲谋调个美缺，随身带着若干，到于临安，作寓在清河坊客店。因吏部引见留滞，时时出游妓馆。衣服鲜丽，动人眼目。客店相对有一小宅院，门首挂着青帘，帘内常有个妇人立着，看街上人做买卖。宣教终日在对门，未免留意体察。时时听得他娇声媚语，在里头说话。有时双足露出于帘下，半拆金莲，尖小可爱。只不曾见他面貌如何。心下惶惑不定，恨不得走过去揭开帘子一看，再无机会。那帘内或时巧转莺喉，唱一两句词儿。仔细听那两句，却是："柳丝只解风前舞，悄系惹那人不住。"虽是也间或唱着别的，只是这两句为多，想是喜欢此二句，又想是他有甚么心事。宣教但听得了，便跌足叹赏道："是在行得紧！世间不道有此妙人。想道庞儿必定美丽，可惜不能够一见！"怀揣着个提心吊胆，魂灵多不知飞在那里去了。

一日，正在门首坐地，呆呆的看着帘内。忽有个经纪，挑着一篮永嘉黄柑子过门，宣教叫住，问道："这柑子可要博的[7]？"经纪道："小人正待要博两文钱使用。官人作成则个。"宣教接将头钱过来，往下就扑。那经纪蹲在柑子篮边，一头拾钱，一头数数。怎当得宣教一边扑，一心牵挂着帘内那人在里头看见，没心没想的抛下去，扑上两三个时辰，再扑不得一个浑成来。算一算，输了一万钱。宣教还是做官人心性，不觉两脸通红，恨的一声道："坏了我十千钱，一个柑不得到口，可恨，可恨！"欲待再扑，恐怕扑不出来，又要贴钱；欲待住手，输得多了，又不甘伏。正在焦躁间，忽见个青衣童子，捧一个小盒，在街上走进店内来。向宣教道："官人借一步说话。"宣教引到里边僻处。小童将盒子递上,道:"我县君奉献官人的[8]。"宣教不知是那里说起,疑心他送错了,且揭开盒子来看一看,元来正是永嘉黄柑子十数个。宣教道:"你县君是那个?与我素不相识,为何忽地送此?"小童用手指着对门道:"我县君即是街南赵大夫的妻室。适在帘间,看见官人扑柑子,输了许多钱,不曾博得他一个,有些不乐,连我县君也老大不过意。偶然藏得此数个柑子,特着来送与官人见意。县君道:'可惜止有得这几个,不能够多,官人不要见笑。"宣教道:"多感县君美意。你家赵大夫何在?"小童道:"大夫到建康探亲去了。两个月还未回来。正不知几时到家。"宣教听得此话,心里想道:"他有此美情,况且大夫不在,必有可图。煞是好机会!"心中无限欢喜,双手捧着盒子,走到卧房内,将柑子藏好,取五钱一个赏封,放在盒里。又在箱箧中检出两匹蜀锦来,对小童道:"多谢县君送柑。客中无可奉答,粗锦二端,聊表微意。伏祈县君笑留。"小童接了,走过对门去。须臾,又将这锦来送还,上覆道:"县君多多致意,区区几个柑子,打甚么要紧的事,要官人如此重酬?决不敢受。"宣教道:"若是县君不收,是羞杀小生了。连小生黄柑也不敢领。你依我这样说去,县君必收。"小童领着言语去了,不见复来,料必已是受了。

明日,又见小童捧着几瓶精致小菜,走过来道:"县君昨日蒙惠过重,无以为报,想官人在客边,恐店家小菜不中吃,手制蔬菜数瓶,送来奉用。"宣教见这般知趣的人,必然有心于他了,好不侥幸。想道:"这童子传来传去,想必是他得用的,好歹要在他身上图成这事,不可怠慢了他。"急叫家人去买些鱼肉果品之类,暖起酒来,与小童对酌。小童道:"小人是赵家小厮,怎敢同官人坐地?"宣教道:"好兄弟,你是县君心腹人儿,我怎敢把你做等闲厮觑?放心饮酒。"小童告过无礼,吃了几杯,早已脸红,道:"吃不得了。若醉了,县君须要见怪。打发我去罢。"宣教又取些珠翠花朵之类,答了来意,付与小童去了。

隔了两日,小童自家走过来顽耍。宣教又买酒请他。酒间与他说得入港,宣教便道:"好兄弟,我有句话儿问你:你家县君多少年纪了?"小童道:"过新年才二十三岁,是我家主人的继室。"宣教道:"模样生得如何?"小童摇头道:"没正经。早是没人听见。怎把这样说话来问?生得如何,便待怎么?"宣教道:"总是没人在此,就说何妨?我既与他送东送西,往来了两番,也须等我晓得他是长是短的。"小童道:"说着我县君容貌,真个是世间少比,想是天仙里头谪下来的。除了画图上仙女,再没见这样第二个。"宣教道:"好兄弟,怎生得见他一见?"小童道:"这不难。等我先把帘子上的系带解松了,你明日只在对门,等他到帘子下来看的时节,我把帘子揎将出来,揎得重些,系带散了,帘子落了下来,他一时回避不及,可不就看见了?"宣教道:"我不要是这样见。"小童道:"要怎的见?"宣教道:"我要好好到宅子里面拜一拜,谢他平日往来之意,方称我愿。"小童道:"这个知他肯不肯。我不好自专得。官人有此意,待我回去禀白一声,好歹讨个回音来覆官人。"宣教又将银一两送与小童,叮嘱道:"是必要讨个回音。"

去了两日,小童复来,说:"县君闻得要见之意,说道:'既然官人立意惓切,就相见一面也无妨。只是非亲非故,不过因对门在此,礼物往来得两番,没个名色。遽然相见,恐怕惹人议论。'是这等说。"宣教道:"也是,也是。怎生得个名色?"想了一想,道:"我在广里来,带得些珠宝在此,最是女人用得着的。我只做当面送物事来与县君看[9],把此做名色,相见一面如何?"小童道:"好倒好,也要去对县君说过,许下方可。"小童又去一会,来回言道:"县君说使便使得,只是在厅上见一见,就要出去的。"宣教道:"这个自然。难道我就捱住在宅里不成?"小童笑道:"官人休得取笑,快随我来。"宣教大喜过望,取出好些珠宝,将一幅红绫包了,笼在袖里。整一整衣冠,随着小童,三脚两步,走过赵家前厅来。小童进去禀知。门响处,宣教望见县君打从里面从从容容走将出来。但见:

衣裳楚楚,珮带飘飘。大人家举止端详,没有轻狂半点;小年纪面庞娇嫩,并无肥重一分。清风引出来,道不得云是无心物;眼光挨上去,真所谓容是诲淫端。犬儿虽已到篱边,天鹅未必来沟里。

宣教看见县君走出来,真个如花似玉,不觉的满身酥麻起来,急急趋上前去唱个肥喏,口里谢道:"屡蒙县君厚意,小子无可答谢,惟有心感而已。"县君道:"惶愧,惶愧。"宣教忙在袖里取出一包珠宝来,捧在手中,道:"闻得县君要换珠宝,小子随身带得有些;特地过来,面奉与县君拣择。"一头说,一眼看,只指望他伸手来接。谁知县君立着不动,呼唤小童接了过来,口里道:"容看过议价。"只说了这句,便抽身往里面走了进去。宣教虽然见了一见,并不曾说得一句掉俏的说话,心里惑惑突突,没些意思。走了出来,到下处,想着他模样行动,叹口气,道:"不见时犹可,只这一番相见,定害杀了小生也!"以后遇着小童,只央及他设法再到里面去相见。无过把珠宝做因头,前后也曾会过五六次面,只是一揖之外,再无他辞。颜色庄严,毫不可犯,等闲不曾笑了一笑,说了一句没正经的话。那宣教没入脚处,越越的心魂撩乱,注恋不舍。

那宣教有个相处的粉头,叫做丁惜惜,甚是相爱。只因想着赵县君,把他丢在脑后,许久不去走动。丁惜惜央两个帮闲的再三来约宣教,请他到家走走,宣教一似掉了魂的,那里肯去?被两个帮闲的不由分说,强拉了去。丁惜惜相见,十分温存。怎当得吴宣教一些不在心上。丁惜惜撒娇撒痴了一会,免不得摆上东道来[10]。宣教只是心不在焉光景。丁惜惜唱个《挂枝儿》嘲他道:

俏冤家,你当初缠我怎的?到今日,又丢我怎的?丢我时,顿忘了缠我意。缠我又丢我,丢我又缠谁?似你这般样的丢人也,少不得也有人来丢了你!

当下吴宣教没情没绪，吃了几杯，一心想着赵县君生得十分妙处，看了丁惜惜，有好些不像意起来。却是身既到此，没奈何，只得勉强同惜惜上床睡了，虽然少不得干着一点半点儿事，也是想着那个，借这个出火。云雨已过，身体疲倦，正在睡去，只见赵家小童走来道："县君特请宣教叙话。"宣教听了这话，急忙披衣出来，随着小童就走。小童领了，竟进内室，只见赵县君雪白肌肤，脱的赤条条的眠在床上，专等吴宣教来。小童把吴宣教尽力一推，推上床去。吴宣教喜不自胜，腾的翻上身去，叫一声："好县君，快活杀我也！"用得力重，一个失脚，跌进床里。吃了一惊，醒来，见惜惜睡在身边，朦胧之中，还认做是赵县君，仍旧跨上身去了。惜惜也在睡里，醒道："好馋货，怎不好好的，做出这个急模样！"吴宣教听得惜惜声音，方记得己身在丁家床上，适才是梦里的事，倒自己也失笑起来了。惜惜再四盘问："你心上有何人，以至七颠八倒如此？"宣教只把闲语支吾，不肯说破。到次日别去。自此以后，再不到丁家来了。无昼无夜，一心只痴想着赵县君，思量寻机会挨光[11]。

忽然一日，小童走来道："一句话对官人说：明日是我家县君生辰。官人既然与县君往来，须办些寿礼去，与县君作贺。一作贺，觉得人情面上愈加好看。"宣教喜道："好兄弟，亏你来说。你若不说，我怎知道？这个礼节，最是要紧，失不得的。"亟将彩帛二端封好，又买几般时鲜果品，鸡鸭熟食各一盘，酒一樽，配成一副盛礼，先令家人一同小童送了去，说明日虔诚拜贺。小童领家人去了。赵县君又叫小童来推辞了两番，然后受了。

明日起来，吴宣教整肃衣冠，到赵家来，定要请县君出来拜寿。赵县君也不推辞，盛妆步出前厅，比平日更加齐整。吴宣教足恭下拜。赵县君慌忙答礼，说道："奴家小小生朝，何足挂齿？却要官人费心，赐此厚礼。受之不当。"宣教道："客中乏物为敬，甚愧菲薄。县君如此称谢，反令小子无颜。"县君回顾小童，道："留官人吃了寿酒去。"宣教听得此言，不胜之喜。道是既留下吃酒，必有光景了。谁知县君说罢，竟自进去。宣教此时如热地上蚂蚁，不知是怎的才是。又想那县君如设帐的方士，不知葫芦里卖甚么药出来。呆呆的坐着，一眼望着内里。须臾之间，两个走使的男人，抬一张桌儿，揩抹干净。小童从里面捧出攒盒酒果来，摆设停当，掇张椅儿，请宣教坐。宣教轻轻问小童道："难道没个人陪我？"小童也轻轻道："县君就来。"宣教且未就坐，还立着徘徊之际，小童指道："县君来了。"果然赵县君出来，双手纤纤，捧着杯盘，来与宣教安席。道了万福，说道："拙夫不在，没个主人做主。诚恐有慢贵客，奴家只得冒耻奉陪。"宣教大喜，道："过蒙厚情，何以克当？"在小童手中也讨个杯盘来，与县君回敬。安席了，两下坐定。宣教心下只说此一会必有眉来眼去之事，便好把几句说话撩拨他，希图成事。谁知县君意思虽然浓重，容貌却是端严，除了请酒请馔之外，再不轻说一句闲话。宣教也生煞煞的浪开不得闲口，止落得饱看一回而已。酒行数巡，县君不等宣教告止，自立起身，道："官人慢坐，奴家家无夫主，不便久陪，告罪则个。"吴宣教心里恨不得伸出两只臂来，将他一把抱住，却不好强留得他，眼盼盼的看他洋洋走了进去[12]。宣教一场扫兴。里边又传话出来，叫小童送酒。宣教自觉独酌无趣，只得分付小童："多多上复县君，厚扰不当，容日再谢。"慢慢地踱过对门下处来。真是一点甜糖抹在鼻头上，只闻得香，却舔不着，心里好生不快。有《银绞丝》一只为证：

前世里冤家美貌也人，挨光已有二三分，好温存。几番相见意殷勤。眼儿落得穿，何曾近得身？鼻凹中糖味，那有唇儿分？一个清白的郎君，发了也昏。我的天那，阵魂迷，迷魂阵！

是夜，吴宣教整整想了一夜，踌躇道："若说是无情，如何两次三番许我会面，又留酒，又肯相陪？若说是有情，如何眉梢眼角，不见些些光景？只是恁般板板地往来，有何了结？思量他每常帘下歌词，毕竟通知文义，且去讨讨口气，看看他如何回我。"算计停当，次日起来，急将西珠十颗，用个沉香盒子盛了，取一幅花笺，写诗一首在上。诗云：

心事绵绵欲诉君，洋珠颗颗寄殷勤。

当时赠我黄柑美，未解相如渴半分。

写毕，将来同放在盒内，用个小记号图书印，封皮封好了，忙去寻那小童过来，交付与他，道："多拜上县君：昨日承蒙厚款，些些小珠，奉去添妆，不足为谢。"小童道："当得拿去。"宣教道："还有数字在内，须县君手自拆封，万勿泄漏则个。"小童笑道："我是个有柄儿的红娘，替你传书递简！"宣教道："好兄弟，是必替我送送。倘有好音，必当重谢。"小童道："我县君诗词歌赋，最是精通。若有甚话写去，必有回答。"宣教道："千万在意。"小童说："不劳分付，自有道理。"

小童去了半日，笑嘻嘻的走将来，道："有回音了！"袖中拿出一个碧甸匣来，递与宣教。宣教接上手看时，也是小小花押封记着的。宣教满心欢喜，慌忙拆将开来，中又有小小纸封，裹着青丝发二缕，挽着个同心结儿。一幅罗文笺上，有诗一首。诗云：

好将鬓发付并刀，只恐经时失俊髦。

妾恨千丝差可拟，郎心双挽莫空劳。

末又有细字一行，云：

原珠奉璧。唐人云"何必珍珠慰寂寥"也。

宣教读罢，跌足大乐，对小童道："好了，好了！细详诗意，县君深有意于我了！"小童道："我不懂得。可解与我听。"宣教道："他剪发寄我，诗里道，要挽住我的心，岂非有意？"小童道："既然有意，何为不受你珠子？"宣教道："这又有一说。只是一个故事在里头。"小童道："甚故事？"宣教道："当时唐明皇宠了杨贵妃，把梅妃江采蘋贬入冷宫。后来思想他，惧怕杨妃不敢去，将珠子一封，私下赐与他。梅妃拜辞不受，回诗一首，后二句云：'长门尽日无梳洗，何必珍珠慰寂寥？'今县君不受我珠子，却写此一句来，分明说你家主不在，他独居寂寥，不是珠子安慰得的。却不是要我来伴他寂寥么？"小童道："果然如此，官人如何谢我？"宣教道："惟卿所欲。"小童道："县君既不受珠子，何不就送与我了？"宣教道："珠子虽然回来，却还要送去。我另自谢你便是。"宣教箱中去取通天犀簪一枝，海南香扇坠二个，将出来送与小童，道："权为寸敬，事成重谢。这珠子再烦送一送去。我再附一首诗在内，要他必受。"诗云：

往返珍珠不用疑，还珠垂泪古来痴。
知音但使能欣赏，何必相逢未嫁时？

宣教便将一幅冰鲔帕写了，连珠子付与小童。小童看了，笑道："这诗意我又不晓得了。"宣教道："也是用着个故事。唐张籍诗云：'还君明珠双泪垂，恨不相逢未嫁时。'今我反用其意，说道：'只要有心，便是嫁了何妨？'你县君若有意于我，见了此诗，此珠必受矣。"小童笑道："原来官人是偷香的老手。"宣教也笑道："将就看得过。"小童拿了，一径自去。此番不见来推辞，想多应受了。宣教暗自欢喜，只待好音。丁惜惜那里，时常叫小二来请他走走，宣教好一似朝门外候旨的官，惟恐不时失误了宣召，那里敢移动半步？

忽然一日傍晚，小童嘻嘻的走来，道："县君请官人过来说话。"宣教听罢，忖道："平日只是我去挨光，才设法得见面，并不是他着人来请我的。这番却是先叫人来相邀，必有光景。"因问小童道："县君适才在那里？怎生对你说，叫你来请我的？"小童道："适来县君在卧房里卸了妆饰，重新梳裹过了，叫我进去，问说：'对门吴官人可在下处否？'我回说：'他这几时只在下处，再不到外边去。'县君说：'既如此，你可与我悄悄请过来，竟到房里来相见，切不可惊张。'如此分付的。"宣教不觉踊跃道："依你说来，此番必成好事矣。"小童道："我也觉得有些异样，决比前几次不同。只是一件：我家人口颇多，耳目难掩，日前只是体面上往来，所以外观不妨；今却要到内室里去，须瞒不得许多人。就是悄着些，是必有几个知觉，露出事端，彼此不便，须要商量。"宣教道："你家中事体，我怎生晓得备细？须得你指引我道路，应该怎生才妥？"小童道："常言道：'有钱使得鬼推磨。'世上那一个不爱钱的？你只多把些赏赐分送与我家里人，待我去调开了他每。他每各人心照，自然躲开去了，任你出入；就有撞见的，也不说破了。"宣教道："说得甚是有理。真可以筑坛拜将。你前日说我是偷香老手，今日看起来，你也像个老马泊六了[13]。"小童道："好意替你计较，休得取笑。"当下吴宣教拿出二十两零碎银子，付与小童，说道："我须不认得宅上甚么人，烦你与我分派一分派，是必买他们尽皆口静方妙。"小童道："这个在我，不劳分付。我先行一步，停当了众人，看个动静，即来约你同去。"宣教道:"快着些个。"小童先去了。吴宣教急拣时样济楚衣服,打扮得齐整,真个赛过潘安,强如宋玉,眼巴巴只等小童到来,即去行事。正是:

罗绮层层称体裁,一心苟望赴阳台。
巫山神女虽相待,云雨宁知到底谐?

说这宣教坐立不定,只想赴期。须臾,小童已至,回覆道:"众人多有了贿赂,如今一去,径达寝室,毫无阻碍了。"宣教不胜欢喜,整一整巾帻,洒一洒衣裳,随着小童,便走过了对门,不由中堂,在旁一条弄里转了一两个弯曲,已到卧房之前。只见赵县君懒梳妆模样,早立在帘儿下等候。见了宣教,满面堆下笑来,全不比日前的庄严了,开口道:"请官人房里坐地。"一个丫鬟,掀起门帘。县君先走了进去,宣教随后入来。只见房里摆设得精致,炉中香烟馥郁,案上酒肴齐列。宣教此时荡了三魂,少了六魄,不知该怎么样好,只得低声柔语道:"小子有何德能,过蒙县君青盼如此!"县君道:"一向承蒙厚情,今良宵无事,不揣特请官人清话片晌,别无他说。"宣教道:"小子客居旅邸,县君独守清闺,果然两处寂寥。每遇良宵,不胜怀想。前蒙青丝之惠,小子紧藏怀袖,胜如贴肉。今蒙宠召,小子所望,岂在酒食之类哉?"县君微笑道:"休说闲话,且自饮酒。"宣教只得坐了。县君命丫鬟一面斟下热酒,自己举杯奉陪。宣教三杯酒落肚,这点热团团兴儿,直从脚跟下冒出天庭来,那里按纳得住?面孔红了又白,白了又红,箸子也倒拿了,酒杯也泼翻了,手脚都忙乱起来。觑个丫鬟走了去,连忙走过县君这边来,跪下道:"县君可怜见,急救小子性命则个!"县君一把扶起,道:"且休性急。妾亦非无心者。自前日传柑之日,便觉钟情于子。但礼法所拘,不敢自逞。今日久情深,清夜思动,愈难禁制,冒礼忘嫌,愿得亲近。既到此地,决不教你空回去了。略等人静后,从容同就枕席便了。"宣教道:"我的亲亲的娘!既有这等好意,早赐一刻之欢,也是好的。叫小子如何忍耐得住?"县君笑道:"怎恁地馋得紧?"即唤丫鬟们快来收拾。

未及一半,只听得外面喧嚷,似有人喊马嘶之声,渐渐近前堂来了。宣教方在神魂荡飏之际,恰像身子不是自己的,虽然听得有些诧异,没工夫得疑虑别的,还只一味痴想。忽然一个丫鬟慌慌忙忙抢进房来,气喘喘的道:"官人回来了!官人回来了!"县君大惊失色,道:"如何是好?快快收拾过了桌上的!"即忙自己帮着搬得桌上罄净。宣教此时任是奢遮胆大的[14],不由得不慌张起来,道:"我却躲在那里去?"县君也着了忙道:"外边是去不及了!"引着宣教的手,指着床底下道:"权躲在这里面去,勿得做声!"宣教思量,走了出去便好,又恐不认得门路,撞着了人。左右看着房中,却别无躲处,一时慌促,没计奈何,只得依着县君说话,望着床底一钻,顾不得甚么尘灰齷齪。且喜床底宽阔,战陡陡的蹲在里头,不敢喘气,一眼偷觑着外边。那暗处望明处,却见得备细。看那赵大夫,大踏步走进房来,口里道:"这一去不觉许久,家里没事么?"县君着了忙的,口里牙齿捉对儿厮打着,回言道："家……家……家里没事。你……你……你如何今日才来？"大夫道："家里莫非有甚事故么？如何见了我举动慌张，语言失措，做这等一个模样？"县君道："没……没……没甚事故。"大夫对着丫鬟问道："县君却是怎的？"丫鬟道："果……果……果然没有甚么怎……怎……怎的。"宣教在床下着急，恨不得替了县君丫鬟的说话，只是不敢爬出来。大夫迟疑了一回，道："好诧异！好诧异！"县君按定了性儿，才说得话儿囫囵，重复问道："今日在那里起身？怎夜间到此？"大夫道："我离家多日，放心不下。今因有事到婺州，在此便道，暂归来一看。明日五更就要起身过江的。"宣教听得此言，惊中有喜，恨不得天也许下了半边，道："原来还要出去！却是我的造化也！"县君又问道："可曾用过晚饭？"大夫道："晚饭已在船上吃过，只要取些热水来洗脚。"县君即命丫鬟安好了足盆，厨下去取热水来，倾在里头。

大夫脱了外衣，坐在盆间，大肆浇洗。浇洗了多时，泼得水流满地，一直淌进床下来。因是地板房子，铺床处压得重了，地板必定低些，做了下流之处。那吴宣教正蹲在里头，身上穿着齐整衣服，起初一时急了，顾不得惹了灰尘，钻了进去；而今又见水流来了，恐怕污了衣服，不觉的把袖子东收西敛，来避那些龌龊水，未免有些窸窸窣窣之声。大夫道："奇怪！床底下是甚么响？敢是蛇鼠之类？可拿灯烛来照照。"丫鬟未及答应，大夫急急揩抹干净，却伸手桌子上去取烛台过来，捏在手中，向床底下一看。不看时万事全休，这一看，好似：

霸王初入垓心内，张飞刚到灞陵桥。

大夫大吼一声，道："这个甚么鸟人，躲在这底下？"县君支吾道："敢是个贼？"大夫一把将宣教拖出来，道："你看！难道有这样齐整的贼？怪道方才见吾慌张！原来你在家养着奸夫！我去得几时，你就是这等羞辱门户！"先是一掌打去，把县君打个满天星。县君啼哭起来。大夫喝教众奴仆都来。此时小童也只得随着众人行止。大夫叫将宣教四马攒蹄，捆做一团，声言道："今夜且与我把去厢房吊着，明日送临安府推问去！"大夫又将一条绳来，亲自动手，也把县君缚住，道："你这淫妇，也不与你干休！"县君只是哭，不敢回答一言。大夫道："好恼，好恼！且暖酒来，我吃着消闷！"从人丫鬟们多慌了，急去灶上撮哄些嗄饭，热了酒拿来。大夫取个大瓯，一头吃，一头骂；又取过纸笔，写下状词，一边写，一边吃酒。吃得不少了，不觉懵懵睡去。县君悄悄对宣教道："今日之事，固是我误了官人，也是官人先有意向我。谁知随手事败。若是到官，两个都不好了，为之奈何？"宣教道："多蒙县君好意相招，未曾沾得半点恩惠。今事若败露，我这一官，只当断送在你这冤家手里了。"县君道："没奈何了。官人只是下些小心求告他。他也是心软的人，求告得转的。"正说之间，大夫醒来，口里又喃喃的骂道："小的们，打起火把，快将这贼弟子孩儿送到厢房去[15]！"众人答应一声，齐来动手。宣教着了急，喊道："大夫息怒，容小子一言。小子不才，忝为宣教郎，因赴吏部磨勘，寓居府上对门，蒙县君青盼，往来虽久，实未曾分毫犯着玉体。今若到公府，罪犯有限，只是这官职有累。望乞高抬贵手，饶过小子，容小子拜纳微礼，赎此罪过罢。”大夫大笑道：“我是个宦门，把妻子来换钱么？”宣教道：“今日便坏了小子微官，与君何益？不若等小子纳些钱物，实为两便。小子亦不敢轻，即当奉送五百千过来。”大夫道：“如此口轻！你一个官，我一个妻子，只值得五百千么？”宣教听见论量多少，便道是好处的事了，满口许道：“便再加一倍，凑做千缗罢。”大夫还只是摇头。县君在傍哭道：“我只为买这官人的珠翠，约他来议价，实是我的不是。谁知撞着你来，捉破了。我原不曾点污。今若拿这官人到官，必然攀下我来。我也免不得到官对理。出乖露丑，也是你的门面不雅。不如你看日前夫妻之面，宽恕了我，放了这官人罢。”大夫冷笑道：“难道不曾点污？”众从人与丫鬟们先前是小童贿赂过的，多来磕头讨饶，道：“其实此人不曾犯着县君，只是暮夜不该来此。他既情愿出钱赎罪，官人罚他重些，放他去罢。一来免累此人官职，二来免致县君出丑，实为两便。”县君又哭道：“你若不依，我只是寻个死路罢了！”大夫默然了一晌，指着县君道：“只为要保全你这淫妇，要我忍这样赃污！”小童忙撺到宣教耳边厢低言道：“有了口风了。快快添多些，收拾这事罢。”宣教道：“钱财好处，放绑要紧。手脚多麻木了！”大夫道：“要我饶你，须得二千缗钱，还只是买那官做。羞辱我门庭之事，只当不曾提起，便宜得多了。”宣教连声道：“就依着是二千缗。好处，好处。”大夫便喝从人教且松了他的手。小童急忙走去，把索子头解开，松出两只手来。大夫叫将纸墨笔砚拿过来，放在宣教面前，叫他写个不愿经官的招伏。宣教只得写道：

> 吏部候勘宣教郎吴某，只因不合闯入赵大夫内室，不愿经官，情甘出钱二千贯赎罪，并无词说。私供是实。

赵大夫取来看过，要他押了个字，便叫放了他绑缚，只把脖子拴了，叫几个方才随来家的戴大帽穿衣撒的家人，押了过对门来，取足这二千缗钱。此时亦有半夜光景。宣教下处几个手下人已是都睡熟了。这些赵家人个个如狼似虎，见了好东西便抢，珠玉犀象之类，狼藉了不知多少。这多是二千缗外加添的。吴宣教足足取够了二千数目，分外又把些零碎银两送与众家人，做了东道钱。众人方才住手，赍了东西，仍同了宣教押至家主面前，交割明白。大夫看过了东西，还指着宣教道：“便宜了这弟子孩儿！”喝叫：“打出去！”宣教抱头鼠窜，走归下处。下处店家灯尚未熄。宣教也不敢把这事对主人说，讨了个火，点在房里了，坐了一回，惊心方定。无聊无赖，叫起个小厮来，暖些热酒，且图解闷。一边吃，一边想道：“用了这儿时工夫，才得这个机会，再差一会儿，也到手了，谁想却如此不偶，反费了许多钱财！”又自解道：“还算造化哩。若不是县君哭告，众人拜求，弄得到当官，我这官做不成了。只是县君如此厚情厚德，又为我如此受辱，他家大夫说明日就出去的，这倒还好个机会。只怕有了这番事体，明日就使不在家，是必分外防守，未必如前日之便了。不知今生到底能够相傍否!”心口相问,不觉潸然泪下,郁抑不快。呵欠上来,也不脱衣服,倒身便睡。

只因辛苦了大半夜,这一睡直睡到第二日晌午,方才醒来。走出店中,举眼看去,对门赵家,门也不关,帘子也不见了。一望进去,直看到里头,内外洞然,不见一人。他还怀着昨夜鬼胎,不敢自进去,悄悄叫个小厮,一步一步挨到里头探听。直到内房,左右看过,并无一个人走动踪影。只见几间空房,连家伙什物一件也不见了。出来回覆了宣教。宣教忖道:“他原说今日要到他处去,恐怕出去了,我又来走动,所以连家眷带去了。只是如何搬得外边罄净?难道再不回来住了?其间必有缘故。”试问问左右邻人,才晓得这赵家也是那里搬来的,住得不十分长久。这房子也只是赁下的,原非己宅。晓得是用着美人之局,扎了火囤去了。

宣教浑如做了一个大梦一般,闷闷不乐,且到丁惜惜家里消遣。惜惜接着宣教,笑容可掬道:“甚好风吹得贵人到此?”连忙置酒相待。饮酒中间,宣教频频的叹气。惜惜道:“你向来有了心上人,把我冷落了多时;今日既承不弃到此,如何只是嗟叹,像有甚不乐之处?”宣教事在心头,正是巴不得对人告诉,只得把如何对门作寓,如何与赵县君往来,如何约去私期,却被丈夫归来拿住,将钱买得脱身,备细说了一遍。惜惜大笑道:“你枉用痴心,落了人的圈套了!你前日若早对我说,我也先点破你,不着他道儿,也不见得。我那年有一伙光棍将我包到扬州去,也假了商人的爱妾,扎了一个少年子弟千金。这把戏我也曾弄过的。如今你心爱的县君,不知是那一家的歪刺货也[16]。你前日瞒得我好,撇得我好,也教你受些孽报。”宣教满脸羞惭,懊恨无已。丁惜惜又只顾把说话盘问,见说道身畔所有,剩得不多,行院家本色,就不十分亲热得紧了。宣教也觉怏怏,住了一两晚,走了出来,满城中打听,再无一些消息。看看盘费不够,等不得吏部改秩,急急走回故乡。亲眷朋友晓得这事的,把来做了笑柄。宣教常时忽忽如有所失,感了一场缠绵之疾,竟不及调官而终。

可怜吴宣教一个好前程的,着了这一些魔头,不自尊重,被人弄得不尬不尴,没个收场。如今奉劝人家少年子弟每:血气未定,贪淫好色,不守本分,不知利害的,宜以此为鉴!诗云:

一脔肉味不曾尝,已尽缠头罄橐囊。
尽道陷人无底洞,谁知洞口赚刘郎!

注释

[1]捩(liè):扭转。

[2]做腔:装腔。

[3]溜撒:动作灵敏。

[4]院长:宋时对军吏节级之称。禁子、巡捕的小头目也叫节级,后也称为院长。

[5]经纪:指经营买卖。

[6]磨勘:考核成绩。

[7]博:指赌博。宋元时习俗,常用赌博的方式买卖物品,买方若赢了,不花钱即可得到东西;若输了,钱便归卖方,东西也得不到。其方法是,用六个铜钱往地上扑,共六个铜钱的背面都朝上,就叫做“浑成”,表示赢了。

[8]县君:本是皇帝给官员母亲或妻子的一种封号,后来尊称富贵人家的女眷。

[9]物事:物品,东西。

[10]东道:指用酒菜等尽东道主之宜。

[11]挨光:旧指男女之间调情。

[12]盻盻(xì):心怀怨恨地看。

[13]马泊六:指男女私情的牵线搭桥者。

[14]奢遮:出色、出众。

[15]弟子孩儿:宋元时称妓女为“弟子”,“弟子孩儿”即妓女的孩子,是骂人的话。

[16]歪剌货:对妇人的蔑称,含有不正派、烂货等意。

新评

吴宣教为色所迷,执迷不悟,犹如一个木偶,任由小童和县君摆布,最后落得个人财两空,偷鸡不成蚀把米。这也难怪吴宣教,只因小童和县君的表演太逼真、太出色了。

古往今来,骗人的伎俩层出不穷。骗子之所以能够屡屡得逞,就在于他们能抓住受骗者的心理。俗话讲,苍蝇不叮无缝的蛋,所以防骗的根本在于杜绝非分之欲。

第三十九卷　夸妙术丹客提金

破布衫巾破布裙，逢人惯说会烧银。
自家何不烧些用？担水河头卖与人。

这四句诗，乃是国朝唐伯虎解元所作。世上有这一伙烧丹炼汞之人，专一设立圈套，神出鬼没，哄那贪夫痴客道："能以药草炼成丹药，铅铁为金，死汞为银，名为黄白之术，又叫做炉火之事。只要先将银子为母。"后来觑个空儿，偷了银子便走，叫做"提罐"。曾有一个道人，将此术来寻唐解元，说道："解元仙风道骨，可以做得这件事。"解元贬驳他道："我见你身上褴褛，你既有这仙术，何不烧些来自己用度，却要作成别人？"道人道："贫道有的是法术，乃造化所忌，却要寻个大福气的承受得起，方好与他作为。贫道自家却没这些福气，所以难做。看见解元正是个大福气的人，来投合伙。我们术家叫做'访外护'。"唐解元道："这等，与你说过：你的术法施为，我一些都不管；我只管出着一味福气帮你。等丹成了，我与你平分便是。"道人见解元说得蹊跷，晓得是奚落他，不是主顾，飘然而去。所以唐解元有这首诗，是点明世人的意思。却是这伙里的人，更有花言巧语，如此说话，说他不倒的。却是为何？他们道：神仙必须度世，妙法不可自私。毕竟有一种具得仙骨，结得仙缘的，方可共炼共修；内丹成，外丹亦成。有这许多好说话。这些说话，何曾不是正理？就是炼丹，何曾不是仙法？却是当初仙人留此一种丹砂化黄金之法，只为要广济世间的人。当日纯阳吕祖虑他五百年后还原质[1]，误了后人，原不曾说道与你置田买产，畜妻养子，帮做人家的。只如杜子春遇仙[2]，在云台观炼药将成，寻他去做外护。只为一点爱根不断，累他丹鼎飞败。如今这些贪人，拥着娇妻美妾，求田问舍，损人肥己，掂斤播两，何等肚肠！寻着一伙酒肉道人，指望炼成了丹，要受用一世，遗之子孙，岂不痴乎？只叫他把"内丹成，外丹亦成"这两句想一想，难道是阁起内养工夫，单单弄那银子么？只这点念头，也就万万无有炼得丹成的事了。看官，你道小子说到此际，随你愚人，也该醒悟。这件事没影响，做不得的。却是这件事，偏是天下一等聪明的，要落在圈套里，不知何故！

今小子说一个松江富翁，姓潘，是个国子监监生，胸中广博，极有口才，也是一个有意思的人。却有一件僻性：酷信丹术。俗语道："物聚于所好。"果然有了此好，方士源源而来。零零星星，也弄去了好些银子，受过了好些丹客的哄骗。他只是一心不悔，只说无缘，遇不着好的。从古有这家法术，岂有做不来的事？毕竟有一日成功，前边些小所失，何足为念？把这事越好得紧了。这些丹客，我传与你，你传与我，远近尽闻其名。左右是一伙的人，推班出色[3]，没一个不思量骗他的。

一日秋间，来到杭州西湖上游赏，赁一个下处住着。只见隔壁园亭上歇着一个远来客人，带着家眷，也来游湖，行李甚多，仆从齐整。那女眷且是生得美貌，打听来，是这客人的爱妾。日日雇了天字一号的大湖船，摆着盛酒，吹弹歌唱俱备，携了此妾下湖，浅斟低唱，觥筹交错，满桌摆设酒器，多是些金银异巧式样，层见迭出。晚上归寓，灯火辉煌，赏赐无算。潘富翁在隔壁寓所看得呆了，想道："我家里也算是富的，怎能够到得他这等挥霍受用？此必是陶朱、猗顿之流[4]，第一等富家了。"心里艳慕，渐渐教人通问，与他往来相拜。通了姓名，各道相慕之意。富翁乘间问道："吾丈如此富厚，非人所及。"那客人谦让道："何足挂齿？"富翁道："日日如此用度，除非家中有金银高北斗，才能像意；不然，也有尽时。"客人道："金银高北斗，若只是用去，要尽也不难。须有个用不尽的法儿。"富翁见说，就有些着意了，问道："如何是用不尽的法？"客人道："造次之间，不好就说得。"富翁道："毕竟要请教。"客人道："说来吾丈未必解，也未必信。"富翁见说得蹊跷，一发殷勤求恳，必要见教。客人屏去左右从人，附耳道："吾有'九还丹'，可以点铅汞为黄金。只要炼得丹成，黄金与瓦砾同耳，何足贵哉？"富翁见说是丹术，一发投其所好，欣然道："原来吾丈精于丹道。学生于此道最是心契，求之不得。若吾丈果有此术，学生情愿倾家受教。"客人道："岂可轻易传得？小小试看，以取一笑则可。"便教小童炽起炉炭，将几两汞熔化起来。身边腰袋里摸出一个纸包，打开来都是些药末，就把小指甲挑起一些些来，弹在罐里，倾将出来，连那铅汞不见了，都是雪花也似的好银。看官，你道药末可以变化得铜铅做银，却不是真法了？原来这叫做"缩银之法"。他先将银子用药炼过，专取其精，每一两直缩做一分少些，今和铅汞在火中一烧，铅汞化为青气去了，遗下糟粕之质，见了银精，尽化为银，不知原是银子的原分量，不曾多了一些。丹客专以此术哄人，人便死心塌地信他，道是真了。富翁见了，喜之不胜，道："怪道他如此富贵受用！原来银子如此容易！我炼了许多时，只有折本的；今番有幸，遇着真本事的了。是必要求他去替我炼一炼则个。"遂问客人道："这药是如何炼成的？"客人道："这叫做母银生子。先将银子为母，不拘多少，用药锻炼，养在鼎中，须要九转，火候足了，先生了黄芽，又结成白雪，启炉时，就扫下这些丹头来，只消一黍米大，便点成黄金白银。那母银仍旧分毫不亏的。"富翁道："须得多少母银？"客人道："母银越多，丹头越精。若炼得有半合许丹头，富可敌国矣。"富翁道："学生家事虽寒，数千之物，还尽可办。若肯不吝大教，拜迎到家下点化一点化，便是生平愿足。"客人道："我术不易传人，亦不轻与人烧炼。今观吾丈虔心，又且骨格有些道气，难得在此联寓，也是前缘，不妨为吾丈做一做。但见教高居何处，异日好来相访。"富翁道："学生家居松江，离此处只有两三日路程。老丈若肯光临，即此收拾，同到寒家便是。若此间别去，万一后会不偶，岂不当面错过了？"客人道："在下是中州人，家有老母在堂。因慕武林山水佳胜，携了小妾，到此一游。空身出来，游资所需，只在炉火，所以乐而忘返。今遇吾丈知音，不敢自秘。但直须带了小妾，回家安顿，兼就看看老母，再赴吾丈之期，未为迟也。”富翁道：“寒舍有别馆园亭，可贮尊眷，何不就同携到彼住下，一边做事，岂不两便？家下虽是看待不周，决不至有慢尊客，使尊眷有不安之理。只求慨然俯临，深感厚情。”客人方才点头道：“既承吾丈如此真切，容与小妾说过，商量收拾起行。”富翁不胜之喜，当日就写了请帖，请次日湖中饮酒。到明日，殷殷勤勤，接到船上，备将胸中学问，你夸我逞，谈得津津不倦，只恨相见之晚，宾主尽欢而散。又送着一桌精洁酒肴，到隔壁园亭去请那小娘子。来日，客人答席，分外丰盛。酒器家伙，都是金银，自不必说。

富翁一心已在炉火，游兴尽阑，约定同到松江。在关前雇了两个大船，尽数搬了行李下去，一路相傍同行。那小娘子在对船舱中，隔帘时露半面，富翁偷眼看去，果然生得丰姿美艳，体态轻盈。只是：

盈盈一水间，脉脉不得语。

又裴航赠同舟樊夫人诗云[5]：

同舟吴越犹怀想，况遇天仙隔锦屏。
但得玉京相会去，愿随鸾鹤入青冥。

此时富翁在隔船望着美人，正同此景，所恨无人可通音问。

话休絮烦。两只船不一日至松江。富翁已到家门首，便请丹客上岸。登堂献茶已毕，便道：“此是学生家中，往来人杂不便。离此一望之地，便是学生庄舍。就请尊眷同老丈到彼安顿。学生也到彼外厢书房中宿歇。一则清净，可以省烦杂；二则谨密，可以动炉火。尊意如何？”丹客道：“炉火之事，最忌俗嚣，又怕外人触犯。况又小妾在身伴，一发宜远外人。若得在贵庄住止，行事最便了。”富翁便指点移船到庄，自家同丹客携手步行。来到庄门口，门上一匾，上写“涉趣园”三字。进得园来，但见景物悠然，恬恬可爱。正是：

古木干霄，新篁夹径。榱题虚敞，无非是月榭风亭；栋宇幽深，饶有那曲房邃室。叠叠假山数仞，可藏太史之书；层层岩洞几重，疑有仙人之箓。若还奏曲能招凤，在此观棋必烂柯。

丹客观玩园中景致，欣然道：“好个幽雅去处！正堪为修炼之所，又好安顿小妾。在下便可安心与吾丈做事了。看来吾丈果是有福有缘的。”富翁就着人接那小娘子进来。那小娘子艳妆乔扮，带着两个丫头：一个唤名春云，一个唤名秋月，摇摇摆摆，走到园亭上来。富翁欠身回避。丹客，道：“而今是通家了，就等小妾拜见不妨。”就叫那娘子与富翁相见了。富翁对面一看，真个是沉鱼落雁之容，闭月羞花之貌。天下凡是有钱的人，再没一个不贪财好色的。富翁此时，好像雪狮子向火，不觉软瘫了半边；炼丹的事，又是第二着了。便对丹客道：“园中内室尽宽，任凭尊嫂拣择。人少时，学生再唤几个妇女来伏侍。"丹客就同那小娘子去看内房。富翁急急到家中，取了一对金钗，一双金镯，到园中奉与丹客，道："些小薄物，奉为尊嫂拜见之仪，望勿嫌轻亵。"丹客一眼估去，见是金的，反推辞道："过承厚惠，只是黄金之物，在下颇为易得，老丈实为重费；于心不安，决不敢领。"富翁见他推辞，一发不过意，道："也知吾丈不希罕此些微之物，只是尊嫂面上，略表芹意。望吾丈鉴其诚心，乞赐笑留。"丹客道："既然这等美情，在下若再推托，反是自外了。只得权且收下，容在下竭力炼成丹药，奉报厚惠。"笑嘻嘻走入内房，叫个丫头，交了进去。又叫小娘子出来，再三拜谢。富翁多见得一番，就破费这些东西，也是心安意肯的。口里不说，心中想道："这个人有此丹法，又有此美姬，人生至此，可谓极乐。且喜他肯与我修炼，丹成料已有日。只是现放着这等美色在自家庄上，不知可有些缘法否？若一发钩搭得上手，方才心满意足。而今拚得献些殷勤，做工夫不着，磨他去，不要性急，且一面打点烧炼的事。"便对丹客道："既承吾丈不弃，我们几时起手？"丹客道："只要有银为母，不论早晚，可以起手。"富翁道："先得多少母银？"丹客道："多多益善。母多丹多，省得再费手脚。"富翁道："这等，打点将二千金下炉便了。今日且在舍下料理，明日学生就搬过来，一同做事。"是晚，具酌在园亭上款待，尽欢而散。又送酒肴内房中去，殷殷勤勤，自不必说。

次日，富翁准准兑了二千金，将过园子里来，一应炉器家伙之类，家里一向自有，只要搬将来。富翁是久惯这事的，颇称在行，铅汞药物，一应俱备，来见丹客。丹客道："足见主翁留心。但在下尚有秘妙之诀，与人不同，炼起来便见。"富翁道："正是秘妙之诀，要求相传。"丹客道："在下此丹，名为'九转还丹'。每九日火候一还，到九九八十一日开炉，丹物已成。那时节主翁大福到了。"富翁道："全仗提携则个。"丹客就叫跟来一个家童，依法动手，炽起炉火，将银子渐渐放将下去，取出丹方，与富翁看了。将几件希奇药料放将下去，烧得五色烟起，就同富翁封住了炉。又唤这跟来几个家人吩咐道："我在此将有三个月日耽搁，你们且回去，回覆老奶奶一声再来。"这些人只留一二个惯烧炉的在此，其馀都依话散去了。从此家人日夜烧炼。丹客频频到炉边看火色，却不开炉；闲时却与富翁清谈，饮酒下棋。宾主相得，自不必说。又时时送长送短，到小娘子处讨好。小娘子也有时回敬几件知趣的东西，彼此致意。

如是二十馀日，忽然一个人穿了一身麻衣，浑身是汗，闯进园中来。众人看时，却是前日打发去内中的人。见了丹客，叩头大哭，道："家里老奶奶去世，快请回去治丧！"丹客大惊失色，哭倒在地。富翁也一时惊惶，只得从傍劝解道："令堂天年有限，过伤无益。且自节哀。"家人催促道："家中无主，作速起身。"丹客住了哭，对富翁道："本待与主翁完成美事，少尽报效之心；谁知遭此大变，抱恨终天。今势既难留，此事又未终，况是间断不得的，实出两难。小妾虽是女流，随侍在下已久,炉火之候,尽已知些底里,留他在此看守丹炉才好。只是年幼无人管束,须有些不便处。”富翁道:“学生与老丈通家至交,有何妨碍?只须留下尊嫂在此,此炼丹之所,又无闲杂人来往,学生当唤几个老成妇女,前来陪伴,晚间或是接到拙荆处,一同寝处。学生自在园中安歇看守,以待吾丈到来,有何不便?”丹客又踌躇了半晌,说道:“今老母已死,方寸乱矣。想古人有托妻寄子的,既承高谊,只得敬从,留他在此,看看火候。在下回去料理一番,不日自来启炉。如此方得两全其事。”富翁见说肯留妾看炉,心中恨不得许下半边天来,满面笑容,应承道:“若得如此,足见有始有终。”丹客又进去与小娘子说了来因,并要留他在此看炉的话,一一吩咐了,就叫小娘子出来再见了主翁,嘱托与他,叮咛道:“只好守炉,万万不可私启。倘有所误,悔之无及。”富翁道:“万一尊驾来迟,误了八十一日之期,如何是好?”丹客道:“九还火候已足,放在炉中,多养得几日,丹头愈生得多,就迟些开也不妨的。”丹客又与小娘子说了些衷肠密语而去。

这里富翁见丹客留下美妾,料他不久必来,丹事自然有成,不在心上,却是趁他不在,亦且同住园中,正好钩搭,机会不可错过。时时亡魂失魄,只思量下手。方在游思妄想,可可的那小娘子叫个丫头春云来道:“俺家娘请主翁到丹房看炉。”富翁听得,急整衣巾,忙趋到房前来请道:“适才尊婢传命,小子在此伺候尊步同往。”那小娘子啭莺声吐燕语道:“主翁先行,贱妾随后。”只见袅袅娜娜走出房来,道了万福。富翁道:“娘子是客,小子岂敢先行?”小娘子道:“贱妾女流,怎好僭妄?”两下推逊,虽不好扯手扯脚的相让,已自觌面交谈,殷勤相接,有好些光景。毕竟富翁让他先走,两个丫头随着。富翁在后面看去,真是步步金莲,不由人不动火。来到丹房边,转身对两个丫头道:“丹房忌生人,你们只在外住着,单请主翁进来。”主翁听得,三脚两步,跑上前去,同进了丹房,把所封之炉,前后看了一回。富翁一眼觑定这小娘子,恨不得寻口水来吞他下肚去,那里还管炉火的青红皂白?可惜有这个烧火的家僮在房,只好调调眼色,连风话也不便说得一句。直到门边,富翁才老着脸皮道:“有劳娘子尊步。尊夫不在,娘子回房,须是寂寞。”那小娘子口不答应,微微含笑,此番却不推逊,竟自冉冉而去。富翁愈加狂荡,心里想道:“今日丹房中若是无人,尽可撩拨,只可惜有这个家僮在内。明日须用计遣开,然后约那人同去看炉,此时便可用手脚了。”即吩咐从人:“明日早上备一桌酒饭,请那烧炉的家僮,说道:‘一向累他辛苦了,主翁特地与他浇手[6]。’要灌得烂醉方住。”吩咐已毕,是夜独酌无聊,思量美人,只在内室,又念着日间之事,心中怏怏,傍徨不已,乃吟诗一首道:

名园富贵花,移种在山家。
不道栏杆外,春风正自赊。

走至堂中,朗吟数遍,故意要内房听得。只见内房走出丫头秋月,手捧一盏香茶，奉与富翁，道："俺家娘听得主翁吟诗，恐怕口渴，特奉清茶。"富翁笑逐颜开，再三称谢。秋月回身进去，只听里边也吟道：

名花谁是主？飘泊任春风。

但得东君惜，芳心亦自同。

富翁听罢，知是有意，却不敢造次闯进去。又听得里边关门响，只得自到书房睡了，以待天明。

次日早上，从人依了昨日之言，把个烧火的家僮请了去。他日逐守着炉灶边，原不耐烦，见了酒杯，那里肯放？吃得烂醉，就在外边睡着了。富翁已知他不在丹房，即走到内房前，自去请看丹炉。那小娘子听得，即便移步出来，一如昨日在前先走。走到丹房门边，丫头仍留在外，止是富翁紧随入门。到得炉边看时，不见了烧火的家僮。小娘子假意失惊道："如何没人在此，却歇了火？"富翁道："只为小子自家要动火，故叫他暂歇了火。"小娘子只做不解道："这火须是断不得的。"富翁道："等小子与娘子坎离交媾，以真火续将起来。"小娘子正色道："炼丹学道之人，如何兴此邪念，说此邪话？"富翁道："尊夫在这里与小娘子同眠同起，少不得也要炼丹。难道一事不做，只是干夫妻不成？"小娘子无言可答，道："一场正事，如此歪缠。"富翁道："小子与娘子夙世姻缘，也是正事。"一把抱住，双膝跪将下去。小娘子扶起道："拙夫家训颇严，本不敢轻蹈非礼。既承主翁如此殷勤，贱妾不敢自爱，容晚间约着相会一话罢。"富翁道："就此恳赐一欢，方见娘子厚情。如何等得到晚？"小娘子道："这里有人来，使不得。"富翁道："小子专为留心，要求小娘子，已着人款住烧火的。此外谁敢进来？况且丹房邃密，无人知觉。"小娘子道："此间须是丹炉，怕有触犯，悔之无及，决使不得！"富翁此时兴已勃发，那里还顾什么丹炉不丹炉，只是紧紧抱住道："就是要了小子的性命，也说不得了！只求小娘子救一救！"不由他肯不肯，抱到一张醉翁椅上，扯脱裤儿，就凑上去。此时快乐，何异登仙。两下云雨已毕，整了衣服，富翁道："感谢娘子不弃，只是片时欢娱。晚间愿赐通宵之乐。"扑的又跪下去。小娘子急扶起来道："我原许晚间的，你自喉急，等不得。那里有丹鼎傍边，就这般没正经起来！"富翁道："错过一时，只恐后悔无及。还只是早得到手一刻，也遂了我多时心愿。"小娘子道："晚间还是我到你书房来？你到我卧房来？"富翁道："但凭娘子主见。"小娘子道："我处须有两个丫头同睡，你来不便。我今夜且瞒着他们自出来罢。待我明日叮嘱丫头过了，然后接你进来。"是夜，果然人静后，小娘子走出堂中。富翁早已在门边伺候，接至书房，极尽衾枕之乐。以后或在内，或在外，总是无拘无管。富翁以为天下奇遇，只愿得其夫一世不来，丹炼不成也罢了。

绸缪了十数宵，忽然一日，门上报说，丹客到了。富翁吃了一惊。接进寒温毕，即进内房来见小娘子，说了好些说话，复出来对富翁道："小妾说丹炉不动，而今九还之期已过，丹已成了，正好开看。今日匆匆，明日献过了神启炉罢。”富翁是夜虽不得再望欢娱，却见丹客采了，明日启炉，丹成可望，还赖有此，心下自解自乐。到得明日，请了些纸马福物，祭献了毕，丹客同富翁刚走进丹房，就变色沉吟道：“如何丹房中气色恁等的，有些诧异！”便就亲手启开鼎炉一看，跌足大惊道：“败了！败了！真丹走失，连银母多是糟粕了！此必有做交感污秽之事，触犯了的！”富翁惊得面如土色，不好开言；又见道着真相，一发慌了。丹客懊怒，咬得牙齿趷趷的响，问烧火的家僮道：“此房中别有何人进来？”家僮道：“只有主翁与小娘子日日来看一次，别无人敢进来。”丹客道：“这等，如何得丹败了？快去叫小娘子来问。”家僮急忙走去请来。丹客厉声道：“你在此看炉，做了甚事？丹俱败了！”小娘子道：“日日与主翁来看炉，是原封不动的，不知何故。”丹客道：“谁说炉动了封！你却动了封了！”又问家僮道：“主翁与娘子来时，你也有时节不在此么？”家僮道：“止有一日，是主翁怜我辛苦，请去吃饭，多饮了几杯，睡着在外边了。只这一日，是主翁与小娘子自家来的。”丹客冷笑道：“是了！是了！”忙走去行囊里，抽出一根皮鞭来，对小娘子道：“分明是你这贱婢做出事来了！”一鞭打去。幸喜小娘子即溜，侧身闪过，哭道：“我原说做不得的。主人翁害了奴也！”富翁睁着双眼，无言可答，恨没个地洞钻了进去。丹客怒目直视主翁道：“你前日相托之时，如何说的？我去不久，就干出这样昧心事来，原来是狗彘不直的！如此无行之人，如何妄思烧丹炼药！是我眼里不识人！我只是打死这贱婢罢！羞辱门庭，要你怎的！”拿着鞭赶上前便打。慌得小娘子三脚两步奔进内房，又亏两个丫头拦住，劝道：“官人耐性。”向前接住了皮鞭，却把皮鞭捽断了。

富翁见他性发，没收场，只得跪下去道：“是小子不才，一时干差了事。而今情愿弃了前日之物，只求宽恕罢。”丹客道：“你自作自受。你干坏了事，走失了丹，是应得的，没处怨怅。我的爱妾，可是与你解馋的？受了你玷污，却如何处？我只是杀却了，不怕你不偿命！”富翁道：“小子情愿赎罪罢。”即忙叫家人到家中拿了两个元宝，跪着讨饶。丹客只是佯着眼不瞧道：“我银甚易，岂在乎此！”富翁只是磕头，又加了二百两道：“如今以此数再娶了一位如夫人也够了[7]。实是小子不才，望乞看平日之面，宽恕尊嫂罢。”丹客道：“我本不希罕你银子，只是你这样人，不等你损些己财，后来不改前非。我偏要拿了你的，将去济人也好。”就把三百金拿去装在箱里，叫齐小娘子与家僮丫头等，急把衣装行李尽数搬出，下在昨日原来的船里，一径出门，口里喃喃骂道：“受这样的耻辱，可恨！可恨！”骂詈不止，开船去了。

富翁被他吓得魂不附体，恐怕弄出事来。虽是折了些银子，得他肯去，还自道侥幸。至于炉中之银，真个认做污秽触犯了，丹鼎走败，但自悔道：“忒性急了些。便等丹成了，多留他住几时，再图成此事，岂不两便？再不然，不要在丹房里弄这事，或者不妨，也不见得。多是自己莽撞了，枉自破了财物。也罢，只是遇着真法，不得成丹,可惜!可惜!”又自解自乐道:“只这一个绝色佳人,受用了几时,也是风流话柄,赏心乐事,不必追悔了。”

却不知多是丹客做成圈套。当在西湖时,原是打听得潘富翁来杭,先装成这般行径来炫惑他的,及至同他到家,故意要延缓,却像没甚要紧。后边那个人来报丧之时,忙忙归去,已自先把这二千金提去了,留着家眷,使之不疑。后来勾搭上场,也都是他做成的计较。把这堆狗屎堆在鼻子上,等你开不得口,只好自认不是,没工夫与他算账了。那富翁是破财星照,堕其计中,先认他是巨富之人,必有真丹点化,不知那金银器皿都是些铜铅为质,金银汁粘裹成的,酒后灯下,谁把试金石来试?一时不辨,都误认了:此皆神奸鬼计也。富翁遭此一骗,还不醒悟,只说是自家不是,当面错过,越好那丹术不已。

一日,又有个丹士到来,与他谈着炉火,甚是投机,延接在家,告诉他道:“前日有一位客人,真能点铁为金,当面试过,他已是替我烧炼了,后来自家有些得罪了他,不成而去,真是可惜。”丹士道:“吾术岂独不能?”便叫把炉火来试,果然与前丹客无二,些少药末,投在铅汞里头,尽化为银。富翁道:“好了,好了。前番不着,这番着了。”又凑千金与他烧炼。丹士呼朋引类,又去约了两三个帮手来做。富翁见他银子来得容易,放着胆,一些也不防备。岂知一个晚间,又提了罐走了。次日又捞了个空。

富翁此时连被拐去,手中已窘,且怒且羞,道:“我为这事,费了多少心机,弄了多少年月,前日自家错过,指望今番是了;谁知又遭此一闪。我不问那里寻将去,料来不过又往别家烧炼,或者撞得着,也不可知。纵不然,或者另遇着真正法术,再得炼成真丹,也不见得。”自此收拾了些行李,东游西走。

忽然一日,在苏州阊门人丛里,劈面撞着这一伙人,正待开口发作。这伙人不慌不忙,满面生春,却像他乡遇故知的一般,一把邀了那富翁,邀到一个大酒肆中来,一副洁净座头上坐了,叫酒保烫酒取嗄饭来,殷勤谢道:“前日有负厚德,实切不安。但我辈道路如此,足下勿以为怪。今有一法与足下计较,可以偿足下前物,不必别生异说。”富翁道:“何法?”丹士道:“足下前日之银,吾辈得来,随手费尽,无可奉偿。今山东有一大姓,也请吾辈烧炼,已有成约,只待吾师到来才交银举事。奈吾师远游,急切未来。足下若权认作吾师,等他交银出来,便取来先还了足下前物,直如反掌之易。不然,空寻我辈也无干。足下以为何如?”富翁道:“尊师是何人物?”丹士道:“是个头陀。今请足下略剪去了些头发,我辈以师礼事奉,径到彼处便了。”富翁急于得银,便依他剪发做一齐了。彼辈殷殷勤勤,直侍奉到山东,引进见了大姓,说道是他师父来了。大姓致敬,迎接到堂中,略谈炉火之事。富翁是做惯了的,亦且胸中渊博,高谈阔论,尽中机宜。大姓深相敬服。是夜即兑银二千两,约在明日起火,只管把酒相劝,吃得酩酊扶去,另在一间内书房睡着。到得天明，商量安炉。富翁见这伙人科派，自家晓得些，也在里头指点。当日把银子下炉烧炼。这伙人认做徒弟守炉。大姓只管来寻师父去请教，攀话饮酒，不好却得。这些人看个空儿，又提了罐各各走了，单单撇下师父。大姓只道师父在家不妨，岂知早辰一伙都不见了，就拿住师父，要送在当官，捉拿馀党。富翁只得哭诉道："我是松江潘某，原非此辈同党。只因性好烧丹，前日被这伙人拐了，路上遇见，他说道在此间烧炼，得来可以赔偿。又替我剪发，叫我装做他师父来的。指望取还前银，岂知连宅上多骗了，又撇我在此。"说罢，大哭。大姓问其来历详细，说得对科，果是松江富家，与大姓家有好些年谊的，知被骗是实，不好难为得，只得放手。

一路无了盘缠，倚着头陀模样，沿途乞化回家。到得临清码头上，只见一只大船内，帘下一个美人，揭着帘儿，露面看着街上。富翁看见，好些面善，仔细一认，却像前日丹客带来与他偷情的可意人儿，一般无二。疑惑道："那冤家缘何在这船上？"走到船边，细细访问，方知是河南举人某公子包了名娼到京会试的。富翁心想道："难道当日这人的妾，毕竟卖了？"又疑道："敢是面庞相像的，也未可知。"不离船边，走来走去，只管看。忽见船舱里叫个人出来，问他道："官舱里大娘问你可是松江人？"富翁道："正是松江。"又问道："可姓潘？"富翁吃了一惊，道："怎晓得我的姓？"只见舱里人说："叫他到舱边来。"富翁走上前来。帘内道："妾非别人，即前日丹客所认为妾的便是，实是河南妓家。前日受人之托，不得不依他嘱咐的话，替他捣鬼，有负于君。君何以流落至此？"富翁大恸，把连次被拐，今在山东回来之由，诉说一遍。帘内人道："妾与君不能无情，当赠君盘费，作急回家。此后遇见丹客，万万勿可听信。妾亦是骗局中人，深知其诈。君能听妾之言，是即妾报君数宵之爱也。"言毕，着人拿出三两一封银子来递与他。富翁感谢不尽，只得收了。自此方晓得前日丹客美人之局，包了娼妓做的。今日却亏他盘费到得家来。感念其言，终身不信炉火之事。却是头发纷披，羞颜难掩。亲友知其事者，无不以为笑谈。奉劝世人好丹术者，请以此为鉴。

丹术须先断情欲，尘缘岂许相驰逐？
贪淫若是望丹成，阴沟洞里天鹅肉。

注释

[1]纯阳吕祖：即吕洞宾，唐代京兆人。元明以来称为八仙之一。道家正阳派号为纯阳祖师，俗称吕祖。

[2]杜子春：据《续玄怪录》载，隋文帝时，富贵之子杜子春将家产挥霍一空，在长安遇一老者，与他相约到华山炼丹，要求他断绝喜、怒、忧、惧、爱、恶、欲七种感情。杜子春历经考验，只有爱根未断，所以没有炼成丹。

[3]推班：次一等的，逊色的。

[4]陶朱：战国时范蠡辅佐越国打败吴国后，功成身退，弃官从商，聚敛了大量财富，称为"陶朱公"。

猗顿:春秋时鲁国人,靠煮盐成为富商。

[5]裴航:唐人神仙故事中人物。一次远游,裴航与同船樊夫人唱和,樊夫人的和诗是:"一饮琼浆百感生,玄霜捣尽见云英。蓝桥便是神仙窟,何必崎岖上玉京?"后来裴航途经蓝桥驿,渴甚,有女云英以水浆饮之,甘如玉液。云英绝美,裴航欲娶以为妇,因遍访得玉杵臼为聘。婚后夫妇相偕成仙而去。

[6]浇手:这里是款待、致谢之意。

[7]如夫人:妾的别称。多用于称呼他人之妾。

新评

有容乃大,无欲则刚。潘富翁只因一心想望点石成金,所以一而再再而三地上当受骗。结果是炼丹点金之术未尝学到,手中的银子却一拨一拨地到了骗子手中。全篇结构巧妙,先向读者交待行骗者的伎俩,又用历史名人唐伯虎的精明反衬行骗者不值一驳。接着展开正文,写松江潘富翁的受骗经过。结尾饶有趣味地写潘富翁找寻骗子、再为骗子利用,自己也过了一把骗人的瘾。——直至此时,方才大梦初醒,但为时已晚。此篇与第三十八卷《赵县君乔送黄柑子》有异曲同工之妙,可以对看。看后便会发现,人世间的贪欲,无非色和财二者。

第四十卷　逞多财白丁横带

菀枯本是无常数[1]，何必当风使尽帆？

东海扬尘犹有日[2]，白衣苍狗刹那间[3]。

话说人生荣华富贵，眼前的多是空花，不可认为实相。如今人一有了时势，便自道是万年不拔之基，旁边看的人也是一样见识。岂知转眼之间，灰飞烟灭，泰山化作冰山，极是不难的事。俗语两句说得好："宁可无了有，不可有了无。"专为贫贱之人，一朝变泰，得了富贵，苦尽甜来，滋味深长。若是富贵之人，一朝失势，落魄起来，这叫做"树倒猢狲散"，光景着实难堪了。却是富贵的人，只据目前时势，横着胆，昧着心，任情做去，那里管后来有下梢没下梢！曾有一个笑话，道是一个老翁有三子，临死时吩咐道："你们倘有所愿，实对我说，我死后求之上帝。"一子道："我愿官高一品。"一子道："我愿田连万顷。"末一子道："我无所愿，愿换大眼睛一对。"老翁大骇，道："要此何干？"其子道："等我撑开了大眼，看他们富的富，贵的贵！"此虽是一个笑话，正合着古人云：

常将冷眼观螃蟹，看你横行得几时？

虽然如此，然那等熏天赫地富贵人，除非是遇了朝廷诛戮，或是生下子孙不肖，方是败落散场，再没有一个身子上先前做了贵人，以后流为下贱，现世现报，做人笑柄的。

看官，而今且听小子先说一个好笑的做个入话。唐朝僖宗皇帝即位，改元乾符。是时阉宦骄横，有个小马坊使内官田令孜，是上为晋王时有宠。及即帝位，使知枢密院，遂擢为中尉。上时年十四，专事游戏，政事一委令孜，呼为"阿父"。迁除官职，不复关白[4]。其时京师有一流棍，叫名李光，专一阿谀逢迎，谄事令孜。令孜甚是喜欢信用，荐为左军使。忽一日，奏授朔方节度使。岂知其人命薄，没福消受，敕下之日，暴病卒死。遗有一子，名唤德权，年方二十馀岁。令孜老大不忍，心里要抬举他，不论好歹，署了他一个剧职。时黄巢破长安。中和元年，陈敬瑄在成都，遣兵来迎僖皇幸蜀。令孜遂劝僖皇幸蜀，令孜扈驾，就便叫了李德权同去。僖皇行在住于成都。令孜与敬瑄相与结交，盗专国柄，人皆畏威。德权在两人左右，远近仰奉。凡奸豪求名求利者，多贿赂德权，替他两处打关节，数年之间，聚贿千万。累官至金紫光禄大夫，检校右仆射，一时熏灼无比。后来僖皇薨逝，昭皇即位。天顺二年四月，西川节度使王建，屡表请杀令孜、敬瑄。朝廷惧怕二人，不敢轻许。建使人告敬瑄作乱，令孜通凤翔书，不等朝廷旨意，竟执二人杀之。草奏云：

开柙出虎，孔宣父不责他人[5]；当路斩蛇，孙叔敖盖非利己[6]。专杀不行于阃外,先机恐失于彀中。

于时追捕二人馀党甚急。德权脱身,遁于复州。平日枉有金银财货,万万千千,一毫却带不得;只走得空身,盘缠了几日,衣服多当来吃了,鹑衫百结[7],乞食通途。可怜昔日荣华,一旦付之春梦!

却说"天无绝人之路"。复州有个后槽健儿,叫做李安。当日李光未际时,与他相熟。偶在道上行走,忽见一人褴褛丐食;仔细一看,认得是李光之子德权,心里恻然,邀他到家里,问他道:"我闻得你父子在长安富贵,后来破败,今日何得在此?"德权将官司追捕田、陈馀党,脱身亡命,到此困穷的话,说了一遍。李安道:"我与汝父有交,你且权在舍下住几时,怕有人认得你,可改个名,只认做我的侄儿,便可无事。"德权依言,改名彦思,就认他这看马的做叔叔,不出街上乞化了。未住半年,李安得病将死。彦思见后槽有官给的工食,遂叫李安投状道:"身已病废,乞将侄彦思继充后槽。"不数日,李安果死。彦思遂得补充健儿,为牧守圉人,不须忧愁衣食,自道是十分侥幸。岂知渐渐有人晓得他曾做仆射过的。此时朝政紊乱,纪纲废弛,也无人追究他的踪迹;但只是称他个混名,叫他做"看马李仆射"。走将出来时,众人便指手点脚,当一场笑话。看官,你道仆射是何等样大官?后槽是何等样贱役?如今一人身上,先做了仆射,收场结果,做得个看马的,岂不可笑?却又一件:那些人依附内相[8],原是冰山,一朝失势,破败死亡,此是常理。留得残生看马,还是便宜的事,不足为怪。

如今再说当日同时有一个官员,虽是得官不正,侥幸来的,却是自己所挣。谁知天不帮衬,有官无禄,并不曾犯着一个对头,并不曾做着一件事体,都是命里所招,下梢头弄得没出豁,比此更为可叹。诗曰:

富贵荣华何足论?从来世事等浮云。
登场傀儡休相吓,请看当艄郭使君。

这本话文,就是唐僖宗朝,江陵有一个人,叫做郭七郎。父亲在日,做江湘大商,七郎长随着船上去走的。父亲死过,是他当家了。真个是家资巨万,产业广延:有鸦飞不过的田宅,贼扛不动的金银。真乃楚城富民之首。江淮河朔的贾客,多是领他重本,贸易往来。却是这些富人,惟有一项,不平心是他本等:大等秤进,小等秤出;自家的,歹争做好;别人的,好争做歹。这些领他本钱的贾客,没有一个不受尽他累的。各各吞声忍气,只得受他。你道为何?只为本钱是他的,那江湖上走的人,拚得陪些辛苦在里头,随你尽着欺心算账,还只是仗他资本营运,毕竟有些便宜处;若一下冲撞了他,收拾了本钱去,就没得蛇弄了。故此随你克剥,只是行得去的。本钱越弄越大,所以富的人只管富了。

那时有一个极大客商,先前领了他几万银子,到京都做生意,去了几年,久无音信。直到乾符初年,郭七郎在家想着这注本钱没着落,他是大商,料无所失,可惜没个人往京去一讨。又想一想道:“闻得京都繁华去处,花柳之乡,不若借此事由,往彼一游。一来可以索债,二来买笑追欢,三来觑个方便,觅个前程,也是终身受用。”算计已定。七郎有一个老母、一弟、一妹在家,奴婢下人无数,只是未曾娶得妻子。当时吩咐弟妹,承奉母亲,着一个都管看家,馀人各守职业做生理。自己却带几个惯走长路会事的家人在身边,一面到京都来。七郎从小在江湖边生长,贾客船上往来,自己也会撑得篙,摇得橹,手脚快便,把些饥餐渴饮之苦,不在心上,不则一日到了。

原来那个大商姓张,名全,混名张多宝,在京都开几处解典库,又有几所绸缎铺,专一放官吏债,打大头脑的。至于居间说事,买官鬻爵,只要他一口担当,事无不成。也有叫他做张多保的。只为凡事都是他保得过,所以如此称呼。满京人无不认得他的。郭七郎到京一问便着。他见七郎到了,是个江湘债主,起初进京时节,多亏他的几万本钱做桩,才做得开,成得这个大气概。一见了欢然相接,叙了寒温,便摆起酒来,把轿去教坊里请了几个有名的表子前来陪侍,宾主尽欢。酒散后,就留一个绝顶的妓者,叫做王赛儿,相伴了七郎,在一个书房里宿了。富人待富人,那房舍精致,帷帐华侈,自不必说。

次日起来,张多保不等七郎开口,把从前连本连利一算,约该有十来万了,就如数搬将出来,一手交兑,口里道:“只因京都多事,脱身不得,亦且挈了重资,江湖上难走,又不可轻易托人,所以迟了几年。今得七郎自身到此,交明了此一宗,实为两便。”七郎见他如此爽利,心下喜欢,便道:“在下初入京师,未有下处,虽承清还本利,却未有安顿之所。有烦兄长替在下寻个寓舍何如?”张多保道:“舍下空房尽多,闲时还要招客,何况兄长通家,怎到别处作寓?只须在舍下安歇,待要启行时,在舍下安置动身,管取安心无虑。”七郎大喜,就在张家间壁一所大客房住了。当日取出十两银子,送与王赛儿,做昨日缠头之费。夜间是七郎还席,就央他陪酒。张多保不肯要他破钞,自己也取十两银子相送,叫还了七郎银子。七郎那里肯?推来推去,大家都不肯收进去。只便宜了这王赛儿,落得两家都收了,两人方才快活。

是夜,宾主两个与同王赛儿行令作乐饮酒,愈加亲热有趣,吃得酩酊而散。王赛儿本是个有名的上厅行首[9];又见七郎有的是银子,放出十分擒拿的手段来。七郎一连两宵,已是入了迷魂阵,自此同行同坐,时刻不离左右,竟不放赛儿到家里去了。赛儿又时刻接了家里的姊妹,轮番来陪酒插趣。七郎赏赐无算。那鸨儿又有做生日,打差买物事,替还债,许多科分出来[10],七郎挥金如土,并无吝惜。才是行径如此,便有帮闲钻懒一班儿人出来,诱他去跳槽。大凡富家浪子,心性最是不常,搭着便生根的,见了一处,便热一处。王赛儿之外,又有陈娇、黎玉、张小小、郑翩翩,几处往来,都一般的撒漫使钱。那伙闲汉又领了好些王孙贵戚,好赌博的,牵来局赌,做圈做套,赢少输多,不知骗去了多少银子。七郎虽是风流快活,终久是当家立计好利的人;起初见还的利钱都在里头,所以放松了些手;过了两三年,觉道用得多了,捉捉后手看,已用过了一半有多了。心里猛然想着家里头,要回家去,与张多保商量。张多保道:"此时正是濮人王仙芝作乱,劫掠郡县,道路梗塞,你带了偌多银两,待往那里去?恐到不得家里。不如且在此盘桓几时,等路上平静好走,再去未迟。"七郎只得又住了几日。偶然一个闲汉,叫做包走空包大,说起朝廷用兵紧急,缺少钱粮。纳了些银子,就有官做。官职大小,只看银子多少。说得郭七郎动了火,问道:"假如纳他数百万钱,可得何官?"包大道:"如今朝廷昏浊,正正经经纳钱,就是得官也只有数,不能够十分大的。若把这数百万钱拿去,私下买嘱了主爵的官人,好歹也有个刺史。"七郎吃一惊,道:"刺史也是钱买得的?"包大道:"而今的世界,有甚么正经?有了钱,百事可做。岂不闻崔烈五百万买了个司徒么?而今空名大将军告身,只换得一醉;刺史也不难的,只要通得关节。我包你做得来便是。"

正说时,恰好张多保走出来。七郎一团高兴,告诉了适才的说话。张多保道:"事体是做得来的,在下手中也弄过几个了,只是这件事,在下不撺掇得兄长做。"七郎道:"为何?"多保道:"而今的官有好些难做。他们做得兴头的,都是有根基,有脚力,亲戚满朝,党羽四布,方能够根深蒂固,有得钱赚,越做越高,随你去剥削小民,贪污无耻,只要有使用,有人情,便是万年无事的。兄长不过是白身人,便弄上一个显官,须无四壁倚仗。到彼地方,未必行得去。就是行得去时,朝内如今专一讨人便宜,晓得你是钱换来的,略略等你到任一两个月,有了些光景,便道够你了,一下子就涂抹着,岂不枉费了这些钱?若是官好做时,在下也做多时了。"七郎道:"不是这等说。小弟家里有的是钱,没的是官,况且身边现有钱财,总是不便带得到家,何不于此处用了些?博得个腰金衣紫,也是人生一世,草生一秋。就是不赚得钱时,小弟家里原不希罕这钱的。就是不做得兴时,也就是做过了一番官了,登时住了手,那荣耀是落得的。小弟见识已定,兄长不要扫兴。"多保道:"既然兄长主意要如此,在下当得效力。"当时就与包大两个商议,去打关节。

那个包大走跳路数极熟,张多保又是个有身家干大事惯的人,有甚么弄不来的事?原来唐时使用的是钱,千钱为缗,就用银子准时,也只是以钱算账。当时一缗钱就是今日的一两银子,宋时却叫做一贯了。张多保同包大将了五千缗悄悄送到主爵的官人家里。那个主爵的官人,是内官田令孜的收纳户,百灵百验。又道是"无巧不成话",其时有个粤西横州刺史郭翰,方得除授,患病身故,告身还在铨曹[11]。主爵的受了郭七郎五千缗,就把籍贯改注,即将郭翰告身,转付与了郭七郎,从此改名做了郭翰。张多保与包大接得横州刺史告身,千欢万喜,来见七郎称贺。七郎此时头轻脚重,连身子都麻木起来。包大又去唤了一部梨园子弟,张多保置酒张筵。是日就换了冠带。那一班闲汉,晓得七郎得了个刺史,没一个不来贺喜撮空。大吹大擂,吃了一日的酒。又道是:"苍蝇集秽,蝼蚁集膻,鹁鸽子旺边飞。"七郎在京都一向撒漫有名,一旦得了刺史之职,就有许多人来投靠他做使令的,少不得官不威,爪牙威。做都管做大叔,走头站,打驿吏,欺估客,诈乡民,总是这一干人了。

郭七郎身子如在云雾里一般,急思衣锦荣归,择日起身。张多保又设酒饯行。起初这些往来的闲汉姊妹,都来送行。七郎此时眼孔已大,各各赉发些赏赐,气色骄傲,傍若无人。那些人让他是个现任刺史,胁肩谄笑,随他怠慢,只消略略眼梢带去,口角惹着,就算是十分殷勤好意了。

如此撺哄了几日,行装打叠已备,齐齐整整起来,好不风骚。一路上想道:"我家里资产既饶,又在大郡做了刺史,这个富贵,不知到那里才住?"心下欢喜,不觉日逐卖弄出来。那些原跟去京都家人,又在新投的家人面前夸说主家里许多富厚之处。那新投的一发喜欢,道是投得着好主了,前路去耀武扬威,自不必说。

无船上马,有路登舟。看看到得江陵境上来。七郎看时,吃了一惊,但见:

人烟稀少,闾井荒凉。满前败宇颓垣,一望断桥枯树。乌焦木柱,无非放火烧残;赭白粉墙,尽是杀人染就。尸骸没主,乌鹊与蝼蚁相争;鸡犬无依,鹰隼与豺狼共饱。任是石人须下泪,总教铁汉也伤心。

原来江陵渚宫一带地方,多被王仙芝贼寇残灭,里闾人物,百无一存。若不是水道明白,险些认不出路径来。七郎看见了这个光景,心头已自劈劈地跳个不住,到了自家岸边,抬头一看,只叫得苦。原来都弄做了瓦砾之场,偌大的房屋,一间也不见了;母亲弟妹家人等,俱不知一个去向。慌慌张张,走投无路,着人四处找寻了三四日。撞着旧时邻人,问了详细,方知地方被盗兵抄乱,弟被盗杀,妹被抢去,不知存亡。止剩得老母,与一两个丫头,寄居在古庙旁边两间茅屋之内,家人俱各逃窜,囊橐尽已荡空,老母无以为生,与两个丫头,替人缝针补线,得钱度日。

七郎闻言,不胜痛伤,急急领了从人,奔至老母处来。母子一见,抱头大哭。老母道:"岂知你去后,家里遭此大难,弟妹俱亡,生计都无了!"七郎哭罢,拭泪道:"而今事已到此,痛伤无益。亏得儿子已得了官,还有富贵荣华日子在后面,母亲且请宽心。"母亲道:"儿得了何官?"七郎道:"官也不小,是横州刺史。"母亲道:"如何能够得此显爵?"七郎道:"当今内相当权,广有私路,可以得官。儿子向张客取债,他本利俱还,钱财尽多在身边,所以将钱数百万,勾干得此官。而今衣锦荣归,省看家里,随即星夜到任去。"七郎叫从人取冠带过来,穿着了,请母亲坐好,拜了四拜。又叫身边随从旧人,及京中新投的人,俱各磕头,称太夫人。母亲见此光景,虽然有些喜欢,却叹口气道:"你在外边荣华,怎知家下尽散,分文也无了!若不营勾这官,多带些钱归来用度也好。"七郎道:"母亲诚然女人家见识。做了官怕没钱财？而今那个做官的家里不是千万百万，地皮多卷了归家的？今家业既无，只索撇下此间，前往赴任，做得一年两年，重撑门户，改换规模，有何难处？儿子行囊中还剩有二三千缗，尽够使用，母亲不必忧虑。”母亲方才转忧为喜，笑逐颜开道：“亏得儿子峥嵘有日，奋发有时。真是谢天谢地！若不是你归来，我性命只在目下了！而今何日可以动身？”七郎道：“儿子原想此一归来，娶个好媳妇，同享荣华。而今看这个光景，等不得做这事了，且待上了任，再做商量。今日先请母亲上船安息。此处既无根绊，明日换过大船，就做好日开了罢。早到得任一日，也是好的。”

当夜，请母亲先搬在来船中住。茅舍中破锅、破灶、破碗、破罐，尽多撇下。又吩咐当直的雇了一只往西粤长行的官船。次日，搬过了行李，下了舱口停当，烧了利市神福，吹打开船。此时老母与七郎俱各精神荣畅，志气轩昂。七郎不曾受苦，是一路兴头过来的，虽是对着母亲，觉得满盈得意，还不十分怪异。那老母是历过苦难的，真是地下超升在天上，不知身子几多大了。一路行去，过了长沙，入湘江，次永州。州北江边，有个佛寺，名唤兜率禅院。舟人打点泊船在此过夜，看见岸边有大榕树一株，围合数抱，遂将船缆结在树上，结得牢牢的，又钉好了桩橛。七郎同老母进寺随喜。从人撑起伞盖跟随伏侍。寺僧见是官员，出来迎接送茶，私问来历。从人答道：“是见任西粤横州刺史。”寺僧见说是见任官，愈加恭敬，陪侍指引各处游玩。那老母但看见佛菩萨像，只是磕头礼拜，谢他覆庇。天色晚了，俱各回船安息。黄昏左侧，只听得树梢呼呼的风响。须臾之间，天昏地黑，风雨大作。但见：

> 封姨逞势[12]，巽二施威[13]。空中如万马奔腾，树杪似千军拥沓。浪涛澎湃，分明战鼓齐鸣；圩岸倾颓，恍惚轰雷骤震。山中猛虎啸，水底老龙惊。只知巨树可维舟，谁道大风能拔木。

众人听见风势甚大，心下惊惶。那艄公心里道是江风虽猛，亏得船系在极大的树上，生根得牢，万无一失。睡梦之中，忽听得天崩地裂价一声响亮。原来那株榕树，年深日久，根行之处，把这些帮岸都拱得松了；又且长江巨浪，日夜淘洗，岸如何得牢？那树又大了，本等招风，怎当这一只狼犺的船[14]，尽做力生根在这树上，风打得船猛，船牵得树重，树趁着风威，底下根在浮石中绊不住了，豁喇一声，竟倒在船上来，把船打得粉碎。船轻树重，怎载得起？只见水乱滚进来，船已沉了。舱中碎板片片而浮。睡的婢仆，尽没于水。说时迟，那时快，艄公慌了手脚，喊将起来。郭七郎梦中惊醒，他从小原晓得些船上的事，与同艄公竭力死拖住船缆，才把个船头凑在岸上，搁得住。急在舱中水里扶得个母亲，搀到得岸上来，逃了性命。其后梢人等，舱中什物行李，被几个大浪泼来，船底俱散，尽漂没了。

其时深夜昏黑，山门紧闭，没处叫唤，只得披着湿衣，三人捶胸跌脚的叫苦。守到天明，山门开了，急急走进寺中，问着昨日的主僧。主僧出来，看见他慌张之势，问道：“莫非遇了盗么？”七郎把树倒舟沉之话，说了一遍。寺僧忙走出看，只见岸边一只破船，沉在水里，岸上大榕树倒来压在其上了，吃了一惊，急叫寺中火工和尚人等，一同艄公，到破板舱中遍寻东西，俱被大浪打去，没得一些处。连那张刺史的告身，都没有了。寺僧权请进一间静室，安住老母，商量到零陵州州牧处陈告情由，等所在官司，替他出了江中遭风失水的文书，还可赴任。计议已定，有烦寺僧一往。寺僧与州里人情厮熟，果然叫人去报了。

谁知浓霜偏打无根草，祸来只奔福轻人。那老母原是兵戈扰攘中，看见杀儿掠女，惊坏了再苏的；怎当夜来这一惊，可又不小；亦且婢仆俱亡，生资都尽，心中转转苦楚，面如蜡査，饮食不进，只是哀哀啼哭，卧倒在床，起身不得了。七郎愈加慌张，只得劝母亲道："'留得青山在，不怕没柴烧。'虽是遭此大祸，儿子官职在，只要到得任所便好了。"老母带着哭道："儿，你娘心胆俱碎，眼见得无那活的人了，还说这太平的话则甚？就是你做得官，娘看不着了！"七郎一点痴心，还指望等娘好起来，就地方起个文书，前往横州到任，有个好日子在后头。谁想老母受惊太深，一病不起，过不多两日，呜呼哀哉，伏惟尚飨。

七郎痛哭一场，无计可施，又与僧家商量，只得自往零陵州哀告州牧。州牧几日前曾见这张失事的报单过，晓得是真情，毕竟官官相护，道他是隔省上司，不好推得干净身子。一面差人替他殡葬了母亲，又重重赍助他盘缠，以礼送了他出门。七郎亏得州牧周全，幸喜葬事已毕，却是丁了母忧，去到任不得了。寺僧看见他无了根蒂，渐渐怠慢，不肯相留。要回故乡，已是无家可归。没奈何，就借住在永州一个船埠经纪人的家里，原是他父亲在时走客认得的。却是囊橐俱无，止有州牧所助的盘缠。日吃日减，用不得几时，看看没有了。那些做经纪的人，有甚情谊，日逐有些怨容起来，未免茶迟饭晏，箸长碗短。七郎觉得了，发话道："我也是一郡之主，当是一路诸侯。今虽丁忧，后来还有日子，如何恁般轻薄？"店主人道："说不得一郡两郡，皇帝失了势，也要忍些饥饿，吃些粗粝，何况于你是未任的官？就是官了，我每又不是什么横州百姓，怎么该供养你？我们的人家，不做不活，须是吃自在食不起的。"七郎被他说了几句，无言可答，眼泪汪汪，只得含着羞耐了。再过两日，店主人就寻吵闹，一发看不得了。七郎道："主人家，我这里须是异乡，并无一人相识可归，一向叨扰府上，情知不当，却也是没奈何了。你有甚么觅衣食的道路，指引我一个儿。"店主人道："你这样人，种火又长，拴门又短，稂不稂莠不莠的，若要觅衣食，须把个'官'字儿搁起，照着常人佣工做活，方可度日。你却如何去得？"七郎见说到佣工做活，气忿忿地道："我也是方面官员，怎便到此地位！"思想："零陵州州牧前日相待甚厚，不免再将此苦情告诉他一番，定然有个处法。难道白白饿死一个刺史在他地方了不成？"写了个帖，又无一个人跟随，自家袖了，葳葳蕤蕤，问到州里衙门上来递。那衙门中人见他如此行径，必然是打抽丰没廉耻的，连帖也不肯收他的。直到再三央及，把上项事一一分诉，又说到替他殡葬厚礼赆行之事，这却衙门中都有晓得的，方才肯接了进去，呈与州牧。

州牧看了，便有好些不快活起来，道："这人这样不达时务的！前日吾见他在本州失事，又看上司体面，极意周全他去了，他如何又在此缠扰？或者连前日之事未必是真，多是光棍假装出来骗钱的，也未可知。纵使是真，必是个无耻的人，还有许多无厌足处。吾本等好意，却叫得引鬼上门。我而今不便追究，只不理他罢了。"吩咐门上不受他帖，只说概不见客，把原帖还了。七郎受了这一场冷淡，却又想回下处不得；坐在衙门上，守他出来时，当街叫喊。州牧坐在轿内问道："是何人叫喊？"七郎口里高声答道："是横州刺史郭翰。"州牧道："有何凭据？"七郎道："原有告身，被大风飘舟，失在江里了。"州牧道："既无凭据，知你是真是假？就是真的，赍发已过，如何只管在此缠扰？必是光棍！姑饶打，快走！"左右虞候看见本官发怒，乱棒打来，只得闪着身走开来，一句话也不说得，有气无力的，仍旧走回下处闷坐。

店主人早已打听他在州里的光景，故意问道："适才见州里相公，相待如何？"七郎羞惭满面，只叹口气，不敢则声。店主人道："我叫你把'官'字儿搁起，你却不听我，直要受人怠慢。而今时势，就是个空名宰相，也当不出钱来了。除是靠着自家气力，方挣得饭吃。你不要痴了。"七郎道："你叫我做甚勾当好？"店主人道："你自想身上有甚本事？"七郎道："我别无本事，止是少小随着父亲涉历江湖，那些船上风水当艄拿舵之事，尽晓得些。"店主人喜道："这个却好了。我这里埠头上来往船只多，尽有缺少当艄的。我荐你去几时，好歹也觅几贯钱来，饿你不死了。"七郎没奈何，只得依从。从此只在往来船只上替他当艄度日。去了几时，也就觅了几贯工钱回到店家来。永州市上人认得了他，晓得他前项事的，就传他一个名，叫他做"当艄郭使君"。但是要寻他当艄的船，便指名来问郭使君。永州市上编成一只歌儿嘲他。这歌名《挂枝儿》，道是：

问使君，你缘何不到横州郡？原来是天作对，不作假斯文，把家缘结果在风一阵。舵牙当执板，绳缆是拖绅。这是荣耀的下梢头，也还是拿的舵儿稳。

在船混上了两年，虽然挨得服满，身边无了告身，去补不得官。若要京里再打关节时，还须照前得几千缗使用，却从何处讨？眼见得这话休题了。只得安心塌地，靠着船上营生。又道是"居移气，养移体"。当初是刺史，便像个官员；而今在船上多年，状貌气质也就是些篙工水手相类，一般无二。可笑一个郡刺史，如此收场。可见人生富贵荣华，眼前算不得账的。上覆世间人，不要十分势利。听我四句口号道：

富不必骄，贫不必怨。要看到头，眼前不算。

注释

[1]菀(wǎn)枯:喻盛衰。菀,树木繁茂;枯,树木枯槁。

[2]东海扬尘:义同“沧海桑田”,比喻世事变幻不定。

[3]白衣苍狗:比喻世事变幻无常。杜甫《河汉》诗中有“天上浮云如白衣,斯须改变如苍狗”之句。

[4]关白:禀告,报告。

[5]开柙(xiá)出虎,孔宣父不责他人:《论语·季氏篇》:“孔子曰:‘虎兕出于柙,龟玉毁于椟中,是谁之过与?’”意思是老虎、野牛从栅栏里跳出,龟甲、玉器被毁于匣中,守护的人应负主要责任。孔宣父,孔子。

[6]当路斩蛇,孙叔敖盖非利己:孙叔敖是春秋时楚国的国相。传说他曾在路上看见一只两头蛇,而看见两头蛇的人是会死的。为了不让他人再见两头蛇,孙叔敖将蛇打死埋掉。他却并未因此而死。

[7]鹑衣:形容衣服褴褛。

[8]内相:唐时对宦官的尊称。

[9]上厅行首:宋元时称官妓中排在首位者,后代称妓女。

[10]科分:名目,种类。

[11]铨曹:主管官员任命的部门。

[12]封姨:传说中主管刮风的神仙。

[13]巽二:据《幽怪录》载,巽二喜欢喝酒,用美酒招待他,马上就能刮风。

[14]狼犺:形容巨大、笨重。

新评

天地如逆旅,人生似过客。在短暂的一生中,人的重大际遇往往会发生质的变化,所以,每个人都应有一个良好的心态,富不必骄,贫不必怨。千百年前的古人该如此,如今信息时代,更应如此。

图书在版编目（CIP）数据

今古奇观／（明）抱瓮老人辑；徐翠兰，艾洪涛注析．
—2版．—太原：三晋出版社，2008.8（2012.3重印）
（中国家庭基本藏书·戏曲小说卷）
ISBN 978-7-80598-981-5

Ⅰ.今… Ⅱ.①抱…②徐…③艾… Ⅲ.话本小说—
作品集—中国—明代 Ⅳ.I 242.3

中国版本图书馆CIP数据核字（2008）第112021号

今古奇观（上、下）

选 辑 者：（明）抱瓮老人　**注 析 者**：徐翠兰　艾洪涛

责任编辑：落馥香　**审 订 者**：张继红
封面设计：敬人工作室　**版式设计**：敬人工作室
责任校对：落馥香　**责任印制**：李佳音

出版发行：山西出版传媒集团·三晋出版社（原山西古籍出版社）
地　　址：太原市建设南路21号
电　　话：（0351）4956036（咨询）　4922268（邮购）
传　　真：（0351）4922102
网　　址：http://sjs.sxpmg.com
邮　　编：030012
E-mail：sj@sxpmg.com

印刷装订：山西出版传媒集团·山西新华印业有限公司
（本书如有破损、缺页、装订错误，请与承印厂联系调换　0351-4120948）

开　　本：787mm×960mm　1/16
字　　数：550千字
印　　张：29.75
版　　次：2008年8月第2版
印　　次：2012年3月第2次印刷
书　　号：ISBN 978-7-80598-981-5
定　　价：45.00元